JENNIFER CRUSIE

Liebe und andere Zufälle

Buch

Minerva Dobbs wurde von ihrer Mutter nach der griechischen Göttin benannt. Doch der 33-jährigen Min sieht man eher ihre Vorliebe für kalorienreiche Mahlzeiten als eine Ähnlichkeit mit ihrem mythologischen Vorbild an. So ist sie zwar enttäuscht, aber nicht sehr verwundert, als ihr neuer Freund David sie nach ein paar Tagen schon wieder verlässt. Wütend wird sie erst, als sie an demselben Abend in einer Bar per Zufall mitbekommt, dass David seinen Freunden eine Wette vorschlägt: Der äußerst attraktive und charmante Frauenheld Calvin Morrissey gewinnt 10.000 Dollar bar auf die Hand, wenn es ihm gelingt, die widerspenstige Min innerhalb eines Monats ins Bett zu kriegen. Völlig außer sich, sinnt Min auf Rache und nimmt sich vor, Calvin mit seinen eigenen Waffen zu schlagen. Einen Monat lang wird sie mit ihm ausgehen und ihn in Sicherheit wiegen, nur um ihm dann im letzten Moment den Laufpass zu geben. Aber das Schicksal hat andere Pläne. Schon bei der ersten Verabredung in einem italienischen Restaurant weiß Min: Cal ist genau der »Eine«. Und Calvin muss sich eingestehen, dass er zum ersten Mal in seinem Leben wahrhaft verliebt ist. Doch kaum trauen sich die beiden, sich ihre Liebe einzugestehen, da fangen die Probleme an. Denn plötzlich tauchen ein eifersüchtiger Exfreund und eine nicht minder entsetzte Exfreundin auf, ein italienischer Küchenchef meint es zu gut mit ihnen, und eine höchst intelligente Katze namens Elvis beansprucht auch noch ein wenig Liebe für sich …

Autorin

Jennifer Crusie gehört in Amerika zu den erfolgreichsten Autorinnen romantischer Komödien. Mit »Die Gerüchteköchin« hatte sie auf Anhieb durchschlagenden Erfolg in Deutschland, England, Frankreich und den Niederlanden. Jennifer Crusie unterrichtet Literatur an der Ohio State University. Mehr Informationen unter www.jennycrusie.com.

Von Jennifer Crusie außerdem bei Goldmann lieferbar:

Die Gerüchteköchin. Roman (55537) · Der Frühjahrsputz. Roman (55451) · Die Naschkatzen. Roman (44896) · Liebe auf den zweiten Kuss. Roman (45829) · Verliebt in eine Diebin. Roman (45247) · Liebe und andere Zufälle. Roman (45837) · Die Naschkatzen / Verliebt in eine Diebin. Zwei Romane in einem Band (46447)

Zusammen mit Bob Mayer:

Klappe, Liebling! Roman (46328)

Jennifer Crusie

Liebe und andere Zufälle

Roman

Deutsch
von Eva Kornbichler

GOLDMANN

Die Originalausgabe erschien 2004 unter dem Titel
»Bet Me«
bei St. Martin's Press, New York.

FSC
Mix
Produktgruppe aus vorbildlich
bewirtschafteten Wäldern und
anderen kontrollierten Herkünften

Zert.-Nr. SGS-COC-1940
www.fsc.org
© 1996 Forest Stewardship Council

Verlagsgruppe Random House FSC-DEU-0100
Das für dieses Buch verwendete FSC-zertifizierte Papier
Holmen Book Cream liefert Holmen Paper, Hallstavik, Schweden.

Einmalige Sonderausgabe Februar 2008

Umschlaggestaltung: Design Team München
Umschlagillustration: die KLEINERT / Natascha Römer
Druck und Einband: GGP Media GmbH, Pößneck
Printed in Germany
ISBN: 978-3-442-46716-7

www.goldmann-verlag.de

Für

Monica Pradhan McLean

weil sie von unbezahlbarem Wert ist,
was sie auch weiß,
und weil jedes Buch, das sie schreibt,
ein Juwel ist.

Frauen können jegliche Neigung
zum Glücksspiel befriedigen,
indem sie heiraten.

Gloria Steinem

1

Es war einmal vor langer Zeit, dachte Minerva Dobbs, als sie inmitten einer von Lärm erfüllten Yuppie-Bar stand, *da war die Welt noch voller brauchbarer Männer*. Sie blickte in das Gesicht des gut aussehenden Mannes, den sie als ihren Begleiter für die Hochzeit ihrer Schwester vorgesehen hatte, und kam zu dem Schluss: *Diese Zeiten sind vorüber*.

»Unsere Beziehung bringt mir nichts«, erklärte David.

Ich könnte ihm dieses Cocktail-Rührstäbchen ins Herz stoßen, dachte Min. Sie würde es natürlich nicht tun. Das Stäbchen war aus Plastik und bei weitem nicht stabil und spitz genug. Außerdem tat man so etwas im südlichen Ohio nicht. Eine abgesägte Schrotflinte, das wäre das Mittel der Wahl.

»Und wir wissen auch beide, warum nicht«, fuhr David fort.

Wahrscheinlich war ihm nicht einmal klar, wie dämlich er sich anhörte; er hielt sich wahrscheinlich für sehr überlegen und erwachsen. *Ich weiß wenigstens, dass ich vor Wut koche*, dachte Min. Sie ließ zu, dass der Zorn sich in ihr ausbreitete, bis ihr von oben bis unten warm wurde; das war mehr, als David je bei ihr bewirkt hatte.

Irgendwo an der großen, rouletteschüsselförmigen Bar läutete jemand eine Glocke. Noch ein Minuspunkt für David: Er gab ihr in einer Bar mit anzüglichem Namen den Laufpass, im The Long Shot – »Blattschuss«. Der Name allein hätte sie abschrecken müssen.

»Tut mir Leid, Min«, meinte David, was offensichtlich gelogen war.

Min verschränkte die Arme vor der Brust, um ihm keine Ohrfeige zu verpassen. »Ist es, weil ich heute Nacht nicht mit zu dir kommen will? Es ist doch Mittwoch, ich muss morgen arbeiten und du auch. Außerdem habe ich meinen Drink selbst bezahlt.«

»Das ist es nicht.« David blickte edel und verletzt zugleich drein, wie es nur die groß gewachsenen, dunkelhaarigen und selbstgerechten Männer schaffen. »Du bemühst dich überhaupt nicht darum, dass unsere Beziehung funktioniert, das heißt …«

… das heißt, wir sind jetzt seit zwei Monaten liiert, und ich will immer noch nicht mit dir schlafen. Min wandte sich ab und blickte sich in der angeregt schwatzenden Menge um. *Wenn ich jetzt ein Gift hätte, das keine Spuren hinterlässt, könnte ich es in seinen Drink kippen, und keiner von diesen Hampelmännern würde es bemerken.*

»… und ich finde, wenn unsere Beziehung Zukunft haben soll, müsstest du auch etwas dazu beitragen«, schloss David.

Oh, das finde ich nicht, dachte Min und wusste, dass der Punkt an David ging. Trotzdem war das Nichtstattfinden von Sex keine Entschuldigung dafür, sie drei Wochen vor einem Ereignis sitzen zu lassen, bei dem sie ein Brautjungfernkleid tragen musste, das sie wie eine fette, hirnlose Schäferin aussehen ließ. »Natürlich hat unsere Beziehung Zukunft, David«, erwiderte sie und versuchte, ihre Wut zu zügeln. »Wir haben doch *einiges* vor. Diana heiratet in drei Wochen, und du bist zur Hochzeit eingeladen; und zum Familienessen am Vorabend; und zum *Herrenpolterabend*. Willst du wirklich die *Stripper-Nummer* verpassen, David?«

»Ist das alles, was ich dir bedeute?« Davids Stimme schraubte sich in die Höhe. »Ein Begleiter für die Hochzeit deiner Schwester?«

»Natürlich nicht«, beschwichtigte Min. »Genauso wie ich sicher bin, dass ich mehr für dich bin als eine fürs Bett.«

David öffnete den Mund und schloss ihn wieder. »Na ja, natürlich. Denke bitte nicht, dass es wegen dir ist. Du bist intelligent und erfolgreich, du bist eine vernünftige Frau ...«

Min lauschte und wusste, dass *Du bist schön*, *du bist schlank* nicht kommen würde. Wenn er doch nur einen Herzanfall bekäme. Zwar ereigneten sich nur vier Prozent aller Herzanfälle bei Männern unter vierzig, aber es wäre doch immerhin möglich. Und wenn er tot wäre, könnte nicht einmal ihre Mutter von ihr erwarten, ihn zur Hochzeit mitzubringen.

»... und du würdest eine wunderbare Mutter abgeben«, endete David.

»Danke«, erwiderte Min. »Wie unromantisch.«

»Ich dachte, das mit uns würde irgendwohin führen, Min«, schob David nach.

»Na klar«, meinte Min und sah sich in der protzigen Bar um. »Hierher zum Beispiel.«

Mit einem Seufzer nahm David ihre Hand. »Ich wünsche dir alles Gute, Min. Lass uns in Kontakt bleiben.«

Min zog ihre Hand zurück. »Du hast doch keine Schmerzen im linken Arm, oder?«

»Nein«, antwortete David stirnrunzelnd.

»Schade«, versetzte Min und kehrte zu ihren Freundinnen zurück, die sie über den Raum hinweg beobachtet hatten.

»Er wirkt noch verkrampfter als sonst«, fand Liza und wirkte noch größer und heißblütiger als sonst. Lässig lehnte sie an der Musikbox, und ihr Haar flammte im Lampenlicht auf.

David hätte Liza sicher nicht so schäbig abgefertigt. Er hätte es nicht gewagt, denn sie hätte ihn entmannt. *Ich muss mehr wie Liza werden*, dachte Min und begann, die Lieder der Musikbox zu durchstöbern.

»Bist du böse auf ihn?«, fragte Bonnie von der anderen Seite her, und ihr blond umrahmtes Gesicht blickte besorgt zu

Min empor. David hätte auch Bonnie nicht verlassen. Niemand war gemein zu der süßen, kleinen Bonnie.

»Ja. Er hat mir den Laufpass gegeben.« Min hielt in ihrer Suche inne. Wunder über Wunder: Die Musikbox bot tatsächlich einen Elvis-Song an. Im Nu erschien die Bar viel freundlicher. Min schob ein paar Münzen in den Schlitz und hämmerte auf die Tasten für »Hound Dog«. Wirklich schade, dass Elvis nie ein Lied mit dem Titel »Idiot« aufgenommen hatte.

»Ich wusste doch, dass ich ihn nicht mag«, bemerkte Bonnie.

Min ging zu der Roulette-Bartheke hinüber und lächelte der schlanken Barkeeperin, die wie ein Croupier gekleidet war, schwach zu. Sie hatte wunderschönes langes, weiches, glattes, braunes Haar, und Min dachte bei sich, *Das ist noch ein Grund, warum ich nie mit David schlafen könnte*. Ihr eigenes Haar kräuselte sich immer ungebärdig, wenn sie es offen trug, und er war der Typ, dem das auffallen würde.

»Cola-Rum bitte«, bestellte sie.

Vielleicht war das der Grund, warum Liza und Bonnie mit Männern nie Probleme hatten: phantastisches Haar. Min blickte zu Liza zurück, die schlank wie ein Rennpferd in purpurrotem Leder mit halb geöffnetem Reißverschluss dastand und in unverhüllter Verachtung über David den Kopf schüttelte. Na gut, es lag nicht nur am Haar. Wenn es ihr gelänge, sich in Lizas Kleid zu zwängen, würde sie wie Hempels schlampige Tochter wirken. »*Diät*-Cola«, ergänzte sie ihre Bestellung.

»Er war nicht der Richtige«, erklärte Bonnie in Höhe von Mins Schulterblatt und hielt die Hände in ihre zierlichen Hüften gestemmt.

»Und Diät-Rum«, bat Min die Barkeeperin, die ihr zulächelte und dann verschwand, um den Drink zu besorgen.

Liza runzelte die Stirn. »Warum hast du dich überhaupt mit ihm eingelassen?«

»Weil ich dachte, dass er vielleicht der Richtige wäre«, erwiderte Min entnervt. »Er war intelligent und erfolgreich und zuerst auch sehr nett. Schien mir ein guter Fang zu sein. Und dann wurde er plötzlich hochnäsig.«

Bonnie tätschelte Min den Arm. »Gut, dass er Schluss mit dir gemacht hat, denn jetzt bist du frei, wenn der Richtige kommt, dein Märchenprinz.«

»Na klar«, versetzte Min. »Sicher war er schon auf dem Weg zu mir, aber dann wurde er von einem Lastwagen überrollt.«

»Von wegen«, widersprach Bonnie und lächelte wie eine Fee aus dem Märchen. »Wenn es euch bestimmt ist, dann kommt er auch. Egal, was auch immer schief geht, er wird kommen, und ihr lebt dann glücklich und zufrieden bis ans Ende eurer Tage.«

»Was soll das?«, fragte Liza und blickte sie ungläubig an. »Barbies Märchenstunde?«

»Lieb von dir, Bonnie«, erwiderte Min. »Aber was mich angeht, ist der letzte gute Mann gestorben, als Elvis von uns ging.«

»Vielleicht sollten wir noch einmal überdenken, ob Bon unsere Börsenmaklerin bleiben soll«, bemerkte Liza zu Min. »Möglicherweise besitzen wir inzwischen bereits ein riesiges Aktienpaket im Land der Feen.«

Min trommelte mit den Fingern auf die Bar, um ein wenig Spannung abzulassen. »Ich hätte es wissen sollen, dass das mit David ein Fehler war, als ich es nicht über mich bringen konnte, mit ihm zu schlafen. Bei unserem dritten Rendezvous sagte er zu dem Ober, der die Karte brachte, ›Nein danke, wir sind auf Diät‹, aber das ist er natürlich nicht, weil er kein Gramm Fett am Körper hat, und da dachte ich: ›Vor dir ziehe ich meine Kleider nicht aus‹, und ich bezahlte dann meine Hälfte der Rechnung und verdrückte mich früh. Und wann immer er danach einen Annäherungsversuch startete, musste ich an den Ober denken und machte sozusagen alle Schotten dicht.«

»Er war nicht der Richtige«, wiederholte Bonnie voller Überzeugung.

»*Meinst* du?«, fragte Min, und Bonnie blickte verletzt drein. Min schloss die Augen. »Entschuldige. Entschuldige. Tut mir *wirklich* Leid. Aber jetzt ist einfach nicht der richtige Augenblick für solches Zeug, Bon, weißt du? Ich bin wütend, und ich will irgendjemanden massakrieren, und nicht den Horizont nach dem nächsten Mistkerl absuchen, der meinen Weg kreuzt.«

»Sicher«, erwiderte Bonnie. »Ich verstehe.«

Liza betrachtete Min kopfschüttelnd. »Hör mal, du hast dir doch nichts aus David gemacht, also hast du gar nichts verloren, außer einen Begleiter für Di's Hochzeit. Und ich bin dafür, dass wir diese Hochzeit einfach vergessen. Das wird doch die reinste Katastrophe, selbst wenn man davon absieht, dass sie den Freund ihrer besten Freundin heiratet.«

»Den Exfreund ihrer besten Freundin. Und ich *kann* die Hochzeit nicht einfach vergessen. Schließlich bin ich die Brautjungfer.« Min knirschte mit den Zähnen. »Das wird die Hölle. Nicht nur, dass ich keinen Begleiter habe, was meine Mutter mir schon immer vorausgesagt hat, nein, sie ist auch noch ganz verrückt nach David.«

»Das *wissen* wir«, erwiderte Bonnie.

»Sie erzählt jedem von David«, fuhr Min fort und sah das ehrgeizige, kleine Gesicht ihrer Mutter in Gedanken vor sich. »Dass ich mit David liiert war, war das Einzige, was ihr je an mir gefallen hat, seit ich im ersten Semester die Grippe hatte und zehn Pfund abnahm. Und jetzt habe ich keinen David mehr.« Mit einem »Danke« nahm sie ihren Diät-Drink von der Barkeeperin entgegen und gab ihr reichlich Trinkgeld. Barkeeper, die einen in Zeiten wie diesen so prompt mit Drinks versorgten, wurden in dieser Welt viel zu wenig gewürdigt. »Meistens ist es mir ja egal, was meine Mutter von mir hält, weil ich ihr aus dem Weg gehe, aber jetzt bei der Hochzeit? Katastrophe.«

»Dann findest du eben einen anderen Begleiter«, tröstete Bonnie.

»Nein, findet sie nicht«, widersprach Liza.

»Oh, *vielen* Dank«, versetzte Min und wandte sich von der überkandidelten Bar ab. Das Roulette-Muster machte sie schwindelig. Vielleicht kam das aber auch von ihrer Wut.

»Na ja, du bist selbst daran schuld«, gab Liza zurück. »Wenn du endlich aufhören würdest, bei jedem Mann, den du kennen lernst, die statistische Wahrscheinlichkeit der Chance auszurechnen, die eine Beziehung hätte, und stattdessen einfach mit jemandem ausgehen würdest, der dir gefällt, dann würde es dir vielleicht hin und wieder auch mal Spaß machen.«

»Dann wäre ich nur noch ein Häufchen an Minderwertigkeitskomplexen«, entgegnete Min. »Ist doch nichts falsch daran, sich vernünftig zu überlegen, mit wem man sich liiert. Auf die Weise bin ich an David geraten.« Zu spät erkannte sie, dass das kein gutes Argument war, und kippte einen Teil ihres Drinks, um Entgegnungen abzuwehren.

Aber Liza hörte gar nicht zu. »Wir müssen einen Kerl für dich finden.« Sie begann, sich mit Röntgenaugen in der Bar umzusehen, was nur angemessen war, denn sie selbst war von fast allen in der Bar bereits mit Röntgenaugen gemustert worden. »Der nicht. Der nicht. Der auch nicht. Nein. Nein. Diese Typen würden alle nur versuchen, dir eine Lebensversicherung aufzuschwatzen.« Dann straffte sie sich plötzlich. »Halloo. Da haben wir einen Kandidaten.«

Bonnie folgte ihren Blicken. »Wo denn? Wer denn?«

»Der Dunkelhaarige in dem marineblauen Anzug. Da oben in der Mitte auf der Empore neben der Tür.«

»In der Mitte?« Min blinzelte zur Empore neben dem Eingang hinüber. Sie war groß genug für mehrere Pseudopokertische, und an einem davon saßen vier Männer mit einer rot gekleideten Brünetten. Einer der vier war David, der seine

Blicke jetzt überlegen über das gusseiserne, mit Spielwürfeln verzierte Geländer hinweg schweifen ließ. Die Empore erhob sich nur etwa einen Meter fünfzig über den übrigen Raum, doch David gelang es, den Eindruck zu erwecken, als blickte er von einem Balkon auf die Menge herab. Es kostete ihn wahrscheinlich äußerste Selbstbeherrschung, nicht gnädig zu winken wie Queen Elizabeth. »Das ist David«, stieß Min hervor und wandte sich ab. »Und irgendeine Brünette. Herrje, er hat sich schon wieder eine andere geangelt.« *Hau ab*, befahl sie der Brünetten lautlos.

»Vergiss doch die Brünette«, mahnte Liza. »Sieh dir lieber den Kerl in der Mitte an. Warte, gleich dreht er sich wieder um. Er scheint David nicht besonders interessant zu finden.«

Min spähte wieder zum Eingang. Der im marineblauen Anzug war größer als David, und sein Haar war dunkler und voller, aber ansonsten wirkte er von hinten ziemlich genau wie David Nr. 2. »Die Nummer kenn ich schon«, meinte Min, und da drehte er sich um.

Dunkle Augen, ausgeprägte Wangenknochen, ein klassisch-männliches Kinn, breite Schultern, insgesamt eine klassisch-gute Figur, und vollkommen gelassen, wie er den Raum musterte und David dabei ignorierte, der neben ihm zu schrumpfen schien.

Min hielt den Atem an, als jede einzelne Zelle ihres Körpers erwachte und ihr zuflüsterte: *Den will ich*.

Dann wandte sie sich ab, bevor irgendjemand sie mit vor Bewunderung offen stehendem Mund ertappte. Nein, *den* wollte sie nicht, das behauptete nur ihre DNS, die nach einem erstklassigen Spermaspender Ausschau hielt. Wahrscheinlich verschlang jede Frau mit funktionstüchtigen Eierstöcken ihn mit den Augen und dachte: *Den will ich*. Nun ja, die Biologie bestimmte schließlich nicht alles. Sie wagte nicht, daran zu denken, welchen Schaden ein so schöner Mann bei einer Frau wie ihr anrichten konnte. Stattdessen ertränkte sie den Gedanken in einem weiteren großen Schluck und kommentierte: »Hübscher Kerl.«

»Nein«, widersprach Liza. »Das ist es ja gerade. Er ist nicht *hübsch*. David ist hübsch. Der andere sieht wie ein erwachsener Mann aus.«

»Na gut, er strotzt vor Testosteron«, lenkte Min ein.

»Nein, das ist der Kerl rechts neben ihm«, entgegnete Liza. »Der mit dem Kopf wie ein Bulle. Ich wette, der quatscht ständig über Sport und schlägt allen auf die Schulter. Der im marineblauen Anzug wirkt zivilisiert, aber stark. Sag's ihr, Bonnie.«

»Lieber nicht«, wehrte Bonnie ab, und ihr Elfengesicht blickte grimmig. »Den kenne ich.«

»Im biblischen Sinne?«, fragte Liza.

»Nein. Er war mal mit meiner Kusine Wendy liiert. Aber …«

»Na, dann halali.«

»… der ist ein Herzensbrecher«, fuhr Bonnie fort. »Nach dem, was Wendy sagte, macht er jede, mit der er zusammen ist, ein paar Monate lang ganz verrückt nach ihm, und dann lässt er sie sitzen und sucht sich eine andere. Und das immer aus heiterem Himmel.«

»So ein gemeines Biest«, erwiderte Liza lächelnd. »Weißt du, es ist nicht verboten, dass ein Mann eine Frau verlässt.«

»Na ja, erst macht er sie verliebt, und dann lässt er sie sitzen«, beharrte Bonnie. »Wenn das nicht gemein ist.«

»Wie David«, stimmte Min zu und sah ihr instinktives Misstrauen gegen den marineblauen Anzug bestätigt.

Liza stieß ein Schnauben aus. »Herrje, wie dein über alles geliebter David.«

»Ich hab's zumindest *versucht*«, schnappte Min zurück.

Liza schüttelte den Kopf. »Na gut, das ist alles völlig unwichtig. Du brauchst eigentlich nur einen Begleiter für die Hochzeit. Wenn das Biest ein paar Monate braucht, bis er dich sitzen lässt, dann hast du doch, was du willst. Also gehst du jetzt einfach dort rüber …«

»Nein.« Min drehte allen den Rücken zu und konzentrierte sich auf die Schwarz-Weiß-Poster über der Bar: Paul Newman am Billardtisch in *The Hustler*, Marlon Brando beim Würfeln in *Guys and Dolls*, W. C. Fields, über seinen Spielkarten brütend, in *My Little Chickadee*. Und wo waren all die Spielerinnen? Als wäre nicht allein schon die Tatsache, eine Frau zu sein, ein großes Risiko. Achtundzwanzig Prozent aller weiblichen Mordopfer wurden von ihren Ehegatten oder Liebhabern getötet.

Was, wenn man es recht betrachtete, wahrscheinlich der Grund dafür war, dass es keine weiblichen Spieler gab. Mit Männern zusammenzuleben war Glücksspiel genug. Sie kämpfte gegen den Drang, sich umzudrehen und das Biest dort auf der Empore nochmals zu betrachten. Das Klügste, was sie tun konnte, war wohl, sich auf keinen Mann mehr einzulassen und sich lieber eine Katze anzuschaffen.

»Du weißt doch, dass sie nicht hingeht, um ihn anzusprechen«, meinte Bonnie zu Liza. »Statistisch gesehen ist die Wahrscheinlichkeit eines positiven Verlaufs zu gering.«

»Scheiß drauf.« Liza legte den Arm um Min und rüttelte sie, bis ihre Cola schäumte. »Stell dir doch nur deine Mutter vor, wenn du den zur Hochzeit mitbringst. Vielleicht würde sie dir sogar erlauben, Kohlenhydrate zu essen.« Sie sah Bonnie an. »Wie heißt er?«

»Calvin Morrisey«, antwortete Bonnie. »Wendy schmökerte schon in Brautmodenheften, als er sie verließ. Übte bereits auf Schmierpapier den Schriftzug ›Wendy Sue Morrisey‹.«

Liza blickte schockiert drein. »Na, wahrscheinlich hat er sie deswegen sitzen lassen.«

»Calvin Morrisey.« Wider besseres Wissen wandte sich Min wieder um und betrachtete ihn erneut.

»Na los, geh jetzt da rüber«, befahl Liza und stupste Min

mit einem langen, roten Fingernagel an. »Sag zu David, du hoffst, dass sein Hautausschlag bald wieder abheilt. Dann stellst du dich dem Biest vor. Lächle, und verliere kein Wort über Statistiken.«

»So was Idiotisches«, wehrte Min ab. »Schließlich bin ich dreiunddreißig. Ich bin erwachsen. Ist doch mir egal, ob ich bei der Hochzeit meiner Schwester einen Begleiter habe oder nicht. Da stehe ich doch drüber.« Sie dachte an das Gesicht, das ihre Mutter machen würde, wenn sie hörte, dass David Vergangenheit war. *Nein, tu ich nicht.*

»Nein, tust du nicht«, widersprach Liza. »Du traust dich nur nicht, da jetzt rüberzugehen.«

»Ich glaube, das könnte funktionieren«, meinte Bonnie stirnrunzelnd. »Und nach der Hochzeit kannst du ihn dann sitzen lassen, damit er einmal selbst fühlt, wie das ist.«

»Na klar doch.« Liza verdrehte die Augen. »Tu es für Wendy und all die anderen Mädchen.«

Jetzt sprach er mit David und wandte ihnen dabei sein Profil zu. *Dieses Gesicht sollte man auf Münzen prägen*, dachte Min. So schön, wie er war, würde er sich wahrscheinlich nie mit molligen Frauen abgeben. Zumindest nicht ohne Spott; und sie hatte heute Abend schon genug Spott über sich ergehen lassen müssen.

»Nein«, versetzte Min und wandte sich wieder zur Bar um. Eine Katze war eigentlich eine gute Idee.

»Hör mal, Stats«, sagte Liza ärgerlich. »Ich weiß ja, dass du konservativ denkst, aber in letzter Zeit versteinerst du immer mehr. Das mit David muss ja wohl wie eine Beziehung mit einem Betonklotz gewesen sein. Und dann deine Wohnung. Selbst deine Einrichtung stagniert.«

»Mein Mobiliar stammt von meiner Großmutter«, erwiderte Min steif.

»Genau. Dein Hintern hockt schon seit deiner Geburt darauf. Du brauchst mal einen Wechsel. Und wenn du diesen

Wechsel nicht selbst hinkriegst, dann *muss ich dir eben dabei helfen.*«

Min gefror das Blut in den Adern. »*Nein*.«

»Drohe ihr nicht«, ermahnte Bonnie Liza. »Sie wird sich schon noch ändern und sich weiterentwickeln. Nicht wahr, Min?«

Min blickte wieder zur Empore hinüber, und plötzlich erschien es ihr fast als eine gute Idee, dort hinüberzugehen. Sie könnte unter dem hässlichen gusseisernen Geländer stehen bleiben und ein wenig lauschen, und wenn sich Calvin Morrisey dann auch nur ein kleines bisschen nett anhörte – ha, wie wahrscheinlich war das wohl? – dann könnte sie hinaufgehen und irgendetwas Zuckersüßes zu David sagen und ins Gespräch kommen, und dann würde Liza nicht die Möbelpacker schicken, um ihre Wohnung auszuräumen, während sie im Büro wäre.

»Treibe mich nicht zum Äußersten«, warnte Liza.

An der Bar herumzustehen und zu jammern half ihr schließlich auch nicht weiter. Und vorgewarnt, wie sie war, konnte er auch nicht viel Schaden anrichten. Min nahm die Schultern zurück und holte tief Luft. »Auf in den Kampf, Torero.«

»Und sage für den Rest des Abends nicht ein einziges Mal das Wort ›Prozent‹, hörst du?«, ermahnte Liza. Während Min ihre grau karierte Kostümjacke glatt strich und heimlich betete, dass ihr rechtzeitig ein guter Spruch als Einstieg einfiele, damit sie sich nicht unsterblich blamierte. Andernfalls würde sie das Biest anspucken, David über das Geländer stoßen und sofort losgehen, um sich eine Katze zu besorgen.

»Na, das ist doch wenigstens ein Plan«, sagte sie zu sich selbst und machte sich auf den Weg.

Oben auf der Empore überlegte Cal Morrisey sich ernsthaft, David Fisk über das Geländer zu stoßen. *Ich hätte schnell ver-*

schwinden sollen, als ich ihn kommen sah, dachte er. Daran hatte Tony Schuld.

»Schau mal, diese Rothaarige hat tolle Beine«, hatte er gesagt. »Siehst du sie? Dort an der Bar, in dem purpurnen Ding mit Reißverschluss? Meinst du, die steht auf Footballspieler?«

»Du hast doch seit fünfzehn Jahren nicht mehr Football gespielt«, hatte Cal erwidert, dabei genüsslich an seinem Drink genippt und sich in seiner alkoholseligen Friedfertigkeit auch kaum stören lassen, als irgendjemand mit schlechtem Geschmack den Song »Hound Dog« spielen ließ. Seiner Meinung nach hatte die Bar nur zwei Nachteile, nämlich die idiotische Einrichtung und die Tatsache, dass die Musikbox Elvis Presley anbot.

»Na gut, das ist schon eine Weile her, aber das weiß sie ja nicht.« Tony blickte wieder zu der Rothaarigen hinüber. »Ich setze zehn Eier darauf, dass sie mit mir zusammen hier rausgeht. Ich mach's mit meinem Chaostheorie-Spruch.«

»Ohne mich«, erwiderte Cal. »Obwohl der einfach grauenhaft ist. Das würde meine Chancen erhöhen.« Er spähte über den Raum hinweg zur Rouletteschüssel-Bar hinüber. Die Rothaarige war ein Prachtstück, was bedeutete, dass sie Tonys Typ war. Neben ihr stand eine kecke, kleine Blondine, ganz die Traumfrau ihres Freundes Roger. Shanna hinter der Bar winkte ihm, ohne zu lächeln, und Cal nickte ihr zu und fragte sich, was geschehen war.

Tony legte seinen Arm um Cals Schultern. »Hilf mir ein bisschen, sie hat Freundinnen bei sich. Geh du rüber und sprich die Mollige in dem karierten Kostüm an, und Roger kann die kleine Blondine übernehmen. Ich würde dir ja die kleine Blondine gönnen, aber du kennst doch Roger und seine Vorliebe für winzige Frauen.«

Neben Cals Ellbogen schrak Roger hoch. »Was? Welche kleine Blondine?« Er spähte zur Bar hinüber. »Oh. Ooh!«

»Kostüm?« Cal blickte wieder zur Bar.

»Die da in Grau.« Tony machte eine Kopfbewegung in ihre Richtung. »Zwischen dem Rotkopf und der Miniblondine. Man sieht sie nicht gleich, weil die Rothaarige einen irgendwie blendet. Ich wette mit dir …«

»Ah.« Mit zusammengekniffenen Augen erspähte Cal zwischen der Rothaarigen und der Blondine eine mittelgroße Frau in einem langweiligen, steifen, grau karierten Kostüm, die ihr braunes Haar zu einem Knoten hochgesteckt hatte. Auf ihrem runden Gesicht lag ein grimmiger Ausdruck. »Auf keinen Fall«, entschied er und nahm einen weiteren Schluck.

Tony schlug ihm aufmunternd auf den Rücken, so dass er sich verschluckte. »Na komm schon, genieße doch das Leben ein bisschen. Erzähl mir nicht, dass du immer noch Cynthie nachtrauerst.«

»Ich habe Cynthie nie nachgetrauert«, entgegnete Cal und blickte prüfend über die Menge. »Halte ein bisschen Ausschau nach ihr, ja? Sie hat dieses rote Ding an, das sie immer trägt, wenn sie etwas Bestimmtes will.«

»Das kann sie von mir kriegen«, erwiderte Tony.

»Phantastisch«, meinte Cal inbrünstig. »Ich würde sogar mit diesem Kostüm da anbändeln, wenn du Cyn heiratest.«

Tony verschluckte sich an seinem Drink. »Heiraten?«

»Tja«, erwiderte Cal. »Sie will heiraten. Ich war auch wie vor den Kopf geschlagen.« Einen Augenblick lang dachte er an Cynthie, ein echter Schatz mit einem Rückgrat aus Stahl. »Keine Ahnung, wie sie darauf kam, dass es so mit uns stünde.«

»Da ist sie ja.« Roger blickte über Cals Schulter hinweg und warnte: »Sie kommt gerade die Stufen herauf.«

Cal sprang auf und versuchte, sich an Tony vorbei zur Tür zu drängen. »Lass mich durch.«

Tony aber blieb gelassen sitzen. »Du kannst dich jetzt nicht dünn machen. Ich will die Rothaarige.«

»Dann hole sie dir doch«, erwiderte Cal und versuchte, sich an ihm vorbeizuquetschen.

»Cynthie hat David im Schlepptau«, informierte Roger ihn mitleidig.

»Cal!«, krächzte Davids Stimme über Cals Schulter. »Genau dich haben wir gesucht.« Er klang, als kochte er vor Wut, aber als Cal sich umwandte, lächelte David.

Das gibt Ärger, dachte Cal und lächelte ebenso künstlich zurück. »David, Cynthie. Nett, euch hier zu treffen.«

»Hallo, Cal.« Cynthie lächelte zu ihm auf, und auf ihrem herzförmigen Gesicht lag ein unheilvoll lieblicher Ausdruck. »Wie geht's dir?«

»Sehr gut. Könnte nicht besser sein. Dir anscheinend auch. Siehst toll aus.« Cal blickte an ihr vorbei David an und dachte beschwörend: *Bitte, nimm sie*. »Sie sind zu beneiden, David.«

»Ach ja?«

»Na, weil Sie mit Cynthie ausgehen«, erklärte Cal und legte so viel Aufmunterung in seine Stimme, wie er konnte.

Cynthie ergriff Davids Arm. »Ach, wir haben uns gerade zufällig getroffen.« Sie wandte Cal die Schulter zu und blickte strahlend zu David empor. »Aber ich freue mich wirklich, ihn wieder zu sehen.« Ihr Blick glitt zurück zu Cals Gesicht, und er lächelte wieder an ihrem Ohr vorbei und bemühte sich aufs Äußerste, keinerlei Eifersucht auszustrahlen.

David blickte in ihr schönes Gesicht hinab und blinzelte, und Cal empfand vage Mitleid mit ihm. Aus der Nähe wirkte Cynthie entzückend; ebenso aus der Ferne und überhaupt aus jedem Blickwinkel, weswegen er ihr schließlich in allem zugestimmt hatte. Cals Augen wanderten zu ihrem perfekt straffen, zierlichen Körper in ihrem perfekt eng anliegenden roten Kleid. Dann riss er seinen Blick los, wich einen Schritt zurück und rief sich ins Gedächtnis, wie friedlich das Leben ohne sie war. Abstand, das war der Trick. Vielleicht auch ein Kruzifix und ein Kranz Knoblauch.

»Ja, natürlich«, erwiderte David. »Vielleicht können wir ja

irgendwo zusammen zu Abend essen.« Er warf Cal einen triumphierenden Blick zu.

»Na, dann lasst euch von uns nicht aufhalten.« Cal wich einen weiteren Schritt zurück und stieß ans Geländer.

Cynthie ließ Davids Arm los, und ihr strahlendes Lächeln verblasste. »Ich mach mich nur noch schnell frisch, bevor wir gehen.« Tony und David blickten ihr nach, als ihr vollkommener Hintern sich schwungvoll entfernte, während Rogers Blick weiter wie verzaubert auf die feenhafte kleine Blondine geheftet war und Cal sich einen herzhaften Schluck aus seinem Glas genehmigte und wünschte, er wäre woanders. Irgendwo anders. Beim Abendessen zum Beispiel. Er könnte bei Emilio's vorbeigehen und dort in der Küche essen. In Emilios Küche gab es keine Frauen.

»Also, David«, begann Tony. »Hat Ihnen unser Seminar denn weitergeholfen?«

»Es war phantastisch«, antwortete David. »Ich hätte nicht gedacht, dass irgendjemand diesen Trotteln das neue Programm beibringen könnte, aber tatsächlich sind jetzt alle in der Firma auf Zack. Wir haben sogar …«

Er erzählte und erzählte, und Cal nickte dazu und dachte bei sich, dass einer der Gründe, warum er David nicht mochte, dessen Hang dazu war, seine Angestellten immer als Trottel zu bezeichnen. Immerhin, David bezahlte die Honorare pünktlich und würdigte durchaus ihre Dienste; es gab schlimmere Kunden. Und wenn David jetzt auch noch Cynthie übernahm, war Cal bereit, regelrecht freundliche Gefühle für ihn zu hegen.

David beendete seine Ausführungen, worüber auch immer, und blickte zur Treppe hin. »Wegen Cynthie. Ich dachte, dass Sie mit ihr …«

»Nein.« Cal schüttelte energisch den Kopf. »Sie hat mich schon vor Monaten verlassen.«

»Ist das nicht normalerweise bei Ihnen anders herum?«

David zog eine Augenbraue hoch und sah damit ausgesprochen dämlich aus. Und trotzdem gab es Frauen, die sich mit ihm abgaben. Das Leben war voller Mysterien. Genau wie die Frauen.

»Sind Sie nicht der Knabe, der alle um den Finger wickeln kann?«, beharrte David.

»Nein«, entgegnete Cal.

»Er verliert langsam den Biss«, mischte Tony sich ein. »Ich habe eine leichte Beute für ihn gefunden, aber er will nicht.«

»Welche denn?«, fragte David.

»Die in dem grau karierten Kostüm an der Bar.« Tony machte eine Geste mit seinem Drink, David blickte zur Bar hinüber und wandte sich dann ungerührt wieder Cal zu.

»Vielleicht verlieren Sie *wirklich* langsam den Biss«, meinte er mit einem Lächeln. »Die sollte nicht so schwer herumzukriegen sein. Schließlich ist sie keine Cynthie.«

»Cynthie ist schon in Ordnung«, erwiderte Cal vorsichtig.

David beugte sich vor. »Es heißt doch, dass zu Ihnen keine Nein sagt, oder?«

»Was?«, fragte Cal ungläubig.

»Aber ich möchte darauf wetten, dass Sie *die* nicht kriegen«, fuhr David fort. »Ich setze einen Hunderter, dass Sie die nicht weich kriegen.«

Cal wich auf seinem Stuhl zurück. »*Was*?«

David lachte, aber es lag eine gewisse Schärfe in seiner Stimme, als er weitersprach. »Ist doch nur eine Wette, Cal. Ihr Jungs liebt doch das Risiko. Ich habe miterlebt, wie Sie auf praktisch alles bereits Wetten abgeschlossen haben. Und das ist noch nicht mal eine hohe Wette. Vielleicht sollten wir auf zweihundert gehen.«

In diesem Augenblick dachte Cal daran, David mit einem heilsamen Stoß über das Geländer zu befördern. Tony wandte David den Rücken zu und bedeutete Cal stumm: *Lass ihm seinen Willen*, und Cal seufzte. Es musste doch etwas geben, das er als Wetteinsatz verlangen konnte, womit er David zu einem Rückzug zwingen konnte. »Dieser Baseball in Ihrem Büro«, begann er. »Der in der Vitrine.«

»Mein Pete-Rose-Baseball?« Davids Stimme schraubte sich um eine Oktave höher.

»Genau der. Den will ich, wenn ich gewinne.« Cal kippte den Rest seines Drinks und sah sich nach einer Bedienung um.

David schüttelte den Kopf. »Nicht drin. Den hat mein Dad 1975 für mich gefangen. Aber es imponiert mir, wie Sie in die Vollen gehen.« Er beugte sich noch weiter vor. »Ich sag Ihnen was. Das letzte Auffrischungsseminar, das Sie bei uns geleitet haben, kostete mich zehn Riesen. Ich setze zehntausend in bar gegen ein Gratisseminar …«

Cal zwang sich zu einem Lächeln. »David, ich habe doch nur Spaß gemacht …«

»Aber für zehn müssen Sie sie schon ins Bett kriegen. Ich will nicht unfair sein. Ich gebe Ihnen einen Monat Zeit, um sie aus ihrem grau Karierten rauszulocken.«

»Kinderspiel«, warf Tony ein.

Cal schoss Tony einen Blick zu. »David, solche Wetten sind nicht meine Art.«

»Aber *meine*«, entgegnete David und runzelte finster seine Brauen, und Cal dachte: *Herrgott, der will das wirklich mit aller Gewalt, und wir brauchen seine Aufträge*.

Okay, ganz offensichtlich hatte der Alkohol Davids Gehirn vernebelt. Wenn er wieder bei Sinnen war, würde er vor der Zehntausend-Dollar-Wette ganz sicher zurückschrecken, denn das war gegen alle Vernunft, und bei Geld war David nie unvernünftig. Er musste ihn also nur hinhalten, bis David nüchtern wurde, und dann so tun, als sei das Ganze nie geschehen. Er warf einen verstohlenen Blick zur Bar hinüber und sah zu seiner Freude, dass das graue Kostüm verschwunden war.

Cal wandte sich David wieder zu und sagte: »Na ja, ich würde es ja tun, David, aber sie ist fort.« *Und ich danke dir aus tiefster Seele, du grau Karierte, dass du gegangen bist,* dachte er und hob sein neues Glas an die Lippen.

Endlich konnte er sich entspannen.

Min hatte sich durch den Raum geschlängelt und war dabei mit sich übereingekommen, dass sie nicht entscheiden konnte, was schlimmer war: diesen Kerl anzusprechen oder ohne Begleitung bei Di's Hochzeit aufzukreuzen. Bei der Empore angelangt, suchte sie sich ihren Weg unten am Geländer entlang und schnappte hie und da Gesprächsfetzen auf, bis sie plötzlich Davids Stimme über sich hörte: »Aber für zehn müssen Sie sie schon ins Bett kriegen.«

Was? dachte Min. Es war ziemlich laut dort oben in der Nähe der Tür, vielleicht hatte sie ihn falsch verstanden.

»Ich will nicht unfair sein«, fuhr David da fort. »Ich gebe Ihnen einen Monat Zeit, um sie aus ihrem grau Karierten rauszulocken.«

Min blickte auf ihr grau kariertes Kostüm hinab.

»Kinderspiel«, hörte sie eine andere Stimme antworten, und dachte *Du Mistkerl. Die Welt ist doch voller sexbesessener Arschlöcher*. Und zwang sich, weiterzugehen, anstatt über das Geländer zu klettern und beide zu erwürgen.

Schnaubend vor Wut eilte sie zu Liza und Bonnie zurück. Sie wusste genau, was David vorhatte. Er nahm an, dass sie mit keinem Mann ins Bett ging, denn schließlich hatte sie *ihn* abgewiesen. Sie hatte ihn davor gewarnt, vorschnelle Erwartungen zu hegen, aber er hatte sie gegen ihren Rat immer wieder eingeladen, mit ihm auszugehen.

Weil er dachte, ich wäre eine sichere Sache, erkannte sie. Weil er sie sich genau angesehen hatte und dachte: *Übergewichtige, kluge Frau, die mich nie betrügen wird und mir im Gegenteil dankbar ist, wenn ich mit ihr schlafe*. »Der Mistkerl«, sagte sie laut. Eigentlich sollte sie mit Calvin Morrisey ins Bett gehen, nur um es David heimzuzahlen. Aber dann hätte sie keine Möglichkeit, es Calvin Morrisey heimzuzahlen. Herrgott, war sie dumm. Fett und dumm, das passte wirklich wie die Faust aufs Auge.

»Was ist los?«, fragte Liza, als Min wieder zur Bar zurückkehrte. »Hast du ihn angesprochen?«

»Nein. Wenn ihr ausgetrunken habt, will ich hier weg.« Min drehte sich wieder zur Empore um und blickte zu ihnen hinüber, gerade als auch sie zu ihr hinüberspähten.

David blickte hochzufrieden drein, während Calvin Morrisey sich an seinen Drink klammerte und aussah, als wäre er gerade dem Teufel begegnet.

»Da ist sie ja«, krähte David. »Ich wusste doch, dass sie wiederkommen würde. Na los, schnappen Sie sie sich, Meister.«

»M-m, David«, begann Cal und verwünschte das grau karierte Kostüm in die tiefste Hölle.

»Gewettet ist gewettet.«

Cal setzte sein leeres Glas auf dem Geländer ab und überlegte rasch. Das karierte Kostüm sah nicht besonders glücklich aus, es bestand also eine Chance, dass sie die Gelegenheit ergreifen würde, die Bar zu verlassen, wenn er sie zum Abendessen einlud. »Hören Sie, David, Sex steht hier nicht zur Debatte. Ich bin zwar kein Unschuldsknabe, aber ich bin auch kein Schwein. Wenn Sie zehn Eier dagegensetzen wollen, dass ich sie zum Abendessen abschleppe, na gut, von mir aus. Aber mehr ist nicht drin.«

David schüttelte den Kopf. »Quatsch. Na klar setze ich auch zehn Eier gegen das Abschleppen, aber die zehn Riesen gelten immer noch. Wenn Sie *verlieren ...* « –, er lächelte Cal an und zog das »verlieren« in die Länge – »dann halten Sie ein Gratisseminar bei uns ab.«

»David, ich kann diese Wette gar nicht annehmen«, entgegnete Cal und änderte seine Taktik. »Schließlich habe ich zwei Partner, die ...«

»Ich bin einverstanden«, erklärte Tony. »Cal verliert nie.«

Cal starrte ihn an. »Tja, aber *Roger* ist nicht einverstanden.«

»He, Roger, bist du dabei?«, rief Tony, und Roger antwortete: »Klar«, ohne den Blick von der Blondine an der Bar zu wenden.

»*Roger*«, mahnte Cal.

»Sie ist das süßeste kleine Ding, das ich je gesehen habe«, stellte Roger fest.

»Roger, du hast gerade darauf gewettet, dass ich eine Frau ins Bett kriege«, erklärte Cal mit großer Geduld. »Sage David jetzt bitte, dass du nicht bereit bist, ein Zehntausend-Dollar-Seminar auf Sex zu verwetten.«

»Was?«, erwiderte Roger und riss endlich den Blick von der Blondine los.

»Ich sagte …«, begann Cal erneut.

»Warum solltest du denn auf so was wetten?«, fragte Roger.

»Darum geht's nicht«, erklärte Tony. »Worum es geht, ist: schafft er's?«

»Na sicher«, erwiderte Roger. »Aber …«

»Dann gilt die Wette«, stellte David fest.

»Nein, sie gilt nicht«, widersprach Cal.

»Sie glauben selbst nicht, dass Sie es schaffen«, stichelte David. »Damit verlieren Sie die Wette.«

»Es geht nicht um mich«, entgegnete Cal, und im nächsten Augenblick tauchte Cynthie wieder neben ihm auf und legte eine Hand auf seinen Arm. Sie beugte sich zu ihm, und er fühlte, wie ihm warm wurde.

»Da drüben wartet sie auf Sie«, drängte David mit Härte in der Stimme.

»Sie?« Cynthies Blick verlor das Strahlende. »Hast du ein Rendezvous?«

Zum Teufel, dachte Cal.

»Cal?«, stieß David nach.

»Cal?«, fragte Cynthie.

»Ich *liebe* so was«, erklärte Tony.

»Was denn?«, fragte Roger.

Cal seufzte. Nun hieß es: das Kostüm oder Cynthie, der Felsbrocken oder das weiche Kissen, das geheiratet werden wollte. Er löste ihre Hand von seinem Arm. »Ja, ich habe ein Rendezvous. Entschuldige mich.«

Er drängte sich an Cynthie und David vorbei und machte sich auf den Weg zur Bar, wobei er allen beiden das Schlimmste wünschte, das ihm einfiel, nämlich dass aus ihnen ein Paar wurde.

Min beobachtete, wie Cal Morrisey die Stufen hinabging. Dieses Biest. Er dachte, er könnte sie innerhalb eines Monats herumkriegen. Er dachte, sie sei so frustriert, dass sie einfach …

Beim nächsten Gedanken hielt sie inne und richtete sich gerade auf.

»Sagst du uns jetzt endlich, was los ist?«, forderte Liza.

»Ein Monat«, murmelte Min.

Sie sah, wie er sich einen Weg durch die Menge suchte und die auffordernden Blicke ignorierte, die ihm einige Frauen zuwarfen.

Er kam, um sie anzusprechen und abzuschleppen.

Mal angenommen, sie ließ sich darauf ein.

Mal angenommen, sie ließ ihn in den nächsten drei Wochen schwitzen, indem sie sich spröde gab, und nahm ihn dann mit zu Di's Hochzeit. Er würde sie nicht sitzen lassen, denn er hatte nur einen Monat Zeit, seine verdammte Wette zu gewinnen. Sie brauchte also nichts weiter zu tun, als ihn drei Wochen lang im Ungewissen zu lassen, ihn dann zur Hochzeit ihrer Schwester zu schleppen und ihm anschließend den erhobenen Mittelfinger zu zeigen.

Min lehnte sich bequem gegen die Bar und prüfte den Plan von allen Seiten. Das Biest hatte es mehr als verdient, drei Wochen lang gefoltert zu werden. Und in diesen drei Wochen würde sie sich in Ruhe überlegen, wie sie auch David bestrafen konnte. Und ihre Mutter würde allen Hochzeitsgästen ein Prachtexemplar als ihren Begleiter vorstellen können. Das war doch ein Plan, und soweit sie es beurteilen konnte, war es sogar ein guter Plan.

Die Barkeeperin näherte sich, und Min orderte: »Diät-Cola und Rum. Einen doppelten, bitte.«

»Das ist dein dritter«, kommentierte Liza. »Und vierter. Allein die Kohlensäure wird dich zum Überkochen bringen. Was hast du vor?«

»War er gemein zu dir?«, fragte Bonnie. »Was ist denn passiert?«

»Ich habe nicht mit ihm gesprochen.« Min scheuchte die beiden mit wedelnder Hand fort. »Trollt euch ein paar Meter weiter, ja? Ich werde hier gleich angemacht, und ihr verderbt mir meine Show.«

»Irgendetwas haben wir verpasst«, bemerkte Liza zu Bonnie.

»Nun geh schon«, entgegnete Bonnie und schob Liza zu einem anderen Platz an der Bar.

Min wandte sich der Barkeeperin zu, als diese ihren Drink brachte, so dass sie hochschrak, als das Biest sie von der Seite ansprach und sie unvermittelt die volle Wucht seiner attraktiven Erscheinung zu spüren bekam: die glutvollen dunklen Augen, die perfekt geformten Wangenknochen, und Lippen, nach deren Berührung sich jede Frau nur sehnen konnte. Ihr Herz klopfte ihr bis in den Hals, und sie schluckte schwer, um es wieder an seinen normalen Platz zu befördern.

»Ich habe da ein Problem«, begann er, und seine Stimme war tief und weich, warm genug, um zu bezaubern, und voll genug, um den Blutkreislauf zum Erliegen zu bringen.

Zartbitterschokolade, dachte Min, blickte ihn ausdruckslos an und zwang sich, tief und ruhig zu atmen. »Ein Problem?«

»Na ja, normalerweise würde ich Sie ansprechen mit: ›Darf ich Sie zu einem Drink einladen?‹, aber Sie haben schon einen.«

Er lächelte sie an, und das Testosteron strahlte ihm aus allen Knopflöchern seines teuren Anzugs.

»Tja, das ist wirklich ein Problem.« Sie begann, sich abzuwenden.

»Deswegen habe ich mir gedacht«, fuhr er mit noch weicherer Stimme fort und beugte sich näher zu ihr, so dass ihr Herz wieder anfing zu klopfen, »ich könnte Sie doch irgendwo anders hin zum Abendessen einladen.«

Je näher er kam, umso besser sah er aus. Er war der Gebrauchtwagenhändler unter den Verführern, befand Min und versuchte, ihre innere Distanz wiederzugewinnen. Gegenüber Gebrauchtwagenhändlern hatte man keine Chance, denn sie verkauften ihr Leben lang Autos, während man selber nur einige wenige im Leben kaufte. Statistisch gesehen hatte man schon den Kürzeren gezogen, bevor die Halme auch nur gerupft waren. Sie konnte nur vermuten, wie viele Frauen dieser Kerl in seinem Leben schon zur Strecke gebracht hatte. Alles in ihr sträubte sich.

Sein Lächeln war verschwunden, während er auf ihre Antwort wartete, und er wirkte jetzt verletzlich, nachdem er all seinen Mut zusammengenommen hatte, um sie einzuladen. Er spielte diese Verletzlichkeit hervorragend. *Vergiss nicht*, erinnerte sie sich selbst, *dieser Mistkerl tut das für zehn Eier.* Das heißt, eigentlich versuchte er, *sie* für zehn Eier abzuschleppen. So ein Geizkragen. Plötzlich fiel es ihr nicht mehr schwer, normal zu atmen.

»Zum Abendessen?«, wiederholte sie.

»Ja.« Er beugte sich noch näher zu ihr. »Irgendwo, wo es ruhiger ist und wir uns unterhalten können. Sie sehen aus wie jemand, der etwas zu sagen hat, und ich würde es gern hören.«

Min lächelte ihn an. »Das ist ja ein schrecklicher Aufreißerspruch. Funktioniert der normalerweise?«

Er erstarrte einen Augenblick, dann wechselte sein ernsthafter Gesichtsausdruck zu einem jungenhaften Grinsen: »Na ja, bis jetzt schon.«

»Das muss an Ihrer Stimme liegen«, versetzte Min. »Die spielen Sie wunderbar aus.«

»Vielen Dank.« Er richtete sich auf. »Fangen wir doch noch mal von vorn an.« Er streckte seine Hand aus. »Ich bin Calvin Morrisey, aber meine Freunde nennen mich Cal.«

»Min Dobbs.« Sie schüttelte ihm die Hand und ließ sie wieder los, bevor sie in der ihren warm werden konnte. »Und meine Freundinnen würden mich eine dämliche Kuh nennen, wenn ich diese Bar mit einem vollkommen Fremden verlasse.«

»Warten Sie.« Er zog seine Börse und holte einen Zwanziger hervor. »Der ist fürs Taxi. Wenn ich aufdringlich werde, rufen Sie sich ein Taxi.«

Liza würde den Zwanziger nehmen und den Kerl dann zum Teufel schicken. Aber da war ihr Plan, und Liza brauchte keinen Begleiter für eine Hochzeit. Was sonst würde Liza tun? Min pflückte den Zwanziger aus seinen Fingern und erklärte: »Wenn Sie aufdringlich werden, breche ich Ihnen das Nasenbein.« Sie faltete den Zwanziger, öffnete die zwei obersten Knöpfe ihrer Bluse und steckte den Schein in das V ihres dezenten Baumwoll-BHs, so dass nur noch ein grüner Rand zu sehen war. Das war ein unleugbarer Vorteil ihrer Über-Pfunde: Sie hatte einiges an Oberweite zu bieten.

Sie sah auf und ertappte ihn, wie er in ihren Ausschnitt blickte. Sie erwartete irgendeinen Kommentar, aber er lächelte lediglich und meinte: »Das ist nur fair. Kommen Sie, lassen Sie uns gehen«, und sie nahm sich vor, nicht auf seinen schön geformten Mund zu starren, schließlich versteckte sich darin eine gespaltene Zunge.

»Versprechen Sie mir zuerst, keine lahmen Sprüche mehr loszulassen«, verlangte sie und beobachtete, wie sich seine Wangenmuskeln anspannten.

»Was immer Sie wünschen«, erwiderte er.

Min schüttelte den Kopf. »Schon wieder so ein Spruch. Ich nehme an, Sie können nicht anders. Na ja, ein Essen umsonst, warum nicht.« Sie nahm ihre Tasche von der Theke. »Gehen wir.«

Sie marschierte los, bevor er noch etwas sagen konnte, und er folgte ihr, vorbei an einer verblüfften Liza und einer entzückten Bonnie, quer durch den Raum und zum Absatz vor dem Eingang. Das Letzte, was sie sah, bevor sie die Bar verließen, war Davids wutverzerrtes Gesicht.

Der Abend entwickelte sich *bedeutend* besser, als sie erwartet hatte.

2

Liza blickte stirnrunzelnd auf die Eingangstür. Da war etwas Ungutes im Gange. Als Calvin Morrisey dann noch einmal hereinkam und einen Augenblick lang mit David sprach, machte das die Sache nicht besser.

»Glaubst du, das war der Alkohol?«, fragte Bonnie.

Lizas Gedanken überstürzten sich. »Ich weiß nicht, was das war, aber es gefällt mir nicht. Warum hatte er es auf sie abgesehen?«

Bonnie runzelte die Brauen. »Das sieht dir gar nicht ähnlich, eifersüchtig zu sein.«

»Ich bin nicht eifersüchtig.« Liza wandte sich mit finsterer Miene Bonnie zu. »Denk doch mal nach. Min sendet keine Signale aus, und er hat noch nie mit ihr gesprochen, also kann er gar nicht wissen, wie prima sie ist. Und sie steht da in den Klamotten einer verklemmten Schreckschraube. Er aber marschiert durch die ganze Bar und pickt sich ausgerechnet sie heraus …«

»So was gibt's doch«, entgegnete Bonnie.

»... unmittelbar, nachdem er sich mit David unterhalten hat«, schloss Liza und machte eine Geste mit dem Kopf hinüber zur Empore, wo sich David nun mit hochrotem Kopf intensiv einer Brünetten widmete.

»Oh«, machte Bonnie betroffen. »Oh nein.«

»Da gibt's nur eines, was wir tun können.« Liza straffte die Schultern. »Wir müssen herausfinden, was Calvin, das Biest, vorhat.«

»Aber wie ...«

Liza nickte zur Empore hinüber. »Er war mit diesen beiden Jungs hier. Welchen willst du übernehmen, den großen, dämlich aussehenden Blonden oder den Bullenkopf?«

Bonnie folgte Lizas Blick und seufzte. »Den Blonden, der scheint harmlos zu sein. Der Bullenkopf sieht aus, als hätte er zehn Hände, und dazu habe ich heute nicht den Nerv.«

»Ich schon.« Liza stellte ihren Drink auf dem Tresen ab und lehnte sich zurück. Der Bullenkopf blickte sie unverwandt an. »So eine niedrige Stirn habe ich das letzte Mal im Biologieunterricht gesehen, als man uns die Dias über die Entwicklung zum Menschenaffen zeigte.« Sie erwiderte seinen Blick volle fünf Sekunden lang, ohne auch nur mit einer Wimper zu zucken. Dann wandte sie sich wieder zur Bar um. »Zwei Minuten.«

»Ach, bei den vielen Menschen hier, Liz«, entgegnete Bonnie, »gib ihm drei.«

David hatte beobachtet, wie Cal die Eingangstür für Min öffnete, und fühlte eine Woge von Eifersucht und Wut in sich aufsteigen. Nicht nur, dass er Cal am liebsten einen Tritt gegeben hätte. Er empfand immer den Wunsch, Cal einen Tritt zu geben. Dieser Kerl kam nie ins Schwitzen, machte nie einen Fehler im Geschäftsleben, verlor nie eine Wette und holte sich bei keiner Frau einen Korb. *Dein Therapeut hat dich davor ge-*

warnt, sagte er sich selbst, aber er wusste, dass es diesmal nicht nur an seinem Bedürfnis lag, bei allem der Beste sein zu wollen. Diesmal hatte die Eifersucht noch einen extra Haken.

Diesmal hatte Cal sich Min geschnappt. Ausgerechnet Min, die zu den brauchbaren, soliden Frauen zählte, mal abgesehen von dieser eigensinnigen Art, die er ihr sicher hätte abgewöhnen können. Sie wäre todsicher zu ihm zurückgekommen. Jetzt aber …

Er wurde starr, als Cal noch einmal hereinkam und ihn zu sich winkte.

»Wir gehen zusammen essen«, erklärte Cal und streckte fordernd die Hand aus. »Zehn Eier.«

Er klang wütend, so dass David sich etwas besser fühlte, als er seine Börse herausnahm und Cal den Zehner aushändigte.

»Schlauer Schachzug, mir nicht zu verraten, dass sie Männer hasst«, stellte Cal fest.

Dann war er fort, und David kehrte ans Geländer der Empore zurück und bemerkte: »Ich glaube, ich habe gerade einen Fehler gemacht.«

»Sie auch?«, sprach Cynthie traurig in ihr Martini-Glas.

David spähte zur Eingangstür. »Dann waren es also nicht Sie, die mit Cal Schluss gemacht hat?«

»Nein.« Auch Cynthie starrte die Eingangstür an. »Ich dachte, es sei Zeit, dass wir heiraten, und deswegen sagte ich: ›Jetzt oder nie‹.« Schmallippig lächelte sie zu David auf. »Und er antwortete: ›Tut mir Leid‹.« Sie holte tief Atem, und David versuchte, sich nicht davon ablenken zu lassen, dass sie unter ihrem eng anliegenden roten Kleid keinen BH trug.

»Das ist schäbig«, kommentierte David und lehnte sich gegen das Geländer, um nicht in ihren Ausschnitt zu blicken. Denn das wäre schäbig, etwas, das Cal Morrisey tun würde. »Cal muss ein Trottel sein.«

»Danke.« Cynthie wandte sich um, um erneut die Bar zu beobachten, als Tony vom Nachbartisch aufstand und, gefolgt von Roger, die Stufen hinabschritt. Ihr Haar bewegte sich bei der Kopfbewegung wie im Fernsehen, ein dunkler, seidiger Wasserfall, der ihre Schultern streichelte. »Ich wüsste zu gern, wie Cal dieser Frau begegnet ist. Ich hätte schwören können, dass er mit niemandem verabredet war.«

David überlegte, ob er ihr erzählen sollte, dass Cal Min wegen einer Wette angesprochen hatte, entschied sich aber dagegen. Die Wette ließ ihn nicht gerade im besten Licht erscheinen. Eigentlich wusste er gar nicht, warum um Himmels willen er das überhaupt getan hatte. Es war, als hätte eine böse innere Stimme ihm etwas eingeflüstert. Nein, Cal war schuld, ja, Cal, und das Ganze war eine Katastrophe, wenn Min jemals herausfand, dass er diese Wette vorgeschlagen hatte …

»Kennen Sie sie?«, fragte Cynthie.

»Sie ist meine Exfreundin.«

»Ach.« Cynthie stellte ihr Glas ab. »Na, ich hoffe, Cal tut es Leid, dass er mit ihr angebändelt hat. Ich hoffe, er merkt, was er verloren hat, wenn er sie erst mal bei sich zu Hause hat.«

»Die gehen nicht zu ihm nach Hause«, entgegnete David. »Sie wird nicht mitkommen.« Cynthie wartete, und er setzte hinzu: »Sie mag keinen Sex.«

Cynthie lächelte.

David zuckte die Schultern. »Zumindest hat sie in den zwei Monaten, die wir liiert waren, nicht gewollt. Also habe ich Schluss gemacht.«

Cynthie schüttelte noch immer lächelnd den Kopf. »Sie haben der Beziehung nicht genügend Zeit gelassen. Was für einen Beruf hat sie denn?«

Bei dieser Kritik wurde David steif. »Sie ist Versicherungsstatistikerin. Und es wundert mich wirklich, dass *zwei* Monate …«

»David,« erwiderte Cynthie, »wenn Sie gleich zu Anfang Sex haben wollten, dann hätten Sie sich eine Stripperin angeln sollen. Wenn sie Statistikerin ist, dann ist sie ein vorsichtiger Mensch. In diesem Beruf lernt man, Risiken zu minimieren, und in Ihrem Fall hatte sie Recht.«

David spürte eine plötzliche Abneigung gegen Cynthie. »Wieso hatte sie Recht?«

»Sie haben sie wegen Sex verlassen.« Cynthie beugte sich vor, und David tat, als blicke er nicht auf ihre Brüste unter dem Stoff. »David, das ist *mein* Spezialgebiet. Wenn Sie sie liebten, hätten Sie ihr kein Ultimatum wegen des Sex gestellt.«

»Was sind Sie denn von Beruf?«, fragte David kalt.

»Ich bin Psychologin«, antwortete Cynthie und hob ihr Glas, und David erinnerte sich an den Tratsch, den er gehört hatte.

»Sie sind dieser Beziehungsguru«, stellte er fest und erwärmte sich wieder ein wenig für sie. Sie war praktisch eine Berühmtheit. »Sie waren im Fernsehen.«

»Ich trete manchmal als Gast auf«, nickte Cynthie. »Meine Untersuchungen über Beziehungen sind allgemein auf großen Zuspruch gestoßen. Und ich habe daraus gelernt, dass man wegen Sex kein Ultimatum stellt.«

»Sie haben Cal auch eins gestellt.«

»Nicht wegen Sex«, widersprach Cynthie. »Ich würde ihm nie den Sex verweigern. Außerdem war das kein Ultimatum, sondern Strategie. Wir waren bereits neun Monate liiert, hatten die Phase der Verliebtheit hinter uns und befanden uns in der Phase der Bindung, und ich wusste, dass er nur einen kleinen physiologischen Wink brauchte, damit er sich über seine wahren Gefühle klar würde.«

»Kommt mir ziemlich unsinnig vor«, bemerkte David.

Cynthie lächelte ihn ohne Wärme im Blick an. »Meine Studien haben gezeigt, dass der Prozess bis zur reifen Liebesbeziehung in vier Phasen vor sich geht.« Sie hielt einen Finger empor. »Wenn Sie eine Frau kennen lernen, suchen Sie unbewusst nach Anhaltspunkten, ob sie die Art Frau ist, mit der Sie überhaupt zusammen sein sollten. Das ist die Grundakzeptanz.« Dann hielt sie den zweiten Finger empor. »Wenn die Frau diesen Grundakzeptanz-Test besteht, versuchen Sie, sie kennen zu lernen und herauszufinden, ob sie zu Ihnen passt. Wenn ja, dann fühlen Sie sich zu ihr hingezogen. Das ist die Anziehung.« Sie hielt den dritten Finger empor. »Wenn nun im Laufe des Kennenlernens die Anziehung durch Glück oder Schmerz oder durch beides verstärkt wird, dann verlieben Sie sich. Und ...« – sie hielt den vierten Finger in die Höhe – »... wenn es Ihnen gelingt, in der Phase der Verliebtheit eine feste Bindung zu entwickeln, dann erreichen Sie die Phase der dauerhaften, bedingungslosen Liebe.«

»Das kommt mir alles ein wenig klinisch vor«, meinte David und heuchelte Interesse. Schließlich war sie praktisch eine prominente Persönlichkeit.

»Deswegen ist es aber nicht falsch«, entgegnete Cynthie. »Nehmen Sie zum Beispiel die Grundakzeptanz. Ihr Unterbewusstsein prüft alle Frauen und sucht sich diejenigen aus, die Ihrer Grundakzeptanz des Frauentyps entsprechen, zu dem Sie sich hingezogen fühlen.«

»Ich hoffe doch, dass ich nicht so engstirnig bin«, verwahrte sich David.

»Deswegen bin ich auch überrascht, dass Cal sich Ihre Min ausgesucht hat.« Cynthie nippte an ihrem Drink. »Denn bei ihm hängt die Grundakzeptanz unter anderem davon ab, dass die Frauen schön sind.«

»Ich habe Cal schon immer für oberflächlich gehalten«, erwiderte David und dachte bei sich: *Er hat sie nur wegen einer Wette abgeschleppt, der Mistkerl.*

»Er ist ganz und gar nicht oberflächlich«, widersprach Cynthie. »Nachdem sie die Grundakzeptanz abgehakt haben, werden sie jetzt unbewusst die gegenseitige Attraktivität prüfen. Wenn sie zum Beispiel draußen im Gleichtakt gehen, wäre das ein starker psychologischer Faktor dafür, dass sie zueinander passen.« Sie runzelte die Stirn. »Ich wünschte, wir könnten sie beim Essen beobachten.«

»Was sollten wir denn da sehen?«, fragte David und nahm seinen Drink wieder auf. »Ob sie im Gleichtakt essen?«

»Nein«, entgegnete Cynthie. »Ob sich ihre Bewegungen spiegeln, ob sie zum Beispiel beide gleichzeitig ein Bein über das andere schlagen. Ob sie positiv reagiert, wenn er sie berührt. Ob sie koitale Blicke tauschen.«

David verschluckte sich an seinem Drink.

»Das sind Blicke, die ein paar Sekunden zu lange andauern«, erklärte Cynthie. »Ein eindeutiges sexuelles Signal. Alle Spezies praktizieren das.«

David nickte verstehend und nahm sich vor, in Zukunft nicht mehr zu starren.

»Wenn ihre Unterhaltung einen Rhythmus ohne lange Pausen annimmt, dann verstärkt das die Attraktivität. Oder wenn sie in der Beziehung so weit kommen, dass sie Spitznamen verwenden.«

»Min hasst Spitznamen«, erwiderte David und erinnerte sich an ein katastrophales »Schnuckelputz«-Erlebnis.

»Oder wenn sie den gleichen Geschmack haben, was Musik oder Filme betrifft. Wenn sie kleine Geheimnisse oder Insiderwitze entwickeln. Wenn ihnen die gleichen Dinge etwas bedeuten. Arbeitet Min selbstständig?«

»Nein«, antwortete David. »Sie arbeitet für die Alliance-Versicherung. Ihr Vater ist dort Vizepräsident.«

Über Cynthies schönes Gesicht breitete sich ein Lächeln. »Hervorragend. Cal ist eine Spielernatur, und er bewundert Menschen, die etwas riskieren. Deswegen hat er sich auch geweigert, in das Geschäft seines Vaters einzutreten, und stattdessen lieber eine eigene Firma gegründet. Eine, die nach der Pfeife ihres Vaters tanzt, imponiert ihm garantiert nicht besonders. Sie wird ihm langweilig vorkommen.«

»Sehr gut«, meinte David. *Der oberflächliche Mistkerl.*

Cynthie nickte über ihr Glas hinweg. »Außerdem kommt es auch auf ihr Verhalten an. Wenn jemand Sie gern hat und gern mit Ihnen zusammen ist, wirkt er dadurch attraktiv.« Einen Augenblick lang blickte sie wehmütig drein. »Und Ihre Min wird natürlich über seine Gesellschaft entzückt sein.«

»Nein, wird sie nicht«, widersprach David. »Im Augenblick ist sie wütend auf alle Männer, weil ich ihr den Laufpass gegeben habe. Und sie hat Haare auf den Zähnen.«

Cynthies Miene hellte sich auf. »Das heißt, für Cal kommt dann zu seinem eigenen Urteil, wonach sie viel zu konservativ ist, noch ihre schlechte Laune hinzu. Das hört sich sehr gut an, David. Und lässt sie sich von ihm zum Abendessen einladen?«

David schüttelte den Kopf. »Min besteht immer darauf, dass jeder selbst für sich bezahlt. Sie ist eine sehr faire Frau.«

»Jede Spezies verfügt über eine ›Einladung zum Essen‹ als Bestandteil des Balzrituals«, erklärte Cynthie. »Wenn eine Frau nicht zulässt, dass Sie für das Abendessen bezahlen, weist sie Ihre Versuche zurück, ihr den Hof zu machen. Sie empfindet das vielleicht als fair oder hält sich für eine Feministin, aber tief drinnen weiß sie, dass sie Sie damit von der Liste ihrer Bewerber streicht.«

»Sie wird sich nicht von ihm einladen lassen«, beteuerte David nochmals, während er insgeheim seine Einstellung in diesem Punkt revidierte. Wenn Min zu ihm zurückkehrte, würde *er* künftig bezahlen.

»Also werden sie sich darüber streiten, wer zahlt. Fabelhaft.« Sie lehnte sich zurück, und ihr Gesicht entspannte sich zum ersten Mal an diesem Abend. »Nach allem, was Sie mir erzählt haben, bedauert Cal es schon jetzt, dass er sie eingeladen hat.«

»Das ist gut«, meinte David, den der Gedanke aufheiterte.

Cynthie lächelte vage. »Wollten Sie eigentlich wirklich mit

mir zum Abendessen gehen, oder haben Sie mich nur eingeladen, um Cal wütend zu machen?«

Abendessen. Wenn er Cynthie zum Abendessen ausführte, würden Tony und Roger Cal erzählen, dass sich zwischen ihm und Cynthie etwas anbahnte. Das geschähe Cal recht. Er, David, könnte die heißblütige Brünette abschleppen, die dem legendären Calvin Morrisey den Laufpass gegeben hatte. Er hätte die Nase vorn.

David stellte sein Glas ab. »Ich habe Sie gefragt, weil ich gern mit Ihnen zu Abend essen würde.«

Cynthie lächelte, und benommen dachte er, was für ein Dummkopf Cal war, diese Frau aus den Fingern zu lassen.

»Und Sie können mir noch mehr über Min erzählen«, bat Cynthie.

»Natürlich«, erwiderte David.

Alles über Min. Aber nichts über die Wette.

Min wartete draußen auf dem Trottoir, während das Biest noch einmal in der Bar verschwand, um zu holen, was immer er dort vergessen hatte – vielleicht seine Moralvorstellungen. In der kühlen Luft des Juniabends wurde ihr Kopf etwas klarer, und ihre Wut ebbte ein wenig ab. Die Bar lag in einer ihrer Lieblingsstraßen, in der sich neben einem kleinen Theater verrückte kleine Läden und Restaurants drängten. Ein sanfter Lufthauch ließ das Laub der dünnen Bäume rauschen, die die Straße säumten und sich in ihren Metallkäfigen zu wachsen bemühten. Min betrachtete die Bäume und dachte *Ich weiß genau, wie ihr euch fühlt*. Nun ja, das Dünnsein kannte sie nicht, dafür aber das Gefangensein.

Denn sie steckte in der Falle, da gab es keinen Zweifel. Sie steckte in der Falle und würde ohne Begleiter in einem idiotischen Brautjungfernkleid zur Hochzeit ihrer Schwester erscheinen und die Klagen ihrer Mutter darüber ertragen müssen. Denn um ehrlich zu sein, es würde ihr wohl kaum gelingen, jemanden wie Cal Morrisey drei Wochen lang an der Nase herumzuführen. Es war ein dummer, unüberlegter Einfall gewesen, den Alkohol und Wut ihr eingegeben hatten. Einen Augenblick lang wünschte sie, daheim zu sein in ihrer Dachwohnung und sich auf das alte, kürbisfarbene Sofa ihrer Großmutter gekuschelt das *Moody-Blue*-Album von Elvis anzuhören. Vielleicht war sie einfach nicht der Typ für solche Beziehungsspielchen. Vielleicht sollte sie einfach ihren gut gepolsterten Genen nachgeben und eine freundliche Tante für den unvermeidlichen Nachwuchs ihrer Schwester Diana werden. Sie wollte ja gar nicht unbedingt selbst Kinder. Und wozu sonst waren Männer schon gut? Na ja, für Sex natürlich, aber welche Verrenkungen sie deswegen veranstalteten! Also wirklich …

Hinter ihr klingelte ein Handy, und sie zuckte erschrocken zusammen. Als sie sich umdrehte, sah sie, dass Calvin Morrisey wieder da war und aus einer Tasche ein Handy zog, das mit mehr Brimborium ausgestattet war, als irgendein vernünftiger Mensch brauchte. Es bestätigte sie in ihrer Entscheidung: Sie würde den Teufel tun und drei lange Wochen mit einem seelenlosen Yuppie verbringen, nur um einen Begleiter zu Dianas Hochzeit zu haben. Sie würde ihren Anteil an dem Abendessen bezahlen und dann ›auf Nimmerwiedersehen‹ sagen. Das war ein guter Plan.

Mit verschränkten Armen erwartete sie, dass er versuchen würde, sie mit einem Geschäftsgespräch zu beeindrucken, aber er schaltete das Handy nur ab.

Min hob die Augenbrauen. »Und wenn es wichtig ist?«

»Der einzige Mensch, mit dem ich jetzt sprechen möchte, steht vor mir«, erwiderte er und schenkte ihr sein Strahlemann-Lächeln.

»Ach um Himmels willen«, stieß Min hervor. »Könnten Sie das nicht auch abstellen?«

»Wie bitte?«, fragte er, und sein Lächeln erlosch.

»Diese pausenlosen dummen Sprüche.« Min setzte sich wieder in Bewegung. »Ich gehe doch schon mit Ihnen zum Essen. Sie können sich also entspannen.«

»Ich bin immer entspannt.« Mit zwei Schritten war er an ihrer Seite. »Wohin gehen wir?«

Min stoppte so plötzlich, dass er noch einen Schritt tat, bevor auch er bremste.

»Das neue Restaurant, über das jetzt alle sprechen, liegt in dieser Richtung. ›Bei Serafino‹. Ein Bekannter behauptet, der Küchenchef würde mit seinen Gerichten etwas Besonderes aussagen.« Sie dachte an David und blickte Cal an. Zwei von der gleichen Sorte. »Ich dachte, das entspricht vielleicht Ihrem Stil. Hatten Sie etwas anderes im Sinn?«

»Ja.« Mit einem Finger an ihrer Schulter drehte er sie sanft um. Min bewegte abwehrend die Schultern. »Mein Restaurant liegt in der anderen Richtung«, erklärte er. »Gehen Sie nie in ein Restaurant, dessen Küchenchef versucht, mit Lebensmitteln zu sprechen. Oder wollen Sie unbedingt ins Sera …«

»Nein, Gott bewahre.« Min setzte sich wieder in Bewegung. »Ich möchte sehen, welchen Geschmack Sie in puncto Restaurants haben. Wahrscheinlich ähnlich wie bei Handys: sehr *trendig*.«

»Mir gefallen einfach kleine Apparate«, erklärte er und schloss wieder zu ihr auf. »Aber ich glaube nicht, dass das etwas über mein wahres Ich aussagt.«

»Ich wollte schon immer mal eine Studie über Handys und Persönlichkeit durchführen«, schwindelte Min, als sie am Gryphon-Theater vorbeischritten. »Alle diese modischen Designs und unterschiedlichen Ausstattungen, und dann gibt es noch Leute, die sich weigern, überhaupt eines bei sich zu haben. Man sollte annehmen …«

»Ihres ist sicher schwarz«, entgegnete er. »Nüchtern und praktisch. Vorsicht, Scherben.« Er streckte die Hand aus, um sie am Arm zu fassen und um eine zerbrochene Bierflasche herumzusteuern, aber sie wich ihr selbst aus und drehte sich dabei von ihm weg.

Er senkte den Blick auf ihre Füße und blieb stehen, wohl um Besorgtheit vorzuspiegeln, und so blieb auch sie stehen. »Was ist?«

»Hübsche Schuhe«, bemerkte er. Sie blickte ebenfalls hinab auf ihre matt glänzenden, an den Zehen offenen, hochhackigen Schuhe mit den weichen, schwarzen Schleifchen.

»Danke«, antwortete sie und war überrascht, dass er es bemerkt hatte.

»Bitte sehr.« Er steckte die Hände in die Taschen und setzte sich zügig wieder in Bewegung.

»Aber Sie haben falsch geraten.« Min machte große Schritte, um ihn einzuholen. »Mein Handy ist nicht schwarz. Es ist grün mit weißen Gänseblümchen.«

»Nein, ist es nicht«, widersprach er und marschierte voran, ohne auch nur so zu tun, als würde er sich ihrem Tempo anpassen. Sie setzte sich in Trab, bis sie sich wieder auf einer Höhe mit ihm befand. »Es ist schwarz oder silbern und hat nur ein Minimum an Funktionen, und das ist schade, denn man weiß nie, in welche Situationen man geraten kann, Situationen, in denen man sich vielleicht mit Spielchen die Zeit vertreiben muss.«

Als sie zu ihm aufblickte, sah er so gut aus, dass sie erneut abrupt stehen blieb, um ihn aus dem Rhythmus zu bringen. Ihre einzige Chance war, ihn aus dem Gleichgewicht zu bringen und ihm nicht ins Gesicht zu blicken, vor allem, da er mit ihrem schwarzen Handy so unverschämt Recht hatte. »Entschuldigung«, entgegnete sie steif und verschränkte die Arme wieder über der Brust. »Ich weiß doch wohl, wie mein Handy aussieht. Es hat Gänseblümchen drauf. Und ich weiß auch, dass ich ein Kostüm trage, aber das bedeutet nicht, dass ich langweilig bin. Darunter trage ich rote Reizwäsche.«

»Nein, tun Sie nicht.« Er hatte die Hände noch immer in den Taschen vergraben und sah groß und breitschultrig und teuflisch männlich aus.

»Na, mit dieser Einstellung werden Sie's nie rausfinden«, erklärte Min und setzte sich wieder in Bewegung, bis sie merkte, dass er ihr nicht folgte. Sie wandte sich um und sah, dass er ihr nachblickte. »Na, Abendessen?«

Er schlenderte zu ihr, während sie auf ihn wartete, und als er sie erreicht hatte, beugte er sich zu ihr hinab und sagte: »Ich wette zehn Dollar, dass auf Ihrem Handy keine Gänseblümchen sind.«

»Ich wette nie«, entgegnete Min und versuchte, keinen Schritt zurückzuweichen.

»Das Doppelte oder nichts, dass Sie nur einen einfachen weißen BH tragen.«

»Wenn Sie mich für so langweilig halten, was wollen Sie dann mit mir?«

»Ich habe den BH gesehen, als Sie den Zwanziger hineinsteckten. Außerdem haben Sie einen konservativen Geschmack, deswegen sind auf Ihrem Handy auf gar keinen Fall Gänseblümchen. Das einzige Aufreizende an Ihnen sind Ihre Schuhe.«

Autsch. Min blickte ihn finster an. »He …«

»Und was ich will«, fuhr er fort, ganz offensichtlich am Ende seiner Geduld, »ist, mit Ihnen in ein ganz besonderes Restaurant zu gehen, das direkt da vorne liegt. Wenn wir also vorübergehend Waffenstillstand schließen könnten, bis wir dort sind …«

Min marschierte los.

»Keine Wette?«, fragte er hinter ihr her.

»Keine Wette.« Min beschleunigte ihren Schritt, aber er holte sie mühelos ein. *Lange Beine*, dachte sie und gab sich dann selbst einen Fußtritt, weil sie einen Gedanken an einen seiner Körperteile verschwendete. Oder daran, dass er ihre phantastischen Schuhe bemerkt hatte. Was einfach *typisch* für diesen Typ von Mann war. *Denk an die Wette*, ermahnte sie sich selbst. *Er ist ein Biest und eine Spielernatur.*

Das Biest und die Spielernatur blieb vor einem schwach erleuchteten Frontfenster mit samtroten Kaffeehausvorhängen stehen. Darüber stand in goldenen Lettern EMILIO'S.

»Dies ist das Restaurant?« Min war überrascht, dass er nicht etwas Grelleres ausgesucht hatte.

»Tja.« Er streckte die Hand nach dem Türgriff aus.

»Warten Sie.« Min betrachtete mit zusammengekniffenen Augen die Karte an der Tür. »Sie schließen an Wochentagen um zehn Uhr. Das ist nicht mehr lange hin. Vielleicht sollten wir …«

»Ich bin Emilios Lieblingsgast«, stellte er fest und öffnete die Tür. »Wenigstens, bis er Sie zu Gesicht bekommt.«

»Schon wieder ein dummer Spruch?« Min klang ungehalten.

»Nein«, antwortete er betont geduldig. »Wenn Sie während des ganzen Abendessens weiter so auf mir herumhacken, bekommen Sie von Emilio einen Nachtisch gratis.«

»Ich dachte, Sie seien sein Lieblingsgast«, entgegnete Min.

»Bin ich auch«, bestätigte er. »Deswegen macht ihm die Show aber sicher trotzdem Spaß. Kommen Sie jetzt oder nicht?«

»Na klar«, erklärte Min und marschierte an ihm vorbei durch die Tür.

Nach Lizas Armbanduhr waren eine und eine halbe Minute vergangen, als der Bullenkopf ihr auf die Schulter tippte. »Entschuldigen Sie«, sprach er sie an, »aber ich glaube, Sie haben mich angestarrt.«

Liza blinzelte ihn an. »Das war Ungläubigkeit. Ich konnte nicht glauben, dass Sie so langsam sind.«

»Langsam?« Er blickte beleidigt drein. »Niemand hätte

schneller durch all diese Leute pflügen können. Dabei hatte ich noch nicht mal mein Martinshorn dabei.«

Liza schüttelte den Kopf. »Sie haben mich schon vor mehr als einer Stunde erspäht. Was haben Sie die ganze Zeit getan? Sich hingesetzt und darüber nachgedacht?«

Er rollte seine Augen himmelwärts. »Man hat mir gesagt, dass Rothaarige schwierig sind«, erwiderte er und lehnte sich seitlich an die Bar. »Ich heiße Tony. Und Sie schulden mir was.«

Also gut, packen wir's an, dachte Liza und lehnte sich, ihm zugewandt, ebenfalls an die Bar. »Ich schulde Ihnen was?«

»Ja.« Er grinste sie an. »Wegen der Chaostheorie.«

»Chaostheorie«, wiederholte Liza und schüttelte verständnislos den Kopf.

Er rückte näher. »Die Chaostheorie besagt, dass komplexe dynamische Systeme durch Störungen in ihrer Umgebung instabil werden und dann durch eine fremde Anziehungskraft auf eine neue Bahn gelenkt werden.«

Liza blickte ihn ungläubig an. »Und das ist Ihr Aufreißerspruch?«

»Ich bin ein komplexes dynamisches System«, stellte Tony fest.

»So komplex auch wieder nicht«, entgegnete Liza.

»Und ich war stabil, bis Sie in meiner Umgebung eine Störung verursacht haben.«

»So stabil auch wieder nicht«, entgegnete Liza.

Tony grinste. »Und da Sie die fremdeste Anziehungskraft in diesem Raum sind, bin ich auf meiner neuen Bahn direkt zu Ihnen gelenkt worden.«

»So direkt auch wieder nicht«, entgegnete Liza und drehte sich mit dem Rücken zur Bar, so dass sie ihm die Schulter zuwandte. »Da müssen Sie mir schon was Besseres erzählen, sonst suche ich mir einen anderen zum Amüsieren.«

Aus den Augenwinkeln entdeckte sie den anderen Burschen, den Blonden, der aussah, als hätte er nur Stroh im Kopf. Er beugte sich gerade zu Bonnie hinunter und fragte sie: »Ist sie immer so?« Liza musterte ihn genauer. Groß, stark, langweilig.

»Na ja, Ihr Freund ist auch nicht gerade ein Charmebolzen«, erwiderte Bonnie und schenkte ihm ein gekonnt aufregendes Lächeln.

Er strahlte sie an. »Ich auch nicht. Ich hoffe, das stört Sie nicht?«

Ach herrje, dachte Liza und wechselte einen Blick mit Tony-dem-Bullenkopf.

»Er meint es ernst«, erklärte Tony. »Roger hat keinen Aufreißspruch.«

»Im Vergleich zu der katastrophalen Chaostheorie ist das ein Pluspunkt«, fand Liza.

»Armes Schätzchen«, erwiderte Bonnie und legte ihre Hand beruhigend auf Rogers Arm. »Natürlich stört mich das nicht. Ich heiße übrigens Bonnie.«

Roger blickte sie aufrichtig bewundernd an. »Ich heiße Roger, und Sie sind die schönste Frau, die ich in meinem ganzen Leben gesehen habe.«

Bonnies Lächeln wurde strahlender, und sie rückte näher.

»Was aber nicht heißt, dass er sich nicht auf Frauen versteht«, fuhr Tony in nachdenklichem Ton fort.

»Langsam wird mir klar, worin seine Anziehungskraft liegt«, meinte Liza und drehte sich wieder Tony zu. »Und wo liegt Ihre?«

»Ich bin toll im Bett«, antwortete Tony.

»Natürlich«, versetzte Liza. »Ein hoffnungsloser Fall. Aber Sie dürfen mich zu einem Drink einladen und mir alles über sich erzählen. Und über Ihre Freunde.«

»Was immer Sie wünschen«, erwiderte Tony und winkte der gelockten Barkeeperin. Als sie sich näherte, rief er: »He, Shanna, spielst du schon auf meiner Straßenseite?«

Die Barkeeperin schüttelte den Kopf. »Nein, aber wenn ich's tue, erfährst du es als Letzter.«

»Hauptsache, ich stehe irgendwo auf deiner Liste«, grinste Tony. »Shanna, das hier ist Liza. Wir brauchen eine neue Runde.«

»Sie kennen ihn?«, wandte sich Liza an Shanna.

»Er treibt sich mit meinem Wohnungsnachbarn herum«, erwiderte Shanna. »Tja, ich muss ihn in Kauf nehmen, wegen Cal.«

»Cal?«, echote Liza und dachte *Verdammt, ich hätte nur die Barkeeperin fragen müssen, anstatt mir diesen Macho anzulachen. Na ja, ich nehme sie mir später vor.*

»Sie brauchen gar nichts über Cal zu wissen«, sagte Tony. »Er taugt nichts. Die Frauen sollten sich von ihm fern halten.«

Shanna rollte die Augen und entfernte sich.

»Das ist ja interessant«, erwiderte Liza und lächelte ihn an. »Erzählen Sie mir alles über Cal und warum er nichts taugt.«

»Ich hab gelogen. Er ist ein toller Kerl«, entgegnete Tony. »Wir kennen uns seit der Schule ...«

»Ach, Sie sind zusammen zur Schule gegangen?«, fragte Liza verblüfft.

»Ja, wir kennen uns seit der Grundschule«, antwortete Tony. »Obwohl ich nicht verstehe, was Sie daran interessiert ...«

»Ich möchte einfach alles über Sie erfahren, Süßer«, raunte Liza. »Ich finde Sie soo faszinierend.«

Tony nickte, als sei das völlig einleuchtend. »Also, geboren wurde ich ...«

»Über Sie und *Ihre Freunde*«, betonte Liza. »Also, das heißt über Sie, Roger und *Cal* ...«

Tony begann zu erzählen, als Liza hinter sich Bonnie sagen hörte: »Wissen Sie, Sie würden meiner Mama gefallen«, und Roger antworten: »Ich würde Ihre Mutter schrecklich gern kennen lernen.«

Liza machte eine Kopfbewegung zu Roger hin. »Sagt er das zu jeder Frau?«

»Was?«, schreckte Tony aus seiner Geschichte über sich selbst als Footballstar zu Schulzeiten auf.

»Ach, egal«, winkte Liza ab. »Übergehen wir den Rest bis zur Pubertät. Sie und Roger und *Cal* …«

Cal beobachtete genüsslich, wie sich Fassungslosigkeit auf Mins Gesicht ausbreitete, als sie ihren ersten Blick auf die verrückte Pracht seines Lieblingslokals warf, Emilios Reich mit den schmiedeeisernen Lüstern und darauf sitzenden bernsteingelben, flammenzüngelnden Lampen, den alten Schwarzweißfotos an den Wänden, den quadratischen Tischen mit rot-weiß karierten Decken, den Kerzen in geleerten Chianti-Korbflaschen, den handgeschriebenen Speisekarten und dem zusammengewürfelten Silberbesteck. Er erwartete, sie amüsiert lächeln zu sehen, und bemerkte dann, dass sie das nicht konnte, weil ihr Mund vor Staunen weit offen stand. Nun ja, das hatte sie verdient dafür, dass sie eine solche Nervensä …

»Das ist ja *phantastisch*«, rief sie aus und begann zu lachen. »Mein Gott, wie hat jemand wie Sie nur ein solches Lokal ausfindig gemacht?«

»Was soll das heißen, jemand wie ich?«, fragte Cal.

Sie ging zu einer der Wände hinüber, um sich Emilios Familienfotos der letzten achtzig Jahre zu betrachten. »Woher haben die nur all dieses Zeug?«, fragte sie lächelnd. Ihre weichen Lippen öffneten sich, und ihre dunklen Augen strahlten. Da erschien Emilio selbst hinter Cal.

»Ah, Mr. Morrisey«, sagte Emilio, und Cal wandte sich um und blickte seinem alten Zimmergenossen in die Augen. »Welche Ehre, Sie bei uns begrüßen zu dürfen.«

»Emilio«, erwiderte Cal, »das ist Min Dobbs.« Er wandte sich wieder Min zu. »Emilio bäckt das beste Brot in der Stadt.«

»Ich bin sicher, dass Sie alles am besten machen, Emilio«, sagte Min und gab ihm die Hand. Sie warf ihm unter ihren Wimpern hervor einen Blick zu und lächelte ihn spitzbübisch an.

Emilio reagierte entzückt, und Cal dachte, *He, warum habe ich das noch nicht zu sehen bekommen?*

Emilio nahm ihre Hand in seine. »Für Sie wird mein Brot reine Poesie sein. Ich werde Ihnen mein Brot als Huldigung an Ihre Schönheit bringen, eine Ode an Ihr liebliches Lächeln.« Er küsste ihr den Handrücken, und Min strahlte ihn an und überließ ihm ihre Hand.

»Emilio, Min ist *meine* Dame«, protestierte Cal. »Genug der Küsserei.«

Min warf ihm kopfschüttelnd einen Blick ohne jeglichen Hauch eines strahlenden Lächelns zu. »Ich bin niemandes Dame. Wir können uns ja noch nicht einmal leiden.« Sie wandte sich wieder Emilio zu und bat lächelnd: »Bitte, Emilio, getrennte Rechnungen.«

»Keine getrennten Rechnungen, Emilio«, widersprach Cal, zu verärgert, um höflich zu bleiben. »Aber ein *Tisch* wäre nicht schlecht.«

»Für Sie alles«, sagte Emilio betont zu Min und küsste ihr erneut die Hand.

Unglaublich, dachte Cal und trat Emilio gegen den Fußknöchel, als Min sich abwandte, um sich nochmals im Restaurant umzusehen. Herrgott, der Kerl war verheiratet.

»Hier entlang«, bat Emilio und unterdrückte ein Stöhnen. Er führte sie zu seinem besten Tisch am Fenster, half Min in einen der geschwungenen Kaffeehausstühle und schlängelte sich dann an Cal vorbei, wobei er ihm zuzischte: »Ich habe die Kellner schon vor einer halben Stunde nach Hause geschickt, du Mistkerl.«

»Bitte sehr, gern geschehen«, erwiderte Cal laut und nickte ihm zu.

Emilio gab auf und verschwand in der Küche, und Cal beobachtete Min, die den Raum interessiert in allen Einzelheiten betrachtete.

»Das ist ja wie ein italienisches Restaurant aus dem Kino«, bemerkte sie zu Cal. »Haargenau. Ich liebe es. Und ich liebe Emilio.«

»Das habe ich gemerkt«, erwiderte er. »Von allen Frauen, mit denen ich hier war, sind Sie die erste, die sich schon von ihm küssen lässt, bevor wir auch nur Platz genommen haben.«

»Na ja, er bringt mir etwas zu essen.« Sie entfaltete ihre Serviette. »Das ist immer ein gutes Zeichen bei einem Mann.« Sie breitete die Serviette auf ihrem Schoß aus, dann schwand ihr Lächeln und sie wirkte wieder angespannt. »Nur …«

Cal wappnete sich vor ihrem nächsten Schlag.

Sie beugte sich vor. »Ich darf leider kein Brot und keine Teigwaren essen, aber ich möchte seine Gefühle nicht verletzen. Könnten Sie etwas anderes bestellen?«

»Sicher«, erwiderte Cal überrascht. »Salat. Chicken Marsala, da sind keine Teigwaren dabei.«

»Danke.« Min lächelte ihn an. »Ich möchte ihm nicht den Abend verderben.«

»Im Gegenteil, Sie haben ihm gerade den Abend gerettet«, entgegnete Cal. Er betrachtete ihre Lippen, die voll und weich waren, und ihr Gesicht, das mit ihrem dankbaren Lächeln die grimmige Miene einer Gefängnisaufseherin verlor und warmherzige Freundlichkeit offenbarte. Das spitzbübische Funkeln jedoch, das in ihren Augen lag, als sie mit Emilio schäkerte, war fort, und das war wirklich schade.

Emilio brachte Brot an den Tisch, und Min beugte sich vor, um einen Blick darauf zu werfen. »Oh, wie gut das riecht. Sehr gut, dass ich nichts zu Mittag gegessen habe.«

»Es schmeckt wirklich gut«, bestätigte Cal. »Emilio, als Vorspeise nehmen wir den Salat des Hauses, und dann Chicken Marsala.«

»Exzellente Wahl, Mr. Morrisey«, lobte Emilio, und Cal wusste, dass er das sagte, weil das alles ohne großen Aufwand zuzubereiten war. »Und einen netten Roten dazu?«

»Sehr gut«, stimmte Cal zu und wusste, dass sie bekommen würden, was in der Küche noch an bereits geöffneten Weinen herumstand.

»Und für mich gekühltes Wasser«, seufzte Min. Ihr Blick ruhte noch immer auf dem Brot.

Als Emilio fort war, bemerkte Cal: »Das Brot ist ganz ausgezeichnet. Er bäckt es selbst.«

»Kohlenhydrate«, konstatierte Min und runzelte wieder finster die Augenbrauen. Cal hatte in den neun Monaten mit Cynthie genügend über Kohlenhydrate gehört, um sich jeden Kommentar zu sparen.

»Tja«, meinte er nur und nahm sich eines der kleinen Brote. »Und womit verdienen Sie sich Ihre Brötchen?« Er brach das Brot entzwei, und ein wunderbarer, warmer Duft stieg ihm in die Nase.

»Ich bin Versicherungsstatistikerin«, antwortete Min, und die Schärfe war in ihre Stimme zurückgekehrt.

Ein Statistikzombie. Er saß in seinem Lieblingslokal an einem Tisch mit einer übellaunigen, risikoscheuen Versicherungsstatistikerin auf Diät. Das war ein neuer Negativrekord, selbst für ihn.

»Wie … interessant«, erwiderte er, aber sie ließ das Brot nicht aus den Augen und hörte ihn gar nicht. Er hielt ihr die Hälfte des kleinen Brotlaibs entgegen. »Essen Sie.«

»Ich *darf* nicht«, seufzte sie. »Ich muss in drei Wochen in ein grässliches Kleid hineinpassen.«

»Ein einziges Stück Brot kann doch nicht viel ausmachen.« Er hielt ihr das Brot unter die Nase, wohl wissend, dass der Duft von Emilios Brot schon härtere Atkins-Anhänger in die Knie gezwungen hatte.

»Niemals.« Sie schloss die Augen und presste die Lippen

zusammen, was zwecklos war, da nicht der Anblick, sondern der Duft des frischen Brotes sie überwältigen würde.

»Dies ist vielleicht Ihre einzige Chance, jemals Emilios Brot zu kosten«, lockte er, und sie holte tief Luft.

»Ach, zum Teufel.« Sie öffnete die Augen und nahm ihm das Brot aus der Hand. »Sie sind wirklich ein Biest.«

»Wer, ich?«, entgegnete Cal und beobachtete, wie sie ein Stück Brot abbrach und hineinbiss.

»Oh«, hauchte sie und kaute dann mit geschlossenen Augen. Seligkeit breitete sich auf ihrem Gesicht aus.

So solltest du mich ansehen, dachte er und fühlte eine Berührung an seiner Schulter. Als er aufblickte, entdeckte er Emilio, der mit einer halb vollen Flasche Wein neben ihm stand und Min anstarrte. Er nickte Cal zu und murmelte: »Behalt sie.«

Min öffnete die Augen und sprach: »Emilio, Sie sind ein Genie.«

»Das Vergnügen ist ganz auf meiner Seite«, erwiderte Emilio.

Cal nahm ihm die Weinflasche ab. »Vielen Dank, Emilio«, sagte er mit Nachdruck, und Emilio schüttelte den Kopf und ging wieder in die Küche, um die Salate zu holen.

Nachdem er sie gebracht hatte und wieder verschwunden war, fuhr Cal fort: »Also Sie sind Statistikerin.«

Vorwurfsvoll blickte sie ihn an. »Also bitte. Es ist Ihnen doch ganz egal, was ich tue. Machen Sie mal einen Abend Pause vom Süßholzraspeln.«

»He«, rief er empört und nahm ein weiteres Stück Brot. »Ich mache so etwas nicht jeden Abend. Es ist schon eine ganze Weile her, seit ich eine Frau zum Essen eingeladen habe.«

Min blickte, immer noch kauend, auf ihre Armbanduhr. Sie schluckte hinunter und sagte: »Es ist jetzt genau achtundzwanzig Minuten her.«

»Abgesehen von Ihnen natürlich. Mit meiner letzten Beziehung war es vor einigen Monaten aus, und seitdem habe ich die

Ruhe und den Frieden genossen.« Sie verdrehte ihre Augen himmelwärts, und er setzte hinzu: »Und kaum will ich wieder anfangen, mit jemand auszugehen, gerate ich natürlich an eine, die mich hasst. Warum sind Sie eigentlich so feindselig, hm?«

»Feindselig? Wieso feindselig?« Min stieß mit ihrer Gabel in den Salat und kostete. »Oh mein *Gott*, ist das gut.«

Während sie selig kaute, beobachtete Cal sie und überlegte, was er falsch machte. Eigentlich müsste sie sich zu ihm *hingezogen* fühlen. Er hatte doch Charme, verdammt noch mal. »Und an was im Leben sind Sie interessiert, mal abgesehen von phantastischen Schuhen?«

»Ach bitte«, erwiderte Min, nachdem sie hinuntergeschluckt hatte. »*Sie* sind mit Erzählen dran. Ich weiß, warum ich nur Sie ausgesucht habe. Jetzt verraten Sie mir, warum Sie ausgerechnet mich herausgepickt haben.«

Seine Hand mit dem Glas hielt auf halbem Wege zum Mund inne. »Sie haben mich gesucht?«

Min schüttelte den Kopf. »Ich habe Sie mir *aus*gesucht. Hab Sie auf der Empore gesehen. Na ja, meine Freundin Liza hat Sie zuerst bemerkt, aber sie hat Sie mir überlassen.«

»Sehr zuvorkommend von ihr«, bemerkte Cal. »Also haben Sie mich bereits erwartet, als ich an der Theke auftauchte?«

»So ziemlich.« Min schob ihm den Brotkorb zu. »Nehmen Sie das zu sich, sonst mache ich mich noch zum Narren.«

Er zog den Brotkorb näher zu sich. »Warum haben Sie es mir dann so schwer gemacht?«

Min schnaubte. »Das nennen Sie schwer gemacht? Die Frauen scheinen Ihnen ja nicht viel Kummer zu bereiten.«

»Wenigstens nicht in den ersten fünf Minuten«, versetzte Cal. »Das heben sie sich für die Zukunft auf.«

»Tja, aber für uns gibt es keine Zukunft«, entgegnete sie und warf einen sehnsüchtigen Blick auf das Brot. »Ich musste also ein bisschen vorarbeiten.«

Cal schob ihr den Brotkorb wieder zu. »Und warum gibt es

für uns keine Zukunft?«, fragte er, obwohl er bereits dreißig Sekunden, nachdem er sie in der Bar angesprochen hatte, zu dem gleichen Schluss gekommen war.

»Weil ich kein Interesse an Sex habe.« Min brach sich ein weiteres Stück Brot ab und biss hinein, und Cal betrachtete sie, während sich erneut Glückseligkeit auf ihrem Gesicht ausbreitete.

Das ist gelogen, dachte Cal.

»Und das bedeutet, dass Sie kein Interesse an mir haben«, fuhr Min fort, als sie zu Ende gekaut hatte.

»He«, machte er beleidigt. »Wie kommen Sie darauf, dass ich nur an Sex interessiert bin?«

»Weil Sie ein Kerl sind.« Sie griff wieder nach dem Brot. »Die Statistiken beweisen, dass Männer vor allem an drei Dingen interessiert sind: berufliche Karriere, Sport und Sex.«

Cal legte seine Gabel hin. »Na, wenn das nicht sexistisch ist.«

Min leckte sich einen Krümel von der Lippe, und sein Zorn verrauchte. Sie war sehr hübsch anzusehen, wenn sie nicht gerade böse dreinblickte: zarte, cremeweiße Haut, weit auseinander stehende, dunkle Augen, ein nettes, kleines Näschen und volle, weiche, rosige Lippen …

»Ja, ich weiß«, erwiderte sie. »Aber es stimmt doch, oder?«

»Was?« Cal bemühte sich, den Faden nicht zu verlieren. »Ach, Sport und Sex? Nicht im Geringsten. Schließlich leben wir im einundzwanzigsten Jahrhundert. Wir haben auch gelernt, sensibel zu sein.«

»Ach wirklich?«

»Na sicher«, entgegnete Cal. »Sonst würde uns ja keine mehr flachlegen.«

Sie verdrehte die Augen, und er nahm die Flasche auf und schenkte ihr Wein ein.

»Ich darf nichts mehr trinken«, wehrte sie ab. »Ich habe schon zu viel intus.«

Er schob ihr das gefüllte Glas wieder hin. »Ich kümmere mich darum, dass Sie sicher nach Hause kommen.«

»Und wer kümmert sich darum, dass ich vor Ihnen sicher bin?«, gab sie zurück, und er stellte abrupt die Flasche ab.

»Also, *das* war unter die Gürtellinie«, erklärte er in schärferem Ton, als er beabsichtigt hatte.

Ihre Blicke begegneten sich, und er dachte *Ach, verdammt, fängt das schon wieder an*. Da nickte sie plötzlich und meinte: »Sie haben Recht. Sie haben nichts getan, um das zu verdienen. Ich entschuldige mich.« Nachdenklich runzelte sie die Stirn. »Eigentlich muss ich mich für alles entschuldigen. Wissen Sie, mein Freund hat mir eine halbe Stunde, bevor Sie mich ansprachen, den Laufpass gegeben …«

»Ahaa«, erwiderte Cal.

»… und ich war vor Wut vollkommen außer mir. Und dann wurde mir plötzlich klar, dass ich nicht mal sicher bin, ob ich ihn überhaupt noch *mag*, und dass ich in Wirklichkeit auf mich selbst wütend war, weil ich bei der ganzen Sache so dumm bin.«

»Sie sind nicht dumm«, widersprach Cal. »Fehler zu machen, ist nicht dumm, sondern die Möglichkeit, dazuzulernen.«

Verwirrt blinzelte sie ihn an. »Danke. Na, jedenfalls ist dieser verkorkste Abend nicht Ihre Schuld. Ich meine, Sie haben Ihre Fehler, aber Sie sollten nicht für *seine* Fehler bezahlen. Es tut mir Leid.«

»Schon gut«, erwiderte er, ebenfalls verwirrt. *Welche Fehler?* »Trinken Sie lieber Ihren Wein. Er ist gut.«

Sie hob ihr Glas an die Lippen und nippte. »Sie haben Recht. Der ist ausgezeichnet.«

»Gut. Wir müssen öfter zum Essen herkommen«, stellte er fest und gab sich dann selbst einen Tritt, weil sie nie wieder zusammen irgendwohin gehen würden.

»Schon wieder ein blöder Spruch«, kommentierte Min ohne Schärfe. »Wir gehen nie wieder zusammen irgendwohin, und das wissen Sie ganz genau. Was ist das nur mit Ihnen? Kaum erblicken Sie eine Frau, da werden Sie schon zum Wolf?«

Cal wich in seinem Stuhl zurück. »Okay, war das auch wegen Ihres Exfreunds? Ich bin ja eigentlich nicht paranoid, aber Sie sind definitiv darauf aus, mich fertig zu machen.«

»Seien Sie nicht so ein Jammerlappen«, gab Min zurück und brach sich wieder ein Stück Brot ab. »Sie haben ein großartiges Gesicht und einen Körper, bei dem Frauen weiche Knie bekommen. Was gibt's da noch herumzujammern?«

Cal grinste. »Bekamen Sie bei mir auch weiche Knie?«

Min biss in ihr Brot und kaute. »Ja, bis Sie anfingen zu jammern«, nickte sie, nachdem sie hinuntergeschluckt hatte. »Jetzt weiß ich Bescheid, und der Zauber ist dahin.«

Cal beobachtete, wie sie sich über ihre volle Oberlippe leckte, und zwei Monate Enthaltsamkeit plus langjährige Gewohnheit bestimmten seine Reaktion. »Geben Sie mir eine Chance«, bat er. »Ich wette, ich kann den Zauber wieder zum Leben erwecken.«

Ihre Zungenspitze verharrte auf ihrer Lippe, ihr Blick begegnete dem seinen einen langen, dunklen, aufregenden Moment lang, und diesmal lag das Funkeln in ihren Augen. Alle Geräusche um ihn herum verstummten, und jeder Nerv in seinem Körper erwachte und schrie: *Die will ich*.

Dann verschwand ihre Zungenspitze, und er schüttelte den Kopf, um ihn wieder klar zu bekommen, und dachte: *Nicht in einer Million Jahren*.

»Ich wette nie«, erwiderte Min. »Statistisch gesehen ist Glücksspiel eine schlechte Einkommensquelle.«

»Es ist gar keine Einkommensquelle«, widersprach Cal. »Es ist ein Lebensstil.«

»Gibt es zwei Menschen, die noch weniger zusammenpassen als wir?«, fragte Min.

»Ich glaube kaum«, antwortete Cal. Dann sah er, dass ihr Blick an ihm vorbeiging und sie den Atem anhielt.

Cal wandte sich um und erblickte Emilio, der mit einer riesigen Platte Chicken Marsala herbeikam – knusprig braune Hühnerfilets und riesige geschmorte Pilze in glänzender, dunkler Weinsauce.

»*Oh du lieber Gott*«, ächzte Min.

Emilio strahlte sie an, während er servierte. »Es ist wirklich ein Vergnügen, jemanden zu bedienen, der gutes Essen zu schätzen weiß. Kosten Sie.«

Min schnitt sich ein Stückchen Hühnerfleisch ab und schob es in den Mund. Sie schien wie elektrisiert, dann kaute sie mit geschlossenen Augen, und ihr Gesicht errötete ekstatisch. Als sie hinuntergeschluckt hatte, blickte sie mit glänzenden Augen zu Emilio auf. »Das schmeckt einfach *paradiesisch*«, hauchte sie, und Cal dachte: Hier bin ich, *mich* sollst du so ansehen.

»Kosten Sie die Pilze«, bat Emilio glücklich.

»Hau ab«, sagte Cal zu ihm, aber Emilio blieb, bis Min in einen der riesigen Pilze gebissen und ihm in leidenschaftlicher Begeisterung erklärt hatte, dass er ein Genie sei.

»Halten Sie es mir wenigstens zugute, dass ich Sie hierher gebracht habe?«, fragte Cal, als Emilio verschwunden war.

»Natürlich«, antwortete Min. »Sie sind ein Genie, was Restaurants betrifft. Und jetzt seien Sie bitte still und lassen Sie mich dieses Essen genießen.«

Mit einem Seufzer gab Cal seine Versuche, ein Gespräch in Gang zu bringen, während des Essens auf. Zum Abschluss drohte noch ein Streit, da Min auf getrennten Rechnungen bestehen wollte, aber Cal beendete ihn brüsk: »Ich habe Sie eingeladen, also zahle ich. Kein Wort mehr, Frau.« Einen Augenblick lang schien es, als wollte sie widersprechen, dann aber nickte sie und erwiderte: »Vielen Dank. Ihnen verdanke ich ein himmlisches Abendessen und ein neues Lieblingsrestaurant.« Und zum ersten Mal an diesem Abend fühlte er sich von ihr gewürdigt.

Als sie gingen, gab Min Emilio einen Kuss auf die Wange. »Ihr Brot ist das beste, das ich je gegessen habe, Emilio, und das Hühnchen war ein Kunstwerk.« Sie küsste ihn auf die andere Wange.

»He«, protestierte Cal. »Ich bin auch noch da. Schließlich habe ich das Hühnchen *bestellt und bezahlt*.«

»Betteln Sie mich nicht an«, wies Min ihn zurecht und marschierte durch die Tür hinaus.

»Morrisey, mir scheint, du hast endlich die Richtige gefunden«, bemerkte Emilio.

»Weit gefehlt«, versetzte Cal und war froh, dass sie einen Augenblick lang außer Hörweite war. »Das war unsere erste und letzte Verabredung.«

»Von wegen«, widersprach Emilio. »Ich habe gesehen, wie ihr euch angesehen habt.«

»Das war nichts als Widerwillen und Angst«, erklärte Cal und öffnete die Tür.

»Mein Gott, bist du blöd«, entgegnete Emilio, doch Cal beachtete ihn nicht weiter und trat in die Dunkelheit hinaus zu Min.

3

»Die Phase der Verliebtheit ist bei einer Liebesbeziehung die Phase, die am meisten Spaß macht«, erklärte Cynthie, als sie David im Serafino gegenübersaß und der Ober ihnen ihre teuren Rinderfilets serviert hatte.

David lächelte sie an und dachte bei sich: *Ich wette, Min quasselt Cal nicht mit Psychologie voll.* Weiß Gott, was Min gerade mit Cal tat. Was es auch war, er musste unbedingt einen Weg finden, dem ein Ende zu setzen.

»Die Verliebtheit bewirkt, dass im Gehirn Adrenalin ausgeschüttet wird«, fuhr Cynthie fort. »Das Herz rast, man wird atemlos und schwindlig und kann nicht mehr klar denken. Das verbinden die meisten Menschen mit Verliebtsein, und jeder macht es durch.« Auf ihrem Gesicht lag ein bezauberndes, in Erinnerungen versunkenes Lächeln. »Unsere Verliebtheitsphase war wunderschön. Wir waren wie versessen aufeinander.«

»Hmm.« David hob sein geeistes Margarita-Glas. »Erklären Sie mir noch einmal, wie es mit den beiden endet.«

»Na ja«, antwortete Cynthie, »mittlerweile dürfte Cal erkannt haben, dass es nur noch um Schadensbegrenzung geht. Das heißt, er bringt sie noch bis zu ihrem Auto, weil er zum Gentleman erzogen wurde, dann schüttelt er ihr die Hand und sagt: ›Ich wünsche Ihnen noch ein schönes Leben‹, und das war's dann.«

»Und was ist, wenn er sie anziehend findet?«

»Ich habe Ihnen doch schon gesagt, dass das unmöglich ist«, entgegnete Cynthie, aber ihr Lächeln verblasste. »Aber wenn es so wäre, was aber unmöglich ist, dann würde er sich wieder mit ihr verabreden und nach weiteren Anhaltspunkten suchen, ob sie die Art Frau ist, in die er sich verlieben sollte. Zum Beispiel, ob sie seiner Familie und seinen Freunden gefällt. Aber Rogers Typ ist sie nicht, denn der mag nur kichernde, kleine Blondinen, und Tony hat sie wahrscheinlich nicht einmal bemerkt, denn der steht auf langbeinige Klassefrauen mit üppigen Busen. Seine Freunde haben ihn also nicht gedrängt, sie anzusprechen.«

»Schwer zu sagen, wieso er das getan hat.« David versuchte, unschuldig zu klingen.

»Und sie wird auf keinen Fall seine Familie kennen lernen; falls aber doch, dann würde seine Mutter sie verabscheuen, denn die hat gegen jede etwas. Also wäre das auch kein positiver Anhaltspunkt, denn Cal hat das Bedürfnis nach Anerkennung seitens seiner Familie.«

»Sie behaupten also, dass sie allein deswegen schon kein Interesse aneinander haben?«, fragte David. »Einfach weil die Familie und die Freunde sie nicht akzeptieren?«

»Außer, wenn sie ihre eigene Familie nicht mag oder gegen sie rebellieren will – dann würde diese Ablehnung sie in seine Arme treiben. Aber das scheint mir nicht der Fall zu sein.«

»Nein«, erwiderte David und dachte an die zwei Abendessen mit Mins Eltern in den vergangenen zwei Monaten. »Sie stehen sich sehr nahe.«

»Dann sind Freunde und Familie ein sehr bestimmender Faktor«, erklärte Cynthie. »Deswegen war ich neun Monate lang nett zu Tony. Aber da besteht keine Gefahr, David. Cal ist mit *mir* in der Phase der Bindung und der dauerhaften Liebe, und deswegen kann er sich nicht zu Min hingezogen fühlen.«

»Dauerhafte Liebe. Das wäre dann die, äh, vierte Phase«, meinte David und versuchte zu zeigen, dass er aufgepasst hatte.

»Genau«, erwiderte Cynthie. »Verliebtheit ist nicht von Dauer, denn sie ist bedingt, und Bedingungen ändern sich. Wenn es aber echte Liebe ist, dann wird daraus dauerhafte, bedingungslose Liebe, und das Gehirn schüttet andere chemische Substanzen aus, nämlich Endorphine, die dafür sorgen, dass man sich geborgen und zufrieden fühlt, wenn man mit dem geliebten Menschen zusammen ist« – sie machte einen tiefen Atemzug –, »und elend, wenn er nicht da ist, denn dann produziert das Gehirn diese Endorphine nicht.«

»Aha«, machte David und verstand. »Also leiden Sie gerade an Endorphinmangel.«

»Vorübergehend«, versetzte Cynthie mit erhobenem Kinn. »Er kommt zu mir zurück. Er leidet jetzt an Sexentzug, und das bedeutet Schmerz, was ein psychologischer Reiz ist, seine Bindung zu mir zu verstärken.«

»Schmerz«, wiederholte David und dachte, dass alles, was Cal Schmerzen bereitete, gut war.

Cynthie nickte. »Um von der Verliebtheit in die Phase der festen Bindung zu gelangen, muss Cal, wenn er mit Min zusammen ist, Glück oder Schmerz empfinden. Das Glücksgefühl könnte durch ein sehr gutes Gespräch oder durch phantastischen Sex ausgelöst werden, der Schmerz könnte Eifersucht, Frustration, Angst oder sonst irgendein Stressfaktor sein. Der Reiz durch Schmerz ist der Grund, warum es so viele Kriegsromanzen gibt. Und Büroliebschaften.«

»Stimmt«, meinte David und dachte an eine Affäre mit einer Praktikantin in den Anfangszeiten seiner Laufbahn.

»Aber ich glaube nicht, dass das heute Abend passiert. Er wird sich eher gelangweilt fühlen. Ich muss sagen, es beruhigt mich doch sehr zu hören, dass Ihre Min langweilig und frigide ist.«

»Ich habe nicht gesagt, dass sie langweilig und frigide ist«, entgegnete David. »Ich würde mich nicht mit einer langweiligen und frigiden Ziege abgeben.«

»Dann hätten Sie bei der Stange bleiben sollen«, erwiderte Cynthie. »Die Phase der Verliebtheit kann von sechs Monaten bis drei Jahre dauern, und Sie können nicht wissen, ob Sie die Richtige gefunden haben, solange Sie diese Phase nicht vollständig durchlebt haben. Sie haben schon nach zwei Monaten aufgegeben, also können Sie die Phase der festen Bindung noch gar nicht erreicht haben, und Min auch nicht.« Cynthie zuckte mit den Schultern. »Das war ein Fehler.«

»Sechs Monate bis *drei Jahre*?«, rief David aus. »Und Sie haben Cal schon nach neun Monaten vor die Wahl gestellt?« Er zuckte mit den Schultern. »Das war ein Fehler.«

Cynthie legte ihre Gabel ab. »Das war kein Fehler. Ich kenne Cal, ich habe sogar schon Artikel über ihn geschrieben, und ich weiß, dass er in der Phase der festen Bindung ist, dass wir es beide sind.«

David hörte entgeistert auf zu essen. »Sie haben über Ihren Lover geschrieben?«

»Nun ja, ich habe nicht seinen wirklichen Namen verwendet, und ich habe nicht erwähnt, dass er *mein* Lover ist.«

»Ist das nicht unethisch?«

»Nein.« Cynthie schob ihren Teller von sich, das meiste darauf noch unberührt. »Genauso haben wir uns kennen gelernt. Ich erfuhr durch mehrere meiner Patientinnen von ihm, denn er hatte einen gewissen Ruf.«

»Ich weiß«, erwiderte David und dachte mit Groll an Cal, den Wunschtraum aller Frauen. »Vollkommen unverdient.«

»Machen Sie Witze?«, versetzte Cynthie. »Ich habe ihn *studiert*, und trotzdem hat er mich erobert.« Ihre Mundwinkel hoben sich. »Die Natur hat ihm dieses Gesicht und diesen Körper geschenkt, und von seinen Eltern hat er als Kind nur bedingte Liebe erhalten. Das heißt, er wurde darauf trainiert, anderen zu gefallen, um Anerkennung zu bekommen. Und die Menschen, denen er am meisten gefallen will, sind Frauen, die nur zu erfreut über seine Aufmerksamkeit sind, weil er so gut aussieht. Sein gutes Aussehen garantiert ihm also die Grundakzeptanz, und sein Charme garantiert ihm die Anziehung. Er ist eines der besten Beispiele für Anpassungsfähigkeit, die ich je erlebt habe. Die Abhandlungen, die ich über ihn geschrieben habe, sind auf *großes* Interesse gestoßen.«

David versuchte, sich Cal als Kind vorzustellen, das sich um Zuneigung bemühte. Ihm gelang aber lediglich das Bild eines hübschen, dunkelhaarigen kleinen Jungen in kurzen Hosen, der auf einer Schaukel saß und kleine Mädchen selbstsicher anlächelte. »Wusste er, dass Sie über ihn schrieben?«

»Nein«, antwortete Cynthie. »Und er weiß es immer noch nicht, wird es auch nie erfahren. Ich habe diese Arbeit längst abgeschlossen. Jetzt schreibe ich an einem Buch, für das ich schon einen Vertrag habe. Es ist so gut wie fertig.« Sie lächelte, ein katzenhaftes, zufriedenes Lächeln. »Wissen Sie, ich bin keine dieser dummen Frauen, die vor sich hin jammern: ›Aber ich dachte, er liebt mich.‹ Nein, ich habe den wissenschaftlichen Beweis, dass er mich liebt. Und er wird bald zu mir zurückkommen, sofern Ihre Min ihn nicht ablenkt.«

»Also dann«, begann David und beugte sich vor, »wenn wir auf Nummer sicher gehen wollen, dass sie nicht in die – was war es doch gleich? – Phase der Anziehung geraten, was sollen wir tun?«

Cynthie riss die Augen auf. »Tun?« Sie stellte ihr Weinglas ab und dachte darüber nach. »Nun ja, ich nehme an, wir könnten mit ihren besten Freunden und den Familien sprechen, sozusagen die Brunnen vergiften. Und wir könnten ihnen auf verschiedene Weise Glück verheißen, um all dem entgegenzuwirken, was sich zwischen ihnen abspielt. Aber das wäre nicht ... David, wir müssen gar nichts tun. Cal liebt mich.«

»Natürlich«, erwiderte David und lehnte sich zurück. *Ich werde mich mit der Familie in Verbindung setzen.*

Cynthie lächelte ihn an. »Ich habe keine Lust, noch länger über die beiden zu sprechen«, meinte sie. »Was ist mit Ihnen? Was tun Sie beruflich?«

Es wurde auch Zeit, dass wir mal auf mich zu sprechen kommen, dachte David. Er antwortete: »Ich bin in der Software-Entwicklung tätig«, und sah, wie ihr Blick glasig wurde.

Draußen vor Emilio's atmete Min tief die sommerliche Abendluft ein und dachte: *Ich bin glücklich.* Offensichtlich war gutes Essen ein Gegenmittel gegen Wut und Demütigung. Gut zu wissen.

Dann erschien Cal und brach den Bann mit der Frage »Wo steht Ihr Auto?«

»Kein Auto«, antwortete Min. »Ich gehe zu Fuß nach Hause.« Sie streckte die Hand aus. »Also vielen Dank für den wundervollen Abend. Na ja, Sie wissen schon. Auf Wiedersehen.«

»Nein«, wehrte Cal ab und ignorierte ihre Hand. »In welcher Richtung wohnen Sie?«

»Hören Sie«, erwiderte Min ärgerlich. »Ich kann allein …«

»Allein abends durch die Stadt? Nein, das können Sie nicht. Dazu wurde ich zu gut erzogen. Ich begleite Sie nach Hause, und keine Widerworte bitte. Also, in welcher Richtung gehen wir?«

Min überlegte, ob sie ihm widersprechen sollte, aber es schien nicht der Mühe wert. Schon wenige Stunden mit Cal Morrisey hatten sie gelehrt, dass er seinen Willen für gewöhnlich durchsetzte. »Also gut. Vielen Dank. Wir müssen in diese Richtung.«

Sie begann, die Straße hinunterzugehen, und lauschte dem sanften Rauschen in den Bäumen und den gedämpften Verkehrsgeräuschen. Cal ging neben ihr, und das Geräusch seiner Schritte ergab im Gleichtakt mit dem Klicken ihrer hohen Absätze einen netten, rhythmischen Klang.

»Und was tun Sie beruflich?«, fragte sie.

»Ich leite mit zwei Partnern zusammen ein Business-Seminar-Unternehmen.«

»Sie sind Ausbilder?« Min war überrascht.

»Ja«, erwiderte er. »Und Sie sind Versicherungsstatistikerin. Ich habe ziemlich viel Hochachtung vor Ihrem Beruf. Sie tun es für Geld, und ich tue es zum Spaß.«

»Was denn?«

»Einschätzen, ob man bei einer Sache auf den Erfolg setzen kann oder nicht.« Er blickte auf sie hinab. »Sie sind ebenfalls eine Spielernatur. Sie tun es mit den Millionen einer Versicherungsgesellschaft, und ich tue es mit Zehndollarscheinen.«

»Ja. Aber ich verliere kein eigenes Geld«, entgegnete Min.

»Ich auch nicht«, versetzte Cal.

»Also gewinnen Sie jede Wette?«, erkundigte sich Min mit ungläubiger Stimme.

»So ziemlich«, erwiderte Cal.

»Was für ein Teufelskerl«, meinte sie ironisch. »Haben Sie deswegen eine eigene Firma aufgezogen? Damit Sie selbst das Risiko bestimmen können?«

»Nein, ich wollte einfach nicht für jemand anderen arbeiten«, antwortete Cal. »Da blieb mir gar nichts anderes übrig.«

»Dort muss ich abbiegen«, zeigte Min und verlangsamte ihre Schritte, als sie sich einer Straßenecke näherten.

»Hören Sie, ich kann ...«

»Gehen Sie weiter«, befahl Cal, und Min gehorchte.

»Und wie heißt Ihre Firma?«

»Morrisey, Packard, Capa.«

»Und Packard und Capa, das waren die beiden neben Ihnen in der Bar«, stellte Min fest. »Der große Blonde und der Bullen... äh der kräftige Typ.«

»Klar.« Cal grinste. »Bullen...?«

»Eine meiner Freundinnen meinte, er hätte einen Bullenkopf«, erklärte Min verlegen. »Sollte ein Kompliment sein.«

»Na klar«, meinte Cal. »Sicher die Rothaarige, was?«

»Sie haben sie bemerkt?«, fragte Min und empfand einen Stich.

»Nein, der Bullenkopf hat sie bemerkt«, antwortete Cal.

»Sagen Sie ihm nicht, dass sie das gesagt hat«, bat Min. »Sie würde nicht wollen, dass er verletzt ist.«

»Um Tony zu Boden zu schicken, ist schon etwas mehr nötig«, meinte Cal, »aber ich werde nichts davon sagen.«

»Danke.«

Je weiter sie sich von den belebten Straßen entfernten, um so dunkler wurde es um sie her, und Min war ganz froh, nicht allein zu sein. »Und warum heuern die Leute Sie als Ausbilder an? Ich meine, gerade Sie und nicht jemand anderen?«

»Weil wir unsere Trainingsprogramme individuell gestalten«, antwortete Cal. »Bei jeder der üblichen Fortbildungsmaßnahmen bleibt ein bestimmter Prozentsatz von Teilnehmern übrig, die das Ausbildungsziel nicht erreichen. Wir aber garantieren hundert Prozent Erfolg, und wir bleiben so lange dran, bis das erreicht ist.«

»Das hört sich wie ein Werbespruch an.«

»Aber es ist auch die Wahrheit.«

»Und wie schaffen Sie das?«, fragte Min. »Mit Ihrem Charme?«

»Was haben Sie denn gegen Charme?«, fragte Cal.

»Dass er so selten ehrlich ist«, erwiderte Min.

Cal seufzte. »Die Menschen verschließen sich meistens aus Angst. Als Erstes analysieren wir die Teilnehmer, um herauszufinden, wer vor was Angst hat und wie er damit umgeht. Manche sind regelrecht starr vor Angst, die kommen zu Roger. Roger ist ein sehr netter Mensch. Er kann jeden so weit beruhigen, dass er etwas lernt.«

»Hört sich unheimlich an«, meinte Min und versuchte, sich Roger als einen dieser schleimigen Selbsthilfegurus vorzustellen.

»Sie sind wirklich eine misstrauische Frau«, befand Cal. »Dann gibt es Menschen, die verstecken ihre Angst hinter schlauen Sprüchen und unterbrechen ständig den Unterricht. Die übernimmt Tony. Er versteht es, mit ihnen herumzuwitzeln, bis alle entspannt sind.«

»Und welche übernehmen Sie?«, fragte Min.

»Ich übernehme die zornigen«, antwortete Cal. »Die wütend auf sich sind, weil sie Angst haben.«

»Und die lassen Sie mit Ihrem Charme die Angst vergessen«, setzte Min fort.

»Nun ja, ich würde es zwar nicht so ausdrücken, aber man könnte es wohl auch so interpretieren.«

Die zornigen. Sie gingen eine Weile schweigend nebeneinander her, und ihre Schritte erklangen im Gleichtakt.

Min blickte zu ihm auf. »Dann muss Ihnen das heute Abend mit mir ja ganz vertraut gewesen sein.«

»Von wegen«, entgegnete Cal. »Sie sind nicht wütend, weil

Sie Angst haben. Ich glaube nicht, dass es überhaupt vieles gibt, wovor Sie Angst haben. Nein, Sie sind wütend, weil jemand sich Ihnen gegenüber lausig verhalten hat. Dagegen hilft Ihnen aller Charme der Welt nicht, solange Sie den tieferen Grund nicht geklärt haben.«

»Und trotzdem versuchen Sie es immer noch«, bemerkte Min.

»Nein, tue ich nicht«, widersprach Cal. »Als Sie mir sagten, dass man Ihnen den Laufpass gegeben hat, habe ich es aufgegeben.«

Min überlegte sich das. »Tja, ich glaube, das haben Sie wirklich.«

»Und tut es Ihnen jetzt nicht Leid, dass Sie den ganzen Abend über so bärbeißig waren?«, fragte Cal.

»Nein«, erwiderte Min. »Denn davor haben Sie mich mit Ihrem Charme bombardiert, und das bedeutet, dass Sie etwas von mir wollten, Gott weiß, was …« – *Sex, darauf würde ich ausnahmsweise meinen Kopf verwetten, du Mistkerl* –, »… und dafür hatten Sie ein bisschen Ärger verdient.«

Nach einigen Schritten gab Cal zu: »Okay, das scheint mir fair.«

Min lächelte in der Dunkelheit vor sich hin und dachte *Aha, er hat doch einen ehrlichen Knochen im Leib. Schade, dass es nur einer ist*. Sie setzten ihren Weg schweigend fort, bis sie die Treppe erreicht hatten, die zu ihrer Behausung führte. »Hier sind wir. Ich danke Ihnen vielmals …«

»Wo?«, fragte Cal und blickte sich um. »Ich sehe kein Haus.«

»Da oben«, erwiderte Min und deutete auf den Hügel. »Hier fangen die Stufen an. Also können wir jetzt …«

Cal spähte den Hügel hinauf in die Dunkelheit. »Herrje, gute Frau, das ist ja der reinste Mount Everest. Wie viele Stufen sind es?«

»Zweiunddreißig«, antwortete Min, »und im Haus noch

mal sechsundzwanzig bis zu meiner Dachwohnung.« Sie streckte die Hand aus. »Also sagen wir uns hier auf Wiedersehen. Vielen Dank für die Begleitung. Und alles Gute für die Zukunft.«

Anstatt sie zu beachten, blickte er wieder den Hügel hinauf. »Von wegen. Ich lasse Sie in der Dunkelheit nicht alleine da hochsteigen.«

»Das macht mir nichts«, meinte Min. »Achtundsiebzig Prozent der Frauen, die überfallen werden, werden von Männern aus ihrem Bekanntenkreis überfallen.«

»Geht das schon wieder gegen mich?«, erkundigte sich Cal.

»Nein. Ich kenne keine Männer, die zweiunddreißig Stufen hochsteigen würden, um mich zu überfallen, also bin ich in Sicherheit. Sie können ruhigen Gewissens nach Hause gehen.«

»Nein«, entgegnete er geduldig. »Kann ich nicht. Na los, gehen Sie schon, ich bleibe hinter Ihnen.«

Hinter ihr? Zweiunddreißig Stufen lang würde er ihren Hintern vor der Nase haben? »Nein, das tun Sie nicht.«

»Hören Sie, es ist spät, und ich bin müde. Könnten wir nicht einfach …«

»Eher friert die Hölle zu, als dass Sie diese Stufen hinter mir hinaufgehen. Wenn Sie unbedingt mitkommen wollen, dann gehen Sie voran.«

»Warum das?«, fragte er vollkommen verwirrt.

»Sie glotzen mir nicht den ganzen Weg bis da oben auf mein Hinterteil.«

Er schüttelte den Kopf. »Also wissen Sie, Dobbs, Sie sehen ja ganz vernünftig aus, aber kaum machen Sie den Mund auf …«

»Los, gehen Sie die Stufen rauf, oder verschwinden Sie nach Hause«, beharrte Min.

Cal seufzte und machte den ersten Schritt. »Warten Sie mal. Jetzt glotzen Sie mir den ganzen Weg bis da oben auf mein Hinterteil.«

»Ja, aber Sie haben wahrscheinlich einen knackigen Hintern«, erwiderte Min. »Das hat eine ganz andere Dynamik.«

»Dabei kann ich Ihren nicht mal erkennen«, meinte Cal empört. »Dazu ist es zu dunkel, und Ihre Jacke ist zu lang.«

»Vorangehen oder nach Hause«, meinte Min beharrlich, also setzte sich Cal in Bewegung, die Stufen hinauf.

Als sie am Ende der Treppe angekommen waren, zögerte er, und sie sah das alte Haus aus Stein und Stuck mit seinen Augen – düster und schäbig und überwuchert von Kletterrosen, die so alt waren, dass sie sich in ein Dornengestrüpp verwandelt hatten. »Es ist ein schönes Haus«, meinte sie verteidigend.

»Bei Tageslicht sicher«, stimmte er höflich zu.

»Genau.« Min schob sich an ihm vorbei die Steinstufen zur Haustür hinauf. Sie schloss auf. »Na also, sehen Sie? Jetzt können Sie nach Hause gehen.«

»Das ist nicht Ihre Tür«, entgegnete er. »Sie sagten, es sind noch mal sechsundzwanzig Stufen bis zu Ihrer Wohnung.«

»Na schön, dann begleiten Sie mich eben noch bis unters Dach.« Sie winkte ihn an sich vorbei in die quadratische Eingangshalle. In seiner Gegenwart wirkte die ausgeblichene blaue Tapete und die langweilige Holzverkleidung aus Eiche plötzlich schäbig anstatt gemütlich, und das verwirrte sie. »Da hinauf«, wies sie ihn an und deutete auf die enge Treppe, die an der Rückwand nach oben führte und noch enger wirkte, als Cal breitschultrig an ihrem Fuße stand. Er erstieg zwei Treppenfluchten bis zu einem engen Treppenabsatz, und sie folgte ihm dichtauf.

Er hatte wirklich einen großartigen Hintern.

Und das ist auch alles, was nett an ihm ist, ermahnte sich Min. *Sei vernünftig und verliere nicht deinen Kopf. Du wirst ihn nie wiedersehen.*

»Na ja, wenigstens wissen Sie, dass, wer immer Sie zwei Mal nach Hause begleitet hat, es ernst mit Ihnen meint«, bemerkte er, als er oben ankam.

Dabei wandte er sich zu ihr um, und Min, die zwei Stufen unter ihm war, den Blick fest auf seinen Hintern geheftet, stieß mit dem Gesicht direkt gegen seinen Ellbogen, der sie hart über einem Auge traf. Aus dem Gleichgewicht gebracht, taumelte sie rückwärts, bekam gerade noch das Geländer mit beiden Händen zu fassen und ließ sich auf eine Stufe sinken.

»Herrje«, rief er. »Das tut mir Leid.« Er beugte sich über sie, aber sie wehrte ihn ab.

»Nein, nein«, entgegnete sie. »Selbst schuld. Bin Ihnen zu dicht gefolgt.« *Autsch*, dachte sie und betastete vorsichtig ihr schmerzendes Augenlid. *Das hast du davon, wenn du oberflächlich wirst und versuchst, das Biest objektiv zu betrachten.*

»Lassen Sie mich sehen«, bat er und versuchte, in ihre Augen zu blicken. Sanft legte er eine Hand an ihre Wange und hob ihr Kinn an.

»Nein.« Sie fegte seine Hand beiseite, als sie ein Prickeln auf ihrer Haut fühlte. »Alles in Ordnung mit mir. Abgesehen davon, dass ich zu den achtundsiebzig Prozent Frauen gehöre, die von Männern aus ihrem Bekannten…«

»Ach, haben Sie Erbarmen mit mir«, stöhnte er und richtete sich auf. »Sind Sie wirklich in Ordnung?«

»Ja.« Sie erhob sich wieder und umrundete ihn, um ihre Wohnungstür aufzuschließen. »Sie können jetzt gehen.«

»Na gut.« Er nahm ihre Hand und drückte sie kurz. »Nett, Sie kennen gelernt zu haben, Dobbs. Tut mir Leid wegen Ihres Auges. Ich wünsche Ihnen noch ein schönes Leben.«

»Aber sicher«, versetzte Min. »Ich entsage den Männern und lege mir eine Katze zu.« Sie schlüpfte hinein und schlug ihm die Tür vor der Nase zu, bevor er noch etwas erwidern konnte. *Ich wünsche Ihnen noch ein schönes Leben. Über wen will er sich damit lustig machen*?

Neben der Tür stand die chinesische Lampe ihrer Großmutter, und als sie sie einschaltete, erstrahlte ihr schäbiges, aber gemütliches Wohnzimmer in sanftem Licht. Die Anzeigelampe an ihrem Anrufbeantworter blinkte, also ging sie hinüber und drückte auf den Knopf. Dann lauschte sie und rieb sich dabei die Schläfe.

»Min«, ertönte die Stimme ihrer Schwester. »Ich wollte nur sichergehen, dass du die Anprobe morgen nicht vergisst. Ich freu mich auf dich.« Diana hörte sich etwas jammervoll an, was nicht ihre Art war, und Min spulte zurück und hörte sich die Nachricht noch einmal an. Irgendetwas stimmte da nicht.

»Die Dobbs-Mädchen haben kein Glück«, sprach sie vor sich hin und dachte an Calvin Morrisey. Sie ging hinüber zu dem abgenutzten Kaminsims und blickte über die dort aufgereihten Schneekugeln hinweg in den fleckigen Spiegel, der einst in der Diele ihrer Großmutter gehangen hatte. Ein unscheinbares rundliches Gesicht und unscheinbares braunes Haar, das hatte Cal Morrisey den ganzen Abend über vor Augen gehabt. Und jetzt auch noch ein blaues Auge. Seufzend nahm sie die Schneekugel in die Hand, die Bonnie ihr zu Weihnachten geschenkt hatte: Aschenputtel und ihr Prinz auf den Stufen ihres blauen Schlosses, und Tauben flogen über ihnen dahin. Cal Morrisey würde sich gut auf diesen Stufen machen. Sie hingegen würde man zum Dienstboteneingang verweisen. »Bin einfach keine Märchengestalt«, murmelte sie und setzte die Schneekugel wieder ab. Dann ging sie hinüber, schaltete ihre Stereoanlage ein und drückte auf die Vorwärtstaste, bis Elvis begann, »The Devil in Disguise« zu singen.

»Und vergiss gefälligst nicht, dass Calvin Morrisey genau das ist, Dobbs«, ermahnte sie sich selbst laut. »Ein Teufel im Engelsgewand.« Dann ging sie ins Badezimmer, um sich Arnika auf die beginnende Schwellung zu streichen und ein heißes Bad zu nehmen, um die Erinnerung an diesen Abend fortzuwaschen. Zumindest den Teil mit David. Danach hatte es ein paar Momente gegeben, die nicht gar so übel gewesen waren.

Aber sie würde Calvin Morrisey auf gar keinen Fall wieder sehen.

Als Cal am nächsten Morgen zur Arbeit kam, schien die Sonne durch die großen Fensterscheiben des Studiobüros, Kaffeeduft erfüllte den Raum, Roger winkte ihm von seinem Schreibtisch beim Fenster zu, und aus dem CD-Gerät erklang Elvis Costellos Song »The Angels Wanna Wear My Red Shoes«. Cal ließ eine Arbeitsmappe auf die mattierte Glasplatte seines Schreibtischs fallen, holte sich eine Tasse Kaffee und zog seinen Designerstuhl unter dem Tisch hervor, bereit, sein Bestes zu tun, um die Welt für verzweifelte Seminarteilnehmer etwas erträglicher zu machen.

Tony kam zur Tür herein und schlug ihm auf die Schulter. »Nett gelaufen, gestern. Sag mir, dass du gewonnen hast.«

»Wovon redest du?«, fragte Cal.

»Von der Wette mit David«, erwiderte Tony. »Die über das grau karierte Kostüm. Sag mir, dass du gewonnen hast.«

»Na sicher.« Cal ließ sich in seinen Schreibtischstuhl fallen. »Du hast doch gesehen, dass sie mit mir fortgegangen ist.«

»Stimmt, stimmt. Ich hätte es wissen müssen. Sagst du es David, oder soll ich?«

»Was denn?« Cal schaltete seinen Mac ein und drückte eine Taste, um seine E-Mails abzufragen.

»Na, dass du mit dem Kostüm geschlafen hast.«

»Was?«, rief Cal, während er mit schmalen Augen auf den Bildschirm starrte und Elvis ihm im Hintergrund Schützenhilfe leistete. »Das habe ich natürlich nicht.«

»Ach«, meinte Tony und nickte. »Na, du hast ja noch einen Monat Zeit.«

»Tony«, erwiderte Cal, während die Liste eingegangener E-Mails auf dem Bildschirm erschien, »keine Ahnung, wovon du sprichst, aber du verschwendest eindeutig meine Zeit.«

»Du hast gegen David gewettet, dass du das Kostüm innerhalb eines Monats ins Bett kriegst«, erklärte Tony mit großer Geduld. »Und ich könnte das Geld auch gut gebrauchen, also wenn du …«

»Nein«, widersprach Cal, »diese Wette habe ich nicht abgeschlossen.«

»David glaubt aber, dass sie gilt«, meinte Tony.

»Nein, glaubt er nicht«, wehrte sich Cal. »Sobald er wieder nüchtern ist, glaubt er nicht mehr, dass er zehntausend Dollar dagegengesetzt hat, dass ich eine vollkommen Fremde ins Bett kriege. Könnten wir jetzt mal an die Arbeit gehen? Da winkt dir ebenfalls Geld. Die bezahlen uns für dieses Zeug.«

Er schob die Arbeitsmappe über den Tisch Tony zu, der sie aufnahm und flüchtig durchblätterte. »Kinderspiel«, meinte er und machte sich auf den Weg zu seinem Schreibtisch. »Ach, nur zu deiner Information, Cynthie ist gestern Abend gemeinsam mit David verschwunden.«

»Ich wünsche ihnen viel Glück.« Cal wandte sich wieder seinen E-Mails zu.

»Macht dir das nichts aus?«, fragte Tony.

»Warum lässt du mich heute Morgen eigentlich nicht in Ruhe?«, fragte Cal mit Schärfe in der Stimme.

»Ich möchte nur sicher sein, dass du nicht zu ihr zurückgehst«, erklärte Tony. »Meine Zukunft steht da auf dem Spiel.«

»Wieso denn das?«, fragte Cal.

»Na ja, erst heiratest du«, begann Tony und hockte sich auf die Ecke von Cals Schreibtisch. »Du bist ja bei allem der Erste. Und danach heiratet Roger, und ihr zieht beide in irgendeinen Vorort. Und Roger heiratet sicher eine, die genauso zugeknöpft ist wie er, und das heißt, dass ich dann bei dir leben muss, und weil Cynthie mich nie leiden konnte, wäre es schwierig, ihr das schmackhaft zu machen.«

»Mir genauso«, versetzte Cal. »Los, runter von meinem Tisch.«

»Ich würde natürlich nicht mit euch *zusammen*leben, nicht im gleichen Haus«, wehrte Tony ab. »Ich stelle mir ein nettes, kleines Apartment über der Garage vor. Das wäre doch günstig für dich. Du könntest rüberkommen und Football ansehen und dich besaufen und musst nicht mehr Auto fahren. Und ich könnte babysitten, wenn du mit deiner Frau ausgehen willst.«

»Erstens«, hub Cal an, »werde ich nicht heiraten, also vergiss das mit der Frau. Zweitens, wenn ich so blöd wäre, zu heiraten, würde ich keine Kinder bekommen. Und drittens, wenn ich so blöd wäre, zu heiraten und Kinder zu bekommen, würde eher die Hölle einfrieren, als dass ich dich babysitten lasse.«

»Na ja, bis dahin wären wir viel reifer geworden«, sinnierte Tony. »Ich würde mich selbst im Moment auch nicht babysitten lassen.«

»Ich heirate als Erster«, ließ sich da Roger vernehmen.

Beide wandten sich zu ihm um, und er lächelte ihnen zu, ein blonder, sanftmütiger Riese, der friedfertig im Sonnenlicht saß, das durch die großen Studiofensterscheiben schien.

»Ich werde Bonnie heiraten«, stellte Roger fest.

Cal blickte ihn mit gerunzelter Stirn an. »Wer ist Bonnie?«

»Die Miniblondine, die er gestern Abend kennen gelernt hat«, erklärte Tony angewidert.

»Ihr Name ist Bonnie.« Die Eiseskälte in Rogers Stimme ließ Cal und Tony zusammenzucken.

»Er meint es ernst«, sagte Cal zu Tony. »Was ist passiert?«

»Die Rothaarige wollte mich«, erzählte Tony. »Also bin ich zu ihr rübergegangen. Und Roger kam mit und sprach die Mini… sprach Bonnie an. Und irgendwann seit diesem Zeitpunkt hat er seinen Verstand verloren.« Er betrachtete Roger kopfschüttelnd. »Du kennst diese Frau nicht einmal seit zwölf Stunden. Dabei hast du ein ganzes Jahr gebraucht, um dich für eine Couch zu entscheiden. Und jetzt meinst du im Ernst …«

»Ja«, antwortete Roger. »Sie ist die Richtige.«

»Möglicherweise ist sie das«, sagte Cal und dachte bei sich: *Den Teufel ist sie das.* »Aber du hast ihr das noch nicht gesagt, oder?«

»Nein«, erwiderte Roger. »Ich glaube, das wäre zu früh.«

»Du *glaubst*?«, wiederholte Tony. »Herrgott.«

»Ich werde sie heiraten«, beharrte Roger. »Also hört auf zu meckern und gewöhnt euch daran. Sie ist einfach vollkommen.«

»Keine Frau ist vollkommen«, widersprach Tony. »Deswegen sind wir ja stets auf der Suche. Triffst du sie heute Abend?«

»Nein«, erwiderte Roger. »Sie haben an den Donnerstagen immer so etwas, wo sie sich abends zu Hause treffen. Bonnie nannte es ihren ›Wenn-Abend‹.«

»Sie?«, fragte Tony.

Roger nickte. »Bonnie, Liza und Min.«

»Wer ist Min?«, fragte Tony verblüfft.

»Die, mit der ich nicht ins Bett gehe«, erklärte Cal. Wenn Bonnie Min auch nur im Entferntesten ähnelte, dann standen Roger schwere Zeiten bevor.

»Triffst du Bonnie am Freitag?«, fragte Tony, ohne sich aus dem Konzept bringen zu lassen.

Roger nickte wieder. »Sie sagte, sie gehen ins »Long Shot«. Es ist zwar nicht ihre übliche Kneipe, aber sie wollte da nach mir Ausschau halten. Und sie kommt auch zum Spiel am Samstag. Und vielleicht gehen wir Samstagabend zusammen essen.«

»Sie kommt, um zuzusehen, wie du ein Baseballspiel für Kinder betreust?«, fragte Cal. »Dann muss sie dich sehr lieben.«

»Noch nicht«, erwiderte Roger. »Aber das kommt noch.«

»Freitag«, meinte Tony nachdenklich. »Das ist gut. Da kann ich mir Liza angeln, und Cal kann bei dem Kostüm nachhaken.«

»Nein«, wehrte Cal ab.

Roger blickte mitfühlend drein. »Was ist denn passiert?«

Cal ging zu seinem Computer zurück. »Sie ist eine konservative, risikoscheue Statistikerin, die mir den ganzen Abend über die Zähne gezeigt hat. Dann habe ich sie nach Hause gebracht, bin achtundfünfzig Stufen bis zu ihrer Wohnung hinaufgestiegen, um sicher zu sein, dass sie nicht abgemurkst wird, und habe ihr dabei den Ellbogen ins Auge gerammt. Es war das schlimmste Date meines Lebens, und bei ihr rangiert es wahrscheinlich unter den letzten fünf.«

»Du hast sie mit dem Ellbogen gerammt?«, rief Tony aus.

»Aus Versehen«, erwiderte Cal. »Ich würde ihr ja Blumen schicken, um mich zu entschuldigen, aber sie hat was gegen Charme. Schluss, aus und Ende. Vergiss es.«

»Also gibst du bei der Nächsten auf«, resümierte Tony kopfschüttelnd.

Cal blickte ärgerlich auf. »Ach, dann erzähle du mir doch mal von deinen intensiven und dauerhaften Beziehungen.«

»Na ja, das ist was anderes«, gab Tony zu. »Ich bin eben oberflächlich.«

»Bonnie hat die Parterrewohnung in dem gleichen Haus«, bemerkte da Roger, als hätte er nichts gehört. »Ich musste also nur die ersten zweiunddreißig Stufen hinaufsteigen. Und dann war sie so besorgt um mich, dass sie mich noch auf einen Kaffee hineinbat. An die Stufen kann ich mich gewöhnen.«

»Heißt das, dass Liza dort im ersten Stock wohnt?«, fragte Tony.

»Nein, Liza wohnt drüben in Pennington«, antwortete Roger. »Sie zieht jedes Jahr um, meistens dann, wenn sie den Job wechselt. Bonnie sagt, dass Liza Veränderungen liebt.«

Cal blickte Tony an. »Hast du sie nicht nach Hause gebracht?«

»Sie hat sich davongemacht, als ich mal pinkeln war«, erwiderte Tony. »Ich glaube, sie macht auf schwer zu erobern.«

»Hört sich nach Min an«, meinte Cal und wandte sich wieder seinem Computer zu. »Nur dass Min, glaube ich, nicht nur so tut.«

»Bonnie und ich haben Liza nach Hause gebracht«, erklärte Roger. »Das war nett. Dadurch konnte ich länger mit Bonnie zusammen sein.«

»Herrgott, Junge, reiß dich zusammen«, stöhnte Tony.

Cal drehte sich wieder Roger zu. »Meinst du es wirklich ernst?«

»Ja.«

Cal erkannte die Entschlossenheit in seinem Gesicht. »Na, dann herzlichen Glückwunsch«, erklärte er und nahm sich vor, Bonnie zu überprüfen. »Lass dir aber einen Monat Zeit mit dem Heiratsantrag, sonst erschreckst du sie noch.«

»Das dachte ich mir auch«, stimmte Roger zu.

»Ihr seid beide Idioten«, stellte Tony fest.

»Und wir verlieren alle unseren Job, wenn wir jetzt nicht an die Arbeit gehen«, entgegnete Cal. »Fang du mit dem Auffrischungskurs für Batchelder an.«

»Bonnie sagt, dass Min prima ist«, meinte Roger. »Sie sah nett aus.«

»Min ist nicht nett«, widersprach Cal. »Min ist auf die ganze Welt wütend und lässt es jeden fühlen, der ihr in die Quere kommt. Was den Batchelder-Auffrisch…«

»Bist du sicher, dass David weiß, dass es keine Wette gibt?«, fragte Tony.

»Absolut«, erwiderte Cal. »Die Frau treffe ich nie wieder. Jetzt zu dem *Batchelder-Auffrischungskurs …* «

Am gleichen Nachmittag um halb fünf Uhr betrat Min den in elfenbeinfarbener Moiré-Seide gehaltenen Anproberaum des besten Brautausstatters der Stadt. Sie wusste, dass sie sich verspätet hatte, aber es war ihr egal. Wahrscheinlich war ihre Mutter so sehr damit beschäftigt, Diana und die Schneiderin zu traktieren, dass sie …

»Du kommst zu spät«, ertönte Nanette Dobbs Stimme. »Wir waren für vier Uhr verabredet.«

»Ich habe schließlich einen Beruf.« Min überquerte den dicken, goldfarbenen Teppich, wobei sie einen Bogen um das dunkelhaarige Nervenbündel machte, das ihr einst das Leben geschenkt hatte, und warf ihre Kostümjacke auf einen elfenbeinfarben bezogenen Stuhl. »Das bedeutet, dass meine Zeit in erster Linie der Versicherungsgesellschaft gehört. Wenn du willst, dass ich pünktlich komme, dann mache einen Zeitpunkt nach Büroschluss aus.«

»Lächerlich«, versetzte Nanette. »Dein Kleid hängt im nächsten Umkleideraum. Die Schneiderin ist gerade mit Diana und den anderen Mädels beschäftigt. Gib mir deine Bluse, sonst wirfst du sie nur wieder auf den Boden.« Sie streckte befehlend eine wohl manikürte Hand aus, und Min schlüpfte seufzend aus ihrer Bluse.

»Ach, *Min*«, stieß ihre Mutter in ihrem gewohnten vorwurfsvollen Ton aus. »Wo hast du nur diesen BH her?«

Min blickte auf ihre Unterwäsche hinab. Schlichte Baumwolle, aber vollkommen respektabel. »Keine Ahnung. Wieso?«

»Weiße Baumwolle«, stöhnte Nanette. »Also wirklich, Min, reine Baumwolle, das ist wie reine Vanille ...«

»Ich mag reine Vanille.«

»... das ist nicht im Geringsten aufregend.«

Min blinzelte. »Ich komme direkt aus dem Büro. Da ist nichts im Geringsten aufregend.«

»Ich spreche von Männern«, erklärte Nanette. »Du bist jetzt dreiunddreißig, hast deine Blütejahre bald hinter dir und trägst auch noch weiße Baumwolle.«

»Ich komme direkt aus dem *Büro*«, wiederholte Min, die allmählich ihre Geduld verlor.

»Das ist völlig egal.« Ihre Mutter schüttelte die Bluse aus, betrachtete prüfend das Etikett und wirkte bei der Erkenntnis, dass es Seide war, ein wenig versöhnt. »Wenn du weiße Baumwollunterwäsche trägst, dann fühlst du dich auch wie weiße Baumwolle, und du benimmst dich wie weiße Baumwolle, und mit weißer Baumwolle kriegst du keinen Mann. Du solltest immer Spitzenunterwäsche tragen.«

»Du wärst eine hervorragende Kupplerin«, versetzte Min und eilte dem Umkleideraum zu.

»*Minerva*«, donnerte ihre Mutter.

»Na ja, tut mir Leid.« Min drehte sich um. »Aber ehrlich, Mutter, dieses Thema wird allmählich langweilig. Ich weiß nicht, ob ich überhaupt heiraten will, und du meckerst an meiner Unterwäsche herum, dass sie kein guter Köder wäre. Kannst du nicht …«

Nanette hob ihr Kinn und wirkte dadurch noch stählerner. »Mit der Einstellung verlierst du garantiert auch noch David.«

Min holte tief Atem. »Wegen David …«

»Was?« Der Körper ihrer Mutter versteifte sich in ihrem Dana-Buchman-Modellkleid der Größe 36. »Was ist mit David?«

Min lächelte betont fröhlich. »Wir haben Schluss gemacht.«

»Oh, *Min*«, heulte Nanette auf und presste Mins Bluse an ihren Busen, ein Bild der Verzweiflung inmitten kostspieligen gold- und elfenbeinfarbenen Dekors.

»Er war nicht der Richtige für mich, Mutter«, erklärte Min. »Das ist eine Tatsache. Was muss ich tun, damit du seinen Namen nie mehr erwähnst?«

»Spitzenunterwäsche tragen.«

»Und damit habe ich dich nicht mehr im Nacken sitzen?«

»Wenigstens eine Zeit lang.«

Min grinste sie an und wandte sich wieder dem Umkleideraum zu. »Mit dir hat man's weiß Gott nicht leicht.«

»Tja, mit dir auch nicht, meine Liebe«, erwiderte Nanette und musterte ihre Älteste kritisch. »Weißt du, ich bin wirklich stolz auf dich. Was hast du da über deinem Auge? Einen Klecks Make-up?«

»Ach, um Himmels willen.« Min schloss die Tür hinter sich. Sie öffnete den Reißverschluss ihres Rockes, ließ ihn auf den goldenen Teppich fallen und betrachtete sich selbst in dem goldgerahmten Spiegel. »So schlecht siehst du gar nicht aus«, sagte sie zu sich selbst, nicht vollkommen überzeugt. »Du musst einfach einen Mann finden, der vor Gesundheit strotzende Frauen mag.«

Sie nahm den langen, lavendelfarbenen Rock von dem goldenen Bügel, stieg vorsichtig hinein, um die gebügelte Chiffonkrause an der Rückseite nicht zu zerreißen, und zog den Bauch ein, um die Knöpfe zu schließen. Dann fuhr sie in die lavendelfarbene Chiffonbluse und schloss die vielen kleinen Knöpfe, wobei sich der Stoff über ihrer Brust spannte und ihr weißer BH in dem weit geschnittenen Ausschnitt zum Vorschein kam. Sie schüttelte die Ärmel aus, so dass der Chiffon in weiten, doppelten Rüschen über ihre Hände fiel. Damit würde sie beim Hochzeitsempfang sicherlich das Büfett abräumen. Außerdem bauschte sich die Bluse über ihren Hüften in weiteren Rüschen. »Ja, ja«, meinte sie. »Als ob ich an den Hüften noch mehr Polster brauchte.«

Schließlich hob sie das Korsett auf, ein zierliches Etwas aus blauer und lavendelfarbener Moiré-Seide, das mit lavendelfarbenen Bändern zusammengebunden wurde. Als Diana den Stoff sechs Monate zuvor ausgewählt hatte, hatte er Min so sehr gefallen, dass sie sich von der Näherin eine Tagesdecke für ihr Bett daraus hatte nähen lassen. Jetzt betrachtete sie das winzige Korsett und dachte: *Ich werde wohl meine Tagesdecke stattdessen tragen müssen. In das hier passe ich nie hinein.* Sie holte tief Luft und schnürte sich das Korsett um. Es presste ihre Brüste in schwindelnde Höhen empor, und noch immer klaffte ein Spalt von fast fünf Zentimetern. *Die bösen Kohlenhydrate.* Mit Groll dachte sie an Cal Morrisey und Emilios Brot. Dann bemühte sie sich, die zusätzliche Schicht Make-up etwas zu verstreichen, ohne dass der blaue Fleck sichtbar wurde, und ging schließlich in den Anproberaum hinüber, um sich ihrer Mutter zu zeigen.

Dort aber fand sie Diana, die auf dem Podest vor dem riesigen, goldgerahmten Spiegel stand, flankiert von ihren beiden entzückenden Brautjungfern, den jungen Frauen, die Liza *Schnief* und *Schlimmer* nannte. Aus Dianas tragbarem CD-Spieler drang Musik von den Dixie Chicks.

»*Run, run run*«, meinte Min zu Diana. »Wie unpassend.«

»Hmmm?«, machte Diana und starrte weiter in den Spiegel. »Nein, *Runaway Bride*.«

»Ach, richtig«, erwiderte Min und erinnerte sich, dass Diana für ihre Hochzeit Musik aus Filmen mit Julia Roberts gewählt hatte. Na ja, wenigstens hatte sie sich was dabei gedacht.

»Ich fand diesen Film toll«, erklärte Susie. Sie wirkte sehr blond, verbittert, elend und irgendwie schniefend in ihrem grünen Chiffonkorsett; die Verliererin bei der Verteilung der Brautjungfernkleider.

»Ich fand ihn einfach lächerlich«, befand die dunkelhaarige Karen alias *Schlimmer* und wirkte hochnäsig und überlegen in ihrem blauen Chiffonkorsett.

Min wedelte mit der Hand zu *Schlimmer* hin. »Hau mal ab da, damit ich meine Schwester sehen kann.«

Schlimmer rückte zur Seite, und Min konnte ihren ersten Blick auf Diana werfen. »Wow.«

Diana wirkte in elfenbeinfarbenem Chiffon und Satin wie eine Märchenprinzessin. Ihr dunkles Haar fiel aus einem kunstvoll nachlässig geschlungenen Knoten in perlenbesetzten Korkenzieherlocken herab und rahmte ihr schmales, blasses Gesicht ein, und ihr schlanker Hals hob sich graziös aus dem weiten Ausschnitt ihres Oberteils. Von der Rückenlinie ihres Dekolletees ergoss sich eine Kaskade von Chiffonrüschen über ihr ebenfalls perlenbesetztes, elfenbeinfarbenes Korsett, das ihre schlanke Taille betonte; weitere Rüschen fielen über ihre Handgelenke und bauschten sich unter ihrem Leibchen hervor, teilten sich und enthüllten einen engen Rock, dessen Seitennaht bis hinab auf den Boden mit Rüschen verziert war. Ein gefältelter Saum reichte bis auf die Spitzen ihrer satinbezogenen, hochhackigen Schuhe. Sie drehte sich auf dem Podest, um in den Spiegel zu blicken, und Min sah, dass am Ende ihrer Wirbelsäule der Chiffon nochmals bauschig gerafft war und in noch mehr Rüschen und Falten überging, bis die Rückseite des Kleides ein Eigenleben zu entwickeln schien und bei jeder Bewegung zitterte und bebte.

»Wie findest du's?«, fragte Diana mit ausdruckslosem Gesicht.

Ich finde, du siehst aus wie eine sexbesessene Heroinprinzessin, dachte Min. Laut aber sagte sie: »Ich finde, du siehst wunderschön aus«, denn auch das war die Wahrheit.

»Du siehst phantastisch aus«, erklärte *Schlimmer* und strich Di's Rock glatt, wo er kein Glattstreichen nötig hatte.

»M-hmm«, machte *Schnief* zustimmend. Min dachte, dass sie eigentlich Mitleid für sie empfinden sollte; schließlich konnte es nicht leicht für sie sein zuzusehen, wie ihre beste Freundin ihren Exfreund heiratete, ganz besonders, wenn man dabei in dieses höllische Grün gesteckt wurde. Aber *Schnief* war dermaßen rückgratlos, dass es schwer fiel, Mitgefühl mit ihr zu haben.

»Für eine Hochzeit am Vormittag wäre es nicht das Richtige«, meinte Diana und berührte die Bänder an ihrem Busen. »Und für abends auch nicht. Aber wir heiraten in der Abenddämmerung, und das ist ein magischer Augenblick, da ist alles wie verwandelt.«

»Und du bist auch wie verwandelt«, erwiderte Min, die in Dianas Stimme die gleiche Spannung fühlte wie am Abend zuvor auf ihrem Anrufbeantworter. »Ist mit dir alles in Ordnung?«

Diana wandte sich wieder dem Spiegel zu. »Du würdest lieber tot umfallen, als so was zu tragen, nicht wahr?«

»Wenn ich aussähe wie du, dann vielleicht schon.«

Schlimmer musterte Min von Kopf bis Fuß und besonders genüsslich das kurz vor dem Platzen stehende Korsett und den hervorspitzenden weißen BH. »Es ist nicht Mins Stil.«

»Meinst du wirklich?«, versetzte Min. »Ich wollte das Korsett eigentlich ins Büro anziehen, wenn der ganze Zauber hier vorüber ist. Könnte ich meine Schwester mal für eine Minute allein sprechen, ja?«

Schlimmer hob die Augenbrauen, aber *Schnief* verdrückte sich erleichtert in den angrenzenden Raum, und als Min die Arme vor der Brust verschränkte und *Schlimmer* beharrlich anstarrte, gab diese nach und verschwand ebenfalls.

»Was ist los?«, wandte Min sich fragend an Diana, während die Dixie Chicks ihr Lied beendeten und Martina McBride mit ihrem unmöglichen Heuler »I love You« begann.

»Nichts«, entgegnete Diana und betrachtete sich im Spiegel. »Na ja, die Torte. Wir haben Probleme mit der Hochzeitstorte, aber alles andere läuft perfekt.«

»Ist etwas mit Greg?«, fragte Min und dachte bei sich: *Ich würde einen solchen Schlappschwanz nicht heiraten wollen, egal wie hübsch und reich er ist.* Sollte sie jemals heiraten, dann jemanden mit Biss; jemand, der witzig und schlau und interessant war …

»Mit Greg ist alles in Ordnung«, erklärte Diana und bauschte die Rüschen an ihren Hüften, die sie irgendwie noch schlanker erscheinen ließen.

»Aha, na gut«, erwiderte Min. »Und was ist mit der Torte?«

»Die Torte …« – Diana musste sich räuspern –, »… die Torte wurde nicht rechtzeitig bestellt.«

»Ich dachte, Greg kennt da einen tollen Konditor«, wunderte sich Min.

»Ja«, antwortete Diana, »aber er … hat es vergessen, und jetzt ist es zu spät. Also muss ich einen anderen Konditor suchen.«

»Der in nur drei Wochen eine gigantische Hochzeitstorte zustande bringt?«

»Es war nicht Gregs Schuld«, erwiderte Diana. »So sind eben Männer. Völlig unzuverlässig bei solchen Dingen. Es war mein Fehler, dass ich mich nicht mehr darum gekümmert habe.«

»Nicht alle Männer sind unzuverlässig«, entgegnete Min. »Ich habe gestern Abend ein richtiges Biest kennen gelernt, aber er hätte sich zweifellos um diese Torte gekümmert.«

»Na, Greg ist kein Biest«, gab Diana zurück. »Und mir ist ein guter Mann, der einen Kuchen vergisst, lieber als ein Biest, das daran denkt.«

»Ein Punkt für dich«, gab Min zu. »Hör zu, ich besorge dir eine Torte. Das ist das Mindeste, was ich tun kann, nachdem ich ein solcher Reinfall bin.«

Diana vergaß ihre Rüschen und wandte sich um. »Was ist denn? Du bist kein Reinfall. Was ist los?«

»Ich bin David los, und ich bin zu fett für dieses Korsett da«, antwortete Min und hielt die Bänder in die Höhe.

»Du bist nicht fett«, widersprach Diana und kletterte vom Podest. »Vielleicht haben sie die falsche Größe geschickt. Lass mich mal sehen.«

Min löste das Korsett und reichte es Diana, die es mit fachkundiger Hand hin- und herwendete.

»Was war denn mit David?«, fragte Diana, während sie stirnrunzelnd das Etikett betrachtete.

»Ich wollte nicht mit ihm schlafen, also hat er Schluss mit mir gemacht.«

»Was für ein Arschloch.« Diana blickte verwundert auf. »Also, das ist Größe achtunddreißig, das müsste eigentlich passen.«

»In welchem Universum?«, versetzte Min wütend. »Ich hatte nicht mal bei meiner Geburt Größe achtunddreißig. Wer hat das Ding bestellt?«

»Ich«, erwiderte Nanette hinter ihrem Rücken. »Ich dachte, du wolltest bis zur Hochzeit deiner Schwester abnehmen. Du bist doch noch auf Diät, oder?«

»Ja«, antwortete Min bissig und wandte sich zu ihrer Mutter um. »Aber lass uns das realistisch sehen. Du hast eine Bluse gekauft, die mir passt.« Sie blickte an sich hinunter, wo die kleinen Knöpfe stramm in Linie standen. »Na ja, so in etwa. Warum besorgst du mir nicht …«

»Du hattest ein ganzes Jahr Zeit«, unterbrach ihre Mutter sie und presste einen Haufen Spitzenunterwäsche an sich. »Ich dachte, das Korsett könnte dich in Form bringen, falls du noch immer ein paar Pfund zu viel hast. Aber du hättest wirklich reichlich Zeit gehabt, um abzunehmen.«

Min holte tief Atem, und prompt sprang der Knopf an ihrem Rock davon. »Sieh mal, Mutter, ich werde nie schlank sein. Ich bin Norwegerin. Wenn du eine dünne Tochter wolltest, dann hättest du nicht einen Mann heiraten sollen, dessen weibliche Vorfahren die Kühe von der Weide nach Hause getragen haben.«

»Du bist nur zur Hälfte Norwegerin«, widersprach Nanette, »und das ist überhaupt keine Entschuldigung, denn es gibt einen Haufen schlanke nordische Schönheiten. Du isst einfach nur, um gegen mich zu rebellieren.«

»Mutter. Es hat nicht immer alles nur mit dir zu tun«, schnappte Min und hielt ihren Rock mit den Händen zusammen. »*Manchmal sind es einfach die Gene*.«

»Bitte nicht diesen Ton, meine Liebe«, entgegnete ihre Mutter und drehte sich zu Diana um, die das Korsett in die Höhe hielt. »Wir müssen es einfach enger schnüren.«

»Gute Idee«, versetzte Min. »Wenn ich dann neben dem Altar in Ohnmacht falle, kannst du alle darauf hinweisen, wie schlank und nordisch ich bin.«

»Minerva, das ist die *Hochzeit* deiner *Schwester*«, betonte Nanette. »Da kannst du wohl einmal ein kleines Opfer bringen.«

»Schon gut, schon gut«, beschwichtigte Diana und winkte ab. »Wir haben Zeit genug, um eines in Mins Größe anfertigen zu lassen. Kein Problem.«

»Oh, gut.« Min kletterte auf das Podest, um sich in dem großen Spiegel zu betrachten. Sie sah aus wie ein pausbäckiges Stubenmädchen, das im Gasthaus am Fuße des Schlosses arbeitete und sich die von der Prinzessin abgelegten Kleider aus der Mülltonne holte. »Das steht mir einfach überhaupt nicht.«

»Die Farbe steht dir großartig, Min«, erklärte Diana sanft, nachdem sie hinter Min auf das Podest geklettert war. Min lehnte sich zurück, so dass ihre Schultern sich berührten.

»Und du wirst eine hinreißende Braut sein«, erwiderte Min. »Die Leute werden bei deinem Anblick nach Luft schnappen.«

»Bei deinem auch«, meinte Diana und drückte Mins Schulter.

Klar, wenn mein Korsett explodiert und mein Busen den Pfarrer zu Boden wirft.

»Was ist mit deinem Auge passiert?«, flüsterte Diana Min zu, leise genug, dass Nanette es nicht hören konnte.

»Das hat mir gestern Abend das Biest verpasst«, flüsterte Min zurück, und als Diana steif wurde, fügte sie hinzu: »Ich bin gegen seinen Ellbogen gestoßen. Er konnte nichts dafür.«

»Das ist der falsche BH für dieses Kleid«, sagte Nanette hinter ihnen.

»Du bist nicht zufällig meine Stiefmutter, oder?«, gab Min zurück. »Das würde nämlich einiges erklären.«

»Hier, mein Schatz«, sagte Nanette und reichte ihr fünf Spitzen-BHs in verschiedenen Farben. Geh in den Umkleideraum und zieh einen davon an. Und dann gib mir dieses Baumwollding, damit ich's verbrennen kann.«

»Was für ein Baumwollding?«, fragte Diana.

»Ich trage einen einfachen, weißen BH«, erklärte ihr Min, während sie vom Podest stieg, die Hände voller Spitze.

Diana riss die Augen auf und meinte in affektiertem Ton: »Na, dann ist dir das Fegefeuer gewiss.«

»*Diana*«, stieß Nanette aus.

»Ich weiß«, erwiderte Min, während sie dem Umkleideraum zueilte. »Und dort finde ich auch die besten Männer.«

»*Minerva*«, ächzte Nanette. »Wo willst du hin?«

»Es ist Donnerstag«, antwortete Min über die Schulter. »Ich treffe mich mit Liza und Bonnie zum Abendessen, und ich habe keine Lust, noch länger über meine Unterwäsche zu reden.«

In der Tür zum Umkleideraum drehte sie sich noch einmal um. »Bestelle ein größeres Korsett … *viel größer, Mutter* … und wenn es geliefert ist, probiere ich es an.«

»Keine Kohlenhydrate«, rief ihre Mutter hinter ihr her, als sie im Umkleideraum verschwand. »*Und keine Butter*.«

»Ich wusste doch, dass du mich meinen wirklichen Eltern gestohlen hast«, rief Min zurück. »Die hätten mir Butter gegönnt.« Dann schloss sie die Tür hinter sich, bevor Nanette ihr auch Zucker verbieten konnte.

4

Als Calvin Morrisey aus dem Büro nach Hause kam, knipste er das weiße Deckenlicht an, schleuderte seine Schuhe von den Füßen und ging in die weiße Kochnische hinter der weißen Frühstückstheke, um sich einen Glenlivet zu genehmigen. Während er noch die Flasche in der Hand hielt, dröhnte plötzlich aus dem Nachbarapartment Elvis Costellos »She« durch die Wände.

»Oh Gott«, stöhnte Cal und drückte sich das kalte Glas an die Stirn. Anscheinend war Shannas stürmische Romanze in die Brüche gegangen. Er kippte den Drink hinunter und ging dann, um an ihre Tür zu klopfen.

Als Shanna öffnete, war ihr hübsches Gesicht unter dem

wilden Wust ihres weichen Haars tränennass. »Hi, Cal«, schniefte sie. »Komm rein.«

Er folgte ihr in die Technicolor-Version seines eigenen Apartments und zuckte unwillkürlich zusammen, dann hatte sie Elvis zu normaler Lautstärke zurückgedreht. »Erzähl mir alles«, forderte er sie auf.

»Es war schrecklich«, begann sie und ging zu ihrem hellroten Bücherregal hinüber, wo sie die Statuette einer Tiki-Gottheit beiseite rückte, um an die Flasche Glenlivet zu gelangen, die sie für Cal zur Verfügung hielt.

»Ich habe gerade schon einen gekippt«, wehrte er ab.

»Ich dachte, diesmal wäre es die Richtige.« Shanna rückte die Puppe wieder an ihren Platz und nahm Kurs auf ihre riesige, alte Couch, über die sie eine purpurne indianische Tagesdecke gebreitet hatte. »Ich dachte wirklich, es sei für immer.«

»Du glaubst doch jedes Mal, dass es für immer sei.« Cal setzte sich neben sie und legte den Arm um ihre Schultern. »Wer war es denn diesmal? Ich bin nicht mehr auf dem Laufenden.«

»Megan«, antwortete Shanna, und ihr Gesicht verzog sich wieder zum Weinen.

»Ach ja.« Cal legte seine Füße auf die alte Truhe, die als Couchtisch diente. »Megan, die Zicke. Weißt du, vielleicht solltest du versuchen, dir für deine Verabredungen Leute auszusuchen, mit denen du einfach Spaß haben kannst. Oder mal eine Pause einlegen. Das mache ich gerade ...«

»Mit Megan hat es Spaß gemacht«, wandte Shanna ein.

»Megan ist eine humorlose Nervensäge«, widersprach Cal. »Ich kann einfach nicht verstehen, warum du immer auf Frauen reinfällst, die dir Schuldgefühle einreden. Bei denen ergreife ich sofort die Flucht.«

Shanna blickte tränennass und vorwurfsvoll zu ihm auf. »Du ergreifst bei allen die Flucht.«

»Hier geht's jetzt nicht um mich«, entgegnete Cal. Elvis endete mit einem letzten bombastischen »She!« und begann dann von neuem. Offensichtlich hatte Shanna auf Endlosschleife geschaltet. »Du musst dir mal ein anderes Aus-und-vorbei-Lied zulegen.«

»Aber ich liebe dieses Lied«, wandte Shanna ein.

»Ich habe es auch mal geliebt«, erwiderte Cal. »Aber das ist etliche Monate her, bevor du mir jedes Mal, wenn wieder eine deiner katastrophalen Beziehungen zu Ende geht, die Ohren damit zugedröhnt hast. Du machst Elvis Costello kaputt.«

»Keiner kann Elvis Costello kaputtmachen«, wehrte sich Shanna. »Elvis ist einfach göttlich.«

»Hat Megan nicht Elvis gehasst?«, fragte Cal.

»Nein, das war Anne«, erwiderte Shanna. »Aber Megan war auch nicht gerade sein Fan.«

»Aha, da haben wir's«, rief Cal aus. »Spiele bei der ersten Verabredung doch einfach Elvis, und wenn sie ihn nicht mag, dann mach gleich Schluss, bevor du dich gefühlsmäßig engagierst.«

»Machst du das so?« Shanna ließ ihren Kopf an seine Schulter sinken. »Schaffst du's damit, all diese Frauen so problemlos abzuhaken?«

»Hier geht's nicht um mich«, wiederholte Cal. »Es geht um dich. Hör auf damit, dich mit Frauen einzulassen, die du für ›passend‹ hältst. Verbringe deine Zeit lieber mit solchen, mit denen zusammen zu sein dir Spaß macht.«

»Gibt's denn solche?«, fragte Shanna.

»Anfangs macht's mit allen Spaß«, erwiderte Cal. Dann fiel ihm Min ein. »Na ja, mit Ausnahme der Frau, mit der ich gestern Abend zum Essen war. Die war von Anfang an eine Nervensäge.«

»Natürlich hast du gestern Abend wieder eine Frau aufgegabelt.« Shanna drehte den Kopf, um ihn anzusehen. »Man könnte dich in eine Herrenumkleidekabine einsperren, und du würdest trotzdem mit einer Frau herauskommen. Wie machst du das nur?«

Cal grinste sie an. »Das ist mein naturgegebener Charme.« Er konnte fast sehen, wie die Statistikerin bei diesen Worten ihre Augen verdrehen würde.

Shanna wandte den Kopf wieder ab. »Und das Traurige ist, dass es stimmt. Ich habe keinen naturgegebenen Charme.«

»Doch, hast du«, widersprach Cal. »Du benützt ihn nur nicht.«

Shanna wandte ihm wieder ihren Blick zu. »Wirklich?«

»Wenn du dich nicht gerade abmühst, Eindruck bei irgendeiner hochnäsigen Zicke zu schinden, bist du toll«, erklärte Cal. »Du bist witzig und klug, und es macht Spaß, mit dir zusammen zu sein.«

»Wirklich?«

»Schließlich bin ich öfter mit dir zusammen, oder?«

»Na ja, sicher, aber du bist eben einfach nett.«

»Ich bin nicht nett«, widersprach Cal. »Ich bin verdammt egoistisch. Und du hast vollkommen klar gemacht, dass du nie mit mir ins Bett gehen wirst, also verbringe ich wohl deswegen Zeit mit dir, weil es Spaß macht, oder? Abgesehen von diesen tränenreichen Elvis-Abenden.«

»Stimmt«, meinte Shanna, und ihr Gesicht hellte sich ein wenig auf.

»Meine Ansprüche in puncto Spaß sind sehr hoch«, fuhr Cal fort. »Also musst du wohl wirklich toll sein. Aber du lässt dich mit den größten Zicken ein, die ich kenne.«

»Ach, und die Frauen, mit denen du dich einlässt, sind alle herzallerliebst.« Shanna erhob sich und machte ein paar Schritte von ihm weg.

»Hier geht's nicht um mich«, wiederholte Cal erneut. »Der Grund, warum du immer wieder Schiffbruch erleidest, ist dein mangelndes Selbstvertrauen, und du suchst dir immer wieder Frauen aus, die genau das an dir mögen.«

»Ich weiß.« Shanna hockte sich auf den roten Barhocker neben ihrer Frühstückstheke, schob den gelben Vorhang zur Seite, mit dem sie die Öffnung verhängt hatte, und angelte sich ein großes Schraubglas mit Keksen.

»Dann solltest du dir mal eine aussuchen, mit der du dich wohl fühlst.«

Shanna öffnete das Schraubglas und nahm sich ein Zimtplätzchen heraus. »Ich weiß.«

»Wie oft haben wir dieses Thema jetzt schon besprochen?«

»Tausend Mal.« Wild biss Shanna in das Plätzchen.

»Und jedes Mal missbrauchst du wieder Elvis. Das war mal ein gutes Lied, und du hast es in Grund und Boden genudelt. Früher oder später wirst du dafür bezahlen müssen.«

»Ich weiß«, murmelte Shanna undeutlich.

»Such dir etwas mit Biss aus«, schlug Cal vor. »Es muss doch auch kämpferische Aus-und-vorbei-Lieder geben.«

»Mir hat ›I will survive‹ immer ganz gut gefallen«, erwiderte Shanna etwas heiterer.

»Oh Gott.« Cal erhob sich hastig. Hinter ihm begann Elvis abermals mit ›She‹. »Hab Erbarmen mit ihm, ja?«

Shanna ging zum Bücherregal hinüber und schaltete Elvis aus. »Beim Kennenlernen sind sie nie gemein, weißt du.«

»Erinnerst du dich noch an deine erste Verabredung mit Megan?«, fragte Cal. »Als du uns in der Eingangshalle miteinander bekannt gemacht hast?« Shanna nickte. »Sie entschuldigte sich für deine Kleidung. Ich hätte ihr am liebsten eine geklebt, aber sie sah aus, als würde sie nur darauf warten.«

»Sie stellte eben hohe Ansprüche.«

»Sie war eine gemeine Ziege, die jeden bevormundete«, widersprach Cal. »Du hättest schon nach diesem ersten Mal das Weite suchen sollen.«

»Hast du das gestern Abend auch getan?«, fragte Shanna.

»Ja, zum Teufel«, antwortete Cal.

»Na ja, ich kann das nicht«, erklärte Shanna und wandte sich wieder ihrem Keksglas zu. »Ich bin eben nicht wie du. Ich möchte immer fair sein.«

Cal seufzte. »Na gut. Und warum hat sie dich verlassen?«

Shannas Gesicht verzog sich wieder. »Sie hat gesagt, ich hätte zu viel von einem Fußabstreifer.«

»Na, sie muss es ja wissen, schließlich hat sie ihre Füße oft genug an dir abgewischt«, erwiderte Cal. Shanna brach in Tränen aus, und er ging zu ihr und nahm sie in die Arme. »Werde doch endlich mal wütend auf sie, Shan. Sie ist wahrhaftig kein netter Mensch.«

»Aber ich habe sie geliebt!«, heulte Shanna an seiner Brust und spuckte feuchte Kekskrumen über sein Hemd.

»Nein, hast du nicht«, widersprach Cal und umfasste sie enger. »Du wolltest sie lieben. Das ist was anderes. Du kanntest sie doch erst ein paar Wochen.«

»Das kann aus heiterem Himmel passieren.« Shanna blickte zu seinem Gesicht auf. »Du weißt es einfach.«

»Nein«, entgegnete Cal. »Das geht nicht so einfach, dass du jemanden erblickst, dabei in deinem Kopf ›She‹ von Elvis Costello hörst und dich auf der Stelle verliebst. Dazu braucht es Zeit.«

»Als hättest du eine Ahnung davon.« Shanna befreite sich und griff nach ihrem Keksglas. »Warst du jemals lange genug mit einer zusammen, um dich in sie zu verlieben?«

»He«, beschwerte Cal sich.

»Das ist keine Antwort«, erwiderte Shanna und zog sich mit den Keksen auf ihre Couch zurück. »Lässt du sie deswegen immer so schnell sitzen? Ich dagegen *versuche* es wenigstens.«

»Es geht hier nicht um mich«, erinnerte Cal.

»Ich weiß, ich weiß«, winkte Shanna ab und fischte ein weiteres Zimtplätzchen heraus. »Gott, was für einen Schlamassel ich immer anrichte. Willst du 'n Keks?«

»Nein«, erwiderte Cal. »Komm, nimm dich zusammen und versuche, wieder auf die Beine zu kommen. Wenn du morgen Mittag bei uns vorbeischaust, lade ich dich zum Mittagessen ein, bevor du zur Arbeit musst.«

»Das wäre schön«, meinte Shanna. »Du bist ein lieber Kerl, Cal. Manchmal wünschte ich mir, du wärst eine Frau …«

»Danke«, erwiderte Cal zweifelnd.

»… aber dann erinnere ich mich daran, dass du Bindungsängste hast, und dann bin ich froh, dass du keine Frau bist. Ich habe schon genug Probleme.«

»Das ist wahr.« Cal legte die Hand auf die Türklinke. »Kann ich dich jetzt alleine lassen?«

»Klar«, erwiderte Shanna. »Lade mich morgen in irgendein teures Restaurant ein.«

»Ich gehe mit dir zu Emilio's«, entgegnete Cal. »Er braucht Kunden, und dir schmeckt sein Pesto.«

Während Cal sich bemühte, Shanna zu trösten, machte Min einen Abstecher zu Emilio's, um Salat und Brot zu besorgen.

»Ah, die entzückende Min!«, rief er aus, als sie ihn unten in seiner Küche aufspürte.

»Liebster Emilio«, antwortete Min. »Ich brauche Salat und Brot für drei Personen jetzt sofort und eine verdammte Hochzeitstorte für zweihundert am Sonntag in drei Wochen.«

»Oh.« Emilio lehnte sich gegen die Arbeitsfläche. »Meine Großmutter macht Hochzeitstorten. Sie schmecken einfach …« – er schloss die Augen – »… himmlisch. Locker und leicht wie eine Feder.« Er öffnete die Augen wieder. »Aber es sind gute, altmodische Kuchen, ohne Marzipanvögel oder Zuckerglasur.«

»Könnte sie für uns einen Kuchen machen und ihn mit Blüten dekorieren?«, fragte Min. »Ich kann ein paar echte Perlen beschaffen. Vielleicht sind die Leute beeindruckt, wenn der Kuchen mit echten Dingen geschmückt ist, anstatt mit Zuckerimitationen.«

»Ich weiß nicht«, meinte Emilio. »Aber wirklich wichtig ist doch, wie er schmeckt, und er schmeckt garantiert …«

»Emilio, das ist sehr lieb«, unterbrach Min ihn, die sich Nanettes Reaktion darauf vorstellte. »Aber leider ist es in diesem Fall am wichtigsten, wie er aussieht.«

»Wie wäre es damit«, lenkte Emilio ein. »Ich frage sie, ob sie den Kuchen machen will. Wenn sie Ja sagt, kann sie ihn schlicht und einfach mit Zuckerguss überziehen, und Sie können dann selbst Blüten und Perlen darauf arrangieren.«

»Ich«, meinte Min zweifelnd. »Na ja, ich nicht, aber Bonnie kann das, sie hat sehr viel Geschmack. Also einverstanden. Fragen Sie bitte Ihre Großmutter.«

Emilio hob den Telefonhörer ab. »Wird Cal Sie zu der Hochzeit begleiten?«

»Cal sehe ich nie mehr wieder«, antwortete Min.

»Gott, seid ihr beide dumm«, kommentierte Emilio, während er auf die Nummerntasten tippte. Nach einem Augenblick hellte sich sein Gesicht auf. »Nonna?«, begann er und ließ dann einen italienischen Wortschwall los. Das Einzige, das Min verstand, war »Cal«. Es beunruhigte sie, aber als Emilio auflegte, lächelte er.

»Alles in Ordnung«, erklärte er. »Ich habe ihr gesagt, Sie seien Cals Freundin. Sie liebt Cal.«

»Das tun alle Frauen.« Min gab ihm einen Kuss auf die Wange. »Sie sind mein Retter.«

»Hier ist Ihr Essen«, erwiderte Emilio und packte Brot und Salat für drei für sie ein. Damit ging sie nach Hause und stieg die zweiunddreißig Stufen zu Bonnies Wohnung im Parterre hinauf.

»Aha«, empfing Liza sie an der Wohnungstür. »Willst du vielleicht mal erklären, was gestern Abend los war?«

»Darf ich erst mal reinkommen?«, entgegnete Min und schlüpfte an Liza vorbei in Bonnies helle, warme Wohnung.

Bonnie hatte den Esstisch mit ihrem Royal-Doulton-Tennyson-Porzellan gedeckt, und in der Mitte prangte eine Vase mit Supermarkt-Rosen. Es sah so hübsch aus, dass Min dachte: *Na gut, so schön sieht meine Wohnung nie aus, aber ich könnte meinen Tisch schöner decken, und ich könnte gelegentlich etwas kochen. Ich könnte die Küchenutensilien meiner Großmutter aus dem Keller holen.* Es wäre nett, ein wenig in der Küche zu werkeln, wie ihre Großmutter es getan hatte. Vielleicht sogar Plätzchen zu backen.

Die sie nicht essen durfte.

Min seufzte und stellte die Styroporbehälter auf Bonnies Tisch.

»Was ist das?«, frage Bonnie und deutete auf die Behälter.

»Der beste Salat, den ihr je gegessen habt, und noch besseres Brot«, antwortete Min, und Bonnie ging, um Salatschüsselchen zu holen.

»Brot?«, wiederholte Liza. »Du willst wirklich Brot essen?«

»Nein«, erwiderte Min. »Ich habe gestern Abend Brot gegessen und heute dafür bezahlt. Ihr werdet das Brot essen, und ich werde mir eine Ersatzbefriedigung suchen.«

Liza schnitt eine Grimasse und zog sich einen von Bonnies großen Esszimmerstühlen hervor. »Zum Beispiel Nachtisch. Stats, du …«

»Was hast du denn mitgebracht?«, fragte Min und fürchtete die Antwort.

»Himbeer-Schoko-Eis am Stiel.« Liza ließ sich auf den Stuhl fallen.

»Zur Hölle mit dir«, versetzte Min und zog ihren Stuhl hervor. »Warum kannst du nicht einfach mal Obst mitbringen?«

»Weil Obst kein Nachtisch ist«, erwiderte Liza. »Und jetzt erzähle uns, warum du gestern Abend mit Calvin Morrisey zusammen fortgegangen bist.«

Min schob das Brot zu Liza hinüber. »David hat mit ihm um zehn Mäuse gewettet, dass er mich nicht binnen eines Monats ins Bett kriegt.« Sie betrachtete genüsslich, wie beide erstarrten, Bonnie mit einer Platte mit Hühnchen und Gemüse in der Hand und Liza, die gerade das Brot anbrach.

»Du nimmst mich auf den Arm.« In Lizas Miene braute sich gefährlicher Zorn zusammen.

»Ich ließ mich von ihm einladen, weil ich den Plan hatte, mir einen Begleiter für die Hochzeit zu angeln, aber dann wurde mir klar, dass ich diesen schmierigen Charme keine drei Wochen lang aushalten könnte. Also konzentrierte ich mich auf ein hervorragendes Abendessen und verabschiedete mich dann.«

Bonnies Gesicht verzog sich kummervoll. »Ach, Süße, das ist ja schrecklich.«

»Nein«, entgegnete Min. »Lasst uns Cal Morrisey einfach vergessen und endlich essen. Ich möchte über Diana sprechen. Sie ist irgendwie nicht glücklich.«

»*Schnief* und *Schlimmer.*« Liza warf Min einen Blick zu, der besagte, dass das Thema Cal Morrisey noch nicht vom Tisch war. »Die können doch jedem die Laune verderben.«

Min schloss die Augen. »Nenn sie nicht so. Ich hätte Susie heute Nachmittag bei der Anprobe um ein Haar *Schnief* genannt. Sie sah aus, als würde sie jeden Augenblick anfangen zu flennen.«

»Na ja, das ist verständlich«, meinte Bonnie mitleidig. Sie platzierte die Platte mitten auf dem Tisch und setzte sich ebenfalls.

Liza ließ das Brot in eine Schüssel fallen. »Vielleicht hätte Di *Schnief* nicht bitten sollen, Brautjungfer zu spielen. Das ist ja fast schon grausam.«

»Aber es wäre noch schlimmer, wenn sie sie *nicht* gefragt hätte«, meinte Bonnie. »Ist sie deswegen traurig, Min?«

»Ich glaube, es hat mit Greg zu tun«, antwortete Min und begann, sich ihrem Salat zu widmen. »Aber sie will es nicht zugeben. Er hat vergessen, die Hochzeitstorte zu bestellen.«

»Uff«, machte Liza. »Der Mann sträubt sich gegen seine eigene Hochzeit. Ich wette, dass deine Mutter und Diana ihn in die ganze Sache hineinmanövriert haben.«

»Aber er hat den Heiratsantrag von sich aus gemacht«, widersprach Bonnie.

»Ich glaube, er wollte eine längere Verlobungszeit«, meinte Min. »Aber er hat zugestimmt, als sie das Datum festsetzten. Er hätte ja auch ›Nein‹ sagen können. Schließlich ist er der Sprache mächtig.«

»Zu Nanette und Diana?«, versetzte Liza und begann, ihren Salat zu essen. »Wohl kaum. Eher tut *Schlimmer* eine gute Tat, als dass Greg Rückgrat entwickelt. Und jetzt erzähle von Cal Morrisey und dieser verdammten Wette. Wir wollen *alles* hören.«

Eine halbe Stunde später war der Salat gegessen, die Reste des Huhns im Kühlschrank verstaut, und Bonnie wickelte sich ein Schokoeis aus der Papierhülle, während Min mit ihrer Geschichte des vergangenen Abends zum Ende kam.

»Wenigstens hat er dich nach Hause begleitet«, meinte Bonnie. »Das war doch nett.« Es klang zweifelnd.

»Ja. Und dann stieß er mich gegen den Kopf, sagte ›Ich wünsche Ihnen noch ein schönes Leben‹ und verschwand«, resümierte Min. »Ich mochte ihn nicht, ihr Mädels mögt ihn auch nicht, und er mochte mich nicht. Ich finde, damit ist die Sache erledigt.«

»Und ich glaube, diese ganze Auf-Nimmerwiedersehen-Geschichte ist ein Trick«, mümmelte Liza, den Mund voller Schokoeis. »Ich glaube, er will dich in Sicherheit wiegen, und dann schlägt er zu. Wenn du nicht aufpasst, lockt er dich mit seinem Charme ins Bett und bricht dir dann das Herz.«

Min betrachtete sie mit einem verärgerten Stirnrunzeln. »Für wie naiv hältst du mich eigentlich? Ich weiß über die Wette Bescheid. Außerdem habe ich einen neuen Plan.«

»Ah, gut«, erwiderte Liza. »Meistens hast du zu wenig Pläne.«

Min überging das. »Gestern, als ich Elvis' ›Love Me Tender‹ angehört habe, kam mir der Gedanke, dass er jetzt siebenundzwanzig Jahre alt wäre, wenn er wiedergeboren worden wäre, und ich nichts gegen jüngere Männer habe. Statistisch gesehen sind die Ehen, in denen die Frau acht Jahre älter ist als der Mann, die besten Ehen. Also habe ich beschlossen, darauf zu warten, dass Elvis mich findet.«

»Du wärst aber nur sechs Jahre älter«, wandte Bonnie ein.

»Ja, aber dafür wäre es Elvis, also würde ich mir besondere Mühe geben«, erwiderte Min.

»Und warum gerade Elvis?«, fragte Liza.

»Weil er in seinen Liedern immer die Wahrheit sagt. Elvis ist der einzige Mensch in meinem Leben, dem ich vertrauen kann.«

»Also, damit ich das recht verstehe«, begann Liza und wedelte mit ihrem halb gegessenen Schokoeis. »Bonnie wartet auf ihren Märchenprinzen, mit dem ihr Leben dann perfekt ist, und du sparst dich für die Reinkarnation eines Kerls auf, dessen Lieblingsspeise gebackene Bananen-Sandwichs waren.«

»Jawoll«, erwiderte Min, und Liza schüttelte den Kopf.

»Ich habe meinen Prinzen vielleicht gefunden«, sagte Bonnie. »Roger ist wirklich in Ordnung.«

»Roger?«, fragte Min und versuchte, Liza nicht dabei zuzusehen, wie sie an ihrem Schokoeis leckte.

»Wir haben uns gestern Abend die Freunde des Biests geangelt«, murmelte Liza hinter ihrem Eisriegel hervor. »Bonnie bekam den mit dem aufrechten Gang.«

»Roger ist ein richtiger Schatz«, erklärte Bonnie. »Ich glaube, ich sage meine Samstagsverabredung ab und gehe stattdessen mit Roger aus. Mal sehen, wie es sich am Freitagabend mit ihm entwickelt.«

»Er hat dich eingeladen?«, fragte Min und war erleichtert, dass sich das Gespräch von Cal abwandte. »Erzähl!«

»Er hat sie für den Rest ihres Lebens für alle Abende um eine Verabredung gebeten«, erklärte Liza. »Total verknallt in sie.«

»Das finde ich nett.« Min pickte das letzte Salatblatt aus ihrer Schüssel, um ihren Zuckermangel zu kompensieren. »Also ist er ein ernsthafter Kandidat, Bon?«

»Vielleicht.« Bonnie brachte fast ein Stirnrunzeln zustande. »Ich glaube, wenn ich erst ein paar Wochen lang mit ihm zusammen bin und es gut geht, dann nehme ich ihn mit nach Hause zu Mama, damit sie ihn unter die Lupe nimmt.«

Min hob die Augenbrauen. »Glaubst du, dass er nach zwei Wochen schon bereit ist, durch drei Bundesstaaten zu reisen, um deine Mutter kennen zu lernen?«

»Er würde die Anden überqueren, um ihr einen Zahnstocher zu besorgen«, schaltete Liza sich ein. »Ziemlich bombastisch.«

»Nein, gar nicht.« Bonnie blickte sie über ihr Eis hinweg tadelnd an. »Er ist süß. Und er hält Cal für einen großartigen Kerl, was mich sehr verunsichert.«

»Also hat Bonnie das große Los gezogen«, wandte sich Min an Liza und überging die Bemerkung über Cal. »Und wen hast du aufgegabelt?«

»Den Dorftrottel«, seufzte Liza. »Er hält Cal auch für einen super Typ. Die sind wie die drei Musketiere, nur nicht so lustig.«

»Die drei Musketiere sind nicht lustig«, wehrte Bonnie ab.

»Nur zu wahr«, seufzte Min. »Und triffst du dich noch mal mit dem Idioten?«

»Ja.« Liza saugte die letzten Reste Eis von ihrem Stiel. »Ich bin überzeugt, dass dein Biest wieder auftaucht, und mein Idiot quasselt hemmungslos, wenn ich ihm Fragen stelle. Außerdem wohnt die Barkeeperin im Apartment neben dem Biest, also muss ich sie näher kennen lernen.«

»Na, meinetwegen brauchst du keine Fragen zu stellen«, winkte Min ab. »Ich habe nichts mehr mit Calvin Morrisey zu tun.«

»Morgen Abend schon«, warnte Bonnie. »Er kommt mit Roger und Tony ins ›Long Shot‹.«

Min schüttelte den Kopf. »Dann bleibe ich zu Hause.«

»Nein«, rief Bonnie betroffen. »Wir müssen nicht dorthin gehen. Dann gehen wir eben woanders hin, damit du mitkommen kannst.«

»Und du triffst deinen Roger nicht?« Min überlegte kurz. »Nein. Nicht mal ich bin so selbstsüchtig, wahre Liebe zu sabotieren. Ich komme mit. Ich möchte mir Roger sowieso einmal aus der Nähe betrachten.«

»Bist du sicher, dass Cal diese Wette abgeschlossen hat?«, fragte Bonnie.

»Ich stand praktisch daneben«, antwortete Min. »Ich hab's genau gehört. Mit meinen eigenen Ohren. Er sagte ›Kinderspiel‹.« Das nagte mehr an ihr als alles andere.

»Roger hält nämlich große Stücke auf ihn«, erklärte Bonnie. »Er hat mir alles über ihn erzählt, na ja, über sie alle drei. Irgendwie traurig. Sie lernten sich in der Grundschule im Förderunterricht kennen. Roger sagt, dass er ein langsamer Denker war, Tony sich nicht für die Schule interessierte, und Cal Legastheniker war, und so hielt man sie alle für dumm.«

»Cal ist Legastheniker?«, rief Min überrascht aus.

»Tony *ist* dumm«, entgegnete Liza gleichzeitig.

»Nein«, widersprach Bonnie mit dem betont geduldigen Ton in der Stimme, der bedeutete: Pass auf, was du sagst. »Tony ist nicht dumm. Wenn ihm etwas wichtig ist, ist er sehr schlau. Und Roger ist auch nicht dumm. Er ist einfach sehr gründlich und lässt sich nicht hetzen. Er ist wie mein Onkel Julian.«

»Oh Gott«, sprach Liza zur Decke hinauf. »Er gehört praktisch schon zur Familie. Ich wette um was du willst, dass Roger Bons ›Wenn‹ dieser Woche ist.«

»Ich wette nicht«, entgegnete Min. »Bonnie? Was ist dein ›Wenn‹?«

Bonnie streckte ihr Kinn vor. »Wenn Roger wirklich so ein Schatz ist, wie ich glaube, dann heirate ich ihn.«

»Ach du liebe Zeit«, stöhnte Liza.

»Lass sie in Ruhe«, wehrte Min Liza ab. »Sie kriegt jedes ›Wenn‹, das sie will. Und wie lautet deines?«

Liza richtete sich auf. »Wenn mein Job nicht endlich interessanter wird, höre ich nächste Woche auf.«

»Hol den Kalender«, bemerkte Min zu Bonnie.

»Ich brauche keinen«, meinte Bonnie. »Sie hat im August den letzten gekündigt, weil sie meinte, niemand sollte bei dieser Hitzewelle arbeiten.«

»Zehn Monate«, rechnete Min. »Das ist nicht gut. Ihre Durchhaltephasen werden kürzer.«

»Es ist ein ›Wenn‹«, hielt Liza Min vor. »Ich behalte einfach meine Möglichkeiten im Auge. Vielleicht macht es mir auch Spaß, wieder als Bedienung zu arbeiten, wenn sich die richtige Stelle ergibt. Und was ist dein ›Wenn‹?«

Min dachte an Cal Morrisey, und ihr Kopf begann zu pochen. »Wenn ich auf die Reinkarnation von Elvis stoße, dann bin ich wieder bereit, mich auf Verabredungen einzulassen. Bis dahin mache ich eine Pause von der zwischengeschlechtlichen Kontaktaufnahme. Es ist einfach zu frustrierend.«

»Ich bin hier anscheinend die einzige vernünftige Frau im Raum«, stellte Liza fest.

»Vernünftig sein wird allgemein überbewertet«, versetzte Min und verschwand in ihre Wohnung, um ein Aspirin zu schlucken.

Am nächsten Abend saß Cal wieder im ›Long Shot‹, diesmal so weit wie möglich von der Empore entfernt, um einen sicheren Fluchtweg zu haben. Drei Meter von ihm entfernt stand Roger und blickte Bonnie an, als sei sie der Mittelpunkt des Universums. Bonnie blickte Roger an, als sei er ein sehr netter Mann, den sie noch nicht sehr gut kannte. Cal schüttelte den Kopf. Roger bei einer Verabredung zu beobachten war, als beobachte man ein Kleinkind mitten im Verkehrsgewühl.

Tony setzte sich neben Cal und schob ihm einen Scotch hin.

»Ich finde, du solltest zum Angriff übergehen«, meinte er und nickte zur Bar hinüber.

»Was?« Cal blickte an Bonnie vorbei und sah eine große, schlanke Rothaarige. Tonys Liza. Im nächsten Augenblick bewegte sie sich, und Cal sah Min hinter ihr stehen, angetan mit einem locker sitzenden, roten Sweatshirt. Es hatte eine Art Kapuze, die ihr über den Rücken hinabhing. Roger packte sie spielerisch mit zwei Fingerspitzen und sagte etwas, das Min zum Lächeln brachte. »Na großartig.« Jetzt würde er einen weiteren Abend lang Min und ihre Beschimpfungen ertragen müssen.

»Sieht dir gar nicht ähnlich, nur zu glotzen und nichts zu unternehmen«, bemerkte Tony. »Diesmal verlierst du.«

»Ich habe Roger und Bonnie beobachtet«, entgegnete Cal.

»Ach so.« Tony blickte zu Roger hinüber und zuckte die Achseln. »Tja, da geht er hin. Na ja, jeder von uns muss mal dran glauben.«

»Ah ja. Du bist wirklich niemand, auf dessen Rückendeckung ich angewiesen sein möchte«, stellte Cal fest.

»Also, was hast du jetzt vor?«, fragte Tony, blickte an ihm vorbei und straffte sich. »Was zum Teufel! Wo wollen die denn hin?«

Cal wandte sich wieder um und sah, dass die vier einen Pokertisch ansteuerten. »Nicht hierher jedenfalls«, antwortete er erleichtert. Anscheinend hatte Min der gemeinsame Abend ebenso wenig behagt wie ihm. Was ihre eigene Schuld war, denn man konnte es ihr einfach nicht recht machen. Er hatte es weiß Gott versucht. Nun ja, abgesehen davon, dass er sie zum Schluss fast k.o. geschlagen hatte.

Sie setzte sich neben Liza, und er beobachtete, wie sie sich zurücklehnte und ihre schwarz gekleideten Beine ausstreckte. Sie hatte recht ansehnliche Beine, gut gerundete, kräftige Waden, wie überhaupt alles an Min kräftig war.

»In fünf Minuten ist sie hier«, prophezeite Tony.

»Zehn Eier, dass sie nicht kommt«, hielt Cal dagegen und wandte sich wieder seinem Glenlivet zu.

»Topp«, nahm Tony an. »Sie ist scharf auf mich.«

»Auf dich?«, fragte Cal erschrocken. »Ach, du meinst Liza.« Er warf einen Blick auf die Rothaarige, die mit Min lachte und durch nichts zu erkennen gab, ob sie Tonys Anwesenheit zur Kenntnis genommen hatte. »Von wegen. Die kommt auch nicht.«

»Ach, hast du von Pummelchen gesprochen?«, erkundigte sich Tony.

»Nenn sie nicht so«, entgegnete Cal. »Sie heißt Min. Und abgesehen von ihrer Wut auf Männer ist sie okay.« Er beobachtete sie, wie sie sich in ihrem Stuhl zur Seite neigte und etwas zu Bonnie sagte. »Und sie ist nicht pummelig. Sie ist einfach eine in jeder Hinsicht rundliche Frau.«

»Nettes Fahrgestell«, gab Tony zu in dem Versuch, fair zu sein. »Also hast du gekniffen, hm?«

»Nein«, entgegnete Cal und wandte sich wieder ab. »Ich habe sie zum Essen eingeladen, und sie kam mit. Dann habe ich sie nach Hause begleitet und mich verabschiedet. Ich habe nicht gekniffen.«

»Endlich mal eine Frau, die du nicht rumkriegen kannst«, stellte Tony mit tiefer Befriedigung in der Stimme fest. »Irgendwie deprimierend. Als wenn eine Ära zu Ende geht …«

»Ich hab's gar nicht *versucht*«, erklärte Cal.

»… aber irgendwie auch gut zu wissen, dass auch du nur mit einem Bein nach dem anderen in deine Hose steigst, so wie wir alle.«

»Den Spruch hab ich nie kapiert«, erwiderte Cal. »Wie sonst sollte man denn in eine Hose steigen?«

Tony beugte sich vor. »Zehn Eier, dass du Min nicht dazu bringst, morgen Abend mit dir auszugehen.«

»Ich will morgen Abend gar nicht mit ihr ausgehen«, wehrte Cal ab.

»Geh ins Kino mit ihr«, schlug Tony vor, »dann brauchst du dich nicht mit ihr zu unterhalten.«

»Tony …«

Cal spähte über die Schulter zu Min hinüber. Wenn man von dem Lachen absah, wirkte sie nicht entspannter als während ihres gemeinsamen Abends. Und sie ignorierte ihn. Er schüttelte den Kopf. »Sie würde nicht mitkommen. Ich wette nicht.«

»Kaum zu glauben«, stellte Tony fest. »Du kneifst.«

»Tony, sie hasst mich. Ihr ist gerade eine Beziehung in die Brüche gegangen.«

»Na, da hast du's doch. Sie hat eine Enttäuschung erlebt«, erwiderte Tony. »Das gibt dir doch eine Chance. Du könntest sie sicher ins Bett kriegen.«

»Ich will sie gar nicht im Bett haben«, entgegnete Cal. »Wahrscheinlich erschlägt sie den nächsten Kerl, der mit ihr ins Bett will, mit der Spitzhacke, um mit dem anderen abzurechnen, der sie sitzen gelassen hat. Glaub mir, das ist keine Frau, bei der du gefahrlos die Augen schließen kannst.«

»Quatsch«, versetzte Tony. »Ich mach's dir leicht. Zehn Eier, dass du's nicht schaffst, sie zum Mittagessen einzuladen.«

Cal blickte wieder zu Min hinüber. Womit könnte er sie zu einem Mittagessen überreden? Sie lehnte sich jetzt in ihrem Stuhl zurück und lächelte Roger abschätzend an. Beschützerinstinkt gegenüber ihrer Freundin. Aber bei Roger konnte sie beruhigt sein. Wenn Bonnie ihn wirklich bekam, konnte sie sich glücklich schätzen.

Natürlich konnte Min das nicht wissen.

»Na, bist du dabei?«, fragte Tony.

Wenn er also da hinüberging und …

»Gerade ist Cynthie gekommen«, bemerkte Tony.

»*Verdammt.*« Cal setzte sich auf, blickte aber nicht zur Tür hin. »Sie hasst diese Bar. Wieso …«

»Sie ist hinter dir her«, stellte Tony fest. »Scheint wirklich wild entschlossen zu heiraten. Sie kommt schon in unsere Richtung.«

»Na gut.« Cal erhob sich. »Komm mit.«

»Wohin?«, fragte Tony und blieb sitzen.

»Dort hinüber. Dann kannst du deine Rothaarige anbaggern, und ich kann mich mit Min zum Mittagessen verabreden und vor Cyn in Deckung gehen. Die Wette gilt.«

»Damit hast du zehn Eier verloren, mein Freund«, meinte Tony fast kichernd. »Ich sah Mins Gesicht, als du reinkamst, und sie hat sich keineswegs gefreut, dich zu sehen.« Er erhob sich ebenfalls. »Ich kann's gar nicht glauben, dass du dich darauf einlässt. Du hast ihr eine aufs Auge gegeben, du Trottel, und glaubst, dass sie mit dir noch mal irgendwohin geht?«

»Erst die zehn Eier«, forderte Cal mit ausgestreckter Hand.

»Erst musst du dich mit ihr verabreden«, entgegnete Tony. »Was du nicht schaffst.«

»Nein, das ist dafür, dass die Rothaarige nicht binnen fünf Minuten zu dir gekommen ist«, versetzte Cal, und Tony seufzte und holte seine Brieftasche hervor.

Min ignorierte Cal und ließ ihren Blick prüfend auf Roger ruhen, als Liza den Stuhl rechts neben ihr hervorzog und sich setzte.

»Also«, begann Liza und schob ihr eine Diät-Cola mit Rum zu. »Was gibt's Neues über Di?«

»Ich habe sie heute angerufen«, antwortete Min und nahm ihren Drink auf. »Hab sie gefragt, ob mit *Schnief …«* – sie schloss die Augen. »… mit *Susie* alles in Ordnung sei, und sie meinte, ja, dass Susie sich mit einem sehr netten Typen trifft und ihr die Hochzeit nichts ausmacht. Und *Schlimmer …* und *Karen* hat auch mit Susie gesprochen und Diana beruhigt, dass es Susie nichts ausmacht.«

»Macht sie sich eigentlich gern was vor?«, fragte Liza, als jemand den Stuhl zu Mins Linken hervorzog.

»Wer? *Schnief*, *Schlimmer* oder Diana?«, fragte Min zurück.

»Alle drei«, meinte Liza.

»Ich schätze mal, *Schnief* nimmt sich zusammen, *Schlimmer* ist der unsensible Klotz, der sie immer ist, und Diana kriegt das nicht mit«, antwortete Min und drehte sich zur Seite, um zu sehen, wer sich da neben sie gesetzt hatte. »Ach«, stieß sie hervor, als sie Cal mit zwei Gläsern neben sich entdeckte. Er sah ebenso attraktiv aus wie zwei Abende zuvor, und ihre DNS spielte erneut verrückt.

»Hallo, Rotkäppchen«, sagte er und zupfte spielerisch an ihrer Sweatshirtkapuze.

Liza stieß ein Schnauben aus und wandte sich zu Bonnie um, die an ihrer anderen Seite saß.

»Wirklich originell«, erwiderte Min. »Sie glauben wohl, Sie sind der Erste heute, der mir mit diesem Witz auf die Nerven geht. Ich sollte diesen Pullover in den Müll werfen.«

»Beißzange«, erwiderte Cal. »Ein *Déjà vu* auch für mich. Wie geht's dem Kopf?«

»Der Schmerz kommt und geht«, antwortete Min. »Und dann sind da diese Stimmen.«

»Gut. Jetzt haben Sie jemanden, an dem Sie's auslassen können. Wer sind eigentlich *Schnief*, *Schlimmer* und Diana, und wie kommen sie zu solch grauenhaften Namen?«

»Das wollen Sie gar nicht wissen.« Min hob ihr Glas an die Lippen. »Was wollen Sie?«

»Lassen Sie mich mal raten«, versetzte Cal mit vor Verachtung triefender Stimme. Das ist Rum und Diät-Cola. Das Frühstück für Leute, die Diät halten.«

»Müssten Sie nicht eigentlich dringend weg?«

»Nein, Buffy. Das Schicksal hat mich hierher gesandt, damit ich Ihnen beibringe, wie man mit Würde trinkt.« Er entzog ihr ihren Drink und schob eines seiner Gläser vor sie hin. »Glenlivet. Trinken Sie's mit Bedacht.«

Min blickte ihn finster an. »Ist das Ihre Vorstellung von Charme?«

»Nein«, versetzte Cal. »Ich verschwende keinen Charme an Sie. Ich versuche Ihnen zu helfen, erwachsen zu werden. Echte Frauen versauen keinen guten Alkohol mit Diät-Cola.«

»Und eins aufs andere Auge«, erwiderte Min. »Lassen Sie nur nicht locker.«

»Versuchen Sie's«, empfahl Cal. »Nur mal nippen. Wenn's Ihnen nicht schmeckt, kriegen Sie Ihr Gesöff zurück.«

Min zuckte die Schultern. »Na gut.« Sie hob das Glas, nahm einen Schluck und begann nach Luft zu schnappen, als der Scotch ihre Kehle hinabbrannte.

»Ich sagte, *nippen*, Dobbs«, tadelte Cal sie, während sie hustete. »Sie sollen es kosten, nicht damit gurgeln.«

»Danke vielmals«, brachte Min heraus, als sie wieder Luft bekam. »Sie können jetzt gehen.«

»Nein, kann ich nicht.« Er beugte sich näher zu ihr, und Min begann es in ihrem Sweater zu warm zu werden. »Ich habe Ihnen einen Handel vorzuschlagen.«

Min hob das Glas erneut und nippte vorsichtig. So schmeckte es tatsächlich.

Cal beugte sich noch näher zu ihr, bis er ihr praktisch ins Ohr flüsterte. »Ich möchte einiges über Bonnie erfahren.«

Min sah ihn verwirrt blinzelnd an. »Bonnie? Ich dachte, Roger will was von Bonnie?«

»Eben. Deswegen möchte ich über sie Bescheid wissen. Roger ist …« – Cal blickte sich vorsichtig um – »… nicht sehr geschickt mit Frauen. Ich möchte wissen, ob Ihre Freundin in Ordnung ist.«

»Tja«, machte Min und war bereit, Bonnie ein untadeliges Führungszeugnis auszustellen.

»Nicht hier«, wehrte Cal ab, noch immer flüsternd. »Das kriegen die doch mit. Treffen wir uns morgen zum Mittagessen. Kennen Sie den Cherry Hill Park?«

»Ich hab davon gehört«, antwortete Min. »Aber ich habe nicht das geeignete Bankkonto, um mich dort herumzutreiben.«

»An der Nordseite gibt es einen Picknickbereich«, erklärte Cal. »Ich treffe Sie dann morgen Mittag dort am ersten Tisch.«

»Warum nur habe ich das Gefühl, wir sollten ein Codewort ausmachen?«, fragte Min und zog sich schließlich von ihm zurück. »Ich sage ›angeberischer‹, und Sie sagen ›Snob‹.«

»Wollen Sie etwas über Roger erfahren oder nicht?«

Min blickte sich nach Bonnie um. Wenn man sie nicht kannte, konnte man meinen, sie sei nicht interessiert, aber Min kannte sie gut und wusste, dass Bonnie lichterloh brannte. »Ja.«

»Gut«, stellte Cal fest. »Lassen Sie mich Ihre Schuhe sehen.«

»Was?«, machte Min, und Cal warf einen Blick unter den Tisch. Sie streckte einen Fuß aus und zeigte ihm die hochhackigen, die Zehen und Fersen freilassenden Pantöffelchen, die über dem Spann mit schwarzen Lederriemen geschnürt waren, ein starker Kontrast zu ihrer weißen Haut und den hellrot lackierten Fußnägeln. »Liza nennt sie ›Zehen in Fesseln‹«, kommentierte sie hilfsbereit.

»Wirklich?« Cal saß einen langen Augenblick regungslos und betrachtete ihre Füße. »Tja, das hat mir den Abend gerettet. Also dann bis morgen um zwölf.« Er schob seinen Stuhl zurück und ging, wobei er seinen Scotch und ihre Diät-Cola mit Rum mit sich nahm.

»Also, zum Schluss habe ich nichts mehr verstanden«, ließ Liza sich vernehmen, die sich wieder zu Min herüberbeugte. »Was wollte er von dir?«

»Morgen Mittag mit mir essen«, antwortete Min und war sich nicht sicher, was sie davon hielt. Nur, wenn er ihr noch einmal ins Ohr flüsterte, würde sie ihm eine knallen müssen, das wusste sie.

»Wo denn?«

»Cherry Hill Park.«

»Jesses«, stieß Liza hervor. »Treffpunkt der Reichen und Schönen. Um welche Zeit?«

»Um zwölf.«

Liza nickte. Dann holte sie Luft und rief laut: »Tony.«

Min sah sich suchend nach ihm um und erblickte ihn an der Roulette-Bar, wie er gerade Cal einen Zehndollarschein übergab. »Das *glaube* ich einfach nicht«, rief sie aus, starr vor Wut. Dieser Dreckskerl hatte sich wegen einer Wette mit ihr verabredet, und sie war auf ihn hereingefallen.

Tony blickte auf, und Liza winkte ihn mit dem Finger zu sich. Er kam heran und erklärte: »Sie sollten wissen, dass ich nicht so einer bin, mit dem Sie das machen können.«

»Sie und ich, wir essen morgen Mittag zusammen im Cherry Hill Park«, entgegnete Liza.

»Na gut«, willigte Tony ein. »Aber nur, weil ich vormittags dort sowieso ein Softballspiel betreuen muss.«

»Gut«, nickte Liza. »Jetzt können Sie wieder verschwinden.«

Tony betrachtete sie kopfschüttelnd und kehrte zu Cal an den Tresen zurück.

»Na ja, wenigstens pariert er«, meinte Min.

»Lass dir ja nicht einfallen, beim Mittagessen zu irgendetwas Ja zu sagen«, warnte Liza.

»Das ist ein *Mittagessen*«, betonte Min. »Am helllichten Tage. In einem öffentlichen Park.«

»Du sagtest, du wolltest dich nie mehr mit ihm treffen, und trotzdem hat er dich für ein Mittagessen rumgekriegt.«

»Dafür hatte ich einen guten Grund«, meinte Min und warf einen erbitterten Blick zur Bar. Cal saß noch immer dort, aber jetzt war auch die Brünette von neulich wieder da, in einem tief ausgeschnittenen, blauen Spaghettiträgertop, und schmiegte sich fast an ihn. Natürlich. Das Biest. »Mach dir um mich keine Sorgen, ja? Ich weiß, was der für einer ist.« Wieder warf sie einen Blick zur Bar hinüber, wo Cal scheinbar von dem Spaghettiträgertop abrückte. *Spielt auch noch den schwer zu Erobernden, der Mistkerl.*

»Ach ja? Na gut. Aber ich passe trotzdem auf dich auf«, erklärte Liza, »und solltest du in Rückenlage kommen, dann verliert Klein-Calvin einen Körperteil.«

»Junge, Junge, du kannst ihn wirklich nicht leiden, was?«, meinte Min.

»Ich glaube, er hat mit Tony gewettet, dass ihm diese Verabredung zum Mittagessen gelingt«, erklärte Liza.

»Ja, das glaube ich auch«, stimmte Min zu.

»Versuche, ihm morgen irgendetwas Grässliches anzutun«, flehte Liza.

»Bin schon dabei, mir was auszudenken«, erwiderte Min.

Nach einem weiteren unerträglichen Samstagvormittag, den er damit zugebracht hatte, vierzehn widerstrebende Achtjährige zu einem Baseballspiel zu zwingen, war Cal nicht in der Stimmung, es mit Min aufzunehmen. Trotzdem holte er seine Kühltasche aus dem Auto, besorgte bei einem Hot-Dog-Stand den Hauptgang für ihr Picknick und marschierte dann zu dem Tisch, den er ihr beschrieben hatte. Sie war noch nicht da. Er breitete eine alte Decke über den massiven Teakholztisch – Cherry Hill knauserte nicht bei den öffentlichen Einrichtungen –, stellte den Picknickkorb darauf, hockte sich auf den Tisch und war fast erleichtert, versetzt worden zu sein. Es war ein wunderschöner Tag. Die Bäume warfen mit ihrem breiten Blätterdach angenehme Schatten, die Kinder waren fort, und niemand hackte auf ihm herum.

Dann entdeckte er zwischen den Bäumen Min, die den sich windenden, kiesbestreuten Pfad herankam. Sie trug wieder ihren lockeren, roten Kapuzensweater und dazu diesmal einen weiten, rot-schwarz karierten Rock, der bei jedem Luftstoß flatterte. Das Haar hatte sie wie immer zu einem Knoten auf ihrem Kopf geschlungen, aber sie kam mit weit ausgreifenden und lockeren Schritten auf ihn zu, und die Sonne zauberte goldene Lichter in ihr Haar. Als sie näher kam, lächelte sie ihn an, und plötzlich erschien es ihm angenehmer, doch nicht versetzt worden zu sein. Als er ihr die Hand entgegenstreckte, um ihr auf den Tisch zu helfen, zögerte sie erst und ergriff sie dann, und ihre Finger fühlten sich angenehm, kräftig und warm an, während sie sich neben ihm auf den Tisch hievte.

»Hi«, begrüßte sie ihn, und er grinste sie an.

»Hi«, erwiderte er. »Danke, dass Sie gekommen sind.«

»Danke für die Einladung.« Min ließ ihre Handtasche auf die Bank vor dem Tisch fallen. »Her mit den zehn Eiern.«

Cal blinzelte verwirrt. »Was?«

Min lächelte ihn sonnig an. »Eigentlich hatte ich vor, Ihnen heute die Hölle zu heiß zu machen, aber es ist ein so schöner Tag, und ich möchte ihn lieber einfach genießen. Sie haben mit Tony zehn Mäuse gewettet, dass Sie mich zum Mittagessen herumkriegen.«

»Nein, habe ich nicht«, entgegnete Cal.

Mins Lächeln erlosch.

»Tony hat zehn Mäuse gewettet, dass ich Sie nicht zum Mittagessen herumkriege.«

Min verdrehte die Augen. »Vollkommen egal. Geben Sie mir die zehn Eier, oder ich lasse Sie hier eiskalt sitzen, und Sie müssen Tony seinen Zehner zurückgeben und noch einen Zehner drauf, weil Sie verloren haben.«

»Aber ich hatte schon gewonnen, als Sie Ja sagten«, entgegnete Cal und betrachtete sie mit erwachendem Interesse.

»Versuchen Sie mal, Tony das zu erklären«, versetzte Min.

»In Ordnung«, gab Cal nach. »Wie wär's, wenn wir teilen?«

Min streckte die Hand fordernd aus und wedelte mit den Fingern. »Zehn Mäuse, Charmebolzen.«

Cal seufzte, zog seine Brieftasche hervor und verbiss sich mühsam ein Grinsen. Sie nahm den Geldschein entgegen, hob ihre Handtasche auf, stopfte das Geld hinein und zog dann einen Zwanzigdollarschein hervor und reichte ihn Cal.

»Was soll das?«, fragte er.

»Das sind die Zwanzig, die Sie mir Mittwochabend fürs Taxi gegeben haben«, erklärte Min. »Ich habe vergessen, sie Ihnen zurückzugeben.«

»Also bin ich jetzt mit zehn im Plus«, stellte Cal fest.

»Nein, jetzt sind wir gleichauf. Das waren ja Ihre Zwanzig. Die durfte ich nicht behalten, weil Sie nicht frech geworden sind.«

Cal blickte zur Sonne auf. »Der Tag ist noch jung.«

»Ich glaube kaum, dass Sie sich auf einem Picknicktisch an mich heranmachen«, entgegnete Min. »Eigentlich finde ich, dass Sie sich überhaupt nicht an mich ranmachen, also stecken Sie das schon ein, und erzählen Sie mir alles über Roger.«

»Ich freue mich auch, Sie wiederzusehen«, erwiderte er, und ihr Lächeln vertiefte sich.

»Entschuldigung, ich hatte Ihre Vorliebe für Small Talk ganz vergessen. Und wie ist es Ihnen in den vierzehn Stunden seit unserem letzten Zusammentreffen ergangen, abzüglich der acht Stunden Schlaf?«

»Danke, gut. Und Ihnen?«

»Hervorragend. Wie lange müssen wir das treiben, bis wir auf Roger und Bonnie zu sprechen kommen können?«

»Sie sind wirklich eine pragmatisch denkende Frau«, meinte Cal, als Min ihre Beine seitlich anzog, um es sich bequemer zu machen. Dabei erhaschte Cal einen Blick auf ihre Schuhe, ein Paar lächerlicher Sandalen, die fast ausschließlich aus Bändern und einer einzelnen hellroten Blüte über dem Spann bestanden. »Abgesehen von Ihren Schuhen.«

»Machen Sie sich nicht über meine Schuhe lustig.« Min wackelte mit den nagellackroten Zehen unter der Blüte. »Ich liebe diese Schuhe. Liza hat sie mir zu Weihnachten geschenkt.« Sie löste die Bänder, zog die Sandalen aus, stellte sie hinter sich auf den Tisch und streichelte die beiden Blüten, bevor sie sich wieder nach vorn umwandte.

»Ich kann verstehen, warum Sie sie lieben«, meinte Cal, abgelenkt vom Anblick ihrer Zehen. Dann zog sie ihren Rock darüber, und er setzte hinzu: »Sie sind sehr Elvis-mäßig.«

»Sie hob die Brauen. »*Sie* sind ein Elvis-Fan?«

»Er ist der Beste von allen«, antwortete Cal. »Sie etwa auch?«

»Absolut.« Min blickte etwas erstaunt drein und meinte dann: »Na ja, es macht irgendwie Sinn. Sie sind schließlich ›The Devil in Disguise‹, der Teufel im Engelsgewand.«

»Was?«, rief Cal aus, und dann traf ihn die Erkenntnis wie ein Schlag. »Elvis *Presley*?«

»Natürlich, Elvis Presley«, erwiderte Min. »Welchen anderen … *ach*. ›The Angels want to wear my red Shoes‹. Elvis Costello.« Sie zuckte die Achseln. »Der ist auch gut.«

Cal schüttelte ungläubig den Kopf. »Ja, allerdings.«

»Gut, dass dies kein richtiges Date ist«, meinte Min fröhlich. »Sonst würde jetzt ein ganz schrecklich peinliches Schweigen herrschen, weil wir uns beide von dem Schlag erholen müssten.«

Cal grinste sie an. »Hat es in Ihrem Leben schon jemals peinliches Schweigen gegeben, Dobbs?«

»Nicht oft«, gab Min zu. »Bei Ihnen?«

»Nein.« Cal warf das Päckchen mit den Hot Dogs auf die Decke. »Gut. Also Roger und Bonnie. Hier, genehmigen Sie sich dabei schon mal einen Hot Dog.«

»Einen Hot Dog?«, stieß Min im selben Tonfall hervor, als hätte sie ›Kokain?‹ gesagt. »Das ist alles andere als gut für Sie.«

»Es sind Proteine«, entgegnete Cal ärgerlich. »Die können Sie ruhig essen. Lassen Sie einfach das Brot weg.«

»Fett«, widersprach Min.

»Ich dachte, Fett ist okay für Leute, die auf Kohlenhydrate verzichten«, wandte Cal ein und erinnerte sich an Cynthie, wie sie einen buttertriefenden Shrimp verspeiste.

»Stimmt, aber ich halte mich an die fettlose Atkins-Diät«, antwortete Min.

Cal sah sie ungläubig an. »Und was bleibt da noch übrig, das Sie essen dürfen?«

»Nicht mehr viel«, gab Min zu und betrachtete die Hot Dogs voller Verlangen.

»Es sind echte Bratwürste«, lockte Cal.

»Verflucht noch mal«, erwiderte Min.

»Es ist Samstag«, fuhr Cal fort. »Gönnen Sie sich doch auch mal etwas.«

»Das haben Sie schon am Mittwoch bei Emilio's gesagt. In dieser Woche habe ich bereits gesündigt.«

»Samstag ist aber der erste Tag der nächsten Woche. Zeit für die nächste Sünde.«

Min kaute auf ihrer Lippe, und eine Brise ließ das Blätterdach über ihnen rauschen, hob den Rand ihres Rockes und wehte ihn näher zu ihm.

»Ich habe Ihnen zum Ausgleich Diät-Cola mitgebracht«, erklärte er und öffnete die Kühltasche. »Außerdem langweilt mich dieses Thema.«

»Stimmt. Tut mir Leid.« Sie nahm die Cola-Dose, die er ihr entgegenhielt, und öffnete sie mit einem Zischen. »Tut mir wirklich Leid. Es gibt nichts Langweiligeres, als über Essen zu sprechen.«

»Nein«, widersprach Cal. »Über Essen zu sprechen ist okay. Langweilig ist es, darüber zu sprechen, was man nicht isst.« Er nahm eines der in Wachspapier eingewickelten Brötchen und reichte es ihr. »Hier, essen Sie.«

Min betrachtete den Hot Dog, seufzte und wickelte ihn aus. »Sie sind wirklich ein Biest.«

»Weil ich Sie füttere?«, erwiderte Cal. »Wie kann das

schlecht sein? Wir sind Amerikaner, wir sollten gut essen. Das ist die amerikanische Lebensart.«

»Hot Dogs stehen für die amerikanische Lebensart?«, fragte Min und hielt dann inne. »Na ja, wahrscheinlich tun sie das. Genauso wie Baseball und Apfelkuchen.«

»Baseball können Sie kriegen«, bot Cal an und biss in seinen Hot Dog.

Min blickte aus schmalen Augen sein Trikothemd an. »Ist das nicht ein Baseballhemd?«

»Ja«, erwiderte Cal. »Als Buße für meine Sünden bringe ich samstagvormittags Kindern bei, auf Baseballfeldern herumzurennen. Eines Tages wird Ihr Ehegatte das Gleiche tun, und Sie werden auf der Tribüne sitzen und kleine Rabauken anfeuern. Das ist der Preis, den man für die Freiheit bezahlt.«

»Ich habe nicht vor, Kinder zu kriegen«, erwiderte Min und biss in ihren Hot Dog.

»Nein?«, fragte Cal nach, dann lenkte ihn der Ausdruck reiner Glückseligkeit auf ihrem Gesicht ab, als sie kaute. Die Hot Dogs waren gut, aber so gut auch wieder nicht.

Sie schluckte und seufzte dann. »Einfach herrlich. Mein Dad hat sich mit uns früher immer heimlich zu den Hot Dogs verdrückt, wenn irgendwo in der Nähe ein Jahrmarkt veranstaltet wurde. Meine Mutter hätte ihn umgebracht, wenn sie es gewusst hätte. Können Sie sich vorstellen, wie lange ich schon nicht mehr solche Würste gegessen habe? Einfach himmlisch.«

»Es sieht auch himmlisch aus«, erwiderte er, und dann beugte sie sich vor, um wieder abzubeißen, und hielt dabei das Sandwich über das Wachspapier, um alles aufzufangen, was an Sauce heraustropfte, und ließ ihn dabei tief in den V-Ausschnitt ihres lockeren roten Kapuzensweaters blicken, wo er eine Menge üppiges, wohlgeformtes Fleisch in knapper, roter Spitze sah. *Tony würde einen Herzanfall bekommen*, dachte er und merkte dann, dass auch sein Puls sich beschleunigt hatte.

Wieder ließ eine leichte Brise ihren Rock gegen seine Hand flattern, mit der er sich auf dem Tisch abstützte, und es kitzelte ihn weich und sanft.

»Na also«, sagte er und nahm seine Hand fort. »Und warum lehnen Sie die amerikanische Lebensart für sich ab?«

Sie kaute mit geschlossenen Augen, und wieder blickte er in ihren Ausschnitt und hegte gefährliche Gedanken. Dann schluckte sie hinunter und antwortete: »Muss ich Kinder gebären, um eine gute Amerikanerin zu sein? Nein. In diesem Land werden jedes Jahr mehr als vier Millionen Babys geboren. Die amerikanische Lebensart ist gesichert. Wenn Sie wollen, können Sie ja mehr produzieren und meinen Anteil abdecken.«

»Ich?« Cal richtete sich auf, fort von der verführerischen Ablenkung. »Ich will keine Kinder. Ich wundere mich nur, dass Sie auch keine wollen. Sie wären eine phantastische Mom.«

»Warum?« Mins Hand mit dem Sandwich verharrte auf halbem Wege zu ihrem Mund.

Weil sie von oben bis unten weich und sanft wirkte. Weil sie aussah, als würde sie einmal die Art Mutter werden, für die er alles getan hätte. »Weil Sie so gemütlich wirken.«

»Oh Gott, *natürlich*«, erwiderte Min und starrte ihn an. »Das ist *haargenau* das Kompliment, nach dem sich jede Frau sehnt.«

Sie beugte sich wieder vor, um in ihr Sandwich zu beißen, und hypnotisiert betrachtete er, wie sich ihre Brüste gegen die Spitze pressten.

»Es ist eine sehr sexy Form von ›gemütlich‹, wenn es das besser macht«, erklärte er.

»Nur eine Spur besser«, versetzte sie und folgte seinem Blick. »Sie schauen mir in den Ausschnitt.«

»Na, wenn Sie sich so vorbeugen. All die rote Spitze direkt vor meinen Augen.«

»Spitze ist gut, was?«, fragte Min.

»Und wie.«

»Schon wieder hat meine Mutter Recht«, stellte Min fest und biss erneut in ihren Hot Dog.

Cal nahm seinen Hot Dog in die Hand. »Was hat denn Ihre Mutter damit zu tun?«

»Sie hat immer mit allem etwas zu tun.« Min schluckte hinunter und runzelte die Stirn. »Also, wenn Sie keine Kinder mögen, wie kommt es dann, dass Sie welche betreuen?«

»Ich habe nicht gesagt, dass ich Kinder nicht mag«, entgegnete Cal und versuchte, an etwas anderes als Mins rote Spitze zu denken. »Ich sagte, ich will keine Kinder kriegen. Das ist nicht dasselbe.«

»Ein Punkt für Sie. Und trotzdem frage ich: Warum trainieren Sie Kinder?«

»Ich wurde zwangsverpflichtet«, antwortete Cal. »Wir beide. Harry hasst Baseball genauso wie ich den Trainerjob hasse.«

»Und wer ist Harry?«

»Mein Neffe.«

»Warum verdrücken Sie sich denn dann nicht beide?«

»Tja, es hat sich herausgestellt, dass da, abgesehen von Harry, noch mehr Kinder in der Mannschaft sind«, erwiderte Cal. »Wer hätte das gedacht?«

»Na, so was. Also sind Sie jeden Samstagvormittag hier draußen?« Min schüttelte den Kopf. »Da ist aber jemand gut im Zwangsverpflichten.«

»Ein wahrer Meister hat mich in der Mangel.« Er nahm sich ein Gürkchen und biss hinein. »Aber so schlimm ist es auch wieder nicht. Roger und Tony machen das meiste. Denen gefällt das.«

»Roger«, echote Min. »Ah ja, Roger. »Ich hätte ein paar Fragen, was Roger betrifft.«

»Und was Tony betrifft, nicht?«, fragte Cal.

»Tony hat sich mit Liza eingelassen«, erwiderte Min. »Wenn Tony sich als Ratte entpuppt, macht Liza mit ihm kurzen Prozess.«

»Tony geht nicht leicht zu Boden«, meinte Cal, »aber ich weiß, was Sie meinen. Bonnie ist also anders.«

»Bonnie ist kein Ellbogenmensch«, erklärte Min. »Sie ist gewitzt, und sie ist hart im Nehmen, aber sie hat da eine Schwachstelle, denn sie glaubt an das Märchen, dass irgendwo in der Welt der eine richtige Mann für sie existiert. Und sie glaubt, Ihr Freund Roger sei dieser Märchenprinz, ohne viel von ihm zu wissen. Also erzählen Sie mir etwas über Roger.«

»Roger ist der anständigste Kerl, den ich kenne«, antwortete Cal. »Und er ist verrückt nach Bonnie. Wenn sie ihn sitzen lässt, ist er am Ende. Also erzählen sie mir etwas über Bonnie.«

Min beugte sich zur Seite, als sie nach ihrer Cola-Dose griff, und Cal beobachtete jede ihrer Bewegungen, die sanft gebogene Linie ihres Nackens, als der Sweater ihr zur Schulter verrutschte, die Entspanntheit ihres harmonisch rundlichen Körpers, als sie sich zurücklehnte und ihn anlächelte, die kräftigen Waden, als ihr karierter Rock wieder ein wenig flatterte. »Bonnie«, begann sie und brachte ihn wieder auf ihr Thema zurück, »war anderthalb Jahre auf der Suche nach einer Couch. Eine gute Couch ist genauso wichtig wie ein gutes Bett, finde ich, aber anderthalb Jahre sind eine lange Zeit für eine Couch.«

»Ja«, sagte Cal und versuchte, an Roger zu denken statt an Kurven. »Aber …«

»Dann, eines Abends, als wir auf dem Weg ins Kino waren, blieb sie plötzlich vor einem Schaufenster mit Möbeln stehen und sagte: ›Wartet eine Minute‹, ging hinein und kaufte innerhalb von fünf Minuten eine furchtbar teure Couch.« Min beugte sich wieder vor, und Cal blickte wieder in ihren Ausschnitt und dachte: Tu das nicht, sonst kriege ich einen Blutstau im Gehirn. »Sie brauchte zwei verschiedene Kreditkarten, um es zu bezahlen«, fuhr Min fort, »und stotterte den Betrag zwei Jahre lang ab. Aber es ist eine großartige Couch, und sie hat es nie bereut; und als sie sie wieder aufpolstern ließ, sagte der Möbelpolsterer, dass diese Couch ein Leben lang halten würde.«

»Toll«, nickte Cal, die Augen unablässig auf ihren Ausschnitt geheftet. Sie atmete leicht, gerade genug, dass sich ihre Brust sanft hob und senkte …

»*Haallo*«, rief sie und ließ ihn hochschrecken. »Nicht, dass ich mich nicht geschmeichelt fühle, aber ich wollte gerade auf etwas Wichtiges hinaus. Nämlich dass Roger Bonnies neue Couch ist. Sie war sich immer sicher, dass eines Tages ihr Prinz erscheinen würde, und auf der Suche nach ihm hat sie viele unter die Lupe genommen. Jetzt ist sie sich nach einem Blick auf Roger sicher, dass sie ihn praktisch auf der Stelle kaufen würde. Also, wenn er kein anständiger Kerl ist, dann will ich das wissen, damit ich's ihr schnell beibringen kann. Sagen Sie mir, dass er kein gemeiner Mistkerl ist.«

Cal nahm sich zusammen und antwortete: »Roger hat auch ein Jahr gebraucht, um sich für eine Couch zu entscheiden.«

»Was für eine Art Couch?«, fragte Min.

»So in der Art Schnarchnase mit Schilddrüsenproblem«, erwiderte Cal. »Ich glaube, sie ist braun.«

Min nickte. »Bonnie hat eine Art nachgebauter Afrika-Mission-Ruhebank mit Polstern, die mit einem blassgrünen William-Morris-Druck bezogen sind.«

»Ich glaube, unter Afrika und Mission kann ich mir etwas vorstellen«, erwiderte Cal. »Aber der Rest klingt für mich wie Chinesisch.«

»Rogers Couch ist Vergangenheit«, erklärte Min. »Ob ihm das etwas ausmacht?«

»Sie könnte sie vor seinen Augen zu Brennholz verarbeiten, und er würde nicht mit der Wimper zucken«, antwortete Cal.

»Würde er auch gut für sie sorgen?«, fragte Min. »Wahrscheinlich braucht sie es nicht, aber man weiß ja nie …«

»Er würde sich ihr notfalls zu Füßen werfen. Bei Roger brauchen Sie sich wirklich keine Sorgen zu machen. Er ist der beste Mensch, den ich kenne. Wenn ich eine Schwester hätte, würde ich sie Roger jederzeit anvertrauen. Aber wegen Bonnie mache ich mir Sorgen. Sie hat diesen bestimmten Blick, der normalerweise bedeutet, dass sie die Leute gern herumkommandiert. Und so klein wie sie ist, hat sie vielleicht einen Napoleon-Komplex und …«

»Überhaupt nicht«, wehrte Min ab. »Sie ist schwer in Ordnung. Roger kann von Glück sagen.« Sie steckte das letzte Stück ihres Hot Dogs in den Mund und leckte sich einen Klecks Ketchup vom Daumen. Cal verlor den Faden seiner Gedanken. »Also heißt das, wir müssen uns keine Sorgen um sie machen«, erklärte sie, nachdem sie ihre Hände an einer Serviette abgewischt hatte.

»Genau«, stimmte Cal zu. »Wie wär's mit einem Nachtisch?«

»Ich esse keinen Nachtisch«, entgegnete Min.

»Wirklich? Wer hätte das gedacht.«

»Ach, verdammt«, meinte Min. »Ich habe Ihnen doch von diesem Brautjungfernkleid erzählt …«

Cal holte eine Wachspapiertüte aus der Kühltasche. »Donuts«, erklärte er, aber bevor er noch ein Wort sagen konnte, erklang eine allzu vertraute, piepsende Stimme hinter ihm. »Darf ich einen haben?«

Cal seufzte, und als er sich umwandte, erblickte er seinen dünnen, dunkelhaarigen, schmutzigen Neffen, der am Ende des Picknicktischs stand. »Solltest du nicht schon längst zu Hause sein?«

»Sie haben mich wieder vergessen«, antwortete Harry mit leiser Tragik in der Stimme. Die Tatsache, dass er eine Brille trug und klein für sein Alter war, half ihm noch dabei. Er spähte an Cal vorbei. »Hallo«, sagte er vorsichtig zu Min.

»Min, das ist mein Neffe Harry Morrisey«, erklärte Cal

und hielt seinen Blick auf Harry gerichtet. »Er hätte schon längst abgeholt werden sollen. Harry, das ist Min Dobbs.«

»Hi, Harry«, begrüßte Min ihn fröhlich. »Du kannst ruhig alle Donuts hier haben.«

Harry strahlte.

»Nein, kannst du nicht.« Cal nahm sein Handy aus der Tasche. »Du würdest dich nur wieder übergeben.«

»Vielleicht diesmal nicht.« Harry rückte näher an die Donuttüte.

»Du erinnerst dich doch noch an die Katastrophe mit dem Schokokuchen, oder?«, fragte Cal, während er die Nummer seiner Schwägerin eintippte.

»Kann er nicht wenigstens *einen* kriegen?« Min lächelte Harry an, als dieser näher kam, und ihre Miene war sanft und freundlich. Cal und Harry blickten sie beide einen Augenblick verwirrt blinzelnd an, so bezaubernd wirkte sie.

Während Cal dann in den Hörer lauschte, betrachtete Harry Mins gemusterten Rock und stupste mit einem Finger dagegen.

»Harry«, ermahnte ihn Cal, und Min nahm eine ihrer Sandalen.

»Hier«, sagte sie zu Harry, und er stupste gegen die Blüte.

»Das sind ja *Schuhe*«, rief Harry aus, als habe er etwas ganz Besonderes entdeckt.

»Klar«, erwiderte Min und neigte ihren Kopf.

Harry stupste wieder gegen die Blüte. »Die ist nicht echt.«

»Nein«, meinte Min. »Die ist nur so zum Spaß da.«

Harry nickte, als sei das ein neuer Gedanke für ihn, und Cal erkannte, dass es das wahrscheinlich auch war. In Harrys Welt gab es keine verrückten Blumen über Zehen mit rot lackierten Nägeln.

Min griff in die Tüte und reichte ihm einen Donut.

»Danke, Min«, sagte Harry artig, noch immer in der Rolle des verlassenen Waisenkinds.

»Kaufen Sie ihm das nicht ab«, sagte Cal warnend zu Min.

»Tu ich nicht.« Min grinste Harry an. »Du siehst nicht aus, als ging's dir zu schlecht, Kleiner.«

»Ich musste Baseball spielen«, beschwerte Harry sich bitter. »Sind das Hot Dogs?«

»Nein«, wehrte Cal ab. »Du weißt, dass du keine fetten Würste essen darfst. Geh da hinüber zu der Bank und iss deinen Donut.«

»Er kann ihn doch auch hier essen«, entgegnete Min und legte ihren Arm schützend um Harrys Schultern, der sich, nicht dumm, sofort gegen ihre Hüfte lehnte.

Ich wette, das fühlt sich schön weich an, dachte Cal und erkannte, dass er nahe daran war, auf seinen achtjährigen Neffen eifersüchtig zu sein. »Harry«, mahnte er warnend, aber da meldete sich seine Schwägerin. »Bink? Du hast vergessen, deinen Sohn abzuholen.«

»Reynolds holt ihn ab«, erwiderte Bink mit ihrer perfekt modulierten Stimme. »Er ist an der Reihe.«

»Aber er ist nicht gekommen«, erklärte Cal.

Bink seufzte. »Armer Harry. Ich bin gleich da. Danke, Cal.«

»Für dich tu ich doch alles, mein Schatz.« Cal schaltete das Handy aus und warf Harry einen Blick zu. »Deine Mutter kommt gleich. Sieh es von der guten Seite: Du kriegst einen Donut und deine Mutter, anstatt keinen Donut und deinen Vater.«

»Zwei Donuts«, bettelte Harry.

»Harry, du Frechdachs«, schimpfte Cal. »Du darfst keine zwei Donuts auf einmal essen. Jetzt geh weg. Das hier ist ein Rendezvous. In sieben Jahren wirst du verstehen, was das ist.«

»Das ist kein Rendezvous«, widersprach Min. »Er kann ruhig bleiben.«

Harry nickte ihr traurig zu. »Schon gut.«

»Hör bloß auf damit, Harrison«, befahl Cal, der wusste, dass Harry versuchte, so viel wie möglich aus der Situation herauszuholen. »Sei froh, dass du einen Donut hast. Also geh dort zu der Bank hinüber und iss ihn.«

»Na gut.« Untröstlich schlich Harry mit dem Donut fest in seiner schmutzigen kleinen Hand über die Rasenfläche wie angewiesen hinüber zur Parkbank.

»Ein süßer, kleiner Wicht«, meinte Min und lachte leise. »Wer ist Bink?«

»Meine Schwägerin«, antwortete Cal, während er Harry beobachtete, der in seinen Augen noch immer dünn, schmutzig und schmollend wirkte. »Ich sehe nichts Süßes an ihm. Aber er ist kein übler kleiner Kerl.«

»Bink«, wiederholte Min, noch immer verständnislos.

»Kurzform von Elizabeth«, erklärte Cal. »Elizabeth Margaret Remington-Pastor Morrisey.«

»Aha«, nickte Min, »Bink.«

Cal nahm sich einen Donut. »Sie sind dran, Dobbs.«

Min wich zurück. »Oh nein. Nein, nein, nein.«

Er beugte sich vor und wedelte damit unter ihrer Nase herum. »Na los, noch eine klitzekleine Sünde.«

»Ich hasse Sie«, erwiderte Min, und ihr Blick folgte dem Donut. »Sie sind ein gemeines Biest und ein böser Verführer.«

Cal hob eine Augenbraue. »Und das alles wegen eines Donuts? Na los. Einer wird Sie nicht umbringen.«

»Ich esse keinen Donut«, wehrte sich Min und zwang sich, den Blick abzuwenden. »Sind Sie verrückt? In jedem einzelnen sind zwölf Gramm Fett drin. Und ich habe nur noch drei Wochen Zeit, um zwanzig Pfund abzunehmen. Lassen Sie mich in Ruhe.«

»Aber das hier ist nicht einfach nur ein Donut«, wandte Cal ein und zog ihn vor Mins Augen auseinander, so dass die Schokoladenglasur wie Eis brach und der weiche Teig zerriss. »Das hier ist einer mit Krispy-Creme-Füllung und Schokoladenüberzug. Der Kaviar unter den Donuts, der Dom Perignon unter den Donuts, der Rolls Royce unter den Donuts.«

Min leckte sich die Lippen. »Ich hatte keine Ahnung, dass Sie ein Kuchenfreak sind«, befand sie und versuchte, noch weiter zurückzuweichen, doch der Wind ließ ihren Rock wieder zu Cal hinwehen, und der klemmte ihn mit einem Knie fest.

Er brach ein bissengroßes Stück von der einen Gebäckhälfte ab. »Kosten Sie«, lockte er, beugte sich noch weiter vor und hielt ihr das Stück unter die Nase. »Na los.«

»Nein.« Min presste die Lippen zusammen, kniff auch noch ihre Augen zu und verzog dabei ihr ganzes Gesicht.

»Ach, wie erwachsen.« Er streckte die andere Hand aus und hielt ihr die Nase zu, und als sie ihren Mund öffnete, um zu protestieren, stopfte er das Stück Donut hinein.

»Oh Gott«, murmelte sie. Ihr Gesicht entspannte sich, als der lockere Kuchenteig in ihrem Mund schmolz. Ein Lächeln breitete sich über ihrem Gesicht aus.

Auch Cal entspannte sich und dachte: *Diese Frau zu füttern ist, als würde man sie betrunken machen.*

Dann schluckte sie den Bissen hinunter und öffnete die Augen, und er hielt ihr ein weiteres Stück vor die Nase, um diesen seligen Ausdruck noch einmal zu sehen zu bekommen. »Komm, Dobbs.«

»Nein«, wehrte sich Min und wich zurück. »Nein, nein, nein.«

»Sie sagen das ja reichlich oft«, stellte Cal fest. »Aber Ihre Augen sagen, dass Sie es haben wollen.«

»Was ich essen will und was ich essen darf, sind zwei verschiedene Dinge.« Min lehnte sich noch weiter zurück, bis sich der Rock straffte, aber ihre Augen saugten sich an dem Donut fest. »Weg damit.«

»Na gut.« Cal setzte sich wieder zurück und biss hinein, während sie ihn beobachtete. Der Zuckerstoß lenkte ihn für einen Augenblick ab, aber dann sah er, wie Min sich auf die Lippen biss, wie ihre starken, weißen Zähne sich in die weiche

Haut gruben. Sein Herz klopfte rascher, und sie betrachtete ihn kopfschüttelnd.

»*Mistkerl*«, sagte sie gefühlvoll.

Als er wieder in den Donut biss, stieß sie hervor: »Was genug ist, ist genug. Ich verschwinde hier«, und beugte sich vor, um ihren Rock unter seinem Bein hervorzuziehen. »Würden Sie vielleicht von meinem ...«, hatte sie kaum begonnen, da stopfte er ihr ein weiteres Stück Donut in den Mund und beobachtete, wie sich ihre Lippen um die Süßigkeit schlossen. Der Ausdruck von Glückseligkeit ließ ihr Gesicht erstrahlen – die weichen, gewölbten Lippen, auf denen ein wenig von der Glasur glitzerte –, und als sie das letzte Krümelchen Schokolade von den Lippen leckte, hörte Cal das Blut in seinen Ohren rauschen. Aus dem Rauschen wurde ein Flüstern – *DIE ist es* – und er atmete tief durch, und bevor sie die Augen wieder öffnen konnte, beugte er sich vor und küsste sie, schmeckte Schokolade und die Wärme ihres Mundes, und sie erstarrte einen Augenblick und erwiderte dann seinen Kuss, süß und intensiv, und alle Gedanken verschwammen. Er überließ sich vollkommen ihrem Geschmack, ihrem Duft, ihrer Wärme, und versank schier in ihr. Als sie sich schließlich zurückzog, kippte er fast in ihren Schoß.

Sie saß vor ihm, und ihr roter Sweater hob und senkte sich unter ihren raschen Atemzügen. Ihre dunklen Augen blitzten, und ihre üppigen Lippen öffneten sich, und dann sprach sie.

»*Mehr*«, hauchte sie, und er blickte ihr in die Augen und neigte sich zu ihr.

5

Cals Augen glänzten wie schwarze Schokolade, und als er sich wieder zu ihr lehnte, wurde Min plötzlich von Panik erfasst. Abwehrend legte sie eine Hand auf seine Brust und bat: »Nein, warte«, und er blickte hinab und erwiderte: »Richtig«, und hob einen weiteren Bissen Donut in die Höhe. Als sie den Mund öffnete, um »Nein« zu sagen, schob er ihr das Stückchen hinein. In der Wärme schmolz die Glasur dahin, und mit geschlossenen Augen spürte sie genießerisch dem Geschmack nach, der sich in ihrem Mund ausbreitete. Und als sie die Augen öffnete, war er da.

Er beugte sich zu ihr und küsste sie sanft, und seine Lippen passten so perfekt auf die ihren, dass sie erzitterte. Sie kostete die Hitze in ihm, leckte Schokolade von seinen Lippen und fühlte seine Zunge an ihrer, heiß und überwältigend, und als er den Kuss abbrach, war sie außer Atem und schwindelig, und es verlangte sie nach mehr. Er hielt mit seinen Augen ihren Blick gefangen und wirkte ebenso verklärt, wie sie sich fühlte, doch ließ sie sich nicht täuschen, denn sie kannte ja seine Absichten.

Es war ihr egal.

»Mehr«, forderte sie, und er griff nach den Donuts, aber sie sagte: »Nein, *von dir*«, und packte ihn am Hemd und zog ihn näher zu sich. Diesmal küsste er sie heftig, eine Hand an ihrem Hinterkopf, und sie ließ sich mitreißen. Ihr war, als explodiere ein Funkenregen hinter ihren Augenlidern. Sie fühlte seine Hand an ihrer Hüfte unter ihren Sweater gleiten, und ihr Blut wallte, und das Rauschen in ihrem Kopf schrie: *DEN will ich*.

Plötzlich taumelte er unsanft gegen sie.

»Autsch!«, rief sie, und er blickte sich um, noch immer beide Arme um sie geschlungen.

»Was *zur Hölle* soll das?«, rief Cal aus.

»Ich fragte, was Sie da tun?«, ließ Liza sich vernehmen und schwang eine lederne Handtasche in die Höhe.

»*Wonach sieht es denn aus, zum Henker?*«

»Ich habe mir auf die Lippe gebissen«, stöhnte Min und betastete ihren Mund mit einem Finger.

Cal wandte sich ihr wieder zu und zog ihren Finger zur Seite, und sein erhitztes, besorgtes Gesicht war ihr so nahe, dass sie sich mit klopfendem Herzen vorbeugte, und er tat das Gleiche, die Augen wieder halb geschlossen, und sie dachte, *oh Gott, ja*. Dann zerrte Liza Min am Arm fast vom Tisch.

»Los, *runter* da, Stats«, befahl Liza, als Min den Kopf in ihre Richtung drehte.

»*Tony*«, zischte Cal durch zusammengebissene Zähne.

»Tut mir Leid, Junge«, erwiderte Tony. »Aber sie ist nicht zu bremsen.«

»Wir waren gerade beim Nachtisch.« Min rutschte so weit von ihm fort, wie sie konnte, während Cal noch immer auf ihrem Rock saß. *Ich weiß ja, dass das blöd war*, dachte sie und versuchte, ihn nicht anzusehen, *aber ich will's noch mal*.

»Nachtisch?« Liza warf einen Blick auf den Tisch. »Du isst *Donuts*?«

»Äh«, machte Min, und das Schuldgefühl ließ ihren Kopf wieder klarer werden.

»Was sind Sie?« Cal starrte Liza wütend an. »Die Kalorienpolizei? Hauen Sie ab.«

»Nein«, entgegnete Liza. »Ich finde, sie sollte so viele Donuts essen, wie sie will. Ich will nur nicht, dass *Sie* sie ihr verfüttern.«

»Und warum nicht?«, fragte Cal wild.

»Weil Sie der berüchtigte Herzensbrecher-Morrisey sind, und sie ist meine beste Freundin.« Wieder zog Liza an Mins Arm. »Na komm schon. Bonnie wartet.«

»*Was* bin ich?«

Min versuchte, noch weiter fortzurücken, aber ihr Rock

war noch immer unter Cal festgeklemmt. *Wogegen ich gar nichts habe.*

»Bonnie sitzt da drüben auf einer Bank und unterhält sich mit Roger«, warf Tony ein. »Sie macht sich anscheinend weniger Sorgen.«

»Könnte sich gar nicht weniger Sorgen machen«, versetzte Liza. »Aber sie sollte.« Sie starrte Min an. »Wir haben das alles besprochen. Komm runter von diesem Tisch.«

Richtig, dachte Min. *Ich will aber nicht.*

Sie blickte Cal an, der im strahlenden Sonnenlicht und mit zornigem Gesicht sogar noch großartiger aussah als sonst, doch als die Nebel in ihrem Gehirn sich lichteten, erinnerte sie sich wieder, warum sie nicht hier sein sollte. »Könnte ich bitte meinen Rock zurückbekommen?«, bat sie zittrig, und er beugte sich so weit zur Seite, dass sie den Stoff unter ihm hervorziehen konnte. »Vielen Dank. Für das Mittagessen. Es war wunderbar.«

»Bleib hier«, bat er, und sie blickte ihm in die Augen und dachte: *Oh ja.*

»*Nein*«, befahl Liza und zerrte Min vom Tisch, dass sie auf das Gras taumelte.

»Das soll sie selbst entscheiden«, verlangte Cal.

»Ach ja?« Liza machte einen Schritt auf ihn zu. »Kennen Sie sie etwa so gut? Machen Sie sich etwa etwas aus ihr? Würden Sie sie etwa für immer lieben?«

»*Liza*«, rief Min vorwurfsvoll und zerrte an ihrem Arm.

»Ich habe sie doch erst vor drei Tagen kennen gelernt«, erwiderte Cal.

»Was soll das dann, sie so zu küssen?« Liza wandte ihm den Rücken zu. »Komm mit, Min.«

»Vielen Dank für das Mittagessen«, wiederholte Min, als Liza ihren Griff verstärkte. Sie griff hinter sich nach ihren Sandalen auf dem Tisch und erwischte die Bänder. Dann zog Liza sie mit sich durch die Bäume davon.

Als sie verschwunden waren, wandte sich Cal zu Tony um und erklärte: »Ich bin mir noch nicht sicher, ob ich dich umbringen lassen soll oder ob ich's lieber selbst tue.«

»Nicht mich. Liza«, entgegnete Tony. »Aber sie hat wirklich mehrere Male Mins Namen gerufen und dich in die Seite gestoßen, bevor sie dir ihre Tasche über den Schädel gezogen hat.« Sein Blick wanderte zum Tisch. »Hey, Hot Dogs.« Er setzte sich auf den Tisch und griff nach einem der Päckchen.

»Diese Frau ist doch geisteskrank«, stieß Cal hervor und rieb sich seinen Hinterkopf. Jetzt, da Min fort war, schwand langsam die Hitze in ihm, aber er fühlte sich dadurch nicht besser. »Das war ein tätlicher Angriff.«

»Sie ist geisteskrank?«, versetzte Tony. »Und was ist mit dir?«

»War doch gar keine große Sache.« *Noch zehn Minuten, und wir hätten uns splitternackt ausgezogen.* Das *wäre 'ne Sache gewesen*.

»Erzähl das mal Harry«, antwortete Tony. »Das war jetzt schon mehr, als er eigentlich darüber wissen sollte, was Onkel Cal in seiner Freizeit treibt.«

»Harry?«, echote Cal und warf einen Blick hinüber, wo Harry gesessen hatte. Er war noch immer dort, aber jetzt saß eine dünne Blondine neben ihm. Bink. Cal schloss die Augen, und die Erinnerung an Mins Leidenschaft verflüchtigte sich. »Sag mir nicht, dass Bink uns auch zugesehen hat.«

»Weiß ich nicht. Als wir kamen, war sie noch nicht da. Vielleicht hat sie nur das dramatische Ende mitgekriegt. Worauf sitze ich eigentlich, zum Teufel?« Er zog einen Schuh mit einer roten Blüte unter der Decke hervor.

»Mins Sandale«, antwortete Cal und sah im Geiste Mins Zehen fröhlich winken. »Gib sie Liza, wenn du die Chance hast. Stopfe sie ihr in den Rachen, wenn's geht.«

»Klar. Als wenn ich darauf scharf wäre«, entgegnete Tony und warf die Sandale in die Kühltasche.

Cal holte sie wieder hervor, bevor das Eis die Blume durchweichen konnte, und versuchte, Min aus seinen Gedanken zu verscheuchen. »So wie's aussieht, ist Bonnie in Ordnung, also brauchen wir uns um Roger keine Sorgen zu machen.« Er wendete Mins Sandale in seiner Hand hin und her. Ein lächerliches Ding mit kleinen Absätzen, die sich wahrscheinlich in den Boden bohrten, wenn sie über Gras ging, und mit dieser verrückten Blüte, die sich sicherlich auflöste, wenn sie sie bei Regen trug. Auch das heizte ihn an.

»Von wegen«, widersprach Tony mit vollem Mund. »Roger will heiraten.«

»Das ist doch keine Katastrophe«, befand Cal und versuchte sich vorzustellen, warum ein so praktisch veranlagter Mensch wie Min solche Schuhe trug. Aber anscheinend hatte Min durchaus einen etwas verrückten Hang zum Unpraktischen, sonst hätte sie ihn wohl kaum auf einem Picknicktisch außer Rand und Band gebracht. Der Gedanke daran überwältigte ihn einen Augenblick so sehr, dass er nichts um sich herum wahrnahm. »Was?«, fragte er.

»Ich sagte, ja genau, deswegen rennst du auch wie ein Reh vor Cynthie davon«, wiederholte Tony.

»Na ja, für mich ist das Heiraten nichts, aber für Roger vielleicht schon«, antwortete Cal und ließ die Sandale auf den Tisch fallen. »Er war nie groß auf Abenteuer aus.«

»Stimmt«, gab Tony zu. »Und wenn Bonnie eine nette Frau ist, ziehe ich vielleicht ins Apartment über der Garage der beiden.«

»Noch eine gute Nachricht«, nickte Cal, mit den Gedanken bereits bei Min, wie sie üppig und heiß in seinen Armen ... *Nein*. Er brauchte nicht noch mehr Feindseligkeit in seinem Leben. Wenn er phantastischen Sex haben wollte, konnte er immer noch zu Cynthie zurückgehen. Sie würde wenigstens nie auf ihm herumhacken. Er versuchte, sich Cynthie in Erinnerung zu rufen, um die Erinnerung an Min auszulöschen, aber sie erschien ihm grau und farblos neben Mins üppigem, hinreißendem, das Blut in Wallung bringendem, mit den Zehen winkendem Technicolor.

»Was?«, meinte Tony.

»Sind da noch Hot Dogs übrig?«, fragte Cal. »Die du noch nicht plattgesessen hast?«

Tony fand eines unter einer Falte der Tischdecke und reichte es ihm, und Cal wickelte es aus und biss hinein, entschlossen, sich auf eine Empfindung zu konzentrieren, die nichts mit Min zu tun hatte. Dann sah er wieder ihr Gesicht vor sich, als sie die Wurst gekostet hatte, und dann, als sich ihr Körper an seinen gepresst hatte, ihre heißen, feuchten Lippen ...

Zur Hölle, dachte er.

»Was willst du also jetzt Harry erzählen?«, fragte Tony.

»Worüber?«

»Darüber, was du mit Min auf dem Picknicktisch getrieben hast«, erwiderte Tony. »Ihr beide wart ganz schön in Fahrt.«

»Ich werde ihm sagen, dass ich es ihm erkläre, wenn er älter ist«, antwortete Cal und dachte: *Wir waren wirklich in Fahrt. Und jetzt hat's uns erwischt.* »Viel älter«, setzte er hinzu und ging zur Kühltasche, um sich ein Bier zu holen.

»So, und *warum* mussten wir so schnell fort?«, fragte Bonnie, als sie in Lizas Cabrio saßen und Min auf den Rücksitz verbannt war.

»Weil Min Zungengymnastik mit einem Donut-Schieber getrieben hat.« Liza warf einen Blick über ihre Schulter auf Min, die Sünderin, und schüttelte den Kopf.

Bonnie drehte sich in ihrem Sitz nach hinten. »Hast du wirklich Donuts gegessen?«

»Ja«, gab Min zu und versuchte immer noch, die letzten Nebel zu verscheuchen. »Einfach toll.«

Bonnie nickte, als Liza den Wagen startete. »Hat er gut geküsst?«

»Ja«, antwortete Min. »Ziemlich gut. Sehr gut. Spitzenklasse. Überirdisch. Hat mich aus dem Schlaf geküsst. Und dazu noch die Donuts, die waren *himmlisch*.« Sie musste wieder an Cal denken, an die Hitze und das drängende Verlangen, und als Liza begann, die kurvige Zufahrt zur Straße hinunterzufahren, legte Min sich auf dem Rücksitz flach, bevor das restliche Schwindelgefühl in ihr sie umwarf. Ein gutes Gefühl, so dazuliegen, nur schade, dass sie allein war.

»Hast du deinen Verstand verloren?«, fragte Liza nach hinten.

»Nur eine oder zwei Minuten lang«, antwortete Min vom Rücksitz aus und betrachtete die Baumkronen, die über ihnen vorbeirauschten. »Hat mir irgendwie gefallen.« *Und wie*.

»Weißt du«, meinte Bonnie jetzt zu Liza, »es könnte sein, dass er es ehrlich meint. Er sah wirklich sehr glücklich aus. Das hat sogar Roger gesagt.«

»Ach, na wenn *Roger* das sagt«, erwiderte Liza beißend.

»Mach dich nicht über Roger lustig«, warnte Bonnie mit Schärfe in der Stimme.

»Okay«, seufzte Min und setzte sich wieder auf, als die Welt um sie her sich nicht mehr drehte. »Ich bin wieder in Ordnung. Mehr oder weniger.« Sie hob ihre Sandale auf, um die Bänder zu entwirren.

»Und wie war's mit Tony?«

»Ganz nett«, erwiderte Liza. »Hör auf, vom Thema abzulenken. Was hast du jetzt mit Cal vor?«

»Ihn nicht mehr wiederzusehen«, antwortete Min und suchte nach ihrer zweiten Sandale. »Ach, verdammt. Ich habe einen Schuh dort gelassen. Wir müssen noch mal umdrehen.«

»Nein«, lehnte Liza ab und fuhr weiter.

»Aber das sind meine Lieblingsschuhe«, protestierte Min und versuchte, ernsthaft zu klingen.

»Alle deine Schuhe sind deine Lieblingsschuhe«, erwiderte Liza. »Wir fahren nicht mehr dorthin zurück.«

»Ist mit dir wirklich alles in Ordnung, Liebes?«, fragte Bonnie nach hinten.

»Alles bestens«, antwortete Min und nickte wild. »Cal hat mir alles über Roger erzählt. Meinen Segen hast du.«

»Wenn man Calvin dem Biest glauben will«, meinte Liza.

»Ich hab schon meine Methoden, das rauszukriegen«, entgegnete Min. »Ich weiß, wie man mit ihm umgehen muss.«

»Ah ja, ich habe gesehen, wie du mit ihm umgegangen bist«, versetzte Liza. »Du bist schwach geworden.«

»Ach, verdammt noch mal«, rief Min aus, und das Schuldbewusstsein machte sie ärgerlich. »Ich habe die Wette schließlich mit angehört. Ich weiß, auf was er aus ist, und ich werde mich nicht mehr mit ihm treffen. Vor allem, nachdem du ihn angeschrieen und beschimpft hast.« Sie dachte daran, wie Cal sich an sie gepresst hatte, wie muskulös sein Brustkorb unter ihrer Hand gewesen war, wie heiß sein Mund auf ihrem, und wie gut sich seine Hand auf ihrer Brust angefühlt hatte. »Aber ich habe herausgefunden, wie er all die Frauen erobert«, fuhr sie strahlend fort. »Nämlich nicht nur mit Charme.«

»Vielleicht solltest du ihn doch wieder treffen«, meinte Bonnie nachdenklich. »Ich finde, manchmal muss man einfach an etwas glauben.«

Das wäre schön, dachte Min.

»Bonnie«, rief Liza aus. »Willst du wirklich, dass der gleiche Kerl, der deiner Kusine das Herz gebrochen hat und mit David diese Wette abgeschlossen hat, Min demütigt?«

Das wäre schlecht, dachte Min.

»Nein«, erwiderte Bonnie zweifelnd.

»Dann bitte kein Gesülze mehr darüber, Kröten Glauben zu schenken«, verlangte Liza.

»Verwandeln sie sich nicht in Prinzen, wenn man sie küsst?«, fragte Bonnie.

»Das sind Frösche«, widersprach Liza. »Eine völlig andere Spezies.«

»Richtig«, sprach Min in dem Versuch, sich Cal aus dem Kopf zu schlagen. »Kröte, nicht Frosch. Biest. Das absolute Biest.« Dann seufzte sie und bemerkte: »Aber seine Donuts waren köstlich«, und legte sich auf den Rücksitz, um wieder zur Vernunft zu kommen.

David wollte sich gerade zu einem gemütlichen Sonntagnachmittag auf der Couch vor dem Fernseher niederlassen, als das Telefon klingelte. Als er abhob, meldete sich Cynthies Stimme.

»Cal und Min waren heute im Park«, sagte sie. »Er hat sie geküsst. Das ist Freude, ein physiologischer Reiz, der bewirken könnte, dass sie …«

»*Warten* Sie«, wehrte David ab und holte tief Atem. Daran war diese verdammte Wette schuld. Cal würde alles tun, um diese Wette zu gewinnen.

»Er hat sie mit Donuts gefüttert«, fuhr Cynthie fort. »Er hat sie zu einem Picknick eingeladen und …«

»Min hat Donuts gegessen?« David erstarrte bei diesem Gedanken. »Min isst nie Donuts. Min isst überhaupt keine Kohlenhydrate. Jedenfalls mit mir zusammen hat sie nie Kohlenhydrate gegessen.«

»Und nach jedem Stück hat er sie geküsst.«

»Der verdammte Dreckskerl«, stieß David bösartig hervor. »Was sollen wir tun?«

»Wir müssen ihre Reizauslöser betätigen, um attraktiv für sie zu sein, ihnen Glücksgefühle bereiten, ihnen in Erinnerung rufen, warum sie eigentlich *uns* wollten«, erklärte Cynthie. »Laden Sie Min für morgen Mittag zum Essen ein. Sorgen Sie dafür, dass alles perfekt ist. Sorgen Sie dafür, dass sie das Gefühl hat, etwas Besonderes für Sie zu sein und geliebt zu werden, erzeugen Sie bei ihr Glücksgefühle. *Holen Sie sie sich zurück*.«

»Ich weiß nicht recht«, zögerte David, der sich an Mins Gesichtsausdruck erinnerte, als er ihr den Laufpass gegeben hatte. Eigentlich sollte doch sie auf Knien zu ihm gekrochen kommen, nicht er zu ihr.

»Ich werde mit Cal zu Mittag essen«, erklärte Cynthie, als habe er nichts gesagt. »Ich wollte mich zurückhalten, weil ich dachte, er käme von selbst zurück, aber dafür ist jetzt keine Zeit mehr. Ich habe ihn noch vor dem Nachtisch im Bett, und das sollte der Geschichte ein Ende setzen.«

»Min ist wütend auf mich«, gab David zu bedenken. »Ich glaube, es ist noch zu früh für eine Einladung zum Mittagessen.«

»Ach, wie draufgängerisch.« Es herrschte eine lange Stille, dann fragte Cynthie: »Ihre Familie. Sagten Sie nicht, dass sie das Bedürfnis hat, dass die Familie ihre Verehrer akzeptiert?«

»Ja«, bestätigte David. »Ihre Mutter schwärmte für mich.«

»Na also«, meinte Cynthie. »Rufen Sie ihre Mutter an und erzählen Sie ihr die Wahrheit über Cal und die Frauen.«

»Nein«, lehnte David ab und erinnerte sich an Nanettes Desinteresse an allem, das nicht mit Kalorien oder Mode zu tun hatte. »Lieber den Verlobten ihrer Schwester. Greg. Den rufe ich heute Abend an.«

»Was soll denn der nützen?«

»Er wird es sofort Diana erzählen«, erklärte David, »denn er trifft sie jeden Abend. Und sie wohnt noch bei ihren Eltern, das heißt, sie erzählt es ihrer Mutter und ihrem Vater. Und der Vater hat einen ausgeprägten Beschützerinstinkt.«

»Das ist gut«, stimmte Cynthie zu.

»Er hat sie mit Donuts gefüttert?«, fragte David nochmals und krümmte sich innerlich bei dem Gedanken.

»Stückchen für Stückchen«, bestätigte Cynthie.

Der Bastard. Das tat er nur wegen dieser verdammten Wette. Nach all dem großartigen Gerede darüber, kein Unschuldsknabe zu sein, aber auch kein Schwein, beabsichtigte er, Min mit Donuts zu verführen und dann seine zehntausend Eier abzuholen. Und wieder gewinnt der große Calvin Morrisey.

Nicht, wenn ich es verhindern kann.

»David?«, fragte Cynthie.

»Verlassen Sie sich auf mich«, antwortete David grimmig. »Min hat gerade ihren letzten Donut verdrückt.«

Am Montag kam Roger als Letzter ins Büro. *Bonnie*, dachte Cal, und das ließ ihn sofort an Min denken, was einfach lächerlich war.

»Was soll denn das?«, fragte Tony. »Sonst laufe doch immer ich als Letzter hier ein. Das ist doch schon Tradition.«

»Bonnie.« Roger ließ sich gähnend an seinem Schreibtisch nieder. »Wir haben gestern Abend noch ziemlich lange miteinander geredet.«

»Geredet«, echote Tony und hockte sich auf die Kante des Arbeitstisches. »Das wenigste, was du hättest tun können, wäre, sie flachzulegen.«

Roger musterte ihn aus schmalen Augen.

»Na gut, jetzt wo wir alle hier sind ...«, begann Cal.

»Ich werde Bonnie heiraten«, teilte Roger Tony mit. »Und so spricht man nicht über die Frau, die man heiratet.«

»Tut mir Leid«, entschuldigte sich Tony. »Ich werde nie heiraten, deswegen kann ich das nicht wissen.«

»... sollten wir das Winston-Seminar planen ...«

»Du wirst es wissen, wenn du die richtige Frau gefunden hast«, erklärte Roger.

»So was gibt's nicht«, entgegnete Tony.

»... und die *Unterlagen zusammenstellen*«, stellte Cal mit erhobener Stimme fest.

»Ihr Kuss ist vollkommen«, fuhr Roger fort und blickte dabei aus dem Fenster, wahrscheinlich in der vermuteten Richtung gen Bonnie. »Hast du jemals einen solchen Kuss erlebt, wenn einfach alles stimmt und du das Gefühl hast, du explodierst?«

»Nein«, erwiderte Tony und blickte angewidert drein.

»Ja«, sagte Cal, und wieder sah er Min in all ihrer erregenden Pracht vor sich. Beide wandten sich um, um ihn anzublicken, und er fuhr fort: »Können wir uns jetzt mal an die Arbeit machen? Sonst holen wir nämlich in einer Minute die Bierflaschen raus und sprechen über unsere Erlebnisse, und dann hören wir nie mehr damit auf.«

»Ich kümmere mich um die Rechnungen«, erwiderte Roger und ging zu seinem Schreibtisch.

Cal lehnte sich in seinem Schreibtischstuhl zurück, öffnete eine Computerdatei und dachte dabei an Min. Er hatte nicht die Absicht gehabt, sie zu küssen, und dann hatte er sich auf sie gestürzt wie ein Verrückter. Sie war auch keine große Hilfe gewesen. Sie hätte ihm links und rechts eine knallen sollen, aber stattdessen schmolz sie dahin und verlangte nach mehr ...

Das Telefon klingelte, und Tony hob ab. »Morrisey, Packard, Capa«, sagte er auf und verdrehte dann die Augen zu Cal hin. »Hallo, Cynthie.«

Cal schüttelte abwehrend den Kopf.

»Er ist nicht hier«, gab Tony Auskunft. »Ich glaube, er ist den ganzen Vormittag unterwegs.« Er blickte Cal mit gerunzelter Stirn an, und der lehnte sich seufzend in seinem Stuhl zurück und richtete den Blick an die Decke.

»Mittagessen?«, wiederholte Tony. »Tut mir Leid, er hat schon eine Verabredung zum Mittagessen. Bei Emilio's. Mit seiner neuen Flamme.«

Cal richtete sich so hastig auf, dass seine Fersen auf den Boden krachten. *Nein*, grimassierte er stumm und machte eine Handbewegung, als wolle er sich mit einem Finger die Kehle durchschneiden.

»Du brauchst dir also keine Sorgen zu machen, dass er deinetwegen an Depressionen leidet«, fuhr Tony fort. »Er sitzt schon wieder im Sattel.«

Cal sprang auf, die Augen voller Wut, und Tony sagte schnell: »Ich muss Schluss machen«, und legte auf.

»*Bist du verrückt geworden?*«, blaffte Cal.

»Hey, damit habe ich sie dir vom Hals geschafft, oder?«, erwiderte Tony. »Ich habe dir nur einen Gefallen getan.« Er zog eine Grimasse. »Glaube ich zumindest. Das kam wie ein Geistesblitz über mich.« Er blickte Roger an. »War das etwa ein schlechter Schachzug?«

»Ich bin nicht sicher«, erwiderte Roger. »Vielleicht solltest du dich in Zukunft von Geistesblitzen fern halten.«

»Ich will Min gar nicht wiedersehen«, brummte Cal und stellte sich ein Wiedersehen mit Min vor.

»Na und? Das braucht Cynthie ja nicht zu wissen«, versetzte Tony.

»Nein, jetzt muss ich Min zu Emilio's einladen, weil Cynthie das garantiert überprüft«, erklärte Cal.

»Ich kapier nicht warum«, sagte Roger. »Wenn Cynthie fragt, kannst du ja sagen, ihr seid woandershin gegangen.«

»Ich lüge aber nicht gern.« Cal setzte sich wieder und versuchte, sich über das Ganze zu ärgern. Er hob den Hörer ab, wählte die Nummer ihrer Firma und ließ sich durchstellen, doch ihr Apparat war besetzt, und der Anrufbeantworter war keine Lösung. Man konnte sich nicht per Anrufbeantworter zu einem Mittagessen verabreden.

Er legte auf und bemerkte, dass Roger und Tony ihn beobachteten. »Was ist?«

»Nichts«, erwiderte Roger.

»Nichts«, erwiderte Tony.

»Dann ist's ja gut«, meinte Cal und wandte sich von ihnen ab und seinem Bildschirm zu.

Als das Telefon klingelte, dachte Min: *Cal*, und schalt sich dann selbst. Das Biest schien die Macht zu besitzen, Frauen den Verstand zu trüben, denn warum sonst musste sie schon an einem Montagmorgen um 9 Uhr mitten in einem Bericht an ihn denken.

»Minerva Dobbs«, meldete sie sich und tippte mit ihrem roten Stift auf die Mattglasscheibe ihres Schreibtischs.

»Was ist mit diesem Mann, mit dem du dich da triffst?«, erklang die Stimme ihrer Mutter.

»Ach, um Himmels willen.« Ärgerlich lehnte Min sich in ihrem Designer-Schreibtischsessel zurück.

»Greg sagt, er habe einen schrecklichen Ruf, was Frauen betrifft«, erklärte Nanette. »Greg sagt, er benützt sie und verlässt sie dann. Greg sagt ...«

»Mutter, es ist mir egal, was Greg sagt«, unterbrach Min diesen Anfall von Panik. »Und ich treffe mich nicht mit ihm. Wir waren einmal zum Abendessen aus und hatten ein Picknick im Park, und das ist alles.« Sie schrieb Cals Namen in Druckbuchstaben auf das Deckblatt ihres Berichts und strich ihn dann mit fettem Rot einmal durch. Aus und vorbei.

»Greg sagt ...«

»Mutter.«

»... er sei ein Herzensbrecher. Er macht sich Sorgen um dich.«

Min wollte gerade sagen *Also, wirklich*, klappte aber den Mund wieder zu. Greg machte sich vermutlich Sorgen um sie. Greg machte sich um alles Sorgen.

Aber wieso machte Greg sich Sorgen um sie?

»Woher weiß Greg eigentlich überhaupt etwas von ihm?«, fragte Min und schrieb dabei »Greg« in roten Druckbuchstaben und strich ihn zweimal fett durch. Dann schrieb sie darunter »Schleimer« und darunter »Denunziant«.

»*Ich* mache mir Sorgen um dich«, betonte ihre Mutter. »Ich weiß, dass du versuchst, tapfer zu sein, nachdem du David verloren hast, aber es geht mir gegen den Strich. Ich kann es nicht ertragen, wenn dich jemand verletzt.«

Min fühlte einen Klumpen in der Kehle. »Wer bist du, und was hast du mit meiner Mutter gemacht?«

»Ich will einfach nicht, dass du traurig bist«, fuhr Nanette fort, und Min glaubte, in ihrer Stimme ein Zittern zu hören. »Ich wünsche mir, dass du einen anständigen Mann heiratest, der weiß, was für ein wundervoller Mensch du bist, und der dich nicht wegen deines Übergewichts verlässt.«

Min schüttelte den Kopf. »Beinahe hättest du mich eingewickelt.« Sie schrieb »Mutter« in Druckbuchstaben, malte ein Herz ringsherum, und während Nanette weitersprach, strich sie es viermal fett durch.

»Eine Ehe ist kein Kinderspiel, Min«, erklärte Nanette. »Sie können einen aus tausend Gründen betrügen und verlassen, deswegen musst du dir dauernd viel Mühe geben. Du musst immer gut aussehen, denn Männer sind sehr visuell ausgerichtet. Wenn sie etwas Besseres vor die Augen kriegen ...«

»Mom?«, unterbrach Min, »ich glaube nicht ...«

»Und wie sehr du dich auch immer anstrengst, es wird immer eine geben, die jünger und besser ist«, fuhr Nanette mit bebender Stimme fort. »Selbst für Diana, einfach für jede. Da darfst du von Anfang an kein Handicap mit dir herumschleppen, denn ...«

»Was ist denn los?«, fragte Min. »Betrügt Greg Diana?«

»Nein«, antwortete ihre Mutter erschrocken. »Natürlich nicht.«

Min versuchte sich vorzustellen, dass Greg Diana betrog, aber das war lächerlich. Greg hatte nicht die Courage für einen Seitensprung. Außerdem liebte er Diana.

»Warum hast du das gefragt?«, fragte ihre Mutter. »So eine schreckliche Vorstellung.«

»Du hast angefangen, vom Betrügen zu sprechen«, erwiderte Min. Also, wenn nicht Greg, wer dann? *Dad*? Min wies den Gedanken von sich. Ihr Vater war nur an drei Dingen im Leben interessiert: die Versicherung, Statistiken und Golf. »Das Einzige, weswegen Dad dich verlassen würde, wäre ein perfekter Vierer-Schläger, also ist's das auch nicht. Was ist denn jetzt wirklich los?«

»Ich will nur, dass du verheiratet und glücklich bist, und dieser Kevin ist nicht ...«

»Calvin«, verbesserte Min.

»Bring ihn am Samstagabend zum Essen mit«, meinte Nanette. »Und ziehe etwas Schwarzes an, das macht dich schlanker.«

»Ich treffe mich nicht mehr mit ihm, Mutter«, entgegnete Min. »Also glaube ich auch nicht, dass er meine Eltern kennen lernen will.«

»Sei bitte vorsichtig«, ermahnte ihre Mutter sie. »Ich weiß gar nicht, wie du immer an solche Männer gerätst.«

»Er hat mir in den Ausschnitt geguckt und meinen roten Spitzen-BH gesehen«, erwiderte Min. »Also bist du schuld daran.«

Sie brauchte noch einige Minuten, um Nanette zu beruhigen, dann legte sie auf und wandte sich wieder ihrem Bericht zu. Nach fünf Minuten klingelte das Telefon erneut. »Na großartig«, murmelte sie und hob ab, gewappnet für eine weitere Auseinandersetzung mit ihrer Mutter. »Minerva Dobbs«.

»Min, hier ist Di«, erklang die Stimme ihrer Schwester.

»Hallo, Schatz«, erwiderte Min. »Wenn du anrufst, weil Greg über meine Picknickverabredung lamentiert, dann beruhige dich. Es ist aus und vorbei, und ich sehe ihn nie mehr wieder.« Sie zog noch einen fetten Strich durch Gregs Namen. Wenn es nach ihr ginge, konnte man Gregs Namen gar nicht oft genug durchstreichen.

»Greg sagt, dass David sagt, dass er schrecklich sei«, stellte Diana fest.

Min richtete sich ein wenig auf. »David hat das gesagt, ja?« Dieser miese Strolch spielte bei seinen Wetten nicht einmal fair. Sie schrieb »David« in riesigen Druckbuchstaben und stach mit ihrem Stift hindurch.

»Er wollte, dass Greg mir nicht sagt, dass er es ihm verraten hat«, fuhr Diana fort.

»Ah ja«, erwiderte Min trocken.

»Es hört sich einfach nicht nach deinem Plan an«, meinte Di.

Min hörte auf zu stochern. »Mein Plan? Was für ein Plan?«

»Du hast doch immer einen Plan«, erwiderte Di. »Genau wie ich. Ich habe meine Hochzeit und meine Ehe wirklich gründlich geplant, und Greg passt dazu absolut perfekt. Für mich ist er der perfekte Ehemann, und wir werden ein perfektes Leben führen.«

»Na klar«, erwiderte Min und zog einen weiteren Strich durch Gregs Namen.

»Also bin ich mir sicher, dass du auch einen Plan hast, und dieser Wolf …«

»Biest«, verbesserte Min.

»… Frosch, was auch immer, kann nicht in deinen Plan passen.«

»Er ist kein Frosch«, entgegnete Min. »Ich habe ihn geküsst, und er hat sich nicht in einen Prinzen verwandelt.« *Er hat sich in ein göttliches Wesen verwandelt. Nein, hat er nicht.* »Hör mal, ich werde mich nie mehr mit ihm treffen, also könnt ihr euch alle wieder abregen.«

»Sehr gut«, erwiderte Di. »Ich erzähle Mom, dass du wie immer vernünftig bist, dann sorgt sie sich nicht mehr.«

»Ah ja«, versetzte Min. »Wie immer vernünftig. Hat irgendjemand Dad etwas davon erzählt?«

»Mom vielleicht«, meinte Diana.

»Ach, verdammt, Di, warum hast du sie nicht gebremst?« Eine Schreckensvision ihres Vaters mit seinem übertriebenen Beschützerinstinkt erhob sich vor ihr wie ein riesiger, blonder Bär. »Du weißt doch, wie er ist.«

»Ich weiß«, stimmte Di zu. »Ich bin mir immer noch nicht sicher, ob er Greg mag.«

Bist du dir denn sicher, ob du Greg magst?, wollte Min fragen, aber es war zwecklos, denn Diana würde darauf beharren, dass es die wahre Liebe bis in den Tod sei. »Nun gut. Übrigens eine gute Nachricht: Ich habe eine Torte für dich …«

»Ach wirklich?« Di wurde lebhafter. »Danke, Min …«

»… aber sie wird nicht dekoriert sein, deswegen werden Bonnie und ich das übernehmen mit Moms Perlen und vielen frischen Blüten.« Min begann, eine Hochzeitstorte zu zeichnen.

»Du willst meine Torte dekorieren?«, sagte Di ausdruckslos.

»Die Leute werden begeistert sein, wie großartig sie schmeckt«, rief Min und malte eine Taube auf die Tortenspitze.

»Schmeckt?«, echote Di. »Und wie großartig wird sie aussehen?«

»Machst du Witze? Mit frischen Blüten und echten Perlen? Das wird eine Sensation.«

Min tupfte ein paar Perlen auf.

»Was wird Mom dazu sagen?«

»Warum fragen wir sie nicht einfach am Hochzeitstag?«, fragte Min mit betont fröhlich gehaltener Stimme zurück.

»Na gut«, gab Di nach und atmete tief durch. »Ich bin dir wirklich sehr dankbar. Und ich freue mich auch, dass sie gut schmeckt. Wegen der Kuchenschachteln und so weiter.«

»Kuchenschachteln?«, fragte Min.

»Die kleinen Schachteln mit Torte, die wir den Gästen als Geschenk mitgeben«, erklärte Diana. »Zur Erinnerung.«

»Kuchenschachteln«, wiederholte Min und begann, kleine Quadrate zu zeichnen. »Zweihundert, wette ich.«

»*Hast du keine Kuchenschachteln besorgt?*«

»Doch«, entgegnete Min und zeichnete rascher. »Ich habe Kuchenschachteln. Beruhigst du dich endlich? Du klingst, als wären deine Nerven kurz vor dem Zerreißen. Was ist los?«

»Mir geht's *bestens*«, erwiderte Diana allzu bestimmt.

»Kein Ärger mit *Schnief* und *Schlimmer*?«, fragte Min und stöhnte dann auf. »Ich meine, mit Susie und Karen?«

Diana lachte. »Ich kann's gar nicht glauben, dass du sie so nennst.«

»Tut mir Leid«, entschuldigte sich Min. »Weißt du …«

»Min, wir wissen es. Karen hat schon damals in der Schule gehört, wie Liza sie so nannte. Sie nennt Bonnie und Liza *Zucker* und *Pfeffer*.«

Min lachte wider Willen.

»Bitte sage es ihnen nicht«, bat Diana. »Ich verrate nicht, dass du Susie und Karen *Schnief* und *Schlimmer* nennst, wenn du nicht verrätst, dass wir Bonnie und Liza *Zucker* und *Pfeffer* nennen.«

»Abgemacht«, stimmte Min zu. »Meine Güte, was sind wir für grässliche Weiber.«

»Nicht wir«, entgegnete Diana fröhlich, »dieser Quatsch kommt von unseren Freundinnen. Wir dagegen sind die netten Dobbs-Mädels.«

»Na, das hängt davon ab, wen du fragst«, erwiderte Min und dachte an Cal. Sie nahm sich vor, in Zukunft netter zu ihm zu sein. Aber sie würde ihn ja gar nicht wieder sehen, also war das überflüssig. Und außerdem war es definitiv schief gegangen, als sie im Park nett zu ihm war. »Ich war wirklich ziemlich bissig in den letzten Tagen …« Ihre Stimme versiegte, als sie ihren Vater entdeckte, der wie ein ängstlicher Wikinger durch die offene Tür spähte. »Hi, Daddy.«

»Oh nein«, stöhnte Diana.

»Wir sprechen später weiter«, sagte Min zu Diana und legte den Hörer auf. »Und was bringt dich in unsere Etage herunter?«, wandte sie sich an ihren Vater. »Zu dünne Luft in der vierzigsten?«

»Es ist wegen dieses Mannes, mit dem du dich triffst«, begann George Dobbs und funkelte seine Tochter an, während er ihr Büro betrat.

»Versuch's lieber gar nicht erst«, wehrte Min ab. »Ich weiß, du verspeist Juniorchefs zum Frühstück, aber mit mir funktioniert das nicht. Ich treffe mich nicht mehr mit Cal, aber wenn ich es noch täte, wäre das ganz allein meine Sache. Na komm schon, Dad.« Sie lächelte ihn an, aber sein Gesicht blieb besorgt. »In unserem Land heiraten pro Jahr eine halbe Million Menschen. Warum also nicht auch ich?«

»Die Ehe ist nicht für jeden das Richtige, Min«, erklärte er.

»Daddy?«, stieß Min verblüfft hervor.

»Dieser Mann ist kein guter Mensch«, fuhr George fort.

»Jetzt warte mal einen Augenblick«, unterbrach ihn Min. »Du kennst ihn doch gar nicht. Er war beide Male, als wir ausgingen, ein vollkommener Gentleman …« *Na ja, im Park hatte er Helfer.* »… und da wir uns entschlossen haben, uns nicht mehr zu treffen, ist es so ziemlich gar kein Problem.«

»Gut.« Ihres Vaters Gesicht hellte sich auf. »Gut für dich. Wirklich klug. Warum ein Risiko mit einem Mann eingehen, der keine guten Sicherheiten bietet?«

»Ich will ihm keine Versicherung verkaufen, Dad«, entgegnete Min.

»Ich weiß, Min«, erwiderte er. »Aber es ist das gleiche Prinzip. Du bist keine Spielernatur. Dafür bist du viel zu vernünftig.«

Er lächelte ihr zu, tätschelte ihre Hand und verschwand, und Min hockte an ihrem Schreibtisch und fühlte sich wie eine langweilige, altmodische Jungfer. Keine Spielernatur. Immer vernünftig. Die Erinnerung an den Kuss im Park überkam sie, wie Cals Lippen heiß auf den ihren lagen, seine Hand über ihren Körper glitt, und sie fühlte erneut die Hitze ihren ganzen Körper durchdringen. Das war nicht vernünftig, war kein Plan gewesen. Und jetzt würde sie ihn nie wieder sehen.

Sie senkte den Blick auf ihren Bericht und bemerkte, dass sie ihn durchlöchert hatte. Wie ein Norman Bates der statistischen Analyse.

»Na großartig«, murmelte sie und versuchte, die Seiten auseinander zu pflücken. Das oberste Blatt zerriss, als ihr Telefon klingelte, und sie hob den Hörer ab und knurrte: »Minerva Dobbs«, bereit, diesmal den Anrufer zu durchlöchern.

»Guten Morgen, Minerva«, ertönte Cals Stimme, und aus Mins Lungen entwich alle Luft. »Wie kommst du nur zu so einem teuflischen Namen?«

Atme. Tief atmen. Sehr tief atmen.

»Na«, stieß sie hervor, »wenn das kein guter Witz ist. Ausgerechnet ein Typ namens Calvin bedauert mich wegen meines Namens.« *Berührt mich doch gar nicht, dass er anruft. Lässt mich kalt wie Eis.* Ihr Herz klopfte so stark, dass sie überzeugt war, er müsste es durch das Telefon hören.

»Ich wurde nach meinem reichen Onkel Robert benannt«, erklärte Cal, »was sich als vollkommen umsonst herausstellte, weil er sein ganzes Vermögen einer Wohltätigkeitsorganisation vermacht hatte. Und was ist deine Entschuldigung?«

»Meine Mutter wollte eine Göttin«, antwortete Min schwach.

»Na, die hat sie bekommen«, meinte Cal. »Ich nehme alles zurück, es ist der perfekte Name für dich.«

»Und die Mutter meines Vaters hieß Minnie«, fuhr Min fort und bemühte sich, beiläufig zu klingen. »Es war sozusagen ein Kompromiss. Und warum heißt du nicht Robert?«

»Ich habe seinen letzten Vornamen bekommen«, erklärte Cal. »Zum Glück. Ich könnte mir mich nicht als Bob vorstellen.«

»Bob Morrisey.« Min lehnte sich in ihren Sessel zurück und versuchte, überlegen zu wirken. »Dieser komische Knilch in der Versandabteilung.«

»Der Versicherungsagent Ihres Vertrauens«, säuselte Cal.

»Der Gebrauchtwagenhändler, dem Sie nicht trauen können«, versetzte Min.

»Calvin Morrisey dagegen ist der alte Bock, der die Firma im Jahre 1864 gegründet hat«, fuhr Cal fort. »Oder, in diesem Fall, der Typ, der deinen Schuh hat.«

»Meinen Schuh?«

»Rote Bänder, stylischer Absatz, riesige, knallige Blüte.«

»Mein *Schuh*.« Min richtete sich begeistert auf. »Ich hätte nicht gedacht, dass ich den noch mal wieder sehe.«

»Na ja, das wirst du auch nicht, außer du isst mit mir zu Mittag«, versetzte Cal. »Ich habe ihn als Geisel in meiner Gewalt. In diesem Augenblick habe ich ein Schießeisen auf seinen Absatz gerichtet.«

»Ich esse mittags nur eine Kleinigkeit an meinem Schreibtisch«, begann Min und dachte sofort: *Ach, um Himmels willen, geht's noch zickiger*?

»Emilio versucht es gerade mit einem Mittagstisch. Er braucht dich. Und ich brauche dich auch.«

»Ich kann nicht«, entgegnete Min, während jede Faser ihres Körpers schrie: *Ja, ja, alles, was du willst*. Gott sei Dank konnten ihre Fasern nicht sprechen.

»Du kannst Emilio nicht so im Stich lassen«, beschwor Cal sie. »Er liebt dich. Und es gibt Chicken Marsala. Na los, leb doch mal ein wenig. Ein ganz klein wenig.«

Ein ganz klein wenig. Sogar Cal wusste, dass sie eine vernünftige, verplante Niete mit Glücksspielaversion war. »Ja«, stieß Min hervor, und ihr Herz begann wieder, wild zu pochen. »Ich würde schrecklich gern meinen Schuh wieder zurückhaben und Chicken Marsala zu Mittag essen.«

»Denk daran, du musst mit mir essen«, warnte Cal. »Du siehst diesen Schuh erst wieder, wenn du etwas isst.«

»Das kann ich ertragen«, antwortete Min und fühlte eine überwältigende Erleichterung. Dann legte sie auf und betrachtete ihren Bericht.

Sie hatte Herzen darauf gemalt. Dutzende winzig kleiner Herzen.

»Ach du meine Güte«, seufzte Min, und ihr Kopf sank auf die Tischplatte.

Als Min das Emilio's betrat, fragte ein dunkelhaariger Teenager sie an der Tür: »Wollen Sie zu Cal?«, und als sie nickte, fuhr er fort: »Er sitzt dort an Ihrem Tisch«, und machte mit dem Kopf eine Geste in den Speiseraum hinein.

»Habe ich denn einen Tisch?«, fragte Min, aber dann erblickte sie Cal an dem Tisch beim Fenster, an dem sie bei ihrem ersten Mal gesessen hatten, und für einen Moment blieb ihr der Atem weg. *Ich vergesse immer wieder, wie schön er ist*, dachte sie und beobachtete ihn, wie er entspannt dasaß, die dunklen Augen durchs Fenster auf die Straße gerichtet, sein perfektes Profil ihr zugewandt. Seine Finger trommelten auf dem Tisch, und seine Hände wirkten kraftvoll. Min erinnerte sich, wie gut sie sich auf ihrer Haut angefühlt hatten, und dachte: *Verschwinde, so schnell du kannst*. Da erblickte er sie, stand auf und lächelte, und seine Augen strahlten dabei, als freue er sich, sie zu sehen. Sie erwiderte das Lächeln und ging auf ihn zu. *Charmebolzen*, dachte sie und verlangsamte ihre Schritte, aber er hatte bereits einen Stuhl für sie hervorgezogen.

»Danke, dass du gekommen bist«, sagte er, und sie ließ sich auf den Stuhl gleiten und dachte: *Auf irgendetwas ist er aus, pass bloß auf*. Dann bemerkte sie, dass er zu Boden blickte, und fragte mit einem nervösen Krächzen: »Was ist?«

»Deine Schuhe«, antwortete er. »Was für welche trägst du heute?«

»Das klingt wie ein obszöner Telefonanruf«, erwiderte sie mit bemüht ruhiger Stimme, streckte dann aber einen Fuß aus, damit er ihre blauen Krokodilhaut-Slipper sehen konnte, deren offene Zehenpartie ihre passend blau lackierten Zehennägel enthüllte.

Er schüttelte den Kopf. »Da habe ich schon was Besseres an dir gesehen. Aber die Zehennägel sind hübsch.«

»Das sind Schuhe fürs Büro«, entgegnete sie ärgerlich, und ihre Nerven beruhigten sich. »Außerdem hast du noch den einen roten Schuh, also konnte ich die nicht anziehen. Kann ich ihn jetzt wieder zurückhaben?«

»Erst nach dem Essen«, lehnte er ab und ließ sich ihr gegenüber nieder. »Das ist mein einziges Druckmittel.«

»Hast du diesen Schuhfetisch schon lange?«, fragte sie, als er ihr den Brotkorb reichte.

»Erst, seit ich dich kenne«, antwortete er. »Da hat sich mir plötzlich eine ganz neue Welt aufgetan.«

»Freut mich, dass ich solchen Eindruck gemacht habe«, bemerkte sie und erkannte dann erschreckt, dass das der Wahrheit entsprach. Die Erkenntnis brachte ihre Nerven wieder zum Flattern. *Er ist mir völlig egal.* Sie schob ihm den Brotkorb wieder zu und war entschlossen, wenigstens im Fleische, wenn auch nicht im Geiste tugendhaft zu bleiben. »Wer ist denn dieser Racker an der Tür? Dem würden ein paar Lektionen von dir nicht schaden.«

»Emilios Neffe.« Cal nahm ein Stück Brot und brach es durch. »Seine Manieren brauchen noch etwas Schliff.«

»Hat Emilio denn niemand anderen, um die Gäste zu empfangen?« Min nahm ihre Serviette auf, um ihre Hände vom Brot fern zu halten. »Der Kleine ist doch wohl kaum gut fürs Geschäft.«

»Brian ist derjenige in der Familie mit den besten Umgangsformen«, erwiderte Cal. »Seine Brüder arbeiten unten in der Küche, wo sie niemandem etwas antun können. Zum Glück können sie kochen. Ich habe schon bestellt: Salat, Chicken Marsala und keine Pasta.«

»Sehr gut«, nickte Min. »Ich bin nämlich schon am Verhungern. Wusstest du, dass vierzig Prozent aller Pasta, die verkauft wird, Spaghetti sind?« *Ojemineh*, dachte sie und versuchte, ihren Statistikwahn niederzuringen, während sie ihn anlächelte. »Ich finde, das beweist einen großen Mangel an Phantas…«

In diesem Augenblick knallte Brian einen Salat vor ihr auf den Tisch und einen zweiten vor Cal. »Eure Gockel sind in

’ner Viertelstunde so weit«, teilte er Cal mit. »Wollt ihr Wein dazu?«

»Ja, bitte«, antwortete Cal. »Ich dachte, du arbeitest an deinen Manieren.«

»Bei euch nicht«, brummte Brian. »Also, es gibt Huhn, aber du nimmst trotzdem Rotwein, richtig?«

»Richtig«, erwiderte Cal. »Jetzt frag mich, welche Art Rotwein.«

»Egal. Was immer Emilio ins Glas kippt«, gab Brian zur Antwort und ging davon.

»Was für ein Goldjunge«, grinste Min. »Aber jetzt genug geplaudert. Gib mir die zehn Eier.«

»Zehn Eier?« Cal blickte zuerst wunderbar verständnislos drein und schüttelte dann den Kopf. »Es gibt keine Wette. Hör auf, mir das Kleingeld aus der Tasche zu ziehen.«

»Du hast mich ohne Wette eingeladen?«, wunderte sich Min.

»Kein einziger Silberling wird hier die Hände wechseln«, versicherte Cal, »außer natürlich, dass ich die Rechnung zahle.«

»Von mir aus können wir getrennt zahlen«, bot Min an.

»Nein, können wir nicht.«

»Warum nicht? Ich kann’s mir leisten. Außerdem ist das kein Date. Warum ...«

»Ich hab dich eingeladen, also zahle ich«, erklärte Cal, und sein Gesicht begann wieder, diesen unnachgiebigen Ausdruck anzunehmen, vor dem sie kapitulierte.

»Das heißt, wenn ich dich einlade, dann bezahle ich«, hakte Min nach.

»Nein, dann zahle ich auch«, widersprach Cal. »So, und jetzt erzähle mir endlich, wer Diana, *Schnief* und *Schlimmer* sind.«

»Hast du mich deswegen zum Mittagessen eingeladen?«, fragte Min mit so viel Staunen in der Stimme, wie sie vermochte.

»Nein.« Cal verbarg sein Gesicht in seinen Händen. »Könnten wir uns nicht ein einziges Mal wie ganz normale Leute unterhalten? Freundlich lächeln, harmlos plaudern, so tun, als ob du mich nicht hasst?«

»Ich hasse dich doch nicht«, stieß Min schockiert hervor. »Ich mag dich. Ich meine, du hast natürlich deine Fehler …«

»*Welche* Fehler?«, schnappte Cal. »Natürlich habe ich Fehler, aber dir gegenüber habe ich mich tadellos benommen. Außer, dass ich dir ins Auge geboxt habe und mich auf dem Picknicktisch auf dich gestürzt habe. Und wie ist heute das werte Befinden?«

»Danke, es geht mir gut«, erwiderte Min zuckersüß. »Ich habe eine neue Seite aufgeschlagen. Ich gehe nämlich jetzt Risiken ein. Wie zum Beispiel, mit einem Wolf zusammen zu Mittag essen.«

»Ich bin ein Wolf?«

»Also biiitte«, machte Min. »Du hast mich am Freitag mit ›Hallo, Rotkäppchen‹ angesprochen. Wer sagt das denn wohl? Der Froschkönig?«

Emilio erschien mit dem Rotwein, bevor Cal eine Antwort geben konnte, und Min strahlte ihn an, dankbar für die Unterbrechung. »Liebster Emilio, ich habe vergessen, die Kuchenschachteln zu erwähnen. Zweihundert Kuchenschachteln.«

»Sind schon dabei«, erwiderte Emilio. »Nonna meinte, Sie würden sie sicher brauchen. Sie hat Zehn-Quadratzentimeter-Schachteln für Neun-Quadratzentimeter-Tortenstücke bestellt.«

»Ich kriege tatsächlich diese Schachteln«, nickte Min erleichtert. »Wunderbar, himmlisch. Ihre Großmutter ist ein Engel, und Sie sind mein großer Held. Und natürlich ein genialer Koch.«

»Und Sie sind mein liebster Gast.« Emilio küsste sie auf die Wange und verschwand wieder in Richtung Küche.

»Ich *liebe* ihn«, erklärte sie Cal.

»Hab ich bemerkt«, versetzte Cal. »Hast dich heimlich hinter meinem Rücken mit ihm getroffen, was?«

»Ja«, gestand Min. »Wir haben uns über Kuchen unterhalten.«

»Wow«, rief Cal aus. »Für dich sind das ja regelrecht schmutzige Gedanken.«

»Sehr witzig.« Min rammte die Gabel in ihren Salat und knabberte an dem knackigen Grün. Emilios Salatsauce war würzig und leicht, ganz allein sie schon ein Wunder. »Oh Gott, ich *liebe* Emilio. Dieser Salat schmeckt fabelhaft. Und das sage ich normalerweise nicht von Salat.«

»Erzähl mir von dem Kuchen«, bat Cal und machte sich über seinen eigenen Salat her.

»Meine Schwester Diana heiratet in drei Wochen«, erklärte Min und war froh, bei einem unverfänglichen Thema gelandet zu sein. »Ihr Verlobter sagte, er kennt da einen tollen Konditor, und er würde die Hochzeitstorte als eine Überraschung bestellen. Und dann hat sich als Überraschung herausgestellt, dass er die Torte vergessen hat.«

»Aber die Hochzeit findet trotzdem statt?«, fragte Cal.

»Ja. Meine Schwester meint, es sei ihr Fehler, weil sie ihn nicht daran erinnert hat.«

»Deine Schwester scheint nicht zu sein wie du«, stellte Cal fest.

»Meine Schwester ist haargenau das Gegenteil von mir«, meinte Min. »Sie ist ein Schatz.«

Cal runzelte die Stirn. »Und was bist du dann?«

»Ich?« Min hielt überrascht im Kauen inne. »Ich bin ganz in Ordnung.«

Cal schüttelte den Kopf, aber da erschien Emilio mit einer dampfenden Platte mit Chicken Marsala. Nachdem er und Min sich aufs Neue ihrer grenzenlosen Hochachtung versichert hatten, verschwand er wieder, und Cal häufte Hühnchen und Pilze auf beide Teller. »Und was haben *Schnief* und *Schlimmer* mit dieser Tortengeschichte zu tun?«

»Gar nichts«, antwortete Min. »Sie sind nur die Brautjungfern meiner Schwester. Aber verrate *niemandem*, dass ich sie so genannt habe.« Sie aß den ersten Bissen Hühnchen, schwelgte in Genuss und leckte dann einen Tropfen Sauce von ihrer Unterlippe. »Glaubst du …«

»Lass das sein«, bat Cal mit ausdrucksloser Stimme.

»Was denn?« Min blinzelte verwirrt. »Fragen stellen?«

»Nein, über deine Lippe zu lecken. Was wolltest du fragen?«

»Wieso denn? Sind das schlechte Manieren?« In Mins Stimme schwang ein gefährlicher Unterton mit.

»Nein«, entgegnete Cal. »Es lenkt mich ab. Du hast einen wunderbaren Mund. Ich weiß es, denn ich spreche aus Erfahrung. Was wolltest du mich vorhin fragen?«

Min begegnete seinem Blick, und er erwiderte den ihren, ohne zu blinzeln. *Oh*, dachte sie und versuchte, sich daran zu erinnern, worüber sie gerade gesprochen hatten, aber es fiel ihr schwer, denn alles, woran sie denken konnte, war der Kuss und wie gut er sich angefühlt hatte und wie feurig seine Augen sie jetzt anblickten und wie sehr sie …

»Alles in Ordnung mit euch?«, fragte Brian.

»Was?« Cal schrak hoch.

»Stimmt was nicht mit dem Gockel?« Brian blickte sie stirnrunzelnd an. »Ihr guckt so komisch.«

»Nein, nein«, wehrte Min ab und nahm ihre Gabel wieder in die Hand. »Das Hühnchen schmeckt wunderbar.«

»Na gut«, meinte Brian. »Braucht ihr noch irgendwas?«

»Vielleicht einen Kellner mit besserem Benimm?«, schlug Cal vor.

»Klar doch. Als ob ich den auf euch verschwende«, brummte Brian und wanderte davon.

»Na ja, jedenfalls«, fing Min an und rang um ihre Fassung,

»als Diana mir von der Kuchenkatastrophe erzählte, wandte ich mich in der Stunde der Verzweiflung an Emilio, und der rief seine Großmutter an. Also ist er mein großer Held.«

»Warte erst, bis du von der Torte gegessen hast«, erwiderte Cal. »Sie macht sie nur für Hochzeiten, und sie schmecken wie nicht von dieser Welt.«

»Wann hast du denn ihre Hochzeitstorte probiert?«, fragte Min.

»Bei Emilios Hochzeit«, antwortete Cal. »Bei der Hochzeit meines Bruders. Bei den Hochzeiten von allen aus meinem Bekanntenkreis. Nur Tony, Roger und ich sind noch übrig, es waren also schon eine Menge Hochzeiten. Und jetzt sitzt auch Roger bereits in den Startlöchern.«

»Nun ja, wenigstens hast du dann noch Tony, und er hat dich«, meinte Min aufgekratzt. »Du hast also einen Bruder. Jünger oder älter.«

»Älter. Reynolds.«

Min ließ die Gabel sinken. »Reynolds? Reynolds Morrisey?«

»Jawohl«, bestätigte Cal. »Ehegatte von Bink, Vater von Harry.«

»Gibt's da nicht ein bekanntes Anwaltsbüro namens Reynolds Morrisey?«

»Ja«, bestätigte Cal. »Mein Vater, sein Partner John Reynolds und mein Bruder.« Es klang nicht sehr begeistert.

»Gemütlich«, meinte Min. »Und wie geht's Harry?«

»Trägt einen dauerhaften Schaden davon, weil er uns auf dem Picknicktisch beobachtet hat.«

Min zuckte zusammen. »Wirklich?«

»Schwer zu sagen. Ich habe ihn seitdem nicht getroffen. Wahrscheinlich schickt Bink ihn inzwischen zur Therapie. Und wie siehst du das mit Bonnie und Roger?«

»Die verloben sich, noch bevor der Herbst anbricht«, vermutete Min, und für den Rest der Mahlzeit sprachen sie über

Bonnie und Roger und andere unverfängliche Themen. Nach dem Essen, als Cal die Rechnung beglichen hatte, meinte er: »Also ist ein Mittagessen mit mir riskant. Bedeutet das, dass du für unser letztes Mal eine Ausrede brauchst?«

»Nein.« Min lächelte und versuchte, gleichgültig zu wirken. »Ich habe die Theorie entwickelt, dass es gar nicht geschehen ist, wenn wir nicht darüber sprechen. Obwohl seltsamerweise eine Menge Leute darüber Bescheid weiß. Greg zum Beispiel. Greg hat über uns geschwatzt, und jetzt will meine Mutter, dass du zum Abendessen kommst.« Cal wirkte verblüfft, und sie fuhr fort: »Ich erklärte ihr, dass du für mich ein vollkommen Fremder bist, und dass deswegen das Abendessen wohl kaum in Frage kommt.« Dann platzte sie plötzlich unerwartet heraus: »Und was war das am Samstag?«

»Na ja.« Cal holte tief Atem. »Das war wohl unsere Körperchemie. Und es war einfach phänomenal. Ich würde das wirklich sehr gern wiederholen, vor allem nackt und in der Horizontalen, aber …«

Mins Puls beschleunigte sich, aber sie ohrfeigte sich in Gedanken selbst dafür, dass sie seiner und ihrer verräterischen Phantasie Tür und Tor geöffnet hatte.

»Was?«, fragte er.

»Ich erinnere mich gerade daran, warum man Kerle nie bitten sollte, die Wahrheit zu sagen«, erwiderte sie. »Weil sie es nämlich manchmal wirklich tun.«

»Tja, die Sache ist die, dass Liza Recht hatte«, meinte Cal. »Ich hätte dich nicht so küssen dürfen, weil ich nichts derart Ernsthaftes will. Ich habe gerade eine Beziehung hinter mir, die viel enger war, als ich gedacht hatte, und …«

Min runzelte die Stirn. »Wie konnte sie denn enger sein, als du dachtest?«

»Ich dachte, wir hätten einfach viel Spaß zusammen«, erklärte Cal. »Aber es stellte sich heraus, dass sie an Heiraten dachte. Wir trennten uns im Guten, ohne Groll …«

Min musterte ihn erstaunt. »Ohne Groll? Obwohl sie heiraten wollte und du nicht?«

»Sie sagte, wenn ich nicht bereit sei, mich zu binden, dann würde sie sich von mir trennen müssen«, erklärte Cal. »Es war schmerzlich, aber Ende gut, alles gut.«

»Und du bist angeblich der Zauberer, der Frauen so gut versteht. Von wegen Ende gut, alles gut. Entweder sie hasst dich, oder sie glaubt, dass du zu ihr zurückkommst.«

Cal schüttelte den Kopf. »Nein, Cynthie denkt da sehr pragmatisch. Sie weiß, dass es vorbei ist. Und mit uns beiden ist es genauso, denn es war zwar toll, aber wir wollen beide nichts Ernsthafteres voneinander.«

»Richtig«, stimmte Min zu und verstand vollkommen, wenngleich es sie nicht glücklich machte. »Es wäre etwas anderes, wenn wir irgendwie zueinander passen würden. Ich hätte nichts gegen eine Bindung, vor allem wenn sie so viel Spaß macht, aber es wäre das Allerletzte, mich in jemand zu verlieben, nur weil er so göttlich küsst, obwohl ich weiß, dass er nicht gut für mich ist. Außerdem warte ich auf die Reinkarnation von Elvis, und die bist du nicht. Aber ...«

Sie hielt inne, denn auf Cals Gesicht spiegelte sich ein seltsamer Ausdruck.

»Hm«, machte sie. »Das mit Elvis war nur Spaß.«

»Ich bin nicht gut für dich«, wiederholte er, »aber ich küsse göttlich?«

Min dachte darüber nach. »So ziemlich. Wieso? Hattest du einen anderen Eindruck?«

Cal öffnete den Mund, um etwas zu sagen, hielt es aber dann mit einem Achselzucken zurück. »Wohl nicht. Ich glaube nicht, dass du schlecht für mich wärst, aber ich kann das Streiten nicht ertragen. Du lässt einem nie Ruhe.«

»Das ist wahr«, gab Min zu. »Aber du forderst es heraus. Du bist wirklich ein böser Wolf.«

»Ein Wolf im Ruhestand«, versetzte Cal. »Alles, was ich

noch will, ist ein bisschen Friede. Ich brauche einfach mal eine Ruhepause.«

»Genau das habe ich auch vor«, erklärte Min. »Ich mache Pause von all dem Flirten und den Dates.«

»Bis Elvis auftaucht«, ergänzte Cal.

»Genau. Soweit ich das sehe, hat dieser Plan keinen Haken.«

»Kein Sex«, gab Cal zu bedenken.

»Das kann ich ertragen«, erwiderte Min.

»Tja, im Verzichten auf Spaß bist du ganz groß.«

»He«, rief Min beleidigt aus. »Jetzt haben wir uns so gut verstanden, und plötzlich hackst du wieder auf mir herum.«

»Tut mir Leid«, entschuldigte sich Cal.

Sie erhoben sich, Min gab Emilio einen Abschiedskuss, und sie traten auf die Straße hinaus.

»Es ist jetzt helllichter Tag, und mein Büro ist nur sechs Häuserblocks entfernt«, stellte Min fest. »Du musst mich also nicht begleiten.«

»Na gut.« Cal streckte ihr seine Hand entgegen. »Wahrscheinlich sehen wir uns bei Rogers und Bonnies Hochzeit wieder. Falls nicht, wünsche ich dir noch ein schönes Leben.«

Min schüttelte ihm die Hand und ließ sie dann fallen. »Ebenfalls. Viel Glück für die Zukunft.«

Sie wandte sich ab, um zu gehen, da rief er: »Einen Augenblick«, und ihr Herz bebte. Als sie sich wieder zu ihm umdrehte, hielt er ihren Schuh in der Hand, und die roten Bänder flatterten in der leichten Brise.

»Ach ja, richtig«, sagte sie und griff danach. »Danke.«

Er hielt den Schuh noch einen Moment lang fest und blickte ihr in die Augen, dann schüttelte er den Kopf, antwortete: »Bitte sehr«, und ließ den Schuh los. Sie entfernte sich die Straße hinunter, ohne zurückzublicken, ein angenehmes Sättigungsgefühl im Bauch, doch nicht annähernd so glücklich, wie sie hätte sein sollen.

Charmebolzen, dachte sie und verbannte ihn aus ihren Gedanken.

Dienstagmittag betrachtete Min den Salat auf ihrem Schreibtisch und dachte: *Das Leben muss doch mehr zu bieten haben als das*. Es war alles Cals Schuld. Er hatte ihr mitten am Tag ein richtiges Essen verschafft, und sie war davon wie verzaubert. Bevor sie Cal kannte, hatte sie nie über Essen nachgedacht, außer dass es etwas war, das sie nicht haben durfte. Schon bevor sie wegen des Brautjungfernkleides ihre Diät begann, hatte es in ihrem Leben keine Butter gegeben. *Das Leben sollte mir doch Butter bieten können*, dachte sie, und dann wurde ihr bewusst, wie verrückt das war.

Aber es könnte ihr Chicken Marsala bieten.

Min schob ihren Salat beiseite, klinkte sich ins Internet ein und gab als Suchbegriff ›Chicken Marsala‹ ein, denn eine Suche nach ›Cal Morrisey‹ wäre ihrem verdammten Plan nicht zuträglich gewesen.

»Sehr beliebtes Gericht«, murmelte sie, als sie 48 300 Treffer bekam. Selbst wenn sie davon ausging, dass 48 000 davon weit danebenlagen, bildete der Rest noch immer eine riesige Rezeptsammlung. Da gab es eines mit Artischocken, abartig. Ein anderes mit Limonensaft, das konnte es nicht sein, dann eines mit Pfefferschoten, eines mit Zwiebeln. Erstaunlich, wie viele Methoden sich die Leute einfallen ließen, um ein einfaches Rezept zu verfälschen. Sie druckte sich zwei davon aus, die sich vernünftig anhörten, und wollte sich schon ausloggen, da gab sie einem Impuls nach und googelte stattdessen nach dem Suchbegriff ›Legasthenie‹. Als sie eine Stunde später das Internet verließ, empfand sie großen Respekt vor der Leistung, die Calvin Morrisey vollbracht hatte.

Auf dem Weg nach Hause machte sie einen Abstecher zum Lebensmittelladen. Die Tatsache, ein Abendessen zu planen, mit einem Rezept in der Hand, versetzte sie aus irgendeinem

Grund in eine viel weniger angespannte Stimmung angesichts all der Lebensmittel. Natürlich würde sie das Rezept abwandeln müssen. Das Hühnchen sollte in Mehl paniert werden, was zusätzliche Kalorien bedeutete, noch dazu Kohlenhydrate. Weg mit der Panade. Salz und Pfeffer hatte sie zu Hause, und Petersilie hatte keine Kalorien, also nahm sie ein Bündel mit. Hühnerbrustfilets ohne Haut waren ihr vertraut, das ging also klar, aber Butter und Olivenöl? »Wäre doch gelacht«, murmelte sie und packte eine Sprühdose Olivenöl ein. Pilze bestanden fast nur aus Wasser, also durfte sie die auch verwenden, und dann fehlte nur noch der Marsala, den sie in der Abteilung für Kochweine fand. Entschlossen ließ sie die Brotabteilung links liegen und brachte, von Triumphgefühlen erfüllt, die Kasse hinter sich. Zuhause schlüpfte sie in ihren bequemen Sweater, warf den CD-Spieler an und sang aus voller Kehle mit Elvis mit, als sie begann, in der Küche zu hantieren.

Eine Stunde später begann Elvis von neuem mit dem ersten Lied, und Min starrte auf die Katastrophe in ihrer einzigen Pfanne und fragte sich vergeblich, was sie falsch gemacht hatte. Sie hatte das Hühnchenfleisch in der Teflonpfanne angebraten und dann alle anderen Anweisungen befolgt, aber es sah seltsam aus und schmeckte höllisch. Einen Augenblick lang klopfte sie gedankenverloren mit dem Pfannenheber auf die Herdkante und überlegte. *Na gut, ich bin eben keine Köchin. Aber trotzdem habe ich ein gutes Essen verdient*. Sie ließ den Pfannenheber fallen und ging zum Telefon.

»Emilio?«, begann sie, als er sich meldete. »Liefern Sie auch aus?«

Das Parker-Seminar erwies sich als die größte Katastrophe, die Morrisey, Packard, Capa je erlebt hatten, und das lag in erster Linie daran, dass die zuständige Sekretärin ihnen ständig geänderte Informationen zukommen ließ. »Ich faxe Ihnen noch schnell ein paar Informationen rüber«, kündigte sie telefonisch an. »Quetschen Sie's einfach noch irgendwie rein.«

»Diese verdammte Ziege gehört in den Kochtopf«, tobte Tony, nachdem sie Dienstag zehn Minuten vor fünf Uhr angerufen hatte. »Ich bin heute Abend mit Liza verabredet.«

»Ich bleibe hier und kümmere mich um das Fax«, erbot sich Roger. »Bonnie versteht das schon.«

»Du gehst nach Hause, ich bleibe«, bestimmte Cal. »Ich habe keine Verabredung, und ich bin auch zu müde, um noch etwas zu unternehmen.«

Tony und Roger verschwanden, beide in Vorfreude auf eine warmherzige Frau, und Cal las das Fax durch und stellte das Seminarpaket ein weiteres Mal um, wobei er versuchte, Dankbarkeit dafür zu empfinden, dass niemand ihn erwartete, dass keine Frau Ansprüche an seine Zeit und seine Aufmerksamkeit stellte. Um sieben Uhr schaltete er erleichtert seinen Computer ab und stellte fest, dass ihm der Magen knurrte.

Es schien eine gute Idee, zu Emilio zu gehen.

»Sag nichts«, empfing ihn Emilio, als er durch die Schwingtür die Küche betrat. »Chicken Marsala.«

»Von Chicken Marsala habe ich für eine Weile genug«, entgegnete Cal. Da klingelte das Telefon. Emilio drehte sich nach dem Apparat um, und Cal fuhr fort: »Irgendetwas Einfaches. Tomaten mit Basilikum auf Spaghetti …« Nein. Vierzig Prozent aller verkauften Pasta waren Spaghetti. Keine Phantasie. »Nein, lieber Fettuccine …«

Er hielt inne, als Emilio beschwörend seine Hand hob und »Bei Emilio's« in den Hörer sprach. Emilio lauschte, warf dann über die Schulter hinweg einen Blick auf Cal und antwortete: »Normalerweise liefern wir nicht aus, aber für einen ganz besonderen Gast machen wir eine Ausnahme. Chicken Marsala, ja? Nein, nein, überhaupt kein Problem. Sie können dem Lieferjungen ja ein gutes Trinkgeld geben.«

Er legte auf und lächelte Cal an. »Das war Min. Sie möchte Chicken Marsala. Du könntest es ihr nach Hause liefern.«

»Was?«, meinte Cal verdutzt.

»Du weißt, wo sie wohnt. Liegt wahrscheinlich sowieso auf deinem Weg.«

»Es liegt nicht auf meinem Weg. Es liegt auf niemandes Weg, ausgenommen Gottes Wege. Sie wohnt verdammte achtundfünfzig steile Stufen hoch. Wie kommst du darauf, dass ich das tue?«

Emilio zuckte die Schultern. »Ich weiß nicht. Sie hat angerufen, du bist gerade hier, ihr zwei passt toll zusammen, und ich fand es eine gute Idee. Habt ihr euch gestritten?«

»Nein, wir haben uns nicht gestritten«, entgegnete Cal. »Wir treffen uns nicht mehr, weil ich der Falsche für sie bin, und sie auf Elvis wartet. Ruf sie noch mal an und erkläre ihr, dass der Lieferjunge gestorben ist.«

»Dann kriegt sie kein Abendessen«, gab Emilio zu bedenken. »Und du kennst doch Min. Sie gehört zu den Frauen, die etwas zu essen brauchen.«

Cal dachte an Mins Gesichtsausdruck, wenn sie Chicken Marsala aß. Er war fast so umwerfend wie ihr Gesichtsausdruck, wenn sie Donuts aß. Und der war nicht ganz so umwerfend wie ihr Gesichtsausdruck, als er sie küsste, das war …

Wieder zuckte Emilio die Schultern. »Na schön. Dann muss Brian es ihr eben bringen.«

»Nein«, widersprach Cal, »ich bringe es ihr. Beeile dich, ja? Ich sterbe vor Hunger.«

6

Eine Dreiviertelstunde später stieg Cal die Stufen zu Mins Haus hinauf, als plötzlich etwas Kleines, Orangefarbenes an ihm vorbeiflitzte und ihn beinahe zum Straucheln gebracht hätte. Vorsichtig setzte er seinen Weg fort, aber als er sich vor der Haustür umblickte, war da nichts. Er klingelte, und Bonnie erschien an der Tür.

»Hallo«, sagte er. »Min hat den Heimservice bestellt.« Er hob den Karton in die Höhe und kam sich sehr dumm vor, ein Gefühl, das er hasste.

»Und Sie liefern es aus?«, erkundigte sich Bonnie und trat zur Seite.

»Na ja, ein bisschen Taschengeld nebenher kann man immer gebrauchen«, gab Cal zur Antwort und steuerte die Treppe an, wobei er ihren Blick auf sich fühlte. Als er auf dem obersten Absatz ankam, hörte er durch Mins Wohnungstür Elvis Presley, der »Heartbreak Hotel« sang. Er seufzte.

Min blickte überrascht drein, als sie auf sein Klopfen hin die Tür öffnete, und auch er war ziemlich überrascht, denn soweit er erkennen konnte, trug sie nichts als ein überlanges, verwaschenes, blaues Sweatshirt und dicke alte Socken. Ihr Haar hing in zerzausten Wellen auf ihre Schultern herab, und sie trug keinerlei Make-up, so dass die einzige Farbe in ihrem Gesicht der langsam verblassende gelbe Fleck auf ihrem Auge war, wo sein Ellbogen sie getroffen hatte.

»Zum Teufel!«, rief sie aus. »Wie bist du hier hereingekommen?«

»Begrüßt du so jeden Lieferanten?«, gab Cal zurück, den Blick auf die gut geformten, kräftigen Beine gerichtet, die ihm bereits an jenem Freitagabend in der Bar aufgefallen waren.

»Nein, so begrüße ich Bonnie«, erwiderte Min. »Hör auf zu glotzen. Ich habe da drunter Shorts an.« Sie lüpfte einen

Zipfel ihres riesigen Sweatshirts, und er erspähte eine ausgebeulte, karierte Strandhose, die kaum weniger hässlich war als ihr Hemd und ihre Socken. »Und *wieso* bist du hergekommen?«

In diesem Augenblick flitzte etwas Kleines, Orangefarbenes an ihrer beider Beine vorbei und in die Wohnung hinein.

»Was war denn *das?*«, fragte Min erschreckt, und Cal trat ein und ließ die Tür offen stehen.

»Ich weiß nicht.« Cal stellte Emilios Karton auf einem uralten, gusseisernen Nähmaschinentisch ab, neben dem sich eine Couch befand, die wie ein mottenzerfressener, ausgestopfter Kürbis wirkte. »Es ist auf den Stufen draußen an mir vorbeigerannt …«

»Oh *Gott*«, stöhnte Min, und Cal drehte sich schnell um. Da hockte das räudigste Vieh, das er je gesehen hatte, auf der hinteren Ecke der Couch und starrte sie finster an – mit einem Auge, denn das linke Auge war geschlossen. Es war über und über braun und orangefarben gefleckt, so dass es insgesamt gut zur Couch passte.

»Was zum Kuckuck *ist* das?«, fragte Min nochmals.

»Ich glaube, es ist eine Katze«, antwortete Cal.

»Was für eine Sorte denn?«, erkundigte sich Min mit schreckerfüllter Faszination in der Stimme.

»Keine gute Sorte«, versetzte Cal. »Obwohl du ja gesagt hast, dass du eine möchtest.«

»Nein, habe ich nicht«, widersprach Min.

»Als ich dich vergangene Woche nach Hause begleitet habe«, beharrte Cal, »sagtest du, du wolltest dir eine Katze zulegen.«

»Das war ein *Scherz*«, entgegnete Min und behielt die Katze wachsam im Auge. »Das sagt jede Frau über dreißig, die von den Männern die Nase voll hat. ›Ich hab endgültig genug von den Kerlen. Lieber lege ich mir eine Katze zu.‹ Ein *Klischee*.«

»Tja weißt du«, meinte Cal und beobachtete ebenfalls die Katze, »du musst mich eben vorwarnen, wenn du einen Code verwendest.«

Die Katze hockte reglos da, daher ließ Cal seine Blicke durch die Wohnung schweifen. Sie schien den gesamten Dachboden einzunehmen, mit verrückten schiefen Winkeln und Mansardenfenstern, und sie war mit alten Möbelstücken eingerichtet, die aber allesamt keine wertvollen Antiquitäten darstellten. Stirnrunzelnd dachte er: *Das passt eigentlich nicht zu ihr.*

Min betrachtete die Katze verblüfft mit schief gelegtem Kopf. »Warum ist das eine Auge geschlossen?«

»Ich vermute, das eine Auge fehlt«, meinte Cal.

»Das Leben ist hart, Katze, was?«, seufzte Min. »Ich habe Hühnerfleisch übrig. Ich wollte das Huhn in Marsala zubereiten und hab's verdorben. Vielleicht ist die Katze hungrig genug, um's zu fressen.«

»Wenn du sie fütterst, bleibt sie für immer bei dir«, warnte Cal. »Kschscht, du Vieh, die Tür ist offen. Hau ab.«

Die Katze rollte sich auf der Rückenlehne der Couch zusammen und fixierte ihn hochmütig.

»Sie sieht aus wie die Grinsekatze aus ›Alice im Wunderland‹«, meinte Min. »Als könnte sie Stück für Stück verschwinden.«

»Und mit dem einen Auge hat sie schon angefangen«, ergänzte Cal. »Min, dieses räudige Biest hat wahrscheinlich jede Krankheit, die eine Katze haben kann.«

»Aber ich kann sie doch wenigstens füttern«, erwiderte Min und ging, um etwas Hühnerfleisch zu holen.

»Na, zumindest passt sie zur Couch.« Cal schloss die Tür, nahm Emilios Karton vom Nähtisch und stellte ihn auf einen alten, runden Eichentisch hinter der Couch. Die Katze tat, als beachte sie ihn nicht, verfolgte aber jede seiner Bewegungen aus den Augenwinkeln.

Min brachte ein paar Hühnchenstücke auf einem Papierhandtuch herbei, legte sie der Katze vor die Nase und trat zurück.

Das Tier beschnupperte das Fleisch und sah dann Min an. »Ich weiß«, sagte Min entschuldigend. »Es riecht schrecklich. Du musst es nicht essen.«

Die Katze hob die Nase und knabberte dann an dem nächstgelegenen Stück.

»Wirklich eine tapfere Katze«, sagte Min zu Cal und ging dann zum Kaminsims, um ihre Geldbörse zu holen. »Lass mich das gelieferte Essen bezahlen.«

»Nein«, entgegnete Cal und sah sich weiter um. Das Mobiliar wirkte gemütlich und bequem, aber nichts davon war interessant oder schön, nichts, das Min entsprach, so als sei es die Wohnung eines anderen Menschen. »Wohnst du hier möbliert?«

»Nein«, erwiderte Min und suchte in ihrer Börse. »Wie viel schulde ich dir?«

»Nichts.« Auf dem Kaminsims entdeckte er Schneekugeln sowie eine kitschige, alte Uhr, und er ging hinüber, betrachtete sie näher und bemerkte: »Diese Einrichtung hast doch nicht du dir ausgesucht.«

»Nein, sie stammt von meiner Großmutter«, antwortete Min. »Sieh mal, du sollst nicht für mein Abendessen bezahlen. Du hast mir schon einen großen Gefallen getan, indem du es mir gebracht hast, also ...«

»Sammelst du diese Dinger?«, unterbrach Cal sie und hob eine Schneekugel mit Hänsel und Gretel in die Höhe.

»Cal«, mahnte Min.

»Dieses Essen reicht für eine ganze Kompanie«, erklärte er. »Wenn du Gesellschaft möchtest, bleibe ich und esse die Hälfte. Wenn du das nicht möchtest, nehme ich die Hälfte mit zu mir. Allerdings ist mir nicht wohl dabei, dich mit diesem Monster da allein zu lassen.« Cal stellte Hänsel und Gretel zurück und betrachtete die nächste. Max und Moritz. »Woher hast du die alle?«

»Von Freunden«, antwortete Min. »Verwandten. Flohmärkten.« Sie überlegte. »Du kannst bleiben.« Dann betrachtete sie die Katze, die das Hühnerfleisch hinuntergeschlungen hatte und sich jetzt anschickte, einen Verdauungsschlaf zu halten. »Bei dir bin ich mir nicht so sicher«, fuhr sie fort, und das Tier erwiderte ihren Blick würdevoll mit einem Auge. »War vorhin nicht das andere Auge geschlossen?«, wandte sich Min verwirrt Cal zu. »Das linke?«

»Ich erinnere mich nicht mehr«, erwiderte Cal. »Würde mich aber nicht überraschen. Eine sehr trickreiche Katze. Komisch, weißt du, dieses Mobiliar ist nicht dein Stil, diese Uhr da ist nicht dein Stil, und du scheinst mir auch nicht der Schneekugel-Typ zu sein.«

»Ich weiß, dass das alles nicht mein Stil ist«, stimmte Min zu und blickte sich um. »Aber es sind gute Möbel, und warum sollte ich da neue kaufen. Außerdem erinnert mich das alles an meine Großmutter. Und die Schneekugeln, das hat sich ganz zufällig ergeben.« Sie wandte sich ihm wieder zu. »Lass mich wenigstens die Hälfte bezahlen.«

»Nein.« Cal hob ein schweres Stück auf, in dem Susie und Strolch vor der schmuckvollen Fassade eines italienischen Restaurants saßen. »Wie zufällig?«

»Meine Grandma Min besaß eine Schneekugel mit Mickey und Minnie Mouse. Sie tanzten, und Minnie trug ein langes, rosarotes Kleid, und Mickey blickte sie an.« Mins Stimme wurde weich, während sie erzählte. »Mein Grandpa schenkte es ihr zu einem ihrer Hochzeitstage, aber ich liebte diese Kugel so sehr, dass sie sie mir zu meinem zwölften Geburtstag schenkte.«

Cal nahm den Kaminsims in näheren Augenschein. Christine und das Phantom der Oper. Dornröschen und der Prinz. Jessica und Roger Rabbit. Aschenputtel und ihr Prinz vor einem Schloss, mit Tauben, die über ihnen schwebten. Sogar Donald und Daisy Duck waren da, nicht aber Mickey und Minnie. »Wo sind sie denn?«

»Ich habe sie verloren«, seufzte Min. »Bei einem meiner Umzüge, als ich auf dem College war. Du weißt doch, wie das ist. Man zieht jedes Jahr um, und immer verschwindet irgendetwas. Ich war sehr traurig, und deswegen schenkten mir alle möglichen Leute zum Trost Schneekugeln zum Geburtstag und zu Weihnachten. Ich versuchte, ihnen klar zu machen, dass ich keine mehr wollte, weißt du, ›Vielen Dank, aber das ist doch nicht nötig‹, aber da hatte die Geschichte schon ein Eigenleben entwickelt.« Sie blickte auf den Kaminsims und seufzte. »Ich habe Kisten voll davon im Keller. Diese hier sind nur meine Lieblingskugeln. Sammle bloß nie irgendetwas. Du kriegst es dann von allen Seiten aufs Auge gedrückt.«

Cal betrachtete sich die ganze Sammlung nochmals. Am Ende der Reihe stand eine große, dunkle Kugel mit Figuren, die wie Monster aussahen. »Was ist denn das?«, fragte er und nahm sie in die Hand.

»Käpt'n Hook und Kater Carlo«, antwortete Min. »Liza und Bonnie haben mir vor zwei Jahren beide eine Kugel zu Weihnachten geschenkt.«

»Na, diese hier hast du von Liza«, meinte Cal und stellte sie zurück an ihren Platz.

»Woher weißt du, dass sie nicht von Bonnie ist?«, fragte Min.

»Weil die nicht zu Bonnie passt.« Er deutete auf die Aschenputtel-Kugel. »Die da hast du von Bonnie.«

»Stimmt«, erwiderte Min. »Aber ich verstehe immer noch nicht …«

»Bonnie glaubt an Märchen«, erklärte Cal. »Liza dagegen ist Realistin. Sie hat einen Blick für böse Buben. Außerdem hätte Bonnie das Wichtigste nicht übersehen. Sie hat dir ein Paar geschenkt.«

»Ein Paar von was?«, fragte Min.

»Ein Paar«, antwortete Cal. »Zweisamkeit. Schau, das hier sind alles Paare: Dornröschen und der Prinz, Susie und Strolch, Schneewittchen und ihr Prinz …, außer Lizas Kugel sind es alles Paare.«

»Na, ich würde Max und Moritz nicht gerade ein Paar nennen«, entgegnete Min und betrachtete sie zweifelnd. »Und Tom und Jerry. Ich weiß zwar, dass es da Gerüchte gibt, aber …«

»Ach, komm schon, Minnie«, spottete Cal. »Du selbst hast mit einem Paar angefangen.«

»Nenn mich nicht Minnie.« Mins Augen blitzten.

»Du darfst mich auch Mickey rufen«, meinte Cal grinsend und wünschte sich noch einmal dieses Augenblitzen.

»Ich rufe dir ein Taxi, wenn du mich weiter ärgerst«, drohte Min. »Können wir jetzt endlich essen?«

Cal gab nach und ging zum Tisch hinüber, um Emilios Schachtel auszupacken, wobei er einen Bogen um die Katze machte, für den Fall, dass sie die Absicht hatte, ihn anzufallen. »Dieser Kerl hat dir ja wirklich eine schwere Schlagseite versetzt.«

»Welcher Kerl?«

»Der, der an dem Abend mit dir Schluss gemacht hat, als ich dich ansprach. Du hast ihn wohl sehr geliebt.«

»Ach, der.« Min blinzelte verwirrt. »Den? Nein. Gar nicht.«

Gut, dachte Cal, auch wenn es nicht von Bedeutung war. »Hast du Teller?«

Sie verschwand in einem Alkoven, den man eher für einen Schrank halten konnte als für eine Küche.

»Bringe auch Weingläser mit«, rief Cal ihr nach und öffnete die Schachtel mit dem Brot.

»Was?«, fragte Min und beugte sich aus dem Alkoven.

»Gläser«, wiederholte Cal. »Für den Wein.«

Min kam mit zwei Weingläsern aus dem Alkoven und deckte den Tisch, während Cal die Weinflasche entkorkte, Wein einschenkte und dabei versuchte, nicht auf ihren Ausschnitt zu starren. Zum Glück war sie so unattraktiv gekleidet. Bei ihrem roten Sweater hätte er Probleme gehabt, sich zusammenzunehmen. Dann öffnete Min die Schachtel mit dem Salat und versuchte, ihn mit einem Suppenlöffel auf die Teller umzufüllen. »Verdammt«, knurrte sie, als sie etwas von der Salatsauce auf den Tisch verschüttete.

»Du bist es nicht gewöhnt zu kochen, oder, Minerva?«, fragte Cal.

»Nein. Du etwa?«, fragte Min zurück.

»Na sicher.« Er nahm ihr den Löffel aus der Hand. »Ich habe in einem Restaurant gejobbt, als ich auf dem College war. Dafür musst du einen größeren Löffel nehmen, Minnie. Mit dem hier isst man nur.«

»Oder ich könnte dir damit eine hinter die Löffel geben«, versetzte Min.

Kopfschüttelnd ging er um sie herum in die Küchennische, um nach einem größeren Löffel zu suchen, und stieß dabei auf eine Pfanne mit etwas Abstoßendem darin.

»Was ist denn das?«, rief er aus.

»Geht dich nichts an«, blaffte Min, die ihm folgte, um die Papierservietten zu holen. Als er sie mit erhobenen Augenbrauen ansah, antwortete sie: »Ich dachte, ich könnte es selbst zubereiten. Nach Rezept. Aber es hat nicht funktioniert …«

Da dämmerte es ihm. »Ist das etwa Chicken Marsala?«

»Nein«, entgegnete Min. »Das ist eine Katastrophe, deswegen habe ich ja Emilio angerufen.«

»Wie hast du es denn gemacht?«, fragte Cal.

»Warum willst du das wissen? Um neunmalkluge Kommentare abzugeben?«

»Willst du jetzt wissen, wie man Chicken Marsala zubereitet, ja oder nein?«, fragte er erneut. Sie war wirklich eine ziemliche Nervensäge.

Finster blickte sie zu ihm auf. »Ja.«

»Also, was hast du als Erstes getan?«, fragte er.

»Die Pfanne mit Olivenöl ausgesprüht«, antwortete Min.

»Gesprüht?«, fragte Cal entsetzt. »Nein. Man muss ein paar Esslöffel voll hineingießen.«

»Zu viel Fett«, wehrte Min ab.

»Aber es ist gutes Fett«, entgegnete Cal. »Olivenöl ist gut für deinen Stoffwechsel.«

»Aber nicht für meine Linie«, versetzte Min.

»Du musst es aber hineinschütten, Minnie«, beharrte Cal. »Es ist wichtig für das Aroma.«

»Na gut«, sagte Min mit meuterischem Unterton. »Dann habe ich das Fleisch angebräunt.«

»Nicht so schnell«, kommentierte Cal. »Erst musst du es klopfen. Wenn du keinen Klopfer hast, dann pack die Hühnerbrüste in eine Plastiktüte und klopfe sie mit einer Dose dünn. Dann wendest du sie in Mehl mit frisch gemahlenem schwarzem Pfeffer und Salz.«

»Soll das ein Witz sein?«, empörte sich Min. »Mehl, das sind pure Kalorien.«

»Und es verschließt das Fleisch«, erklärte Cal, »damit es nicht ...« – mit einer Gabel spießte er eines der steinharten Stücke in der Pfanne auf und hielt es in die Höhe – »... ausdörrt. Und was hast du dann gemacht?«

Min verschränkte die Arme. »Als es braun war, habe ich die Pilze dazu gekippt und den Wein darüber gegossen und es reduzieren lassen.«

»Keine Butter?«

»Butter?«, stieß Min hervor. »Bist du verrückt?«

»Nein«, versetzte Cal und ließ das Stück wieder in die Pfanne fallen. »Aber jeder, der Chicken Marsala ohne Olivenöl, Butter und Mehl zubereitet, ist verrückt. Wenn du Grillhuhn haben willst, warum grillst du es dann nicht?« Er tauchte einen Finger in die Sauce und kostete. Es schmeckte so scheußlich, dass er keuchen musste, und Min rannte und brachte ihm ein Glas Wasser.

»Ich weiß auch nicht, warum die Sauce nichts wurde«, meinte sie.

»Welchen Marsala hast du benutzt?«, fragte Cal, als er wieder sprechen konnte, woraufhin sie ihm die Flasche Kochwein reichte. »Nein, nein, nein«, rief er und nahm sich dann zusammen, als sie zurückschreckte. »Pass auf, Süße, wenn du eine Weinsauce zubereitest, dann musst du den Wein einkochen und das Ganze eindicken lassen. Und dazu brauchst du guten Wein, sonst schmeckt es wie …« – er blickte auf die Pfanne hinab – »… das da. Ein Wunder, dass die Katze das überlebt hat.«

»Autsch«, machte Min. »Könntest du mir das aufschreiben?«

»Nein«, antwortete Cal, und dann hörten sie ein Krachen aus einem anderen Zimmer. Cal blickte sich um. »Deine Katze ist fort, Minnie. Hast du irgendwo ein Fenster offen stehen?«

»Im Schlafzimmer habe ich so eine billige Gleitblende«, erwiderte Min und verschwand durch eine Tür neben dem Kamin, um nachzusehen. »Ha, das ist gut«, rief sie, und Cal folgte ihr in den angrenzenden Raum.

Die Gleitblende war vom Mansardenfenster verschwunden, und kühle Abendluft strömte herein. Cal ging hinüber und blickte aus dem Fenster. Die Blende war zur Hälfte über das Dach hinuntergerutscht, während die Katze auf einem Baumast saß, der die Schindeln berührte, und sich die Pfote putzte. Ihr linkes Auge war geschlossen.

»Sie wechselt wirklich vom linken aufs rechte Auge«, stellte Cal fest und zog den Kopf wieder zurück. »Vielleicht bewahrt sie damit …« Seine Stimme versiegte, als er sich in Mins Schlafzimmer genauer umsah.

Den größten Teil füllte das kunstvollst gearbeitete Messingbett aus, das er je gesehen hatte. Ein riesiges Ungetüm, bedeckt mit einer lavendelblau schimmernden Satintagesdecke und lavendelblauen Satinkissen, die sich am Kopfende türmten, wo ein Kopfteil aus gebogenen, sich verzweigenden, in Rosetten und Kreuzblumen endenden Messingteilen seinen Blick verwirrte, bis ihm schwindelig wurde. »Wie schaffst du es, nicht aus diesem Bett zu fallen?«

»Ich halte mich einfach fest und versuche, das Kopfteil nicht anzusehen«, erwiderte Min. »Aber ich liebe es. Ich hab's mir erst vor einem Monat gekauft, auch wenn es absolut unpraktisch ist …«

Cal hatte aufgehört, ihr weiter zuzuhören, als sie sagte: »Ich halte mich einfach fest«, und stellte sich vor, wie sie auf der weichen, blauen Satindecke lag, ihre weichen Locken mit den goldenen Lichtern darin über die Kissen ausgebreitet, ihre weichen Lippen geöffnet, während sie ihn anlächelte, ihre weichen Hände, die sich an das Kopfteil klammerten, ihr weicher Körper …

»Cal?«, rief Min.

»Hier drin riecht es gut«, bemerkte Cal und versuchte, sich an einem Gedanken festzuhalten, der nichts mit ›weich‹ zu tun hatte. Beziehungsweise mit ›hart‹.

»Lavendelkissen«, erklärte Min. »Meine Großmutter hat immer Lavendel in ihre Kissenbezüge gesteckt. Oder vielleicht sind es die Zimtkerzen.«

Cal räusperte sich. »Na ja, jedenfalls … hübsch. Es ist das Erste in dieser Wohnung, das zu dir passt.« Der Gedanke, sie auf diese blaue Decke zu stupsen, lag so nahe, dass er hastig sagte: »Wir sollten jetzt endlich essen. Komm.«

»Gut«, stimmte Min zu und setzte sich in Bewegung.

»Soll ich das Fenster schließen?«, fragte Cal.

»Wie soll denn dann die Katze wieder hereinkommen?«, wandte Min ein.

»Stimmt«, gab Cal zu und dachte: *Herrje, jetzt hab ich ihr eine verwilderte Katze aufgehalst*, und folgte ihr.

Als sie Emilios Salat aßen, bemerkte Min: »Chicken Marsala ist also weder freundlich zur Linie noch smart fürs Herz.«

»Smart fürs Herz?«, echote Cal und hob sein Weinglas. »Heißt das, gut für die Seele? Das ist es nämlich wirklich. Ich hab dir doch gesagt, Olivenöl ist gut für dich. Und ein bisschen Butter und Mehl bringt dich nicht um.«

»Erzähl das mal meiner Mutter.« Min kostete wieder von ihrem Salat. »Das ist einfach köstlich. Weißt du, die Lektion lautet, dass ich einfach nicht kochen soll.«

»Wieso?«, fragte Cal. »Das war doch dein allererster Versuch. Jeder macht Fehler.« Er nahm die Schachtel mit dem Hauptgericht und richtete es auf den beiden Tellern an, ohne etwas zu verschütten.

»Nur du nicht«, entgegnete Min, die ihn beobachtete. »Du machst *alles* perfekt.«

»Okay.« Cal setzte die Schachtel ab. »Du wurdest gerade sitzen gelassen, ich hab's kapiert. Aber der Kerl war dir ziemlich egal, also warum bist du immer noch so sauer und lässt es an mir aus?«

Min schnitt in ihr Hühnerfleisch. »Er war so was wie der letzte Strohhalm.« Sie schob sich den Bissen in den Mund und kaute, und der glückselige Ausdruck breitete sich wieder auf ihrem Gesicht aus.

»Du solltest keine Diät machen«, stellte Cal fest und begann ebenfalls zu essen. »Also, was hat er getan, worüber du nicht hinwegkommst?«

»Na ja.« Min stach heftiger auf einen Pilz ein, als er es verdiente. »Es ging um mein Gewicht.«

»Er hat dein Gewicht kritisiert?« Cal schüttelte den Kopf. »Der Kerl hat doch den Verstand einer Erbse.«

»Er hat es nicht direkt kritisiert«, entgegnete Min. »Er hat nur vorgeschlagen, ich sollte abnehmen. Und dann hat er mich verlassen, weil ich nicht mit ihm schlafen wollte.«

»Er hat verlangt, du solltest abnehmen, und dann wollte er

mit dir ins Bett?«, fragte Cal. »Ich nehme es zurück. Jede Erbse hat mehr Verstand als dieser Knallkopf.«

»Ja, aber in einem hat er Recht«, erwiderte Min. »Ich meine, mein Gewicht.« Sie blickte ihn trotzig an. »Stimmt's?«

»Darauf kann ich gar nicht antworten, ohne wieder deine ganze Wut auf mich zu lenken«, antwortete Cal. »Aber spar dir die lieber für den Versager auf, der dich sitzen gelassen hat. Ich bin der Gute.«

Min spießte einen weiteren Pilz auf und sagte dann: »Also gut, ich gebe dir hiermit einen Freifahrtschein. Egal, was du sagst, ich verspreche, nicht wütend zu werden.«

Cal blickte in ihre grimmige Miene und lachte. »Wie willst du denn das schaffen?«

Min nickte. »Also gut, ich werde wütend, aber ich bleibe fair. Die Sache ist die: Du bist der einzige Mann, dem ich vertraue, dass er mir die Wahrheit sagt.«

»Du vertraust mir?« Cal war überrascht und geschmeichelt. »Ich dachte, ich sei ein Biest.«

»Bist du auch«, versetzte Min. »Aber du sagst mir hin und wieder die Wahrheit. Meistens sogar.«

Cal hörte auf zu essen. »Immer. Ich habe dich noch nie angelogen.«

»Klar«, meinte Min wegwerfend. »Also, was soll ich wegen meines Gewichts tun?«

Cal legte seine Gabel weg. »Also gut. Die reine Wahrheit. Du wirst nie schlank werden. Du bist einfach eine rundlich gebaute Frau. Du hast breite Hüften und einen runden Bauch und volle Brüste. Du bist …«

»Stämmig und gesund«, ergänzte Min bitter.

»Üppig«, verbesserte Cal und betrachtete das sanfte Heben und Senken ihrer Brüste unter ihrem Sweatshirt.

»Vollschlank«, schnarrte Min.

»Prächtig«, schwärmte Cal in Erinnerung an ihre sanften Kurven unter seiner Hand.

»Ein Wonnebrocken«, brummte Min.

»Weich und rund und warm, und ich bring mich gerade selbst in Fahrt«, erklärte Cal und fühlte sich leicht schwindelig. »Trägst du irgendetwas unter diesem Sweatshirt?«

»Natürlich«, erwiderte Min erschrocken.

»Oh«, seufzte Cal und verabschiedete sich von seiner Phantasievorstellung. »Okay. Wir sollten das Essen nicht kalt werden lassen. Worüber haben wir gerade gesprochen?«

»Mein Gewicht?«, meinte Min.

»Genau.« Cal ergriff seine Gabel. »Der Grund, warum du kein Gewicht verlieren kannst, ist, dass du einfach nicht dafür gebaut bist, und wenn du mit irgendeiner dummen Diät doch abnehmen solltest, wäre das wie diese Hühnerkatastrophe, die du angerichtet hast. Zu manchem gehört einfach Butter. Zum Beispiel zu dir.«

»Das heißt, ich bin zum Dicksein verdammt.«

»Ein anderes Problem ist, dass du nicht *zuhörst*. Du willst sexy sein, na dann sei doch sexy. Du hast Vorzüge, die dünne Frauen nie haben können, und du solltest dich darüber freuen und dich entsprechend kleiden. Oder wenigstens so kleiden, dass andere ihre Freude daran haben können. In diesem Kostüm, das du in der Bar anhattest, als ich dich ansprach, sahst du aus wie eine Gefängniswärterin.« Er erinnerte sich, wie er ihr in den Ausschnitt ihres roten Sweaters geblickt hatte, und setzte hinzu: »Aber deine Unterwäsche ist gut.«

»Es gibt keine Kleidung, die an mir gut aussieht«, stellte Min fest.

»Natürlich gibt's die«, widersprach Cal und arbeitete sich weiter durch sein Abendessen. »Obwohl du zu den Frauen gehörst, die nackt besser aussehen als bekleidet.« Er verbot seiner Phantasie, sich das genauer vorzustellen. »Nehme ich an. Komm, iss. Hunger macht dich nörglerisch.«

»Ich sehe nackt besser aus?«, echote Min und nahm ihre Gabel wieder auf. »Nein. Hör mal …«

»Du hast gefragt, und ich habe geantwortet«, schnitt Cal ihr das Wort ab. »Aber du willst es einfach nicht hören. Die Wahrheit ist, dass die meisten Männer lieber mit dir ins Bett gehen würden als mit einem dürren Kleiderständer, denn du fühlst dich viel besser an, aber die meisten Frauen glauben das einfach nicht. Ihr wollt dauernd für euch selbst schlank sein.«

Min verdrehte die Augen. »Also war ich die ganzen Jahre über sexy? Und warum hat das niemand bemerkt?«

»Weil du dich kleidest, als würdest du deinen Körper hassen«, erklärte Cal. »Sexy, das ist eine Sache im Kopf, und du fühlst dich nicht sexy, also siehst du auch nicht sexy aus.«

»Woher weißt du dann, dass ich es bin?«, fragte Min zornig.

»Weil ich dir in den Ausschnitt geguckt habe«, antwortete Cal. »Und weil ich dich geküsst habe, und ich muss sagen, dein Mund fühlt sich phantastisch an. Jetzt *iss etwas*.«

Min blickte einen Augenblick auf ihr Abendessen und grub dann ihre Gabel hinein. »Herrgott, schmeckt das gut«, seufzte sie nach ein paar Minuten.

»Es gibt nichts Besseres als gutes Essen«, erklärte Cal. »Na ja, außer …«

»Es muss doch einen Weg geben, das Essen fettreduziert zuzubereiten«, warf Min ein.

Cal schüttelte den Kopf. »Gut zu wissen, dass ich an die leere Wand geredet habe. Hast du irgendetwas von dem, was ich sagte, gehört?«

»Klar«, erwiderte Min. »Ich sah also aus wie eine Gefängniswärterin, als du mich ansprachst, ja?«

»Nein«, entgegnete Cal. »Deine Schuhe waren toll. Was Schuhe angeht, gönnst du dir endlich mal was.« *Und was für nette Zehen.*

»Also bist du nur wegen meiner Schuhe quer durch die Bar auf mich losgesteuert, obwohl ich wie eine Gefängniswärterin aussah?«

Die Frage hatte etwas für sich, deswegen versuchte er, sich

zu erinnern, warum er sie angesprochen hatte. Die Wette. Er krümmte sich innerlich. Diese dämliche Abendessen-Wette mit David. »Ach, zum Teufel.«

»Es war eine Wette, nicht wahr?« Min klang angewidert.

Cal zog seine Geldbörse hervor und legte einen Zehner auf den Tisch. »Da hast du's, gehört alles dir. Darf ich zu Ende essen, bevor du mich hinauswirfst?«

»Klar«, antwortete Min. »Weißt du, du nimmst es ganz gut hin, dass du diese Wette verlierst.«

»Ich habe nicht verloren«, widersprach Cal und spießte einen Pilz auf. »Ich verliere nie.«

»Du hast für die Wette schon kassiert?«, fragte Min wutentbrannt.

Cal blickte sie mit gerunzelter Stirn an. »Du bist mit mir aus der Bar verschwunden. Also habe ich gewonnen.«

»Und alle *nehmen einfach an …*«

»Nehmen was an?«, fragte Cal verärgert. »Jemand hat zehn Eier gewettet, dass es mir nicht gelingt, dich zum Essen einzuladen. Aber du bist mit mir gegangen. Also habe ich die zehn Eier gewonnen. Da hast du sie. Können wir jetzt das Thema wechseln?«

»Also ist die Wette erledigt?«, fragte Min mit ungläubiger Stimme.

»Ja«, antwortete Cal entnervt. »Also gut, es war nicht gerade die vornehme Art, eine Beziehung anzufangen, aber wir haben ja keine Beziehung: Du wartest auf Elvis, und beide haben wir uns vorgenommen, uns von der Dating-Szene fern zu halten. Und außerdem füttere ich dich. Zum wiederholten Mal. Wieso bist du jetzt noch wütend?«

»Wegen gar nichts«, erwiderte Min ausdruckslos und widmete sich wieder ihrem Hühnchen.

»Irgendetwas ist mir da entgangen, oder?«, fragte Cal.

»Jawoll«, machte Min. »Halt die Klappe und iss.«

Cal bot an, Min beim Abwaschen zu helfen, aber sie drängte ihn zum Abschied, denn sie hatte genug von ihm wegen der Wette, und sie war wütend auf sich selbst, weil es sie nicht kalt ließ. Sie verstaute die Reste von Emilios Essen im Kühlschrank und warf die Ergebnisse ihrer eigenen Kochkunst angewidert in den Mülleimer. Dann zog sie sich in ihr Schlafzimmer zurück und kroch unter die Satindecke. Cal hatte gesagt, das Bett sei das Einzige, das ihr entsprach. In einer Wohnung voll wertloser, alter Möbel hatte er das einzige schöne, prunkvolle und sexy Stück herausgepickt und erklärt: ›Das bist du.‹ Der Mistkerl.

Die Katze landete mit einem Sprung auf dem Bett und schlich langsam heran. »Hey«, murmelte Min, als sie sich an ihrer Seite niederließ. Sie streichelte sie und fühlte den mageren, kleinen Körper unter dem Fell, und die Katze öffnete beide Augen. Sie hatten unterschiedliche Farben, wobei das eine ebenso gefleckt war wie das Fell. »Patchwork-Katze«, stellte Min fest, und das Tier schmiegte sich an sie und wirkte unglaublich beruhigend. Min schaltete ihre kleine Stereoanlage neben dem Bett ein und lauschte Elvis, der darüber sang, wie lausig das Leben war, seit sein Baby ihn verlassen hatte. Die Katze stellte die Ohren auf, entspannte sich aber nach etwa einer Strophe wieder auf der Decke. »Ziehst auch ins Heartbreak Hotel ein, was?«, murmelte Min und kraulte die Katze hinter den Ohren. Das Tier presste seinen Kopf mit Nachdruck gegen ihre Hand, und Min betrachtete das kleine Gesicht, das einen ekstatischen Ausdruck annahm, beide Augen geschlossen, und fühlte plötzlich eine Welle der Zuneigung zu dem kleinen Wesen. Es begann zu schnurren, und das Geräusch war tröstlicher, als sie je für möglich gehalten hätte. »Es wäre nicht vernünftig, dich hier zu behalten«, erzählte sie der Katze, und diese öffnete langsam ihre Augen und schloss sie dann wieder, und Min streichelte sie immer weiter, wobei sich der kleine Körper noch näher an sie schmiegte und zusammenrollte, warm und friedlich und Trost spendend. Kein Wunder, dass all die allein stehenden Frauen Katzen hielten. Die waren sicherlich angenehmer als charmante, lügnerische, zwanghafte Spielernaturen, die göttlich küssen konnten und Hände hatten wie … – »Oh, I'm so lonely, Baby«, sang Elvis, und Min beugte sich hinüber und drückte auf den Schalter, um zum nächsten Lied zu springen. Wieder spitzte die Katze die Ohren, doch sie schien ›Don't Be Cruel‹ ebenso gern zu hören wie ›Heartbreak Hotel‹ und rollte sich an Mins Bauch wieder zusammen, warm wie eine Wärmflasche. »Du kannst hier bleiben«, erklärte Min ihr. In gemeinschaftlichem Schweigen lagen sie da und hörten Elvis zu, bis sie beide einschliefen.

»Da wartet eine richtig scharfe Braut in Ihrem Büro auf Sie«, empfing Davids Assistent ihn, als er Mittwochmorgen die Büroräume betrat. »Entzückend.«

Min, dachte David, erkannte aber dann enttäuscht, dass das nicht sein konnte. Niemand würde Min als scharfe Braut beschreiben.

Als er seine Tür öffnete, sah er Cynthie, phänomenal in einem roten Kostüm, vor seinem Schreibtisch sitzen.

»Da sind Sie ja«, sagte sie und erhob sich.

»Das ist ein tolles Kostüm«, rief er aus, schloss die Tür hinter sich und ging um sie herum, tief beeindruckt davon, wie raffiniert der Stoff ihren straffen, kleinen Po umspielte.

»David«, begann Cynthie, »vergessen Sie das Kostüm. Warum trifft sich Cal immer noch mit der Frau, die Sie lieben?«

»Sie treffen sich?« David verlor das Interesse an Cynthies Kostüm und ließ sich hinter seinem Schreibtisch nieder.

»Montag war er mit ihr zum Mittagessen, deswegen konnte er nicht mit mir gehen. Gestern Abend hat er ihr das Abendessen nach Hause gebracht.« Cynthie beugte sich vor, und ihr liebliches kleines Gesicht war angespannt. »Ich dachte, Sie wollten mit Greg sprechen. Warum sind die beiden dann immer noch zusammen?«

»Ich habe mit Greg gesprochen.« David schob ein paar Papiere umher, während er fieberhaft nachdachte. »Ich weiß nicht, warum es nicht funktioniert hat. Vielleicht hat es Cal mit ihr gefallen.« *Vielleicht will er zehntausend Dollar gewinnen.*

»Aber kein Sex«, rief Cynthie beschwörend.

»Nein«, stimmte David zu und betete, dass Min noch immer frigide war. »Sie gehen sicher nicht miteinander ins Bett.«

»Ich glaube, Sie haben Recht.« Cynthie begann, hin und her zu marschieren. »Sie hört sich nicht wie eine Frau an, die so schnell dazu bereit ist, und er würde sie nicht drängen. Da hat er einen sicheren Instinkt.«

»Na, da gratuliere ich ihm aber«, grollte David. »Wollten Sie sonst noch etwas?«

Cynthie beugte sich über den Schreibtisch. »Ich will, dass Sie Min anrufen. Laden Sie sie zum Mittagessen ein, laden Sie sie zum Abendessen ein, seien Sie großzügig, und *holen Sie sie sich zurück*.«

David ließ seinen Blick in den Ausschnitt ihrer Kostümjacke schweifen und begutachtete die Hügellandschaft. »Sie machen das absichtlich, nicht wahr?«

Cynthie holte tief Luft, ihre Wangenmuskeln waren hart vor Anspannung. »David, ich bin eine Beziehungsexpertin, die gerade den Mann verliert, den sie liebt. Das betrifft mich nicht nur privat, sondern auch beruflich, es betrifft mein *ganzes Leben*. Ich habe gerade ein Buch geschrieben, das vielleicht ein Bestseller wird, und der Verleger möchte unser Hochzeitsbild auf dem Buchumschlag haben. Alles hängt davon ab, und ich werde nicht tatenlos zusehen, wie alles den Bach hinunter geht, nur weil *Sie zu rückgratlos sind, um sich Ihre Freundin zurückzuholen*.« Sie beugte sich noch weiter vor. »Ich werde erst gehen, wenn Sie mir versprechen, dass Sie sich mit ihr zum Mittagessen verabreden und mir verraten, wer ihre besten Freundinnen sind. Zwei habe ich am Freitag in der Bar gesehen. Eine kleine Blondine und eine große Rothaarige. Sind das gute Freundinnen von ihr?«

Ein Hauch ihres Parfums umwehte ihn schwach, ein Duft, der ihn schwindlig machte. »Welches Parfum benutzen Sie?«, fragte er und versuchte, die Ohrfeige des ›rückgratlos‹ zu ignorieren.

»Das ist eine spezielle Mischung, die exklusiv für mich hergestellt wird«, erklärte Cynthie etwas ruhiger. »Eine Mischung der Düfte, die die männliche Libido am stärksten anregen. Ich habe es extra für Sie aufgelegt, David. Also, wer ist ihre beste Freundin?«

David schüttelte den Kopf, um wieder klar denken zu können, und rollte mit seinem Sessel ein Stück von ihr fort. »Was für Zeug ist denn da drin?«

»Lavendel und Kürbiskuchen.« Cynthie richtete sich auf. »Ich muss wissen, wer ihre beste Freundin ist. Ich werde Ihnen helfen, David. Sie wollen doch Ihre Statistikerin zurückhaben, oder?«

Schlank und rank stand sie in ihrem engen, roten Krepp-Kostüm vor ihm und duftete nach Zimt und Lavendel, und er brauchte eine volle Minute, bis er sich erinnerte, wen sie mit der Statistikerin meinte.

»Dabei kann ich Sie *nicht mal leiden*«, stellte er fest. »Warum macht mich das trotzdem so sehr an?«

Sie verdrehte die Augen. »Weil Sie ein Mann sind. Also wer ist ihre Freundin?«

»Wozu wollen Sie denn das wissen?«

Cynthie atmete durch die zusammengebissenen Zähne aus. »Das hab ich Ihnen doch alles schon erzählt. Attraktivität. Wenn ich ihrer besten Freundin klar machen kann, dass Cal ein gestörtes Verhältnis zu Frauen hat, dann macht sich die Freundin Sorgen und erzählt Min, dass sie nichts von ihm hält. Und das bewirkt, dass es nicht zur Phase der Verliebtheit kommt. Alles streng wissenschaftlich, David. Es wird niemand in einer dunklen Gasse abgestochen.«

»Okay«, erwiderte David und fixierte noch immer ihre Brüste. »Tragen Sie unter dieser Jacke irgendetwas?«

»Wenn ich's Ihnen zeige, sagen Sie mir dann den Namen?«, fragte Cynthie.

»Ja«, versprach David und wusste, dass er verachtenswert und schwach war.

Cynthie knöpfte ihre Jacke auf und öffnete sie. Ihr roter Seiden-BH hatte denselben Farbton wie das Futter ihrer Kostümjacke, und ihre Cup-B-Brüste waren perfekt gerundet, hoch und fest und, soweit er sehen konnte, echt.

»Oh mein Gott«, keuchte David, wie erstarrt in seinem Sessel.

»Verdammt richtig«, versetzte Cynthie und knöpfte ihre Jacke wieder zu. »Jetzt den Namen.«

»Die Rothaarige«, begann David, »ist Liza Tyler. Sie hält sowieso alle Männer für Schweine.«

»Damit hat sie Recht«, erwiderte Cynthie. »Rufen Sie Min wegen des Mittagessens an.«

Dann ging sie, und David saß reglos, das Bild ihrer perfekten Brüste noch immer auf seiner Netzhaut, und versuchte sich einzureden, dass er das Richtige getan hatte, weil irgendjemand Cal Morrisey stoppen musste. Und Min vor ihm retten, das natürlich auch.

»Wirklich heiß«, tönte sein Assistent von der Tür her. Er schnüffelte. »Hui. Ist das ihr Parfum?«

»Ja«, erwiderte David und nahm den Telefonhörer ab. »Ein Höllenelixier. Lassen Sie sie bloß nie mehr in mein Büro.«

Gegen acht Uhr an diesem Abend saß Liza mit Tony und Roger im ›Long Shot‹ und wartete darauf, dass Bonnie und Min von der Toilette zurückkamen, da machte Tony plötzlich »Äh-hm« und wandte sich schnell ab.

»Was denn?«, Roger folgte seinem Blick. »Uff.« Dann zuckte er mit den Schultern. »Sie steht genau da drüben.«

»Wer sie?«, fragte Liza und blinzelte durch den dämmrigen Raum. Eine schlanke, teuer aussehende Brünette lehnte gelangweilt an der Bar, während ihr Nachbar einen Annäherungsversuch wagte. »Exfreundin?«

»Von wegen«, entgegnete Tony, als Bonnie von der Toilette zurückkam. »Ich habe keine Dates mit Verrückten. Na ja, jedenfalls vor dir nicht.«

»Hast du Dates mit Verrückten?«, fragte Bonnie interessiert Roger, während sie sich setzte.

»Nein, nein, Cal vielleicht, aber ich nicht«, wehrte Roger ab und fiel fast vom Stuhl. »Ich hab fast nie Dates.«

»Schon gut, Baby.« Bonnie tätschelte sein Knie. »Du darfst ruhig Dates haben.«

»Ich will aber keine Dates«, erklärte Roger, und Tony verdrehte die Augen.

»Also ist das Cals Exfreundin.« Liza war schon auf den Füßen. »Bin gleich wieder zurück.«

»Warte einen Augenblick«, rief Tony hastig und packte sie am Arm. »Wieso kümmerst du dich um Cals Liebesleben?«

»Weil er sich mit meiner besten Freundin trifft«, erwiderte Liza bemüht unschuldig. »Ich bin nur neugierig.«

»Das mit den keine Dates«, fuhr Roger zu Bonnie gewandt fort, »damit habe ich gemeint, keine Dates außer mit dir.«

»Ich erwarte wirklich beim dritten Treffen noch keine Monogamie«, beruhigte ihn Bonnie.

»Okay«, erwiderte Roger, »aber trotzdem ist es so.«

»Muss ich dich anketten?«, fragte Tony Liza. Dann überlegte er sich das einen Augenblick und schüttelte den Kopf. »Vergiss die Ketten. Halte dich einfach von Cynthie fern, die hat nichts als Psychologie im Kopf. Wahrscheinlich, weil sie Psychologin ist, aber trotzdem, sie beschwatzt einen mit ziemlich verkorkstem Quatsch.«

»Hat dich analysiert, was?«, meinte Liza und warf einen Blick zur Bar hinüber.

»Das keine Dates mit anderen gilt natürlich nur für mich«, fuhr Roger fort. »Du musst dich nicht mit mir treffen. Außer du willst es.«

Tony schüttelte den Kopf. »Sie hat diese verrückte Vier-Phasen-zur-Liebe-Theorie, mit der sie glaubt, alle Beziehungen erklären zu können.«

»Ach«, machte Liza verblüfft.

»Das ist natürlich idiotisch, denn bei Beziehungen gilt nur die Chaostheorie«, fuhr Tony fort und zerrte sie auf ihren Stuhl zurück.

»Was?«, fragte Liza und versuchte, ihren Arm zu befreien.

»Menschliche Beziehungen sind genauso wenig wie das Wetter vorhersehbar«, erklärte Tony und hielt sie fest, und Liza gab dem Zug nach und setzte sich. »Zum Beispiel Min und Cal. Cal ist ein komplexes dynamisches System, das versucht, Stabilität zu erreichen, indem er keine Dates hat.«

»Er hat keine Dates?«, erwiderte Liza verwundert.

»Nein«, antwortete Tony. »Unglaublich, was? Schon allein das macht ihn instabil. Dem Mann tut das Alleinsein nicht gut. Dann trifft er Min, eine Störung in seiner Umwelt. Wegen dieser Störung fängt er an umherzuirren, um die Stabilität wieder zu finden, aber er ist in ihrem Anziehungsbereich gefangen und schwirrt ziellos in diesem Bereich umher, völlig unvorhersehbar, aber trotzdem von ihr gefangen, denn sie ist die fremde Anziehungskraft.«

»Ahaa«, machte Liza. »Und wozu soll das alles gut sein?«

Tony beugte sich näher zu ihr. »Cynthie glaubt, Beziehungen laufen nach einem Muster ab und man könnte sie vorhersagen. Aber wie soll man das können? Die Menschen sind komplex, die Störungen in ihrem Leben sind komplex, und die Anziehungskräfte in ihrem Leben sind komplex. Verliebte Menschen verhalten sich rein nach der Chaostheorie.«

»Ah ja.« Liza klang verwirrt.

»Und deswegen ist Cynthie verrückt«, fuhr Tony fort und ließ Lizas Arm los. »Sie glaubt, Liebe könne analysiert und erklärt werden. Aber das funktioniert nicht.«

Liza lehnte sich zurück und machte sich zum ersten Mal Gedanken über Tony. Irgendwie wirkte er gar nicht mehr dumm, und das lag nicht an dieser verrückten Chaostheorie, was immer das auch sein mochte. Es lag daran, dass er plötzlich Interesse zeigte. Ja, wenn ihn etwas interessierte, wurde er klug.

»Hmm?«, machte Tony.

»Warst du je richtig verliebt?«, fragte Liza.

»Nein«, antwortete Tony. »Und ich glaube auch nicht, dass das je passiert.« Er grinste Liza an. »Das würde zu viele komplexe Störungen in meiner Umwelt verursachen.«

Liza runzelte die Stirn. »Und warum magst du Cynthie nicht?«

»Sie hat versucht, Cal festzunageln. Sie hat ihn analysiert und dachte, sie kennt ihn. Aber das hat er nicht verdient. Er sollte mit einer zusammen sein, die bereit ist, das Chaos zu akzeptieren. Keine Vorschriften, keine Bedingungen, keine Theorien, keine Netze und doppelten Böden. So wie Bonnie mit Roger.«

Liza blickte zu Bonnie hinüber, die mit Roger über etwas lachte. »Du hast Recht. Das haben wir alle verdient.«

»Gut«, erwiderte Tony. »Also, dann brauchst du nicht mit Cynthie zu sprechen.«

Roger machte eine Bemerkung, und Tony drehte sich zu ihm um, um zu antworten. Liza stand auf und ging hinüber zu Cynthie.

Als Liza sich auf einen Hocker gleiten ließ und sagte: »Hi, ich bin Liza«, blickte Cynthie auf und verschluckte sich fast.

»Hi«, erwiderte sie überrascht. »Ich bin Cynthie. Kennen wir uns?«

»Nein«, entgegnete Liza. »Aber Ihr Exfreund trifft sich mit einer Freundin von mir. Erzählen Sie mir über Calvin Morrisey alles, was Sie wissen.«

Fünfzehn Minuten später lehnte sich Liza zurück und dachte: *Verdammt, von wegen Chaostheorie, Calvin Morrisey hat doch ein Verhaltensmuster.* »Ich wusste es doch«, stellte sie fest. »Ich wusste, dass er ihr das Herz brechen wird. Wie oft hat er das schon getan?«

Cynthie zuckte die Schultern. »Nachdem wir Schluss gemacht hatten, war ich auf einer Party und kam dort mit einer Frau ins Gespräch, die auch mit ihm zusammen gewesen war. Dann kam noch eine dazu. Schließlich waren wir zu viert, und immer die gleiche Geschichte. Ein paar Monate lang ist alles eitel Sonnenschein, man glaubt, das ist der Richtige, und plötzlich bekommt man einen Kuss auf die Wange, er sagt ›Ich wünsche dir noch ein schönes Leben‹, und fort ist er.«

»Machen Sie Witze?«, meinte Liza. »Hat ihn denn noch niemand mit einem Nudelholz niedergebügelt?«

»Wie denn«, erwiderte Cynthie. »Was soll man denn sagen? ›Du bist jetzt zwei Monate mit mir gegangen, wie kannst du mich einfach verlassen?‹ Würde schön blöd klingen.« Sie nippte an ihrem Drink. »Und er tut es auch nicht aus Bösartigkeit«, setzte sie hinzu, dem Klang ihrer Stimme nach zum tausendsten Mal.

»Wissen Sie, das ist mir egal«, entgegnete Liza. »Ich will einfach nicht, dass er Min wehtut.«

»Vielleicht ist es ihnen ja gar nicht so ernst«, sagte Cynthie. »Haben sie irgendwelche Gemeinsamkeiten?«

»Nicht dass ich wüsste«, antwortete Liza.

»Sind sie entspannt zusammen?«

»Nein«, erwiderte Liza. »Meistens streiten sie sich.«

»Haben sie kleine Geheimnisse miteinander? Insiderwitze?«

Liza schüttelte den Kopf. »So gut kennen sie sich nicht.«

Cynthie fuhr mit einer Fingerspitze um den Rand ihres Glases. »Mögen Sie ihn? Ich meine, haben Sie Min gesagt, dass Sie ihn nicht leiden können?«

»Verdammt, ja«, erwiderte Liza. »Bonnie und ich, wir beide haben sie gewarnt.«

»Hmmm.« Cynthie lächte Liza zu. »Hat er schon einen Kosenamen für sie?«

»Einen Kosenamen?« Liza versuchte, sich zu erinnern. »Manchmal spricht er sie mit ihrem Familiennamen an. Aber nie mit so was wie ›Schätzchen‹ oder ›Zuckerschnäuzchen‹.«

»Und sie?«, fragte Cynthie weiter. »Hat sie einen Kosenamen für ihn?«

»Das Biest«, erwiderte Liza. »Aber das halte ich eigentlich nicht für zärtlich.«

Cynthie lachte. »Warum geht sie dann mit ihm?«

»Ich weiß nicht, ob sie das tut«, antwortete Liza. »Aber ich glaube, das kommt noch. Ich habe das Gefühl, sie ist dabei, sich gegen ihren Willen in ihn zu verlieben.«

Cynthie hörte auf zu lachen.

»Und das macht mir Sorgen«, fuhr Liza fort. »Sie ist ein wundervoller Mensch und hat es nicht verdient, dass jemand mit ihr spielt. Können Sie mir ein paar Tipps geben, wie er normalerweise vorgeht?«

Cynthie richtete sich auf und nickte. »Sicher. Hat er ihr schon etwas geschenkt?«

»Er kennt sie doch erst seit einer Woche«, entgegnete Liza. »Ich glaube nicht …« Sie hielt inne, als Cynthie den Kopf schüttelte.

»Wenn er überhaupt etwas von ihr will, dann wird er ihr etwas schenken. Er findet heraus, was sie sich am meisten wünscht, und das schenkt er ihr dann. Es ist ein Zwang für ihn, ein Verhaltensmuster, das er wegen seiner Mutter hat.«

»Wegen seiner Mutter?«, fragte Liza verwundert.

»Sie hat ihm keine bedingungslose Mutterliebe geschenkt«,

erklärte Cynthie. »Er kennt nur an Bedingungen geknüpfte Liebe. Deswegen verhält er sich bei jeder Frau, die er kennen lernt, nach dem Muster, dass er versucht, ihre Liebe zu gewinnen. Und wenn er sie hat, löst sich dieses Verhaltensmuster auf, denn sie ist kein Ersatz für seine Mutter, und dann macht er Schluss und versucht, eine andere in sich verliebt zu machen.«

»Hat er einen Ödipus-Komplex?«, fragte Liza erschreckt.

»Nein«, erwiderte Cynthie. »Sie hat ihn nur mit diesem Verhaltensmuster geprägt. Er liebt sie nicht.«

»Das bedeutet, je mehr Min ihn abweist ...«, meinte Liza.

»... um so mehr ist er hinter ihr her«, ergänzte Cynthie und zeigte keine Spur von Amüsiertheit. »Er kann nicht anders. Er ist sich dessen nicht einmal bewusst. Sammelt sie irgendetwas?«

»Schneekugeln«, antwortete Liza, und als Cynthie sich bemühte, keine Verachtung zu zeigen, fuhr sie fort: »Nicht ihre Schuld. Es ist eine Familiensache, die außer Kontrolle geriet.«

»Dann wird er ihr eine Schneekugel schenken«, erklärte Cynthie. »Und zwar die beste überhaupt, die, die ihr noch fehlt oder die sie immer wollte und vielleicht noch nicht mal wusste, dass sie sie wollte, bis er sie ihr schenkt. Und wenn Sie sie nicht rechtzeitig retten, dann dauert es nicht mehr lange, bis sie nur noch heult.«

»Eine Schneekugel«, wiederholte Liza und warf einen Blick zu ihrem Tisch, wo Cal, der länger im Büro geblieben war, sich der Gruppe angeschlossen hatte.

»Er ist kein schlechter Mensch«, betonte Cynthie nochmals. »Er würde nie jemandem absichtlich wehtun. Er hat einfach nur ...«

»Diese pathologische Störung wegen seiner Mutter, dass er Frauen demütigt«, ergänzte Liza. »Ich glaube, so lautete auch Norman Bates' Geschichte.«

»Er würde ihr *nie* körperlich wehtun«, entgegnete Cynthie schockiert.

»Tja, und er wird ihr auch nicht emotional wehtun«, versetzte Liza. »Vielen Dank, dass Sie mir das alles erzählt haben.«

»War mir ein Vergnügen«, erwiderte Cynthie. *Ein Vergnügen?*, dachte Liza und blickte so verdutzt drein, dass Cynthie hinzufügte: »Zu helfen. Ihnen zu helfen. Ihrer Freundin.« Sie senkte ihren Blick auf ihr Glas. »Ich möchte nicht, dass er ihr wehtut.«

»Ich auch nicht«, schloss Liza und eilte zurück zu den anderen.

Als sie den Tisch erreichte, sagte Tony gerade zu Min: »Das glaube ich einfach nicht.«

»Glauben Sie es nur«, erwiderte Min. »Es gibt Methoden, das herauszufinden.«

»Was herauszufinden?«, fragte Liza, die sich neben Tony niederließ, aber dabei Cal im Blick behielt.

»Frühzeitig herauszufinden, ob ein Kerl es wert ist, dass man sich mit ihm trifft«, antwortete Min. Wir haben über die alten Partnertests aus dem College gesprochen.«

»Tests«, wiederholte Cal, legte den Kopf in den Nacken und schloss die Augen. »*Ich hasse Tests*.«

»Was denn zum Beispiel?«, fragte Tony Liza.

Sie zuckte die Achseln. »Zum Beispiel, ihn zu einem Videofilm einladen.«

»Das ist doch gut«, bemerkte Tony. »Videos sind okay.«

»Und dann zeigen Sie ihm *Say Anything*«, fuhr Bonnie fort.

»Rührseliger Girlie-Film«, kommentierte Tony.

»Du bist schon durchgefallen, bevor der Test anfängt«, stellte Liza fest.

Bonnie fuhr fort: »Und dann wartet man ab, bis die Szene kommt, in der John Cusack die Glasscherben vor Ione Shyes Füßen zur Seite fegt.«

Liza beobachtete, wie Cal Min zugrinste und Min ihm mit einem Kopfschütteln antwortete. *Geheimnisse*, dachte sie und richtete sich in ihrem Stuhl auf.

»Und was dann?«, fragte Tony.

»Und wenn Sie dann sagen« – Bonnie ließ ihre Stimme um eine Oktave absinken – »›*Zum Teufel, sie hat doch Schuhe an, oder?*‹, dann sind Sie raus.«

»Na ja, hatte sie ja auch«, meinte Tony ärgerlich.

»Aber sie waren an den Zehen offen«, ließ Roger sich vernehmen.

»Dafür, dass du das bemerkt hast, kriegst du Extrapunkte«, versicherte ihm Bonnie.

»Na toll«, stellte Tony fest. »Der Kerl mit dem Fußfetisch kriegt Extrapunkte.«

»Also, Minnie«, wandte sich Cal an Min. »Wenn der Kerl das sagt, was passiert dann?«

Minnie?, dachte Liza und erwartete, dass Min ihn abkanzelte.

»Ich habe plötzlich eine ansteckende Krankheit«, antwortete Min und versuchte, ein Lächeln zu unterdrücken.

»Welche Krankheit?«, fragte Cal und grinste sie an.

Verdammt, dachte Liza.

»Dass mir schwindlig wird«, versetzte Min und grinste zurück.

»Und in deinem Fall kotze ich dir auf die Schuhe«, sagte Liza harsch zu Tony, denn sie musste irgendjemanden anschreien.

»Und was passiert mit mir?«, fragte Roger Bonnie.

»Lauter wunderschöne Dinge«, antwortete Bonnie und schlang ihren Arm unter den seinen.

»Ich hasse dich«, sagte Tony zu Roger. »Immer schmeißt du mich aus der Kurve.«

Min lachte, und Cal betrachtete sie dabei, und Liza dachte *Oh nein*. Er wirkte wie ein Mann, der ein Ziel hat, und sie wusste, welches. *Wenn ich dich mit einer Schneekugel erwische, Junge*, dachte sie, *dann ergeht's dir schlecht*.

Cal warf ihr einen Blick zu und erstarrte. »Was ist?«, fragte er.

»Nichts«, antwortete Liza und lächelte ihn strahlend an. »Überhaupt nichts.«

»Wer ist denn heute Abend die Glückliche?«, fragte Shanna, als Cal zur Bar kam, um die Gläser wieder auffüllen zu lassen.

»Gar keine«, erwiderte Cal. »Ich mach Pause. Und wie geht's Elvis? Singt er immer noch ›She‹ in der Endlosschleife?«

»Lass Elvis in Ruhe. Wenn er eine Frau wäre, würde ich ihn heiraten.« Sie reckte den Hals, um an Cal vorbeizusehen. »Ich sehe da die Rüpelbrüder und zwei Frauen. Lass mich raten. Die große, magere rothaarige ist deine.«

»Nein«, winkte Cal ab. »Eine neue Runde für die andern und Scotch für mich.«

Wieder blickte Shanna an ihm vorbei. »Dann bist du mit der kleinen Blondine in Blau hier? Kommt mir etwas hohl vor.«

»Das täuscht«, erwiderte Cal. »Aber sie ist es auch nicht. Sie gehört zu Roger.«

»Wo ist dann …«, begann Shanna.

»Hi«, sagte da Min hinter ihm, und er wandte sich lächelnd zu ihr um. »Ich verstehe vollkommen dein Bedürfnis, mit der Barkeeperin zu flirten, aber Tony hat mich geschickt, weil er dringend einen Drink braucht.«

Shanna lehnte sich über den Tresen und streckte Min ihre Hand entgegen. »Hi, ich bin Shanna, Cals Wohnungsnachbarin.«

Min blickte überrascht drein, schüttelte aber die angebotene Hand. »Ich bin Min.« Sie zögerte, lehnte sich dann ebenfalls über den Tresen. »Darf ich Sie etwas Persönliches fragen?«

»Aber bitte, nur zu«, erwiderte Shanna und blickte ihr tief in die Augen.

»Lasst euch nur nicht stören«, bemerkte Cal, der sich nicht sicher war, ob er sich darüber ärgern oder amüsieren sollte, dass Shanna vor seinen Augen mit Min flirtete.

»Sie haben so wunderschönes Haar«, begann Min und ignorierte ihn. »Wie machen Sie das, dass es nicht kraus wird?«

»Ich benütze kein Shampoo«, antwortete Shanna. »Einfach mit Wasser spülen und Pflegebalsam verwenden. Dann wird es nie mehr kraus.«

»Wirklich wahr?«, staunte Min. »Das versuche ich auch. Ich habe es so satt, mein Haar immer aufzustecken, dass ich alles versuchen würde.«

»Na, dann kommen Sie wieder her, wenn Sie es offen tragen«, bat Shanna. »Das möchte ich sehen.«

Ich auch, dachte Cal.

»Das tue ich«, versicherte Min. »Vielen Dank.« Sie wandte sich wieder Cal zu. »Brauchst du Hilfe mit all den Drinks?«

»Ja«, erwiderte Cal, bevor Shanna »Nein« sagen und ihm ein Tablett reichen konnte.

»Dann komme ich gleich zurück«, sagte Min und ging hinüber zur Musikbox.

Cal lehnte sich an die Bar und sah ihr nach. »Na komm, mach uns die Drinks, Baby.«

»Sag mir, dass sie bi ist«, bat Shanna, die ebenfalls Min nachsah. »Meine Güte, was sie mit diesem Mund alles tun könnte.«

»Was ich alles mit diesem Mund tun könnte«, erwiderte Cal. *Was ich alles mit diesem Mund getan habe*. Ihm wurde wieder leicht schwindelig. Nun ja, es war warm in der Bar.

»Okay, ich hole die Drinks«, erklärte Shanna und ging, während Cal weiter Min an der Musikbox beobachtete. Er konzentrierte sich auf ihre wundervolle Nackenlinie, als sie die Liedtitel las. Sie sah zum Anbeißen aus, und das setzte in ihm weitere Gedanken in Gang, an denen wohl nichts auszusetzen war, wie er sich selbst sagte, solange er nichts davon *tat*.

Als Shanna mit sechs Gläsern und Bechern auf einem Tablett wiederkam, fragte sie: »Und wie lange geht ihr schon miteinander?«

»Ich habe sie vor einer Woche kennen gelernt, aber wir …«

»Erst.« Shanna nickte. »Dann bleibt ihr noch ein Monat, oder vielleicht zwei, bis du weiterziehst. Erzähle ihr was Nettes über mich, damit ich eine leichtere Startposition habe.«

»Wieso?«, fragte Cal.

»Na, wenn du ihr noch ein schönes Leben wünschst, wird sie Trost brauchen. Und der Trost bin ich. Schläfst du schon mit ihr?«

»Ich gehe noch nicht mal mit ihr«, versetzte Cal und sah, dass Min ein paar Münzen in den Schlitz warf und auf mehrere Tasten drückte. »Gib mir meinen Scotch. Ich fürchte, wir kriegen jetzt Elvis Presley zu hören, da habe ich ihn nötig.«

»Ihr seid nicht zusammen, so so? Na, gut für mich.« Shanna schob ihm sein Glas zu.

Cal schüttelte den Kopf. »Nein. Sie spielt nicht in deiner Mannschaft. Und du leidest noch immer an Liebeskummer, schon vergessen?«

»Ich fühle mich bereits viel besser«, erklärte Shanna, als »*The Devil in Disguise*« aus den Boxen zu dröhnen begann. »Woher weißt du, dass sie nicht in meiner Mannschaft spielt?«

»Ich habe sie geküsst. Sie spielt in meiner Mannschaft. Wenn auch nicht mit mir.«

»Nicht mit dir, hm?« Shanna zog zwei Fünfer aus ihrer Tasche und knallte sie auf den Tresen. »Zehn Eier, dass du es nicht schaffst, sie hier und jetzt zu küssen.«

»Ich meine es ernst.« Cal lachte bei dem Gedanken daran, was Min ihm antun würde, wenn er es versuchte. »Und ich wette nicht darauf.«

Shanna sah ihn mit schief gelegtem Kopf an. »Also dann zehn Eier, dass du es *schaffst*, sie genau hier zu küssen.«

»Ich hab's dir doch schon erklärt«, entgegnete Cal. »Du musst dir die Erfolgschancen überlegen und dich dann für die Seite mit der höheren Wahrscheinlichkeit entscheiden. Nicht einfach eine Münze werfen.«

Shanna tippte mit dem Finger auf die zwei Fünfer. »Zehn Eier für mich, wenn du's schaffst.«

»Was ist mit dir los?«, fragte Cal. »Wann bist du zum Voyeur geworden?«

»Ich bin nur ...«, begann Shanna.

»Hey«, rief Min hinter Cals Rücken, und beide schreckten hoch. »Ich dachte, du wettest nicht mehr auf mich.«

Cal blickte in ihr wütendes Gesicht hinab. Ihre üppige Unterlippe war leicht vorgeschoben, nicht gerade ein Schmollmund, aber reizvoll genug, um ihn daran zu erinnern, warum er sich von ihr fern halten wollte. »Das habe ich nie gesagt. Außerdem, wie kommst du darauf, dass ich ...«

»Ihr starrt mich beide an, und da liegen Scheinchen herum«, stellte Min fest. »Das hatten wir doch schon mal.« Ihre Augen blitzten sehr dunkel und sehr feurig, und sein Atem begann, schneller zu gehen.

»Er hat nicht gewettet«, erklärte Shanna. »Ich war es. Er wollte sogar ...«

Cal holte einen Zehner aus seiner Tasche und knallte ihn auf die zwei Fünfer. »Topp«, rief er und neigte sich zu Min hinab.

7

»Oh ja, natürlich, er ist unschuldig«, säuselte Min und hielt dann die Luft an, als Cal sich ihr noch näher zuneigte und ihr dabei Zeit ließ, zurückzuweichen.

Ihre Augen wurden groß, und ihre Lippen öffneten sich, sie brachte nur ein »Ääh« hervor, dann küsste er sie sanft, wollte jede Sekunde davon in Erinnerung behalten, wie sie sich anfühlte und schmeckte, weich und süß, und er fühlte, wie sie den Atem anhielt und dann seinen Kuss erwiderte und ihm alles gab, und die Stimme in seinem Kopf schrie: *DIE IST ES*, und er vergaß, was er sich vorgenommen hatte, und nahm ihr Gesicht in seine Hände und verlor sich in ihr.

Als er den Kuss beendete, waren ihre Augen halb geschlossen und ihre Wangen hochrot. »Hast du gewonnen?«, fragte sie atemlos, und er antwortete »Ja« und küsste sie wieder, leidenschaftlicher diesmal, und fühlte, wie ihre Hand sein Hemd packte. Da traf ihn etwas hart am Hinterkopf, so dass er gegen Min stieß. Sie schreckte mit einem »Aua, autsch« zurück.

»*Verflucht*«, knurrte er, fuhr herum und starrte in Lizas Gesicht. »*Hören Sie endlich auf damit.*«

»Nur wenn Sie endlich damit aufhören«, versetzte Liza.

»Nein, wirklich«, wehrte Min etwas benommen ab. »Das war schon in Ordnung. Nur eine Wette.«

»Quatsch«, entgegnete Liza.

»Hören Sie«, meinte Cal und rang nach Luft. »Min kann selbst auf sich aufpassen.«

Liza trat einen Schritt auf ihn zu. »Ach ja? Sagen Sie bloß, Sie kennen sie. Sagen Sie bloß, es liegt Ihnen etwas an ihr. Sagen Sie bloß, Sie lieben sie für immer und ewig.«

»Was *haben Sie* eigentlich?«, schnappte Cal wütend zurück. »Ich habe Min nur geküsst. So was kommt öfter vor.«

Shanna nahm sich die Geldscheine vom Tresen und erklärte: »Und was mich betrifft, bin ich sehr froh, dass du's getan hast. Vielen Dank.«

Min wandte sich Cal zu. »Ich dachte, du hättest gewonnen.« Ihre Augen glühten, und ihr Atem ging ebenfalls schnell.

»Habe ich auch«, versetzte Cal. »Ich habe nur die Wette verloren.«

»Komm schon, Stats«, mahnte Liza und zog Min am Arm.

»Okay«, sagte Min und schüttelte ihren Kopf, als wollte sie die Benommenheit abschütteln. »Hat das jemand mitgekriegt?«

»Die ganze Kneipe hat Nummern hochgehalten«, erklärte Liza. »Es war wie bei der Olympiade.«

»Und wie haben wir abgeschnitten?«, fragte Cal, der allmählich wieder zur Besinnung kam, kühl.

»Der russische Richter meinte, ihr müsstet noch üben«, versetzte Liza. »Aus der Ecke kamen Pfiffe.«

»Tja, die Russen sind harte Burschen«, erwiderte Cal. »Könnten Sie sie jetzt bitte wieder loslassen?«

»Lieber nicht«, entgegnete Liza und packte Mins Arm fester.

»Ich sollte wieder zum Tisch zurück«, meinte Min zu Cal. »Du weißt ja. Der Plan.«

»Welcher Plan?«, fragte Cal.

»Keine Dates. Eine Pause machen. Weißt du noch? Wir alle beide?«

»Richtig«, gab Cal zu und dachte: *Wieso habe ich das nur für eine gute Idee gehalten?* »Der Plan. Warten auf Elvis. Toll.« Er hob seinen Scotch. »Auf den Plan.«

»Klar. Also, ich wünsch dir noch ein schönes Leben.« Min nahm das Tablett mit den Drinks auf und folgte Liza zum Tisch zurück.

»Also, die große Rothaarige hasst dich«, stellte Shanna fest.

»Liza«, erklärte Cal. »Dabei hab ich der Frau nie etwas getan.«

»Ich glaube, es ist eher wegen dem, was du mit ihrer Freundin tun willst«, erwiderte Shanna. »Trotzdem kommt mir das etwas übertrieben vor. Gibt's da etwas, das du mir nicht erzählt hast?«

»Was denn zum Beispiel?«, fragte Cal zurück. »Diesmal bin ich vollkommen unschuldig.« *Nein, bin ich nicht.*

»Nein bist du nicht«, widersprach Shanna. »Ich habe schließlich diesen Kuss gesehen. Und du hast Recht. Sie spielt in deiner Mannschaft.«

»Damit ist's aus«, erwiderte Cal und befühlte seinen Hinterkopf. »Wir haben uns auf einen Plan geeinigt. Keine Dates.« Er gestikulierte mit seinem Glas. »Ich trinke nur noch aus, dann verschwinde ich nach Hause. Ich brauche ein Aspirin.«

»Das wird nicht reichen«, grinste Shanna. »Versuch's mit einer kalten Dusche.«

»Schön, dass du deinen Sinn für Humor offensichtlich wiedergefunden hast«, knurrte Cal und verschwand nach Hause in der Hoffnung, Ruhe und Schmerzmittel zu finden.

In dieser Woche begann Min, Anrufe nur noch über ihren Anrufbeantworter entgegenzunehmen, um sich vor David zu retten, der plötzlich große Sehnsucht nach ihr zu entwickeln schien. Cal brauchte sie sich nicht vom Hals zu halten, denn er blieb ärgerlicherweise stumm. Es war wirklich frustrierend, die Anrufe von jemandem zu ignorieren, der gar nicht die Höflichkeit hatte, überhaupt anzurufen. Sogar das Wenn-Abendessen wurde zum Ärgernis, als Liza von ihrem Gespräch mit Cals Exfreundin berichtete.

»Cynthie sagt, er sei ein toller Kerl«, erzählte Liza. »Er hat nur eine Art pathologische Störung, deretwegen er Frauen immer in sich verliebt machen muss und sie dann verlässt. Weil er als Kind immer nur bedingte Liebe bekommen hat. Und danach sehnt er sich jetzt verzweifelt.«

Min runzelte die Stirn. »Mir kommt er nicht verzweifelt vor.«

Bonnie schüttelte den Kopf. »Mir auch nicht. Aber die Ex scheint mir ein bisschen übergeschnappt.«

»Na ja, sie ist Psychologin«, erklärte Liza. »Ihr wisst ja, wie die sind. Aber es würde erklären, warum sein Weg mit gebrochenen Herzen gepflastert ist und er trotzdem so ist, wie wir ihn kennen. Ich traue ihm nicht, aber ich glaube nicht, dass er grausam ist. Er lässt die Frauen sicher nicht einfach sitzen, weil es ihm Spaß macht.« Sie warf Min einen Blick zu. »Cynthie sagt, eines seiner Verhaltensmuster sei es herauszufinden, was du brauchst oder dir wünschst, und es dir zu schenken.

Ich habe ihr von deinen Schneekugeln erzählt, und sie meinte, du solltest darauf gefasst sein.«

»Er hat mir eine Katze beschert«, erzählte Min, und Liza legte ihre Gabel nieder.

»Eine Katze?«, wunderte sich Liza. »Dann scheint ihn sein Instinkt im Stich zu lassen. Es hätte eine Schneekugel sein müssen. Wo ist denn diese Katze?«

»Im Schlafzimmer«, antwortete Min, und Liza erhob sich und ging nachsehen. Als sie zurückkam, meinte sie: »Das ist ja ein wahres Höllentier. Was hat er sich nur dabei gedacht?«

Min zuckte die Schultern und wollte nicht darüber diskutieren. »Er brachte mir mein bestelltes Essen von Emilio's, und sie kam mit ihm herein. Und dann entdeckte er die Schneekugeln.«

»Und?«, fragte Liza gespannt.

»Und er sagte, ich sammle Paare«, fuhr Min fort. »Was mir nie aufgefallen war. Aber er hat Recht.«

Liza wollte widersprechen, stand dann aber auf und ging zum Kaminsims hinüber. »Ich will verdammt sein«, kommentierte sie einen Augenblick später. »Es sind alles Paare, nur die von mir nicht, es sei denn, Käpt'n Hook hat ein klammheimliches Verhältnis mit dem bösen Kater Carlo. Aber wie konnte mir das entgehen?«

»Eine bessere Frage wäre, wie hat Cal das so schnell bemerkt?«, entgegnete Bonnie.

Min wiegte den Kopf. »Ich glaube, er ist einfach sehr, sehr, *sehr* aufmerksam gegenüber anderen Menschen. Einfühlsam.« Sie zögerte und wandte sich dann an Bonnie. »Nachdem du sagtest, dass er Legastheniker sei, habe ich im Internet recherchiert. Legastheniker haben alle möglichen Probleme und ...«

»Bloß kein Mitleid mit ihm«, warnte Liza.

»Von wegen«, versetzte Min. »Machst du Witze? Sieh ihn dir doch an, er ist alles andere als bemitleidenswert. Allerdings hat er es sich schwer erarbeiten müssen. Aber egal. Jedenfalls scheinen Legastheniker oft sehr einfühlsam zu sein. Und das ist Cal. Er achtet ständig auf die anderen Menschen, bemüht sich immer, sie zu verstehen. Ich glaube, er weiß nicht allzu viel über sich selbst, aber er will immer sichergehen, dass er die Menschen in seinem Umfeld kennt. Mich kennt er ganz gut.«

Liza stellte die Schneekugel grob auf ihrem Platz ab und kehrte zum Tisch zurück. »Nein, tut er nicht. Er versucht nur …«

»Ach was«, unterbrach Min sie ärgerlich. »Wir haben über mein Gewicht gesprochen. Er meinte, ich kleide mich, als würde ich meinen Körper hassen.«

»Ein Punkt für ihn«, gab Liza zu. »Ich meine, er ist zwar ein Biest, aber damit hat er Recht. Was hat er denn genau gesagt?«

Min schob ihren Teller zur Seite. »Vieles. Aber im Wesentlichen lief es darauf hinaus, dass mein Körper sexy sei und dass ich mich so kleiden sollte, dass ich stolz darauf sein könnte.«

»Und dann wollte er mit dir ins Bett«, vermutete Liza.

»Nein, dann meinte er, wir sollten endlich essen«, widersprach Min. »Ach ja, er hat mir auch gesagt, was ich mit dem Chicken Marsala falsch gemacht hatte, also werde ich es noch einmal versuchen.«

»Er hat dir etwas zu essen gebracht, hat deine Schneekugeln kapiert, hat dir Kochen beigebracht, hat dir gesagt, dein Körper sei sexy, und dann ist er gegangen, ohne einen Annäherungsversuch zu machen?«, fragte Bonnie.

Min nickte.

Bonnie blickte Liza an. »Er ist *wirklich* ein Biest.«

»Nein, das ist es, was Cynthie gemeint hat«, entgegnete Liza. »Er erfüllt ihr jeden Wunsch, bis sie sich in ihn verliebt hat, und *dann lässt er sie sitzen*.«

Min biss sich auf die Lippen. »Hör mal, ich werde mich nicht in ihn verlieben, obwohl ich schwöre, dass ich jedes Mal, wenn er mich küsst, Stimmen höre und Sternchen sehe. Aber da ist immer noch diese Wette. Ich hab ihn danach gefragt, und er hat mich angelogen, also ist die Sache erledigt. Wirklich.«

»Aha«, machte Liza, eindeutig nicht überzeugt.

Min war es ebenso wenig, deswegen beschloss sie am Freitagnachmittag im Büro sehr vernünftig, an diesem Abend nicht ins »Long Shot« zu gehen, und rief stattdessen ihre Schwester an. »Ich möchte shoppen gehen.«

»Shoppen?«, echote Di.

»Jemand hat mir gesagt, dass ich mich kleide, als würde ich meinen Körper hassen.«

»Stimmt«, bestätigte Di. »Und du willst dich ändern? *Gut.*«

»Nur ein bisschen«, erwiderte Min hastig. »Ich ...«

»Ich weiß, wo wir hingehen«, erklärte Diana. »Wir werden dich *umwandeln*!«

»Nein«, wehrte Min ab. »Vielleicht ein bisschen abmildern, aber nicht ...«

»Um fünf erwarte ich dich unten auf der Straße«, fiel Di ihr ins Wort. »Das wird ein Mordsspaß.«

»Na ja«, meinte Min, aber Di hatte bereits aufgelegt. »Hm, na ja, also gut.«

Sie legte auf und beschloss, sich wegen ihrer Umwandlung erst Sorgen zu machen, sobald sie in Dianas Klauen war, und wandte sich wieder der Arbeit zu. Als sie ihre Arbeitswoche abgeschlossen hatte und in die Jacke schlüpfte, um sich mit Di zu treffen, klingelte das Telefon. Als sie abhob, meldete sich eine Frauenstimme: »Mein Name ist Elizabeth Morrisey, und ich hätte gern eine gewisse Min Dobbs gesprochen, die meinen Sohn Harrison vor einer Woche im Cherry Hill Park kennen gelernt hat.«

»Bink?«, erwiderte Min erstaunt.

»Ja«, antwortete die Frauenstimme. »Ah, sehr gut. Es tut mir Leid, dass ich Sie im Büro stören muss, aber ich konnte

Ihre Privatnummer nicht finden. Einen Augenblick bitte.« Min hörte ein Kratzen und dann Harrys Stimme. »Min?«, rief er und atmete dann laut in den Hörer.

»Ja«, antwortete sie lächelnd. »Wie geht's dir, Harry?«

»Gut. Kommen Sie morgen in den Park?«

»Na ja, eigentlich wollte ich nicht …«

»Weil, Sie könnten doch zu meinem Spiel kommen«, fuhr Harry fort und bewies eine Hartnäckigkeit, die sehr an seinen Onkel erinnerte. »Es fängt um zehn Uhr an. Morgens. Und wir könnten doch einen Donut essen.«

»Tja, also …«, meinte Min hilflos.

Wieder schnaufte Harry ins Telefon. Er klang wie Darth Vader, nur weniger imposant.

»Na klar«, fuhr sie fort. »Warum eigentlich nicht? Ich besorge die Donuts …«

»Meine Mom besorgt sie«, unterbrach Harry. »Ich habe ihr schon gesagt, welche Sorte.«

»Ah ja, gut«, schickte Min sich drein. »Vielen Dank für …«

Harry ließ den Hörer fallen, und Min hörte Binks Stimme sagen: »Sag schön auf Wiedersehen, Harry«, und Harry nahm den Hörer wieder auf, sprach »auf Wiedersehen« hinein und ließ ihn wieder fallen.

»Hallo?«, meldete sich erneut Bink.

»Hallo«, antwortete Min und versuchte, sich das Lachen zu verbeißen.

»Wir arbeiten noch an unseren Telefonierkünsten«, erklärte Bink.

»Er hat's doch schon ganz gut gemacht«, erwiderte Min. »Abgesehen von dem Schnaufen.«

»Ich bin Ihnen sehr dankbar«, sagte Bink. »Harry hat die Woche über oft von Ihnen gesprochen.«

»Ach wirklich?« Min war überrascht.

»Und von Ihren Schuhen«, fuhr Bink fort.

»Er hat viel von seinem Onkel«, stellte Min fest.

»Hoffentlich«, erwiderte Bink. »Also dann morgen um zehn Uhr?«

»Morgen um zehn«, bestätigte Min und blieb, nachdem Bink aufgelegt hatte, noch eine Weile sitzen. Das war nicht Cals Idee gewesen. Wenn er sie dort hätte sehen wollen, hätte er angerufen. Wahrscheinlich wusste er nicht einmal etwas davon. Sie knöpfte ihre Jacke zu und überlegte, dass das morgen eine Überraschung für ihn würde. Es wäre gut, zur Abwechslung einmal *ihn* kalt zu erwischen. Sie hängte sich ihre Tasche um und verließ das Büro, um sich mit Diana zu treffen. Plötzlich sah sie ihrer »Umwandlung« erwartungsvoll entgegen.

Am Samstagmorgen sah Cal einem besonders hoffnungslosen Feldspieler namens Bentley zu, wie er versuchte, einen Ball zu werfen. Da legten sich unvermittelt zwei kühle Hände von hinten über seine Augen. Er roch Lavendel und Zimt und empfand plötzlich ein so starkes Glücksgefühl, dass er fast seufzte. »Das sieht dir gar nicht ähnlich, Minnie«, sagte er, drehte sich um und erblickte Cynthie, die ihre Hände zurückzog. Es war wie eine kalte Dusche. »Cyn?«

»Hi«, sagte Cynthie.

»Entschuldige.« Cal wich einen Schritt zurück. »Du hast das gleiche Parfum wie eine Freundin von mir. Nur dass sie gar kein Parfum benutzt, wenn ich's recht bedenke.« *Und sie kommt auch nicht zu diesen blödsinnigen Spielen*, dachte er und war wütend auf sich selbst wegen dieser dummen Verwechslung.

»Parfum«, stieß Cynthie hervor und wirkte wie erschlagen.

»Tja«, machte Cal und trat noch einen Schritt zurück. »Und wie geht's dir?« Ein Ball rollte vor seine Füße, und er bückte sich, um ihn aufzuheben. »Du solltest dich lieber wieder hinter dem Zaun in Sicherheit bringen. Diese Kinder haben keinerlei Kontrolle über den Ball.«

»Okay«, erwiderte Cynthie und schluckte. »Ich wollte nur ›Hi!‹ sagen.«

»Hi«, antwortete Cal. Eine Bewegung auf der Tribüne ließ ihn aufblicken. Er sah an Cynthie vorbei und entdeckte Harry, der zu den oberen Sitzreihen hinaufkletterte. »Wo zum Teufel will der …«, begann Cal, dann sah er in der obersten Reihe Min sitzen, mit offenen, kurz geschnittenen Locken, die in der Sonne glänzten. Sie trug eine hauchdünne, fließende, weiße Hemdbluse, und ihr Gesicht leuchtete auf, als sie Harry erblickte. Sie wirkte so engelhaft, dass ihm für einen Moment der Atem stockte. »Sie hat sich die Haare schneiden lassen«, seufzte er laut, und Cynthie brachte ein »Was?« hervor und folgte seinem Blick.

Cal nahm sich zusammen und nickte zur Tribüne hin. »Tu mir einen Gefallen und schicke Harry von da oben wieder runter, ja? Er soll sich mit dem Ball beschäftigen, nicht mit älteren Frauen flirten.«

»Also gut«, erwiderte Cynthie in diesem verbissenen Ton, der, wie Cal wusste, bedeutete: ›Ich bin sehr wütend, aber ich benehme mich trotzdem wie eine Erwachsene.‹

»Alles in Ordnung mit dir?«, fragte er sie.

»Einfach hervorragend«, stieß Cynthie noch verbissener hervor und ging zur Tribüne.

Was hat sie für ein Problem?, fragte sich Cal, vergaß sie sofort wieder und wandte seinen Blick zu Min zurück, die da im Sonnenlicht leuchtete, während Harry sich die Nase an seinem Hemdsärmel abwischte und sie anbetend ansah. *Ich habe kein Interesse an Minerva Dobbs*, sagte sich Cal. *Sie ist zu anstrengend. Nie friedlich. Ach ja, und sie hasst mich*. Da lächelte Min Harry zu, und Cal dachte, *Verdammt, wie hübsch sie ist*, und starrte sie weiter an.

Als Min den Park erreichte, wärmten sich die Kinder gerade auf, und sie erkannte Harry auf dem Spielfeld. Er wirkte kleiner als die anderen Jungen und wie üblich leicht schmuddelig, und sie empfand plötzlich Mitleid. Da erspähte er sie und schenkte ihr ein Morrisey-Lächeln, und sie dachte, *Ach, er wird es schon schaffen*, und erwiderte das Lächeln. Sie stieg bis zur obersten Sitzreihe der Tribüne und fühlte, wie der Wind ihre frisch geschnittenen Locken zauste und durch die flatternden Ärmel ihrer Organdybluse fuhr, als sie sich setzte. Sie versuchte, Harry zuzusehen, aber es fiel ihr schwer, denn da war Cal, und ihr Blick wanderte immer wieder zu ihm. *Das ist rein körperlich*, sagte sie sich selbst, aber das war nicht die Wahrheit. Sie liebte die Art, wie er mit den Kindern umging. Er hasste diesen Trainerjob, aber was er tat, tat er richtig. Typisch für Cal. *Ach, hör auf*, ermahnte sie sich. *Du kennst ihn doch gar nicht*.

Eine schlanke Brünette näherte sich Cal von hinten und legte ihm die Hände über die Augen, und Min dachte *Natürlich*, und ihr überschwängliches Glücksgefühl schwand. Es war egal, ob er gut mit Kindern umgehen konnte, denn sie wollte ja gar keine. Aber es war nicht egal, dass er Frauen gegenüber ein Biest war, deswegen …

Jemand ließ sich neben ihr nieder und sagte mit einer wunderschön modulierten Stimme »Hallo«. Min wandte sich um und erblickte eine feenhaft zarte, hellhaarige Frau, die sie schwach anlächelte. Sie hatte ein herzförmiges Gesicht und große graue Augen, ihr kurz geschnittenes platinblondes Haar betonte die zarte Kopfform, und sie wog nicht mehr als neunzig Pfund. »Ich bin Bink«, stellte sie sich vor.

»Ah ja«, erwiderte Min. »Hallo. Ich bin Min.«

»Es ist wirklich sehr lieb von Ihnen, wegen Harry zu kommen«, sagte Bink. »Ich danke Ihnen sehr.«

»Na ja, Harry ist ein lieber, kleiner Kerl«, erklärte Min, suchte ihn dabei mit den Blicken und sah, dass er das Feld verlassen hatte und die Tribüne zu ihnen hinaufgeklettert kam, was ihn irgendwie noch schutzloser wirken ließ.

»Den meisten fällt das gar nicht auf«, meinte Bink und betrachtete ihn liebevoll.

»Hallo, Min«, rief Harry, als er noch eine Reihe entfernt war. Er strahlte sie an, und sie lächelte zurück, sie konnte nicht anders.

»Hey, Harry«, begrüßte sie ihn. »Wie geht's?«

»Ich muss Baseball spielen«, erklärte Harry. »Aber ansonsten ganz gut.«

»Ach, bring es einfach hinter dich, und danach feiern wir mit einem Donut«, erwiderte Min.

»Cool«, kommentierte Harry und nickte heftig.

»Du siehst toll aus da unten auf dem Feld«, log Min.

»Danke«, erwiderte Harry und nickte noch immer.

»Du kannst sicher gut werfen«, vermutete Min.

»Eigentlich nicht«, gab Harry zu, aber es schien ihn nicht zu deprimieren.

Er schnüffelte und nickte noch immer vor sich hin, da sagte Bink: »Ich glaube, Onkel Cal möchte, dass du runtergehst, Harry.« Er wandte sich um und sah, dass Cal und die Brünette ihn beobachteten.

»Jaja«, gab er mit einem Seufzen zur Antwort.

»Denk einfach an den Donut«, ermunterte ihn Min.

»Cool«, sagte er noch einmal und strahlte sie an.

Min lächelte ihm zu.

»Ich muss gehen«, erklärte Harry und rührte keinen Fuß.

»Viel Glück«, wünschte ihm Min.

»Ja«, murmelte Harry und nickte weiter vor sich hin. Dann schwand sein Lächeln, und er begann, langsam die Tribüne wieder hinabzusteigen.

»Das war wirklich nett von Ihnen«, meinte Bink, und Min blickte sie überrascht an.

»Nein, gar nicht«, erwiderte sie. »Ich mag ihn gern.«

Bevor Bink antworten konnte, kam ein jäher Windstoß, und Min erwartete halb und halb, dass Bink einfach fortgeblasen würde. *Wie schön, dass sie genau neben mir sitzt*, dachte sie bitter. *Weil ich für mich alleine ja noch nicht trampelig genug gewirkt habe*. Dann schalt sie sich selbst. Bink entpuppte sich vielleicht als nette Frau, jedenfalls war sie freundlich. Und Cal hatte ihr gesagt, sie solle ihren Körper nicht hassen. *Na gut*, dachte sie. *Dann bin ich eben eine von diesen mächtigen Cremetorten, die man anfassen möchte, weil sie so schön sind, und sie ist das teure Geschenkpapier, in das ich eingewickelt bin*.

»Ist alles in Ordnung?«, fragte Bink.

»Ja«, antwortete Min. »Warum?«

»Sie haben so finster dreingeblickt«, meinte Bink.

»Ich muss noch an meinen Metaphern arbeiten«, erklärte Min. »Harry spielt also Baseball.«

»Ja, leider«, antwortete Bink, und Min dachte: *Also gehört sie nicht zu denjenigen, die Cal und Harry zwangsverpflichtet haben. Ich frage mich ...*

»Hi!«, sagte jemand fröhlich auf Mins anderer Seite, und als sie sich umwandte, erblickte sie die Brünette, die mit Cal geflirtet hatte. Sie hatte ein herzförmiges Gesicht und große, graue Augen, und ihr dichtes, dunkles Haar glänzte seidig.

Wer erschlägt mich mit einem nassen Handtuch, dachte Min, als sich dieses Muster an Vollkommenheit neben ihr niederließ. *Eingekesselt zwischen den Schlanken und Reichen*.

»Wie *geht's* dir, Bink?«, fragte die Frau, und Bink lächelte sie schwach an – anscheinend tat Bink alles schwach – und antwortete: »Hallo, Cynthie.«

Cynthie. Mit neuem Entsetzen wandte sich Min wieder der Brünetten zu. Cals Exfreundin – die, wie Min jetzt bemerkte, ein schwarzes Trägertop trug, das für ein Kinder-Baseballspiel nicht gerade angemessen war. Aber Cynthie trug es mit vollkommener Selbstverständlichkeit, wahrscheinlich weil ihr Busen so perfekt geformt war, wie ihn sich Männer nicht besser wünschen konnten. *Kneif mich*, dachte Min und blickte hinunter auf das Feld zu Cal, der mit einem seltsamen Ausdruck auf dem Gesicht zu den drei Frauen hinaufstarrte. Er erkannte wohl gerade mit Entsetzen, dass er eine Frau geküsst hatte, die niemals Größe 38 tragen würde. Das schmerzte mehr, als es eigentlich sollte.

»Da ist Cal«, rief Bink aus.

»Was hat er denn?«, fragte Min. »Abgesehen davon, dass er das alles hier hasst.«

»Er hasst das hier überhaupt nicht«, widersprach Cynthie. »Er stimmte mir zu, dass es für Harry phantastisch wäre.«

»Ach«, machte Min. »Das war Ihre Idee?«

»Ja«, erwiderte Cynthie lächelnd.

Min wandte sich an Bink. »Cynthie hat Harry zum Baseball gebracht?«

»Ja«, bestätigte Bink. »Cynthie hat es mit Harrys Großmutter besprochen, und sie waren sich einig, dass es gut für ihn wäre. Harrys Großmutter kann sehr bestimmend sein.«

»Ach ja«, meinte Min und wandte sich wieder dem Feld zu, wo der Ball taumelnd ins linke Feld geschlagen und dort von einem Jungen aus Harrys Mannschaft verfehlt wurde. Cal bekam nichts davon mit, denn er starrte noch immer zu ihnen auf die Tribüne herauf.

Da begann Cal, sich dem Feld zuzudrehen, als ein Kind im Außenfeld den Ball aufhob und ihn verzweifelt und mit einer für einen Achtjährigen unglaublichen Kraft warf. Der Ball traf Cal am Hinterkopf und brachte ihn aus dem Gleichgewicht, so dass er auf die Knie sank und dann vollends zu Boden ging.

»*Nein*«, stieß Min hervor, sprang auf und stürzte die Tribüne hinunter und um den Zaun herum. »Cal?«, rief sie und ließ sich neben ihm auf die Knie fallen, während er versuchte, sich aufzusetzen. »Cal?«

Er blickte glasig drein, also starrte sie ihm in die Augen, um festzustellen, ob die Pupillen unterschiedlich groß waren. Sie waren es nicht. Seine Augen besaßen die gleiche leidenschaftliche, dunkle Tiefe wie immer. Sofort fühlte sie sich wieder in ihren Bann gezogen und schnappte nach Luft, als hinter ihr die Musik anschwoll und Elvis Costello sich mit »She« das Herz aus dem Leibe sang. Die Stimme in ihrem Kopf schrie *DER IST ES.*

Dann hörte sie Tonys Stimme, die sagte: »Schalt das verdammte Ding aus«, und als sie aufblickte, sah sie zwei Mädchen mit einem Kofferradio hinter dem Zaun und Cynthie, die herankam und sich an Cals anderer Seite niederkniete.

»Entschuldigung«, sagte das eine Mädchen, und die andere fragte: »Ist er tot?«

»Fort mit euch«, befahl Min, und sie gingen und nahmen die Musik mit sich fort.

»Cal, bist du in Ordnung?«, fragte Cynthie. Min blickte wieder zu ihm hinab und sah, dass er sie noch immer anstarrte.

»Cal?«, wiederholte sie.

Der kleine Mörder vom Außenfeld kam herbeigerannt. »Haben Sie das gesehen, Mr. Capa? Ich hab ihn *wirklich* geworfen.«

»Ja, das hast du, Bentley«, antwortete Tony und blickte zu Cal hinunter. »Alles in Ordnung, Sportsfreund?«

»Ich wusste, dass ich es schaffe«, fuhr Bentley fort. »Ich hab gesehen, wie Wyman an die dritte Base rankam, und irgendwie *wusste* ich, dass ich's schaffe, und dann hab ich die Gurke *wirklich geworfen*. Mann.«

»Cal, sag doch etwas«, rief Cynthie mit Panik in der Stimme.

»Junge, Junge, ich hab die Gurke *wirklich geworfen*«, wiederholte Bentley.

»Klar«, erwiderte Tony. »Nur schade, dass du die dritte Base um Meilen verfehlt hast und stattdessen Mr. Morrisey abgeschossen hast.« Er kauerte sich neben Cal nieder. »Cal, sag was, oder Min bringt dich sofort ins Krankenhaus.«

»Hast du auch die Musik gehört?«, fragte Cal und starrte noch immer in Mins Augen.

»Mann, ich hab die Gurke *echt geworfen*«, erklärte Bentley.

Tony reichte Min seine Wagenschlüssel. »Fahren Sie ihn. Die Cherry-Hill-Notaufnahme ist eine Meile die Straße runter.«

»Ich kenne den Weg«, erklärte Cynthie und war schon auf den Beinen. »Ich habe ein Auto hier.«

Min half Cal auf die Beine und bemühte sich, ihn zu stützen, als er schwankte. Tony packte ihn auf der anderen Seite.

»Ich fahre ihn«, wiederholte Cynthie. »Mein Auto steht …«

»Nein«, stöhnte Cal und richtete sich auf. »Wenn ich kotzen muss, dann in Tonys altem Kasten.«

»Beeilen Sie sich«, riet Tony Min und half ihnen beiden in den Wagen.

Cal lag auf einem Untersuchungstisch in der Notaufnahme und versuchte, sich daran zu erinnern, was geschehen war. Er hatte Min angestarrt, beobachtet, wie der Wind mit ihrer Bluse und ihren Locken spielte, und er hatte sich selbst erklärt, dass sie eine Nervensäge sei und er nichts mit ihr zu tun haben wollte, und dann war aus dem Nichts der Ball gekommen und …

»Cal?« Min beugte sich über ihn. Das Oberlicht ließ ihr Haar glänzen, und sie sah wieder wie ein wahrer Engel aus.

»Hi«, murmelte er.

»Der Arzt sagt, dass du wieder in Ordnung kommst«, erklärte sie und versuchte, aufmunternd zu klingen. »Ich habe ein Medikament für dich.« Sie hielt eine gelbe Plastikflasche mit Tabletten in die Höhe. »Gegen Schmerzen. Falls du Kopfschmerzen kriegst. Hast du Kopfschmerzen?«

Sein Kopf fühlte sich an wie in einem Schraubstock. »Ja.«

Sie öffnete die Flasche und ließ zwei Tabletten in ihre

Handfläche fallen. »Hier«, sagte sie und gab sie ihm. »Ich hole dir Wasser.«

Cal wollte ihr sagen, dass er schon eine Kopfschmerztablette genommen hatte, aber da sie anscheinend nichts half, konnten zwei weitere Tabletten nicht schaden.

»Du hast mir *Angst* gemacht«, bemerkte sie, als sie mit einem Glas Wasser zurückkehrte. »Der Ball hat dich am Kopf getroffen. Auf diese Weise kommen immer wieder Leute zu Tode. Ich weiß nicht, wie viele pro Jahr. Hab keine Zeit gehabt, es nachzulesen.«

Cal rappelte sich auf, um die Tabletten zu schlucken. »Bentley«, stöhnte er bitter.

»Ich bin sicher, dass es ihm Leid tut«, versicherte Min. »Jedenfalls sobald er sich erst beruhigt hat, *wie* kräftig er den Ball geworfen hat.«

»Der kleine Teufel«, meinte Cal ohne Groll. »War da wirklich Musik? Ich hätte schwören können, ich hörte …«

»… Elvis Costello mit ›She‹.« Min nickte. »Stimmt. Kinder hatten ein Radio dabei, und da lief es. Eigentlich komisch. Man hört es sonst nicht oft. Meine Schwester will es für ihre Hochzeit verwenden.« Sie schien vor sich hin zu schwatzen, was so wenig typisch für Min war, dass Cal diesen Eindruck seiner allgemeinen Betäubtheit zuschrieb. »Ich habe Bink auf ihrem Handy angerufen und ihr gesagt, dass du so weit in Ordnung bist und ich dich nach Hause bringe.«

»Mag deine Schwester Elvis Costello?«, fragte Cal.

»Nein«, antwortete Min. »Meine Schwester mag die Musik aus den Julia-Roberts-Filmen.«

»Aha«, machte Cal und konzentrierte sich wieder auf Min. »Du hast dein Haar schneiden lassen.«

»Diana hat mich zu ihrem Haarstylisten mitgenommen«, erklärte Min. »Damit es zu meinen neuen Kleidern passt. Ich habe nur getan, was du mir gesagt hast.«

»Ich habe nicht gesagt, du sollst dir die Haare schneiden

lassen.« Sein Blick fiel auf ihre Hemdbluse, und durch das hauchfeine Gewebe konnte er das ebenfalls hauchdünne Mieder sehen. Er fiel beinahe vom Tisch.

»Nur ruhig«, keuchte Min atemlos, als sie sich bemühte, ihn zu halten, und er blickte in den Ausschnitt ihrer Bluse und erspähte rosafarbene Spitze unter dem Mieder.

»Rosa«, sagte er.

»Gott sei Dank, es geht dir wieder besser«, meinte Min erleichtert. »Na komm. Ich bringe dich nach Hause.«

»Okay«, sagte Cal. »Dein Haar gefällt mir.«

Eine halbe Stunde später parkte Min vor Cals Zuhause, nachdem sie das Beste aus seinen verwirrenden Richtungsangaben gemacht hatte. »Na komm«, meinte sie aufmunternd und öffnete die Wagentür für ihn.

»Ich kann alleine da raufgehen«, erklärte Cal und schwankte ein wenig, als er aus dem Wagen stieg. »Bring ruhig den Wagen ...«

»Du gehst da nicht alleine hinauf.« Min zog sich seinen Arm über die Schulter. Es war ein gutes Gefühl, wenn auch schwer. »Dazu wurde ich von meiner Mutter zu gut erzogen.«

»Na gut, aber dann gehst du voran, damit du nicht auf meinen Hintern glotzen kannst.«

»Da ist der Lift, du Charmebolzen«, erwiderte Min und gab der Tür einen Tritt, um sie hinter ihnen zu schließen. »Na komm, beweg dich.«

»Warte einen Augenblick.« Sie hielt inne, damit er sein Gleichgewicht wieder fand, aber er legte nur seine Hand auf ihre Locken und betastete sie. »Hübsche Locken.«

»Genau«, meinte Min beruhigend und schaffte ihn nach oben bis zu einem leicht schäbigen Apartment, das aussah wie eine typische Studentenbude. Sie steuerte ihn durch einen mit modernen dänischen Möbeln eingerichteten Wohnraum, bei dessen Anblick jeder Däne zusammengezuckt wäre, in ein sogar noch kahleres, hässlicheres Schlafzimmer. »Wie fühlst du dich?«, fragte sie, während sie ihn zu seinem schnörkellosen Bett führte.

»Besser«, antwortete er erschöpft. »Das Mittel wirkt, und ich muss nicht mehr am Spielfeldrand herumstehen.«

»Na also«, meinte sie. »Alles hat auch sein Gutes.« Sie hievte ihn mit der Schulter zum Bett, und er ließ sich darauf niedersinken.

»Du gehst viel mehr ran, als ich dachte.« Er fiel auf die Kissen zurück, aber seine Füße hingen noch seitlich aus dem Bett.

»Und du bist viel schwerer, als ich dachte«, erwiderte Min und dachte, dass das wohl daran lag, dass er sich so leichtfüßig bewegte, wenn er bei vollem Bewusstsein war. Nur halb bei Bewusstsein bewegte er sich wie ein Sack Kartoffeln. Sie zog ihm die Turnschuhe aus, und ihr Herz tat einen Sprung. »Du trägst Größe elf-D.«

»Ja«, murmelte Cal schläfrig. »Sag mir, dass das beweist, dass ich ein Biest bin. Du hast mich heute den ganzen Tag noch nicht zurechtgestutzt.«

»Elvis trug auch Größe elf-D«, erklärte Min, und Cal murmelte: »Hat der ein Glück.«

Sie nahm seine Füße und warf sie auf das Bett. Dann erkannte sie, dass er zu nahe an der Kante lag; wenn er sich im Schlaf herumwälzte, würde er mit dem Kopf gegen den schäbigen Nachttisch schlagen. Sie bemühte sich, ihn mehr in die Mitte des Bettes zu schieben.

»Was machst du da?«, fragte er, schon halb im Schlaf, als sie versuchte, ihn durch Schaukeln zu bewegen.

»Versuchen, dich vor dem Rausfallen zu bewahren«, zischte sie durch die Zähne, während sie ein Knie auf das Bett stellte und erneut gegen ihn drückte. »Komm, roll dich herum, ja?«

Er rollte sich, gerade als sie wieder schob, und brachte sie beide aus dem Gleichgewicht. Sie griff nach ihm, um Halt zu finden, und er zog sie zu sich herab.

»In etwa acht Stunden bin ich wohl wieder wach«, gähnte er in ihr Haar. »Bleib hier.«

»Na gut«, brummelte sie gegen seine Brust. »Dann fall doch auf den Boden, hol dir eine Gehirnerschütterung. Als ob mir das nicht egal ist.« Er antwortete nicht, und so schob sie aufs Neue, aber er lag da wie ein Berg. Sie hielt inne und betrachtete die Lage. Es war etwas sehr Beschützendes an der Art, wie er sie festhielt. Umsichtig.

Er begann zu schnarchen.

Instinktiv.

»Okay«, murmelte sie und schlängelte sich hin und her, bis sie einen Fuß auf den Boden bekam. Wieder schob sie, bis er in die Mitte des Bettes und auf den Rücken rollte, wobei sein Schnarchen aufhörte. Dann erhob sie sich und blickte auf ihn herab, wie er da ausgebreitet auf der hässlichen, primitiven Bettstatt in einem öden, billigen Schlafzimmer lag. Und einfach göttlich aussah.

»Es ist so *unfair*«, beschwerte sie sich laut. »Könntest du nicht wenigstens sabbern oder so etwas?«

Er begann wieder zu schnarchen.

»Danke.« Sie öffnete den Schrank und fand eine zusammengelegte Wolldecke in einem Fach über einer Reihe geschmackvoller, teurer Anzüge. »Du bist wirklich seltsam«, erklärte sie ihm, während sie die Decke über ihn breitete. »Diese Wohnung passt überhaupt nicht zu dir.«

Er atmete tiefer, und sie betrachtete seine schön geschwungenen, kräftigen Wangen- und Kieferknochen, seine Wimpern, die im Schlaf lange Schatten auf seine Wangen warfen, und sie dachte: *Ich könnte dich lieben.*

Dann richtete sie sich auf und zwang sich in die Wirklichkeit zurück. Jede Frau in der Stadt dachte das, wenn sie ihn ansah, also war sie nicht ... *Ach, zum Teufel damit*, dachte sie. Sie rückte seine Schuhe zur Seite, damit er nicht darüber stolperte, stellte ihm ein Glas Wasser auf den Nachttisch, legte die

Tabletten daneben und zog ihm die Decke bis zum Hals, damit er nicht auskühlte. Dann fiel ihr nichts mehr ein, was sie noch für ihn tun konnte, und so tätschelte sie ihm die Schulter und ging.

Am Montag hob David den Telefonhörer ab und hörte Cynthie sagen: »Ich habe mit Cal gesprochen. Er findet, sie riecht nach Lavendel. Er bemerkte, dass sie ihr Haar geschnitten hat. Sein Neffe liebt sie. Und im Park tauschten sie einen koitalen Blick!«

»Ist das nicht illegal?«

»Hören Sie auf, *Witze* zu reißen, David. Das ist *nicht mehr lustig*. Wir könnten sie *wirklich verlieren*.« Er hörte, wie sie tief Atem holte. »Das Beste, was Sie jetzt tun können, ist, Sie zum Mittagessen auszuführen. Rufen Sie Glücksgefühle bei ihr hervor. Haben Sie sie überhaupt schon angerufen?«

»Sie ruft mich nicht zurück«, antwortete David und versuchte, seinen Ärger nicht durchklingen zu lassen.

»Was fühlen Sie dabei?«, fragte Cynthie. »Ärger?«

»Ein bisschen«, gab David zu. »Aber …«

»Und Sie sind auch verärgert, dass sie Sie nie das Abendessen hat bezahlen lassen. Sie hat Ihre sexuellen Annäherungsversuche zurückgewiesen, so wie sie jetzt Ihre Telefonanrufe zurückweist. Deswegen …«

»Das ist doch lächerlich«, stieß David hervor, jetzt mehr als verärgert.

»Ihr Problem ist, dass Sie verärgert sind, und das fühlt sie. Deswegen müssen Sie das überwinden. *Sofort*.«

»Ich bin nicht verärgert, verdammt noch mal«, bellte David.

»Laden Sie sie zum Mittagessen ein, und bestehen Sie darauf, die Rechnung allein zu bezahlen. Sie fühlen sich dann viel besser, und Ihr Ärger verschwindet. Min wird Sie als potentiellen Gefährten sehen, und Sie können Ihren Vorstoß machen.«

»Das ist doch alles Quatsch«, murrte David.

»Ist mir doch egal«, rief Cynthie. »Tun Sie's einfach. Sonst landet sie am Ende noch bei Cal.«

Cal. Cal würde die verdammte Wette gewinnen. Immer gewann er, dieser Mistkerl. »Ich rufe sie an«, versprach David. »Wir werden zusammen zu Mittag essen, und ich tue mein Bestes.«

»Verderben Sie's nicht, David«, drohte Cynthie. »Mein Leben hängt davon ab. Meine Karriere hängt davon ab. *Ich brauche das Hochzeitsfoto auf meinem Buchumschlag.*«

»Wissen Sie …«, begann David, aber Cynthie hatte schon aufgelegt. »Einfach toll«, sagte er vor sich hin und wählte dann Mins Nummer.

Min saß an ihrem Schreibtisch und versuchte, vernünftig zu sein, da klingelte das Telefon. *Cal*, schoss es ihr durch den Kopf, dann schalt sie sich selbst. Sie hatten einen guten, vernünftigen Plan gefasst, um sich beide davor zu schützen, wieder verletzt zu werden. Sie waren vernunftbegabte, rationale Menschen, also rief er sicherlich nicht an. Wieder klingelte das Telefon, und sie hob ab, meldete sich mit »Minerva Dobbs« und erwartete, dass Cal sagte: »Hi Minnie, wie geht's der Katze?«

»Min«, erklang Davids Stimme. »Bitte iss mit mir zu Mittag. Wir müssen miteinander sprechen.«

»Nein, müssen wir nicht«, entgegnete Min und bemühte sich sehr, nicht enttäuscht zu sein. »Aber ich muss etwas essen. Getrennte Rechnungen.«

»Nein, *ich* bezahle«, widersprach David. »Ich meine, ich möchte dich gern einladen.«

»Na gut, von mir aus«, erwiderte Min erstaunt.

»Dann treffen wir uns um zwölf bei Serafino?«

»Ist das dieses Restaurant, wo der Küchenchef versucht, mit seinen Gerichten etwas Besonderes auszusagen?«

»Es ist die heißeste Adresse in der Stadt«, erklärte David.

»Na, dann sollte es besser was taugen«, versetzte Min, legte auf und verbuchte das Ganze als ein weiteres Puzzlestückchen ihres seit kurzem so verrückt gewordenen Lebens.

Als sie das Restaurant betrat, wartete David schon auf sie. Bei ihrem Anblick erhob er sich und lächelte ihr entgegen, dann starrte er sie an. Min blickte an sich herab und erkannte, dass sein Blick an dem blauen Gazeoberteil hing, das sie unter ihrer grau karierten Kostümjacke trug.

»Du siehst großartig aus«, stieß er hervor.

»Ich arbeite daran«, erwiderte Min und setzte sich an den gedeckten Tisch. »Und ich bin am Verhungern. Was gibt es hier Gutes?« Sie blickte sich in dem in Silber und Blau gehaltenen Raum um. »Ich meine, abgesehen von der Einrichtung.«

»Ich habe schon bestellt«, erwiderte David. »Ich wollte nicht, dass du warten musst.«

»Wie aufmerksam von dir.« Min rief den Ober und änderte ihre Bestellung in Salat und Chicken Marsala. Eine gute Gelegenheit, Emilios Konkurrenten zu testen.

»Ich glaube, ich habe einen Fehler gemacht«, sagte David, nachdem der Ober eine Schale gekühlte Kastaniencremesuppe mit Brunnenkresse vor ihn hingestellt hatte.

»Das glaube ich auch«, stimmte Min zu und betrachtete den hübsch garnierten Schleim in seiner Schale. »Diese Suppe schmeckt bestimmt grauenhaft. Aber draußen ist ein Hot-Dog-Stand. Vielleicht sollten wir …«

»Ich meine nicht die Suppe.« David atmete tief durch und lächelte. »Min, ich möchte dich wiederhaben.«

Min hörte auf, künstlerisch arrangierte Blüten aus ihrem Salat zu fischen. »Was?«

»Ich war vorschnell«, erklärte er, und während er weitersprach, dämmerte Min der Gedanke: *Die Wette. Diese verdammte Wette. Du fürchtest, dass du die Wette verlierst.*

Sie lehnte sich zurück und überlegte sich die Situation,

während David dahinschwatzte. Aus irgendeinem Grund fürchtete David, sie könnte mit Cal schlafen. Woher hatte er das? Der Gedanke, dass Cal vielleicht ihm gegenüber geprahlt hatte, machte sie einen Augenblick lang krank, aber dann kehrte ihr gesunder Menschenverstand zurück. Cal war kein Prahler. Außerdem war er auch kein Dummkopf, und nur ein Idiot würde seinem Wettgegner verraten, dass dieser am Verlieren war. Und überhaupt, Cal würde das nicht tun.

»Hörst du mir überhaupt zu?«, fragte David.

»Nein«, antwortete Min. »Wie kommst du nur auf eine solche Idee?«

»Das habe ich dir gerade erklärt …«

»Nein«, widersprach Min, »du hast mir von dir erzählt. Du warst vorschnell, du warst gedankenlos, du warst dumm …«

»Ich habe nicht dumm gesagt«, wehrte David empört ab.

»Und wo komme ich bei alldem vor?«, fragte Min.

»In meinem Leben, hoffe ich«, antwortete David, und es klang so aufrichtig, dass Min verblüfft war. »Zu Anfang bin ich mit dir ausgegangen, weil ich dachte, dass du eine gute Ehefrau sein würdest, und das glaube ich immer noch. Aber ich habe gar nicht mitgekriegt, wie …« – Er nahm ihre Hand, und Min ließ es zu, weil sie neugierig war, was als Nächstes kam – »… wie *süß* du bist.«

»Nein, bin ich nicht«, entgegnete Min und versuchte, ihre Hand zurückzuziehen.

»Und wie …« – er blickte auf ihre Gazebluse – »… *sexy* du bist. Du hast dich verändert.«

Min riss ihre Hand aus seiner. »David, das ist die späte Reue des Käufers. Oder vielmehr das Gegenteil davon. Wenn du mich wieder zurückbekämst, würdest du mich aufs Neue sitzen lassen. Komm, verabrede dich mit einer dieser schlanken Frauen, die du so gerne ansiehst.«

David wollte etwas sagen, hielt aber inne, als der Ober sein Kalbsfilet à la irgendwas und Mins Chicken Marsala brachte.

Min schnitt einen Bissen ab und kostete. »Schinkenspeck. Und *Tomaten*. Welcher Idiot tut denn Schinkenspeck und Tomaten zu Chicken Marsala?«

»Min ...«

»Man sieht sogar die Schinkenstücke in der Sauce. Emilio würde das wieder ausspucken.«

»Du nimmst mich nicht ernst«, klagte David.

»Ich weiß«, erwiderte Min und legte ihre Gabel nieder. »Aber ehrlich, was haben die sich nur dabei *gedacht*?«

»Was ich dir sagen will«, beharrte David, »ist, dass ich glaube, wir sollten wieder zusammen sein.«

»Nein, stimmt nicht«, widersprach Min. »Du schiebst nur Panik, weil ich mich mit jemand anderem treffe. Koste deine Suppe.«

»Nein, ich schiebe keine ...«

»Die Suppe«, mahnte Min.

David nahm einen Löffel voll und verzog das Gesicht. »Zum Teufel.«

»Ich hab's dir ja gesagt.« Min schob ihren Teller beiseite. »Geh nie in ein Restaurant, dessen Küchenchef versucht, mit Lebensmitteln zu sprechen. Am Ende bezahlst du nur für sein Ego. Genau wie bei Verabredungen.« Sie nahm ihre Tasche. »Tut mir Leid, David, aber wir haben keine gemeinsame Zukunft. Wir kommen ja noch nicht mal heil durch dieses Mittagessen, obwohl ich dir dankbar bin, dass du es bezahlst. Vielen Dank.«

»Wo willst du hin?«, fragte David zornig, als sie sich erhob.

»Mir einen Hot Dog kaufen«, antwortete Min. »Ich glaube, der Stand da draußen hat echte Bratwürste.«

Dienstagabend gegen sechs Uhr rief Emilio bei Cal an. »Min hat wieder den Lieferservice bestellt«, erzählte er. »Bringst du ihr das Essen?«

»Ja«, antwortete Cal automatisch, dann erinnerte er sich,

dass sie sich nicht mehr treffen wollten. »Nein.« Was natürlich nicht bedeutete, dass sie nicht Freunde sein konnten. »Doch.« Aber das war ein großer Selbstbetrug. »Nein.«

»Ahaa«, machte Emilio. »Ist das jetzt ein ›Nein‹?«

Andererseits musste er etwas essen. Und er sollte sich auch bei ihr dafür bedanken, dass sie sich am Samstag um ihn gekümmert hatte. Und er wollte sie wieder sehen. »Nein«, erwiderte Cal. »Das ist ein ›Ja‹. Ich bringe es ihr.«

8

Min öffnete ihre Tür und stand wieder in diesem ausgeleierten alten Sweatshirt da, ohne Make-up und mit Locken, die sich wild nach allen Seiten sträubten. Sie sah einfach wunderbar aus. »Hi«, sagte sie überrascht und grinste dann. »Emilio hat dich schon wieder eingespannt, was?«

»Er sagte, du seist am Verhungern«, antwortete Cal und erwiderte das Grinsen gegen seinen Willen. »Du hast mich ins Krankenhaus gebracht. Du hast ein Glas Wasser neben mein Bett gestellt. Ich bin dir etwas schuldig.«

»Lahme Ausrede«, meinte sie, machte aber einen einladenden Schritt zurück. Er trat ein und freute sich, als er die hässliche Katze entdeckte, die ihn von der Rückenlehne des hässlichen Sofas aus einäugig anstarrte.

»Ich kann kaum glauben, dass du die Katze immer noch bei dir hast«, bemerkte Cal und packte den Karton auf dem Tisch aus. »Wie hast du sie denn genannt?«

»Und ich kann kaum glauben, dass du mir diesen Kater gebracht hast.« Min eilte in ihre Kochnische. »Und ich habe ihm noch gar keinen Namen gegeben. Wir überlegen noch, ob wir uns wirklich aneinander binden wollen. Er kommt allerdings jeden Abend nach Hause und schläft bei mir.«

»Schlauer Kater«, kommentierte Cal.

»Ich dachte erst, ich mache eine Wohnungskatze aus ihm, weil Katzen länger leben, wenn sie drinnen gehalten werden, aber da er ein Kerl ist, nehme ich an, dass er es hassen würde, angebunden zu sein.«

»Kommt darauf an, wo du ihn anbindest«, erwiderte Cal und dachte an ihr Messingbett.

Min trug Teller zum Tisch hinüber. »Weißt du, wenn du mir eine Schneekugel geschenkt hättest, könnte ich das verstehen, aber einen Kater?«

»Du hast doch gesagt, dass du keine Schneekugel willst.«

»Stimmt«, gab Min zu. »Na ja, die Kugel meiner Großmutter mit Mickey und Minnie hätte ich schon gern wieder, und wenn du mir die wiedergeben könntest, würde ich dich auf immer und ewig lieben. Aber wenn du mir noch eine Katze schenkst, überlege ich mir die Sache mit dem Marsala-Hühnchen noch mal.«

»Apropos«, warf Cal ein, »was ist denn dieses Mal schief gegangen?«

Min stöhnte und ging zu ihrer Kochnische zurück, Cal folgte ihr und fühlte sich fast wie zu Hause. »Sieht doch gar nicht schlecht aus«, meinte er, als er ihr aktuellstes Werk begutachtete. »Nur nicht wie Chicken Marsala.«

»Ich wollte mir das Olivenöl und die Butter ersparen«, erklärte Min und hob sofort abwehrend die Hand. »Ich weiß, ich weiß, ich tu's auch nie wieder. Ich habe stattdessen Hühnerbrühe genommen. Es riecht gut, aber es sieht nicht so aus, wie es sollte.«

»Womöglich, weil Olivenöl und Hühnerbrühe nicht das Gleiche sind«, erwiderte Cal. »Aber das ist nicht schlimm. Dicke einfach die Brühe mit einer Mehlschwitze ein, und nimm es als Sauce für Fettuccine.«

»Mehlschwitze«, echote Min.

»Mehl in geschmolzener Butter verrührt«, erklärte Cal.

»Ich nehme an, es besteht nicht die geringste Chance, dass du Butter im Haus hast?«

»Vielleicht hat Bonnie welche«, meinte Min hoffnungsvoll. »Und ich habe auch keine Fettuccine und kein Mehl. Ich werde mir das alles von ihr borgen.«

»Hast du denn einen großen Kochtopf und einen Seiher?«, fragte Cal und blickte sich in der Kochnische um. *Sie braucht unbedingt eine bessere Wohnung.*

»Im Keller«, antwortete Min.

»Wie praktisch. Wo ist der Deckel?«

»Deckel?«, wunderte sich Min.

»Na, irgendwas, um den Kater daran zu hindern, sich über diese Pfanne herzumachen, wenn wir in den Keller gehen.«

»Wir gehen in den Keller?«

»Willst du kochen lernen oder nicht, Minnie?«, fragte er mit mehr Zuneigung in der Stimme, als er beabsichtigt hatte.

Min blinzelte verwirrt. »Ja, ja, will ich.«

»Dann brauchst du Töpfe und Pfannen«, schloss Cal.

Sie gingen in den Keller, und Cal steuerte auf gut Glück auf eine der unbeschrifteten Kisten zu und öffnete sie mit seinem Taschenmesser. Min wickelte das oberste Stück darin aus: der grüne Seiher ihrer Großmutter. »Genau die richtige Kiste«, erklärte sie und ließ den Seiher wieder hineinfallen. »Auf den ersten Versuch. Du bist ein Genie.«

»Na klar.« Cal grinste sie an und hob die Kiste auf. »Na los, Minnie, und vergiss nicht, unterwegs Butter, Mehl und Pasta zu besorgen.«

Min beizubringen, wie man eine Mehlschwitze machte, schien harmlos. Aber die Kochnische war eng, und Min stand dicht neben ihm, ihr Haar duftete nach Lavendel, und alles an ihr war appetitlich rundlich. Und nebenan stand das Messingbett mit der Satinüberdecke. Deswegen zog Cal sich zurück, nachdem er ihr die Grundprinzipien gezeigt hatte, um die Kiste weiter auszupacken.

Der Kater saß darin. »Raus«, befahl Cal, doch der Kater blickte ihn nur mit dem anderen Auge an. Cal setzte den Kater auf den Boden, und das Tier rieb sich sofort schnurrend an Cals Bein. »Ein richtiger Schmusekater«, rief Cal Min zu.

»Ich weiß. Ich liebe dieses verflixte Vieh«, antwortete Min. »Jeden Abend rollt er sich neben mir zusammen und begleitet Elvis mit Schnurren. Und er ist schlau. Er hat schon gelernt, mit der Pfote auf die Wiedergabetaste zu drücken, so dass er Elvis auch ohne mich hören kann.«

Cal zog das erste Päckchen hervor und wickelte einen dicken, rechteckigen Glasbehälter aus, der aussah, als hätte er eine ganz bestimmte Funktion.

»Was ist denn das?«

Min kam und sah. »Das ist ein Gefäß zum Eierschlagen. Dazu gehört noch ein Metalldeckel mit dem Quirl daran.«

Cal wühlte in der Kiste, bis er ihn fand. Der Deckel saß fest auf dem Gefäß, so dass der Quirl hineinragte und die Kurbel nach oben stand. »Wirklich nett«, kommentierte er und holte das nächste Paket heraus, das sich als mehrere ineinander ruhende Rührschüsseln aus dickem, weißem Porzellan mit blauem Rand herausstellte.

»Oh«, rief Min, »an *die* erinnere ich mich noch gut. Meine Grandma hat in der großen immer Plätzchenteig gerührt. Früher, als ich noch Plätzchen gegessen habe.«

»Ja, die guten alten Zeiten.« Cal nahm das nächste Päckchen heraus. Es war schwer und rund, und beim Auswickeln dämmerte ihm, was das war. Als er das letzte Papier entfernt hatte, war er nicht mehr überrascht, die Schneekugel mit Mickey Mouse und Minnie Mouse vor sich zu sehen. Schockiert blickte er sie an.

»Wie lange muss man das jetzt köcheln lassen?«, fragte Min. »Ich meine, bis die Mehlschwitze richtig ist? Cal?« Sie sah nach ihm. »Was ist denn passiert?«

Er hielt die Schneekugel in die Höhe, und Min erstarrte.

Sie lag schwer in seiner Hand, schwerer als eine Schneekugel normalerweise war. Er drehte sie und entdeckte den Schlüssel an der Unterseite. »Eine Spieluhr?«, fragte er, und Min nickte. »Was spielt sie?«

»›It Had to Be You‹«, antwortete Min schwach.

»Natürlich.« Cal betrachtete Mickey und Minnie, die für immer in der Schneekugel gefangen waren. *Wenn du mir die Schneekugel meiner Großmutter wiedergeben könntest, würde ich dich auf immer und ewig lieben.*

»Ich habe fünfzehn Jahre lang danach gesucht«, sagte Min tonlos. »Und du findest sie sofort. Wie machst du das?«

»Das liegt doch nicht an mir.« Cal stellte die Kugel ab.

»Hast du etwa einen Pakt mit dem Teufel geschlossen?«

»Was?«

»Du weißt schon, irgendein Handel mit dem Teufel, damit alles, was du tust, einfach perfekt ist, so dass dir keine Frau widerstehen kann; nur dass du vergessen hast, ihm zu sagen, es solle nur bei Frauen wirken, die du willst; und jetzt sitzen wir in diesem Teufelskreis fest.«

Cal atmete tief durch. »Also, mal abgesehen davon, dass du glaubst, der Teufel existiert und schließt irgendeinen Handel ab, finde ich es ein starkes Stück, dass du glaubst, ich hätte was mit ihm zu tun.«

»Ha, von wegen, du bist praktisch sein Cousin«, gab Min zurück. »Du bist groß, ein dunkler Typ, du siehst gut aus, bist charmant, du trägst Anzüge, du schwitzt nie, und du tauchst ständig ausgerechnet mit dem auf, was ich gerade brauche. Diese Schneekugel war *fünfzehn Jahre lang* verschollen. Ich hab immer mehr das Gefühl, wenn ich Ja zu dir sage, lande ich direkt in der Hölle.«

Cal nickte. *Warum bin ich bloß wieder hergekommen?* »Okay. Weißt du, ich habe keinen Hunger mehr. Ich glaube, ich gehe lieber.«

»Das wäre vielleicht nicht schlecht«, stimmte Min zu und starrte weiter die Schneekugel an.

Er nahm seine Jacke und strebte der Tür zu, hielt dann in der offenen Wohnungstür noch einmal inne. »Ich wünsche dir …«, begann er und brach dann ab.

»…noch ein schönes Leben?«, beendete Min, die noch immer die Schneekugel anstarrte.

Er schüttelte den Kopf. »Irgendwie hat das seinen Witz verloren«, meinte er und verschwand im Treppenhaus.

Als er fort war, ging Min zu der Schneekugel und zog sie auf. Sie begann, die ersten Töne von ›It Had to Be You‹ zu klimpern, und Min blickte hinein und versuchte, ihre Fassung wiederzugewinnen. Die Glaskuppel war schwer und perfekt geformt und saß fest auf dem schwarzen Art-Deco-Sockel. Drinnen wirbelten silbrige Glitzerflocken und winzige silbrige Sterne umher, während Minnie strahlend glücklich heraussah und Mickey Minnie anstrahlte.

Vielleicht habe ich das so sehr geliebt, dachte Min. *Dass sie so glücklich war und er sie für wundervoll hielt*. Und außerdem das wirbelnde rosarote Kleid, das Minnie trug, und die dazu passenden schicken rosaroten Schuhe. Nun ja, so elegant waren die Schuhe gar nicht. Min stieß noch einmal mit dem Finger gegen die Kugel, und der Glitzerstaub und die Sterne wirbelten von neuem hoch, während das Lied langsam ausklang und verstummte.

Das liegt doch nicht an mir, hatte Cal gesagt, aber es lag sehr wohl an ihm. Sie hatte vor sich hin gelebt, vollkommen glücklich, und dann war er in der Bar erschienen und hatte ihr Leben durchgeschüttelt, und plötzlich war alles voller Glitzern und Sternen. Und jedes Mal, wenn sich die Dinge wieder beruhigten, wenn sie ihr Leben wieder in normale Bahnen lenkte, kam er zurück und schüttelte …

Etwas Pelziges strich um ihre Beine, und sie schrak auf. Der

Kater miaute sie an, und sie nahm ihn hoch und versuchte, logisch zu denken. Natürlich lag es nicht an ihm. Es geschahen eben einfach Zufälle. So war das Leben. Solange nichts Schlimmeres passierte …

»Wir halten uns einfach fern von ihm«, erklärte sie dem Kater. »Wir gehen nur noch ins ›Long Shot‹, wenn er nicht dort ist; alles geht vorüber, und wir leben wieder normal. Kein verdammter Glitzer mehr.«

Der Kater blickte sie nun mit dem anderen Auge an, und Min wurde sich bewusst, dass es wohl auch nicht sehr normal war, in der Wir-Form mit einem Tier zu sprechen. »Hühnchen?«, fragte sie den Kater, indem sie es aufgab, logisch zu denken, und machte sich über ihr Abendessen her.

Mittwochabend saß Liza an der Bar und versuchte, Shanna heranzuwinken, da tauchte Cynthie neben ihr auf, setzte sich und lächelte sie an. »Hi. Wo ist Ihre Freundin?«

»Sie sagte, sie müsste bei ihrer Katze zu Hause bleiben«, antwortete Liza. »Aber ich glaube, sie geht Cal aus dem Weg.«

»Das ist klug«, meinte Cynthie. »Die beste Methode, ihm zu widerstehen, ist, sich fern von ihm zu halten.« Sie blickte sich in der Bar um. »Sehen sie ihn irgendwo?«

»Nein«, erwiderte Liza. »Tony sagt, er arbeitet noch. Warum?«

»Weil er, wenn sie nicht hier ist, eigentlich Sie bearbeiten müsste.«

»Mich?«, rief Liza erschrocken. »Wenn sie nicht da ist, versucht er, mich anzumachen?«

»Nein«, entgegnete Cynthie. »Es ist für eine gute Beziehung wichtig, dass ihre Freundinnen und ihre Familie ihn mögen. Ich wundere mich, dass er bis jetzt noch nicht versucht hat, Sie einzuwickeln.«

»Er ist nicht dumm«, erwiderte Liza. »Und wir sind uns nicht besonders grün.«

»Na ja, jedenfalls ist es richtig von Ihrer Freundin, ihm aus dem Weg zu gehen«, meinte Cynthie. »Dann kann er ihr nicht wehtun.«

»Aber Ihnen hat er wehgetan, nicht?«, fragte Liza.

Cynthie hob das Kinn. »Ich ...«

Liza wartete.

»Ja«, gab Cynthie zu. »Er hat mir wehgetan.«

»Elende Ratte«, stieß Liza hervor.

»Nein, das ist er nicht«, widersprach Cynthie. »Nur ...«

»... dass er wegen der lieben Mammi die Anerkennung aller Frauen braucht«, setzte Liza fort. »Wissen Sie, mit dem, was Sie alles über ihn wissen, könnten Sie ein Buch schreiben.«

Cynthie nippte an ihrem Drink.

»Ah«, machte Liza, »Sie schreiben ein Buch.«

»Ja«, antwortete Cynthie, »aber nicht über ... na ja, nicht *nur* über ...«

»Junge, Junge«, meinte Liza, »also haben Sie mit ihm einen Lover und ein Studienobjekt verloren. Ich verstehe das nicht. Sie sind doch Expertin für dieses Beziehungszeug, und trotzdem konnte er Ihnen wehtun?«

Cynthie biss sich auf die Lippe. »Was man rein logisch weiß, hilft einem nicht unbedingt, wenn man emotional engagiert ist.«

Der Schmerz in ihrem Gesicht war echt, und Liza legte ihr eine Hand auf den Arm. »Tut mir Leid.«

»Ach, wissen Sie« – Cynthie streckte ihr Kinn vor –, »das ist kein Problem. Es gibt Leute, die haben viel schlimmere Probleme.«

»Das macht Ihres aber auch nicht leichter«, entgegnete Liza.

»Nein«, gab Cynthie zu. »Aber es hilft gegen Selbstmitleid.« Sie schob ihr Glas zur Seite. »Wenn ich Cal als bösen Buben dargestellt haben sollte ...«

»Haben Sie nicht«, wehrte Liza ab. »Eigentlich haben Sie ihn mehr durch eine rosa Brille gezeichnet.«

»Nein«, widersprach Cynthie. »Er ist ein guter …«

»Ist mir egal. Ich will nur, dass er Min in Ruhe lässt.«

»Ich auch«, stimmte Cynthie zu.

Sie trank aus und verabschiedete sich, dann kam Shanna heran und fragte: »Noch mal das Gleiche?«

Liza lächelte. »Erzählen Sie mir was über Cal Morrisey.«

»Warum?«, fragte Shanna wachsam.

»Weil er meine beste Freundin küsst und ich erfahren habe, dass er Probleme hat, sich zu binden.«

Shanna zuckte die Schultern. »Er und die Hälfte der männlichen Bevölkerung.«

»Aber die Hälfte der männlichen Bevölkerung küsst Min nicht«, versetzte Liza. »Er meint es nicht ernst mit ihr, oder?«

Shanna biss sich auf die Lippen. »Er ist der beste Kerl, den ich kenne. Wenn ich in Schwierigkeiten wäre, würde ich Cal rufen, und er würde kommen und mir heraushelfen. Das weiß ich tief im Herzen.«

»Aber das ist keine Antwort auf meine Frage«, erwiderte Liza.

Shanna schwieg einen Augenblick, dann sagte sie: »Sagen Sie Ihrer Freundin, sie sollte keine Gefühle investieren. Er bleibt nicht bei ihr.«

»Danke«, erwiderte Liza.

»Aber er ist wirklich ein guter Kerl«, versicherte Shanna.

»Das höre ich andauernd«, entgegnete Liza und erhob sich. »Nur fällt es mir schwer, es zu glauben.«

Gegen sieben Uhr kam Cal zu dem Schluss, dass er, wenn er sich noch eine einzige Minute mit den Seminarunterlagen beschäftigte, wahrscheinlich mit dem Kopf gegen die Wand rennen würde, und sein Kopf hatte bereits genug abbekommen. Andererseits würde er, wenn er ins ›Long Shot‹ ging und Min über den Weg lief, nur wieder als Teufel bezeichnet. Oder, wenn sie einen guten Tag hatte, als Biest. Er erhob sich, dehnte und streckte sich, machte sich dann auf den Heimweg. Als er am Gryphon-Kino vorbeikam, zögerte er. Sie zeigten gerade mehrere Werke von John Carpenter, und im Schaufenster wurde *Big Trouble in Little China* angekündigt.

Kurt Russell schlägt die Bösewichter, dachte er. *Das habe ich seit meiner Kindheit nicht mehr gesehen*. Er ging hinein und kaufte sich eine Karte. Besser, als den ganzen Abend allein zu verbringen und ständig zu versuchen, nicht über ... irgendjemanden nachzudenken.

Als er den Zuschauerraum betrat, lief gerade eine Vorschau für eine Elvis-Presley-Serie, und er musste an Min denken. *Vergiss sie*, befahl er sich selbst und suchte sich ein paar Sitzreihen tiefer einen Platz aus, der von anderen leeren Sitzen umgeben war. Doch als der Film begann und Kurt begann, den üblichen Unsinn zu reden, kam noch eine fünfköpfige Familie herein und bat ihn, weiterzurutschen. Die Person neben ihm war still, und so machte er es sich bequem und konzentrierte sich auf den Film, und zum ersten Mal seit dem vergangenen Abend fühlte er Friede in seiner Seele.

Als schließlich die Lichter wieder angingen, erhob er sich gleichzeitig mit der Frau zu seiner Rechten. Sie war mittelgroß, hatte kurzes, goldbraunes, lockiges Haar, wandte sich jetzt um, um ihre grau karierte Kostümjacke anzuziehen ...

Sie starrten sich gegenseitig einen endlosen, verblüfften Augenblick lang an, dann wandte sie sich ab und ging hinaus, und er folgte ihr. Draußen auf der Straße drehte sie sich um und sah ihn an.

»Wie groß war die Wahrscheinlichkeit?«, fragte Cal.

»Ich weiß nicht mal, wie man die Wahrscheinlichkeit berechnen sollte«, erwiderte Min und setzte sich in Marsch, und er fiel neben ihr in Gleichschritt, denn sie sollte nicht alleine durch die dunkle Stadt nach Hause gehen.

Zufall, sagte Cal sich. *Passiert dauernd. Nichts Besonderes. Das heißt gar nichts.*

Als sie ihr Haus erreichten, marschierte sie die Stufen hinauf, ohne darüber zu streiten, wer zuerst gehen sollte, und er war zu sehr verblüfft, um an ihr Hinterteil zu denken. Vor ihrer Wohnungstür sagte Min nur: »Danke für die Begleitung«, und er erwiderte: »Gern geschehen.« Einen endlosen Augenblick lang sahen sie sich an, und Cal blieb die Luft weg, er verlor sich in ihren Augen und dachte nur: *Oh Gott*, nein, *nicht mit dir*. Dann schüttelte sie den Kopf, betrat ihre Wohnung und schloss die Tür. Cal drehte sich um und ging die achtundfünfzig Stufen zur Straße hinunter, und er war sich nicht sicher, ob er erleichtert war oder nicht.

Er blieb stehen und blickte zu dem Mansardenfenster hinauf, hinter dem ihr Schlafzimmer lag. Dort saß der Kater, vor dem Licht nur als Silhouette zu erkennen, und wahrscheinlich blickte er wieder nur mit einem Auge in die Dunkelheit. Er stellte sich vor, wie Min sich auf der Satindecke niederließ, sich in die gehäkelten, nach Lavendel duftenden Kissen zurücksinken ließ, wie ihre goldgesprenkelten Locken auf dem blauen Satin lagen, und in Gedanken lag er neben ihr, zog sie zu sich, fühlte ihre Arme, die ihn umschlangen, ihre warme Rundlichkeit an seinem Körper, weich und nachgiebig, er stellte sich vor, wie er ihren üppigen Mund nahm, ihre schwellende Brust unter seiner Hand und ihre ausladenden Hüften an seiner fühlte, stellte sich vor, wie er in all diese Weichheit vorstieß, in ihrer heißen Feuchte erzitterte, sie bei jeder seiner Bewegungen stöhnen und seufzen hörte, und es wurde ihm bewusst, dass er sie mehr begehrte, als er je irgendetwas oder irgendjemanden begehrt hatte.

In ihrem Schlafzimmer verlöschte das Licht und brach den Bann, und er schloss seine Augen vor der Dunkelheit und dem unbarmherzigen Schock der Realität. Dann wandte er sich um und wanderte zurück zur Hauptstraße, zu Licht und Lärm und Sicherheit.

Als Liza am Donnerstag zu ihrem Wenn-Abendessen an Mins Wohnungstür läutete, öffnete Bonnie vorsichtig die Tür. Liza hob fragend eine Augenbraue, aber Bonnie schüttelte nur den Kopf und trat zurück, um sie einzulassen.

»Hi«, begrüßte Min sie etwas gedämpft, und Liza dachte: *Diese elende Ratte Cal.*

»Was hat er dir angetan?«

»Nichts«, erwiderte Min. »Setz dich. Ich habe eine riesige Schüssel Maissalat vorbereitet und sterbe vor Hunger. Lass uns gleich essen.«

Liza wandte sich der Couch zu und sah ein einäugiges Tier, das sie anblickte. »Du hast die Katze ja immer noch.«

»Ich liebe diesen Kater«, entgegnete Min. »Er ist immer für mich da. Stupst mich mit der Pfote an, wenn ich deprimiert bin, hält mich nachts warm, und er hat eine wunderschöne Stimme. Ich habe beschlossen, dass er die Wiedergeburt von Elvis ist.«

»Das lange Warten ist vorüber«, kommentierte Liza. *Er hat ihr etwas geschenkt, von dem sie nicht einmal ahnte, dass sie es brauchte. Der Mistkerl.*

Nach zehn Minuten Salat mit Brot und gezwungener Unterhaltung über den Kater hatte Liza genug. »Ich habe mich gestern Abend mit Cynthie unterhalten. Sie meinte, Cal würde versuchen …«

»Ich mag ihn«, unterbrach Bonnie.

Liza lehnte sich abrupt in ihrem Stuhl zurück. »Was?«

»Ich mag ihn«, wiederholte Bonnie.

»Das ist aber kein Grund, Min zu ermutigen …«

»Spielt keine Rolle«, erklärte Min, und beide wandten sich ihr zu. »Ich versuche ständig, von ihm loszukommen, aber es klappt nicht. Erinnert ihr euch an die Schneekugel, die mir verloren ging? Er hat sie gefunden. Er kam Dienstagabend vorbei, ging in den Keller und suchte sich genau die Kiste heraus, in der sie ganz unten verpackt war.«

»Blinder Zufall«, meinte Liza.

»Und gestern Abend ging ich allein ins Kino«, fuhr Min fort. »Und als die Lichter wieder angingen, ratet, wer neben mir saß!«

»Also *das ist* unheimlich«, erwiderte Liza. »Er verfolgt dich.«

»Nein«, widersprach Min. »Ich hob die Zeitung auf, und die Seite mit dem Kinoprogramm fiel heraus, und da sah ich, dass im Gryphon-Kino *Big Trouble in Little China* lief. Und da dachte ich ›Oh gut, Kurt Russell schlägt die Bösewichter‹, und ging ganz spontan hin. Ich hab niemandem ein Wort gesagt, nicht mal dem *Kater*. Aber *er* war dort. Als ob er hexen könnte.«

»Als ob er der Teufel persönlich wäre«, versetzte Liza.

»Als ob er dein Märchenprinz ist«, erklärte Bonnie.

Liza und Min blickten sie an.

»Im Märchen«, fuhr Bonnie fort, »muss er Prüfungen bestehen, um dich zu bekommen. Und die Schneekugel war eine.«

»Bonnie, Süße, lass uns lieber unser Wenn-Spiel spielen«, schlug Min vor, aus ihrer Betäubung erwacht. »Wenn ich vernünftig wäre, würde mir das alles nicht einen solchen Horror einjagen. Also werde ich jetzt vernünftig und lasse mich nicht mehr verrückt machen. Liza? Was ist dein Wenn?«

»Wenn ich herausfinden sollte, dass Cal dich verfolgt, dann zerreiße ich ihn in der Luft«, erklärte Liza. »Bonnie?«

»Wenn ihr beiden noch ein bisschen mehr verblödet, muss ich mir andere Freundinnen suchen«, grollte Bonnie, zu Min gewandt. »Cal ist dabei, dich zu erobern. Wie im Märchen. Du hast gesagt, sein Kuss hätte dich aufgeweckt.«

»Ich habe gesagt, sein Kuss hätte mich schwer angemacht«, entgegnete Min. »Das ist was anderes.« Sie beugte sich ein wenig vor. »Ich finde es ja okay, diese Märchengeschichten als eine Art Metapher zu verwenden, Bon, aber das hier ist die Realität. Da gibt's keine Prinzen, keine bösen Stiefmütter und keine vergifteten Äpfel.«

»Und kein Happy End, wenn du so denkst«, versetzte Bonnie. »Da ist die wahre Liebe, die dir dauernd auf die Füße trampelt, um deine Aufmerksamkeit zu erringen, und du weist sie zurück, weil du nicht daran glauben willst. Das Wunder ist zum Greifen nahe, direkt *vor deiner Nase …*«

»Augenblick mal«, rief Liza in dem verzweifelten Versuch, eine Katastrophe abzuwehren.

»Und du bist noch *schlimmer*«, wandte Bonnie sich ihr zu. »Min glaubt nicht an die Liebe für sich selbst, aber du glaubst nicht an die Liebe für egal wen. Du bist ein Liebes-Nihilist.«

»Ein Liebes-Nihilist.« Liza dachte darüber nach. »Das gefällt mir irgendwie.«

»Na, mir nicht«, warf Min ein. »Ich glaube an die Liebe. Glaube ich. Aber ich glaube nicht an Märchen.«

»Und ich habe mein ganzes Leben lang gewusst, dass früher oder später mein Prinz kommen würde«, antwortete Bonnie. »Wie oft hast du mir schon gesagt, dass im Berufsleben jeder mal einen Glücksfall erlebt, aber dass nicht jeder dafür bereit ist und ihn erkennt? Na ja, das Gleiche gilt für die Liebe. Ich habe mein ganzes Leben lang über meine Ehe nachgedacht und sie geplant, weil ich genau weiß, dass das die wichtigste Entscheidung in meinem Leben wird, und jetzt ist Roger hier, und ich bin bereit dazu. Ihr beide aber, ihr werdet diese Gelegenheit verpassen, wenn sie kommt, weil ihr nicht daran glauben wollt, denn ihr könntet ja eine Enttäuschung erleben, falls es nicht die wahre Liebe ist.«

Liza verdrehte die Augen. »Ach, *komm* schon …«

»Ihr geht von vornherein davon aus, dass ihr enttäuscht werdet. Ihr wärt enttäuscht, wenn ihr nicht enttäuscht werdet. Eure ganze Weltsicht beruht darauf, dass Männer euch enttäuschen.« Bonnie nahm ihren Teller auf. »Und das ist einfach feige. Besonders *du*«, grollte sie Min an. »Du hast Cal direkt vor der Nase, und er liebt dich so sehr, dass er nicht mehr gerade sehen kann, und das Schicksal sendet dir ein Signal nach dem anderen, dass sogar ich sie erkenne, aber nein, du klammerst dich an diese Wette wie an ein Rettungsseil. Du hast ihn nicht mal danach gefragt, oder?«

»Was würde er mir denn wohl antworten?«, gab Min zurück. »Na klar, aber ich bin dein Märchenprinz und liebe dich wirklich, und jetzt komm ins Bett?«

»Normalerweise bist du nicht so schwer von Begriff«, antwortete Bonnie. »Also kann es nur gottserbärmliche Angst sein. Was aber, wenn es doch die Wahrheit wäre? Wenn er dich wirklich so sehr liebt, dass es für immer hält? Was tust du dann?« Sie schüttelte den Kopf. »Du weißt es nicht. Du hast dich nie auf so etwas vorbereitet. Du hast an alles gedacht, was dir im Leben passieren könnte, aber daran nicht. Du bist wirklich hoffnungslos.« Sie trug ihren Teller in die Küche hinaus, kam zurück und schob ihren Stuhl unter den Tisch. »Wir sehen uns morgen im ›Long Shot‹. Ich treffe mich jetzt mit Roger, damit ich wieder weiß, warum ich glaube.«

»Bon, warte doch mal«, rief Min und erhob sich, aber Bonnie war schon an der Tür.

Als diese hinter ihr ins Schloss krachte, setzte Min sich Liza gegenüber wieder hin.

»Na ja, wenigstens sind wir noch bei Verstand«, stellte sie fest.

»Tja«, meinte Liza. »Und wie kommst du damit zurecht?«

»Nicht so besonders«, gab Min zu. »Hast du ein Dessert mitgebracht?«

»Kirsch-Schoko-Riegel«, antwortete Liza.

»Na, dann her damit«, bat Min. »Vernünftig sein kann ich auch noch morgen.«

Freitagabend wollte Cal es sich zur Abwechslung einmal zu Hause gemütlich machen gemäß der Theorie, dass ihm nichts Schlimmes passieren könnte, wenn er in seiner Wohnung blieb. Da hörte er »She« durch die Wand.

»Ach, um Himmels willen«, stieß er hervor und hielt dann inne, denn das sagte Min immer. »Nein«, ermahnte er sich selbst und ging dann zur Nachbartür, um sich bei Shanna abzulenken. »Hat man dich schon wieder sitzen lassen?«, fragte er, als sie die Tür öffnete.

»Nein«, erwiderte sie, ernst, aber nicht tränenverschmiert. »Ich versuche gerade, mein Leben in den Griff zu kriegen. Na, komm rein.«

»Dein Leben in den Griff zu kriegen?«, wunderte sich Cal und folgte ihr hinein.

»Ich hoffe stets, dass es mir vielleicht hilft, wenn ich diesem Lied zuhöre«, erklärte Shanna und holte die Flasche Glenlivet hervor.

»Wenn du deinem Leben einen Popsong zugrunde legen willst, hast du den Scotch nötiger als ich«, meinte Cal.

»Das ist es nicht.« Shanna schenkte seinen Drink ein. »Ich habe immer gedacht, dass eines Tages die richtige Frau kommen und ich es dann einfach wissen würde.«

»Na, dafür hast du so ziemlich den Gegenbeweis geliefert«, versetzte Cal und nahm sein Glas entgegen.

»Also dachte ich, wenn Elvis Costello bereits die Eigenschaften einer perfekten Frau aufgelistet hat, dann fange ich mal damit an und überlege mir, mit welcher Art von Mensch ich gern den Rest meines Lebens verbringen würde. Und wenn ich dann eine kennen lerne, die nicht der Liste entspricht …«

»Na, das hört sich ja sehr systematisch an.« Cal ließ sich auf der Couch nieder und dachte, *das hört sich ja sehr nach Min an*.

»Aber die Sache ist die«, fuhr Shanna fort. »Elvis sagt nicht, dass sie perfekt sein soll. Also brauche ich vielleicht nur ein paar Schlüsselvorstellungen. Zum Beispiel dass sie gutherzig sein sollte.«

»Ja«, stimmte Cal zu und dachte an Min mit Harry.

»Und klug«, setzte Shanna fort. »Jemand, dem ich nicht alles erklären muss.«

»Vielleicht«, meinte Cal und dachte daran, wie er Min das Chicken Marsala beigebracht hatte. »Aber es ist kein Verbrechen, wenn man etwas nicht weiß. Ich würde lieber sagen: Jemand, der für neue Ideen offen ist und bereit ist zu lernen. Und von dem du auch etwas lernen kannst.«

»Ah, ja, das ist gut«, gab Shanna zu und ließ sich auf ihrer Couchtisch-Truhe nieder. »Und ich dachte, Sinn für Humor wäre auch wichtig.«

»Richtig«, stimmte Cal zu. »Wenn man nicht über Missgeschicke lachen kann, was soll's dann?« Er dachte daran, was Min bei ihrem Missverständnis über die beiden Elvis gesagt hatte: ›Gut, dass das kein Date ist‹, und ...

»Und da ich oberflächlich bin, gehört für mich auch körperliche Attraktivität dazu«, erklärte Shanna.

»Für mich auch«, sagte Cal und versuchte, nicht an Min in ihrer aufregenden Pracht zu denken. »Und tolle Schuhe.«

»Was?«, fragte Shanna.

»Ach, nichts. Was sonst noch?«

»Das war's schon«, antwortete Shanna. »Ich wollte die Liste nicht zu lang machen. Freundlich, klug, witzig, attraktiv. Wie klingt das?«

»Verdammt gut, wenn du so eine findest«, versetzte Cal.

»Hast du das denn nicht?«, fragte Shanna. »Mit Min? Mir schien ...«

»Wir sind kein Paar«, wehrte Cal ab. »Ich kenn sie kaum.«

»Ahaa«, machte Shanna. »Und wieso das? Sie ist hübsch und freundlich und klug, sie bringt dich zum Lächeln, und du bist vollkommen weg vom Fenster, wenn du sie küsst. Was hast du an ihr auszusetzen?«

»Na ja«, machte Cal und dachte nach. »Sie hackt dauernd auf mir rum.«

»Hasenfuß«, stichelte Shanna. »All die anderen hast du verlassen, weil sie nicht die Richtigen waren. Jetzt ist sie's, und du rennst davon.«

»Und das von einer Frau, die gerade eine Einkaufsliste in Sachen Liebe aufgestellt hat.« Cal erhob sich und gab ihr das Glas zurück. »Ich gehe wieder rüber. Viel Glück mit deiner Liste.«

Shanna gluckste, als er durch die Tür verschwand, doch er ignorierte sie und zog sich in seine Wohnung zurück. Dort wurde er sich bewusst, dass er noch nicht zu Abend gegessen hatte, aber er wollte nicht ausgehen, da er sonst unvermeidlich über Min stolpern würde.

»Kein Problem«, sagte er zu sich selbst und ging in die Küche. Da gab es noch Brot und Erdnussbutter und sonst nicht viel, also steckte er Brotscheiben in den Toaster und lehnte sich dann gegen den Kühlschrank und wartete darauf, dass das Brot heraussprang.

Als er sich müßig umblickte, fiel ihm zum ersten Mal auf, wie hässlich die Küche war. Und durch den Bogendurchgang hindurch sah er, dass das Wohnzimmer noch schlimmer aussah. Wenn er die Wohnung ein wenig aufmöbelte, vielleicht würde er dann öfter einmal zu Hause bleiben wollen. Allmählich wurde er sowieso zu alt dafür, immer nur in Bars herumzuhängen. Als das Telefon klingelte, griff er danach, froh um die Ablenkung.

»Calvin«, hörte er die Stimme seiner Mutter, aber sogar sie war noch besser als die Grabesstille.

»Mutter«, erwiderte er. »Wie geht's dir?« Die Toastscheiben sprangen heraus, also klemmte er sich den Hörer zwischen Schulter und Ohr und öffnete das Glas mit Erdnussbutter.

»Ich rufe wegen des Abendessens am Sonntag an«, sagte sie.

»Ich werde kommen, Mutter«, versicherte er und fuhr in Gedanken fort: *Ich komme doch jeden dritten Sonntag im Monat, Mutter*. Immer der gleiche Trott.

»Ich möchte, dass du unseren Gast abholst und mitbringst.«

»Gast?«, echote Cal, während er ein Streichmesser herausholte, um die Erdnussbutter zu verstreichen.

»Minerva Dobbs«, sagte seine Mutter.

»Was?« Cal ließ das Messer fallen.

»Ich habe sie angerufen, weil Harrison so oft von ihr erzählt hat, und ich dachte, es wäre nett für ihn, wenn sie einmal zu Besuch käme.«

Cal seufzte. »Was hat sie denn dazu gesagt?«

»Sie schien überrascht zu sein«, antwortete seine Mutter. »Aber als ich erklärte, dass Harrison sich sehr freuen würde, wenn sie käme …«

»…da sagte sie zu«, vollendete Cal und angelte nach dem Toast. »Nun ja, aber ich kann sie nicht mitbringen, weil ich sie nicht meh…« – seine Finger berührten das heiße Metall des Toasters, und er ließ den Hörer fallen. »Verdammt«, zischte er und steckte die verbrannten Fingerspitzen in den Mund.

»Calvin?«, rief seine Mutter aus dem Hörer.

Er hob ihn auf. »Entschuldige. Ich habe mich am Toaster verbrannt.« Cal drehte das kalte Wasser auf und hielt seine schmerzenden Finger darunter. »Na, jedenfalls sehe ich Minerva Dobbs nicht mehr.« Als er einen Schritt zurückmachte und auf etwas Hartes trat, rutschte sein Fuß aus und knallte gegen den Unterschrank. »Autsch.«

»Calvin?«, fragte seine Mutter.

»Ich bin auf ein Messer getreten.« Cal bückte sich, um das Erdnussbutter-Messer aufzuheben, und schlug sich den Kopf an der Arbeitsplatte an. »*Zum Teufel.*«

»Hast du dich geschnitten?«, fragte seine Mutter.

»Nein. Ich …« Er warf das Messer ins Spülbecken. »Ich rufe dich morgen an, Mutter.«

»Calvin?«, rief seine Mutter, aber er legte auf und machte eine kurze Bestandsaufnahme seiner Lage.

Anscheinend sabotierte er sich selbst. Er war schlecht gelaunt, er war müde, er war hungrig, und er war unachtsam. Er nahm das Telefon wieder auf und wählte die Nummer von Tonys Handy.

»Hallo?«, schrie Tony über den Lärm in der Bar hinweg.

»Ist Min bei euch?«, fragte Cal.

»Warte eine Minute«, rief Tony zurück und war eine Minute später ohne den Hintergrundlärm wieder am Apparat. »Tut mir Leid. Was wolltest du?«

»Ist Min bei euch? Ich möchte sicher sein, dass sie nicht gerade dort ist, wo ich hingehe.« Er runzelte die Stirn. »Sie macht mich vollkommen verrückt.«

»Verfolgt sie dich?«, fragte Tony ungläubig.

»Nein, sie will das auch gar nicht«, erwiderte Cal. »Es ist, als wären wir in einer Kiste zusammen gefangen. Wir versuchen dauernd, getrennte Wege zu gehen, und stoßen doch immer wieder aufeinander. Ihr geht nicht zu Emilio's, oder?«

»Chaostheorie«, stellte Tony fest. »Min ist die fremde Anziehungskraft.«

»Das ist wahr«, versetzte Cal. »Geht ihr heute zu Emilio's, oder kann ich hingehen und in der Küche essen?«

»Du kannst ruhig gehen«, antwortete Tony. »Aber im Ernst, diese Kiste, von der du sprichst, ist der Bereich deiner Anziehungskraft. Du und Min, ihr versucht, voreinander zu fliehen, aber du stößt ziellos gegen die Wände der Kiste, weil du instabil bist, und ohne Wiederholungen bewegst du dich trotzdem nach einem Muster.«

»Was für ein Glück«, knurrte Cal. »Halte Min einfach von Emilio's fern, ja? Ich sterbe vor Hunger.«

»Ich glaube, sie und Liza wollten irgendwohin gehen«, erwiderte Tony. »Sie sprechen schon den ganzen Abend über irgendeinen Job, den Liza nach Mins Ansicht unbedingt annehmen soll, und ich glaube, Min will mit ihr dorthin und ihr alles zeigen. Solange Emilio keine Stellenanzeige aufgegeben hat, sind sie nicht dort.«

»Das tut er nicht«, entgegnete Cal. »Er hat das Haus voller Neffen. Danke, Tony. Wir sehen uns dann morgen.«

Er legte auf, zog sich um, machte sich auf den Weg zu Emilio's und versuchte, Min aus seinen Gedanken zu verscheuchen. Es gelang ihm nicht, und so dachte er an die Chaostheorie, von der er nur eine vage Ahnung hatte. Der Schmetterlingseffekt, daran erinnerte er sich, das war die Überlegung, wonach der Flügelschlag eines Schmetterlings in Hongkong Auslöser für einen Hurrikan sein konnte, der zehn Jahre später in Florida auftrat, oder der einen Tornado zehn Jahre später in Texas verhindern konnte. Solche Auswirkungen waren einfach unvorhersehbar. Und genau das war Min. Sie hatte an jenem ersten Abend so harmlos gewirkt, aber dann hatte sie vor zwei Wochen mit den Flügeln geschlagen, und jetzt war sein Leben vollkommen durcheinander. Sie war, verdammt noch mal, in Wirklichkeit ein Schmetterling.

Er warf einen Blick die Straße hinunter bis zum Gryphon-Kino und erwartete beinahe, Min dort stehen zu sehen, denn heute begann die Reihe mit Elvis-Filmen. Aber nein. Und das schien auch logisch, denn nach der Chaostheorie wiederholten sich die Ereignisse nicht. Irgendwie erschien ihm die ganze Angelegenheit bei der Vorstellung, dass es sich um wissenschaftlich erfasste Vorgänge handelte, bedeutend weniger beängstigend. Er war nicht verrückt, er wurde nicht vom Schicksal verfolgt, er stand einfach nur am Rande des Chaos. Fast beruhigend.

Er bog in die Straße hinunter zu Emilio's ein und versuchte, sich daran zu erinnern, was ›am Rande des Chaos‹ bedeutete. Es hatte etwas damit zu tun, eine Münze zu werfen, und der ›Rand des Chaos‹ war der Augenblick, wenn sich die Münze in der Luft befand; der Punkt, an dem alles ein rein potenzielles System war, an dem sich der Weg entschied; oder auch etwas mit einem Sandhaufen, dem man nach und nach immer nur ein einziges Sandkorn hinzufügte, und der ›Rand des Chaos‹ war der Punkt, an dem das kritische Sandkorn landete und den Haufen zum Kippen brachte oder eine Lawine auslöste ... Cal ging langsamer, als ihm ein Assistent am College einfiel, der in einem ausgeleierten, blauen Sweater und mit wirren Haaren voller Ernsthaftigkeit vor ihnen gestanden und erklärt hatte, dass der Rand des Chaos eine Phase der Turbulenzen, des seelischen Chaos war, wenn es sich bei dem System um einen Menschen handelte; aber auch die Phase der größten Möglichkeiten, womöglich der Punkt, an dem das Leben begann. »Der Punkt«, hatte er doziert, »an dem das System wie eine Wasserkaskade in eine neue Ordnung stürzt, sich vom Sein zum Werden wandelt.«

Cal schüttelte diese Erinnerungen ab und öffnete die Tür zu Emilio's. Als er eintrat, hörte er Roger rufen: »Cal!« Er blieb wie erstarrt stehen und wusste, noch bevor er sich umdrehte, dass er dort Min sehen würde, die fremde Anziehungskraft, den wirkungsvollen Schmetterling, das Sandkorn des Schicksals. Er wandte sich um und sah sie mit allen anderen zusammen an einem Tisch sitzen, und sie wirkte wie ein erschrockener Cherub, ihre wunderschönen Lippen vor Überraschung offen, ihre dunklen Augen weit aufgerissen. Sein Atem ging schneller, er fühlte, wie sein Blut in Wallung geriet, wie sein gesamtes System verrückt spielte und ziellos in seiner Haut umherprallte, wie seine Zukunft unvorhersehbar wurde und alles von seinem nächsten Sprung in das Chaos abhing.

Min biss sich auf die Lippe und lächelte ihn entschuldigend an, und ohne weiter nachzudenken ging er durch den Raum auf sie zu und empfand fast Erleichterung, dass die Lawine sich in Bewegung setzte.

9

Cal zog sich von einem anderen Tisch einen Stuhl heran, und Min rutschte ein Stück zur Seite, um ihm Platz zu machen. Sie trug wieder ein weiches Hemd, diesmal eines mit lauter einzelnen, in unterschiedlichen Farben bedruckten Feldern, und sie wirkte hübsch und warmherzig und begehrenswerter, als er es für möglich gehalten hätte.

Über sie hinweg warf Tony ihm einen entschuldigenden Blick zu und zuckte die Schultern.

»Tony sagte, du wolltest heute Abend länger arbeiten«, stellte Min fest, als er sich setzte.

»Ich habe gelogen.«

Min rückte noch ein wenig zur Seite, er nahm schwach den Geruch von Lavendel wahr und fühlte, wie ihm leicht schwindelig wurde. »Na ja, wenigstens gibst du deine Unehrlichkeit ehrlich zu.«

»›Ich wurde dazu erzogen, charmant zu sein, nicht ernst‹«, zitierte Cal und entspannte sich, als sie ihn anlächelte.

»Du kennst ›Into the Woods‹?«, fragte Min. »Das ist mein Lieblings-Sondheim-Song.«

»Meiner auch.« Cal blickte sie konzentriert an. »Tony mag ›Sweeney Todd‹ am liebsten, und Rogers Lieblingssong ist ›Sunday in the Park with George‹, aber …«

»Du machst Witze«, stieß Min hervor, und ihre dunklen Augen funkelten ihn an. »Seid ihr etwa alle Sondheim-Fans?«

»Wir teilten uns am College ein Zimmer mit einem Theaterwissenschaftsstudenten.« *Oh Gott, du siehst so gut aus.*

»Da war noch ein Vierter mit euch im Zimmer?«, fragte Min und schloss dann in jäher Erkenntnis die Augen. »Natürlich. Emilio. Und in seinem Restaurant hast du während des College gejobbt.«

»Nein«, korrigierte Cal. »Im Restaurant seines Großvaters. Emilio hat erst vor zwei Jahren sein eigenes aufgemacht.«

»Aber es hat nicht wie der Blitz eingeschlagen.« Min nickte verstehend. »Deswegen habe ich Liza hergebracht. Ich habe den ganzen Abend gebraucht, um sie zu überreden, aber ich glaube, es gefällt ihr.«

»Gut«, sagte Cal, ohne zu verstehen. Egal, es war ein viel zu gutes Gefühl, wieder neben ihr zu sitzen, um jetzt spitzfindig zu werden.

»Liza bringt Dinge in Ordnung«, erklärte Min. »Sie macht Unternehmen ausfindig, die Hilfe brauchen, und dann ... hilft sie ihnen.«

»Also schaltet sie Anzeigen, dass sie Dinge in Ordnung bringen kann«, erwiderte Cal gleichgültig.

»Nein«, entgegnete Min. »Sie sucht sich ihre Kunden aus. Es gibt so viele Firmen, die einen Tritt in den Hintern brauchen, um wieder in die Gänge zu kommen, und Liza übernimmt den Job und gibt ihnen diesen Tritt. Ein Dauerjob langweilt sie. Sobald die Sache flutscht, geht sie. Aber in der Zeit, in der sie dort arbeitet, geschehen Wunder.« Sie grinste ihn an. »So ungefähr wie bei dir und den Frauen.«

»Hey«, protestierte Cal, aber dann sah er Emilio, der ihm von der Küchentür aus Zeichen machte. »Bin gleich wieder da.«

Emilio zerrte ihn durch die Tür nach hinten. »Da draußen sitzt eine Frau«, begann er, »die rothaarige von Tony. Sie hat gerade zu mir gesagt, dass sie hier vielleicht arbeiten will. Ist das eine Irre?«

»Nicht im Mindesten«, entgegnete Cal. »Tony kennt sie besser als ich, aber wenn du mich fragst, bin ich dafür, dass du sie einstellst. Es kann nicht schaden, und Min sagt, sie sei genial bei allem, was sie anpackt.«

»Was tut sie denn?«, erkundigte sich Emilio.

»Ich weiß es nicht genau«, antwortete Cal und blickte durch das Bullauge der Küchentür zu Min hin. »Ich verlasse mich einfach auf Min.«

»Min.« Emilio nickte. »Zu Min habe ich Vertrauen.«

»Ich auch«, erwiderte Cal und folgte Emilio zurück zum Tisch, gerade rechtzeitig, um Min sagen zu hören »Stellt euch vor, was ich herausgefunden habe: Diese Jungs hier sind alle Sondheim-Fans.«

»Was?«, rief Liza aus und drehte sich verblüfft zu Tony um.

»Was?«, gab Tony zurück. »Kann ich nicht mehrere Facetten haben?«

»Und zwar durch Emilio«, fuhr Min fort. »Und ich sage das jetzt, weil ich Emilios Stimme hören möchte.«

»Äh«, machte Emilio.

»Widerstand ist zwecklos«, meinte Cal und ließ sich wieder neben Min nieder. »Sie setzt ihren Willen fast immer durch.«

»Ich mag den Song ›Moments‹«, schlug Min Emilio lächelnd vor, »oder ›Into the Woods‹. Das ist peppig.«

»Ach wo«, machte Tony. »Lieber ›Sweeny Todd‹.« Er sang die erste Zeile von ›Sweeny Todd‹ in einem überraschend schönen Bass, und Roger fiel bei der nächsten Zeile mit ein, und sie sangen, bis Emilio nachgab und sie bei der Endzeile »the demon barber of Fleet…*Street*« unterstützte. Cal beobachtete währenddessen Mins lächelndes Gesicht und dachte *Küss mich*.

»Vielleicht nicht das beste Lied hier für das Restaurant«, bemerkte Cal, als Min aufgehört hatte zu klatschen, und Emilio verzog die Miene.

»Und du singst nicht?«, wandte Min sich an Cal.

»Nur in der Dusche«, erwiderte Cal und stellte sich Min in der Dusche vor.

»Quatsch mit Soße«, mischte Tony sich ein. »Er kann singen, er ist nur zu feige.«

»Aber du nicht«, meinte Liza, an Tony gewandt. »Du bist ja ein Multitalent. Wer hätte das gedacht?«

»Was kann er denn sonst noch?«, fragte Bonnie, und Tony grinste sie an.

»Er hat gewisse Fähigkeiten, über die wir später sprechen können«, antwortete Liza. »Diese Pasta ist hervorragend, Emilio. Eigentlich sollten Ihnen die Gäste jeden Abend die Bude einrennen.«

»Und das ist dein Job«, versetzte Min. »Bitte, rette Emilio. Ich liebe ihn.«

»Na klar«, erwiderte Liza. »Lasst mich erst mal die Küche inspizieren.«

Sie erhob sich, ging an Emilio vorbei und verschwand durch die Schwingtür.

»Ist sie …«, wandte er sich an Min.

»Sie ist die beste Kellnerin, die Sie je kriegen können«, erklärte Min. »Und sie wird Ihren Laden in Schwung bringen. Jetzt prüft sie erst mal die Küche. Wenn die die Prüfung besteht, dann haben Sie sie auf Ihrer Seite.«

Emilio verschwand, um seine Küche vor Liza zu beschützen, und Cal schenkte Wein in Mins Glas nach. »Trink«, befahl er. »Ich möchte dich zu etwas überreden, und dazu musst du etwas angesäuselt sein.«

»Irgendwie vermisse ich da den Charme«, bemerkte Min und hob ihr Glas. »Hör mal, ich habe über die Schneekugel und das Kino und das alles nachgedacht, und ich möchte mich dafür entschuldigen, dass ich dich einen Teufel genannt habe. Das waren alles reine Zufälle.«

»Ja«, erwiderte Cal. »Tony erklärt das mit der Chaostheorie.«

»Bonnie erklärt es mit der Märchentheorie«, entgegnete Min und nippte an ihrem Wein.

»Märchen?«, echote Cal verständnislos.

»Tja, weißt du, du bist der Märchenprinz, es ist alles Schicksal, und wir werden glücklich und zufrieden bis an unser Ende leben. Schon gut, ansonsten ist sie ganz vernünftig.« Min lächelte ihn an. »Ich glaube, solange wir uns an unseren Plan halten, ist alles in Ordnung.«

»Richtig«, erwiderte Cal. »Der Plan.« Er betrachtete ihre weichen, zu einem sanften Lächeln gebogenen Lippen und fühlte sich wieder schwindelig. *Küss mich*. »Ich glaube, wir sollten anfangen, miteinander zu gehen. Möchtest du ins Kino?«

Min blinzelte ihn verwirrt an und setzte ihr Glas ab. »Hast du irgendwas gehört von dem, was ich sagte?«

»Alles war nur Zufall, wir sollten uns an den Plan halten«, antwortete Cal. »Aber bei mir funktioniert das nicht.«

Min verschränkte ihre Arme. »Warum nicht?«

»Weil mich das Universum zum Krüppel macht, wenn wir nicht miteinander gehen.«

»*Was?*«

»Universum, Schicksal, Chaostheorie, Märchen, der Geist von Elvis, ich weiß nicht, was es ist, aber ich wehre mich nicht länger dagegen.« Cal beugte sich zu ihr und nahm erneut den schwachen Lavendelduft wahr, während Min ihn anblickte, als sei er verrückt geworden. »Du hasst mich, du bist sehr anspruchsvoll, du hast eine krankhafte Einstellung zum Essen, und deine beste Freundin wird mich eines Tages erschlagen, aber das ist mir egal. Ich lasse es darauf ankommen. Will deine Mutter mich immer noch bei einem Abendessen unter die Lupe nehmen? Dann komme ich.«

»Warum, wenn ich so schrecklich bin?«, fragte Min verärgert.

Er lächelte in ihr schönes Gesicht hinunter. »Weil du klug und freundlich und witzig bist und mein Neffe ganz verrückt nach dir ist, und weil du tolle Schuhe trägst und wie ein gefallener Engel aussiehst.« *Weil ich verrückt werde, wenn ich dich nicht bald in den Arm nehme.*

»Ahaa.« Min nickte. »Und deswegen willst du morgen zum Abend mit zu meinen Eltern kommen, damit meine Mutter erkennt, dass du ungefährlich bist?«

»Morgen?« Er nickte und versuchte, nicht erschrocken dreinzublicken. »Na gut. Wir wollen das schnell hinter uns bringen. Morgen Abend soll es sein. Und wegen heute Abend …«

»Die Sache mit unseren Dates? Nein, du musst nicht zum Abendessen kommen, damit meine Mutter sich über dich beruhigt. Aber wenn du einen Abend unter Freunden haben willst, könnten wir ins Kino gehen. Um zehn Uhr läuft *Blue Hawaii.*«

»*Blue Hawaii*«, wiederholte Cal. »Das ist kein Porno, oder?«

»Ein Film im Rahmen der Elvis-Woche«, erklärte Min. »Aber du musst ja nicht hingehen.«

Cal seufzte. »Doch, ich will. Und ich komme morgen auch mit zu deinen Eltern.«

»Aber warum? Ich verstehe das einfach nicht«, klagte Min, und er nahm ihre Hand und war glücklich, sie berühren zu können. »Komm mit, Minnie. Ich erklär's dir.«

Er zog sie von ihrem Stuhl hoch und durch das Restaurant zur Eingangstür, und als sie auf der Straße im Dunkeln standen, beugte er sich mit klopfendem Herzen zu ihr hinunter und küsste sie hemmungslos. Die jetzt schon vertraute Gefühlsaufwallung kam rasch und heiß wie immer, sogar noch heißer, weil er sich nicht dagegen wehrte, aber gleichzeitig empfand er auch Wohlbehagen: Sie fühlte sich unter seinen Händen und Lippen so gut und richtig an; und als sie ihre Arme um seinen Nacken schlang, küsste er sie noch heftiger, versank hilflos in ihr und gab sich seinen Empfindungen vorbehaltlos hin. Er fühlte, wie sich ihr üppiger Körper gegen ihn presste, ihre Lippen sich ihm öffneten, und es vergingen Jahre, in denen er das Paradies vor sich sah, und die Stimme in seinem Kopf schrie *DIE IST ES, DU IDIOT*. Dann traf ihn etwas hart auf den Arm und riss sie beide aus ihrem Kuss heraus.

»Was zum ...«, begann er, die Arme noch fest um Min geschlungen. Dann erblickte er Liza, die mit der Tasche in der Hand neben ihnen stand. »Wisst ihr, wenn Bonnie Recht hat, muss jeden Augenblick ein Kobold vorbeikommen und euch einen Tritt vors Schienbein versetzen.«

»*Liza*«, rief Min empört und trat ein wenig von Cal zurück.

Er empfand Kühle, wo sie gerade noch gewesen war, und drückte sie wieder an sich.

»Ich habe ihn nicht auf den Kopf geschlagen«, verteidigte sich Liza.

Cal blickte Min an. »Vergiss sie. Du willst wissen, warum? Also gut. Weil es einfach stärker ist als wir, und ich für meinen Teil mich nicht länger dagegen wehre.« Sie wollte etwas sagen, aber er fuhr fort: »Und du willst es auch.«

Liza sah ihn grollend an. »Ach ja, sag bloß, du kennst sie. Sag bloß …«

»Ja, ich kenne sie, obwohl noch nicht so gut, wie ich sie kennen möchte«, versetzte Cal, und hielt ihrem gestrengen Blick mühelos stand. »Und ja, sie bedeutet mir etwas. Sogar sehr viel. Und alles Übrige weiß ich nicht, aber ich finde es noch heraus. Einverstanden?«

Lizas Blick wurde nachdenklich. »Ja. Aber ich behalte dich im Auge.«

»Na also, okay«, erwiderte Cal und empfand ein allgemeines Gefühl der Erleichterung. Das mit dem Nur-gute-Freunde war nicht gut, aber auch kein Problem, denn er verstand es, Frauen zu umwerben. *Jetzt spielen wir mein Spiel*, dachte er und blickte voll Zuneigung zu Min hinunter.

»Sieh mich nicht so an«, bat Min und wandte sich Liza zu. »Wir gehen in den Zehn-Uhr-Film, nur als gute Freunde. Willst du mitkommen?«

»Ja«, erwiderte Liza und wandte sich Tony zu, der gerade aus dem Lokal kam. »Tony, wir gehen um zehn Uhr ins Kino.«

»In ›Blue Hawaii‹«, ergänzte Cal.

»Das ist kein Porno, oder?«, fragte Tony.

»Es ist Elvis«, antwortete Cal.

»Warum?«, fragte Tony.

»Weil es an der Zeit ist für meinen ersten Annäherungsversuch«, erwiderte Cal und blickte Min an.

»Hey«, rief Min.

»Ach so, zum Teufel, na dann«, schloss Tony, »lasst uns gehen.«

Samstagmorgen rief Min als Erstes bei ihrer Mutter an, um ihr mitzuteilen, dass Cal nun doch an diesem Abend zum Essen mitkommen würde.

»Na, dann sehen wir ja, was für ein Mensch er ist«, erklärte Nanette, und ihr Ton verhieß nichts Gutes für Cal.

»Du wirst ihn lieben«, erwiderte Min. »Er ist großartig und sehr erfolgreich.«

Nanette schnüffelte. »Wahrscheinlich einer der Kerle, die sich für eine Acht halten und dich für eine Vier. Aber alle Männer sind Windbeutel und Betrüger. Zieh etwas an, das dich schlanker macht.«

»Er ist eine Zehn, Mutter«, entgegnete Min. »Und ich bin nicht schlank.«

Danach erschien ihr Baseball fast wie eine Erleichterung, zumindest bis sie den Park erreichte.

»Du bleibst bei mir«, befahl sie Liza. »Bonnie wandert immer mit Roger davon, aber du bleibst mir auf den Fersen, damit du mir eine überbraten kannst, wenn ich anfangen sollte, mich wegen Cal zum Narren zu machen.«

»So viel Braten gibt's gar nicht«, versetzte Liza, aber sie folgte Min trotzdem zur Tribüne.

»*Min*«, schrie Harry, als er sie entdeckte, und sie blieb stehen und lächelte ihm entgegen, während er herangestürmt kam.

»Hey du«, begrüßte sie ihn, als er schlitternd vor ihr zum Stehen kam. »Wie läuft's denn?«

»Gut«, antwortete er und nickte. »Danke, dass du gekommen bist.« Dann blickte er hinab und rief aus: »Wow. Coole Schuhe.«

»Danke«, erwiderte Min, und Harry beugte sich hinunter,

um den blauen Kunststofffisch ihrer Sandalen, der ihre Zehen überdeckte, näher zu begutachten. »Weißt du, Harry, du hast viel von deinem Onkel.«

»Harrison, deine Instinkte sind in Ordnung«, erklang Cals Stimme hinter ihnen, und Min schrak hoch. »Frauen sind wichtiger als Baseball, aber du schiebst jetzt trotzdem deinen Hintern wieder ins Außenfeld.« Als Min sich zu ihm umwandte, grinste er sie an, und sein Gesicht wurde weich. Ihr Herz begann zu rasen. »Minnie, du hast ja Sommersprossen auf der Nase.«

»Ich weiß.« Sie rieb sich über den Nasenrücken und versuchte, die Zuneigung in seiner Stimme zu ignorieren. »Das liegt an diesen Samstagvormittagen. Ich gehe sonst nie in die Sonne, deswegen vergesse ich immer die Sonnencreme.«

»Ich finde sie nett«, erklärte Cal, und Min fühlte, wie ihr Herz einen Sprung machte.

»Ich auch«, mischte Harry sich von unten ein.

»Ich nicht«, entgegnete Min, um Fassung bemüht. »Aber ich kriege sie immer wieder, weil ich …«

Cal nahm seine Kappe ab und setzte sie ihr auf. »Problem gelöst.« Sein Grinsen wurde breiter. »Wirklich süß. Du darfst jederzeit in meiner Mannschaft mitspielen.«

»Mach keine Witze«, bat Min und schob die Kappe zurecht, so dass sie ihre Locken nicht zerdrückte. Die Kappe war noch warm von ihm, und sie ließ die Hand einen Augenblick darauf liegen, um es zu fühlen. *Du bist unmöglich*, sagte sie zu sich selbst.

»Harry!«, rief da jemand, und als sich Min umwandte, sah sie Cynthie in einem flatternden, rosafarbenen Kleid auf sie zukommen und Harry ein wunderschönes Lächeln schenken. »Wie geht's dir, Sportsfreund?«

Harry knurrte. »Hi.«

»Hi, Cynthie«, sagte Min und versuchte, sie nicht zu hassen. Dann wandte sie sich wieder Harry zu. »Wir gehen jetzt und suchen uns gute Plätze. Mach sie alle fertig, Junge.« Sie blickte an Cals Ohr vorbei und vermied den Blickkontakt. »Danke für die Kappe. Ich sehe sicher teuflisch damit aus.«

»Unsinn.« Cal tippte ihr an den Schild. »Du siehst damit aus wie eine Amazone. Shanna sollte dich so sehen.«

Min konnte nicht anders, sie lächelte ihn voller Wärme an. Dann schrie Tony: »Hey, wir spielen hier *Baseball*«, und Cal zog Harry mit sich auf das Spielfeld.

»Na, wie habe ich mich gehalten?«, fragte Min Liza.

»So gut, wie man unter diesen Umständen erwarten konnte«, antwortete Liza.

»Wobei gehalten?«, fragte Cynthie.

»Ich übe mich im Coolsein.«

»Ach«, erwiderte Cynthie. »Na, gut gemacht.«

Min folgte Liza und Cynthie zu den Sitzen, wo Bonnie bereits Platz genommen hatte, und sah dann zu, wie Harrys Mannschaft in den ersten drei Runden niedergemacht wurde. Sie bemühte sich, Cal nicht mit Blicken zu verfolgen. Als er zu ihr aufsah und bemerkte, dass sie ihn ansah, grinste er, und sie dachte *Ach, um Himmels willen, Minerva*, und wandte sich Liza zu, um sich abzulenken. »Man sollte meinen, Tony müsste bald der Schlag treffen«, bemerkte sie zu Liza.

»Nein«, entgegnete Liza. »Er möchte einfach nur, dass sie Spaß haben. Er schreit sie an, damit sie besser spielen, aber es ist ihm egal, ob sie gewinnen. Er sagt, all diese Spiele sind nur eine Übung für die Zukunft.«

»Wirklich?«, staunte Min. »Er ist vielschichtig.«

»Ungefähr dreilagig«, meinte Liza. »Ich hatte Unrecht damit, dass ich ihn für blöde hielt. Eigentlich ist er ziemlich hell im Kopf. Und ein netter Kerl.«

»Ist das alles?«, fragte Min.

»Ja«, antwortete Liza. »Das ist alles. Er ist nicht DERJENIGE WELCHER. Apropos, nette Baseballkappe, die du da hast,

Stats.« Sie tippte an den Schild. »Vielleicht spendiert er dir ja nach dem Spiel eine Limonade.«

Min schüttelte den Kopf. »Wir sind nur …«

»Das ist das Märchen«, erklärte Bonnie. »Er erobert dich.«

»Was?«, fragte Cynthie. »Märchen?«

»Ja«, antwortete Bonnie. »Min und Cal, das ist ein Märchen. Sie ist das Mädchen, das nicht das Leben führt, das es verdient, also besorgt ihm die Märchenfee einen Prinzen, um es zu retten.«

»Märchenfee?«, erkundigte sich Min.

»Liza«, erklärte Bonnie. »Sie hat Cal für dich ausgesucht.«

»*Einen Augenblick mal*«, protestierte Liza. »Ich übernehme *nicht* die Verantwortung für Calvin Morrisey.«

Min begann zu lachen. »Du hast ihn ausgesucht. Du hast mich hingeschickt, damit ich ihn kennen lerne. Also, *das* ist wirklich lustig.«

»Märchen«, sagte Cynthie, als sei sie nicht sicher, ob sie das ernst meinten.

Bonnie nickte. »Cal hat ihr die Kappe gegeben, weil das Teil seiner Prüfungen ist.«

»Nein, er gab ihr die Kappe, weil er sie umwirbt«, widersprach Cynthie mit Schärfe in der Stimme. »Das gehört zur Phase der Anziehung.«

»Phase der Anziehung«, echote Liza.

»Er fühlt sich nicht angezogen …«, begann Min.

»Es gibt vier Phasen bis zur reifen Liebe«, erklärte Cynthie. »Grundakzeptanz, Anziehung, Verliebtheit und dauerhafte Bindung.«

»Also wissen Sie, ich würde es nach der Art, wie er sie ansieht, Verliebtheit nennen«, stellte Liza fest.

»Wie bitte?«, fuhr Min ihre beste Freundin, die Verräterin an.

»Es ist ein Märchen«, beharrte Bonnie.

»Es ist Anziehung«, erklärte Cynthie steif.

»Es ist Liebe, eine ganz unvorhersehbare Reaktion«, trumpfte Liza auf. »Chaostheorie.«

»Hey«, rief Min, und alle sahen sie an. »Es war einfach eine freundliche Geste eines Freundes, weil ich keine Sommersprossen möchte. Nicht alles ist gleich eine Theorie.«

»Märchen sind keine Theorie«, wehrte Bonnie ab. »Und wenngleich du nicht glauben willst, dass es dir passiert – mir passiert es jedenfalls gerade.« Sie lächelte sie der Reihe nach an, zu glücklich, um noch zu streiten.

»Und was ist mit Roger?«, fragte Min, sehr bereit, das Thema zu wechseln.

»Er ist der Richtige«, antwortete Bonnie. »Er wird mir in ein paar Wochen einen Heiratsantrag machen, und ich werde Ja sagen. Ich habe meiner Mama schon gesagt, sie solle die Hochzeit für August planen.«

»Hat er Ihnen gesagt, dass er Ihnen einen Antrag machen will?«, fragte Cynthie, und als Bonnie sie überrascht anblickte, erklärte sie: »Ich schreibe gerade ein Buch über das Thema. Es geht mich natürlich nichts an, aber es interessiert mich.«

»Ach so«, erwiderte Bonnie. »Also, nein, er hat es mir nicht gesagt. Aber ich weiß es.«

Min versuchte dreinzublicken, als glaubte sie es, aber die Stille, die sich über ihnen ausbreitete, schien so von Zweifel getränkt, dass Bonnie sich umwandte und Rogers Namen rief. Als er herangetrottet kam, fragte sie ihn: »Schatz, hast du vor, mich zu fragen, ob ich dich heiraten will?«

»Ja«, antwortete er. »Ich wollte nichts überstürzen, deswegen dachte ich, ich warte unser Ein-Monats-Jubiläum ab. Es sind ja erst elf Tage.«

»Sehr vernünftig«, befand Bonnie. »Aber damit du es weißt, ich werde Ja sagen.«

Roger seufzte tief. »Na, das nimmt mir einen Stein vom Herzen.« Er beugte sich zu ihr, küsste sie und kehrte dann zum Spielfeld zurück.

»Das war entweder sehr süß oder sehr blöd«, kommentierte Liza.

»Es war süß«, erklärte Min und versuchte sich vorzustellen, wie Cal so etwas sagte. *Hör auf, an ihn zu denken.* »Und blöd.«

»Ich hab's euch ja gesagt«, meinte Bonnie. »Es ist ein Märchen. Ihr müsst daran glauben.«

»Positives Denken«, nickte Cynthie. »Ein gutes Beispiel. Könnte ich Sie vielleicht einmal interviewen? Für mein Buch. Ich finde das wirklich faszinierend. Sie haben die Phase der Verliebtheit ungewöhnlich schnell erreicht.«

»Sicher«, meinte Bonnie. »Aber es ist nicht Verliebtheit. Es ist wahre Liebe. Wie bei Cal und Min.«

»*Willst du wohl endlich damit aufhören*?«, fuhr Min sie an.

»Natürlich«, sagte Cynthie ohne Überzeugung zu Bonnie, und sie begannen, sich zu unterhalten.

Min holte tief Atem und drehte sich zu Liza um. »Cynthie scheint nett zu sein«, sagte sie ruhig und hoffte auf ein Gespräch, in dem Cal nicht vorkam.

»Das ist sie«, antwortete Liza. »Aber ich glaube, sie will Cal zurückhaben.«

Min gab es auf und starrte zum Spielfeld hinunter, wo Cal an der dritten Base mit einem Knirps sprach. Sein Gesicht war wieder ernst, und der Kleine nickte und hing an seinen Lippen. *Wirklich ein Schatz*, dachte sie, dann fiel ihr ein *Nein, ein Biest*, aber das funktionierte nicht mehr. Nun ja, eigentlich hatte es nie richtig funktioniert.

»Geht ihr heute Abend zusammen aus?«, fragte Liza.

»Ja, aber nur als Freunde«, antwortete Min. »Er tut mir den Gefallen, zum Essen bei meinen Eltern mitzukommen, damit meine Mutter endlich aufhört, sich Sorgen darüber zu machen, ob er ein gemeiner Verführer ist.«

Liza schüttelte zweifelnd den Kopf. »Ich glaube nicht, dass es deine Mutter beruhigt, Cal kennen zu lernen.«

»Warum nicht? Elvis mag ihn auch. Und Elvis' Instinkte sind in Ordnung.«

»Elvis?«, fragte Liza alarmiert.

»Der Kater. Ich habe ihn Elvis genannt«, erklärte Min.

Liza seufzte. »Gott sei Dank. Ich dachte, du wärst endgültig übergeschnappt.«

»Hey, ich bin nicht diejenige, die an Märchen glaubt«, empörte sich Min. »Oder an die Chaostheorie.«

»Oder an das Vier-Stufen-Programm zur Liebe«, setzte Liza hinzu und schwenkte ihren Kopf Richtung Cynthie, die gerade Bonnies Erklärung ihrer Märchentheorie in puncto Liebe lauschte.

»Genau«, stimmte Min zu. »Das ist alles Blödsinn. Da braucht man keine Theorie, man muss einfach praktisch denken, sich überlegen, was man von einem Mann will, und dann einen finden, der einem genau das gibt. Einen Plan machen und sich daran halten.« Ihr Blick wanderte zu Cal. »Und sich nicht ablenken lassen.«

Liza verdrehte ihre Augen. »Oder man könnte sich auch verdammt noch mal einfach verlieben.«

»Na klar«, erwiderte Min und wandte ihren Blick von Cal ab. »Genauso gut könnte es heißen, man könnte sich auch einfach vom Dach stürzen. Das tut nämlich auch erst weh, wenn man *landet*.«

Liza fuhr zurück. »Ich meinte doch nur ...«

»*Nein*«, entgegnete Min laut genug, dass sich mehrere Leute zu ihr umblickten. »Das muss man vernünftig betrachten. Es geht nicht nur um idiotische Liebeslieder und süße Küsse, sondern das Ganze ist gefährlich. Es gibt Leute, die deswegen sterben. Leute, die *daran* sterben. Kriege werden deswegen vom Zaun gebrochen. *Ganze Imperien werden zum Einsturz gebracht*.«

»Äh, Min ...«

»Es kann *dein ganzes Leben ruinieren*«, fuhr Min fort und

schloss die Augen, damit sie Cal nicht sah. »Und deswegen bleiben Cal und ich einfach nur gute Freunde, mehr nicht. Es wäre blöd, zu glauben, dass etwas Dauerhaftes daraus werden könnte. Masochistisch. Selbstmordgefährdet. Verrückt.«

»Aha«, machte Liza.

»Das ist mein Plan«, schloss Min, »und dabei bleibe ich.«

»Genau«, versetzte Liza.

Nach dem Spiel kam Harry auf die Tribüne und bettelte: »Onkel Cal sagt, wir könnten zusammen zu Mittag essen, wenn du mitkommst«, und Min erwiderte: »Na ja ...«, und dachte *Calvin, du neffenmissbrauchender Mistkerl.* Aber gut, ein Mittagessen würde sie nicht umbringen. Es war in Ordnung, mit einem Freund zum Mittagessen zu gehen. Und mit seinem Neffen, als einer Art Anstandsdame.

»Aha«, machte Liza, obwohl Min kein Wort gesagt hatte.

Auf ihren Wunsch hin gingen sie in ein Nostalgiediner, wo sie und Harry während des gesamten Essens Platten von Elvis laufen ließen, eine neue Erfahrung für Harry, der mit Chopin aufgewachsen war. Cal schien es nichts auszumachen. Als sie dann vor ihrem Haus abgesetzt wurde, sagte Harry: »Dann sehen wir uns morgen, Min«, und sie erwiderte: »Ja, das werden wir. Abendessen bei Oma.« Harry blickte etwas verwirrt drein, und Cal meinte: »Harrison, du kriegst fünfzig Eier von mir, wenn du deine Großmutter morgen so ansprichst.« – »Lieber nicht«, entgegnete Harry, und Min stieg aus mit dem bestimmten Gefühl, dass der morgige Abend ihr eine Menge Erklärungen über Calvon Morrisey liefern würde, vorausgesetzt, er überstand das Abendessen heute Abend bei ihren Eltern.

»Behalte die Kappe, Minnie«, wehrte Cal ab, als sie sie ihm durch das Fenster reichen wollte. »Du siehst gut damit aus. Ich hole dich dann um acht Uhr ab.« Dann fuhr er davon, und sie fühlte sich lächerlich glücklich, was kein gutes Zeichen schien.

»Du bist eine blöde Gans«, sagte sie zu sich selbst und ging ins Haus, um sich für das Abendessen bei ihrer Mutter vorzubereiten.

An diesem Abend kam Cal in einem alten Mercedes. Min saß bereits auf der untersten Stufe, als er ankam, und sie trug ein einfaches, schwarzes Kleid, das sie über ihre Knie gezogen hatte. Sie wirkte wie eine exzentrische Nonne.

»Was tust du hier unten?«, fragte er, nachdem er ausgestiegen war.

»Du musst heute noch meine Eltern ertragen«, erklärte sie und erhob sich. »Deswegen wollte ich dir nicht auch noch all diese Stufen zumuten.«

»Solange du da oben bist, machen mir die Stufen nichts aus.« Cal blickte auf ihre Füße hinab. Sie trug schlichte, schwarze Schuhe ohne Absatz, die keine Zehen zeigten.

»Warum diese scheußlichen Schuhe?«

»Die sind nicht scheußlich«, entgegnete Min. »Die sind klassisch. Wie dein Wagen. Der ist auch sehr schön, aber nicht das, was meiner Ansicht nach zu dir passt.«

»Examensgeschenk.« Cal öffnete ihr die Tür. »Schau nie einem geschenkten Auto ins Maul. Na hopp, Minnie, wir wollen doch nicht zu spät kommen.«

Als er hinter das Steuerrad glitt, fragte Min: »Für den College-Abschluss?«

»Was?«, fragte Cal zurück und ließ den Motor an.

»Der Wagen. Ein Geschenk zum College-Abschluss? Ich habe eine Aktentasche bekommen. Ich möchte das Ganze nur in der richtigen Perspektive sehen.«

»High School«, korrigierte Cal und fuhr an.

»High School«, wiederholte Min und nickte. »Was haben sie dir denn zum College-Abschluss geschenkt? Eine Jacht?«

»Eine Stelle in der Firma meines Vaters.«

»Aber …«

»Ich habe das Geschenk abgelehnt«, erklärte Cal. »Wie geht's Elvis?«

»Der ist absolut gesund«, berichtete Min mit Staunen in der Stimme. »Ich habe ihn zum Tierarzt gebracht, und der sagt, er sei in hervorragender Verfassung. Nur etwas seltsam.«

»Wie so vieles in meinem Leben in letzter Zeit«, versetzte Cal. »Apropos, gibt es irgendwas, das ich lieber vorher über deine Familie wissen sollte?«

»Du musst das nicht mitmachen«, antwortete Min.

»Minerva, ich habe mich dazu entschlossen. Bitte, mach mich fit für deine Eltern.«

»Da gibt's wirklich nichts Besonderes«, entgegnete Min. »Meine Mutter ist immer höflich, und mein Vater ist nicht sehr gesprächig, außer man trifft einen Nerv bei ihm. Triff lieber keinen Nerv.«

»Okay«, erwiderte Cal. »Könntest du mir eine Liste der Nerven liefern?«

»Versicherungsbetrug, jüngere Männer, die seine Stellung haben wollen, Musik nach 1970 und Sex mit seinen Töchtern.«

»Sex mit seinen Töchtern«, echote Cal.

Min nickte. »Mein Vater wird dich verdächtigen, dass du mich zu Orgien verführen willst.«

»Dein Vater nimmt also meinen Charakter unter die Lupe«, resümierte Cal. »Und deine Mutter?«

»Na ja, sie überprüft sicher, ob du als Schwiegersohn in Frage kommst. Normalerweise gibt's zum Nachtisch ein Quiz.«

»Schriftlich oder mündlich?«

»Mündlich.«

»Gut. Mit dem Mund bin ich gut.« Stille breitete sich aus, bis er sagte: »Ich habe es nicht so gemeint, wie es herauskam.«

Min starrte gerade vor sich hin. »Schon gut. Es wird kein Quiz geben. Meine Mutter hat im Moment andere Dinge im Kopf.«

»Hat sie sonst noch Schrullen, über die ich Bescheid wissen sollte?«

»Ja, aber die drehen sich nur um mich.«

Cal schüttelte den Kopf. »Ist mir egal. Her mit der Liste.«

»Dass ich Kohlenhydrate esse, weiße Baumwollunterwäsche trage, nicht abnehme, meinen Exfreund verloren habe, den sie liebte«, antwortete Min. »Ich glaube nicht, dass sie irgendetwas davon heute im Gespräch mit dir zur Sprache bringt.«

»Meine Mutter mag meine Exfreundin auch«, wunderte sich Cal. »Ich glaube, das ist nur Faulheit. Sie hat keine Lust, sich einen neuen Namen zu merken. Wer kommt heute denn sonst noch?«

»Meine Schwester Diana. Vor ihr hast du nichts zu befürchten. Sie ist im Augenblick etwas durch den Wind, weil sie in einer Woche heiratet, aber sie ist trotzdem schwer in Ordnung. Wenn es unerträglich wird, tust du am besten gar nichts und siehst einfach nur Di an. Sie ist wunderschön.«

»Gut zu wissen«, meinte Cal. »Mom, Dad, Diana, du und ich. Gemütlich.«

»Und Greg«, ergänzte Min und versuchte, nicht angeödet zu klingen. »Der Verlobte meiner Schwester.«

»Richtig. Greg mit dem schlechten Gedächtnis. Wie steht's mit ihm?«

»Irgendwas stimmt da nicht«, erwiderte Min. »Ich weiß nicht, was, aber er ist nicht richtig dabei. Die Sache ist die: Er ist kein übler Kerl, außer dass er *Schnief* sitzen gelassen hat, wozu er natürlich jedes Recht hatte. Und er betet Diana an, also verstehe ich nicht ganz, was da los ist.« Sie warf einen Blick auf Cal. »Mich würde interessieren, was du von ihm hältst.«

»Ich?«, fragte Cal erstaunt.

»Du kannst Menschen gut beurteilen«, befand Min, »ganz instinktiv. Instinkte doch bitte Greg für mich.«

»Na, groß ist die Chance nicht, dass ich während eines einzigen Abendessens herausfinde, was mit ihm nicht stimmt«, meinte Cal. Da klingelte Mins Handy.

Als sie es aus ihrer Tasche zog, sagte er: »Ein schlichtes, schwarzes Handy. Du hast mich damals am ersten Abend angelogen, Minnie.«

»Und du wusstest es«, entgegnete Min und meldete sich. »Hallo. Was?« Sie lauschte eine Minute, dann sprach sie: »Ach, um Himmels willen.« Wieder lauschte sie und sagte dann: »Di, es ist Samstagabend. Woher soll ich … warte einen Augenblick.« Sie wandte sich Cal zu. »Greg hat versprochen, den Wein für das Abendessen zu besorgen.«

»Darf ich raten?«, erwiderte Cal.

»Du hast nicht zufällig eine oder zwei Flaschen Wein in deiner Wohnung, hm?«

»Emilio«, sagte Cal nur und wendete den Wagen in die Richtung, aus der sie gekommen waren.

Min hob das Handy wieder an ihr Ohr. »Cal bringt das in Ordnung.« Es lag ein Hauch Stolz in ihrer Stimme, und Cal grinste. Sie schaltete das Handy aus und stellte fest: »Du bist ein Märchenprinz.«

»Danke«, erwiderte Cal. »Sag bitte etwas Zickiges zu mir, ja? Sonst bin ich verwirrt.«

Er hielt vor dem Restaurant, ging hinein und kam mit dem Wein wieder heraus. Min warf einen Blick auf die Etiketten. »Das ist teurer Wein, nicht?«

»Nicht wirklich«, versetzte Cal. »Ungefähr vierzig Eier pro Flasche.«

Min begann zu lachen. »Das geschieht Greg recht, dieser Dumpfbacke.«

Zehn Minuten später parkte Cal entsprechend Mins Anleitungen vor einem ziemlich großen, ziemlich modernen Haus. Min begann: »Weißt du, du kannst dich immer noch aus dem Staub machen. Setz mich nur ab, und ich sage …«

»Nein.« Cal öffnete seine Tür. »Bleib sitzen.«

»Sitzen?«, fragte Min und fummelte am Türgriff.

Cal kam um den Wagen herum und öffnete ihr die Tür. »Du kannst nicht einfach ohne meine Hilfe aus einem Auto hüpfen.« Er nahm ihre Hand, als sie versuchte auszusteigen, und zog sie auf die Füße. So stand sie enger bei ihm, als er beabsichtigt hatte, aber er hatte nicht das Geringste dagegen. »Wenn du ohne meine Hilfe aussteigst, wirke ich schwach und unmännlich«, erklärte er und betrachtete ihre Locken, die ein Windstoß zerzauste.

»Jaja, schwach und unmännlich«, wiederholte sie. »Ich wette, das kriegst du oft zu hören.« Sie ging um ihn herum, während er die Wagentür schloss, und sah, dass jemand hinter einem Fenstervorhang verschwand. »Na ja, das Gute daran ist, dass du bereits Pluspunkte bei meiner Mutter gesammelt hast. Sie hat dich durchs Fenster beobachtet.«

»Na fein«, erwiderte Cal und nahm ihren Arm. »Dann müssen wir also nur noch das Abendessen überstehen.«

Mins Vater kam ihnen in der Eingangshalle entgegen, ein schwerfälliger Riese mit vollem, blondem Haar und dichten, weißen Augenbrauen, der eigentlich freundlich und herzlich wirken sollte, stattdessen aber den leicht paranoiden Blick eines Hütehundes zeigte, dessen Schafe gegen ihn intrigierten.

»Dad, das ist Calvin Morrisey«, stellte Min vor. »Cal, mein Vater, George Dobbs.«

»Freue mich, Sie kennen zu lernen, Calvin.« Georges raue Stimme klang bestimmt, als verwahrte er sich gegen jeden Verdacht, dass er sich nicht freute, aber seine Augen signalisierten: *Was führst du im Schilde?*

»Ich freue mich ebenfalls, Sir«, log Cal, und Min klopfte ihm auf die Schulter, was ihm wohler tat, als er je gedacht hätte.

»Ihr seid spät dran«, wandte George sich an Min. »Wir haben bereits mit den Cocktails angefangen.«

»Es tut mir Leid, Sir«, entschuldigte Cal sich, aber Min erklärte fest: »Nein, kein Grund dafür. Es war meine Schuld, Dad, wir mussten noch einmal zurück.«

»Na ja, dann kommt mal rein«, meinte George. Min seufzte und ging ins Speisezimmer. Cal folgte ihr und fand sich Mins Drachen von Mutter gegenüber.

Das Haus wirkte wie ein Ausstellungsstück, eindeutig von einem Innenausstatter eingerichtet, und Mins Mutter, die da in ihrem perfekten Speisezimmer stand, passte dazu: beides Designerprodukte, die keinerlei Wärme ausstrahlten. Das Haus zeigte zumindest Farben, Mins Mutter war klein und dünn, dunkelhaarig, in Schwarz gekleidet und gepflegt bis in die letzte Haarspitze. Das absolute Gegenteil von Min. »Cal, darf ich dir meine Mutter Nanette vorstellen«, zwitscherte Min. »Mutter, das ist Calvin Morrisey.« Und Nanette Dobbs sprach »Willkommen, Calvin« mit einer Stimme, die einen Fisch schockgefrieren konnte.

»Habe ich etwas verbrochen?«, wisperte Cal in Mins Ohr, als Nanette sich George zuwandte.

»Du hast mich im Park auf dem Picknicktisch fast vernascht«, wisperte Min zurück.

»Woher wissen die das denn?«, fragte Cal.

»Greg hat uns verpfiffen«, antwortete Min. »Und er hat auch deine Schürzenjägervergangenheit erwähnt.«

»Und ich bringe ihm auch noch Wein mit«, stöhnte Cal.

»Und hier ist er«, versetzte Min. Mit erhobener Stimme sprach sie: »Greg! Darf ich dir Cal Morrisey vorstellen.«

Greg war jung und gestriegelt, eindeutiges Ergebnis der besten Schulen, im Fitnessstudio in Form und äußerlich auf Hochglanz gebracht. Er begegnete Cal lächelnd und erkannte dann, wem er da die Hand schüttelte. »Äh«, stotterte er.

Cal wartete auf mehr, aber es kam nichts. »Tja«, erwiderte er und neigte sich vor. »Der Wein ist in meinem Wagen auf dem Beifahrersitz.«

Greg stieß erleichtert die Luft aus. »Danke, Mann«, murmelte er und packte Cal dabei am Arm. »Bin gleich wieder hier«, erklärte er etwas zu laut. »Hab den Wein im Wagen vergessen.«

»Und hier ist meine Schwester Diana«, stellte Min weiter vor, und ihre Stimme wurde weich. Cal erblickte eine jüngere, freundlichere Ausgabe des Drachens. Diana war schlank, dunkelhaarig, allerliebst und eindeutig die Prinzessin in der Familie. Sie strahlte Min an und hieß Cal mit mehr Herzlichkeit willkommen als alle anderen im Raum zusammengenommen und erkundigte sich nach seiner Baseballmannschaft.

»Nettes Kind«, meinte er zu Min, als Diana sich nach dem Mondkalb umsah, das sie zu heiraten beabsichtigte.

»Kind?«, gab Min zurück.

»Sie ist nett«, erklärte Cal. »Aber sie ist nicht wie du.«

»Da bist du nicht der Erste, der das bemerkt«, erwiderte Min. »Hör mal, lass dich von meinen Eltern nicht unterkriegen. Sie sind nur …« Ihre Stimme verklang, während sie nach einer passenden Bezeichnung suchte.

»Schon gut«, beruhigte Cal sie, dann rief Nanette Min zu sich, und Greg erschien mit dem Wein.

Als Min einige Minuten später wieder erschien, waren ihre Locken mit Kämmen zum Hinterkopf hin festgesteckt, und die Gesellschaft ging zu Tisch.

»Was ist mit deinem Haar?«, flüsterte Cal ihr ins Ohr, als sie Platz genommen hatten.

»Es ist nicht vorteilhaft für mein rundes Gesicht, wenn es offen herumhängt«, flüsterte Min zurück. »Ich wüsste das doch.«

»Mir hat es aber gefallen«, entgegnete er, und Min meinte: »Mir auch«, und dann begann das Abendessen.

»Und was tun Sie so beruflich, Calvin?«, fragte George, als die Suppe mit Small Talk vorübergegangen war und der Hauptgang serviert war.

»Ausbildungsseminare«, erwiderte Cal und behielt Nanette im Auge, die ihn während der Suppe ständig angesehen hatte. Nicht direkt stirnrunzelnd, denn ihre Stirn blieb glatt, aber keineswegs freundlich.

»Also sind Sie Lehrer«, stellte George fest. »Ist damit Geld zu verdienen?«

»Dad«, mahnte Min.

»Durchaus«, antwortete Cal abgelenkt, da Min ihm heimlich über den Rücken streichelte. Er war ihr dankbar für die moralische Unterstützung, aber es fühlte sich zu gut an, um es vor den Augen ihres Vaters offen zu genießen.

»In welcher Firma arbeiten Sie?«, fragte George weiter.

»Morrisey, Packard, Capa.« Cal lächelte Mins Mutter an. »Dieses Rindfleisch ist vorzüglich, Mrs. Dobbs.«

»Vielen Dank.« Nanette Dobbs wirkte nicht besänftigt.

»Morrisey«, wiederholte George. »Also arbeiten Sie bei Ihrem alten Herrn. Da kriegt man immer einen Job, was?«

»Äh, nein«, entgegnete Cal. »Ich bin selbst der alte Herr. Es ist meine eigene Firma.«

Min hörte auf zu streicheln und starrte stattdessen ihren Vater an. »Ich frage mich, was die Statistiken über die Anzahl von Töchtern aussagen, die ihre Eltern noch besuchen kommen, nachdem ihre Gäste *von ihren Vätern so peinlich belästigt wurden.*«

»Haben Sie sie geerbt?«

»Ich habe sie selbst gegründet«, antwortete Cal.

»Ich nehme an, die Zahl ist *sehr gering*«, erklärte Min.

»Aber Ihr alter Herr hat Sie finanziert«, bohrte George nach.

»Nein, das hat er nicht«, entgegnete Cal. »Er wollte, dass ich in seine Firma einsteige, deswegen habe ich mir das Startkapital außerhalb der Familie besorgt.«

»Um Himmels willen, Dad, jetzt reicht es«, mahnte Min und nahm ihre Hand von Cals Rücken. »Lasst uns von etwas anderem sprechen. Ich habe seit neuestem einen Kater.«

»Also eine Neugründung«, meinte George beharrlich. »Dreiunddreißig Prozent aller Neugründungen machen in den ersten vier Jahren Bankrott.«

»Einen *Monster*-Kater«, erklärte Min.

»Vor zehn Jahren war es eine Neugründung«, korrigierte Cal. »Jetzt haben wir Oberwasser.«

»Er ärgert alle meine Freunde«, fuhr Min fort. »*Ich überlege, ob ich ihn nicht George nenne.*«

»*Minerva*«, sagte Nanette. »Nicht in diesem Ton.«

»Brot?«, fragte Min und hielt Cal den Brotkorb unter die Nase.

»Ja, danke.« Cal nahm sich eine Scheibe und reichte ihr den Korb zurück. Sie nahm sich auch ein Stück, und ihre Mutter sprach erneut.

»*Min.*«

»Ach ja, richtig«, erwiderte Min und legte das Stück zurück.

»Sie haben also ihre eigene Firma«, resümierte George, und seine Stimme troff vor Skepsis.

»Ja.« Cal blickte stirnrunzelnd zu Min. »Warum sollst du kein Brot essen?«

»Ich hab's dir doch erzählt, ich muss in dieses Kleid hineinpassen«, erklärte Min. »Schon gut. Im Juli kann ich wieder Brot essen.«

»Min ist nächstes Wochenende Dianas Brautjungfer«, verkündete Nanette. »Und wir wollen doch nicht, dass sie zu dick für das Kleid wird.«

»Ich bin jetzt schon zu dick für das Kleid«, entgegnete Min.

»Sie sollten auch kommen«, wandte sich Diana an Cal und beugte sich über den Tisch. Sie hatte weder Brot, noch Butter noch Rindfleisch angerührt, wie Cal bemerkte. Nur ihr Wasserglas wurde heftig in Anspruch genommen. »Ich meine, zur Hochzeit. Und zum Familienessen am Vorabend. Min braucht einen Begleiter.«

Bevor Cal antworten konnte, fragte George: »Wer zählt

denn zu Ihren Kunden?«, und Nanette fragte im gleichen Moment: »Wie lange gehen Sie mit Min schon aus?«, und Min zupfte an seinem Ärmel. Als er zu ihr hinabblickte, fragte sie ihn: »Hast du auch Familie?«

»Ja«, antwortete Cal und bemühte sich um einen unverbindlichen Ton.

»Sind sie auch alle so schrecklich?«, fragte Min weiter.

»Minerva«, stieß Nanette mit warnendem Unterton hervor.

»Nun ja, sie lassen mich Brot essen«, erwiderte Cal und behielt Nanette im Blick. »Abgesehen davon, ziemlich.«

»Wie bitte?«, fragte George.

»Hören Sie, es macht mir nichts, wenn Sie mich mit Fragen nach meinem Beruf löchern«, erklärte Cal. »Ihre Tochter hat mich zu Ihnen nach Hause mitgebracht, und das bedeutet ja etwas. Es macht mir auch nichts, wenn Ihre Gattin mich aus dem gleichen Grund über mein Privatleben ausfragt. Aber Min ist eine großartige Frau, und während des ganzen Abendessens haben Sie sie bis jetzt einfach ignoriert oder wegen eines idiotischen Kleides schikaniert. Nur zu Ihrer Information: Sie ist nicht zu dick für das Kleid, sondern das Kleid ist für sie zu klein. Sie ist perfekt gebaut.« Cal bestrich eine Scheibe Brot mit Butter und reichte sie Min. »Iss das.«

Min blinzelte ihn verwirrt an und nahm das Brot.

Cal blickte an ihr vorbei ihre Mutter an. »Ich war nie verheiratet, und ich war nie verlobt. Meine letzte Beziehung ging vor etwa zwei Monaten zu Ende. Und ich habe Ihre Tochter vor drei Wochen kennen gelernt.« Er wandte sich wieder Mins Vater zu. »Meine Firma schreibt schwarze Zahlen, und das schon seit längerer Zeit. Wenn Sie mich überprüfen wollen, kann ich Ihnen Referenzen nennen. Sollte es zwischen Min und mir je ernst werden, kann ich sehr wohl für sie sorgen.«

»Hey, ich kann selbst für mich sorgen«, protestierte Min, noch immer die Brotscheibe in der Hand.

»Ich weiß«, erwiderte Cal. »Aber dein Dad möchte wissen,

ob ich es kann. Iss.« Min biss in ihr Brot, und Cal blickte in die Runde. »Hat sonst noch jemand eine Frage?«

Diana hob eine Hand.

»Ja?«, ermunterte sie Cal.

»Sind Sie Mins Begleiter bei meiner Hochzeit?«

Min versuchte, den Bissen zu schlucken, den sie im Mund hatte.

»Sie hat mich nicht gefragt.« Wieder blickte Cal Min an. »Willst du mit mir zur Hochzeit deiner Schwester gehen?«

Min verschluckte sich an ihrem Bissen Brot, und er klopfte ihr den Rücken.

»Natürlich will sie mit Ihnen kommen«, mischte Nanette sich ein und lächelte zum ersten Mal. »Wir wären glücklich, Sie bei uns zu sehen. Auch zum Familienessen am Vorabend.«

»Gut«, Cal hatte das Gefühl, dass ein gewisser Fortschritt erreicht war, während Min nach Luft schnappte.

»Dieser Wein ist hervorragend«, sagte George zu ihm.

»Dank … äh, dank Greg«, erwiderte Cal. »Kennt sich wohl mit Wein aus.«

»Ähm«, machte George und betrachtete Greg, der ihm schwächlich zulächelte.

»Du hast einen *Kater*?«, wandte sich jetzt Nanette an Min, und der Abend nahm seinen Fortgang, indem sie Min Vorträge über Katzenkrankheiten hielt, George wohlwollende Fragen über die Seminartätigkeiten stellte, Greg finster vor sich hin blickte, Diana lächelte und in Cals Kopf der Schmerz pochte. Er hatte schon schlimmere Abende erlebt, aber nicht viele.

Da blickte Min scheu lächelnd zu ihm auf und hauchte so leise »Tut mir Leid«, dass er es kaum verstand. Er erwiderte: »Weswegen? Mir geht's gut«, und fühlte sich sofort besser.

Nach dem Dessert, das nur von den Männern gegessen wurde, zog Min Diana mit sich in die Eingangshalle. »Bist du wahnsinnig?«, flüsterte sie. »Warum um Gottes willen hast du den Mann zu deiner Hochzeit gebeten?«

»Warum denn nicht?«, fragte Diana zurück. »Du brauchst doch einen Begleiter. Und er ist ein Schatz. Ich sehe da kein Problem.«

»Weil du nichts von uns weißt«, erwiderte Min.

»Na ja, wenigstens hast du jetzt einen Begleiter«, stellte Diana fest. »Ich finde es eine recht gute Idee.«

Min stach mit dem Finger auf sie ein. »Tu das nie mehr wieder. Nie mehr. *Nie mehr.*«

»Na gut«, gab Diana nach. »Aber ich muss sagen, du hast da einen wirklich heißen Typ an der Angel.«

Der wirklich heiße Typ erschien in der Eingangshalle, verabschiedete sich wohlerzogen von Mins Eltern, geleitete sie die Stufen hinab und half ihr in den Wagen, dann stieg er auf seiner Seite ein und beugte sich zu ihr hinüber.

»Die sind hässlich, Minnie«, erklärte er, zog ihr die Kämme aus dem Haar und warf sie durchs Fenster auf die Straße.

»Ja, ich weiß«, erwiderte sie und versuchte, sich nicht wie vom Märchenprinzen gerettet zu fühlen. »Danke.«

Am nächsten Tag kleidete Min sich sehr sorgfältig für das Abendessen bei den Morriseys an. Sie holte wieder ihr schlichtes, schwarzes Kleid hervor, polierte ihre schwarzen Treter und kämpfte damit, ihr Haar zu bändigen. Es war ihr keine Hilfe, dass Nanette anrief.

»Schatz, dein Calvin ist bezaubernd«, lobte Nanette.

»Danke, Mutter«, erwiderte Min und wappnete sich gegen alles, was da noch kommen mochte.

»Und Daddy hat seine finanzielle Lage überprüft, und er steht wirklich gut da«, fuhr Nanette fort.

»Er hat ihn an einem Samstagabend überprüft? Wie denn?«

»Du kennst doch deinen Vater«, rief Nanette, und ihr Ton besagte, dass sie sich wünschte, ihn nicht zu kennen. »Und dein Calvin scheint ja sehr von dir angetan zu sein. Wie süß von ihm, das mit dem Brot und der Butter. Du wirst so etwas natürlich nicht noch einmal essen, aber trotzdem …«

»Ein Mann, der dich füttert, ist eine gute Sache«, stimmte Min bei.

»Also verdirb das jetzt nicht wieder«, mahnte Nanette. »Ich war wirklich böse, als du David verloren hast, aber Ende gut, alles gut. Verliere nur Calvin nicht auch noch.«

»Mutter, ich will ihn gar nicht«, log Min.

»Natürlich willst du ihn«, widersprach Nanette. »Und ihr werdet so hübsche Kinder kriegen.«

»Die will ich auch nicht«, wehrte Min sich. »Sprechen wir von etwas anderem. Ich überlege, ob ich nicht meinen Job aufgebe und Köchin werde.«

»Mach dich nicht lächerlich, Schatz«, entgegnete Nanette. »Du inmitten von Lebensmitteln? Du würdest wie ein Ballon aufgehen.«

»Vielen Dank, Mutter, ich muss jetzt gehen.«

»Wohin denn?«

»Ich bin zum Abendessen bei Cals Eltern eingeladen.«

»Wie nett. Und wer sind Sie?«

»Jefferson und Lynne Morrisey. Ich weiß nicht …«

»Du bist zum Abendessen bei Lynne Morrisey?«

»Ja«, erklärte Min. »Denn sie hat meinen Begleiter zur Welt gebracht, sonst würde ich nicht hingehen.«

»Min«, hauchte ihre Mutter respektvoll. »Lynne Morrisey ist eine *große* Nummer in der Gesellschaft.«

»Tut mir Leid«, sagte Min und dachte sich, dass sie Nanette das Wort »groß« zum ersten Mal voll Anerkennung aussprechen hörte.

»Keine Kohlenhydrate, Schatz«, mahnte Nanette. »Und erzähl mir *alles*, wenn du wieder zu Hause bist.«

»Ach du lieber Gott«, stöhnte Min, legte auf und kehrte wieder zu ihrer widerspenstigen Frisur zurück.

Als Cal an ihrer Tür klopfte, betrachteten Elvis und sie gerade zweifelnd ein Haarband.

»Was hältst du von einem Haarband?«, fragte sie Cal, nachdem sie ihm die Tür geöffnet hatte.

»Herrje, bloß nicht«, meinte er und beugte sich hinunter, um den Kater zu kraulen, der ihm um die Beine schnurrte. Sieh dich nur an, du bist schon wieder in Trauer.«

»Versuche erst gar nicht, mir dieses Kleid auszureden«, warnte sie.

Sein Blick wanderte zu Boden. »Überlass mir wenigstens deine Füße. Wie wär's mit den Schuhen mit den schwarzen Riemchen, die du an unserem ersten Abend getragen hast?«

»Cal«, stieß sie hervor.

»Das ist wirklich nicht viel verlangt«, meinte er, lehnte sich in den Türrahmen und grinste sie an. »Na komm, zieh die anderen Schuhe an, Minnie, und dann stellen wir uns gemeinsam den Drachen.«

Gegen ihren Willen erwiderte sie das Lächeln. »Dieses Süßholzraspeln verfängt bei mir nicht«, erklärte sie ihm und verschwand, um die Schuhe zu wechseln.

10

Als sie im Wagen saßen, forderte Min: »Okay, gib mir die Fettnäpfchenliste für deine Eltern.«

»Es gibt keine«, erwiderte Cal. »Sie werden sehr höflich sein, aber nicht herzlich. Wir brauchen zu Hause den Weißwein nicht zu kühlen, weil das schon die Atmosphäre besorgt.«

»Na toll«, meinte Min. »Genau der richtige Zeitpunkt für Witze.«

Doch als sie im Heim seiner Eltern anlangten, erkannte sie, dass er nicht gewitzelt hatte. Das Haus war groß, einer jener

Landsitze, die Min immer wie Filmkulissen vorkamen. Das Hausmädchen, das ihnen die schwere Eingangstür öffnete, war höflich, die holzvertäfelte Eingangshalle war kühl, und als sie einen Raum betraten, den man, wie Min vermutete, wohl kaum mehr als Wohnzimmer bezeichnen konnte, begrüßten Cals Eltern sie geradezu eisig.

»Wir freuen uns sehr, Sie hier bei uns zu haben«, sagte Lynne Morrisey zu Min und nahm ihre Hand, wobei sie keineswegs erfreut wirkte; sie ließ überhaupt keine Gefühle erkennen, nur eine erstaunliche Schönheit – eine dunkle, teure Schönheit, ebenso wie ihr Gatte Jefferson und ihr Sohn Reynolds, der wohl der einzige Mann auf dem Planeten war, der Cal an männlicher Schönheit noch übertraf.

»*Min!*«, rief Harry in ihrem Rücken, und als sie sich umwandte, sah sie ihn, Bink hinter sich herziehend, den Raum betreten.

»Hey du«, begrüßte sie ihn und beugte sich zu ihm hinab. »Vielen Dank für die Einladung. Ich hatte schon *solchen Hunger.*«

Harry nickte und beugte sich dann vor und wisperte: »Deine Schuhe gefallen mir. Die Riemen sind schön.« Er grinste sie an.

»Vielen Dank«, wisperte Min zurück und warf einen verstohlenen Blick auf Cal. Sein Gesicht war ausdruckslos, und ihr wurde bewusst, dass er seit ihrer Ankunft noch kein Wort gesagt hatte. *Aah ja*, dachte sie. *Willkommen in der Hölle*.

Sie tat ihr Bestes, um sich an der höflichen, frostigen Konversation zu beteiligen, bis sie schließlich zu Tisch saßen und eine Reihe wunderschön angerichteter Teller aufgetragen waren. Da gab sie auf und konzentrierte sich auf das Essen.

»Und was machen Sie beruflich, Minerva?«, fragte Jefferson, als sie bei dem Hauptgang mit Filet und Rahmkartoffeln angelangt waren.

Min schluckte rasch und betete, dass ihr nichts zwischen

den Zähnen hängen geblieben war. »Ich bin Versicherungsstatistikerin.«

»Verstehe«, erwiderte er unbeeindruckt, aber auch nicht verächtlich. »Und bei welcher Versicherung?«

»Alliance Versicherungen«, antwortete Min und wandte sich wieder ihrem Rindfleisch zu. Die Speisen waren sowohl schön angerichtet als auch ausgezeichnet zubereitet, das musste sie den Morriseys lassen, aber ans Emilio's kamen sie dennoch nicht heran. Mit ein paar fröhlichen pittoresken Photos an den Wänden wie bei Emilio wäre das Raumklima lebendiger geworden. Nicht allerdings, dass sie jemals Menschlichkeit für sich in Anspruch nehmen würden. Sie warf einen Blick in die Runde. Irische Abstammung, hätte sie wetten mögen, und nicht nur auf Grund des Namens. Sie alle waren dunkelhaarig und schön auf diese strenge, tragische Art. Sie blickte auf ihren üppig angerichteten Teller. Die große Hungersnot hatten sie offensichtlich schon lange hinter sich gelassen.

»Dobbs«, sagte Cals Vater, und Min wurde bewusst, dass er eine Weile geschwiegen hatte. »George Dobbs ist dort der Vizepräsident.«

»Das ist mein Vater«, erklärte Min.

Jefferson Morrisey lächelte sie an. »Sie arbeiten also in der Firma Ihres Vaters.«

»Nun, er ist nicht der Eigentümer«, erwiderte Min und war sich gewiss, dass irgendwo in diesem Gespräch eine Tretmine lauerte. »Aber er war mir natürlich eine Hilfe dabei, diese Stelle zu bekommen.«

»Du hattest wohl kaum Hilfe nötig«, fügte Cal mit ausdrucksloser Stimme an. »Als Statistikerin musst du an die vierzig Angebote bekommen haben.«

»Ja, eine ganze Menge«, bestätigte Min und fragte sich, was zum Teufel da vor sich ging. »Aber nicht viele wirklich gute Angebote. Deswegen war mir mein Vater doch eine Hilfe.«

»Wirklich klug von Ihnen«, kommentierte Lynne Morrisey.

Min wandte sich ihr zu, begegnete ihren kalten, dunklen Augen und dachte: *Ich bin nicht scharf auf deine Billigung, Lady.*

»Ich meine, die Unterstützung Ihres Vaters anzunehmen«, fuhr Lynne fort. »Sehr klug.«

»Nun ja«, Min legte ihre Gabel nieder. »Sie war nicht an Bedingungen geknüpft, deswegen gab es keine Nachteile.«

Auf der anderen Seite des Tisches lächelte Reynolds und sah dadurch noch besser aus. *Dich mag ich auch nicht*, dachte Min. Bink saß reglos da, nicht verängstigt, sondern eher wachsam, und zwischen ihnen umklammerte Harry seine Gabel, pflügte sich durch seine Rahmkartoffeln und behielt alle vorsichtig im Auge.

»Aber dafür zweifellos viele Vorteile«, stellte Jefferson fest. »Ich bin sicher, Ihr Vater hat Ihnen auch bei Ihrer Karriere geholfen.«

»Sie hat es von selbst geschafft«, mischte Cal sich ein, noch immer mit ausdrucksloser Stimme. »Versicherungsgesellschaften sind schließlich nicht sentimental. Niemand wurde so oft befördert in ihrem Unternehmen, und niemand behauptet, das sei nur wegen ihres Vaters geschehen. Sie ist klug und arbeitet hart und ist sehr gut in ihrem Job.«

In seiner Stimme lag etwas schrecklich Trostloses, das Min wie eine Überreaktion auf die Spannung in diesem Gespräch vorkam, und sie legte unbemerkt eine Hand auf seinen Rücken. Selbst durch seinen Anzug hindurch fühlten sich seine Muskeln so hart an, als streiche sie über Beton. Sie fühlte, wie er sich bei der Berührung noch mehr versteifte, dann entspannten sich seine Schultern etwas.

»Natürlich, natürlich«, erwiderte Jefferson, aber er blickte dabei mit einem halben Lächeln seine Frau an. »Wir meinen einfach, dass es bewundernswert von ihr ist, in die Fußtapfen ihres Vaters zu treten.«

»Oh, mein Vater ist kein Statistiker«, entgegnete Min.

»Natürlich nicht, meine Liebe«, sagte Lynne mit einer gewissen Schärfe in der Stimme. »Wir finden es bewundernswert, dass Sie die richtige Wahl getroffen haben und im Geschäft Ihres Vaters geblieben sind.« An Min vorbei lächelte sie Cal an. »Findest du das nicht auch, Cal?«

»Ich finde, Min macht alles richtig«, erwiderte Cal. »Und dieses Filet ist ausgezeichnet.«

»Cal ist nicht ins Familiengeschäft eingetreten«, ließ Reynolds sich vernehmen und lächelte Min betont kumpelhaft an. Min dachte: *Und du bist dumm wie Bohnenstroh, dass ausgerechnet du das auch noch laut sagst.*

»Nun ja, warum um Himmels willen sollte er das auch?«, entgegnete sie spöttisch. Sie nahm ihre Hand von Cals Rücken und dachte: *Dieses Pack sehe ich nie mehr wieder, also zum Teufel mit ihnen.*

»Warum sollte er in das Familiengeschäft eintreten?«, echote Lynne und hob eine Augenbraue, was Min ärgerte, denn sie war sich ziemlich sicher, dass sie selbst das nicht konnte. »Nun, weil es sein Erbe ist.«

»Nein«, widersprach Min, und Binks Augen wurden noch größer. »Das wäre ganz unpassend für ihn. Er tut genau das, was er auch tun sollte.« Lächelnd wandte sie sich Cal zu und bemerkte, dass er zwischen Bink und Harry hindurch leer vor sich hin starrte. *Aha, vollkommen hinüber*, dachte sie und blickte Harry an. Er klammerte sich noch immer an seine Gabel, und sein Blick schweifte angstvoll über die Gesichter. Kein Wunder, dass der Kleine sich dauernd erbrechen musste.

Jefferson räusperte sich. »Unpassend für ihn, in eine hoch angesehene und gut eingeführte Rechtsanwaltsfirma einzutreten? Unsinn. Das ist Morrisey-Tradition.«

Min blinzelte verwirrt. »Sind Sie in das Geschäft Ihres Vaters eingetreten? Ich dachte, Sie und Ihr Partner hätten die Firma aufgebaut.«

Jenseits des Tisches brachte Bink das Unmögliche zustande und blickte mit ihrem kleinen Eulengesicht noch teilnahmsloser drein.

»Das stimmt«, erwiderte Reynolds indigniert. »Sie haben die Tradition begründet.«

»Hm, ich weiß nicht, ob man bei zwei Generationen schon von Tradition sprechen kann«, entgegnete Min scheinbar nachdenklich. Sie sah Harry an. »Möchtest du Rechtsanwalt werden, Harry?«

Harry blinzelte ihr zu. »Nein. Ich will Ichthyologe werden.«

Min erwiderte das Blinzeln. »Mit Fischen?«

»Ja.« Harry hob das Kinn und grinste.

»Wirklich gut«, meinte Min.

»Harrison ist noch ein Kind«, stellte Lynne fest. »Nächste Woche will er Feuerwehrmann werden.« Sie lächelte Harry fast herzlich an.

»Nein, nächste Woche will ich Ichthyologe werden«, widersprach Harry und wandte sich wieder seinen Kartoffeln zu.

Ich habe dich lieb, kleiner Mann, dachte Min.

»Harrison«, sprach Lynne, »möchtest du deinen Nachtisch nicht lieber in der Küche bei Sarah essen?«

»Okay.« Harry schob seinen Stuhl kratzend zurück. »Entschuldigt ihr mich?«

»Ja, mein Schatz«, antwortete Lynne, und Min beobachtete ihn, wie er aus dem Raum trottete, und dachte, *Harry, du Glücklicher*.

»Nun ja«, sagte Lynne und wandte sich mit ihrem reptilienhaften Lächeln wieder dem Tisch zu. »Es tut mir Leid, dass ich Sie unterbrochen habe, Minerva. Was wollten Sie gerade sagen?« Sie blickte Min an, als wollte sie sagen *Ich gebe dir eine Chance, alles demütig zurückzunehmen. Nutze sie*.

Min erwiderte das Lächeln. *Du kannst mich mal, Lady*. »Ich wollte gerade sagen, dass, wenn Sie die Situation nur ein wenig analysieren, Ihnen auch klar werden müsste, dass es praktisch unmöglich für Cal war, in die Firma einzutreten.«

Jefferson legte seine Gabel nieder.

Min hob ihr Weinglas. »Zunächst einmal ist er der jüngere Sohn. Meistens treten die älteren in die Fußstapfen des Vaters, da sie ihm gefallen wollen.« Sie lächelte Reynolds über den Tisch hinweg an. »Deswegen sind sie auch oft erfolgreich.« Sie nahm einen Schluck von dem ausgezeichneten Wein, während sie mit unterschiedlichen Kältegraden an Missbilligung angestarrt wurde. »Außerdem bekommen sie meistens den Löwenanteil der elterlichen Aufmerksamkeit und Anerkennung, so dass sich ihr Erfolg wie eine sich selbst erfüllende Prophezeiung einstellt. Die jüngeren Kinder dagegen lernen, dass sie sich mehr anstrengen müssen, um beachtet zu werden, und verweigern deswegen die Gefolgschaft.«

»Ich habe den Verdacht, Ihre Psychologie ist nicht gerade professionell«, entgegnete Jefferson mit einem Lächeln, in dem nicht die geringste Wärme lag.

»Nein, es ist mehr ein persönliches Talent«, versetzte Min. »Trotzdem ist es durch Überlieferung bewiesen. Bis zurück zu den Mythen und Legenden. Sogar in den Märchen zieht immer der jüngere Sohn in die Welt hinaus, um sein Glück zu machen.«

»Märchen«, kicherte Reynolds albern vor sich hin, während Bink mit ihrer Nachahmung einer erstarrten Eule fortfuhr.

Min wandte sich wieder an Jefferson. »Und denken Sie nur einmal über Cals Persönlichkeit nach. Seine Freunde sagen, dass er kaum je eine Wette verliert. Vorschnell geurteilt, könnte man ihn für eine Spielernatur halten, aber das ist er nicht. Wenn er ein Spieler wäre, würde er die Hälfte der Wetten verlieren. Er aber kalkuliert die Wahrscheinlichkeiten und geht das Risiko nur ein, wenn er weiß, dass es ihm etwas einbringt.« Wieder warf sie über den Tisch Reynolds einen Blick zu. »Als jüngerer Sohn würde er in der Familienfirma nie an die Spitze kommen. Zumindest ist das so unwahrscheinlich, dass er es wohl nie in Betracht gezogen hat, in die Firma einzutreten.«

»Er hätte Partner werden können«, wandte Jefferson ein, und jeder Anschein einer leichten Tischunterhaltung schwand.

»Dritter Partner, vielleicht, nach Ihnen und Reynolds«, erwiderte Min. »Außerdem ist da noch Ihr Partner und dessen Kinder. Nein, innerhalb der Familie wird er immer nur der Benjamin bleiben, deswegen musste er einfach hinaus. Und dann kommt ja noch seine Legasthenie dazu.«

Es lag eine so vollkommene Stille über dem Tisch, dass Min sich wunderte, dass sich kein Raureif bildete. Sie nahm ihre Gabel und ihr Messer wieder auf und schnitt einen Bissen von ihrem Filet ab. Am liebsten hätte sie um eine Styroporschachtel für ihren Essensrest gebeten und sich verabschiedet.

»Wir ziehen es vor, nicht über Cals Behinderung zu sprechen«, erklärte Lynne abweisend.

Min nahm sich Zeit mit ihrem Bissen, aber nachdem sie hinuntergeschluckt hatte, erwiderte sie: »Warum? Es ist Teil seiner selbst, und es hat ihn mit geformt, so wie er heute ist. Kein Grund, sich dessen zu schämen. Mehr als zehn Prozent der Bevölkerung leiden an Legasthenie, es ist also keine Seltenheit. Und es ist auch ein Grund, warum er seine eigene Firma aufgemacht hat. Zweiundneunzig Prozent aller Legastheniker gründen ein eigenes Geschäft, weil die üblichen Arbeitsbedingungen für ihre speziellen Bedürfnisse nicht günstig sind. Und üblicherweise sind sie sehr erfolgreich, weil es meistens intelligente, einfühlsame Menschen sind.« Sie hob ihr Glas. »Sie haben da einen klugen, fleißigen, erfolgreichen, gesunden Sohn, der noch dazu charmant und beliebt ist und extrem gut aussieht. Ich wundere mich wirklich, dass Sie sein Bild nicht in Ihrem Bekanntenkreis herumreichen und mit ihm prahlen.« Sie lächelte zu Cal auf und bemerkte, dass er sie mit reglosem Gesicht anblickte. »Ich würde mit ihm prahlen, wenn er meiner wäre und ich ein Bild von ihm hätte.«

»Wir sind natürlich sehr stolz auf Calvin«, erklärte Lynne steif.

»Gut, gut«, versetzte Min und wandte sich wieder ihrem Teller zu. »Er hat außerdem Recht, was das Filet betrifft. Es ist wirklich hervorragend.«

»Vielen Dank«, erwiderte Lynne, dann wandte sie sich an Reynolds und erkundigte sich nach der Arbeit. Eine Viertelstunde später wurde das Dessert serviert. Reynolds, Lynne und Jefferson unterhielten sich über die Firma; Cal blieb noch immer stumm; Bink hatte drei Stückchen Karotte gegessen und ihr Weinglas geleert; und Min hatte genug von allem.

Sie legte ihre Serviette neben ihren Teller und erklärte: »Wissen Sie, eigentlich hat mich ja Harry eingeladen, deswegen möchte ich ihm, wenn Sie mich entschuldigen wollen, noch ein bisschen Gesellschaft leisten.« Sie erhob sich und ging in die Eingangshalle hinaus, um die Küche zu suchen.

Als sie sie fand, aß Harry unter den wachsamen Augen der Frau, die ihnen das Abendessen serviert hatte, gerade die Reste seines Eisbechers.

»Hey, Fischmann«, rief sie. »Gibt's da vielleicht noch etwas für mich?«

Harry nickte der Frau zu. »Das ist sie, Sarah.«

»Ah«, machte Sarah und betrachtete Min von oben bis unten. »Was hätten Sie denn gern auf Ihrem Eis?«

»Schokolade«, antwortete Min und setzte sich Harry gegenüber an den Tisch. »Schokolade ist immer gut.«

Harry kratzte mit dem Löffel die Reste aus seiner Dessertschüssel, saß dann da und betrachtete Min schweigend, ebenso eulenhaft wie seine Mutter, bis Sarah ebenfalls eine Dessertschüssel mit Eis vor Min hinstellte. Mit sehr viel Eis.

»Vielen Dank«, sagte Min erschrocken. »Ich heiße übrigens Min.« Sie streckte der Frau ihre Hand entgegen.

»Sarah«, erwiderte die Frau und schüttelte ihr die Hand. »Essen Sie, bevor es schmilzt.«

Min nickte und nahm einen Löffel voll. Das Eis schmeckte himmlisch, sahnig und mild, und die Schokolade war köstlich leicht und bittersüß. Das musste sie Lynne Morrisey lassen: Sie setzte ihren Gästen ein ausgezeichnetes Essen vor.

Sarah lehnte sich mit der Hüfte gegen das Spülbecken. »Sie haben also der Schneekönigin widersprochen?«

Min überlegte, ob sie so tun sollte, als verstünde sie nicht, zuckte aber dann nur die Achseln. »Ich war nicht einer Meinung mit ihr.«

Sarah nickte. »Sie werden nicht wiederkommen.«

»Um Gottes willen, nein«, erwiderte Min.

Harry legte erschreckt seinen Löffel nieder. »Aber du kommst doch noch in den Park?«

»Natürlich«, versicherte ihm Min. »Obwohl ich nicht weiß, ob dein Onkel Cal noch mit mir spricht.«

»Er scheint mir ein netter Mensch zu sein«, meinte Sarah. »Sehr ruhig. Wir sehen nicht viel von ihm.«

»Kann ich mir vorstellen«, sagte Min, da betrat Cal die Küche. »Hallihallo«, rief sie und winkte ihm mit dem Löffel zu. »Anscheinend versteht deine Mom auch viel von Eiscreme.« Was, recht besehen, nicht weiter verwunderlich schien.

Cal nickte ausdruckslos. »Können wir fahren?«

Min warf einen Blick auf ihre Schüssel voll erstklassigem Zucker und Fett und seufzte. »Ja«, antwortete sie gehorsam und legte ihren Löffel weg. Wenn sie Cal wäre, würde sie auch schreiend von hier fortlaufen.

Cal verschwand in die Eingangshalle, und Harry bettelte: »Kann ich dein Eis haben?«

»Wird es dir denn wieder hochkommen?«, fragte Min zurück.

Harry schüttelte den Kopf. »Eiscreme nicht.«

Min schob ihm die Schüssel zu. »Na dann hau rein.« Sie erhob sich. »Hab mich gefreut, Sie kennen zu lernen, Sarah.«

»Ebenfalls«, erwiderte Sarah. »Alles Gute.«

Sie schloss sich Cal in der Halle an, und er öffnete ihr schweigend die Tür. Sie waren schon bei den Stufen angelangt, da erschien Bink in der Tür. »Na?«, fragte sie Cal.

Cal antwortete mit einem Kopfschütteln, und sie lächelte Min an und sagte: »Es war wirklich nett, Sie wieder zu sehen«, und es klang, als meinte sie es ernst. Dann schlüpfte sie wieder ins Haus, und Cal wandte sich ab und ging die Stufen hinunter. Min folgte ihm und war sich sicher, dass ihr eine Auseinandersetzung bevorstand.

Nun ja, sie bereute nichts. Sie rutschte auf den Beifahrersitz von Cals Wagen und machte es sich in dem Leder bequem. Na ja, das Auto würde sie vermissen. Und auch die gemeinsamen Essen, obwohl sie natürlich auch alleine zu Emilio's gehen konnte. Und …

Cal stieg ein, knallte die Tür zu und saß dann einen Augenblick reglos da. Min warf einen Blick auf sein starres Profil und dachte: *Und dich. Dich werde ich vermissen.*

»Was wollte Bink denn?«, fragte sie in dem Versuch, hinauszuzögern, was immer ihr bevorstand.

Cal wandte sich ihr zu, und als er sprach, lag so viel Anspannung in seiner Stimme, dass sie ihm fast brach. »Es tut mir so Leid.«

»Was?«, stieß Min verblüfft hervor.

»Meine Familie.« Er schloss die Augen und erklärte dann zornig: »Sonst benehmen sie sich Fremden gegenüber immer *anständig*.«

»Ich glaube, ich war nicht ganz ihr Typ«, erwiderte Min leichthin. »Und außerdem war ich unhöflich. Aber andererseits hat es etwas Gutes zu essen gegeben, und ich muss sie nie mehr sehen. Weißt du, was das für eine Eiscreme war? Die ist nämlich einfach phänomenal. Allerdings fürchte ich, auch nicht fettfrei.«

»Macht es dir denn nichts aus?«, wunderte sich Cal.

»Dass deine Mutter eine Hexe und dein Vater ein Mistkerl

und dein Bruder ein Volltrottel ist?«, erkundigte sich Min. »Nein. Warum auch? Sie sind ja nicht meine Familie – die mir inzwischen schon fast teuflisch normal vorkommt, im Vergleich zu deiner. Aber was die Eiscreme angeht ...«

Er beugte sich zu ihr und küsste sie heftig, und sie legte eine Hand auf seine Wange und erwiderte den Kuss und geriet in den gleichen heißen, sternefunkelnden Rausch wie jedes Mal. Sie war glücklich, ihn berühren zu können, seine Hand in ihren Locken zu fühlen, *bei ihm zu sein*. Als er den Kuss beendete, verharrte sie noch und ließ ihn nicht los. »War das dafür, dass ich deine Mutter beleidigt habe?«, hauchte sie, leicht benebelt. »Ich kann nämlich noch viel mehr grässliche Sachen über sie sagen.«

Cal grinste, und sie entspannte sich, weil er wieder wie Cal aussah. »M-m, ich küsse dich einfach gern.«

»Ah, gut«, erwiderte Min und nahm sich zusammen. »Aber jetzt Schluss damit, das gehört nicht zu unserem Plan. Ich war nur erleichtert, weil ich dachte, du würdest mich nie mehr sehen wollen. Deine Familie will das garantiert nicht.«

Cal ließ den Motor an und fuhr los. »Ach, manche von ihnen schon.«

»Harry.« Min lehnte sich zurück und versuchte, an etwas anderes zu denken als daran, ihn zu küssen. »Das ist nur, weil ich ihm meine Eiscreme gegeben habe.«

Cal fuhr langsamer. »Er hat seine eigene und dann noch deine Portion bekommen?«

»Ja«, antwortete Min. »Er sagte, er würde sich bei Eis nicht übergeben.«

»Da hat er gelogen.« Cal hielt an. »Zucker in jeder Form verursacht ihm Übelkeit.«

»Müssen wir zurückfahren?«, fragte Min erschrocken.

»Um Himmels willen, nein.« Cal zog sein Handy hervor. Nachdem er Bink über das bevorstehende Erbrechen informiert hatte, setzte er den Wagen wieder in Gang.

»Na toll, ich hab ihr Kind vergiftet«, bemerkte Min. »Jetzt hasst sie mich ebenfalls.«

»Nein. Sie kennt Harry und seine Tricks. Sie hat dich gern.«

»So sah sie aber nicht aus.«

»Nein, sie hat dich wirklich gern«, bekräftigte Cal, während er auf die Straße fuhr. »Sie hat mir hunderttausend Dollar angeboten, damit ich dich heirate.«

»Was?« Min lachte. »Ich hätte nicht gedacht, dass sie Sinn für Humor hat.«

»Den hat sie, aber das war kein Scherz. Sie kann es sich leisten.« Cal beschleunigte den Wagen, als er die Straße seiner Eltern hinter sich ließ, und seufzte. »Gott sei Dank, dass wir da wieder raus sind.«

»Einen Augenblick«, sagte Min, ohne zu lachen. »Sie hat dir im Ernst angeboten …«

»Seit zehn Jahren ist sie jeden Sonntagabend dort zum Essen«, erklärte Cal. »Und heute hat sie es zum ersten Mal genossen. Wenn man bedenkt, dass meine Eltern in den Fünfzigern sind und dass sie es sicherlich noch etwa dreißig Jahre lang machen, dann hat sie noch mindestens tausendsechshundert elende Sonntagabende vor sich. Ihrer Schätzung nach. Rechne noch extra Abendessen in den Ferien dazu, dann schätzt sie, dass bei Hunderttausend auf jedes Abendessen etwa sechzig Dollar kommen, und das ist bei ihrer Finanzlage ein guter Handel.« Er dachte darüber nach. »Eigentlich wäre das auch bei meiner Finanzlage ein guter Handel, aber nichts in der Welt würde mich dazu bringen, jeden Sonntag dort zu erscheinen.«

»Du meine Güte«, murmelte Min.

»Und noch dazu singt Harry seit unserem gestrigen Mittagessen ständig ›Hunka hunka burning love‹«. Bink meinte, allein der Gesichtsausdruck meiner Eltern sei hundert Riesen wert.«

Cals Stimme klang jetzt nach einem Lächeln, und Min meinte: »Na ja, das ist wirklich ein Ohrwurm.«

»Nicht der einzige an diesem Nachmittag.« Sie fuhren eine Weile schweigend dahin, dann fragte er: »Woher wusstest du, dass ich Legastheniker bin?«

»Roger hat es Bonnie erzählt, und ich habe mich dann im Internet kundig gemacht. Und du wolltest mir das Rezept für Chicken Marsala nicht aufschreiben, als ich dich darum bat. Sonst schlägst du mir nie etwas ab, deswegen wusste ich, dass da für dich ein Haken dabei war.« Min wandte ihren Kopf auf der Kopfstütze, um ihn anzusehen. »Bist du böse deswegen?«

»Nein«, erwiderte Cal. »Ist das wahr, dass Legastheniker ihre eigenen Firmen aufmachen?«

»Ja«, antwortete Min. »Alles, was ich ihnen gesagt habe, ist wahr. Und woher wusstest du von meinen Beförderungen?«

»Bonnie hat es Roger erzählt«, antwortete Cal und bog auf einen Parkplatz vor einem Geschäft ein.

Min blinzelte zu der Ladenfront hin. Sie wirkte vornehm und teuer. »Bin gleich wieder zurück«, rief er und verschwand darin. Fünfzehn Minuten später kam er mit einer glänzenden, goldgeränderten Tragetüte zurück und warf sie ihr beim Einsteigen in den Schoß.

»Was?«, schreckte sie auf und fing sie. Sie war schwer, und als sie hineinblickte, erspähte sie weiße Kartons, die mit goldenen Etiketten versiegelt waren.

»Die Eiscreme, die meine Mutter kauft«, erklärte er, während er ausparkte. »Acht verschiedene Geschmacksrichtungen. Ich werde dir natürlich Blumen schicken, aber das hier hast du jetzt sofort verdient.«

»Oh.« Min packte die Tasche fester. Er war wirklich nicht böse auf sie. Die Erleichterung übermannte sie, und ihr wurde bewusst, wie sehr sie ihn in ihrem Leben nicht mehr missen wollte. Keine erfreuliche Erkenntnis.

»Alles in Ordnung?«, fragte Cal.

»Na ja, nicht ganz«, erwiderte sie und bemühte sich um einen verärgerten Ton. »Wo ist der Löffel?«

Ohne den Blick von der Straße zu nehmen, zog er einen Plastiklöffel aus seiner Anzugtasche und reichte ihn ihr.

»Ich bin total verrückt nach dir«, stellte Min fest.

»Gut«, meinte er. »Ich bin nämlich auch verrückt nach dir.«

»In aller Freundschaft natürlich«, setzte sie hastig hinzu.

»Richtig«, versetzte Cal kopfschüttelnd.

»Nur damit du dir keine falschen Vorstellungen machst«, sagte sie abschließend und öffnete den ersten Karton.

»Er nennt sie Minnie«, ertönte Cynthies Stimme, als David an diesem Abend den Hörer abnahm. »Und er hat ihr seine Baseballkappe geschenkt.«

»Tja, wenn er mit ihr Blutsbrüderschaft schließt, dann sagen Sie mir Bescheid«, entgegnete David. »Könnte ich vielleicht mal einen Sonntag lang meine Ruhe haben?«

»Ich weiß nicht, David«, erwiderte Cynthie in gefährlichem Ton. »Wollen Sie in Zukunft an irgendeinem davon mit Min zusammen sein?«

»Ja«, antwortete David. »Aber das Mittagessen gefiel ihr überhaupt nicht, und meine Anrufe beantwortet sie nicht. Hören Sie, Cal lässt doch seine Freundinnen immer nach ein paar Monaten sitzen. Mir scheint es am klügsten, wenn ich abwarte, bis er sie sitzen lässt, und dann tröste ich sie.«

»Und es ist Ihnen egal, wenn er sie in diesen Monaten dumm und dämlich vögelt?«, fragte Cynthie.

»Hey.« David setzte sich auf. »Das ist …«

»Sie haben keine Ahnung, was dieser Mann im Bett mit einer Frau alles anstellen kann«, fuhr Cynthie fort. »Was macht Sie so sicher, dass Sie es ihr überhaupt noch recht machen können, wenn sie erst mit ihm geschlafen hat?«

»Ich bin ganz gut im Bett«, erwiderte David wütend.

»Cal ist besser als gut«, gab Cynthie zurück. »An Ihrer Stelle würde ich nicht abwarten, bis sie herausfindet, wie viel besser.«

»Cynthie, das ist geschmacklos.«

»Na gut«, höhnte Cynthie, »dann lassen Sie ihn doch gewinnen.«

Ihre Stimme war wie ein Fingernagel, der über eine Schiefertafel kratzte. »Ums Gewinnen geht es nicht«, entgegnete David und dachte: *Der Bastard gewinnt wieder*.

Und er würde Min verlieren. Natürlich war das alles ihre Schuld. Sie war die Art Frau, die man einfach für selbstverständlich erachtete, und jetzt, da Cal Morrisey sie mit Aufmerksamkeiten überhäufte, um die Wette zu gewinnen, fühlte sie sich natürlich geschmeichelt. Er stellte sich vor, wie dankbar Min sein würde, wenn er zu ihr zurückkam und sie mit Aufmerksamkeit behandelte. Sie war ja eine so schlichte Seele. Deswegen hatte Cal es auch so leicht mit ihr. Was bedeutete, dass es seine Pflicht war, Cal zu stoppen. Und sie zu retten.

»David?«, rief Cynthie und schreckte ihn auf. »Sie wollen sie doch zurück, oder?«

»Ja«, antwortete David.

»Dann gehen Sie hinüber in ihre Wohnung und bezirzen Sie sie«, befahl Cynthie. »Sagen Sie ihr, wie wichtig sie Ihnen ist. Bringen Sie ihr ein Geschenk mit. Sie mag Schneekugeln, also schenken Sie ihr eine Schneekugel. Machen Sie ihr Freude, verdammt noch mal.«

»Schneekugel«, echote David und erinnerte sich, dass da einige bei Min auf dem Kaminsims gestanden hatten.

»Und wenn sie nicht nachgibt, vergessen Sie dort irgendetwas, damit Sie es am nächsten Tag holen und noch einen Versuch starten können«, empfahl Cynthie. »Ihre Krawatte oder sonst etwas.«

»Wieso sollte ich denn meine Krawatte abnehmen?«, fragte David.

Einen Augenblick herrschte Stille, dann zischte Cynthie: »*Tun Sie's einfach*, David. Ich habe jetzt keine Zeit, um Ihnen Nachhilfestunden in der Kunst des Verführens zu geben.«

»Na gut«, willigte David ein. »Ich gehe nach Büroschluss rüber. Ich werde sie überraschen. Ich werde mit ihr über Heirat reden.«

»Reden?«, schrie Cynthie empört. »Könnten Sie nicht einmal in Ihrem Leben mehr tun als reden?«

»Na, ich werde mich bei ihr nicht wie ein Tier aufführen«, wehrte David sich.

»Haben Sie's schon mal versucht?«, fragte Cynthie.

»Nein, natürlich nicht.«

»Woher wissen Sie dann, dass es nicht funktioniert?«

»Na ja«, überlegte David. »Ach, was soll's, zum Teufel. Ich werde sie einfach küssen. Sie küsst gut.«

»Freut mich zu hören«, knirschte Cynthie. »Bauen Sie diesmal ja keinen Mist, David.«

»Nein, nein«, versicherte David, aber sie hatte bereits aufgelegt. »Mein Gott, was für eine Hexe«, murmelte er in das Freizeichen und legte dann ebenfalls auf.

Montagvormittag rief Nanette bei Min im Büro an, um zu erfahren, wie das Abendessen bei den Morriseys verlaufen war. »Erzähle mir alles«, forderte sie.

»Mutter, ich muss arbeiten«, wehrte Min sie ab.

»Ja, aber dein Vater würde dich nie feuern«, versetzte Nanette. *»Dich* würde er nie verraten.«

»Mom?«, forschte Min.

»Was für ein Haus haben sie?«, fragte Nanette. »Hast du seiner Mutter gefallen?«

»Ein sehr schönes Haus«, antwortete Min. »Und seine Mutter konnte mich überhaupt nicht leiden.«

»Min, wenn sie deine Schwiegermutter wird ...«

»Sie wird nicht meine Schwiegermutter.«

»... dann wirst du ihre Hilfe brauchen. Wenn ihr in die Krise kommt. Nicht, dass deine Großmutter mir auch nur im Geringsten geholfen hätte ...«

»Wann hast du mit Daddy je Hilfe gebraucht?«, fragte Min.

»Na ja, *jetzt*«, erklärte Nanette gereizt.

»Na, jetzt ist sie tot«, protestierte Min. »Wie soll sie dir da helfen? Was ist denn los?«

Es herrschte eine lange Stille, dann erwiderte Nanette höchst dramatisch: »Er hat eine Affäre.«

»Ach was, hat er nicht«, widersprach Min. »Ehrlich, Mom, wann sollte er denn? Du weißt doch jede Minute des Tages, wo er gerade ist.«

»Beim Mittagessen«, sagte Nanette düster.

»Er geht mit Beverly zum Mittagessen«, erwiderte Min. »Und Beverly betet ihren Mann an und würde lieber beim Mittagessen nicht auch noch arbeiten. Er hat doch keine Affäre mit ihr.«

»Du bist wirklich naiv, Min«, versetzte Nanette.

»Und du bist paranoid, Mutter«, erklärte Min. »Was bringt dich nur auf den Gedanken, dass er dich betrügt?«

»Es ist nicht mehr wie früher. Wir sprechen überhaupt nicht mehr miteinander.«

»Du sprichst doch über nichts anderes als über Kleider und die Hochzeit und mein Übergewicht«, erwiderte Min. »Und das interessiert ihn nicht. Fang an, Golf zu spielen. Dann habt ihr immer etwas zu schwatzen.«

»Ich hätte es wissen sollen, dass du mich nicht verstehst«, jammerte Nanette. »Du hast ja auch deinen Calvin.«

»Ich habe keinen Calvin«, widersprach Min und wühlte in ihrer Schublade nach einer Büroklammer. »Ich bin nicht mit Calvin zusam… autsch!« Sie zog ihre Hand hervor und entdeckte eine Reißzwecke in ihrer Fingerspitze.

»Du hast nicht mal Zeit, an deine Mutter zu denken.«

»Ach, um Himmels willen«, stieß Min hervor. »Kümmere dich einfach wieder um die Hochzeit und mach keine Dummheiten, wie etwa Dad zu verlassen, weil da gar nichts vor sich geht. Gott ist mein Zeuge, der Mann ist unschuldig.«

»Die Töchter sind immer die Letzten, die es erfahren«, verkündete Nanette und legte auf.

»Quatsch«, murmelte Min, legte ebenfalls auf und tupfte ihre Fingerspitze mit einem Stück Schmierpapier ab.

Das Telephon klingelte fast sofort wieder, und als sie abhob, hörte sie Diana mit zittriger, dünner Stimme »Hi« sagen.

»Was ist passiert?«, fragte Min und verteilte noch mehr Blut auf dem Schmierpapier.

»Ich bin nur ... ein bisschen niedergeschlagen«, antwortete Diana. »Könnten wir irgendwas zusammen machen?«

»Auf alle Fälle«, versicherte Min. »Wie wär's mit heute Abend?«

»Da kann ich nicht«, erwiderte Di. »Ich muss zu Gregs Eltern zum Abendessen. Wie war's bei Cals Eltern?«

»Sehr schlimm«, antwortete Min. »Was ist mit morgen Abend?«

»Da kann ich auch nicht«, seufzte Di. »Susie und Karen geben eine Sex-Spielzeug-Party für mich.«

»Tut mir Leid, dass ich das verpasse«, log Min und versuchte, die Vorstellung von *Schlimmer* mit einem Vibrator in der Hand zu verdrängen.

»Wie wär's mit Mittwoch?«, fragte Diana. »Ich weiß, dass du mittwochs mit *Zucker* und *Pfeffer* ausgehst, aber vielleicht könnte ich mitkommen?«

»Ja«, Min verbiss sich das Lachen. »Besonders, wenn du mir versprichst, sie *Zucker* und *Pfeffer* zu nennen.«

»Liza würde mich *umbringen*«, erwiderte Diana, aber ihre Stimme klang schon etwas fröhlicher.

»Komm erst hierher«, schlug Min vor. »Und dann gehen wir aus, und du bleibst über Nacht bei mir. Ganz wie früher. Nur dass wir Kuchenschachteln falten müssen, weil sie noch flach sind, wie ich gerade gemerkt habe.«

»Okay«, stimmte Di zu. »Okay. Ich fühle mich schon besser. Das ist nur Lampenfieber vor der Hochzeit.«

»Genau«, erwiderte Min. »Hast du eigentlich kürzlich mit Mom gesprochen?«

»Na ja, sicher«, antwortete Diana. »Ich wohne ja im gleichen Haus wie sie.«

»Nein, ich meine ein *Gespräch*. Sie hat mich nämlich gerade angerufen, um mir zu erzählen, dass Dad sie betrügt.«

»Ach«, rief Diana erschrocken. »Nein, davon hat sie nichts gesagt.«

»Ah ja, gut«, meinte Min und versicherte Diana, dass ihr Vater nicht mit seiner Sekretärin schlief – »Das hieße ja, dass er das Mittagessen auslassen müsste, Di, und kannst du dir *das* vorstellen?« – und legte schließlich nach einem nochmaligen Versprechen, dass sie am Mittwoch ihren Spaß haben würden, auf.

Dann betrachtete sie ihr Telefon und wartete darauf, dass es nochmals klingelte. Sie hatte Cal gebeten, sie nicht anzurufen, weil sie den Montag für sich allein haben wollte, aber er war nicht besonders gut darin, Anweisungen zu befolgen, vielleicht also …

Um fünf Uhr abends war ihr klar geworden, dass der Mistkerl es gelernt hatte, Anweisungen zu befolgen. Als Min nach Hause kam, hörte sie, schon bevor sie die Tür öffnete, Elvis aus ihrer Stereoanlage dröhnen. Dann sah sie den Kater auf der Rückenlehne der Couch ausgebreitet liegen, die Ohren direkt vor dem Lautsprecher. »Hast du's wieder allein eingeschaltet, ja?«, begrüßte sie ihn und kraulte ihn zum Trost dafür, dass sie ihn den ganzen Tag allein gelassen hatte. Allerdings schien ihn das nicht sehr bekümmert zu haben. Dann kochte sie Spaghetti und machte es sich, wie geplant, mit dem Kater gemütlich, wobei sie mit einem Ohr für alle Fälle auf ein Klopfen an der Tür lauschte. Als es dann tatsächlich kam, empfand sie zu gleichen Teilen Ärger und Glück. Na gut, Cal war nicht gut darin, zuzuhören, und das war schlecht, aber trotzdem war sie froh, dass er gekommen war.

Als sie die Tür öffnete, stand David vor ihr. Von ihren Gefühlsaufwallungen blieb nur noch der Ärger übrig.

»Was willst du denn hier?«, fragte sie.

»Ich muss mit dir sprechen.« Er marschierte an ihr vorbei ins Wohnzimmer. Dann blieb er wie angewurzelt stehen und starrte auf die Couch. »Mein Gott, was ist denn das?«

»Das ist Elvis«, erklärte Min und schloss die Wohnungstür. »Mein Kater. Ich liebe ihn. Beleidige ihn, und du gehörst der Vergangenheit an.«

David ließ sich so weit wie möglich von Elvis entfernt auf der Couch nieder. »Ich habe über uns nachgedacht«, begann er und lockerte seine Krawatte.

»Es gibt kein ›Uns‹«, entgegnete Min. »Und es gab nie ein ›Uns‹. Das Beste, das du je für mich getan hast, war, mir den Laufpass zu geben. Wenn ich nicht immer noch wütend auf dich wäre, wäre ich dir dafür dankbar.«

»Ich weiß, ich weiß, das habe ich verdient.« David löste den Knoten seiner Krawatte und wirkte dadurch unangezogener, als Min ihn je zuvor gesehen hatte. »Das war das Blödeste, das ich je getan habe.« Er klopfte auf die Couch neben sich. »Komm her und hör mir zu.«

Min ging zur Couch und setzte sich. »Beeil dich damit«, mahnte sie. »Elvis und ich wollen uns einen schönen Abend machen.« Als er seinen Namen hörte, kroch Elvis auf der Rückenlehne näher heran und setzte sich neben sie. Er schnurrte sanft, und sie hob eine Hand und rieb ihn hinter den Ohren. »Nur ruhig, Tiger«, sagte sie zu ihm. »Er geht ja bald wieder.«

David beugte sich zu ihr und behielt dabei den Kater im Auge. »Ich möchte dich heiraten, Min.«

Elvis fuhr seine Krallen aus und versenkte sie in Davids Ärmel.

»Zur Hölle!«, brüllte David und fuhr zurück. »Wieso macht er denn das?«

»Elvis will nicht heiraten«, erklärte Min. »Ich glaube, Priscilla hat ihm das Herz gebrochen. Er hat sie immer geliebt, weißt du.«

»Das ist gar nicht witzig«, schimpfte David.

»Wer lacht denn hier?«

»Sieh mal, ich mein's ernst.« David holte aus seiner Manteltasche ein Päckchen hervor und reichte es ihr. »Hier, so ernst ist es mir.«

»Doch wohl kein Ring, oder?«, fragte Min entsetzt.

»Nein«, erwiderte David, und so wickelte sie es aus. In der Schachtel befand sich eine teure, große Schneekugel mit dem Eiffelturm darin.

»Der Eiffelturm?«, stieß Min ungläubig hervor. *Dieser Kerl kennt mich kein bisschen.*

»Dort verbringen wir die Flitterwochen«, verkündete David und rückte näher. »In Paris. Das wird ein wundervolles Leben für uns, Min. Ich habe auch nichts dagegen, wenn wir sofort eine Familie gründen. Wir können ...«

»Ich will keine Kinder«, unterbrach ihn Min und spähte in die Schneekugel hinein. »David, das ist nicht die Art, wie ich ...«

»Natürlich möchtest du Kinder«, erklärte David. »Du bist die geborene Mutter.«

Min stellte die Schneekugel auf dem Seitentischchen ab und blickte den Kater an. »Da gibt es zwei Männer, Elvis. Der eine nennt dich einen gefallenen Engel, der andere bezeichnet dich als geborene Mutter. Welchen würdest *du* wählen?«

»Na ja, du bist natürlich mehr als das«, räumte David ein. »Aber ...« Er hielt inne, als der Kater von der Rückenlehne sprang, an ihm vorbeistrich und dabei eine Spur rötlicher Katzenhaare auf seinem Ärmel hinterließ. »Dein Kater hat gerade auf meinen Anzugärmel gehaart.«

»Das ist nur fair«, versetzte Min. »Schließlich hat dein Anzug gerade teure Anzugappretur an ihm hinterlassen.«

»Min, ich weiß, dass du dich mit Cal Morrisey triffst«, fing David an.

»Ach wirklich?«, erwiderte Min und dachte: *Du elender Hurensohn, du versuchst noch immer, diese Wette zu gewinnen*. Das war eigentlich genug, um sie Cal direkt in die Arme zu treiben, nur um mit David abzurechnen. Dieser Gedanke war aufregender, als er hätte sein dürfen.

»Du solltest dich nicht mit Cal treffen«, fuhr David ernst fort. »Nie mehr.«

Der Kater sprang auf das Seitentischchen und stieß mit der Nase gegen die Schneekugel, bis sie rollte und auf dem steinernen Boden vor dem Kamin landete, wo sie zerschellte und sich eine Wasserpfütze ausbreitete.

»Elvis!« Min sprang vom Sofa auf, um ihn davonzuscheuchen. »Weg da. Da sind lauter Scherben.«

»Das hat er mit Absicht getan«, rief David wütend.

»Ja, David, der Kater hat eine Verschwörung gegen dich angezettelt.« Min angelte den Sockel und ein paar Glasteile aus der Pfütze und legte sie auf den Tisch. Dann holte sie den Abfalleimer und begann, die Glasscherben einzusammeln.

»Dieser Kater ...«, begann David.

»Ja?«, unterbrach ihn Min und hob die größte Scherbe auf.

»Egal«, erwiderte David. »Du weißt nicht, was Cal Morrisey vorhat.«

»Natürlich weiß ich das«, erwiderte Min und hob weiter Scherben auf. »Er versucht, mich ins Bett zu kriegen.«

»Ja«, bestätigte David, »aber das ist nicht alles.«

»Ich weiß.« Min betrachtete sich die Bescherung. »Gib mir diese Zeitschrift da auf dem Tisch, ja?«

David reichte ihr die Zeitschrift, und Min riß das stabile Deckblatt ab, während er fortfuhr: »Du hast keine Ahnung. Er ist zu allem fähig.«

»Den Eindruck hatte ich auch.« Min schob das Deckblatt unter die Glasscherben und verwendete den Rest der Zeitschrift wie einen Handfeger. Sie kippte die Scherben in den Abfalleimer und entdeckte dann noch ein größeres Stück Glas etwas abseits. »Hör mal, David, du brauchst dir keine Sorgen um mich zu machen. Ich bin nicht in Cal verl... *autsch*!« Sie zog ihre blutende Hand zurück. »Zum Teufel.« Sie hob das letzte Stück auf, warf es in den Eimer und ging dann in die Küche, um das Blut abzuwaschen.

»Hörst du mir zu?«, fragte David.

»Nein«, antwortete Min über dem Rauschen des Wassers. »Ich bin verletzt. Und ich will, dass du gehst. Ich will dich nicht heiraten.« Sie drehte das Wasser ab, umwickelte ihren Finger mit einem Papiertaschentuch und ging ins Wohnzimmer zurück, um David loszuwerden.

»Min«, begann David von neuem und stand auf. »Du nimmst mich nicht ernst.«

»Herrje, nein«, versetzte Min und öffnete die Wohnungstür. »Du bist ja ganz nett, David, na ja, eigentlich nicht. Jetzt geh ...«

»Nein, Min, ich bleibe«, beharrte er mit tiefer, ernster Stimme.

Dann packte er sie und küsste sie heftig.

11

David hielt Mins Kopf in seinen Händen fest, so dass sie nicht zurückweichen konnte. Da holte sie mit der Hand aus, um ihm eine Ohrfeige zu versetzen, aber bevor sie zuschlagen konnte, sprang er bereits schreiend zurück.

Zu seinen Füßen fauchte Elvis, der seine Krallen in Davids Schienbein geschlagen hatte.

Min wischte sich über den Mund, während David Elvis von seinem Bein abschüttelte. »Na, das ist wirklich ein *starkes Stück*. Wie schon gesagt, suche dir woanders eine Frau, die deinen Vorstellungen von einer Lebensgefährtin entspricht, und heirate sie. Ich habe hier nämlich einen Kampfkater, und ich werde gerade im Moment innerlich zur Furie, also rette lieber dein Leben, solange du noch kannst.«

»Es tut mir Leid«, stöhnte David. »Ich bin einfach so scharf auf dich.«

»Klar«, erwiderte Min. »Versuch das noch einmal, und ich kille dich. Und jetzt raus.«

»Versprich mir, dass du dich nie mehr mit Cal Morrisey triffst«, bat David; Elvis duckte sich auf der Rückenlehne der Couch und fauchte.

»Nein, David, ich verspreche dir überhaupt nichts.« Min deutete zur Tür. »Raus, oder ich zeige dich wegen Hausfriedensbruchs an.«

»Denk wenigstens darüber nach«, bettelte er.

»Nein«, entgegnete Min und stieß ihn zur Tür hinaus. Nachdem sie sie hinter ihm geschlossen hatte, sah sie Elvis an, der sich jetzt wieder auf der Rückenlehne ausgestreckt hatte, den Kopf ganz nah an seiner geliebten Stereoanlage. Er schlug mit der Pfote gegen das Gerät, bis er die Wiedergabetaste traf, und »Heartbreak Hotel« aus den Boxen dröhnte.

»Dreh es leiser«, forderte Min ihn auf und wurde sich dann erst bewusst, dass sie mit einem Tier sprach. Sie ging hinüber und drehte am Lautstärkeregler. »Wirklich schlau, Elvis.«

Elvis schlug wiederholt auf die Vorwärtstaste, bis »Love Me Tender« ertönte.

»Na ja, es gibt Schlimmeres«, meinte Min und betrachtete den sich räkelnden Kater. »Etwa wenn dir die Musik aus den Julia-Roberts-Filmen gefiele.«

Elvis' Schwanz begann, zur Musik zu zucken, und Min gab es auf und ging sich ein Pflaster holen.

Cal rief auch am Dienstag nicht an, und Min gratulierte sich am Abend, dass sie ihn endlich los war, und fühlte sich elend deswegen. Da klopfte es an der Wohnungstür. Sie rührte noch einmal das Hühnchen in Marsala um und ging dann zur Tür, wobei sie eine Dose Tränengas vom Tisch nahm. Nach zwei vollen Tagen ohne Telefonanruf hoffte sie gerade auf einen Überfall, damit sie etwas Spannung abbauen konnte. Aber als sie die Tür öffnete, lehnte Cal im Türrahmen, die übliche Schachtel von Emilio's in der Hand, samt einer kleineren Einkaufstüte, und er wirkte erschöpfter, als sie ihn je gesehen hatte. Sein Hemdkragen stand offen, und die Krawatte hing ihm lose um den Hals, die Ärmel waren aufgerollt, und er war zerknittert und schmutzig und der Typ mit dem größten Sexappeal, den sie je gesehen hatte. Ihr Herz machte Sprünge, einfach weil sie so froh war, dass er gekommen war.

Er sagte »Hi« und erblickte das Tränengas. »Du brauchst nur ›Nein‹ zu sagen«, erklärte er. Da öffnete sie die Tür weiter, und er kam herein und küsste sie auf die Stirn. Sie schmiegte sich an ihn, weil er so stark wirkte und weil sie so froh war, ihn wieder zu sehen, und dann streckte sie sich aus einem Impuls heraus und küsste ihn sanft, ein Hallo-wie-geht's-dir-Kuss, der jetzt genau das Richtige zu sein schien.

Als sie zurücktrat, blickte Cal erstaunt drein.

»Was ist?«, fragte sie. »Das war ein Kuss unter Freunden.«

Er schüttelte benommen den Kopf und schob die Tür hinter sich mit der Schulter ins Schloss. »Das war ...lieb. Hier.« Er reichte ihr die kleine Einkaufstüte. »Ich umwerbe dich. Du kriegst Geschenke.«

Min nahm die Tüte und fühlte sich verunsichert. »Schlecht, der Kuss? Hab ich's falsch gemacht?«

»Nein.« Er lächelte sie erschöpft an. »Du könntest es gar nicht falsch machen.« Sein Lächeln verblasste. »Aber es war das erste Mal.«

»Also wirklich«, protestierte Min. »Wir küssen uns doch schon seit Tagen.«

»Ich habe dich seit Tagen geküsst«, entgegnete Cal, ging mit

Emilios Schachtel zum Tisch und warf im Vorübergehen sein Jackett auf den Stuhl. »Das ist das erste Mal, dass du mich geküsst hast, Minnie. Was riecht hier so gut?«

»Chicken Marsala natürlich«, antwortete Min. »Ich glaube, jetzt hab ich den Dreh raus. Was meinst du, das ist das erste Mal? Ich ...« Sie dachte darüber nach. Er hatte Recht. Immer hatte er sie geküsst.

»Mach dir keine Gedanken deswegen«, beruhigte er sie und wandte sich ihr wieder zu. »Also ...«

Min ließ die Einkaufstüte fallen, reckte sich auf die Zehen und küsste ihn wieder, diesmal voller Leidenschaft. Ihr wurde schwindlig, und sie hielt sich an seinem Hemd fest. Da umfing er sie und erwiderte den Kuss, bis sie glühte und bebte.

»Das ist Nummer zwei«, meinte Cal atemlos. »Nicht etwa, dass ich nachzählen würde.«

»Es hätten mehr sein sollen«, stellte Min fest und versuchte, wieder zu Atem zu kommen. »Ich meine, wir meinen es ja nicht so, aber ich hätte dir nicht die ganze Arbeit alleine überlassen sollen.«

»Hat mir nichts ausgemacht«, erwiderte Cal und zog sie enger an sich. Sie wusste, dass sie sich zurückziehen sollte, aber sie wollte nicht, denn er fühlte sich verdammt zu gut an. »Aber so mag ich's auch sehr gern.«

»Ich wollte nur nicht, dass du auf falsche Gedanken kommst«, erklärte Min und legte ihre Stirn gegen seine Brust.

»Auf welche denn zum Beispiel?«

Sie fühlte, wie er wieder ihren Scheitel küsste, und lächelte. »Na ja, dass ich ...ähm ... mehr will.«

»Richtig«, stellte Cal fest. »Einfach Freunde. Klar. Komm, küss mich.«

Min grinste und hob ihren Kopf. »Das zählt nicht, wenn du es von mir verlangst.«

»Es zählt immer«, entgegnete er und küsste sie, und sie drängte ihm entgegen und verlor das Gefühl für die Zeit und für alles außer seiner Umarmung. Dann schnappte er nach Luft und keuchte: »Vielleicht komme ich doch auf falsche Gedanken.«

»Nein«, wehrte Min ab und wich zurück. »Tu das nicht. Vergiss das alles.« Sie hob ihr Tränengas hoch. »Ich bin bewaffnet.«

»Na gut«, gab er nach, ließ sie los und warf sich auf die Couch. »Elvis, alter Freund, wie geht's?« Er hob die Hand, um Elvis hinter den Ohren zu kraulen, und Min wollte in Erinnerung daran, was David passiert war, schon »Nein« rufen. Elvis aber senkte den Kopf, damit Cal besser an ihn herankam, und schnurrte wohlwollend. »Weißt du, das ist wirklich ein netter Bursche.«

»Ich weiß.« Min versuchte, ihr klopfendes Herz zu beruhigen, als Elvis sich ihm zu Füßen wälzte. »Ich weiß gar nicht, wie ich's ohne ihn ausgehalten habe.« Sie hob die Einkaufstüte auf und setzte sich neben Cal auf die Couch. »Also, ich habe schon davon gehört«, begann sie und öffnete die Tüte. »Du wirst mir etwas schenken, von dem ich nicht mal wusste, dass ich es brauche.«

»Was meinst du damit, du hast schon davon gehört?«, fragte Cal, aber Min zog gerade einen Schuhkarton hervor.

»Bei Schuhen habe ich einen sehr eigenen Geschmack«, meinte sie kopfschüttelnd. »Da ist das Risiko einer Katastrophe sehr hoch.«

»Ich lebe gern gefährlich«, grinste Cal.

Min öffnete die Schachtel. Darin lagen fersenfreie Pantöffelchen mit Absätzen, wie sie sie liebte, aber sie waren mit weißem Fell bedeckt. »Was zum Teufel?«, rief Min aus, doch als sie sie herausholte, erkannte sie die Bunny-Gesichter in dem Fell. »Du hast mir *Bunny-Slipper* mitgebracht?«, jauchzte Min und hielt sie empor. Die Bunny-Häschen sahen sie an, süß und ein bisschen dusselig. »*Bunny-Slipper mit offenem Zehenteil*? Die sind einfach *unglaublich*.«

»Ich weiß«, lächelte Cal und kraulte Elvis' Bauch. »Musik ist auch drin.«

»Lass mich raten«, meinte Min und griff nochmals in die Tüte. »Elvis Costello.« Sie zog eine CD hervor und las den Titel laut: »Elvis Presley, Die fünfzig schönsten Liebeslieder.« Sie sah Cal an. »Du hast mir Elvis *Presley* mitgebracht.«

»Das magst du doch«, erwiderte Cal. »Warum sollte ich dir etwas schenken, das ich mag?«

»Junge, Junge, im Schenken bist du wirklich gut«, erklärte Min und blickte wieder die Bunny-Häschen an. »Ich *liebe* diese Schuhe.«

»Jede Frau sollte Bunny-Slipper haben«, meinte Cal und hob einen davon auf. »Besonders Frauen mit Zehen wie deine.« Er packte ihren Fuß und streifte ihre Frotteesocke herunter, und Min wackelte mit ihren Zehen, deren Nägel diesmal rosa lackiert waren. »Wirklich heiße Zehen, Minnie«, stellte er fest und rieb mit dem Daumen über ihre Fußsohle.

»Und kitzlig«, warnte Min und versuchte, ihren Fuß zurückzuziehen, aber er schob schnell den Pantoffel darüber, und Min schloss die Augen und genoss mit einem Seufzen das angenehme Gefühl des Fells auf ihrer Haut. »Ach, wunderbar.« Sie blickte wieder auf ihren Fuß und wackelte mit ihren Zehen unter Bunnys Maul. »Die sind einfach perfekt.«

»Ich weiß«, erwiderte Cal und ließ ihren Fuß los.

Min streifte ihren anderen Socken ab und schlüpfte in den zweiten Bunny-Slipper. »Mit Geschenken bist du genial. Die CD spiele ich aber erst, wenn du wieder fort bist, damit du nicht leiden musst.«

»Ich mag Elvis«, erklärte Cal. Inzwischen war Elvis, der Kater, bis zur Armlehne gekrochen und stieß etwas von dem Tischchen neben der Couch.

»Hey.« Cal beugte sich vor, um es aufzufangen. »Vorsichtig, Kater, sonst ...« Er verstummte, als er das Etwas in den Händen hielt. »Wie kommst du denn zum Eiffelturm?«

»Jemand hat mir gestern Abend eine Schneekugel mit dem Eiffelturm geschenkt«, antwortete Min und betrachtete noch immer ihre wackelnden Zehen. »Elvis hat sie zerbrochen.«

»Braves Tier.« Cal reichte ihr den Eiffelturm, sie ließ ihn in den Abfalleimer fallen und betrachtete dann wieder ihre Häschen. »Und wer war so dämlich, dir eine Schneekugel ohne Leute darin zu schenken? Greg?«

»Nein«, entgegnete Min fröhlich und sah Ärger voraus. »Weißt du, was? Ich glaube, diesmal ist mir das Hühnchen gelungen.« Sie stand auf. Die Slipper fühlten sich wunderbar an. »Sie passen *perfekt*.«

»Minerva«, stellte Cal fest, »du verschweigst mir etwas.«

»Vieles«, versetzte sie, und als sie in die Küche ging, lauschte sie auf das Geräusch, das ihre neuen Slipper auf dem Parkettboden machten. »Vielleicht ziehe ich die nie mehr aus.«

Hinter ihr ertönte »Love Me Tender«, und Cal rief von der Couch aus: »Kann dieser Kater etwa die Stereoanlage einschalten?«

»Er kennt die Wiedergabetaste«, rief sie zurück. »Und die Wiederholungstaste, leider. Gestern Abend habe ich vier Mal hintereinander »Love Me Tender« gehört, bis ich die CD herausgenommen habe.« Sie rührte das Hühnchen noch einmal um, kostete und dachte: *Ich glaube wirklich, das ist es*. Sie lächelte und kostete zur Sicherheit noch einmal, bevor sie rief: »Ich glaube, du solltest das hier mal probieren.«

»Gerne«, antwortete Cal direkt hinter ihr. »Aber sag mir zuerst, wem das gehört?«

Sie wandte sich um und sah, dass er Davids Krawatte hielt.

»Wo hast du denn die her?«, fragte sie.

»Elvis hat damit gespielt«, erwiderte Cal.

Sie nahm sie ihm aus der Hand und warf sie in den Küchenmüll. »Geht dich nichts an, wem die gehört.«

»Ich weiß.«

»Du kannst doch wohl nicht eifersüchtig sein«, meinte Min.

»Und trotzdem, sehr zu meinem eigenen Abscheu, bin ich's.« Cal verschränkte die Arme. »Also gut, ich habe kein Recht, danach zu fragen.«

»Das ist wahr«, stimmte Min zu.

»Also wer war es?«

Sie lehnte sich gegen den Ofen und erkannte, dass sie froh war über seine Eifersucht. *Du bist unverbesserlich*, schalt sie sich.

»Minnie«, mahnte Cal.

»Mein Exfreund. Er kam vorbei und machte mir einen Antrag.«

»Ach wirklich?«, entgegnete Cal ruhig, aber seine Kiefermuskeln spannten sich.

»Ja, wirklich«, antwortete Min amüsiert. Er schenkte mir diese Schneekugel, weil wir die Flitterwochen in Paris verbringen sollten.«

»Wie passend«, schnappte Cal.

»Eigentlich nicht«, erwiderte Min und richtete sich auf. »Ich will keine Flitterwochen in Paris.«

»Hast du ihm das gesagt?«

»Nein«, entgegnete Min, am Ende ihrer Geduld. »Ich sagte ihm, dass ich nicht heiraten wolle, und warf ihn raus.«

»Aha«, machte Cal.

»Und das war's«, schloss Min. »Fort ist er.«

»Nein, ist er nicht«, widersprach Cal.

»Ich schwöre dir …«

»Er hat seine Krawatte hier gelassen, Min.«

»Na und?«

»Er hat sie hier gelassen, damit er deswegen wiederkommen kann.«

»Das ist doch …« – Min dachte darüber nach – »… absolut möglich.«

»Gib mir das Ding«, bat Cal.

»Wozu denn?«, fragte Min entnervt.

»Damit ich sie diesem Hurensohn morgen mit einer Botschaft zurückschicken kann«, erklärte Cal. »Wer ist er denn?«

»Hast du komplett den Verstand verloren?«

Cal schloss die Augen. »Ja.«

»Na also«, meinte Min. »Selbsterkenntnis ist der erste Schritt zur Besserung.«

»Triff dich nicht mehr mit ihm.« Es war eine Bitte, keine Forderung.

»Tu ich auch nicht«, erklärte Min. »Ich mag ihn nicht mal.«

»Darf ich bitte diese Krawatte zurückschicken?«, bat Cal und streckte die Hand aus.

Min angelte sie wieder aus dem Müll. »Hier. Er heißt David Fisk. Er betreibt ein Soft...« Sie verstummte nach einem Blick in Cals Gesicht. »Was ist?«

»David Fisk ist dein Ex?«, fragte Cal, und Min fiel die Wette ein.

»Ja«, erwiderte sie. »Kennst du ihn?«

»Ja«, antwortete Cal. »Er ist ...« Er hielt inne, und sie wartete. »Er ist ein Kunde von uns.«

»Aha«, machte Min und dachte: *Die Wette, er will mir nichts von der Wette erzählen. Verdammt noch mal.*

Cal knüllte die Krawatte zusammen. »Ich werde sie ihm zurückschicken. Und wie ist das Hühnchen geworden?«

»Ich finde, sehr gut«, erwiderte Min und fühlte sich deprimiert, als Elvis im Hintergrund von wahrer Liebe sang.

»Sieht großartig aus.« Cal nahm sich einen Löffel vom Abtropfbrett und nahm eine Probe von der Sauce. Er kostete, und Min wartete, denn sein Urteil war ihr wichtig. »Verdammt, das ist gut«, rief er aus und blickte sie überrascht an. »Ich finde sogar, besser als das von Emilio. Hast du etwas anders gemacht?«

»Ja«, erwiderte Min, »aber das ist mein Geheimnis. Du hast deine Geheimnisse, und ich habe meine.«

»Ich habe keine Geheimnisse«, behauptete Cal.

»Abendessen«, sagte Min nur und deckte den Tisch, während »Love Me Tender« wieder von vorn begann.

Sie unterhielten sich während des Essens und beim Abspülen, und Min genoss es gegen ihren Willen, versuchte, an die Wette zu denken, und vergaß sie immer wieder, weil es einfach schön war, mit ihm zusammen zu sein. Irgendwie war er in ihr Leben geschlüpft und ihr unter die Haut gegangen, und sie war glücklich darüber, obwohl sie wusste, dass es zu seinem Plan gehörte. *Ich habe keinen Plan*, dachte sie, und das tat so wohl, dass sie aufgab und ihn einfach anlächelte, und als er ging, küsste sie ihn ohne Vorbehalte zum Abschied. Er lehnte am Türrahmen und begann: »Minnie, wegen dieses ›Nur-gute-Freunde‹ …«, doch sie schob ihn sanft hinaus und schloss die Tür, um zu verhindern, dass er sagte: »Ich hasse das, bitte vergiss es und liebe mich.«

Denn das, sagte sie sich, als sie zu Elvis zurückkehrte, wäre gar nicht gut.

Mittwochabend gegen sieben Uhr saß David in Hemdsärmeln in seinem Büro und bemühte sich, zwei Lieferungen aufzuspüren, die verloren gegangen waren, und überlegte gleichzeitig, wie er an Min herankommen könnte, die ihm einst einen »Caesar«-Salat vorbeigebracht hatte. Da flog mit einem Knall seine Bürotür auf, und Cynthie stand vor ihm, wieder in einem maßgeschneiderten Kostüm, diesmal in Rosarot.

»Ach, gut, Sie sind's«, sagte er ausdruckslos.

»Sie treffen sich immer noch.« Cynthie betrat den Raum und schloss die Tür hinter sich. »Sie sollten doch einen Vorstoß machen.«

»Habe ich auch«, schnappte David. »Und sie hat Nein gesagt. Ich habe meine Krawatte dort gelassen, aber Cal hat sie mir zugeschickt, also war das auch Essig. Aber sie hat auch gesagt, dass sie nicht mit ihm schlafen will, deswegen glaube ich, wenn wir abwarten …«

»Ah ja? Dann passen Sie mal auf: Er hat sie seiner Mutter vorgestellt.«

David setzte sich auf, kalt lief es ihm über den Rücken. »Was?«

»Er hat sie nach Hause mitgenommen, um sie seiner Mutter vorzustellen«, wiederholte Cynthie. »Ich habe sieben Monate gebraucht, bis Cal mich zu seinen Eltern mitnahm. Sie hat das in *drei Wochen* geschafft. David, *ich verliere ihn.*«

»Zu seiner Mutter«, echote David und dachte: *Der Bastard. Der würde alles tun, um diese Wette zu gewinnen. »Scheiße.«* Er blickte erschrocken auf, weil er es laut gesagt hatte. »Tut mir Leid.«

»Nein«, entgegnete Cynthie und stellte sich vor ihn. »Es tut Ihnen nicht Leid. Sie sind *wütend.*«

»Ja, das bin ich.« David dachte an Cal Morrisey und wurde noch wütender. Jemand sollte Kerlen wie ihm Einhalt gebieten. Er erhob sich. »Und was soll ich jetzt tun?«

»Um sie kämpfen«, forderte Cynthie. »Sie ist Ihre Freundin. Erobern Sie sie zurück.«

»Ich hab's ja versucht«, wandte David leicht entmutigt ein. »Aber sie mag Cal.«

»Sie sind der *passivste* Hurensohn, den es gibt«, zischte Cynthie. »Kein Wunder, dass sie nie mit Ihnen geschlafen hat. Wahrscheinlich haben Sie das nie versucht.«

»Vielen Dank«, erwiderte David. »Hört sich toll an von einer, der nach neun Monaten der Fisch von der Angel gesprungen ist. Die aggressive Tour scheint sich auch für Sie nicht ausgezahlt zu haben, Süße. Vielleicht sind Sie diejenige, die nicht genug Dampf hat.«

»Hör mal, du Trottel«, keifte Cynthie. »Ich habe einen perfekten Körper, und ich bin *umwerfend* im Bett.«

»Ach? Das bezweifle ich.« David kam hinter seinem Schreibtisch hervor. »Und mach dir nicht die Mühe, deine Jacke wieder auszuziehen. Die Ware kenn ich schon.«

Cynthie starrte ihn an. »*Du Bastard!*«

»Zum Teufel, Cynthie, was erwartest du denn? Du kommst hier reingeschneit und beschimpfst mich, weil dein Ex meine Ex mit zu seiner Mutter nach Hause nimmt. Wenn du ihn stoppen willst, dann tu's selber. Knöpf deine Kostümjacke vor *ihm* auf.« David schöpfte Atem und schloss die Augen. »Sieh mal, ich bin müde, und mir ist elend zumute, und ich habe seit drei Monaten keinen Sex mehr gehabt. Nimm deinen perfekten Körper und geh zu dem Kerl zurück, mit dem du perfekten Sex hattest. Ich muss hier noch arbeiten.«

Als sie nicht antwortete, öffnete er die Augen. Sie blickte ihn stirnrunzelnd an.

»Sie schlafen nicht miteinander«, stellte Cynthie fest.

»Ich weiß«, erwiderte David. »Also hat keiner von uns Sex. Toll. Hau ab.«

»Das sieht man an der Art, wie sie sich zueinander verhalten«, fuhr sie fort, und er wartete ab.

»Ich war gerade im ›Long Shot‹. Min war mit Cal dort, und ich habe sie beobachtet. Sie haben es noch nicht getan. So etwas kann man erkennen, denn die Leute berühren sich anders, wenn sie miteinander Sex hatten. Sie sind entspannter, sie …« Cynthie kam einen Schritt näher. »Und sie haben es noch nicht getan. Wir können sie uns immer noch zurückholen. Ich kenne ein großartiges Aphrodisiakum.«

»Klar«, versetzte David. »Du knöpfst deine Jacke auf.«

»Nein«, sagte Cynthie, die jetzt so dicht vor ihm stand, dass sie ihn fast berührte. »Schmerz. Wenn Freude nichts bewirkt, versuch's mit Schmerz. Zum Beispiel Eifersucht. Das ist ein physiologischer Reiz, ein sehr starker. Sie gehen jetzt zu Emilio's, das habe ich gehört. Und wir gehen ebenfalls hin.«

David wich einen Schritt zurück und stieß gegen seinen Schreibtisch. »Cynthie, ich glaube nicht …«

»Aber zuerst«, fuhr Cynthie fort, »müssen wir Sex miteinander haben.«

David erstarrte.

»Bei mir sind es auch schon drei Monate«, erklärte Cynthie. »Also werden wir jetzt hier auf der Stelle phantastischen, athletischen, verschwitzten Sex haben, und dann gehen wir zu Emilio's zum Essen. Und Cal wird Bescheid wissen. Alle Menschen wirken anders, wenn sie gerade Sex miteinander hatten.«

David schluckte. »Na ja, vielen Dank, aber ich glaube nicht, dass das ...«

Cynthie knöpfte ihre Kostümjacke auf und enthüllte einen glänzenden, rosafarbenen BH, so durchsichtig, dass er wahrscheinlich in einigen Bundesstaaten verboten war.

»... zu irgendetwas führt, außer dass wir uns blöd vorkommen ...«

Sie ließ ihre Kostümjacke zu Boden fallen und öffnete den Reißverschluss ihres Rockes.

»... wenn der oberflächliche physische Reiz ...«

Ihr Rock glitt an ihren bemerkenswerten Beinen herab, und David bot sich der Anblick des perfektesten Körpers, den er je in Fleisch und Blut gesehen hatte.

»... abklingt«, endete er lahm.

Sie ging auf ihn zu. »Du wirst mich nicht zurückweisen.«

»Wahrscheinlich nicht«, murmelte David und ließ sich von ihr zu Boden ziehen.

Es war seltsam, Diana dabeizuhaben, erkannte Min, als sie im ›Long Shot‹ saßen. Als träfen zwei Welten aufeinander. Di blickte sich mit großen Augen um, lächelte entzückt Shanna zu, lachte über alles, was Tony erzählte, betrachtete Cal voller Anerkennung und fragte nach Liza, als wollte sie die gesamte Mannschaft aus Mins Leben in Augenschein nehmen.

»Arbeitet«, erklärte Tony. »Sie wollte erst Emilios Abendschicht auf Vordermann bringen und sich dann die Mittagsschicht vorknöpfen. Ich habe sie nicht mehr gesehen, seit sie dort angefangen hat.«

»Wir sollten zu Emilio's gehen«, schlug Roger vor. »Dann würdest du Liza zu Gesicht kriegen.«

»Ich möchte nicht …«, begann Tony, aber Min unterbrach ihn: »Das ist eine gute Idee, finde ich. Ich habe Hunger, und Di war noch nie dort.« Also wanderten sie die zwei Blocks zu Emilio's.

»Die Jungs sind große Klasse«, flüsterte Diana Min zu. »Ich wusste nicht, dass du eine so tolle Clique hast.«

»Na, ich weiß nichts von einer Clique«, erwiderte Min, aber dann erkannte sie, dass Diana Recht hatte und dass sie mit Tony genauso locker umging wie mit Cal und dass sie Roger längst als die Art zukünftigen Schwager akzeptiert hatte, zu dem ihn Bonnie bald machen würde.

Liza empfing sie an der Tür in einem kleinen Schwarzen, das nach einer Million Dollar aussah und sie wahrscheinlich in einem Trödelmarkt zehn Eier gekostet hatte. »Willkommen bei Emilio's«, sagte sie und zwinkerte Diana zu. »Du wirst begeistert sein.«

»Ich weiß nicht so recht«, murmelte Cal hinter Mins und Dianas Rücken. »Ich habe gehört, der Service sei ›pfeffrig‹.«

Di stieß Min mit dem Ellbogen an und flüsterte: »Du solltest es doch niemandem verraten.« Dann grinste Cal sie an, und sie musste lachen.

»Charmebolzen«, murmelte Min.

Brian tauchte in tadelloser Kleidung auf, als Liza sie zum Tisch am Fenster geleitete. »Hallo«, begrüßte er sie. »Ich bin Brian, und ich bediene Sie heute Abend.«

»*Brian?*«, stieß Cal hervor.

»Mr. Morrisey«, erwiderte Brian und starrte ihn an.

»Lass dich von den Kunden nicht einschüchtern, Brian«, mischte Liza sich ein und legte ihm eine Hand auf den Arm. »Vergiss nie, du bist ihnen haushoch überlegen.«

»Ja, Liza«, antwortete Brian und blickte sie anbetungsvoll an.

»Oh Gott«, murmelte Cal.

»Du hast meine Erlaubnis, zu Mr. Morrisey unhöflich zu sein«, teilte Liza Brian mit.

»Gut«, erwiderte Brian und gab Cal mit der Menükarte einen leichten Schlag auf den Hinterkopf, was Diana aufs Neue zum Lachen brachte.

»Wo sind wir denn hier gelandet?«, fragte sie und blickte sich um.

»Zu Hause«, antwortete Cal, und Min nickte und sah ihr Leben plötzlich mit Dianas Augen. Es war ein verdammt gutes Leben, nur hatte es sich unentwirrbar in Cals Leben verheddert. *Was soll ich nur tun, wenn er mich verlässt?* Der Gedanke, dass sie es so weit hatte kommen lassen, dass dies eine solche Gefahr für sie darstellte, erschreckte sie; sie blieb während des Abendessens größtenteils stumm, hörte zu, wie Diana mit allen schwatzte, und betrachtete Cal, der mit aufgerollten Hemdsärmeln und gelockerter Krawatte dasaß, sich vollkommen zu Hause fühlte und ihr immer wieder zulächelte. Er wirkte wie ein Fels, ganz anders als David mit seiner modischen Schlankheit oder Greg mit seiner offensichtlichen Fitnesscenterfigur. Cal war breitschultrig und kräftig und real und unendlich begehrenswert. *Ich wäre fähig, hier und jetzt Ja zu ihm zu sagen*, dachte sie und fühlte, wie die Wärme in ihr hochstieg; und obwohl sie wusste, dass sie das nie tun würde, gestattete sie sich einen Augenblick lang, der Phantasie nachzugeben, wie sie unter ihm zurücksank, sein Gewicht auf sich spürte, seine Hände heiß an ihrem Körper, ihre Arme um seinen kräftigen Körper geschlungen. Es war eine Vorstellung, bei der sie die Augen halb schloss und sich auf die Lippe biss, und als sie das Bild abschüttelte, sah sie, dass er sie beobachtete und nicht mehr lächelte.

»Komm her und erzähle mir, woran du denkst, Minerva«, murmelte er, sich ihr zuneigend.

»Lieber nicht, Calvin«, entgegnete sie.

»*Hal*-lo«, stieß Tony aus, und alle anderen folgten seinem Blick.

David und Cynthie waren hereingekommen und wirkten erhitzt. Brian geleitete sie wie ein Profi zu einem Tisch, und David hatte eine Hand an Cynthies Rücken, direkt über ihrem Hintern, als sie ihm folgten. Cynthie schien nichts dagegen zu haben.

»Warum tragen sie nicht einfach T-Shirts, auf denen geschrieben steht: ›Wir haben's getrieben‹?«, fragte Tony.

»Pschhhht«, machte Cal. »Zerstöre doch nicht diesen schönen Augenblick.«

Min blickte ihn an. »Macht es dir nichts aus?«

»Warum sollte es?«, fragte Cal zurück.

»Na ja, sie …« Min erstarben die Worte auf den Lippen.

»… gehört der Vergangenheit an«, vollendete Cal.

»Na gut«, erwiderte Min und versuchte mit aller Kraft, nicht froh darüber zu sein.

»Und was ist mit David?«, fragte Cal.

»Ist nicht mal Vergangenheit«, erklärte Min. »Der Mann hat mir eine Eiffelturm-Schneekugel geschenkt, um Himmels willen.«

»Wir sollten ihnen eine gute Flasche Wein spendieren«, schlug Cal vor.

»Wozu denn?«, fragte Tony.

»Damit sie sich betrinken und wieder ins Bett verschwinden«, erwiderte Cal. Er ertappte Liza, wie sie ihn stirnrunzelnd betrachtete, und fragte: »Was ist jetzt wieder?«

»Nichts«, antwortete Liza. »Ich denke nur nach.«

»Na, dann denke über jemand anderen nach«, empfahl Cal. »Denke über Tony nach.«

»Tony habe ich durchschaut«, erwiderte Liza. »Aber du bist noch ein Geheimnis für mich.«

»Ich bin sehr wohl ein Geheimnis«, meinte Tony beleidigt.

»Willst du heute Nacht mit mir schlafen?«, fragte Liza.

»Ja«, antwortete Tony.

»Kein Geheimnis«, versetzte Liza und wandte sich wieder Cal zu. »Hast du irgendwelche Schwächen?«

»Min«, erwiderte Cal und lächelte Min an.

Liza schloss angewidert die Augen. »Ich überlege gerade, ob ich dich je erlebt habe, wenn du nicht auf der Hut warst.«

»Na ja, zum Beispiel als Bentley mich mit dem Ball am Kopf getroffen hat«, schlug er vor.

»Ja, ich weiß.« Liza richtete sich auf. »Singen. Du bist nicht schüchtern, aber du willst nicht singen. Warum das?«

»Miese Stimme«, erwiderte Cal.

Liza blickte Tony an. »Stimmt das?«

»Nein«, antwortete Tony. »Hör auf, ihm auf die Nerven zu gehen.«

»Du bist um deine Freunde besorgt, und ich um meine«, beschied Liza und wandte sich wieder Cal zu. »Also, warum?«

»Lampenfieber«, erklärte Cal. »Ich traue mich in der Öffentlichkeit nicht. Zu viele Hemmungen.«

»Du?« Liza lachte. »Darauf wäre ich nie gekommen.« Sie verschränkte die Arme. »Also, was ist nötig, damit du singst?«

»Ein Schießprügel an meiner Schläfe«, erwiderte Cal.

»*Liza*«, mahnte Min, die in Lizas Augen ein Funkeln entdeckte, das nichts Gutes verhieß. »Warum bestehst du so sehr darauf?«

»Hier ist mein Vorschlag«, murmelte Liza, die sich vorgebeugt hatte, nahe an Cals Ohr. »Du singst uns allen jetzt auf der Stelle etwas vor …«

»Nein«, wehrte Cal ab.

»… und ich werde nie wieder irgendetwas sagen oder tun, um dich von Min fern zu halten.«

Cal saß eine Minute lang reglos da, dann fragte er Min: »Hält sie ihre Abmachungen ein?«

»Natürlich«, antwortete Min. »Was aber nicht bedeutet …«

Cal blickte zu Liza auf. »Was willst du hören?«

»Ach, ich überlasse dir die Wahl«, erwiderte Liza und richtete sich auf. »Das allein dürfte schon interessant sein.«

»Warum tust du das?«, fragte Min Liza zornig.

»Weil er es bis jetzt immer sehr leicht hatte«, antwortete Liza und beobachtete Cal. »Ich möchte sehen, ob er bereit ist, dir zuliebe ins Schwitzen zu kommen.«

»So leicht war das bisher nun auch wieder nicht«, bemerkte Cal.

»Du musst das nicht«, beschwor ihn Min. »Wirklich nicht.«

»Wieso?«, meinte er. »Männer singen schon seit Jahrhunderten für ihre Angebeteten. Das ist genauso üblich, wie ihnen Juwelen zu schenken.«

»Schenke mir ein hübsches Schlüsselkettchen«, bat Min.

Er stützte sich mit der Hand auf die Rückenlehne ihres Stuhls und beugte sich vor. »Pass auf, Minnie, denn das kriegst du von mir nur ein Mal zu hören.«

»Cal«, beschwor sie ihn, aber da begann er, »Love Me Tender« zu singen, zauberte dabei ein pomadiges Grinsen auf sein Gesicht, womit er das Kitschige noch übertrieb, und ließ seine Stimme in einer gar nicht üblen Elvis-Imitation tiefer klingen.

»Nicht Elvis«, stöhnte Tony, und Roger schüttelte den Kopf und lachte zur Decke hinauf. Min aber saß atemlos, denn Cals Stimme klang wunderschön, und nach der ersten Strophe verblasste sein Grinsen, und er begann, ernsthaft zu singen. Alle anderen Geräusche verebbten, und es gab nur noch sie beide. Er blickte ihr in die Augen und bat sie, ihn zu lieben, und ihr wurde schwindelig im Kopf, denn er meinte es ernst; was immer sonst zwischen ihnen geschah, diese Worte meinte er ernst. Auch wenn es nur dieser Augenblick war, dann war es in diesem Augenblick doch wahr: Er liebte sie, und das war besser als alles, was sie sich je erträumt hätte; sie fühlte, wie ihr das Herz schmerzte, wie es sich in ihrer Brust zusammenzog, weil sie ihn so sehr liebte, dass sie es kaum noch ertragen konnte. *Tu mir das nicht an*, dachte sie, während er sang. *Brich mir nicht das Herz, das habe ich nicht verdient, bitte tu mir das nicht an.* Und als er fehlerfrei mit »I love you, and I always will« geendet hatte, herrschte vollkommene Stille um sie her. *Oh Gott*, dachte Min, blickte ihm in die Augen und sah dort gleichermaßen Überraschung, Bedauern und Verwirrung, und sie dachte: *Das war nicht er selbst, das war dieses Namenlose, das uns verfolgt. Er hat es nicht so gemeint.*

Dann gab Diana ein »Wow« von sich, Liza erklärte: »Okay, ich bin tief beeindruckt«, und Min packte ihre Handtasche und verließ das Restaurant.

12

Min ließ die Restauranttür mit einem Knall hinter sich zufallen und eilte davon, blind in ihrem Drang zu flüchten. An der Ecke stolperte sie auf die Straße hinunter, eine Hupe blökte, und jemand riss sie zurück. Sie machte kehrt und stieß gegen Cal.

»Es tut mir Leid«, erklärte er und hielt sie fest. »Was immer ich getan habe …«

»Du wirst mir nur wehtun«, stieß sie atemlos hervor.

»Was?« Er blickte erschrocken drein. »Nein. Ich würde dir nie …«

»Du wirst mir das Herz brechen«, fuhr Min mit einem Schluchzen fort. »Ich weiß, dass ich dich lieben werde, und dann verlässt du mich, weil du das immer tust, so bist du eben, und ich werde nicht darüber wegkommen können, wenn ich meinen Gefühlen ganz freien Lauf lasse und dich liebe, weil ich weiß, dass das nie mehr aufhört, weil es so stark ist, es tut jetzt schon weh, wo ich mir nur ein bisschen erlaube …«

»Min, ich würde dir niemals wehtun«, beschwor Cal sie.

»Nicht absichtlich«, schluchzte Min. »Aber du hast ja das Recht, mich zu verlassen. Du hast mir nie versprochen, dass du bei mir bleibst. So ist es doch immer. Du bist so wunderbar, und du kennst dich mit Frauen aus, und sie lieben dich, und dann verlässt du sie. Das würde ich nicht aushalten. Bei David war das anders. Der ist ein Idiot und hat keine Ahnung von mir. Aber du, du kennst *mich, wie ich bin*.«

»Min, hör doch«, rief Cal und versuchte, sie in den Arm zu nehmen.

»*Nein*«, wehrte Min ab und entzog sich ihm. »In meinem ganzen Leben hat mich niemand so gut gekannt wie du. Mit niemandem habe ich mich je so wohl gefühlt wie mit dir. Du kennst mich, jede Faser von mir, und wenn du mich verlässt, dann verlässt du mein wirkliches Ich, das sonst niemand kennt, du weist dann mein wahres Ich zurück.«

»Und was macht dich so sicher, dass ich dich verlasse?«, fragte Cal mit Schärfe in der Stimme.

»Weil du es *immer so machst. Immer*. Willst du mir vielleicht versprechen, dass du für immer bei mir bleibst?«

»Ich kenne dich doch erst drei Wochen«, erwiderte Cal. »Das wäre ein bisschen impulsiv, oder?«

»Ja«, stieß Min hervor. »Und warum dann diese pausenlose Verehrertour? Die perfekten Schuhe, das perfekte Lied und …« Sie schüttelte hilflos ihren Kopf. »*Ich habe dich doch gebeten*, dass wir es als gute Freunde versuchen sollten, *ich habe dich gebeten …*«

»Du willst mehr als das«, entgegnete Cal ausdruckslos. »Das ist der blödeste Spruch, den du mir je vorgesetzt hast.«

»Sieh mal, ich bin einfach nicht so weit, ich bin nicht vorbereitet auf dich. Wenn du in der Nähe bist, bin ich vollkommen hilflos. Ich denke mir Pläne aus und meine es auch ernst, wirklich, aber dann küsse ich dich, weil ich so verrückt nach dir bin, und das wäre auch in Ordnung, wenn ich mich nicht in dich verlieben würde, aber so ist es nun mal, und du weißt es. Du weißt, dass du mich am Haken hast.« Sie verstummte, weil sie merkte, dass sie hysterisch wurde.

»Na gut«, sagte Cal durch zusammengebissene Zähne. »Vielleicht sollten wir …«

»Ich will nach Hause«, unterbrach ihn Min.

»Na gut«, wiederholte er. »Lass mich …«

»*Nein*«, lehnte Min ab. »Diana wird in einer Minute rauskommen. Sie kann mich begleiten. Wir begleiten uns gegenseitig.«

»Min«, flehte Cal.

»Ich war einfach nicht auf dieses Lied gefasst«, erklärte Min. »Und wie du es gesungen hast.«

»Ich auch nicht«, versetzte Cal grimmig.

»Ich weiß«, erwiderte Min. »Ich habe es in deinen Augen gesehen. Du hast es nicht wirklich ernst gemeint.«

»Natürlich habe ich es ernst gemeint«, widersprach Cal. Da kam Diana aus dem Restaurant. »Ich wusste nur nicht, dass ich es so ernst meinte, bis ich es gesungen habe. Dieser verfluchte Elvis mit seinen Liebesliedern.«

»Na, so ist das eben mit Elvis«, rief Min und verlor die Fassung. »Du machst dir einen Spaß daraus, verulkst alles, aber er hat nie gelogen, wenn er etwas sang, er hat es immer ernst gemeint. Er hielt nicht mit verdammten Geheimnissen hinter dem Berg …«

»*Welche* Geheimnisse?«, fragte Cal.

»… und er hat niemandem etwas vorgelogen. Also, wenn du dich das nächste Mal über jemanden lustig machen willst, dann *lass Elvis aus dem Spiel*.«

Min wandte sich ab und begann, die Straße hinunterzumarschieren, wobei ihre Absätze wie ein Schlagzeug auf dem Pflaster trommelten.

»Alles, was ich wollte, war ein bisschen *Ruhe und Frieden*«, schrie Cal hinter ihr her. »Aber nein, ich musste an *dich* geraten!«

Diana rannte hinter Min her, um sie einzuholen. »Warum bist du so wütend?«, fragte sie, als sie neben ihr war. Sie blickte über die Schulter zu Cal zurück. »Das war das Romantischste, das ich je gehört habe.«

»Ich weiß«, erwiderte Min und beschleunigte ihren Schritt.

»Was ist denn *los*?«, fragte Diana.

Min blieb stehen. »Ich sag's dir, wenn du mir erzählst, was mit dir und Greg nicht stimmt.«

Diana biss sich auf die Lippe. »Du zuerst.«

»Vom ersten Abend an, als Cal mich ansprach?«, fragte Min.

Diana nickte.

»Er hat das alles getan, weil David um zehn Mäuse mit ihm gewettet hat, dass er mich nicht innerhalb eines Monats ins Bett kriegen würde«, erzählte Min.

»Nein, das ist nicht wahr«, widersprach Diana überzeugt. »So etwas würde er nie tun.«

»Ich habe sie belauscht, Di«, entgegnete Min. »Er hat es getan. Und ich weiß auch, dass da jetzt mehr zwischen uns ist, aber ich kenne ihn erst seit drei Wochen, und ich bin schon verloren, wenn er nur in der Nähe ist, und das ist mir ein zu gewagtes Spiel. Er ... er verlässt die Frauen immer. Damit hatte Greg Recht. Ich will nicht so weit kommen, dass es mich umbringt, wenn er mich verlässt. Denn ich weiß, dass er mich verlassen wird.« Sie fühlte, wie ihr Tränen aufstiegen, und blinzelte sie fort. »Und da singt mir dieser Hurensohn ein solches Lied vor, dass ich ... Er ist einfach zu ...«

»Gefährlich«, schloss Diana. »Deswegen habe ich mir Greg ausgesucht. Weil ich wusste, dass er nie gefährlich sein würde.«

»Und was ist passiert?«, fragte Min.

»Ich glaube, er will nicht mehr heiraten«, antwortete Diana, und Min hörte das Schluchzen in ihrer Stimme. »Ich habe ihn gefragt, habe ihm angeboten, dass wir das Ganze verschieben, wenn er noch nicht bereit dazu ist, und er sagt immer nur, dass er es will. Aber ich glaube, er sagt das nur, weil er niemanden enttäuschen will, aber er ist …«

»Was treibt ihr hier?«, ertönte da Tonys Stimme aus dem Dunkel und ließ sie beide vor Schreck aufkreischen. »Wartet ihr hier darauf, dass euch einer abmurkst?«

»Und jetzt ist es endlich so weit?«, fragte Min zurück und versuchte, ihre Fassung wiederzugewinnen.

»Cal hat mich geschickt«, erklärte Tony. »Er will nicht, dass ihr allein nach Hause geht. Also habt ihr jetzt mich.«

»Du musst nicht, wenn du nicht willst«, entgegnete Min.

»Soll das ein Witz sein? Mit zwei heißen Hasen allein in der Dunkelheit?«, grinste Tony. »Wenn ich mir das erst richtig vorstelle, wird eine phänomenale Geschichte daraus.«

»Macht er Spaß?«, erkundigte Diana sich bei Min.

»Ich glaube nicht«, antwortete Min. »Könntest du dir mich mit etwa zwanzig Pfund weniger vorstellen?«

»Nein«, lehnte Tony ab. »Ich stelle dich mir ganz genauso vor, wie du bist, Baby. Erzähle Cal nichts davon, sonst schlägt er mir die Zähne ein.«

»Deinen Zähnen passiert nichts«, versicherte Min und setzte sich wieder in Marsch.

»Und, was tun wir in dieser Geschichte?«, wandte Diana sich an Tony, als sie sich Mins Schritt angepasst hatten.

»Na ja, zuerst sollten wir ein gutes Buch lesen, denn ich weiß, dass Klassefrauen wie ihr immer auf Jungs steht, die Bücher lesen«, fing Tony an.

Min hängte sich bei ihm ein. »Danke, dass du uns nach Hause begleitest.«

»Für dich tu ich alles, Kindchen«, erwiderte Tony und tätschelte ihr den Arm. Dann spann er seine Phantasiegeschichte weiter aus, und Min klammerte sich an ihn und versuchte, nicht an das zu denken, wovor sie floh.

Bei Emilio's blickte David Cynthie triumphierend an und stellte fest: »Das war unser Werk.«

»Nein«, entgegnete Cynthie mit bleichem Gesicht. »Das waren wir nicht.«

»Min war eifersüchtig«, fuhr David fort und fühlte sich so gut wie seit Wochen nicht mehr. »Und dann hat Cal sich mit diesem idiotischen Lied zum Narren gemacht und sie in Verlegenheit gebracht. Du hattest ganz Recht mit uns …« Er wedelte mit der Hand und setzte in Gedanken fort: *…dass wir den besten Sex in der Geschichte der Menschheit hatten. Mein Gott, bin ich gut.*

»Ich wünschte, das wäre wahr«, meinte Cynthie, den Blick noch immer auf der Eingangstür.

»Du weißt doch, dass sie da draußen jetzt streiten«, argumentierte David. »Warum freust du dich nicht?«

»Es gibt in Beziehungen eine bestimmte Art von Streit, die eine … Problembewältigung ist«, erklärte Cynthie tonlos. »Man streitet, dann versöhnt man sich und kommt sich dadurch noch näher. Dann streitet man wieder und versöhnt sich. Und jedes Mal findet man einen Kompromiss. Jedes Mal kommt man sich näher.«

»Streiten ist gut?«, wunderte sich David. »Das ist doch Unsinn.«

»Wann ist Sex am schönsten, David?«, fragte Cynthie. »Nach einer Versöhnung. Weil man sich eben zuvor noch näher gekommen ist. Wenn es die richtige Art von Streit ist. Wenn sie im Augenblick wirklich wütend auf ihn ist, dann solltest du jetzt schnell etwas unternehmen.«

»Ich rufe sie morgen an«, versprach David. »Jetzt ist sie zu wütend. Sie soll sich lieber erst ein bisschen beruhigen.«

Cynthie blickte wieder zur Eingangstür hin. »Na gut. Sei vorsichtig.«

»Hör auf«, bat David und legte seine Hand auf ihre. »Wir haben gewonnen.«

Cynthie schüttelte den Kopf. »Heute Abend hat niemand gewonnen.«

Später am Abend, nachdem Min und Diana zweihundert Kuchenschachteln gefaltet und sich dabei über die Hochzeit, nicht aber über Greg oder Cal unterhalten hatten, ging Diana zu Bett, und Min setzte sich auf die Couch, Elvis auf dem Schoß, und versuchte sich klar zu werden, wo sie den entscheidenden Fehler gemacht hatte. Wenn sie nur nicht Ja zu dem Picknick im Park gesagt hätte; wenn sie nur seinen Kuss nicht erwidert hätte; wenn er sie nicht geküsst hätte; wenn sie nur Harry nicht kennen gelernt hätte. Vor allem Harry. Und wenn sie nur anfangs nicht so superschlau gewesen wäre zu glauben, sie könnte Cal und David gegeneinander ausspielen. Vielleicht hätte sie so vernünftig sein sollen, sich in der Bar gar nicht erst an Cal heranzupirschen, dann hätte sie die verdammte Wette nicht mitbekommen. Es war schwierig zu entscheiden, wo genau sich ihr Leichtsinn in Verrücktheit verwandelt hatte, aber sie klammerte sich an den Gedanken, dass sie nur herausfinden müsste, wo sie in den Sumpf geraten war, dann würde sie verstehen, was mit ihr geschehen war, und sie könnte sich daraus befreien …

Es klopfte an der Tür, und als Min öffnete, stand Bonnie in ihrem Chenillekleid und mit einer Kanne in der Hand davor. »Ich habe Kakao gekocht«, sagte sie, und Min fühlte, wie ihr die Tränen kamen.

»Ach, meine Süße«, rief Bonnie, kam herein und legte Min einen Arm um die Schultern, wobei sie die Kanne mit Kakao in der anderen balancierte. »Komm, komm. Wir müssen einfach mal darüber reden.«

»Ich hielt mich ja für so schlau«, begann Min und kämpfte darum, ihre Stimme unter Kontrolle zu behalten. Zitternd holte sie Luft. »Ich dachte immer, ich hätte alles im Griff.«

»Und ich fand, du kriegst das wirklich gut hin«, erwiderte

Bonnie und stellte die Kanne mit Kakao auf den Nähmaschinentisch. Sie holte aus jeder Kleidertasche einen Becher hervor, und Min musste durch Tränen hindurch lachen.

»Wo ist denn Roger?«, fragte Min. »Ich will nicht …«

»Er ist unten und schläft«, antwortete Bonnie und hob die Kanne. »Er macht sich Sorgen um dich, aber wenn es mal gegen Mitternacht geht, klinkt er sich zuverlässig für gute acht Stunden aus.«

Min lachte wieder und schnüffelte. »Wenn ich genug Verstand gehabt hätte, hätte ich mir gleich am ersten Abend Roger unter den Nagel gerissen.«

»Roger würde dich zu Tode langweilen«, entgegnete Bonnie und reichte Min einen gefüllten Becher. »Und ich hätte Cal schon längst unter einen Bus geschubst.«

»Tatsächlich?« Min schnüffelte wieder.

»Also wirklich, dieses Supermanngehabe?« Bonnie schüttelte den Kopf. »Dem Mann steckt die Angst in den Knochen, und für so etwas habe ich keine Zeit. Ich möchte Kinder kriegen, nicht eines heiraten.«

»Er ist ein guter Kerl, Bon.« Min nippte an ihrem Kakao und begann, sich etwas besser zu fühlen.

»Ich weiß«, erwiderte Bonnie. »Und eines Tages wird er auch erwachsen und ein guter Mann werden. Jetzt aber hat er dir das Herz gebrochen, und deswegen bin ich wütend auf ihn.«

»Nein, hat er nicht«, widersprach Min. »Er hat versucht, mich nicht mehr zu treffen.«

»Von wegen.« Bonnie ließ sich mit ihrem eigenen Becher neben Min auf der Couch nieder. »Er hatte einen Haufen Möglichkeiten, dir aus dem Weg zu gehen, aber jedes Mal ist er wieder bei dir gelandet.«

»Nur, weil er mich nicht einwickeln konnte«, entgegnete Min. »Es war nicht …«

»Ach, hör auf, du bist doch kein Baby mehr«, meinte Bonnie vorwurfsvoll, und Min riss den Kopf hoch und erschreckte Elvis. »Also, hör auf dich selbst. Du fühlst dich elend, aber das ist nicht seine Schuld, und auch nicht deine. Nimm das mal zur Kenntnis.«

»*Bonnie*«, stieß Min hervor.

»Was willst du wirklich, Min?«, fragte Bonnie. »Wenn das Leben ein Märchen wäre, wenn es wirklich ein Happy End gäbe, was würdest du dir wünschen?«

»Ich würde Cal haben wollen«, antwortete Min und schämte sich bereits, während sie es aussprach. »Ich weiß, das ist …«

»Nein«, wehrte Bonnie ab und hob die Hand. »Und warum willst du ihn?«

»Ach, weil ich mit ihm so viel *Spaß* hatte«, antwortete Min, zwinkerte die Tränen fort und lächelte gleichzeitig, weil das so oberflächlich klang. »Es machte so viel Spaß mit ihm, Bonnie. Und mit ihm fühlte ich mich so wunderbar. Mit Cal zusammen war ich nie fett.«

»Du bist auch mit Liza und mir zusammen nie fett«, versetzte Bonnie.

»Ich weiß«, sagte Min. »Er war fast wie ihr, nur dass ich ihm nicht trauen konnte, und er hat mich wirklich angemacht.«

»Vielleicht deswegen«, vermutete Bonnie. »Weil du ihn nicht im Griff hattest.«

»Ja.« Min ließ ihren Kopf gegen die Rückenlehne fallen. »Er war so aufregend. Ich wusste nie, was als Nächstes kam. Und er auch nicht. Wir haben uns gegenseitig angestachelt. Was für Dummköpfe wir doch waren.«

»Ich würde das nicht unbedingt auf die Vergangenheit beschränken«, meinte Bonnie. »Also zurück zu dem Märchen. Erzähle mir deine Vision von ›Glücklich und zufrieden bis an ihr Ende‹.«

»Ich habe keine«, entgegnete Min. »Und deswegen werde ich auch nie eine erleben.«

»Meine«, begann Bonnie, »ist die, dass ich Roger heirate und wir vier Kinder kriegen. Wir leben in einem hübschen Haus in einem der Vororte, wo es gute Schulen gibt, aber keine mit Schuluniformen.«

»Vernünftig«, kommentierte Min und nippte an ihrem Kakao.

»Ich bin eine Hausfrau und Mutter, aber ich behalte ein paar Kunden, meine Lieblingskunden, und ich achte darauf, dass ich nicht den Anschluss verliere. Und so weiter und so fort. Und wenn die Kinder größer werden, nehme ich wieder mehr Kunden an, weil sie alle scharf auf meine Dienste sind.«

»Das ist doch kein Märchen«, wandte Min ein und stellte ihren Becher ab. »Das kann doch leicht so kommen.«

»Und unser Haus«, fuhr Bonnie fort, als hätte sie nichts gehört, »wird so gemütlich, dass alle gern zu uns nach Hause kommen, in den Ferien und wenn jemand Geburtstag hat, alle kommen zu uns. Und dann gibt es große Abendessen, und alle sitzen um einen Tisch, und wir sind eine große, selbst erwählte Familie. Und du und Liza und Cal und Tony werden Patentanten und Patenonkel für unsere Kinder, und bei jeder großen Veranstaltung in der Schule kommt ihr alle hin und feuert unsere Kinder an …«

»Ich komme bestimmt«, versicherte Min und versuchte, nicht zu weinen.

»…und keiner von uns wird je einsam sein, weil wir uns haben«, fuhr Bonnie fort. »Und meine Enkel werden dir gefallen, Min. Wir werden mit ihnen zum Schuhekaufen gehen.«

»Ach, Bonnie«, heulte Min los und drückte ihr Gesicht ins Sofakissen. Sie weinte laut, während Bonnie ihr über das Haar strich und ihren Kakao trank.

Als Min sich bis auf ein paar krampfhafte, zitternde Schluchzer wieder beruhigt hatte, meinte Bonnie ruhig: »Und jetzt du.«

»Ich *kann* nicht«, schluchzte Min.

»Natürlich kannst du«, versetzte Bonnie. »Es fängt mit Cal an, nicht?«

»Warum?« Min setzte sich auf und wischte sich mit dem Handrücken über ihr Gesicht. »Warum muss es immer mit irgendeinem Kerl anfangen?«

»Weil es ein Märchen ist«, erwiderte Bonnie. »Märchen fangen immer mit dem Prinzen an. Oder in Shannas Fall mit der Prinzessin. Auf alle Fälle fängt es mit einem großen Abenteuer an. Du sitzt ganz alleine in einem Schloss, das heißt in deinem Fall in einem Luftschloss, und da erscheint dieser Kerl, und plötzlich hast du deine ganze Zukunft klar vor Augen ...«

»Und was ist, wenn es der falsche ist?«, fragte Min. »Mal angenommen, rein theoretisch, dass das Ganze mit einem Prinzen anfängt, wie unterscheidest du den Prinzen von ...«

»... dem Biest?«, setzte Bonnie fort. »Schatz, sie sind doch alle Biester.«

»Roger nicht«, widersprach Min.

»Also wirklich«, versetzte Bonnie. »Der schnarcht da unten gerade wie ein Bär«, und brachte Min trotz Tränen zum Lachen. »Glaubst du wirklich, das mit Cal wäre ein Fehler?«

Min schluckte. »Na ja, logisch betrachtet ...«

»Gib Acht, dass ich nicht meinen Kakao über dir ausschütte«, warnte Bonnie.

»Ich habe sonst nichts, an das ich mich halten kann«, erklärte Min. »Woher soll ich es also wissen?«

»Erzähle mir deinen Wunschtraum«, bat Bonnie. »Das bleibt ganz unter uns, niemand wird es je erfahren. Wenn du alles kriegen könntest, was du dir wünschst, ohne Erklärungen, ohne Logik, einfach nur, was du dir ...«

»Das wäre Cal«, antwortete Min. »Ich weiß, dass das blöd ...«

»Hör auf«, befahl Bonnie. »Herrgott, du kannst nicht mal träumen, ohne es gleich zu bewerten. Erzähle mir einfach dein Märchen.«

Min fühlte, wie ihr erneut die Tränen kamen, also hob sie Elvis auf ihren Schoß und streichelte ihn, um sich abzulenken. »Das ist Cal. Und dass er mich so sehr liebt, dass er es kaum aushält, genauso wie ich ihn liebe. Und, äh« – sie schluckte Tränen hinunter – »wir, äh, wir ziehen in ein tolles Haus, hier in der Stadt, vielleicht in dieser Straße hier, in einen von den alten Bungalows wie den, in dem meine Großmutter gelebt hat. Das würde mir gefallen. Mit einem Garten, in dem Elvis auf die Pirsch gehen kann. Und vielleicht mit einem Hund. Ich mag Hunde gern.«

Bonnie nickte, und Min schnüffelte wieder.

»Und ich arbeite weiter, weil ich meine Arbeit mag, und Cal auch, weil er seinen Job liebt.« Sie seufzte. »Und manchmal ruft er mich mitten am Tag an und sagt: ›Minnie, ich denke immerzu an dich, komm, treffen wir uns in zwanzig Minuten zu Hause‹, und das tun wir und lieben uns, und es ist wunderschön, so mitten am Tag ...« Sie verstummte und schnüffelte, und Bonnie nickte.

»Und manchmal gehen wir zu Emilio's, wir alle treffen uns bei Emilio's, so wie wir uns jeden Mittwoch treffen, und wir lachen viel und erzählen uns gegenseitig alles Mögliche, und wenn Roger und du Kinder habt, stellt Emilio noch einen Tisch dazu, und er und seine Frau und die Kleinen essen mit, und Brian bedient uns, und manchmal kommen wir auch zu euch in euer Haus ...«

Bonnie nickte lächelnd.

»...und die Männer sehen sich im Fernsehen ein Spiel an, mit viel Gebrüll und Gestöhne, und du und ich und Liza und Emilios Frau, wir sitzen draußen in der Küche und essen Schokolade und erzählen uns alles, was wir getan haben und was sie getan haben, und wir lachen uns kaputt ...«

Min holte tief Atem und bemerkte, dass sie noch immer weinte.

»Und dann gehen Cal und ich nach Hause«, fuhr sie mit

fast brechender Stimme fort. »Nur wir beide, und wir müssen immer noch lachen und halten uns gegenseitig im Arm, und wir essen und wir lieben uns und sehen uns idiotische Filme an und … sind einfach zusammen. Es geht uns gut, einfach weil wir zusammen sind.« Sie wischte sich über die Augen. »Mehr brauche ich gar nicht. Wir beide zusammen, wir unterhalten uns und kochen und lachen zusammen. So einfach.«

Sie holte noch einmal zitternd tief Atem und sah Bonnie an. »Das wäre doch leicht möglich, oder?«

»Ja«, antwortete Bonnie.

»Aber nur, wenn Cal so ist, wie ich denke«, fuhr Min fort.

Bonnie nickte.

»Also muss ich einfach darauf vertrauen, dass er der ist, für den ich ihn halte, und nicht der, für den er sich selbst hält«, schloss Min.

»Tja, das große Abenteuer«, erwiderte Bonnie.

»Hast du dich schon mal gefragt, was eigentlich nach dem ›und sie lebten glücklich und zufrieden bis an ihr Ende‹ kommt?«, fragte Min. »Nachdem die Hochzeit vorüber ist und die Gäste wieder nach Hause gegangen sind und sie alle Geschenke mit der goldenen Krone geöffnet haben? Damit hören die Geschichten immer auf. All die Prüfungen und das Umwerben und das Happy End. Danach hocken sie einfach in ihrem Schloss herum und polieren all die Toaster, die sie zur Hochzeit bekommen haben.«

»Das käme sehr auf den Prinzen an«, meinte Bonnie. »Ich kann mir David sehr wohl vorstellen, wie er eine Menge Toaster poliert.«

Min lachte wider Willen.

»Aber Tony zum Beispiel würde sie alle miteinander verdrahten und so einstellen, dass sie die Toasts in bestimmten Intervallen herauskatapultieren«, malte Bonnie aus, und Mins Gelächter verstärkte sich.

»Und Cal würde Wetten darauf abschließen«, fuhr Min

fort und lachte und weinte zugleich. »Aber erst, nachdem er Tony tausend Mal beim Toastschießen zugesehen hat und die Wahrscheinlichkeiten berechnet hat.«

»Und Roger würde mit Stöcken und gelbem Band eine Absperrung bauen, damit niemand von umherfliegendem Brot getroffen wird«, erklärte Bonnie voll Zuneigung.

»Und Liza würde sich überlegen, wie man das Ganze lukrativ machen kann«, lächelte Min. »Und du würdest darauf achten, dass Tony das Toastbrot günstig einkauft und den Profit gut anlegt.«

»Und du würdest das Ganze begutachten und das Risiko berechnen und uns darauf hinweisen, was wir vergessen haben«, erwiderte Bonnie.

»Weißt du, diese Toastergeschichte sollte man sich vielleicht einmal näher betrachten«, meinte Min. »Tony spinnt, aber seine Ideen sind genial.«

Bonnie nickte.

Min biss sich auf die Lippen und schluckte weitere Tränen hinunter. »Ich möchte, dass dieses Märchen wahr wird.«

»Na gut«, antwortete Bonnie. »Dann musst du jetzt nur noch herausfinden, wie.«

»Klar«, versetzte Min. »Das kann ich. Ich muss nur scharf nachdenken.« Sie sah Bonnie an. »Kippst du jetzt deinen Kakao über mich?«

»Nein«, entgegnete Bonnie. »Das einzige Irrationale, das du tun musst, ist daran zu glauben. Danach brauchst du Köpfchen.«

»Ah, gut«, versetzte Min. »Köpfchen habe ich. Ein bisschen glauben, gut, abgehakt. Jetzt kommt der Plan. Der ist noch in der Mache.«

Bonnie nickte zustimmend. »Kannst du jetzt schlafen?«

»M-hm«, nickte Min, und wieder kamen ihr die Tränen. »Warum kann ich eigentlich nicht aufhören zu weinen?«

»Wann hast du denn zum letzten Mal geweint?«

»Kann mich nicht mehr erinnern«, erwiderte Min.

»Und wann war dir zum letzten Mal etwas so wichtig, dass du hättest weinen können?«, fragte Bonnie.

»Daran kann ich mich auch nicht mehr erinnern«, erwiderte Min verblüfft.

»Also, dann musst du ja einiges nachholen«, stellte Bonnie fest und erhob sich. »Und ich muss hinunter und mit einem Bären schlafen.«

Min lächelte sie feucht an. »Erwarte nicht, dass ich dich wegen Roger bedauere.«

»Tu ich auch nicht«, versetzte Bonnie fröhlich. »Ich erwarte, dass du mich unendlich beneidest.«

»Das tue ich«, erwiderte Min, und ihre Gedanken wanderten zu dem Mann, den sie im Mondlicht wütend zurückgelassen hatte. »Aber ich wünsche mir Cal.«

Cal rief nicht an, und das war schon in Ordnung, sagte Min sich selbst, denn sie würde ihn beim Familien-Hochzeitsessen am Vorabend der Feier sehen, da er nicht abgesagt hatte. Und außerdem hatte sie sowieso keine Zeit, an ihn zu denken, weil es nur noch vier Tage bis zur Hochzeit waren und sie ein Dutzend Mal pro Tag von ihrer immer hektischer werdenden Schwester angerufen wurde. Und überhaupt, sie kam besser zurecht, wenn er sie nicht ablenkte.

Sie sehnte sich nach ihm.

Sonntag, sagte sie sich immer wieder, *Sonntag ist der ganze Trubel vorbei, Diana ist verheiratet, und ich kann mich dann um mein eigenes Leben kümmern.* Das Einzige, dessen sie sich nicht sicher war, war das ›Diana ist dann verheiratet‹, aber da Diana beharrlich daran festhielt, dass ihre Liebe ein Märchen sei, gab es nicht viel, das Min tun konnte, außer ihr die Hand zu halten, ihr zuzuhören und tröstende Geräusche von sich zu geben. Also munterte sie Diana auf, ging Donnerstagabend zu ihrem Wenn-Abendessen und brachte die Reste der handverpackten Eiscreme mit, die Cal ihr geschenkt hatte, beruhigte Liza, dass sie sich nicht dafür entschuldigen musste, Cal zum Singen veranlasst zu haben, da ihr Streit auf alle Fälle unvermeidlich gewesen war, und versuchte, sich eine Möglichkeit auszudenken, wie sie die Dinge wieder in Ordnung bringen konnte, ohne ihn selbst zu sehen oder mit ihm zu sprechen.

Samstagvormittag aber musste sie Harry zuliebe zum Baseballspiel kommen, also schlüpfte sie in ihre neuesten Sandalen – durchsichtige, hochhackige Kunststoffpantoffeln mit Kirschen über den Zehen – und erreichte den Park ein paar Minuten nach Spielbeginn. Sie ließ sich auf einem freien Sitz am Seitenrand der Tribüne nieder und versuchte, unbemerkt zu bleiben und gleichzeitig Harry zuzuwinken, aber Bink erspähte sie und winkte sie zu sich hinauf. Min lächelte ihr zu und entdeckte dann, dass der Mann neben ihr nicht irgendeiner der Väter war, sondern Reynolds. Auf Binks anderer Seite saß Cynthie und daneben weitere Eltern, was bedeutete, dass Min dazu verdammt war, neben Reynolds zu sitzen. I*rgendetwas muss ich verbrochen haben*, dachte sie, während sie hinaufstieg und ihren Platz einnahm. »Und wie steht's für uns?«, wandte sie sich an ihn.

»Diese Kinder können nicht spielen«, stellte Reynolds kopfschüttelnd fest. »Keine Disziplin.«

»Na ja, wissen Sie, sie sind ja erst *acht*«, entgegnete Min.

»Disziplin fängt in den Kinderschuhen an«, erklärte Reynolds und betrachtete sie vorwurfsvoll. *Da geht unsere Chance auf Verbrüderung dahin*, dachte Min.

Unten auf dem Spielfeld gelang es Bentley nicht, den Ball zu fangen, der zu Harry weiterrollte. Harry hob ihn auf und warf ihn in die ungefähre Richtung einer Baseposition, die er für passend erachtete.

»Oh Gott, Harry«, stöhnte Reynolds lautstark.

Min entdeckte Cal an einer Seitenlinie und fühlte, wie ihr

Magen einen Sprung machte. *Lächerlich*, ermahnte sie sich selbst und schluckte schwer. Cal streckte die Arme in Richtung Harry aus, als wollte er fragen *Was?*, und Harry zuckte nur die Schultern und kauerte sich wieder hin. Cal schüttelte den Kopf, aber Min erkannte daran, wie er seine Schultern hielt, dass er nicht böse war. Als er sich umwandte, lag ein Grinsen auf seinem Gesicht. Dann erblickte er Min, sein Grinsen verschwand und Min fühlte die Zurückweisung bis in ihre Gedärme.

Au weia, dachte sie und wandte den Blick ab und hinüber, wo Tony stand, einen Hot Dog aß und den Kopf schüttelte. Neben ihm saß Liza, das Kinn auf die Hand gestützt. Am Fuß der Tribüne schrieb Bonnie für Roger eine Art Merkliste, mit deren Hilfe er später mit den Kindern Spielzüge und Fehler besprechen konnte. *Die glücklichen Kleinen*, dachte Min und wünschte, sie wäre da unten bei Bonnie, oder bei Liza, oder noch besser in der Stadt zum Schuhekaufen. Überall, nur nicht hier, wo sie vor Augen hatte, was sie nicht bekommen konnte. Oder nicht den Mut hatte, sich darum zu bemühen. Das lief mehr oder weniger auf das Gleiche hinaus.

Während des ganzen Spiels brachte Reynolds lautstark seine Verachtung für die allgemeine Unfähigkeit der ganzen Mannschaft zum Ausdruck, machte sich unter den Eltern auf der Tribüne keine Freunde und weckte in Min, die ohnehin nervös war, den starken Wunsch, ihn zu ohrfeigen. Binks Gesicht wurde immer eulenhafter, und Min fragte sich, warum sie es noch bei ihm aushielt. *Ich hätte den Typ schon lange zum Teufel gejagt.*

Unten war Harry mit Schlagen an der Reihe. Er warf einen Blick zu ihnen hinauf, und Min winkte ihm lächelnd zu. Er stupste sein Schlagholz mehrmals auf den Boden und hob es dann in Bereitstellung über seine Schulter. Sein Gesicht war todernst. Dann kam der Ball, und Harry verfehlte ihn meilenweit.

»Na los, Harry«, schrie Reynolds. »Das kannst du doch besser. Gib dir mehr Mühe.«

Halt die Klappe, Reynolds, dachte Min.

Harrys Schultern sackten ein wenig herab, und Bink wurde noch regloser.

Harry verfehlte auch den nächsten Ball, und Reynolds schrie: »Konzentrier dich doch, Harrison! Wedele nicht so *blöd* in der Gegend herum. *Denk ein bisschen*«, und Min sah, wie Cal mit steinerner Miene zu seinem Bruder hinaufblickte.

Wie wär's wenn du selbst mal damit anfängst, Reynolds, dachte Min. Harry wurde steif und schlug einen Ball so schlecht, dass er nicht einmal über den Homeplate hinauskam, und Reynolds sprang auf und schrie: »Das war doch *dumm*, Harry, verdammt noch mal, kannst du denn gar nichts richtig machen?« Harry erstarrte mit eingezogenen Schultern, und Cal verließ das Spielfeld und kam direkt auf sie zu, Mordlust in seinen Augen.

»Nein, nein«, rief Min in Panik, als Cal die Tribüne hinaufstürmte. Sie stand auf, baute sich vor Reynolds auf und versetzte ihm mit der Faust einen Schlag gegen den Arm.

»Hey!«, brüllte Reynolds und fasste nach seinem Arm.

»Sie elende Imitation eines Vaters«, fuhr sie ihn leise an. »Wie *können* Sie Ihr Kind so demütigen.« Laut rief sie: »Harry ist alles andere als dumm, er ist ein schlauer, kleiner Kerl.« Dann zischte sie: »Sie aber sind der größte Schwachkopf, den ich in meinem Leben je gesehen habe.«

»Entschuldigung?«, schnappte Reynolds wutentbrannt zurück.

»Mich brauchen Sie nicht um Entschuldigung bitten, Sie elender Hohlkopf«, flüsterte Min und beugte sich noch näher, »sondern Ihren Sohn, den Sie gerade vor allen seinen Freunden gedemütigt haben. Und wenn Sie glauben, dass Sie damit vor irgendjemandem hier ein gutes Bild abgeliefert haben, dann haben Sie Ihren Verstand wirklich im Arsch.«

»Sie haben hier gar nichts zu sagen«, entgegnete Reynolds, aber er wirkte plötzlich besorgt und warf rasche Blicke auf die Eltern rings umher, die eindeutig grimmig dreinblickten. Er schüttelte seinen Kopf und versuchte, sich aufzuplustern. »Für wen, zum Teufel, halten Sie sich eigentlich?«

»Tja, zunächst mal ist sie die Frau, die gerade deinen Arsch gerettet hat«, ließ Cal sich hinter ihr vernehmen. »Ich hätte dich nämlich hochkant von der Tribüne geworfen, wenn sie sich mir nicht in den Weg gestellt hätte.«

»Du«, bellte Reynolds und blickte an Min vorbei. »Als ob du so etwas zustande brächtest. Du kannst ja nicht einmal die Kinder richtig trainieren ...«

»Ach, hören Sie doch auf«, unterbrach Min ihn. »Sie wissen ganz genau, dass Sie sich blamiert haben, und jetzt fällt Ihnen nichts Besseres ein, als Ihrem Bruder die Schuld zu geben?«

»Hören Sie mal«, begann Reynolds und hob einen Finger. »Sie werden hier nicht ...«

»Weißt du, Reynolds«, mischte Cal sich ein, »wenn du erst wieder zu Hause bist, wird dir klar werden, dass du deinem Kleinen gerade einen genauso brutalen K. o.-Schlag versetzt hast, wie wir ihn beide unser Leben lang immer wieder abbekommen haben. Tja, du bist zwar ein Schwachkopf, aber du bist kein gemeiner Schwachkopf, deswegen beschert dir das hoffentlich ein paar schöne Albträume über deine Qualitäten als Vater. Hier und jetzt aber legst du dich gerade mit einer Person an, die kein Pardon kennt. Ich an deiner Stelle würde einen Rückzieher machen, solange du noch kannst.«

»Wir gehen nach Hause«, sagte Bink.

»Ich sehe nicht ein, warum ...«, begann Reynolds. Da begegnete er Binks Blick. In ihren grauen Augen lag stählerne Kälte.

»Wir«, erklärte sie, »gehen jetzt nach Hause und besprechen das. Min, würden Sie und Cal sich darum kümmern, dass Harry gut nach Hause kommt?«

»Natürlich«, antwortete Cal, und Min nickte. Sie zitterte

jetzt, da der erste Adrenalinschub vorüber war, trat beiseite, zurück zu ihrem Platz und hatte das Gefühl, aggressiv und sehr unhöflich gewesen zu sein. Als sie sich umgedreht und wieder gesetzt hatte, marschierte Cal bereits die Tribüne hinunter, gefolgt von Reynolds und Bink.

Unten auf dem Spielfeld hatte Harry ihnen den Rücken zugekehrt, aber Tony sprach mit ihm, also war er wohl in Ordnung. Sicherlich erklärte Tony ihm, dass sein Vater ein Hanswurst war, aber Min fand, auch das sei in Ordnung.

Sie warf einen Blick hinüber zu Cynthie, die nachdenklich wirkte. »Hi«, begrüßte Min sie und holte tief Atem. »Na, wie gefällt Ihnen die Show?«

»Ich hätte das nicht zustande gebracht«, erwiderte Cynthie, »meinen Glückwunsch. Sie haben mehr Mut als ich.«

»Das war nicht Mut«, entgegnete Min. »Wahrscheinlich habe ich überreagiert.«

»Nein«, widersprach Cynthie. »Cal hat überreagiert, aber er konnte nicht anders. Reynolds hat die übliche Familienmasche abgezogen, und das macht Cal verrückt. Er kann es nicht ertragen, dumm genannt zu werden.«

»Haben sie das als Kinder oft hören müssen?«, fragte Min.

»Ich glaube, alle beide hatten eine viel lausigere Kindheit, als wir uns vorstellen können«, erwiderte Cynthie. »Das heißt natürlich nicht, dass man deswegen seinen Bruder vor den Augen seines Neffen niederschlagen soll.«

»Vielleicht hätte er das gar nicht getan«, meinte Min.

»Ich weiß nicht.« Cynthie wiegte den Kopf. »Aber jetzt sind Sie für die Familie der Bösewicht, nicht er. Also haben Sie ihm da einen Gefallen getan.«

»Ich war schon vorher der Bösewicht«, erwiderte Min. »Seine Eltern konnten mich nicht ausstehen.«

»Ich glaube nicht, dass sie überhaupt irgendjemanden gern mögen«, stellte Cynthie fest. »Sie sind sehr mit sich selbst beschäftigt. Nicht grausam. Es ist ihnen einfach egal.«

»Tja«, meinte Min. »Sie sind hier die Psychologin, nicht? Wie können wir also Harry helfen?«

»Cal kümmert sich um ihn«, antwortete Cynthie und wies mit dem Kopf zum Spielfeld hinunter, wo Harry und Cal zusammen im Unterstand saßen. Sie betrachtete Min mit schräg gelegtem Kopf. »Es war doppelt so schlimm, weil Sie auch hier waren, wissen Sie. Harry hält so große Stücke auf Sie, und dann vor Ihnen so in Verlegenheit gebracht zu werden …« Sie schüttelte den Kopf und seufzte. »Sie haben Recht. Reynolds ist ein Schwachkopf.«

»Ist das der wissenschaftliche Begriff?«, fragte Min.

»In Reynolds Fall, ja«, antwortete Cynthie.

Unten im Unterstand ließ sich Tony neben Liza nieder und bemerkte: »Weißt du, ich dachte immer, wenn ich jemals in eine Kneipenschlägerei verwickelt würde, hätte ich dich gern als Rückendeckung, aber ich glaube, Min hat dir, was das angeht, gerade den Rang abgelaufen.«

»Tja, ich würde ihr nicht in die Quere kommen«, stellte Liza fest. »Dieser Kerl ist ein absoluter Versager.«

»Ja«, stimmte Tony ihr zu und beobachtete dabei das Spielfeld. »Aber Harry schafft das schon. Cal und Bink und Min stehen auf seiner Seite. Auf *die* Mannschaft würde ich jederzeit setzen. Jesus Christus, sieh dir das an.« Laut rief er: »Hey, Soames, pass auf, wohin du den Ball wirfst.« Er schüttelte den Kopf, beobachtete aber Soames weiter, bereit, ihm zu helfen.

Typisch Tony, dachte Liza. Er benahm sich manchmal wie ein Klotz, aber wenn er gebraucht wurde, war er zur Stelle.

Sie würde ihn wirklich vermissen.

»Tony«, begann sie, während er in seinen Hot Dog biss, und wartete, bis er kaute, da es eine Theorie gab, wonach Essen jeden Schlag milderte. »Mit uns beiden wird es nichts.«

»Woran hast du denn das gemerkt?«, fragte Tony mit vollem Mund, den Blick weiter auf das Spielfeld gerichtet.

Liza stieß erleichtert die Luft aus. »Nicht, dass du etwa nicht ein großartiger Kerl wärst …«

»Ich weiß.« Tony schluckte hinunter und biss wieder in sein Sandwich. Auf dem Spielfeld verfehlte ein Kind den Ball, und Tony schloss die Augen. »*Jesus Christus*.«

»Wir haben uns einfach in dieser Dreiergeschichte verheddert«, erklärte Liza. Tony hörte auf zu kauen und sah sie fragend an. »Ich meine, wir drei und ihr drei. Du weißt schon.«

»Genau.« Tony begann wieder zu kauen und das Spielfeld zu beobachten.

»Mit Bonnie und Roger«, fuhr Liza fort, »das ist irgendwie unheimlich, aber Bonnie macht keine Fehler.«

Tony schluckte hinunter. »Roger auch nicht. Die kriegen das schon hin.«

Liza nickte. »Und Min und Cal … na ja, ich weiß nicht, aber er versucht nicht, schnell bei ihr zu landen, deswegen klinke ich mich da aus.«

»Gut.« Tony biss wieder von seinem Hot Dog ab und blickte aus zusammengekniffenen Augen auf das Spielfeld.

»Aber du und ich, das ist Quatsch«, endete Liza.

»Klar.« Tony schüttelte den Kopf. »Dieses Gör hat zwei linke Hände.«

»Ich bin froh, dass du das so locker nimmst«, sagte Liza verärgert.

Tony zuckte mit den Schultern. »Ich mag dich, aber du machst immer so viel Wirbel, du erzeugst Störungen, und ich hänge an meiner Stabilität.«

»Chaostheorie«, stellte Liza fest.

»Klar«, erwiderte Tony. »Gestörte Systeme entwickeln eine höhere Ordnung oder fallen auseinander. Wir sind auseinander gefallen. Außerdem hasst du Sport. Klarer Fall. Bin ja nicht blöd. Also, was soll's?«

»Warum hast *du* dann nicht Schluss gemacht?«, fragte Liza ärgerlich.

»Der Sex mit dir hat mir gefallen. Oh, verdammt.« Tony grollte zum Spielfeld hin, wo ein ungeschicktes Kind einen Bodenball verfehlt hatte. »Weißt du, manche Gören sollten wirklich nicht Baseball spielen.«

»Also, der Sex hat mir eigentlich auch gefallen«, gab Liza zu, nachdem sie darüber nachgedacht hatte.

»Jederzeit zu Diensten«, versetzte Tony. »Na, das ist mal ein Schlag.« Er hob das Kinn und rief: »Gut gemacht, Jessica!«

Jessica winkte ihm zu und vergaß ihn sofort wieder, kauerte sich hin und wartete auf den nächsten Spielzug.

Jessica ist kein Dummchen, dachte Liza. »Ich mag dich wirklich«, sagte sie zu Tony, und er blickte sie grinsend an.

»Ich mag dich auch, Baby«, antwortete er. »Wenn du je einen Kerl vermöbelt haben willst, sag mir Bescheid.«

»Danke«, erwiderte Liza gerührt. »Und wenn dir je eine Frau unterkommt, die Ohrfeigen verdient, ruf mich an.«

»Wirklich?« Tony richtete sich ein wenig auf. »Darf ich dann zusehen?«

»Und deswegen ist jetzt für uns Schluss mit dem Sex«, erklärte Liza. »Also, in Ordnung?«

»Ja«, antwortete Tony und schrie dann, zum Spielfeld gewandt: »Nein, nein, nein.«

Liza erhob sich und küsste ihn auf den Scheitel. »Sei nicht gemein zu den Kleinen«, ermahnte sie ihn, bevor sie ging. »Wenn sie einmal groß sind, gehören ihnen die Firmen, für die du arbeitest.«

Ein paar Minuten, bevor das Spiel endete, ging Min hinunter zum Zaun, wo Cal nicht weit weg am Unterstand lehnte. Sie stand etwa eine Minute lang da und wusste nicht, was sie tun sollte, dann räusperte sie sich.

»Das war gut, was du zu Reynolds gesagt hast«, rief sie und hakte ihre Finger ins Drahtgeflecht. »Wirklich gut.«

Cal blickte weiter aufs Spielfeld.

Sieh mich an, verdammt noch mal, dachte Min und suchte nach etwas, womit sie seine Aufmerksamkeit auf sich ziehen konnte. »Und … wirklich geil«, log sie und schluckte schwer. »Hat mich sehr angemacht. Wenn nicht so viele Leute um uns herum wären, hätte ich dich schon in der Hütte da vernascht.«

Cal stand reglos, dann wandte er sich zu ihr um, sein Gesicht ausdruckslos wie Holz.

Uups, dachte sie.

»Gib mir fünf Minuten«, erwiderte er da. »Ich lasse den Platz räumen.«

Min ließ vor Erleichterung die Luft ab. »Du hast mir wirklich einen Schreck eingejagt.«

»Tut mir Leid.« Cal kam zu ihr herüber und lehnte sich gegen den Zaun, um mit ihr zu sprechen, und seine Finger schlangen sich durch den Maschendraht und berührten ihre. »Das vorhin hat böse Erinnerungen zurückgebracht.«

»An deinen Vater.« Min legte ihre Finger über seine, weil es sich so gut und richtig anfühlte, ihn zu berühren. »So viel habe ich verstanden. Ist Harry in Ordnung?«

»Nein«, antwortete Cal. »Aber er wird's überstehen.«

»Ich weiß nicht, ob das auf Reynolds auch zutrifft«, meinte Min. »Bink sah aus wie der Todesengel.«

»Sie wird ihm gehörig den Kopf waschen«, erwiderte Cal. »Aber das hilft Harry nicht viel.«

»Warum hat sie ihn überhaupt geheiratet?«, platzte Min heraus. »Tut mir Leid, aber …«

»Er hat sie mit seinem Charme bezirzt.« Cal lächelte sie schwach an. »Er lernte sie am College kennen, warf einen Blick auf ihr Vermögen und wickelte sie nach allen Regeln der Kunst ein. Sie hatte keine Chance.«

Min stellte sich Bink am College vor, eine erschreckte, kleine Eule, die dem strahlenden, großartigen Reynolds begegnete. »Und warum bleibt sie bei ihm?«

»Weil er sie inzwischen liebt«, erklärte Cal. »Harrys Geburt hat ihn verändert. Zu seinem Vorteil.«

»Verdammt«, entfuhr es Min. »Wie war er denn vorher?«

»Ein charmanter Bastard.« Cals Miene war wieder grimmig, als er zu ihr hinunterblickte. »Wie alle Morriseys.«

»Du nicht«, widersprach Min.

»Ach, Schatz, manchmal schon«, erwiderte Cal traurig. »Mehr, als du dir denken kannst.«

»Ich habe das nie bei dir erlebt«, erwiderte Min.

»Weil ich bei dir kein Bastard war«, erklärte Cal. »Du hast mir das frühzeitig ausgetrieben.«

Min grinste. »Na ja, du hast es provoziert, Charmebolzen.«

»Danke, dass du heruntergekommen bist«, sagte er sanft. Da rief Tony nach ihm, und er kehrte zum Spielfeld zurück.

Min ging zu Bonnie und setzte sich neben sie, und erst als Bonnie die Arme ausstreckte und ihre Hände auf Mins legte, wurde ihr bewusst, dass sie zitterte.

»Und, wie stehen die Aktien?«, fragte Bonnie.

»Diese Märchensache«, erwiderte Min, »ist nichts für Kinder.«

Nach dem Spiel ging Min zum Parkplatz und fand Harry auf dem Rücksitz von Cals Wagen. Cal lehnte an der Beifahrertür und wartete auf sie. *Stürze dich nicht auf ihn*, ermahnte sie sich selbst. *Harry ist hier*.

»Und was jetzt?«, fragte sie.

»Wir fahren zum Mittagessen«, antwortete Cal und richtete sich auf. »Und wir werden viel Elvis hören, denn dank dir ist das jetzt Harrys Lieblingsmusik.« Er öffnete ihr die Wagentür.

»Harry hat eben einen guten Geschmack«, versetzte Min mit vorgerecktem Kinn. Sie glitt auf den Beifahrersitz und sagte: »Hey Fischmann, ich höre gerade, dass wir ins Diner zum Essen fahren. Und die ganze Zeit Elvis hören.«

Harry nickte.

»An deiner Stelle würde ich Junk-Food verlangen«, empfahl ihm Min. »Sag einfach, du möchtest eine Bratwurst. Sieh zu, dass du aus dem Alten jetzt rausholst, so viel du kannst.«

Harry blickte überrascht drein und nickte dann.

»Fertig, Harry?«, rief Cal, als er eingestiegen war.

Harry nickte ernst. »Kriege ich eine Bratwurst zum Mittagessen?«

»Was?«, rief Cal und drehte sich zu ihm um.

Harry blinzelte ihn jammervoll an.

»Minerva«, begann Cal und sah ihr direkt in die Augen. »Du bringst meinen Neffen auf dumme Gedanken.«

»Ich?« Min lächelte ihn unschuldig an. »Nein, nein. Aber schließlich vertilgen die Amerikaner zwanzig Milliarden Hot Dogs pro Jahr, und ich finde, Harry sollte wenigstens einen einzigen kriegen.«

»Genau«, bekräftigte Harry von hinten.

»Zwanzig Milliarden«, wiederholte Cal und begann zu lachen. Min entspannte sich ein wenig.

Als sie auf die Straße eingebogen waren, blickte Min über ihre Rückenlehne hinweg Harry an. »Und was gibt es Neues aus der Welt der Fische?«

»Trägst du die Fischschuhe?«, fragte Harry.

»Nein«, erwiderte Min. »Ich habe neue. Glaspantoffeln mit Kirschen über den Zehen.«

Cal warf einen Blick auf ihre Füße. »Die sind gut«, meinte er nach einer Weile. »Aber es sind keine Fische.«

Harry nickte.

»Dann erzähle mir mal was über Ichthyologie«, forderte Min ihn auf, und das tat Harry dann auch die nächsten zwei Stunden lang. Min versuchte, sich davon fasziniert zu zeigen, die meiste Zeit aber überlegte sie, wie sie Cal dazu bringen konnte, sie zu berühren. Irgendwo. Sie würde sich auch über ein Tätscheln ihres Kopfes freuen. Für den Anfang. Aber selbst mit der Ablenkung durch Cal wusste Min nach dem Mittagessen mehr über Fische, als sie je für möglich gehalten hatte.

»Könnte sein, dass ich nie mehr Meeresfrüchte esse«, bemerkte Cal, als er ihr die Wagentür öffnete.

»Ja, aber wenn mit Fischen irgendwie Geld zu verdienen ist, wird Harry dir im hohen Alter den Lebensunterhalt damit finanzieren«, erwiderte Min, versuchte zu ignorieren, wie nahe er ihr war, und stieg ein.

Als auch Cal im Wagen saß, fragte Min: »Und, Harry, wie steht's da hinten?«

»Kriege ich einen Donut?«, fragte Harry und blickte wieder jämmerlich drein.

»Harrison«, erwiderte Cal, »du treibst es zu weit.«

»Fahr uns zu Krispy Kreme«, verlangte Min, und Cal verdrehte die Augen und fuhr los.

Als sie ankamen, blickte Harry Min mit Eulenaugen an. »Darf ich zwei essen?«

»Harry«, mahnte Cal.

»Ja«, antwortete Min. »Heute darfst du zwei essen.«

»Das ist ein Fehler«, murmelte Cal, aber er ging mit ihnen hinein, und sie tranken Milch und aßen warme Donuts mit Schokoladenüberzug und sprachen über Fische, und Min musste an den Picknicktisch denken und versuchte, ihre Atmung unter Kontrolle zu halten. Nachdem Harry seinen zweiten Donut verputzt hatte, blickte er nicht mehr jämmerlich drein.

Als sie wieder zum Wagen zurückgingen, sagte Cal zu Min: »Setz du dich auf den Rücksitz.«

»Okay«, erwiderte Min, stieg ein und fragte sich, warum sie dorthin verbannt wurde. Vielleicht hatte Cal das Verlangen in ihren Augen gesehen und wollte sich schützen.

Harry war noch etwa fünf Minuten lang vergnügt wie ein Fink, dann wurde er allmählich grün im Gesicht.

»Ah ja«, machte Cal und hielt am Straßenrand.

Harry öffnete die Tür und gab zwei Donuts und einen Viertelliter Milch von sich.

»Ach Schatz«, rief Min bekümmert und schuldbewusst. »Das tut mir Leid.«

»Das war's wert«, beschwichtigte Harry und wischte sich den Mund. »Und die Bratwurst habe ich behalten.«

Cal reichte ihm eine Flasche Evian-Tafelwasser. »Spül deinen Mund aus. Zweimal.«

»Woher hast du denn das?«, fragte Min, während Harry spülte und ausspuckte.

»Hab ich gekauft, als ich die Donuts bezahlte«, antwortete Cal. »Schließlich passiert das nicht zum ersten Mal.«

Harry setzte sich im Sitz zurück. »Ziemliche Schweinerei da draußen. Soll ich's mit dem Rest Wasser wegwaschen?«

»Klar«, erwiderte Cal und begegnete im Rückspiegel Mins Blick. »Wir Morriseys spülen den Rinnstein immer mit Evian-Tafelwasser sauber.«

»Ihr habt wirklich Klasse, Leute«, erklärte Min.

Als sie in die Zufahrt von Harrys Zuhause einbogen, die ein genaues Abziehbild der Zufahrt bei Cals Eltern war, drehte sich Harry zu Cal um und sagte: »Vielen, vielen Dank.«

»Bitte, gern geschehen, Harry«, antwortete Cal.

Dann beugte Harry sich zwischen den Rückenlehnen hindurch und flüsterte: »Und vielen Dank für die Donuts.«

»War mir ein Vergnügen«, flüsterte Min zurück. Dann beugte sie sich noch weiter vor und flüsterte ihm ins Ohr: »Ich habe dich lieb, Harry.«

Er strahlte sie an und warf dann seinem Onkel einen Blick der Überlegenheit zu.

»Harrison, wenn du versuchst, mir meine Freundin auszuspannen, kriegst du Ärger«, erklärte Cal.

Harry grinste breit und stieg aus. »Bis dann«, rief er und knallte die Tür zu.

»Er ist noch ein bisschen jung für dich, findest du nicht?«, fragte Cal und begegnete ihrem Blick im Rückspiegel.

Min schluckte. »Ja, aber er ist ein Morrisey. Diesem Charme kann man nicht widerstehen.«

»Tja, ich fand es ganz besonders charmant, wie er in den Straßengraben gekotzt hat«, versetzte Cal. »Möchtest du wieder nach vorn zu mir umsteigen?«

»Irgendwie gefällt's mir hier hinten«, versetzte Min und hob die Nase. »Nach Hause, Morrisey.«

»Na los, Dobbs, hoch mit dem Hintern und hierher«, befahl Cal, und Min lachte und kletterte nach vorn.

Als sie wieder auf der Straße waren, fragte sie: »Meinst du, er ist okay?«

»Sicher«, erwiderte Cal. »Harry ist es gewöhnt, sich zu erbrechen.«

»Ich meine, das Spiel.«

»Ja«, antwortete Cal. »Er wird sich in den seltsamsten Momenten wieder daran erinnern, aber er wird damit zurechtkommen. Er hat ja Hilfe bekommen. Alle um ihn herum haben ihm gesagt, dass er schwer in Ordnung ist. Und Bink kümmert sich zu Hause darum. Nur ist es hart, wenn dir dein eigener Vater sagt, dass du dumm bist.«

»Allerdings«, stimmte Min zu und empfand abgrundtiefen Hass auf Jefferson Morrisey. »Und wie geht's dir?«

»Mir? Gut.«

»Gut«, seufzte Min. Sie fand, dass sie schon zu lange im eigenen Saft schmorte. Jetzt war sie mit ihm allein, jetzt war der Zeitpunkt für ein gezieltes Vorgehen gekommen. Am klügsten wäre es, ganz offen zu sein. Sie sollte ihm gleich sagen, dass sie über die Wette Bescheid wusste; sie sollten wie Erwachsene darüber sprechen, und vielleicht konnte sie sich ihm dann …

»Was ist?«, fragte Cal in die Stille hinein.

»Was?«, schreckte Min schuldbewusst hoch.

»Du bist so still«, erwiderte Cal. »Komm, spuck's aus.«

»Oh.« Vielleicht war ein Frontalangriff doch nicht das Richtige. »Na ja«, sagte sie. »Ich dachte gerade …«

»Ahaa«, machte Cal.

»… dass wir einiges zu, äh, klären haben. Glaube ich. Und ich würde das gern klären.«

»Klar«, erwiderte Cal, und es hörte sich an, als hätte er keine Ahnung, was sie meinte, aber bereit war mitzumachen.

»Weil, ich glaube … vielleicht … könnten wir … weißt du … einen Versuch machen«, stotterte sie. »Wenn wir uns aussprechen.«

Cals Hände verkrampften sich um das Steuerrad, aber er hielt den Blick weiter auf die Straße gerichtet. »Also gut.«

Du bist keine große Hilfe, dachte Min. »Wusstest du, dass achtundsiebzig Prozent aller Paare Geheimnisse voreinander haben?«

»Würde mich nicht überraschen«, erwiderte Cal.

Min nickte.

»Das hast du dir gerade ausgedacht, oder?«

»Ja«, gab Min zu. »Aber ich wette, ich liege damit ziemlich richtig. Gibt es da etwas, was du mir verschweigst? Etwas …«, sie zuckte die Schultern, »bevor wir uns kennen gelernt haben?«

Cal antwortete nicht, und als sie hinüberblickte, zeigte sein Gesicht diesen *Ach-verdammt*-Ausdruck. »Du weißt es schon, sonst würdest du nicht fragen.«

»Stimmt«, gab Min zu, und jeder Muskel ihres Körpers spannte sich an. *Warum musstest du auch fragen? Alle Leute, die behaupten ›Man muss nur darüber reden‹ sind Idioten.*

»Min, das ist schon Jahre her. Mein Leben war die reine Hölle, und sie war so wunderbar, und Reynolds behandelte sie wie Dreck …«

Was? Mins Magen hob sich.

Cal schüttelte den Kopf. »Sie ist ein guter Mensch. Hat mich schwer beeindruckt.«

»Oh«, machte Min. *Sage nächstes Mal gefälligst etwas präziser, welches Geständnis du hören willst, du Dummkopf.*

»Es ist nichts passiert, Min«, versicherte Cal und warf ihr einen kurzen Blick zu. »Bink betrügt niemanden, und ich würde zwar meinem Bruder am liebsten jedes Mal, wenn ich ihn sehe, eine reinhauen, aber *das* würde ich ihm nicht antun. Nein, wir haben nur miteinander geredet. Sehr oft.«

»Aha«, machte Min und versuchte, es freundlich und ermutigend klingen zu lassen.

»Es ist schon Jahre her«, wiederholte Cal. »Sie sagte, ich sei der einzige Mensch, der sich nicht um ihr Vermögen scherte. Du hast sie ja kennen gelernt und weißt, wie sie ist. Sie ist ein wundervoller Mensch.«

»M-hm«, stimmte Min zu. *Ich bringe mich jetzt gleich um.*

»Alles in Ordnung mit dir?«

Min wandte sich ihm zu und platzte heraus: »Hast du sie geliebt?«

Cal bremste den Wagen ab, und Min dachte: *Ach, verdammt noch mal, wann lerne ich endlich, nicht nach Dingen zu fragen, die ich gar nicht wissen will?*

Er hielt am Straßenrand an, schaltete die Zündung aus und wandte sich ihr zu. »Ja.«

»Aha.« Min nickte. »Na gut. Von jetzt an verweigere einfach die Antwort, wenn ich dich etwas frage, ja?«

»In Ordnung«, erwiderte er.

»Liebst du sie immer noch?«, fragte Min.

»Ja«, antwortete Cal.

»Du *hörst* mir nicht *zu*«, entgegnete Min.

»Min, es ist ganz anders. Auf diese Weise liebe ich sie schon lange nicht mehr. Ich glaube, wir haben beide gesehen, worauf wir zusteuerten, und diesen Albtraum wollten wir beide nicht, und Reynolds fing auch wieder an, Interesse an ihr zu zeigen, und ich ging mit anderen Frauen aus, und mit der Zeit hat es sich verloren.«

»Nicht ganz«, erwiderte Min. »Da gibt's eine besondere Symphatie zwischen euch. Mehr als familiäre Zuneigung.«

Cal nickte. »Ja, sie ist etwas Besonderes. Aber es ist keine … romantische Liebe. Das hat schon lange aufgehört. Vor Jahren.«

»M-hm«, machte Min, noch immer bemüht, damit fertig zu werden.

Cal starrte durch die Seitenscheibe. »Cynthie«, begann er, und Min dachte: *Gib mir doch gleich den Rest.* »Sie hat das nie mitgekriegt. Dabei ist sie Psychologin, und wir waren neun Monate zusammen, aber sie hat nie erkannt, dass ich so viel für Bink empfand. Wie hast du das gemacht?«

»Ich habe eben einen scharfen Blick«, log Min.

Cal ließ sich tiefer in seinen Sitz sinken und starrte durch die Windschutzscheibe. Min beobachtete, wie sich sein muskulöser Körper entspannte, und sie begehrte ihn mehr, als sie für möglich gehalten hätte. »Weißt du was, Cyn hat Monate damit zugebracht, herauszufinden, warum ich ein Seriendater war.«

»Ein was?«, fragte Min in dem Versuch, einen Weg heraus aus ihrer Sehnsucht und ihrem Elend zu finden.

»So hat sie es genannt. Die Geschichte mit dem Zuschlagen und Wegrennen, die du mir immer vorwirfst. Sie kam zu dem Schluss, dass ich das wegen meiner Mutter täte; dass ich mich bei all den Frauen nach Liebe sehnte, und wenn ich sie bekommen hatte, dass ich sie dann verließ, um mir die Liebe der nächsten zu verdienen.«

»Diese Cynthie, immer eine passende Theorie auf Lager«, meinte Min, die ihre bitteren Gefühle an irgendjemandem auslassen musste. Cynthie kam da wie gerufen.

»Ich sehnte mich aber nicht nach meiner Mutter«, fuhr Cal fort. »Ich sehnte mich nach Bink.« Er wandte sich Min zu, und sie lächelte ihn an, damit er nicht erkannte, dass sie drauf und dran war, die Wagentür zu öffnen und sich in den Straßengraben zu übergeben. »Ich sehnte mich nach jemandem, mit dem ich reden konnte, eine Frau, die ich nicht hofieren und mit Charme betören musste, mit der es einfach schön war, zusammen zu sein.« Er schüttelte den Kopf. »Und das war mir einfach nicht klar. Bis jetzt.«

»Na, dann viel Glück dabei«, versetzte Min fröhlich.

»Hör mir zu, Minnie«, befahl er. »In dem Augenblick, als du dich zu mir auf den Picknicktisch gesetzt hast, war ich erledigt.«

Min hatte plötzlich das Gefühl, keine Luft mehr zu bekommen. Deswegen war ihr wohl so schwindlig.

»Ich brauchte eine Weile, bis mir das klar wurde«, sprach er weiter. »Ich hatte noch nie jemanden wie dich kennen gelernt. Klar, jemand wie dich gibt's nicht noch einmal.«

Vergiss das Atmen nicht, ermahnte sich Min.

»Als du auf der Straße vor Emilio's nichts mehr von mir wissen wolltest, da dachte ich erst *Zum Teufel mit dir*. Ungefähr fünf Minuten lang. Und dann wollte ich dich zurückhaben. Du bist die einzige Frau, die ich je wiederhaben wollte. Und seitdem versuche ich, mir etwas einfallen zu lassen, wie ich dich zurückkriege.«

Min sog tief Luft in ihre Lungen, bevor sie ohnmächtig werden konnte.

»Ich liebe dich«, erklärte Cal. »Ich weiß, dass das verrückt ist. Wir kennen uns erst seit ein paar Wochen, und wir brauchen mehr Zeit, das ist mir alles klar, aber trotzdem liebe ich dich, und das wird sich nicht ändern.«

Wieder holte Min tief Luft. Man brauchte Luft auch zum Sprechen.

»Um Gottes willen, Min, *sag doch was*«, flehte Cal.

»Ich liebe dich«, antwortete Min. »Ich habe dich fast von Anfang an geliebt.«

»Das genügt mir«, versetzte Cal und streckte die Arme nach ihr aus.

13

Min schlang die Arme um Cals Nacken und war so dankbar, seine Wärme wieder zu fühlen, dass sie ihn über den Schaltknüppel zog, um ihn noch näher an sich zu spüren.

»Autsch«, stieß Cal hervor.

»Entschuldige.« Min versuchte, lockerzulassen.

»Kein Problem«, beruhigte Cal sie und hielt sie fest. »Mein Gott, wie habe ich dich vermisst.« Er küsste sie, und die flimmernde Hitze überflutete sie, wie jedes Mal, nur dass sie sich diesmal nicht dagegen wehrte und sie bis in ihre Fußspitzen fühlte. Sie klammerte sich an ihn, voll Staunen, dass er sie wieder küsste, und sie unterbrach den Kuss, nur um ihn von neuem zu küssen, bis er tief Atem holen musste.

»Hör mal«, keuchte sie. »Mein Herz. Brich es mir nicht.«

»Genau. Du mir auch nicht.« Cal zog sie wieder an sich, und sie versank in ihm, verlor sich in ihm, trunken von dem Wissen, dass sie bei ihm sein durfte, bei ihm sein würde, und dass alles wunderschön würde. Sie fühlte, wie seine Hand unter ihr Hemd glitt und ihre Brust berührte, und sie erbebte und biss ihn zart in die Lippe, und seine Hand schloss sich fester um ihre Brust, und dann klingelte ihr Handy.

Cal gab sie schwer atmend frei, mit dunkel glühenden Augen, sie aber hielt ihn weiter fest.

»Lass es klingeln«, bat sie, um Atem ringend. »Das ist nur Diana, die ruft zehn Mal am Tag an. *Komm und liebe mich*.« Doch er schüttelte den Kopf.

»Geh lieber ran«, bekam er zwischen zwei Atemzügen heraus. »Wir müssen uns bremsen. Wir stehen hier direkt an einer öffentlichen Straße.«

»Ist mir doch egal«, stöhnte sie und streckte die Arme aus.

Er schaltete den Motor ein. »Zu dir, oder zu mir, Minnie, aber *nicht* hier im Wagen.«

»Egal, was immer näher liegt«, erwiderte Min, und während Cal anfuhr, hob sie ihr Handy ans Ohr, um das Klingeln zu beenden.

»*Min*«, erklang Dianas nervöse Stimme. »Ach *Min*, eine *Katastrophe*.«

»Okay«, erwiderte Min und versuchte, die Nebelschwaden aus ihrem Kopf zu verbannen. »Was ist los?

»Das Festessen heute Abend«, stöhnte Diana. »Greg wollte den Partyservice organisieren, weil er da besondere Beziehungen hat.«

»Oh.« Min blickte Cal an, der viel zu weit von ihr entfernt saß. »Greg sollte den Partyservice für das Festessen heute Abend organisieren. In vier Stunden.«

»Ich hasse Greg«, erklärte Cal mit Gefühl.

Diana hörte sich ebenso atemlos an, wie Min sich fühlte. »Mom wird ihn *ans Kreuz nageln*, und er ist jetzt schon ein *nervöses Wrack*. Und es soll doch *meine vollkommene Hochzeit* werden.«

»Okay«, erwiderte Min. »Lass mich nachdenken.« *Cal, nackt, in meinem Bett, in mir.* Nein, nicht der Gedanke.

»Was sollen wir bloß tun? Es ist *gar nichts* vorbereitet«, wimmerte Diana.

»Ich versuche ja nachzudenken.« Min und Cal blickten sich einen langen Moment in die Augen, bis der Wagen abdriftete und über den Straßenrand holperte und Cal ihn zurückriss.

»Wo findet dieses Abendessen statt?«, fragte er und behielt den Blick auf der Straße.

»In einer Pension in der Nähe der Kirche«, erklärte Min. »Unten am Fluss. Warum?«

»Für wie viele Personen?«, fragte er weiter.

»Vierzehn, glaube ich«, erwiderte Min und sprach wieder in ihr Handy: »Abendessen für vierzehn, ja?«

»*Ja*«, rief Diana zurück.

»Das schaffen wir«, meinte Cal. »Sag ihr, das geht in Ordnung.«

»Wir schaffen das?«, frage Min. »Wer sind *wir*?«

»Tony und Roger und ich haben im Restaurant gearbeitet, das weißt du doch. Wir holen uns alles, was wir brauchen von Emilio, du machst Chicken Marsala, und sie können servieren. Deine Eltern kennen Tony und Roger nicht, also werden sie sich nichts dabei denken. Das funktioniert.«

»Ich mache Chicken Marsala?«, fragte Min und dachte dann: *Ach, zum Teufel.* »Okay, also mache ich Chicken Marsala.« Sie hob den Hörer wieder. »Beruhige dich, wir bekommen das in den Griff. Deine Aufgabe ist es, Mom eine plausible Erklärung zu geben, warum Cal und ich etwas später kommen, und dafür zu sorgen, dass die Hintertür zur Küche offen ist. Um alles andere kümmern wir uns.«

»Oh, Gott sei Dank«, rief Diana. »Ich habe dich doch nicht gestört, oder?«

»Doch«, versetzte Min, »aber das ist schon okay. Wir haben noch zwei Stunden, bis wir anfangen müssen zu kochen. In zwei Stunden kann man vieles …«

»*Nein, kannst du nicht*«, rief Diana. »Bist du *verrückt*? Du hast *in diesem Moment die letzte Anprobe*, und wir dachten, du wärst *schon unterwegs*. Wir sind bereits hier und *warten auf dich*. Du kannst doch nicht die *letzte Anprobe* verpassen. Mom würde dich *umbringen*. *Ich brauche dich dringend. Du kannst nicht …*«

»Ach ja. Jetzt sofort«, echote Min. »Hatte ich vergessen.«

»Sag's mir nicht«, flehte Cal und bremste ab.

»Anprobe«, murmelte Min. »Ich habe jetzt sofort eine Anprobe. Ich muss …«

»Kein Problem«, erwiderte Cal und atmete tief durch. »Ich setze dich bei der Anprobe ab, ich besorge alles für das Abendessen, dann kochen wir, dann gehen wir zu dem Abendessen, und *dann …*«

»…muss ich die Nacht bei meiner Schwester verbringen«, fiel Min ihm ins Wort und schloss die Augen. »Ich hasse es, aber es ist die Nacht vor der Hochzeit, und ich habe ihr versprochen …«

»Na gut«, versetzte Cal. »Kein Problem.«

»Für dich vielleicht nicht«, entgegnete Min und dachte: *Nicht in diesem Ton, nicht in diesem Ton.* Sie holte tief Atem. »Ich will dich *jetzt*. Ich will …«

»Herrgott«, stöhnte Cal. »Ich versuche doch nur …«

»Min?«, krächzte Dianas Stimme aus dem Hörer.

»Ich komme«, antwortete ihr Min und schaltete das Handy ab.

»Wo ist die Anprobe?«, fragte Cal resigniert.

»Brautabteilung bei Finocharo«, antwortete Min bitter. »Warum konnte Greg nur nicht die Organisation der Kleider übernehmen?«

Cal brachte sie zu dem Modegeschäft, küsste sie mehrmals und fuhr dann davon, um sich um das Abendessen zu kümmern, und erst als er fort war, wurde ihr bewusst, dass er die Wette noch immer nicht erwähnt hatte.

Wir hatten keine Zeit, dachte sie. *Wenn das kein guter Grund ist. Ich habe ihm gar keine Chance dazu gegeben. Und auch wenn es keinen guten Grund gibt, ist mir das egal. Ich lasse mir von niemandem mehr in die Suppe spucken.*

Dann wandte sie sich um, um es mit ihrer Mutter und mit diesem verdammten Korsett aufzunehmen.

»Du kommst schon wieder zu spät«, nörgelte ihre Mutter, als sie eintrat.

»Hi, Mom«, erwiderte Min, bereit, ihrer Mutter die Haare auszureißen, sollte sie etwas wirklich Gemeines sagen.

»Iss das hier«, befahl Nanette und reichte ihr einen Apfel.

»Warum denn?«, wunderte sich Min.

»Weil Gott allein weiß, was uns dieser Partyservice auftischt, den Greg bestellt hat. Der Mann ist vollkommen unzuverlässig. Und weißt du, er hat ihnen auch nicht gesagt, dass sie keine Butter verwenden dürfen. Also iss dich schon mal satt.«

»Damit?« Min beäugte den Apfel und legte ihn kopfschüttelnd weg, um sich in das Leibchen zu zwängen. Eine halbe Stunde später verließ die Schneiderin Mins Kabine, und Min starrte sich im Spiegel an. Jede rosige Erregung war von ihr gewichen, und sie dachte: *Ich würde mir gern die Kehle durchschneiden, aber das hier soll nicht das Letzte sein, was ich sehe, bevor ich abtrete*.

Sie steckte wieder in dem blauen Rock, dessen Reißverschluss sich nur schließen ließ, wenn sie sekundenlang die Luft anhielt, in der lavendelfarbenen Chiffonbluse, die über der Brust noch immer spannte, und in dem neuen blauen Leibchen, das nur eng geschnürt werden konnte, wenn Min das Atmen aufgab, und dabei hatte die Schneiderin beim Schnüren die Kraft der Verzweiflung aufgewendet. Und auch jetzt, wo alles saß, durfte sie keinen normalen Atemzug wagen, denn sonst würde sie oben einfach herausplatzen.

Warum sollte Cal mit einer schlafen wollen, die so aussieht?

Als Min aus ihrer Ankleidekabine hervorkam, stellte Nanette fest: »Es passt immer noch nicht«, und ihr Ton verhieß nichts Gutes für ihre fette Tochter.

»Gott ist mein Zeuge, ich habe diese Diät eingehalten«, versicherte Min ihr deprimiert. »Meistens.«

»Du hattest ein ganzes Jahr Zeit«, erklärte ihre Mutter bitter. »Und jetzt ruinierst du Dianas schöne Hochzeit.«

»Ich hab eine Idee.« Min versuchte, das Leibchen hochzuziehen. »Ich könnte mir doch einfach einen Knöchel verstauchen, und Karen spielt die Brautjungfer. Dann habt ihr eine absolut schöne und dünne Hochzeitsfeier, und …«

»*Nein*«, widersprach Diana von der Tür aus, und sie wandten sich beide zu ihr um.

»Nicht diesen Ton, mein Liebes«, verbat sich Nanette.

Diana zeigte auf Min. »Du bist *meine Schwester*, und du wirst meine *Brautjungfer*, und du wirst *wunderschön* aussehen, denn diese Lavendelfarbe ist *genau deine Farbe*, und es wird alles *perfekt*.«

In ihren Augen lag die gleiche wilde Entschlossenheit wie bei Nanette, und so gab Min nach.

»Na ja, da können wir jetzt auch nichts mehr ändern.« Nanette erhob sich verärgert. »Du bist zu spät gekommen, und wir haben noch tausend Dinge zu erledigen. Das Abendessen beginnt bereits in drei Stunden, herrje. Du musst das Kleid für das Abendessen ohne uns anprobieren.«

»Kleid für das Abendessen?«, fragte Min. »Warum ...«

»Ich habe etwas für dich ausgesucht, das dich schlanker macht.« Nanette betrachtete kopfschüttelnd ihre älteste Tochter, die herbe Enttäuschung. »Achte darauf, dass der Saum die richtige Höhe hat. Wenn er dir nur bis zum Knie reicht, sehen deine Beine aus wie Zaunpfähle.«

»Vielen Dank, Mutter«, erwiderte Min, der nichts daran lag, sich deswegen zu streiten. Sie war es einfach müde.

Ihre Mutter hielt inne und begegnete ihrem Blick. »Ich weiß, du findest mich schrecklich. Aber ich kenne mich in der Welt aus, und die ist nicht nett zu dicken Menschen. Vor allem nicht zu dicken Frauen. Ich möchte, dass du glücklich und gut versorgt bist, einen guten Mann bekommst, und das wird nicht geschehen, wenn du nicht abnimmst.«

»Sie ist *nicht dick*«, erklärte Diana hinter ihr. »*Sie ist NICHT DICK*.«

»Nicht in diesem Ton«, entgegnete Nanette, und Diana starrte sie an.

»*Zum Teufel* mit dem Ton. Hör auf, ihr dauernd einzureden, sie sei *dick*.« Diana holte Luft und blickte ebenso erstaunt über sich selbst drein wie Nanette und Min. Etwas ruhiger setzte sie hinzu: »Lass sie in Ruhe.«

Nanette schüttelte den Kopf, beugte sich vor und packte Min an den Oberarmen. »Ich möchte doch nur, dass du glücklich wirst.« Dann hielt sie inne und drückte Mins Arm noch einmal. »Hast du wirklich Gewichte gehoben, wie ich es dir gesagt habe? Wenn nämlich deine Arme zu schwammig sind, wirken diese Chiffonärmel …«

»Wir müssen jetzt gehen«, unterbrach Diana ihre Mutter und schob sie zur Tür. »Wir sind sowieso schon zu spät dran.« An der Tür drehte sie sich noch einmal um und rief: »Du siehst *großartig* aus«, und verschwand dann ebenfalls.

»Klar«, murmelte Min und drehte sich um, um sich im Spiegel zu betrachten. Die Chiffonbluse war nicht so übel, aber ihre Brüste quollen einfach obszön daraus hervor.

»Ach du lieber Gott«, seufzte sie und versuchte, sich hinzusetzen, aber der Rock war zu eng.

»Augenblickchen, Augenblickchen«, säuselte die Schneiderin und huschte um Min herum, um den Reißverschluss des Rockes zu öffnen, bevor er platzte.

»Ich hasse das«, grollte Min, während sie aus dem Rock stieg.

»Die Farbe steht Ihnen wunderbar«, erwiderte die Schneiderin, und Min blickte über die Schulter in den Spiegel und dachte: *Sie hat Recht. Für solche Dinge hat Diana ein sehr gutes Auge.* »Sie haben Glück, dass Sie nicht das Grüne tragen müssen«, schwatzte die Schneiderin weiter, während sie die Bänder des Leibchens löste. Min begann wieder zu atmen. »Wenn Sie zum Altar schreiten, werden die Farben wunderbar aussehen, Grün und Blau und Ihr Violett-Blau. Aber die kleine Blonde, die das Grüne tragen soll, ist sehr unglücklich darüber.«

Schnief, dachte Min. Tja, das hat man davon, wenn man mit dem Bräutigam ein Verhältnis hatte.

»So, ich bringe Ihnen jetzt das Abendkleid, das kriegen wir ganz schnell hin.«

»Klar«, erwiderte Min. Sie zog die Bluse aus und betrachtete sich im Spiegel. Vollschlanke Brüste, vollschlanke Hüften, vollschlanke Oberschenkel ... Sie versuchte, sich daran zu erinnern, was Cal darüber gesagt hatte, aber die Stimme ihrer Mutter übertönte alles.

»Da haben wir es schon«, säuselte die zurückkehrende Schneiderin. »Wir ziehen Ihnen das rasch über den Kopf ...«

Min betrachtete sich im Spiegel, während die Schneiderin die Reißverschlüsse schloss. Ihre Mutter hatte natürlich Schwarz gewählt, ein durchgehendes Kleid mit einem senkrechten weißen Einsatz auf der Vorderseite, mit dem sie einem Pinguin ähnelte. V-förmige Einsätze an der Hüfte sollten eine schmale Taille vortäuschen, ließen sie jedoch nur wie ein Pinguin aussehen, dessen Frackschleife zu tief hing.

»Das macht sehr schlank«, behauptete die Schneiderin.

»Genau«, versetzte Min und nahm den Apfel in die Hand. »Schlank.«

Hinter ihr ertönte Cals Stimme. »*Oh Gott*, ist dieses Kleid hässlich.« Sie wandte sich um und sah ihn in der Türfüllung lehnen, eine Flasche Wein und zwei Gläser in den Händen.

Mins Herz machte einen Sprung. »Oh, gut, du bist da.«

»Was dachtest du denn, Minnie?«, fragte Cal und kam näher, ihr in die Augen blickend. »Zieh den Fetzen aus. Das ist eine Beleidigung für deinen Körper.«

»Nur eine von vielen heute«, erwiderte Min. »Meine Mutter hat es ausgesucht. Sie hat einen ausgezeichneten Geschmack.«

»Finde ich nicht.« Cal stellte seine Mitbringsel auf einen niedrigen Tisch neben der Couch. »Ich könnte dir ein besseres Kleid aussuchen.«

»Einverstanden«, seufzte Min. »Du hast fünf Minuten Zeit. Ich esse inzwischen diesen Apfel, und dann säumen wir das Kleid so, dass meine Beine nicht wie Zaunpfähle aussehen. Hast du auch einen Korkenzieher dabei? Ich könnte jetzt einen Schluck Wein vertragen.«

Cal nahm ihr den Apfel aus der Hand. »Apfel und Wein? Lieber nicht.« Er warf den Apfel in den kleinen goldenen Abfallkorb neben dem Tisch und zog einen Korkenzieher aus der Tasche. »Deine Beine sind toll. Zieh dieses Kleid endlich aus. Da muss es doch irgendwo ein besseres geben.«

»Im Souterrain«, erklärte die Schneiderin eifrig und sah Cal an, als sei er das Großartigste, das ihr je vor Augen gekommen war.

Min betrachtete Cal ebenfalls und dachte wieder, wie wunderbar er war.

»Hi.« Cal lächelte die Schneiderin an. »Ich bin Cal.«

»Hi«, erwiderte sie, und ihr Lächeln wurde breiter. »Ich bin Janet.«

Ach, um Himmels willen, dachte Min.

»Janet, Sie sehen aus, als hätten Sie einen hervorragenden Geschmack«, säuselte Cal. »Ich bin sicher, Sie haben dieses Ding da nicht ausgesucht.«

»Nein, nein,« Janet wies den Gedanken weit von sich.

»Ich wette, Sie könnten das perfekte Kleid für sie aussuchen«, fuhr Cal fort und blickte ihr unverwandt in die Augen. »Vielleicht etwas in Hellrot.«

»Blau«, entgegnete Janet. »In Blau oder Violett sieht sie wundervoll aus.«

»Das stimmt. Bitte suchen Sie ein phantastisches blaues Kleid aus, und wir feiern dann mit einem Drink.«

Janet zögerte. »Mrs. Dobbs hat aber ausdrücklich …«

»Ich kümmere mich um Mrs. Dobbs«, erwiderte Cal, »und Sie kümmern sich um das Kleid.«

Als Janet verschwunden war, schraubte Cal den Korkenzieher in den Korken und zog, und der Korken ploppte ohne Widerstand heraus. Cal schenkte ein Glas ein. »Hier. Du bist ziemlich angespannt.«

»Meine Mutter war hier«, antwortete Min, nahm das Glas und wünschte, er würde sie berühren. Nur dass sie zu fett war.

»Das erklärt, warum Janet wie ein Reh im Scheinwerferlicht aussah.« Cal blickte über die Schulter. »Sie ist nicht hier, und du hast mich eine Stunde lang nicht mehr geküsst, Minerva. Komm zu mir.«

Min kletterte von der Plattform und ging zu ihm. Sie liebte die Art, wie seine Arme sich um sie schlossen, und versuchte, nicht daran zu denken, wie fett sie sich unter seinen Händen anfühlen musste. Dann küsste er sie wild, und sie sank seufzend gegen ihn, dankbar dafür, dass sie ihn hatte, auch wenn sie nicht wusste, warum er sie haben wollte.

Die Wette.

Nein, niemals, das war es nicht. Sie glaubte an ihn.

»Was ist los?«, fragte er.

Min schüttelte abwehrend den Kopf. »Horroranprobe.«

»Lass mich raten«, erwiderte er. »Deine Mutter. Denk nicht mehr an sie. Denk an mich.«

Sie musste lächeln, und als er sie wieder küsste, diesmal sehr sanft, fühlte sie, wie die Anspannung in ihr langsam wich.

»Na also«, meinte er und streichelte ihren Rücken. »Jetzt trink deinen Wein. Ich werde dich betrunken machen, und dann treib ich's mit dir beim Festessen unter dem Tisch.«

»Ach, das wäre schön«, seufzte Min und nippte an dem Wein.

Nach einem halben Glas Wein und einigen weiteren Küssen fühlte Min sich schon viel besser. Janet kam mit einem Kleiderbügel zurück, an dem etwas Dunkelpurpurnes und Gewagtes hing.

»Wollen Sie mich auf den Arm nehmen?«, fragte Min. »Das soll für *mich* sein, ja?«

»Nein, das ist für mich«, erklärte Cal und musterte das, was an dem Kleiderbügel hing. »Ich begleite dich schließlich, und ich will nicht den ganzen Abend lang ein potthässliches Kleid vor Augen haben.«

»Geh raus«, befahl Min. »Ich ziehe mich nicht vor deinen

Augen aus.« *Noch nicht*. Sie dachte daran, wie Nanette ihren Oberarm befühlt hatte. *Vielleicht nie*.

»Na ja, ich gebe die Hoffnung nicht auf«, erwiderte Cal und nahm sein Weinglas mit hinaus.

Als er verschwunden war, fragte Janet: »*Das* ist Ihr Freund?«

»Ja«, antwortete Min, selbst überrascht.

»Mein Gott, was für ein *schöner Mann*«, seufzte Janet.

»Und ein netter Mann«, meinte Min. »Aber dieses Kleid …«

»Nein, das ist genau richtig«, entgegnete Janet, schüttelte das Kleid aus und hielt es in die Höhe. »Es gefällt Ihrem Freund. Kennt er sich mit Frauenkleidern aus?«

»Ich glaube, er hat schon viele ausgezogen«, antwortete Min und streifte das Pinguinkleid ab.

»Meins könnte er auch ausziehen«, versetzte Janet und erstarrte dann. »Entschuldigung. Ich wollte nicht …«

»Kein Problem«, erwiderte Min und reichte ihr den Pinguin. »Daran bin ich gewöhnt. Und wie zieht man das hier an?«

»Ziehen Sie es sich über den Kopf«, empfahl Janet und reichte ihr das purpurne Kleid. »Es hat ein in Falten gelegtes Hänger-Oberteil.«

»Na, ich weiß nicht.« Min hielt das Kleid in die Höhe.

»Probieren Sie's«, ermunterte Janet sie. »*Ihm* gefällt es.«

»Und er hat mir auch Wein mitgebracht«, erinnerte sich Min. »Wo ist mein Glas?« Sie kippte den Rest ihres Weines hinunter, zog dann mit einem Seufzen das Kleid über ihren Kopf und blickte in den Spiegel. Einiges an diesem Kleid war gut. Das Hänger-Oberteil machte sie tatsächlich schlanker, und die Art, wie es sich über ihrem Busen in Falten legte, wirkte direkt sexy, solange sie keinen Kopfstand machte. Und unter den lockeren Falten wirkten ihre Hüften üppig, anstatt wie ein Autobus. Aber trotzdem, diese Art Kleid war für schlanke Frauen gedacht …

»Der abgesetzte Saum ist genial«, kommentierte Janet. »Er hat Recht, Sie haben wirklich gute Beine. Sie sind eben einfach … kurvig.«

»Vielen Dank«, erwiderte Min. »Der Rest von mir ist auch kurvig.«

»Darin sehen Sie wirklich sexy aus«, erklärte Janet. »Ich werde ihn holen, damit er sich's ansehen kann.«

»Ich brauche noch etwas Wein«, sagte Min, aber die Schneiderin war schon auf der Jagd nach Cal verschwunden. Min schenkte sich ein zweites Glas ein und nippte daran, während sie in den Spiegel starrte. Das Kleid war ein bedeutender Fortschritt gegenüber der Pinguin-Wursthaut. Außerdem würde sich ihre Mutter ärgern, und das geschah ihr recht. Und noch besser, sie würde nichts sagen können, weil Min ihr erzählen konnte, dass es Cal gut gefiel. »Also, von mir aus«, murmelte Min, toastete ihrem Spiegelbild zu und kippte den gesamten Inhalt des Glases auf einmal hinunter. Die Alkoholwärme breitete sich in ihr aus und verschmolz angenehm mit der Wärme, die Cals Küsse hinterlassen hatten.

Sie beugte sich gerade über das Tischchen, um sich ein drittes Glas einzuschenken, als Cal wieder erschien.

»Wie ich höre, siehst du …«, begann er und hielt dann inne.

»Was?«, fragte Min und blickte auf.

»Ah«, stieß er aus, und sie folgte seinem Blick, der auf der tiefen Schlucht zwischen ihren Brüsten lag. Das meiste davon war sichtbar, denn das Oberteil ließ so noch tiefere Einblicke zu. »Du siehst gut aus«, erklärte Cal, und das Vibrieren in seiner Stimme zeigte deutlich, dass er das als Untertreibung des Jahres verstand.

»Es ist kein Kleid für Dicke«, erwiderte Min und wandte sich wieder dem Spiegel zu. »Es kaschiert nichts.«

»Haben wir das nicht schon längst besprochen?«, fragte Cal und stand plötzlich dicht hinter ihr.

»Ja, aber meine Mutter hat seitdem dazwischengeredet«,

entgegnete Min. »Und außerdem sagt mir dieser Spiegel, dass ich praktisch keine Taille habe.«

»Du hast eine Taille.« Cal legte seine Hände auf ihre Hüften. »Genau hier.« Seine Hände glitten über ihren Bauch, und sie erzitterte und beobachtete im Spiegel, wie er sie berührte. Mit Cals Händen auf ihrem Körper sah sie anders aus, viel besser, und als er sie rückwärts an seine Brust zog, entspannte sie sich und ließ ihren Kopf an seine Schulter sinken. »Sehr sexy, das Kleid«, flüsterte er ihr ins Ohr und küsste dann ihren Hals. Sie sog hastig den Atem ein. »Sehr sexy, die Frau«, flüsterte er und ließ seine Hand hinauf zu ihrem Ausschnitt gleiten, wobei seine Finger an der Kante des Seidenstoffes entlangfuhren und sie erbeben ließen. Wärme breitete sich in ihr aus, und sie hatte das Gefühl, davonzufließen.

»Ich muss aufhören, Wein zu trinken, wenn ich bei dir bin«, flüsterte sie ihm im Spiegel zu. »Ich fange schon an, all diesen Unsinn zu glauben, den du mir erzählst.«

Er grinste sie an, und sein Spiegelbild wärmte sie ebenso wie sein Körper an ihrem Rücken.

Sie biss sich auf die Lippe. »Es ist so schön, allein mit dir zu sein. Aber ich kann nicht, weil wir zu diesem Abendessen gehen müssen, weil wir dieses Abendessen selbst kochen müssen, und morgen muss ich zu dieser Hochzeit ein absolut lächerliches Kleid tragen, und da fühle ich mich wieder fett.«

»Nur, weil du nie zuhörst«, sprach Cal ihr ins Ohr. »Sieh dich doch an.«

»Tu ich ja«, versetzte sie, und er entgegnete: »Nicht wie ich dich ansehe.« Seine Hand fuhr an ihrer Seite empor, und er flüsterte: »Sieh nur diese wunderschöne Linie hier, wie schön gerundet du bist«, und während seine Stimme in ihrem Ohr sie schwindelig machte, fuhr seine Hand aufwärts und um ihre Brust herum.

Sie wandte ihm ihr Gesicht zu und rief: »Hey!«, und wollte mit ihrer Hand seine fortschieben, doch er schloss ihr den

Mund mit einem leidenschaftlichen Kuss und fing ihre Hand ein, um sie mit der offenen Handfläche auf ihre warme, schwere Brust zu drücken; und sie dachte: *Das fühlt sich so gut an*, und ließ sich von der Hitze überwältigen.

»Sieh nur, wie *schön* du bist«, flüsterte er an ihrem Hals, während seine Finger sich mit den ihren verschränkten.

»Kein Mann, der Blut in den Adern hat, könnte dich so sehen, ohne sich zu wünschen, dich zu berühren.« Er drehte ihre andere Hand, so dass sie mit der Handfläche auf ihrem Bauch lag, und bewegte sie aufwärts zu ihrer Brust. »Du bist ein Traum, Min. Du bist mein Traum.«

Er drückte ihre beiden Handflächen auf ihre Brüste, und sie fühlte die warme Rundlichkeit und erbebte unter seinen Händen, und sie glaubte ihm. Dann drehte sie sich in seinen Armen und küsste ihn mit aller Leidenschaft, derer sie fähig war, presste sich an ihn, um ihn noch näher zu fühlen, liebte die muskulöse Kraft seines Körpers an ihrem, die Art, wie ihr Körper seinem weich nachgab, seine Hände, die an ihrem Körper abwärts fuhren und sie noch stärker an ihn zogen. Sie wölbte ihm ihre Hüften entgegen, biss ihn zart in die Lippe und leckte sie dann, fühlte, wie er bebte, als sie flüsterte: »Ich will dich«, und hörte, wie sein Atem zitternd ging, als er ihren Hals küsste und dann zart daran knabberte.

»Uups«, machte da Janet hinter ihnen, und Min wich zurück, schwindelig und atemlos.

»Wir nehmen das Kleid«, sagte Cal, ohne sich umzusehen, mit rauer Stimme.

»Das ist wirklich ein sehr gefährliches Kleid«, stellte Min fest und versuchte, wieder zu Atem zu kommen.

»Genau deswegen nehmen wir es«, versetzte Cal und küsste sie noch einmal, bevor er sie freigab.

Als sie die Pension erreichten, fanden sie die Hintertür offen, wie versprochen. »Eine gute Küche«, erklärte Cal, nachdem sie alles aus dem Wagen hineingetragen hatten. »Hier kann man gut arbeiten.«

»Eine großartige Küche«, rief Min mit Neid in der Stimme. Sie wandte sich Cal zu und begann: »Ich finde …«, da küsste er sie, und sie lächelte unter seinem Mund und drängte sich näher an ihn. »Wofür war denn der?«

»Einfach nur so«, antwortete Cal und zog sie näher. Als ihr Handy klingelte, richtete er sich auf. »Was hat Greg jetzt wieder vergessen?«

Min drückte auf den Knopf. »Hi.«

»Wo bist du? Wir sind in der Pension. Mom macht Theater um mein Kleid«, zischte Diana in verzweifeltem Flüsterton. »Und sie möchte wissen, wo du bist.«

»Wir sind unten in der Küche und fangen jetzt an zu kochen«, antwortete Min, während Cal ihren Nacken küsste. Sie unterdrückte ein Kichern und empfahl: »Erzähle ihr irgendetwas.«

»Sie wird wütend auf dich sein«, entgegnete Di.

»Als ob das etwas Neues wäre«, versetzte Min. »Wenn sie erst mein Kleid sieht, wird sie sowieso wütend. Cal hat es ausgesucht. Ich sehe darin aus wie eine Hure.« Sie fühlte Cal in ihr Haar lachen.

»Wirklich? Welche Farbe hat es?«

»Di …«

»Schon gut, ich erzähle ihr was«, erwiderte Diana. *»Danke!«*

»Du siehst nicht aus wie eine Hure«, erklärte Cal, als Min das Handy ausgeschaltet hatte. »Du siehst aus wie ein Top-Callgirl.« Seine Hand fuhr hinunter zu ihrem Hintern. »Und ich habe genug Geld.«

»Versuche, dir das Kochen als Vorspiel vorzustellen«, empfahl Min, und Cal seufzte und begann, die Lebensmittel auszupacken.

Eine Viertelstunde später hatte Min vier große Pfannen mit

Olivenöl darin erhitzt, und Cal hatte sechzehn Hühnerbrüstchen flach wie Flundern geklopft und putzte gerade Pilze, als Diana den Kopf zur Tür hereinsteckte und rief: »Keine Butter. Und danke, danke, danke.«

»Übrigens, wo stecke ich denn gerade?«, fragte Min, während sie begann, die Hühnerbrüstchen mit Mehl zu bestäuben.

»Cals Auto hat eine Panne, und ihr seid irgendwo auf der 275«, erklärte Diana.

»Mein Wagen hat keine Panne«, protestierte Cal und ließ einen Pilz fallen. »Diesen Wagen pflege ich wie …«

»Danke, das tut's«, unterbrach ihn Min, und Diana verschwand wieder. »Ich weiß ja, aber könntest du deinen männlichen Stolz nicht für diesen Abend auf Eis legen?«

»Was kriege ich dafür?«, fragte Cal.

»Meine ewige Dankbarkeit«, antwortete Min, beugte sich über den Tisch und küsste ihn auf den Mund. Wie gut sein Mund auf ihren passte!

»Wie viel Dankbarkeit?«, fragte Cal und bewegte sich mit ihr mit, als sie sich zurückzog.

»Mehr, als ich in einer Nacht ausdrücken kann«, erwiderte Min. »Schneide ein paar von denen in Scheiben, ja? Die brauchen wir für den Salat.« Sie hob die erste Hühnerbrust über das heiße Öl und hielt dann inne.

»Ist was?«, fragte Cal.

»Nein«, entgegnete Min und legte das Huhn wieder beiseite. Sie wühlte in einer der Einkaufstaschen und zog ein Pfund Butter hervor. »Weißt du«, meinte sie, während sie die Folie öffnete, »man kann wirklich nicht *ganz ohne* Butter kochen.«

»Klar«, stimmte Cal ihr grinsend zu.

Min ließ eine großzügige Portion Butter in jede der Pfannen fallen und atmete dann den süßen Duft ein. Mit einem Lächeln legte sie die Hühnerbrüste hinein.

»Das kriegen die sowieso nicht mit«, bemerkte Cal.

»Ha, meine Mutter riecht Butter an mir noch drei Tage,

nachdem ich sie gegessen habe«, widersprach Min. »Sie merkt das sofort. Aber das ist mir egal. Putzt du als Nächstes den Romana-Salat, ja? Ich muss die Bohnen dämpfen.«

Eine halbe Stunde später erschienen Tony und Roger in weißem Hemd und schwarzer Fliege, Bonnie in ihrem Gefolge.

»Huch«, rief Min aus und versuchte, nicht über die Kellnerfliegen zu lachen.

»Ja, ja, jetzt kicherst du, aber später wirst du beeindruckt sein«, meinte Tony und füllte Sektgläser in einem Tempo, das sie nicht für möglich gehalten hätte, während Roger vierzehn Teller in einer Reihe auf den Tisch schleuderte, Himbeersauce in einem kunstvollen Muster auf sie spritzte und dann Salat darauf anrichtete, dass er aussah, als käme er aus dem Ritz.

»Ich bin schwer beeindruckt«, erklärte Min.

»Ich auch«, setzte Bonnie hinzu, die am Ende des Tisches saß und Lauchzwiebeln in dünne Streifen schnitt. Roger strahlte sie an, während Tony bereits die Gläser hinaustrug.

Als Tony zurückkam, berichtete er: »Sie stehen alle draußen in der Empfangshalle und machen höflich Konversation. Di sieht gelangweilt aus. Na ja, zumindest war sie es, bis sie mich in dieser Fliege sah.«

»Muss ja die Hölle sein«, rief Min über den dampfenden Topf mit den Bohnen hinweg. »Ich würde viel lieber hier bei euch Jungs bleiben. Von jetzt an kümmere ich mich bei den Abendesseneinladungen meiner Mutter lieber um die Gastronomie.«

»Nicht, wenn sie erst mal die Butter geschmeckt hat«, versetzte Cal und half Tony, die nächsten vierzehn Teller für das Entrée anzurichten.

Zehn Minuten später standen die Teller für das Hühnchen bereit. Die Hühnerbrüstchen sahen köstlich aus, wie sie in ihrer dunklen Weinsauce dampften: die grünen Bohnen waren mit den Zwiebelstreifen in kleine Bündelchen gebunden und mit Mandeln überstreut. Min sprach mit sich selbst.

»Salat, fertig«, murmelte sie. »Fleisch, Bohnen, fertig. Emilios Mais-Vorspeise, fertig zum Anrichten. Weißbrot, aus dem Ofen in die Körbe. Was habe ich vergessen? Oh verdammt. Das Dessert.«

»Ich habe das Dessert besorgt.« Cal holte aus der letzten Einkaufstasche zwei Schachteln, auf denen KRISPY KREME stand.

»*Donuts*«, stieß Min erschrocken hervor.

»Ich brauche eine Kuchenplatte«, erklärte Cal, und Bonnie stöberte im Küchenschrank, bis sie eine fand. Dann sahen alle zu, wie Cal einen Ring aus sieben Donuts mit Schokoladenglasur formte, mit einem in der Mitte, darauf einen Ring aus fünf Schokoladenkuchen-Donuts, darauf einen Ring aus drei Donuts mit Vanilleüberzug, und als Krönung ganz obenauf einen wunderschönen mit Schokoladenglasur. Die weiße Zuckergussglasur, die Bonnie zwischen die Schichten träufelte, verband alles zu einer Einheit.

Min lief das Wasser im Mund zusammen.

»Ich habe davon gelesen«, erzählte Bonnie und trat zurück. »In einer Gourmet-Zeitschrift. Das ist weit verbreitet.«

Cal hob eine Schachtel auf den Tisch, die er beiseite gestellt hatte, riss sie auf und schüttelte eine winzig kleine Braut mit Bräutigam unter einem Plastikbogen heraus. Es sah schrecklich kitschig aus, aber als er das Paar in den obersten Donut gesteckt hatte, war der Gesamteindruck liebenswert verrückt.

»Genau so einen Kuchen möchte ich auch zu meiner Hochzeit«, erklärte Min. »Meine Mutter kriegt dabei natürlich einen Herzinfarkt.«

Cal grinste sie an, und sie lachte und zog ihre Küchenschürze aus. »Du bist ein Genie, Calvin. Einen Augenblick, ich muss schnell in mein Kleid schlüpfen, dann kommt unser großer Auftritt.«

Sie zog sich um, so rasch sie konnte, und als sie zurückkam, hörte sie Tony zu Cal sagen: »Gut, wir haben alles fertig. Du kannst jetzt …« Er verstummte, als er Min erblickte. Roger wandte sich um und folgte seinem Blick und erstarrte ebenfalls, und Bonnie spähte hinter Rogers Schulter hervor.

»Oh Min«, rief sie aus. »Du siehst *hinreißend* aus.«

»Echt *scharf*.« Tony starrte sie bewundernd an, und Cal schlug ihm leicht auf den Hinterkopf. »Das wird man ja wohl noch sagen dürfen«, beschwerte sich Tony.

Cal überreichte Roger die Kuchenplatte. »Kommt ihr jetzt allein zurecht, Jungs?«

»Kinderspiel«, erwiderte Tony, und Min fuhr zusammen. »Was ist?«, fragte er.

»Nichts.« Min schüttelte den Kopf. Dann warf sie einen prüfenden Blick in den Spiegel neben der Tür, um sicher zu gehen, dass sie kein Mehl-Make-up trug. Die warmen Dämpfe der Küche hatten ihre Haut rosig gefärbt und ihr Haar leicht gekräuselt, und sie fand sich …«

»Du siehst wunderschön aus«, sagte Cal, und als sich Min umdrehte, sah sie Roger und Tony neben ihm stehen. Ihr wurde bewusst, dass sie noch vor einem Monat keinen der Jungs gekannt hatte, und nun hielten sie alle zusammen, um ihrer Schwester aus der Patsche zu helfen.

»Ich finde das einfach *großartig* von euch«, erklärte sie. »Das geht weit über alles hinaus, was man von Freunden erwarten dürfte.«

»Für dich tun wir doch alles, Baby«, erwiderte Tony. Er beugte sich zu ihr hinunter und küsste sie auf die Wange. Min errötete, und Cal warf ein: »Genug mit anderen Männern geflirtet, Minerva«, nahm ihre Hand und zog sie durch die Hintertür mit sich, während Roger ihr noch die Schulter tätschelte.

»Die Jungs sind wirklich einzigartig«, bemerkte sie zu Cal, während sie auf dem Kiesweg um das Gebäude herum zum Vordereingang marschierten.

»Ja«, erwiderte Cal. »Und jetzt auf zum Festessen mit deiner Familie.«

»Oh verdammt«, stöhnte Min.

Wenn sie sich später an dieses Abendessen erinnerte, fiel es Min schwer zu entscheiden, welches der absolute Tiefpunkt des Abends gewesen war.

Da war der Augenblick, als Nanette sie durch die Tür kommen sah und so überrumpelt vom Anblick des purpurnen Kleides war, dass sie mitten in ihrem »Ihr kommt viel zu spät ...« verstummte und sie zornig anfunkelte, während Min sich auf einen Sturm gefasst machte.

Dann aber klopfte ihr Cal aufmunternd auf den Rücken, und Gregs Trauzeuge stieß ein »*Wow*« hervor und nickte ihr zu.

»Danke«, erwiderte Min.

»Ich hab's dir ja gesagt«, murmelte Cal ihr zu. »Halte dich bloß von ihm fern.«

Oder der Augenblick, als Min Greg erblickte, der sich einen Tag vor seiner Hochzeit einen Haarschnitt wie Caesar hatte verpassen lassen und damit dümmer als je zuvor aussah.

»Dass ich dich ja nie mit so etwas erwische«, flüsterte Min Cal zu, und Cal flüsterte zurück: »Glaub ich kaum.«

Oder der Augenblick, als Roger und Tony die Salate servierten und Di mit breitem Grinsen säuselte: »Mann, was für *süße* Kellner«, und Roger Greg beinahe seinen Salat auf den Schoß kippte.

»Passen Sie doch auf«, fuhr Greg ihn scharf an, und Dianas Lächeln erlosch.

»*Sehr* süß«, bekräftigte Min und warf Greg einen finsteren Blick zu, den dieser mit einem verwirrten Blinzeln beantwortete.

Oder der Augenblick, als Gregs Mutter meinte: »Dieses Hühnchen schmeckt köstlich. Welchen Partyservice hast du da bestellt?«, und alle Augen sich auf Greg richteten. Min ließ ihn ein paar Sekunden lang schmoren und sagte dann: »Emilio's, hieß er nicht so?«, womit sie ihm eine Rettungsleine zuwarf, die er so dankbar ergriff, dass er ihr fast Leid tat.

Kurz darauf hatte Nanette ausgerufen: »Da ist *Butter* drin.«

»Tja«, machte Min und aß weiter, während Cal ihr den Rücken tätschelte. Der absolute Tiefpunkt aber kam, als gegen Ende des Essens plötzlich Mins Handy klingelte. Sie blickte erschrocken zu Diana hinüber, die die Einzige war, die sie unter dieser Nummer anrief, doch dann fiel ihr das Trio in der Küche ein. »Bin gleich wieder zurück«, murmelte sie und schlüpfte nach draußen, um abzuheben. »Hallo?«

»Min«, ertönte Davids Stimme. »Ich habe schon den ganzen Tag versucht, dich zu erreichen.«

»Warum?«, fragte Min. »Ach, lass es. Ich will's gar nicht wissen. Wir sind gerade beim Familienfestessen, David. Auf Wiedersehn.«

»Es ist wegen Cal«, sagte David, und Min wurde still. »Mir liegt immer noch viel an dir, Min, und es gibt da etwas über Cal Morrisey, das du wissen solltest.«

»Ach wirklich«, erwiderte Min ausdruckslos.

»An dem Abend, als er dich ansprach«, begann David, »da hat er es nur getan, weil er gewettet hatte, dass er dich binnen eines Monats ins Bett kriegen könnte.«

»Ach wirklich«, erwiderte Min und dachte: *Was für ein Widerling du doch bist.*

»Die Wette läuft nächsten Mittwoch ab, Min«, fuhr David fort, und seine Stimme troff vor Ernst. »Und Cal Morrisey verliert nie. Er würde alles tun, um diese Wette zu gewinnen. Ich finde, du solltest das wissen. Ich möchte nicht, dass er dir wehtut.«

»Na so was, vielen Dank«, versetzte Min.

»Du hörst dich gar nicht wütend an«, meinte David verwundert.

»So sind eben die Männer«, erwiderte Min.

»Ich dachte, es würde dich schockieren«, stieß David hervor und wirkte selbst schockiert.

»David, ich wusste es schon«, erklärte Min. »Ich habe euch dabei belauscht. Und deswegen weiß ich auch, dass diese Wette nicht von Cal stammt, sondern von dir. Es war deine Idee, und damit bist du bei der ganzen Sache das Oberarschloch.«

»Nein«, rief David hastig, »nein, ich war nur wütend, weil wir uns getrennt hatten ...«

»David, *du* hast mit *mir* Schluss gemacht«, betonte Min. »Worüber warst *du* denn wütend, verdammt noch mal?«

»...Ich habe diese Wette seitdem tausendmal bereut, aber Cal will sie nicht rückgängig machen.«

»Hast du ihn auch darum gebeten, ja?«, fragte Min und glaubte ihm nicht.

»Immer wieder«, versicherte David.

»David?«

»Ja?«

»Fahr zur Hölle«, sagte Min und schaltete das Handy aus.

Sie stand vor der Eingangstür und blickte auf den Fluss hinunter. Ein hübsches Bild. »Verdammt«, stieß sie hervor. Sie glaubte an Cal, wirklich, aber diese Wette ...

Ich frage ihn nach der Hochzeit, sagte sie sich selbst. Wenn sie nicht mehr in diesem schrecklichen Korsett steckte, wenn sie alleine waren, wenn sie alles besprechen konnten, ohne dass Diana Hilfe suchend an ihrem Ärmel zerrte, dann würde sie ihn fragen. Morgen Abend, sagte sie sich und ging wieder hinein, gerade rechtzeitig, um den absoluten Höhepunkt des Abends mitzuerleben, nämlich Nanettes Gesicht, als sie die Krispy-Kreme-Torte erblickte.

»Hey«, sagte David, als Cynthie sich Sonntagnachmittag am Telefon meldete. »Ich habe gar nichts mehr von dir gehört. Was ist ...«

»Es ist aus«, erwiderte Cynthie, und es klang, als weinte sie. »Sie sind in der Verliebtheits-Phase. Es können Jahre vergehen, bis er wieder zur Besinnung kommt. Wir haben verloren, David.«

»Nein, haben wir nicht«, widersprach David. »Ich verliere nicht.«

»Cal liebt sie. Er ist aufrichtig zu ihr. Wir können nichts …«

»Nein, ist er nicht«, widersprach David, der es satt hatte, von Cal zu hören. »Er ist hinter ihr her, um diese verdammte Wette zu gewinnen.«

»Was?«, stieß Cynthie hervor.

»Äh«, machte David und überlegte, wie er die Sache erklären konnte, ohne als mieses Schwein dazustehen.

»Erzähle«, forderte Cynthie ihn auf, und ihre Stimme klang, als dulde sie kein dummes Geschwätz.

»Damals an diesem ersten Abend«, begann David, »war ich stinkwütend. Und verletzt. Und …«

»David, das ist mir *vollkommen egal*«, unterbrach Cynthie ihn. »Erzähle mir von der Wette.«

»Ich habe mit Cal gewettet, dass er Min nicht innerhalb eines Monats ins Bett kriegen würde«, erzählte David.

»Eine solche Wette würde Cal nicht eingehen«, stellte Cynthie vollkommen überzeugt fest.

»Ach, weil er ja so edel ist.«

»Er hat dich mit irgendetwas abgelenkt.«

»Er hat gewettet, dass er sie zum Abendessen abschleppen kann.«

»Sie ist mit ihm ausgegangen, weil *du* eine Wette abgeschlossen hast?«, stieß Cynthie voller Wut hervor.

»Es war nicht meine Schuld«, entgegnete David.

»Jetzt ist es sowieso egal.« Aus Cynthies Stimme klang wieder das Elend. »Selbst wenn du ihr von der Wette erzählen würdest, würde sie bei Cal bleiben.«

»Sie wusste es schon«, erwiderte David voll Zorn. »Ich hab

sie gestern Abend angerufen und es ihr gesagt. Sie sagte, sie hätte uns dabei belauscht.«

Cynthie schwieg.

»Ich glaube, sie ist mit ihm zum Abendessen gegangen, um mich wütend zu machen«, fuhr David fort. »Er hörte sich später so an, als sei sie ziemlich barsch gewesen, also hat sie es auch ihm heimgezahlt.« Das Schweigen dauerte an, bis David fragte: »Cynthie?«

»Weiß er es?«, fragte Cynthie gepresst. »Weiß er, dass sie mit ihm ausging, um es ihm heimzuzahlen?«

»Ich glaube nicht«, erwiderte David. »Er hat mich nicht angerufen, um die Wette abzublasen, und wenn er erst mal weiß, dass sie es weiß, dann gilt sie nicht mehr.«

Weiteres Schweigen.

»Cynthie?«

»Weißt du, wo Cal jetzt ist?«, fragte Cynthie.

»Nein, aber er wird heute Abend bei Dianas Hochzeit sein«, antwortete David. »Was soll …«

»Ich weiß, wie wir sie auseinander bringen können«, versetzte Cynthie mit stahlharter Stimme.

»Wie denn?«, fragte David.

»Geh mit mir zu der Hochzeit. Wenn sie noch nicht mit ihm geschlafen hat, ist er bis zum Zerreißpunkt frustriert. Ich werde sie beobachten, und wenn ihn irgendetwas aufregt, wenn sie ihn wieder abweist, wenn ihnen irgendetwas in die Quere kommt …« Cynthie verstummte wieder, dann hörte er sie tief Luft holen. »Dann sage ich es dir, und du erzählst Cal, dass Min ihn die ganze Zeit zum Narren gehalten hat. Sage ihm, dass jeder ihn für einen Dummkopf hält.«

»Und das genügt, um sie auseinander zu bringen?«, wunderte sich David.

»Das genügt, um Cal jahrelang Albträume zu bescheren«, erwiderte Cynthie elend. »Es ist irrational, aber das war bei ihm schon immer ein Knackpunkt, seit seiner Kindheit. Wenn du auf diesen Knopf drückst, explodiert er. Und wenn er das vor ihrer Familie und ihren Freunden tut …«

»Wow«, machte David, höchst beeindruckt von ihr.

»Wann findet die Hochzeit statt?«, fragte Cynthie.

»Um sieben«, antwortete David. »Diana wollte es in der Dämmerung haben. Irgendein Märchenquatsch.«

»Hol mich um sechs Uhr ab«, befahl Cynthie und legte auf.

Min hatte die Nacht bei Diana verbracht, die so nervös und unruhig war, dass sie immer noch an Kuchenschachteln bastelte, als Min aufgab und zu Bett ging, zu müde, um sich nach Cal zu sehnen. Am nächsten Tag aber war Diana ruhig, noch immer angespannt, aber nicht mehr nervös vor Energie.

»Ich hatte einfach nicht genug Schlaf«, erklärte sie Min.

Als sie zum Ankleideraum in der Kirche kamen, warteten dort bereits *Schnief*, *Schlimmer* und Nanette, und Min entwich Nanette und ihren Haarkämmen (»Min, du siehst schrecklich aus mit diesem Haar«), indem sie die Kuchenschachteln in die angrenzende Empfangshalle trug und dann im Toilettenraum der Kapelle verschwand, um sich umzuziehen. Sie würde sich nicht in dieses verdammte Ding kämpfen, während Nanette herzlose Kommentare abgab und *Schlimmer* feixte.

Irgendetwas war da faul, überlegte sie, während sie sich abmühte, das Leibchen um sich zu schlingen. Irgendetwas, abgesehen von ihrer geisteskranken Mutter und der idiotischen, Rotz und Wasser heulenden Brautjungfer in Grün, abgesehen von der Hochzeitstorte, die gerade von Bonnie mit Orchideen und Perlen geschmückt wurde, irgendetwas, das – sie war sich fast sicher – mit dem Bräutigam zusammenhing. *Ich muss mit Di sprechen*, durchfuhr es Min. Aber was sollte sie sagen? ›Du fühlst dich hundeelend, und dein Bräutigam ist ein Volltrottel, und ich finde, wir sollten den Kuchen aufessen und nach Hause gehen‹?

»Hol's der Teufel«, murmelte sie, verließ den Toilettenraum und ging zu ihrer Schwester zurück.

»Du bist spät dran«, mahnte *Schlimmer* und strich sich über ihren kunstvollen Haarknoten.

»Du kannst mich mal«, erwiderte Min und stellte sich neben Diana. »Hey, Baby, was hast du?«

»Nichts«, entgegnete Diana. »Ich bin nur ... froh, dass du hier bist.«

»Ja, in all meiner Pracht«, versetzte Min und hob die Arme, um ihr klaffendes Korsett zu zeigen.

»Das Leibchen sitzt nicht eng genug«, tadelte Nanette und drehte Min um sich selbst. »Also ehrlich, Min«, sie löste die Schleife an Mins Ausschnitt und begann, die Verschnürung von unten nach oben stramm zu ziehen.

»Ah«, entfuhr es Min, als ihre Lungen zusammengepresst wurden. »Mutter.« Sie hielt sich an der Rückenlehne von Dianas Stuhl im Gleichgewicht, während Nanette an den Bändern zerrte. »Ich muss doch ...bei der Zeremonie ... noch atmen ... können.«

Nanette gab den Bändern zum Abschluss noch einen letzten peinigenden Ruck und band sie dann zu einem Knoten, den jeder Seemann ehrfürchtig bestaunt hätte. Dann trat sie zurück und betrachtete ihr Werk.

»Tja, besser kriege ich's nicht hin«, meinte Nanette, und Min dachte: *Das beschreibt so ziemlich unsere gesamte Beziehung*. Sie wandte sich ab, eine Hand in die Seite gestützt, versuchte zu atmen und gleichzeitig Diana anzusehen.

»Di?«, fragte Min, und als Diana nicht antwortete, beugte Min sich unter Schmerzen vor, um ihrer Schwester ins Gesicht zu blicken.

Diana starrte in den Spiegel. Ihre Augen waren riesig und die Linie ihres schön geformten Kinns starr. Min vergaß, dass sie nicht atmen konnte.

»Di? Bist du in Ordnung?«

»Sicher«, antwortete Di schwach und wandte ihren Blick nicht vom Spiegel ab.

»Du siehst wunderschön aus«, sagte Min. An Di sah sogar das Korsett gut aus. »Wie ein Schwan«, setzte Min hinzu und hoffte auf ein Lächeln.

»Sie hat nur Lampenfieber«, meinte *Schnief* und befestigte ihren Kranz aus Efeu und weißen Orchideen auf ihrem glatten, blonden Haar. Sie sah elend aus.

Schlimmer zog Min zur Seite. »Geh und setz dir deinen Kranz gerade auf.« Ihr eigener Kranz aus Kornblüten und Orchideen saß perfekt ausgerichtet auf ihrem Kopf und von hinten durch ihren Haarknoten gestützt.

»Ach, *Min*«, ächzte Nanette. »Dein *Kranz*.«

Min nahm ihren Kranz aus Lavendel und Orchideen und knallte ihn sich auf den Kopf. Wenigstens roch er gut. Sie rammte einige Haarnadeln hinein, um ihm Halt zu geben, und beobachtete dabei ständig Diana im Spiegel.

Diana begegnete ihrem Blick und richtete sich auf. »Raus.«

»Okay«, erwiderte Min.

»Du nicht«, hielt Diana sie zurück. »Aber alle anderen.«

»Was?«, rief *Schlimmer* und verharrte mitten in der Bewegung, als sie nach Dianas Kranz greifen wollte.

»*Diana*«, sprach Nanette schockiert.

Min warf einen Blick auf Dianas starres Gesicht. »Schwesterngeheimnisse. Wir kommen in einer Minute zu euch raus.«

»*Hey*«, empörte sich *Schlimmer*. »Ich bin doch *Brautjungfer* …« Da sah sie Dianas Gesichtsausdruck und verstummte.

»Raus«, befahl Min und machte mit dem Daumen eine Bewegung zur Tür.

»Also ich gehe nicht«, beharrte Nanette. »Schließlich ist das die Hochzeit meiner Tochter.«

»Also kümmere dich auch darum«, versetzte Min. »Sollten die Sitzreihen nicht alle mit Blumen geschmückt sein?«

»Also ehrlich, Min«, begann Nanette und verschluckte

den Rest. »Natürlich sollten sie mit Blumen geschmückt sein.«

»Sieh lieber noch mal nach«, empfahl Min, und Nanette verschwand.

Schnief nahm ihr Orchideenbouquet auf, beugte sich vor und küsste Diana auf die Wange. »Du siehst wundervoll aus«, flüsterte sie. »Wie Größe 34!« Sie reichte *Schlimmer* ihr Bouquet und schob sie zur Tür.

Dann waren Min und Diana allein.

Min lehnte sich gegen den Tisch und versuchte, die Fingerspitzen unter den Rand des Leibchens zu schieben, um sich einen Millimeter mehr Luft zu verschaffen, die sie brauchte, um zu sprechen. »Also«, begann sie, »hör mir zu. Du sagst mir jetzt, was hier nicht stimmt, oder ich lasse diese Hochzeit platzen.«

»Ich möchte einen Krispy-Kreme-Donut«, brachte Diana hervor und unterdrückte mühsam ein Schluchzen.

»Ich besorge dir einen«, erwiderte Min verwirrt. »Ich gehe raus und …«

»Ich darf nicht«, wehrte Diana ab. »Zwölf Gramm Fett pro Donut.«

»Na ja, ja«, gab Min zu. »Aber ich finde, da das schließlich dein Hochzeitstag ist …«

»Alles ist perfekt«, behauptete Diana.

»Nicht mal annähernd«, versetzte Min. »Hör mal, wenn du aus diesem Theater aussteigen willst, hole ich Cals Wagenschlüssel, und wir beide fahren in meine Wohnung und trinken Champagner und essen einen Haufen Krispy Kremes.«

»Aussteigen?« Diana richtete sich auf. »Nein. Nein.«

»Okay«, gab Min nach. »Aber falls du deine Meinung ändern solltest: Das mit den Wagenschlüsseln und den Donuts habe ich ernst gemeint.«

»Ich werde meine Meinung nicht ändern«, entgegnete Diana. »Dies ist doch meine Märchenhochzeit.«

»Na, dann sollten wir gehen«, meinte Min und hoffte, dass die Unerbittlichkeit der Zeremonie in Dianas Kopf vielleicht etwas lostreten würde.

Diana erhob sich, und Min streckte erneut die Arme aus, um ihr das Leibchen zu zeigen. »Was hältst du davon?«

»Das war eine dumme Idee«, erwiderte Di mit schwankender Stimme. »Wozu brauchst du ein Korsett?«

»Damit ich eine Taille kriege?«, schlug Min vor.

»Du hast eine Taille«, entgegnete Di. »Sie ist nicht zierlich, aber sonst gibt es nichts daran auszusetzen.« Sie blickte Min in die Augen, atemberaubend schön und kalt wie Eis.

»Okay«, sagte Min und nahm ihre Hand. »Du *musst* mir sagen, was los ist.«

»Nichts ist los«, wehrte Di ab. »Alles ist perfekt.«

Schlimmer klopfte und steckte den Kopf zur Tür herein. »Bist du so weit?«, fragte sie, und sie hörte sich zaghafter an, als Min sie je erlebt hatte. »Wir sollen uns nämlich jetzt aufstellen.«

Di ignorierte sie, und Min antwortete: »Wir kommen sofort.«

Schlimmer öffnete die Tür weiter. »Du siehst wundervoll aus, Di.«

Di nahm ihr Bouquet auf.

»Der Kranz«, erinnerte Min, und Di beugte sich hinab zu dem Kranz aus weißen Orchideen und Rosen und knallte ihn sich auf den Kopf, dass der kurze Schleier schief zur Seite hing. »Oh. Na gut. Ich stecke ihn dir ...«

Aber Diana marschierte bereits zur Tür.

»Ich bringe das in Ordnung«, versicherte *Schlimmer*, wobei sie Min ihren üblichen ›Du bist unmöglich‹-Blick zuwarf.

»Ich glaube kaum, dass du das kannst«, versetzte Min, nahm ebenfalls ihr Bouquet auf und folgte Diana.

14

Die untergehende Sonne überflutete das Vestibül, Dianas Gesicht aber wirkte bleich und kalt unter dem nun perfekt sitzenden Kranz und Schleier. George stand neben ihr, fühlte sich unbehaglich in seinem Anzug und warf ihr ängstliche Blicke zu. Mit einem Stirnrunzeln befragte er Min, und sie gab ein Schulterzucken zur Antwort. Er tat ihr Leid, aber sein Wohlbehagen stand bei ihr keineswegs an vorderster Stelle.

Schnief stand vor ihnen neben der Säule, und als dann die Hymne begann, strich sie ihren Rock nochmals zurecht, schnüffelte, zwang sich ein starres Lächeln auf und schritt in die Kapelle.

Schlimmer machte einen Schritt, zählte dann, bis sie an der Reihe war, warf Diana eine Kusshand zu, setzte ein breites Politikerlächeln auf und schritt ebenfalls in die Kapelle.

Min blickte zu Diana zurück. »Du bist meine Schwester. Ich halte zu dir, was immer auch geschieht. Wenn du hier aussteigen willst, *hole ich dich raus*.«

»Min?«, stieß ihr Vater erschreckt hervor, und Diana schüttelte den Kopf.

»Okay.« Min zählte den Takt der Musik, pflanzte sich ein Lächeln ins Gesicht und machte einen Schritt in die Kapelle.

Plötzlich griff etwas nach ihrem Rock und hielt sie mitten im Schritt zurück. Sie wandte den Kopf und sah Dianas Hand, die sich an ihre lavendelfarbenen Chiffonrüschen klammerte.

»Diana?«, fragte ihr Vater verblüfft.

Min machte kehrt. »Daddy, tritt in den Torbogen und lächle, damit alle wissen, dass alles in Ordnung ist.« Sie löste Dianas Hand aus ihren Rüschen und zog sie mit sich hinaus auf die Stufen des Kirchenportals, hinein in das verglühende Sonnenlicht. »Sprich.«

Dianas Bouquet zitterte in ihren Händen. »Greg hat mit meiner Brautjungfer geschlafen.«

»Mit *Susie*?«, fragte Min, weniger überrascht, als krank vor Entsetzen. »Ich wusste doch, dass sie …«

»Schlimmer«, entgegnete Diana.

»Was konnte denn noch schlimmer sein?«, fragte Min, und dann fiel bei ihr der Groschen.

»Mit *Karen*?«

Diana nickte.

»Oh«, machte Min und überlegte mit wachsendem Zorn, was sie dazu sagen könnte. »Ach, meine Süße.« Sie legte einen Arm um Diana. »Sag mir, dass das passiert ist, bevor er dir einen Antrag gemacht hat, und nicht …«

»Gestern Nacht«, flüsterte Diana, und Min holte tief Atem, Korsett hin oder her.

»*Dieser gottverdammte Hurensohn.*«

»Danke«, meinte Di und schnüffelte.

»Und diese *Schlampe*. Ich schwöre dir, ich reiße ihr *jedes gottverdammte Haar einzeln aus*.« Min drückte Diana noch fester an sich. »Ich nagle sie mit ihrem beschissenen Haarknoten an die Kirchentür, diese miese Ratte. Und Dad wird Greg auseinander nehmen. Danach sehnt er sich schon seit Monaten.«

Diana kämpfte ein Schluchzen zurück.

»Wir kümmern uns um dich«, fuhr Min fort. »Du bist nicht allein. Liza und Bonnie …« Sie brach ab, denn sie erkannte, dass es im Augenblick nicht so günstig war, sich auf Freundinnen zu berufen. Wie würde sie sich wohl fühlen, wenn eine von ihren Freundinnen sie betröge, wenn Liza mit Cal schliefe? Das war unvorstellbar, es konnte nicht geschehen, sie würden nie …

»Ich habe dich und Cal gestern Abend beobachtet«, brachte Diana mit Tränen in den Augen hervor. »Ihr habt so vollkommen zusammengepasst. Ihr wart einfach ihr selbst, wie ihr gelacht und geflüstert habt, ihr musstet nicht wie jemand anderer sein, oder dünn oder irgendetwas, und er liebt dich genau so, wie du bist. Ich wollte mit Greg sprechen. Ich wollte, dass er und ich genauso sind. Deswegen bin ich hinüber zu seiner Wohnung gefahren, als du eingeschlafen warst, und da waren sie im Schlafzimmer.« Ihr Gesicht verzog sich. »*Sie lagen noch nicht mal auf dem Bett.*«

Min legte auch den zweiten Arm um Diana und drückte sie fest an sich. »Und Karen wirft dir heute auch noch Kusshände zu. Diese verlogene Ratte.«

»Sie wissen nicht, dass ich sie gesehen habe«, murmelte Diana in Mins Schulter. »Ich habe mich gleich wieder verdrückt.«

»Das war sehr erwachsen von dir«, meinte Min zähneknirschend. »Ich hätte die Wände mit ihrem Herzblut bespritzt. Also gut. Ich gehe jetzt und blase die Hoch …«

»Nein«, widersprach Dina und richtete sich rasch auf. Ihr perlenbesetztes Leibchen bebte bei jedem Wort. »Nein, nein, nein.«

»Wie bitte?«, fragte Min.

»Nein«, wiederholte Diana. »Ich bin bereit zu heiraten.«

»Also, ich bewundere ja, wie du dich in der Hand hast«, erklärte Min und versuchte, ruhig zu sprechen. »Aber ich finde, wenn du diesen Hurensohn auch noch *heiratest*, ist das ein bisschen *zu viel* des Erwachsenseins.«

»Ich muss doch«, erwiderte Diana atemlos. »Die ganze Hochzeitsplanung, die Geschenke. Bonnie hat sogar Perlen auf dem Kuchen arrangiert.«

»Kein Problem, ich esse den Kuchen«, versetzte Min. »Ich schicke alle Geschenke zurück. Und ich erwürge sogar den Bräutigam für dich.«

»Nein«, wehrte Diana ab. »Das war nicht … Er wollte doch nicht … Das war nur die Nervosität vor der Hochzeit. Wir kriegen das schon in Ordnung.«

»Di.« Min holte so tief Atem, wie sie konnte, und versuchte, ruhig zu sprechen. »Nervosität vor der Hochzeit, das bedeutet vielleicht, dass er beim Polterabend die Panik kriegt. *Aber nicht, dass er's mit deiner besten Freundin treibt.*«

Di schüttelte abwehrend den Kopf. »Nein, nein. Nicht jede findet einen Cal. Greg ist schon ganz in Ordnung. Er hat nur … die Panik gekriegt. Ich will heiraten.« Sie schluckte. »Ich musste es nur jemandem sagen. Es tut gut, es jemandem zu sagen.«

»Oh.« Min fühlte sich hundeelend. »Also gut. Aber wenn du *irgendwann* deine Meinung änderst, mitten in der Zeremonie, mitten in deinen Flitterwochen, mitten in der *Geburt deines ersten Kindes*, dann bin ich zur Stelle und helfe dir da raus. Du brauchst nur ein Wort zu sagen, und wir sind *fort*, ja? Du bist *nicht allein*.« Sie versuchte, tiefer Atem zu holen, aber das Leibchen hielt eisern dagegen. »Bist du wirklich sicher? Ich könnte ganz einfach …«

Diana nickte. »Ja. Ich musste es nur jemandem sagen. Ich bin schon wieder in Ordnung.«

»Na wunderbar«, versetzte Min. »Ich nicht.« Sie wartete noch einen Augenblick, ob Di es sich noch überlegte, aber sie ging an ihr vorbei ins Vestibül zurück, und Min blieb nichts anderes übrig, als ihr zu folgen.

Min lächelte ihrem Vater zu, der verstört dreinblickte, dann stellte sie sich im Mittelgang auf und schritt zum Altar hin voran, wobei sie aus den Augenwinkeln heraus bemerkte, dass David und Cynthie zusammen in einer Reihe saßen und angespannt wirkten, dass Bonnie und Liza in der dritten Reihe von vorn saßen und ihr ›Was-zum-Teufel-ist-los‹-Blicke zuwarfen, dass Cal in der zweiten Reihe saß und fasziniert ihren Ausschnitt anstarrte, und dass Greg der Bastard mit verärgerter Miene vorn stand. *Stirb, du betrügerisches, widerliches Schwein*, dachte sie, und das war so hoffnungslos unzulänglich, dass sie begann, sich andere Dinge auszudenken, ohne sich ihres finsteren Gesichtsausdrucks bewusst zu sein, bis sie bemerkte, dass Cal die Augen aufriss und Greg vor ihr zurückwich.

Sie bemühte sich, ihre Gesichtszüge zu glätten. Natürlich gab es da diese Stelle »...der möge sprechen oder für immer schweigen«, um eine Hochzeit abzubrechen. In diesem Augenblick könnte sie etwas sagen. Aber wenn sie das tat, ruinierte sie Dianas Hochzeit, und sie hatte das bestimmte Gefühl, als sei ihrer Schwester die Hochzeit wichtiger als die Ehe. Und selbst wenn nicht, so war es doch Dianas Entscheidung. Min würde nicht ihre Mutter spielen und über Dianas Leben für sie bestimmen.

Sie nahm ihren Platz vorn in der Kirche neben *Schlimmer* ein und überlegte, ob sie ihr das Bouquet ins Gesicht schlagen könnte und behaupten, sie sei ausgerutscht. Mehrmals.

Schlimmer seufzte und betrachtete Min kopfschüttelnd, wobei sie auf ihren eigenen Kranz deutete.

Du *Rabenaas*, dachte Min und schob ihren Kranz zurecht.

Da begann der Hochzeitsmarsch, und Min wandte sich um und beobachtete Diana, die langsam auf den Altar zugeschritten kam, eine Hollywood-Vision im Strahlenkranz der untergehenden Sonne, wie mit einem Heiligenschein.

Sie blickte verloren, und Mins Herz blutete für sie.

Min wandte sich ab und begegnete Cals stirnrunzelndem Blick. Er bewegte die Lippen zu einem »Was?«, aber sie schüttelte nur den Kopf und kämpfte gegen die Tränen. Nicht einmal er konnte das in Ordnung bringen.

Diana erreichte ihren Platz vor dem Pfarrer. Die Zeremonie begann, aber nach einer Weile wurden die Menschen auf ihren Plätzen unruhig. *Sie fühlen, dass etwas nicht stimmt*, dachte Min. Sie fühlten nichts von dem Glück, das ein Brautpaar bei einer Hochzeit normalerweise ausstrahlte. Sogar Dianas Rücken wirkte tragisch.

Dann kam der Pfarrer zu der Stelle, wo es hieß: »Sollte jemand der hier Anwesenden einen Grund dafür kennen, dass diese beiden Menschen nicht miteinander vereint werden dürfen, dann soll er nun sprechen oder für immer schweigen«, und Min machte einen Schritt zu ihrer Schwester hin.

Diana wandte sich zu ihr um, und Min sah ihr in die Augen. »Tu es.«

Nach einem Augenblick nickte der Pfarrer und begann, die Treueschwüre vorzusprechen.

Diana streckte die Hand aus, klammerte sich an Mins Arm und flüsterte: »Ja«, und Min seufzte vor Erleichterung auf.

»Jetzt noch nicht, meine Liebe«, flüsterte der Pfarrer zurück.

»*Nein*«, sagte Min zu ihm. »Das meint sie nicht.« Wieder nickte sie Diana zu. »*Tu es*.«

Diana schluckte schwer. »Ich erhebe Einspruch«, erklärte sie, aber sie sprach so leise, dass der Pfarrer sich vorbeugte.

»Sie *erhebt Einspruch*«, erklärte Min laut.

»Gegen *was*?«, fragte Greg.

»*Gegen dich, du treuloser Hurensohn*«, antwortete Min und nahm ein Keuchen von den ersten Sitzreihen wahr. *Dieser Ton, dieser Ton*, schalt sie sich. *Nicht in diesem Ton*. Dann blickte sie von neuem Greg an und dachte: *Zum Teufel noch mal, genau in diesem Ton*.

»Ich erhebe Einspruch«, wiederholte Diana, und ihre Stimme war wieder auf Raumtemperatur. Sie wandte sich zu den Sitzreihen um. »Ich erhebe Einspruch gegen den Bräutigam, der in der vergangenen Nacht mit meiner Brautjungfer geschlafen hat. Ich erhebe Einspruch gegen den Bräutigam, denn er ist ein …« Ihre Stimme brach.

»*Betrügerisches, widerliches Schwein*«, sagte Min hinter Dis Rücken deutlich vernehmbar zu Greg.

»Ja«, bekräftigte Diana und stieg die Stufen wieder hinab, wobei ihr Bouquet heftig zitterte.

»Außerdem ist dein Haarschnitt *bescheuert*«, erklärte Min

abschließend und begann, hinter ihrer Schwester die Stufen hinabzusteigen. Greg packte sie am Arm und rief: »Einen Augenblick …«, und sie holte weit aus, um es ihm zu geben, doch da war Cal schon zwischen ihnen und drängte Greg mit der Schulter ab. Hinter ihnen fragte *Schnief Schlimmer*: »Du hast mit *Greg* geschlafen?«, und dann schlug jemand Greg auf die Schulter, während *Schnief* auf *Schlimmer* losging, und Greg wandte sich um und machte Bekanntschaft mit Georges Faust, während *Schnief* heftig an *Schlimmers* Haarknoten riss, und *Schlimmer* kopfüber in die erste Sitzreihe stürzte.

Cal fing Greg an den Schultern auf, bevor er auf dem Boden landete, und dann blickten beide auf und sahen Nanette, die in ihrem exquisiten, perlgrauen Gewand auf sie zustürmte.

»Du bist ein *grässlicher* Mann«, fuhr sie Greg an und trat ihm mit ihren spitzen Manolo-Blahnik-Stillettos in die Rippen.

»*Mutter*«, rief Min.

Nanette schrie: »*Siebenunddreißig verdammte Jahre*«, und gab ihm bei jeder Silbe einen Tritt, bis Min sie fortzog. Sie taumelte zur Seite und landete vor George, der versuchte, an Cal vorbei wieder an Greg heranzukommen. »*Und du genauso*«, schrie Nanette und knallte ihm ihre Handtasche an den Kopf.

George hob die Arme, um sie abzuwehren, und fragte: »Was habe ich denn getan?« Da stürmte sie den Mittelgang entlang von dannen, den Kopf stolz erhoben.

Hinter Georges Rücken schrie *Schnief*: »Du *Bastard*« und begann, Greg mit ihrem Bouquet ins Gesicht zu schlagen. *Schlimmer* kroch unterdessen mühsam aus der Sitzreihe.

»Ich muss zu Diana«, wandte sich Min an Cal. »Mach ihn zu Mus, ja?«

»Geh nur«, beruhigte Cal sie, und das Letzte, was sie sah, bevor sie sich abwandte, war Cal, der Greg auf den Teppich fallen ließ, um George daran zu hindern, ihn weiter zu prügeln, während *Schnief* mit ihren Orchideen auf ihn eindrosch.

Cal fand Min beim Hochzeitsempfang, denn Diana hatte darauf bestanden, dort zu sein, falls doch Gäste auftauchen sollten. Sie saßen mit Liza, Bonnie und einer allzu fröhlichen *Schnief* in dem ziemlich leeren Ballsaal. Roger trug Champagner hin und her, und Nanette tröstete Diana mit der Neuigkeit, dass alle Männer Abschaum seien.

»*Mutter*«, mahnte Min, da nahm Cal sie an der Hand und zog sie mit sich hinaus in die Eingangshalle.

»Meine Mutter ist vollkommen verrückt«, bemerkte Min.

»Hast du das auch schon gemerkt?«, erwiderte Cal und versuchte, sich nicht von ihrem überquellenden Dekolleté ablenken zu lassen. »Das sieht aus, als würde es dir wehtun.«

»Tut es auch«, erklärte Min. »Ich habe den ganzen Tag in Fesseln verbracht.« Sie spähte zurück durch den Eingangsbogen. »Sieh dir diese *Schnief* an. Sie sitzt da drin und kichert vor sich hin. Wenn ich dran denke, dass mir diese Ziege mal Leid getan hat ... Brauchst du mich für etwas Bestimmtes?«

»Ja«, antwortete Cal, und beim Heben und Senken ihrer Brust wurde ihm leicht schwindelig. »Da du schon von Fesseln sprichst. Wann kannst du das da ausziehen?«

»Na, ich könnte es jetzt wahrscheinlich lockern, nur sind die Knoten so fest, dass ich sie nicht aufkriege.« Sie fuhr sich mit dem Finger unter den Rand des Korsetts, und Cal dachte: *Lass mich das tun*. »Das bringt mich noch um.«

»Warte«, sagte Cal und suchte in der Tasche nach seinem Taschenmesser.

Er fuhr mit dem Messer unter das Band und zerschnitt es, und Min holte tief Luft. Das Leibchen öffnete sich dabei von selbst. »Oh Gott, tut das gut.«

Cal betrachtete das Heben und Senken des gelockerten Leibchens. »Sieht auch gut aus.« Er zeichnete mit dem Finger die Kurve ihrer Brust nach und fühlte, wie das Verlangen nach ihr, das seit Wochen in ihm schwelte, aufflammte. Wenn er sie nicht bald bekam, würde er noch den Verstand verlieren.

Mit einem »Hey« packte sie seine Hand.

»Ich kann nichts dafür«, murmelte er nahe an ihrem Mund. »Du hast mich provoziert.«

Ihre Lippen gaben unter seinen warmen und vertrauten Lippen nach, und sie atmete schneller, als seine Hand sich um die feste Wölbung ihrer Brust legte. »Oh«, machte sie, und er folgte mit seinen Küssen der sanften Linie ihres weichen Nackens und fühlte, wie sie unter seiner Berührung seufzte. »Ach, wie gut sich das anfühlt. Aber ich muss …«

»Ich weiß«, erwiderte er und hielt sie weiter fest. »Ich hätte nicht …« Wieder küsste er sie und begehrte sie so sehr, dass er sich nicht von ihr lösen konnte.

»Doch du hättest«, widersprach Min an seinem Mund. »Aber Di …«

»Richtig.« Cal erinnerte sich wieder an seinen Auftrag. »Das wollte ich dir sagen. Einer der Saaldiener hat Greg draußen bei sich im Wagen. Will Diana ihn noch mal sehen, bevor er fährt? Er möchte sich entschuldigen.«

»Teufel, *nein*«, entgegnete Min und richtete sich auf. »Was könnte er ihr denn wohl sagen?«

»Vielleicht: ›Ich bin die dümmste Karikatur schlechter Hochzeitsgeschichten‹?«, schlug Cal vor. »Nun ja, die Saaldiener sind auch angewidert von ihm.«

»Ich hasse ihn«, erklärte Min und spähte in den Ballsaal.

»Wie geht's ihr?«, erkundigte sich Cal und folgte ihrem Blick. Er hatte ein schlechtes Gewissen, dass er fleischliche Gelüste verspürte, während es Diana so elend ging.

»Ich glaube, sie ist fast erleichtert.« Min beobachtete ihre Schwester. »Natürlich unglücklich. Sie wird sicher die ganze Nacht weinen, aber ich glaube, sie weiß, dass sie eigentlich die Hochzeit wollte, nicht Greg.«

»Sehr vernünftig von ihr«, bemerkte Cal. »Wer würde schon Greg wollen?«

Min küsste ihn. »Ich bleibe heute Nacht bei ihr.«

»Das dachte ich mir«, erwiderte Cal und war gleichzeitig alles andere als begeistert. Er schlang seine Arme um sie und drückte sie eng an sich. »Ich will dich, Minerva.«

»Morgen Abend bin ich frei«, erwiderte sie und lächelte zu ihm auf. »Schicke diesen Mistkerl weg und komm dann, wir trinken Champagner.«

»Bin gleich wieder zurück«, versprach Cal und gab ihr noch einen Kuss, wieder vollkommen überrascht, dass alles so leicht ging, dass alles mit ihr so einfach geworden war. *Das kann nicht mit rechten Dingen zugehen*, dachte er, grinste aber trotzdem, als er ging, um dem Saaldiener mitzuteilen, dass er Greg abtransportieren konnte.

Auf dem Rückweg stieß Cal auf David.

»Ich glaube, der Empfang ist vorbei, David«, begann Cal und bemühte sich, nicht zu knurren. »Sie können wieder nach Hause gehen.«

»Kann ich nicht«, erwiderte David und blickte edel drein. »Es gibt da etwas, das Sie wissen sollten.«

Ach, zum Teufel, dachte Cal und fragte: »Und was?«

»Diese Wette, die wir abgeschlossen haben«, begann David, »die, dass Sie Min binnen eines Monats ins Bett kriegen würden.«

»Was?« Cal blickte ihn verwirrt an. »Wieso Wette? Diese Wette haben wir nicht abgeschlossen. Das waren nur Sie, und Sie waren hemmungslos betrunken.«

»Min weiß Bescheid darüber«, fuhr David fort, und Cal fühlte es kalt über seinen Rücken laufen. »Sie hat uns damals belauscht. Deswegen ist sie auch mit Ihnen ausgegangen. Sie wollte es uns beiden heimzahlen und einen Begleiter für diese Katastrophe heute haben. Alle wussten sie Bescheid, Liza, Bonnie, ihre Schwester, sie hat es allen erzählt. Alle haben sich über uns kaputtgelacht.«

Plötzlich schien die Eingangshalle zu klein geworden, nicht genug Luft vorhanden, und es war zu kalt für den Juni.

»Ich musste es Ihnen sagen, denn wenn sie Bescheid weiß, gilt die Wette nicht mehr. Sie hatten nie eine Chance zu gewinnen. Sie hat die ganze Zeit über nur mit Ihnen gespielt.«

»Nein«, entgegnete Cal erstickt. »Das würde sie nicht tun.« Der altvertraute Schmerz der Beschämung und des Selbstzweifels durchfuhr ihn – *wie dumm kannst du eigentlich sein* –, obwohl ihm der gesunde Menschenverstand sagte, dass David nur intrigieren wollte, dass Min so etwas nicht tun würde …

»Tja, so ist das«, meinte David und schlug ihm auf die Schulter. »Sie hat uns beide zum Narren gehalten. Na ja, Sie mehr als mich, denn ich habe ja nicht versucht, sie ins Bett zu kriegen, aber ich komme mir auch ziemlich dumm vor.«

Cal blickte ihn wutentbrannt an. »Na, wenigstens ein bisschen Selbsterkenntnis.« *Sie wusste es. Sie hält mich für dumm.*

»Hey.« David hob die Hände. »Greifen Sie nicht mich an. Ich bin nicht derjenige, der Sie einen ganzen Monat lang *dumm* aussehen ließ.«

Cal zuckte zusammen, wandte sich dann ab und ging zurück in den Ballsaal. Es konnte nicht wahr sein, Min war nicht so, sie würde das nicht tun. Aber plötzlich erschienen eine Menge Dinge, die bisher unerklärlich waren, in einem neuen Licht.

Er marschierte schnurstracks auf Min zu, die gerade versuchte, Diana vor Nanette abzuschirmen. »Könnte ich dich eine Minute sprechen?«, fragte er.

Min blickte auf und erwiderte: »Nicht gerade jetzt …«

»*Jetzt sofort*«, versetzte Cal, und Min nickte erschreckt. »Ich komme gleich wieder, Baby«, murmelte sie Diana zu und ließ es zu, dass er sie in die Eingangshalle hinauszerrte.

»Ist etwas mit Greg?«, fragte sie und behielt noch immer Diana im Blick. »Hat er …«

»Warum hast du dich an unserem ersten Abend von mir zum Essen einladen lassen?«, fragte Cal.

»*Was?*«, erwiderte Min überrascht und vergaß Diana.

»Sag mir die Wahrheit.«

Min straffte sich. »Ich habe mich ...« Sie wandte den Blick ab und schüttelte den Kopf. »Ich habe mich einladen lassen, weil du mit David gewettet hast, dass du mich innerhalb eines Monats ins Bett kriegen könntest, und ich brauchte einen Begleiter für die Hochzeit. Und als wir ausgingen, warst du so aalglatt, dass ich wusste, ich würde das nicht drei Wochen lang aushalten, und deswegen dankte ich dir für das Abendessen und ging nach Hause. Und ich verstehe überhaupt nicht, warum wir jetzt darüber reden müssen.«

»Warum zum Teufel bist du dann immer wieder mit mir ausgegangen, wenn du so etwas von mir dachtest?«, fragte Cal, und die Frustration eines Monats verwandelte sich in Ärger. »*Nur zum Spaß? War das so lustig?*«

»Nein«, entgegnete Min verärgert. »Deswegen habe ich dich zuerst immer abgewiesen. Könnten wir nicht später darüber ...«

»Aha«, rief Cal. »Also du hast mich immer abgewiesen, und Bonnie und Liza und du, ihr habt euch anschließend darüber totgelacht.«

»Nein«, rief Min wütend zurück. »Wir hielten dich für einen Dreckskerl. Das war überhaupt nicht lustig.«

»Ah«, nickte Cal. »Deswegen hat Liza mich dauernd auf den Kopf geschlagen.«

»Ja. Aber mir ist es *egal.*« Sie zischte das letzte Wort zwischen den Zähnen hervor. »Es *macht nichts*.«

»Es ist dir nicht egal«, erwiderte Cal grimmig. »Du bist fuchsteufelswild. Und deswegen hast du mit mir gespielt, hast mich verrückt nach dir gemacht und hast mich zum ...«

»Hey«, protestierte Min und hielt ihm warnend den Zeigefinger entgegen. »Ich war vollkommen ehrlich zu dir.«

»Du hast mich nie nach dieser Wette gefragt«, stellte Cal fest.

»Doch, habe ich«, widersprach Min und verschränkte ihre Arme. »Und du hast dich jedes Mal herausgemogelt.«

»Nein, du hast nicht gefragt.« Auch Cal verschränkte seine Arme. »Und weißt du, woher ich das weiß? Weil ich dir sonst gesagt hätte, dass ich diese Wette nicht abgeschlossen habe.«

»Ich bin *praktisch neben euch gestanden*«, hielt Min ihm entgegen.

»Dann hast du *nicht richtig aufgepasst*«, versetzte Cal. »Ich habe *abgelehnt*.«

»Du hast ›Kinderspiel‹ gesagt«, schnappte Min.

»Ich habe noch nie im Leben ›Kinderspiel‹ gesagt«, widersprach Cal. »Das ist ein *blöder* Spruch.« Er holte tief Atem und dachte: *Zum Teufel damit*. »Für *wie dumm* hältst du mich eigentlich?«, fragte er wild, und Min erstarrte. »Für *wie dumm* halten mich eigentlich *alle*?«

»Nicht für dumm«, entgegnete sie und beäugte ihn vorsichtig. »Was ist hier eigentlich los?«

»Alle glaubten sie, ich hätte diese Wette mit einer *Kröte* wie David abgeschlossen.« Cal schüttelte den Kopf bei dem Gedanken an ihren ungeheuren Verrat. »Weil du ihnen gesagt hast, ich sei auf die Wette eingegangen. Und alle sahen zu, wie du mit mir gespielt hast, und ich bin wie ein Idiot darauf reingefallen.«

»Aber du bist doch auf sie eingegangen«, hielt Min ihm entgegen, doch es klang unsicher. »Sieh mal, ich habe dich nie für dumm gehalten. Ich dachte zuerst, du seist … gemein. Deswegen habe ich … Von wem kommt das alles jetzt eigentlich? Du weißt doch, wie ich für dich empfinde. Ich liebe dich. Die Wette ist ganz unwichtig …«

»Unwichtig?«, echote Cal. »*Wie dumm bist du eigentlich?*«

»Hey, hey«, rief Min warnend. »Ich weiß, dass das bei dir ein wunder Punkt ist, aber versuche, dich zusammenzureißen. Ich liebe dich, und du weißt, dass ich dich liebe, aber ich habe jetzt keine Zeit, um mich um dich zu kümmern wie um ein Baby …«

»*Wie um ein Baby*?« Cal biss die Zähne zusammen, um sie nicht anzubrüllen, weil sie ihn hintergangen hatte und weil er sie noch immer verzweifelt begehrte. *Bloß raus hier*, dachte er und erklärte steif: »Na gut, du brauchst dich *überhaupt nie mehr um mich zu kümmern*.«

»Was?« Dann begann sie zu nicken, und ihr Gesicht verzerrte sich vor Wut. »Ah ja, ich verstehe. *Natürlich*. Du machst dich dünn. *Du Bastard*. Du hast gekriegt, was du wolltest, schließlich habe ich gesagt ›Ich liebe dich‹, und jetzt ist das Spiel aus und du verdrückst dich. Ich wusste doch, dass du das tust. *Ich wusste, dass du das irgendwann tust*.«

»Hier geht's nicht um mich«, entgegnete Cal und blickte ihr nicht in die Augen.

»Also *bitte*«, schnappte Min. »Hier geht's nur um dich. Hundert Prozent deiner Beziehungen hören auf, weil du wegrennst. Du greifst nach jeder Entschuldigung, die sich bietet …«

»Hey«, ertönte da Tonys Stimme, und beide wandten sich um und sahen ihn im Türrahmen stehen, wütender, als Cal ihn je gesehen hatte. »Ich weiß nicht, was zur Hölle ihr hier treibt, aber was es auch ist, es ist unwichtig im Vergleich zu dem, was die Kleine da drin gerade durchmacht. Ihr könnt noch euer ganzes Leben lang streiten, aber sie braucht euch jetzt.«

»Erzähle Min, dass ich nicht mit David gewettet habe, sie ins Bett zu kriegen«, verlangte Cal.

Tony blickte Min verärgert an. »Er hat nicht darauf gewettet.«

»Ich habe aber gehört, wie er der Wette zugestimmt hat«, entgegnete Min. »David sagte, dass er das grau karierte Kostüm in einem Monat ins Bett kriegen müsste, und er sagte ›Kinder … spiel‹.« Sie blickte von Tony zu Cal. »Oh.«

»*Ich* habe ›Kinderspiel‹ gesagt«, erwiderte Tony. »Und ich hatte Unrecht. Egal. Streitet euch später deswegen. Jetzt bewege deinen Hintern wieder da hinein und steh deiner

Schwester bei. Deine Mutter hat ihr den Champagner weggenommen, weil er zu viele Kalorien hat, und diese verdammte Brautjungfer in Grün kichert unaufhörlich vor sich hin.«

»Du hast Recht«, stimmte Min ihm zu und kam zur Tür. »Aber wir werden später nicht mehr darüber streiten, weil *Calvin* beschlossen hat, es sei Zeit für ihn, *sich aus dem Staub zu machen.*«

»Soll das ein Witz sein?«, stieß Tony hervor und blickte beide vorwurfsvoll an. »Ihr beiden seid doch die größten Babys, die ich je erlebt habe.«

»Wie bitte?«, rief Min und blieb stehen.

»Hier meine Kurzfassung«, verkündete Tony, zu Min gewandt. »Du bist eine männerhassende Keifzange, und er ist ein Feigling, der Angst vor Frauen hat.« Er blickte Cal an. »Kommt endlich mal darüber hinweg, ja?«

»*Zur Hölle mit euch beiden*«, fluchte Min und kehrte zu ihrer Schwester zurück, während Cal auf Tony losging.

»Die sind doch alle gleich«, sagte Nanette gerade zu Diana, als Min, kochend vor Wut, zu ihnen stieß. »Du kannst keinem trauen.« Sie gestikulierte unsicher mit dem Champagnerglas in ihrer Hand. »Erst sagen sie, dass sie dich lieben, und dann …«

Min nahm ihr das Glas aus der Hand. »Hier«, sagte sie und hielt es Diana hin. »Heute Abend trinken wir noch etwa zwölf Flaschen von dem Zeug, also fang gleich damit an.«

»Weißt du auch, wie viele Kalo …«, begann Nanette.

»*Hör mal zu, du*«, fuhr Min sie an. »Du gehst jetzt nach Hause und wirfst jede verdammte Modezeitschrift in den Müll. Du musst das ganze Zeug loswerden, sonst wird sich nie etwas ändern.«

Nanette straffte sich. »Nur weil du nicht abnehmen willst, heißt das nicht, dass Diana auch noch fett werden muss.«

»Ich bin nicht *fett*, Mutter«, entgegnete Min. »Aber wenn

wir schon mal beim Thema sind: Ich sehe nicht, dass fünfundfünfzig Jahre ohne Essen *dich* besonders glücklich gemacht hätten. Geh nach Hause und iss endlich etwas, um Himmels willen.« Sie blickte sich suchend um. »Wo sind die verdammten Kuchenschachteln?«

»Ich hole sie«, versprach Roger und hastete davon.

»Ich finde, das ist sehr vernünftig«, mischte *Schnief* sich ein und strahlte Min an.

»Und *du*«, fuhr Min sie an. »Hau ab und lach dir woanders ins Fäustchen. Geh am besten zu Greg. Ihr passt zueinander. Er ist ein rücksichtsloser Bastard, und du lässt gerne auf dir herumtrampeln.«

»Das ist gemein«, jammerte *Schnief*, wieder in ihrem gewohnten weinerlichen Tonfall.

»Zieh Leine, *Schnief*«, drohte Liza. »Du hast gelacht, seit du *Schlimmer* verdroschen hast. Wenn dir schon nicht nach Trösten zumute ist, dann sei so gut und mach dich unsichtbar.«

»Na ja, wenigstens bin ich nicht bissig wie *Pfeffer*«, schnappte *Schnief* und stolzierte davon.

»Hat sie mich gerade Pfeffer genannt?«, fragte Liza Bonnie.

Min ließ sich auf den Stuhl neben Diana nieder.

»Pass auf, was wir tun werden«, begann sie und nahm Dianas Hand. »Wir schnappen uns diese Kuchenschachteln und eine Kiste Champagner und fahren wieder zu mir nach Hause.«

»Okay«, willigte Diana ein, und ihre Stimme brach erneut.

»Dann essen wir Kuchen und besaufen uns«, fuhr Min fort.

»Ach, *Min*«, jammerte Nanette. »Das dauert Wochen, bis ihr die vielen Kalorien wieder runterhabt.«

Min blickte einen Augenblick zu ihrer Mutter auf und dachte: *Und damit muss Diana tagtäglich leben*. »Und dann«, wandte sie sich wieder an Diana, »hast du ja eine Woche frei, wegen der Flitterwochen, und ich nehme mir auch eine Woche frei, und wir gehen auf Haussuche.«

Diana hörte auf zu weinen. »Auf Haussuche?«

»Ja«, bestätigte Min. »Ich werde einen schönen, alten Blockhausbungalow mit zwei Schlafzimmern kaufen, und du ziehst mit mir zusammen dort ein.«

»Wirklich?«, fragte Diana und setzte sich ein wenig auf.

»Ja«, bekräftigte Min. »Du hast bereits viel zu lange bei der Kalorienpolizei gewohnt.«

»Lächerlich«, rief Nanette aus. »Sie bleibt bei uns.«

»Aber da gibt es ein paar Regeln«, fuhr Min fort. Diana schluckte und nickte. »Wir werden immer Butter im Kühlschrank haben. Keine Filmmusik von Julia-Roberts-Streifen mehr. Und von jetzt an« – sie blickte auf und zur Tür, wo Cal Tony anstarrte – »lassen wir uns nur noch mit hässlichen Männern ein.«

Diana nickte Min zu. »Und an den Donnerstagabenden überlasse ich dir das Feld.«

»Wieso?«, fragte Min verwirrt.

»Damit ihr Mädels euer Wenn-Abendessen genießen könnt«, erklärte Diana, und Min erkannte, dass das Schlimmste für Diana nicht der Verlust von Greg war, sondern der Verlust ihrer engsten Freundinnen. Wieder stellte sie sich vor, wie es wäre, wenn Bonnie und Liza sie betrogen hätten, und es schnürte ihr die Luft ab bei dem Gedanken an eine solche Katastrophe.

Es wäre ebenso schlimm, wie Cal zu verlieren.

»Nein, du bist auch dabei«, erklärte Bonnie und legte einen Arm um Diana.

»Zum Teufel, ja«, rief Liza. Da kam Roger mit einem Tablett voll Kuchenschachteln und der Kuchenspitze zurück. Liza riss Braut und Bräutigam von der Kuchenspitze, hielt sie vor Diana hin und sagte: »Jetzt pass mal auf, little Stats, jetzt kommt ein erhebender Moment.« Diana blickte auf, und Liza zertrampelte den Kopf des Bräutigams und zermalmte ihn zu Staub. »Jetzt«, erklärte sie, »gehört er offiziell der Geschichte an. Und wenn es einen Gott gibt, zerreißt es ihm jetzt gerade vor Kopfschmerzen den Schädel.«

»Ich glaube, darauf kannst du dich verlassen«, bemerkte Roger. »Er hat eine Menge einstecken müssen.«

»Gut«, erwiderte Liza. »Und jetzt ziehen wir uns in Mins Wohnung zurück und betrinken uns sinnlos.«

Diana sah Min durch Tränen hindurch an. »Darf ich deine Bunnyhasen-Pantoffeln anziehen?«

»Du darfst meine Bunnyhasen-Pantoffeln behalten«, antwortete Min und dachte voll Wut und Elend an Cal.

Sie blickte zur Tür und sah ihn dort stehen und sie beobachten. Dann wurde er von Tony verdeckt, der mit ausgebreiteten Armen näher kam und zu Liza sagte: »Gründliche Arbeit mit dem Bräutigam, Süße. Ich nehme an, du musstest ihn zerstampfen«, worauf sie erwiderte: »Ein gutes Wort über ihn und du stirbst«. Als Tony sofort das Stichwort aufnahm: »Nein, er war ein ziemliches Arschloch, auch ohne diesen Haarschnitt«, musste Diana gleichzeitig lachen und weinen.

In der Tür wandte Cal sich um, und Min sah Cynthie hinter ihm stehen. Einen Augenblick stand er reglos, dann ging er davon, und Cynthie ging mit ihm.

Richtig. Du bleibst natürlich nicht hier und hilfst, denn es geht ja nicht um dich, nicht wahr, Freundchen?, dachte Min. Dann verbannte sie ihn aus ihren Gedanken und wandte sich wieder Diana zu.

»Ich bin also ein Feigling?«, knurrte Cal Tony an, nachdem Min verschwunden war, und war froh, mit jemand zu streiten, den er schlagen konnte.

»Ich kann nicht glauben, dass du auch vor dieser Frau wegläufst«, erwiderte Tony. »Zum Teufel, Cal, du bist jetzt fünfunddreißig, hast du von diesem Getue nicht bald mal genug?«

»Du bist auch fünfunddreißig«, hielt Cal ihm grimmig vor.

»Und ich habe nie in meinem Leben eine Frau so angesehen, wie du Min ansiehst«, versetzte Tony. »Sie würde mich wahnsinnig machen mit diesem ›Alle-Männer-sind-Schweine‹-Quatsch. Aber ich würde ihr das *sagen*, ich würde sie nicht verlassen. Was ist los mit dir?«

»Um mich geht's hier nicht«, antwortete Cal.

»Jesus Christus«, stieß Tony hervor und wandte sich wieder dem Ballsaal zu.

»Wohin gehst du?«, fragte Cal.

Kopfschüttelnd erwiderte Tony: »Wieder dorthin, wo die echten Probleme sind. Wir sind alle da drin. Warum du nicht?«

Dann ging er, und Cal erblickte an ihm vorbei Min, die ihre Arme um Diana geschlungen hatte, Bonnie, die sich über sie beugte, Roger, der in einer Hand ein Tablett mit Kuchenschachteln hielt und mit der anderen Dianas Schulter tätschelte, und Liza, die irgendetwas mit dem Fuß zerstampfte. Und Tony breitete im Näherkommen die Arme aus, woraufhin Diana aufblickte und ihm ein tränennasses Lächeln schenkte, und Cal wusste, dass Tony wieder den Clown spielte und seinen Teil zu allem beitrug. *Scheiße*, dachte er, *ich sollte auch dort bei ihnen sein*. Da blickte Min auf und sah ihn, und ihr Gesicht war so finster und stürmisch, dass er zusammenzuckte und dachte: *Zur Hölle mit dir*. Als er sich wütend und elend umwandte, sah er Cynthie hinter sich stehen. Sie wirkte lieblicher als je zuvor.

»Bist du in Ordnung?«, fragte sie.

»Nein«, erwiderte Cal.

Sie lächelte ihn an. »Ich weiß, wo wir etwas zu trinken bekommen.«

»Wo denn?«, fragte Cal.

»Bei mir zu Hause«, antwortete Cynthie.

»Gehen wir«, sagte Cal und setzte sich in Marsch, wohl wissend, dass Min ihn beobachtete.

Cal verbrachte den größten Teil des Montags in schäumender Wut darüber, was für eine bösartige, falsche Schlange Min gewesen war. Am Dienstag erging es ihm nicht viel besser, und es machte alles nur noch schlimmer, dass Cynthie ihn in diesen zwei Tagen mehrmals anrief, um ihn zu dem Drink zu überreden, den er abgelehnt hatte, als er sie vor ihrem Haus abgesetzt hatte. Jeder Kunde schien sich in eine Nervensäge verwandelt zu haben, und seine Partner blickten ihn an, als hätte er gerade ein unschuldiges Kind gemeuchelt. Und das Allerschlimmste war, dass er Min so stark vermisste, sich so sehr nach ihr sehnte, dass es ihn krank machte. Zur Krönung des Tages rief ihn seine Mutter im Büro an, weil sie wissen wollte, ob er wieder mit Cynthie zusammen war.

»Nein«, antwortete er. »Ich will sie nie mehr sehen, also *geh mir nicht mehr auf den Sack mit ihr*.«

»*Calvin*«, sprach seine Mutter in einem Ton, bei dem ihm zu jedem anderen Zeitpunkt das Blut in den Adern geronnen wäre.

»Und überhaupt«, fuhr er fort, »da ich für dich eine so *entsetzliche Enttäuschung* bin, will ich auch dich nie mehr sehen.«

»Calvin?«, rief seine Mutter in ganz anderem Ton.

»*Vergiss es*«, sagte Cal nur und legte auf.

Tony kam herüber und zog den Stecker von Cals Telefon. »Du kriegst das erst wieder, wenn du sie anrufst«, sagte er. »Bis dahin brauchst du mit keinem Menschen zu telefonieren.«

»Ich rufe sie nie mehr an«, entgegnete Cal. »Sie war mein ganzes Leben lang nichts als eine Hexe, und ich bin fertig mit ihr.«

»Nicht deine Mutter, du Trottel«, versetzte Tony. »Min.«

»Die war einen Monat lang eine Hexe, und mit ihr bin ich auch fertig«, erwiderte Cal. »Zur Hölle mit allen beiden.«

»Wirklich sehr erwachsen«, näselte Ton und klang fast wie Min.

Roger schüttelte den Kopf und wandte sich wieder seiner

Arbeit zu. Cal ignorierte beide und stürzte sich wütend auf sein Seminarpaket.

Als Cal nach Hause kam, warf er sein Jackett auf die Couch und holte den Glenlivet hervor. Er erstarrte, als nebenan Elvis die ersten Takte von »She« sang.

»Himmeldonnerwetter noch mal«, fluchte er und kippte den Glenlivet auf einmal hinunter.

Auf sein Klopfen an Shannas Tür hin öffnete eine fremde Frau, brünett und weniger als mittelgroß. »Oh«, stieß er hervor, »ich dachte ... Shanna ...«

»Sie ist hier.« Die Frau lächelte ihn an. Sie hatte ein süßes Lächeln, das ihn an Min erinnerte, und riesengroße Augen in einem runden Gesicht. Sie trat zurück. »Shanna?«

Cal erspähte Shanna, die gerade mit zwei rubinroten Sektgläsern aus der Küche kam.

»Cal!«, rief sie lächelnd. »Das hier ist Linda. Linda, das ist Cal, mein Wohnungsnachbar.« Ihr Lächeln wurde breiter, und sie machte mit dem Kopf eine Bewegung hin zur Stereoanlage. »Musik für das erste Date.«

»Ach so.« Cal machte einen Schritt rückwärts. »Verdammt, tut mir Leid ...«

»Muss man Elvis nicht einfach lieben?«, fragte Linda ihn.

»Ja«, erwiderte Cal. »Herzlichen Glückwunsch, Shan. Dann ein anderes Mal.«

»Bleib doch noch auf ein Glas«, lud Shanna ihn ein, während ihre Augen signalisierten: *Verzieh dich.*

»Kann nicht«, entgegnete Cal. »Ich muss ...« Er machte mit dem Kopf eine Geste zu seiner Wohnung hin, unfähig, sich auszudenken, was er dort zu tun haben könnte, außer vor Wut zu qualmen.

»Ist Min da?«, fragte Shanna, während sie die Gläser auf die Frühstückstheke stellte. »Vielleicht könnten wir später ...«

»Nein«, erwiderte Cal, und sein Zorn kehrte an die Oberfläche zurück. »Min ist nicht da.«

Shanna stutzte und las in seinem Gesicht. »Oh nein. Was hast du angestellt?«

»Seltsamerweise *gar nichts*«, antwortete Cal. »Wieso glaubst du …«

»Ist mir egal«, versetzte Shanna. »Hol sie dir zurück.«

»Es ist *aus und vorbei*«, erklärte Cal.

»Nein, ist es nicht«, widersprach Shanna. »Diesmal hast du wirklich etwas weggeworfen.«

»Um mich geht's hier nicht«, entgegnete Cal.

»Doch, tut es«, beharrte Shanna. »Diesmal geht es wirklich um dich. Was ist passiert?«

Cal schüttelte abwehrend den Kopf. »Nichts. Uninteressant.« Er nickte Linda zu. »War nett, Sie kennen zu lernen.« Er wandte sich ab, aber Shanna packte ihn mit der Faust hinten am Hemd und zerrte ihn zurück.

»Setz dich und erzähle mir alles«, verlangte sie. »Sonst folge ich dir in deine Wohnung und gehe dir so lange auf die Nerven, bis du damit herausrückst.«

Eine Viertelstunde später meinte sie: »Tja, da müsste man eine Münze werfen, wer von euch beiden blöder ist.«

»Hey«, warnte Cal.

»Ihr beide liebt euch wie verrückt, aber ihr schmeißt das einfach fort. Weißt du eigentlich, wie selten und kostbar das ist, was da zwischen euch existiert?«

»Herrje, das hoffe ich«, versetzte Cal. »Unerträglicher Gedanke, dass eine Epidemie von diesem Mist ausbrechen könnte.«

»Hör auf damit«, befahl Shanna. »Du willst sie doch wiederhaben.«

»Warum sollte ich …«

»Hör auf!«, befahl Shanna schärfer. »Du willst sie zurückhaben.«

Cal ließ sich auf die Couch fallen und barg sein Gesicht in den Händen. Die Erinnerung an Min, gegen die er sich zwei

Tage lang gewehrt hatte, kehrte mit Macht zurück. »Oh Gott, ja, ich will sie zurückhaben. Das zeigt doch schon, wie dumm ich wirklich bin.«

»Ach, um Himmels willen, *ruf sie an*«, drängte Shanna. »Sag ihr, dass es dir Leid tut.«

Cal hob den Kopf mit einem Ruck. »Hey, *ich bin hier das Opfer.*«

»Klar«, erwiderte Shanna. »Das hat dich nachts warm gehalten, was? Rufe sie an. Sag ihr, dass du morgen Abend mit ihr sprechen möchtest. Nimm eine gute Flasche Wein mit, sag ihr, dass du sie liebst, klärt dieses Pseudoproblem und lebt dann glücklich und zufrieden bis ans Ende eurer Tage.«

»Warum erst morgen?«, fragte Cal verwirrt. »Wenn ich mich schon für etwas entschuldigen soll, was ich *nicht* getan habe, dann könnte ich doch auch jetzt gleich rübergehen ...«

»Weil du morgen die Wette verloren hast«, erklärte Shanna.

»*Ich habe die Wette nicht abgeschlossen.*«

Linda rückte auf der Couch ein wenig von Cal ab.

»Hör auf zu brüllen«, befahl Shanna. »Darauf kommt es gar nicht an. Du hast Min an einer Stelle getroffen, wo es wehtut.«

»Was ...«

»Sie ist nicht schön«, sprach Shanna stur weiter. »Sie ist nicht schlank. Sie weiß, dass jeder, der sie mit dir zusammen sieht, sich fragt, wie sie dich gekriegt hat.«

»Das stimmt nicht«, widersprach Cal. »Sie ist große Klasse.«

»Richtig«, versetzte Shanna. »Und wir sehen das. Aber es gibt viele Leute, die das nicht sehen. Einschließlich, wie ich höre, ihr Exfreund, der sie sitzen gelassen hat und dann versuchte, dir diese Wette aufzudrängen.«

»*Autsch*«, machte Linda.

»Und dann kommst du daher, superattraktiv und einfach perfekt, und erklärst ihr, dass du sie liebst ...«

»Ich liebe sie wirklich, verdammt noch mal«, rief Cal.

»…nur, dass sich dann herausstellt, dass du gewettet hast …«

Cal stand auf. *»Ich habe nicht gewettet …«*

»…dass du sie zum Abendessen abschleppen kannst«, fuhr Shanna fort.

Cal setzte sich.

»Und sie dachte, du hättest versucht, sie wegen einer Wette ins Bett zu kriegen, und zum Schluss, mitten in einer Katastrophe, stehst du ihr nicht zur Seite, sondern verschwindest gemeinsam mit deiner superattraktiven Exfreundin von der Bildfläche.«

»Kommt nicht gut«, bemerkte Linda.

»Ach, verflucht.« Cal ließ wieder den Kopf in seine Hände sinken. »Ich kann's kaum glauben, dass ich darauf reingefallen bin. Dass dieses Arschloch David Fisk das mit mir machen konnte. Ich bin *wirklich* dumm.«

»Nur dieses eine Mal«, beruhigte Shanna ihn. »Aber das kommt schon in Ordnung. Du musst nur die Wette sausen lassen. Ist doch kein Problem, du schluckst einmal deinen Stolz runter und verlierst zehn Eier.«

»Zehntausend Eier«, berichtigte Cal.

»Mann«, stieß Linda hervor und richtete sich auf. »Das ist ja wie Kabelfernsehen.«

»Du hast mit David um *zehntausend Eier* gewettet, dass du Min ins Bett kriegst?«, fragte Shanna ungläubig.

Cal verdrehte die Augen. »Hört mir hier eigentlich *irgendwer* zu?«

»Er hat die Wette nicht abgeschlossen«, sagte Linda zu Shanna.

»*Danke*«, ächzte Cal.

»Aber jeder weiß von der Wette«, beharrte Shanna. »Jeder hat das im Kopf, und wenn du vorher mit ihr schläfst … wann ist die Wette vorbei?«

»Morgen Abend gegen neun Uhr, oder neun Uhr dreißig,

ich weiß nicht genau«, antwortete Cal und versuchte, sich zu erinnern, wann sie diese verdammte Wette eingegangen waren. *Nicht* eingegangen waren. Jesus Christus, jetzt passierte es ihm auch schon.

»Ist sie es dir wert, zehntausend Dollar zu verlieren?«

»Verdammt, ja«, antwortete Cal.

»Na also, da hast du's. Ruf sie an und sage ihr, dass du sie sehen möchtest, nachdem du die Wette verloren hast.« Shanna verschränkte resolut die Arme. »Und pass auf, dass nicht ich hinüberkomme und es für dich tue.«

»Tun Sie's«, redete Linda Cal zu. »Das ist auf eine perverse Art romantisch.«

»Vielen Dank«, erwiderte Cal. »Auf dieses Schlusswort hin gehe ich jetzt nach Hause.« Er erhob sich und ging, wobei er Shannas »*Cal*« ignorierte.

Shanna hat *Unrecht*, sagte er sich selbst, während er sich ein weiteres Glas Scotch einschenkte, aber der Gedanke überzeugte ihn selbst nicht. Er schloss die Augen, dachte an Min und versuchte sich in Erinnerung zu rufen, dass alles Betrug war, aber er hörte immer wieder ihr »Ich liebe dich«, und er wusste, dass das die Wahrheit war.

»Ach, *verflucht*«, murmelte er, und als es an der Tür klingelte, riss er sie auf, bereit, Shanna abzuwehren, wenn sie noch weiter über Min philosophieren wollte.

Doch es war Cynthie, die in ihrem blauen Trägertop und schwarzen Minirock heißer denn je zuvor aussah. Sie hob ihm ihr Gesicht entgegen, und ihr glänzendes, dunkles Haar schwang lose zurück. »Ich weiß, dass du wütend und durcheinander bist«, sagte sie sanft. »Und ich will nicht, dass du alleine bist.«

»Ich bin in Ordnung«, entgegnete er, als sie näher trat.

»Nein, bist du nicht«, beharrte sie. »Sie hat dir sehr wehgetan.« Sie hielt eine Flasche Glenlivet in die Höhe. »Na komm, sprechen wir darüber. Dann fühlst du dich besser.«

Sie würde alles tun, was ich will, dachte Cal. *Und die Welt ist voller Frauen wie sie. Warum brauche ich Min?*

Cynthie lächelte liebreizend und warmherzig zu ihm auf. »Darf ich reinkommen?«

»Nein«, lehnte Cal ab. »Ich muss jetzt telefonieren.«

15

Cynthie erwiderte: »Ich kann warten«, und Cal erinnerte sich, wie Min zu ihm gesagt hatte: ›Du lernst die Frauen kennen, wie sie in ihrem Inneren sind, und dann verlässt du sie.‹« Cynthie lächelte ihn an, Sehnsucht in ihren Augen, und er dachte: *Ach, verdammt.*

Aber er schüttelte den Kopf. »Es tut mir Leid. Jemand hat mir klar gemacht, was ich dir angetan habe. Es tut mir wirklich Leid. Ich wollte dir nie wehtun, ich wollte überhaupt niemandem wehtun, aber ich wollte dich auch nie heiraten.«

Cynthie holte tief Luft und nickte. »Das ist schon in Ordnung, ich kann warten …«

»Und es gibt da jemand anderen«, fuhr Cal fort, so behutsam er konnte. Es tut mir Leid, aber ich liebe eine andere Frau.«

Sie zuckte zusammen. »Nein. Du liebst mich.«

»Das habe ich nie gesagt, und das weißt du auch.«

»Ja, aber trotzdem liebst du mich.« Sie packte die Flasche fester. »Du weißt es nicht, aber du tust es. Wir passen einfach perfekt zueinander.«

Er schloss die Augen, um ihre Verzweiflung nicht sehen zu müssen.

»Es ist Min«, stieß Cynthie hervor. »Ich weiß, dass es Min ist. Sieh mal, sie ist eine nette Frau, aber sie ist nicht wie ich.«

»Ich weiß«, erwiderte Cal. »Das ist das Problem.« Cynthies Gesicht verzerrte sich, und er wiederholte: »Es tut mir Leid, Cyn.«

Er schloss die Tür vor ihrer Nase und lehnte sich noch eine Weile dagegen. Er versuchte, sich nicht auszumalen, was er ihr angetan hatte, wollte nicht einmal an jemand anderen denken.

Außer an Min.

Bring das in Ordnung, befahl er sich selbst und setzte sich dann, um zu überlegen, wie er das anpacken sollte.

Ungefähr zur selben Zeit, als Shanna Cal die Leviten las, seufzte Liza an Mins Esstisch: »Das schmeckt wirklich sehr gut«, während sie ihren letzten marsalagetränkten Pilz aufspießte. Dann fuhr sie fort: »Sag mir noch mal, warum das hier sein muss?«

»Weil wir jeden Dienstagabend Chicken Marsala gegessen haben«, erklärte Min und stocherte ohne Begeisterung in ihrem Hühnchen herum. Unterdessen strich Elvis um ihre Knöchel und wartete auf die Reste. »Und ich versuche, diese Erinnerung zu vernebeln.«

»Sehr praktisch«, erwiderte Liza. »Aber du fühlst dich hundeelend, also gibt es wahrscheinlich nicht genügend Nebel auf dieser Welt, Baby.«

»Darf ich mal die Butter haben, bitte?«, bat Diana und nahm sich noch ein Stück von Emilios Brot.

Bonnie schob ihr den Teller mit Butter zu. »Hast du etwas von ihm gehört?«, fragte sie Min.

»Natürlich nicht«, antwortete Min und stachelte ihren Ärger erneut an, damit sie nicht daran denken musste, dass sie seit zwei Tagen auf einen Telefonanruf wartete. »Er ist *wütend auf mich*. Ist das zu glauben? *Er* ist wütend auf *mich*. Habe ich vielleicht gewettet? Neeein. Aber *er* ist …«

»Herr*jeee*, Schluss jetzt«, fiel Liza ihr ins Wort. »Seit zwei Tagen keifst du seinetwegen herum. Finde dich damit ab: Der Mann hat irgendwie Recht.«

Min legte ihre Gabel nieder, und Diana erstarrte, die Hand mit dem Buttermesser in der Schwebe.

»Er hat nicht Recht«, schnauzte Min zurück. »Dieses ganze Elend kommt doch daher, weil er nicht Recht hat, und jetzt fällst du mir in den Rücken? Reicht es vielleicht noch nicht, dass Bonnie mich mit diesem Märchenquatsch zugetextet hat, jetzt musst du auch noch …«

»Das ist kein Quatsch«, entgegnete Bonnie. »Du hattest dein Märchen. Du hattest deinen gut aussehenden Märchenprinzen, der dich liebte. Es hat funktioniert.«

»Es hat nicht funktioniert«, widersprach Min und hieb krachend mit ihrer Hand auf den Tisch. »Er hat eingeschnappt reagiert und ist *gegangen*. Ich Glückspilz kriege einen *Prinzen, der immer einschnappt*. Und deswegen ist er *kein Prinz*. Und deswegen glaube ich diesen Quatsch nicht. Ich glaube nicht an das Märchen, okay?«

»Ich glaube, das spielt keine Rolle«, meinte Bonnie, sanft wie immer. »Denn das Märchen glaubt an dich.«

Min wandte sich Liza zu. »*Sag du's ihr*.«

»Sie hat Recht.«

Min ließ sich auf ihrem Stuhl zurückfallen. »Ach, um Himmels willen. Wenn das hier nicht meine Wohnung wäre, würde ich nach Hause gehen.«

»Na ja, sieh es mal von seinem Standpunkt aus«, empfahl Liza. »Er hat die Wette nicht akzeptiert. Er versuchte, sich nicht mit dir zu treffen, aber er konnte nicht anders, als immer wieder zu kommen, weil er verrückt nach dir war, und du hast ihn dauernd geküsst und dann wieder abgewiesen. Er war geduldig, er hat einen Anstandsbesuch bei deinen Eltern gemacht, er war nett zu deinen Freundinnen, er fand deine Schneekugel wieder, er brachte dir das Kochen bei, herrje, er hat dir sogar eine *Katze* gebracht, und dann stellt sich heraus, dass du ihn die ganze Zeit, während er sich ein Bein für dich ausgerissen hat, zum Narren gehalten hast.«

»Habe ich nicht«, widersprach Min, aber ihr Ärger war bereits ziemlich abgekühlt.

»Er ist wirklich ein Schatz«, meinte Diana und leckte sich etwas Butter von der Lippe.

»Liza hat Recht«, erklärte Bonnie. »Du weißt doch, wie schrecklich es die Jungs in der Schule hatten. Sie reagieren alle empfindlich darauf, wenn man sie dumm nennt. Und du hast Cal genau an seinem wunden Punkt getroffen, und das vor seinen Freunden, vor Cynthie und vor David.«

»Autsch«, machte Min schwächlich. Sie versuchte, ihren alten Zorn wieder zu beleben, aber nachdem sie ihn zwei Tage geschürt hatte, hatte sie nichts mehr nachzulegen.

»Ich weiß, du musstest wütend sein, um mit dem Schmerz fertig zu werden«, meinte Liza. »Ich mache das manchmal genauso. Aber wenn du ihn zurückhaben willst, dann musst du darüber hinwegkommen. Denn wenn es diese Wette wirklich nicht gab …«

»Es gab sie nicht«, erwiderte Min elend. »Das glaube ich ihm.«

»Dann hat er dir von sich alles gegeben, und du hast ihm rein gar nichts gegeben.«

»Das klingt ziemlich hart«, meinte Bonnie zu Liza.

»Warum hast du ihn denn nicht nach dieser Wette gefragt?«, fragte Liza.

»Habe ich ja«, entgegnete Min.

»Du hast ihn gefragt ›Hast du mit David gewettet, dass du mich binnen eines Monats ins Bett kriegst?‹«

»Nein«, erwiderte Min und wich ihrem Blick aus. »Ich habe ihn gefragt, ob es irgendetwas gäbe, das er mir verschweigt.«

Bonnie nickte. »Und was hat er dir geantwortet?«

Min lehnte sich zurück. »Er hat ständig Dinge gebeichtet, die nichts mit der Wette zu tun hatten.«

»Das muss ja riesig lustig für alle Beteiligten gewesen sein«, kommentierte Liza. »Warum hast du ihn nicht einfach direkt gefragt?«

Min ließ ihren Kopf in ihre Hände sinken. »Ich hatte einfach Angst, okay? Ihr wisst doch, wie die Leute immer sagen ›Wenn sie nur über ihr Problem *gesprochen* hätten, dann wäre alles gut geworden‹. Na, ich wette, dass keiner von denen über *seine* Probleme spricht. Ich meine, das *klingt* ja hervorragend, aber es ist ein schreckliches Risiko.« Sie blickte zu Liza auf. »Ich wusste doch, dass er gewettet hatte. Ich *hatte es gehört*. Und ich …« Sie brach ab und schluckte. »Ich wusste, dass ich nur den einen Monat hatte, und ich wollte einfach diesen Monat mit ihm haben.« Sie schüttelte den Kopf. »Nicht alle gehen im Leben alles so direkt an wie du.«

»Na ja, sollten sie aber«, versetzte Liza. »Du hast wirklich Mist gebaut. Jetzt wirst du auf den Knien rutschen müssen.«

»Was?«, rief Bonnie aus, während Min Liza anstarrte und Diana alle drei fasziniert beobachtete.

Liza stand vom Tisch auf, holte Mins Telefon und brachte es ihr an den Tisch. »Ruf ihn an. Sag ihm, du warst im Unrecht und er hatte Recht, und du willst alles tun, um es wieder gutzumachen.«

Min schluckte. »*Du* willst, dass ich auf den Knien rutsche?«

»Ja«, bestätigte Liza. »Ich werde nicht zusehen, wie du ihn nur wegen deines dummen Stolzes verlierst. Ruf an und versprich ihm alles, was er will, wenn er dich nur wieder nimmt.«

Min blickte Bonnie an, die ihr zunickte.

Min blickte auf das Telefon. Wenn sie Cal anrief, würde sie wenigstens seine Stimme hören. Wie armselig. »Armselig«, sagte sie laut.

»Nur, wenn du diese Chance verstreichen lässt«, erwiderte Liza. »Tu doch wenigstens ein Mal in deinem Leben das Irrationale und Unkalkulierbare. Ruf ihn an.«

Min saß starr vor Angst vor dem Telephon. Dann holte sie tief Luft und nahm den Hörer ab.

Cal übte gerade seine »Wie wäre es morgen mit einem späten Abendessen«-Ansprache, als sein Telefon klingelte. Aber als er sich meldete und Mins vorsichtiges »Hi?«, hörte, vergaß er alles sofort.

»Hi«, erwiderte er und ließ sich schwer auf seine Couch fallen.

»Sag bitte nichts«, begann sie hastig. »Lass mich das erst loswerden. Es war falsch von mir, dir nicht zu sagen, dass ich über die Wette Bescheid wusste. Es war falsch von mir, dir nicht zu vertrauen. Alles, was du bei der Hochzeit gesagt hast, stimmt. Ich bin schuld. Und ich will dich wiederhaben. Ich will *uns* wiederhaben. Ich liebe dich und ich brauche dich ...«

Vor Erleichterung wurde es Cal schwindelig.

»Und ich möchte dich jetzt gleich sehen«, fuhr sie fort, und Cal dachte: *Oh Gott, ja*, aber dann fiel es ihm wieder ein. »Jetzt?«, wiederholte er und blickte auf seine Uhr. Noch sechsundzwanzig Stunden, bis die Wette vorbei war. *Sag einfach Ja*, dachte er. *Sie hat gesagt, dass ihr die Wette egal ist.* Aber dann erinnerte er sich daran, wie sie sich dabei angehört hatte.

»Es hat mich fast verrückt gemacht, dich all die Wochen immer wieder zurückzuweisen«, fuhr Min fort, »aber wenn dir jetzt nicht danach ist, ist das auch okay. Ich möchte dich einfach nur sehen. Ich habe dich zwei Tage lang nicht gesehen, und ich vermisse dich so sehr. Darf ich gleich jetzt rüberkommen? Einfach nur reden? Oder, weißt du, wir können auch was anderes tun, mir fällt einiges ein. Wenn du mehr als nur reden willst. Mit mehr wäre ich auch einverstanden. Oder auch nicht. Wie du willst.«

Mit mehr wäre ich absolut einverstanden, dachte Cal und schüttelte den Kopf, um wieder klar denken zu können.

»Ich liege hier auf den Knien vor dir«, Min bemühte sich verzweifelt um einen fröhlichen Ton. »Das ist ziemlich unbequem. Darf ich rüberkommen?«

»Nein«, entgegnete Cal, »ich komme zu dir. Später.« Er schluckte. »Morgen. Um halb zehn Uhr. Morgen Abend, halb zehn.«

»Jetzt *nicht*?«, fragte Min mit versagender Stimme.

»*Nein*«, wiederholte Cal. »Nein. Halb zehn Uhr. Morgen. Ich bring das Abendessen mit.«

»Ich könnte jetzt etwas kochen«, bot Min an. »Ich könnte Abendessen machen. Ich könnte es jetzt machen.«

»Ich bringe morgen das Abendessen mit«, erwiderte Cal und dachte, *Herrgott, was war ich dumm*.

»Gut, schön, wie du willst.« Min wartete einen Moment, dann setzte sie vorsichtig hinzu: »Aber ich bin jetzt auch irgendwie hungrig.«

»Morgen, halb zehn, bei dir«, beharrte Cal zähneknirschend.

»Okay«, gab Min nach. »Gut. Dann morgen Abend.« Er wollte schon gute Nacht sagen, da fragte sie: »Triffst du dich mit Cynthie?«

»Herrje, nein«, erwiderte Cal und warf einen schuldbewussten Blick zur Wohnungstür.

»Weil du mit ihr gegangen bist. Und David behauptete es. Sonst hätte ich nicht gefragt. Ich meine, es geht mich ja nichts an.«

»Doch, es geht dich was an«, widersprach Cal. »Und David ist ein Arschloch. Sprich nicht mehr mit ihm.«

»Ich versuch's«, erwiderte sie.

Cal fühlte, wie all seine Anspannung sich in einen viel angenehmeren Ärger verwandelte. »Was heißt, du versuchst es?«

»Er ruft dauernd an. Aus irgendeinem Grund hat ihn diese ganze Katastrophe davon überzeugt, dass er und ich heiraten sollten.«

»Da liegt er falsch«, knurrte Cal.

»Das *weiß* ich«, erwiderte Min, und ihre Stimme klang nicht länger besänftigend.

»Dein Telefon hat doch eine Anruferidentifizierung. Also hebe einfach nicht ab.«

»Hör mal, ich bin doch nicht vollkommen dumm.«

»Du bist überhaupt nicht dumm«, versetzte Cal, »abgesehen von dem, was du dir in den letzten vier Wochen geleistet hast.« Er schrak zusammen. *Dumm. Dumm.*

»Hey, *du* hast schließlich gewettet.«

»*Ich habe nicht …*«

»Ich meine die zweite Wette, die mit dem Abendessen. Ich habe Mist gebaut, aber ich werde nicht für den Rest meines Lebens dafür bezahlen, denn schließlich bist du auch nicht ganz unschuldig. Du hast auf das Abendessen gewettet.«

Da haben wir's, dachte Cal. Shanna hatte Recht, verdammt noch mal.

»Nicht, dass ich etwa davon ausgehe, dass du dich für den Rest meines Lebens in meiner Nähe herumtreibst«, fuhr Min vorsichtig fort.

»*Morgen Abend*«, erklärte Cal abschließend und legte auf, bevor einer von ihnen etwas noch Dümmeres sagen konnte. *Jesus Christus, ich bin mitten in einem Doris-Day-Film*, dachte er. Dann ging er, um Shanna zu berichten, dass es vollbracht war.

»Ich liebe dich«, sagte Min verloren zu dem Freizeichen.

»Was war denn das?«, fragte Liza. »Was war das für ein Quatsch über Cynthie und David? Ich habe doch gesagt, du sollst auf den Knien rutschen, nicht streiten.«

Min legte den Hörer ab und hob Elvis auf, um Trost zu suchen. »Er will mich erst morgen sehen.«

»Das ist seltsam«, fand Liza. »Wenn ich Tony so zum Sex eingeladen hätte, wäre er hier, bevor ich den Hörer auflegen könnte.«

»Ich habe ihn ja nicht direkt zum Sex eingeladen«, wehrte Min ab.

»Also, bitte«, entgegneten Liza und Bonnie wie aus einem Mund, und sogar Diana nickte und erklärte: »Doch, das hast du.«

»*Dürfte ich mir vielleicht noch einen letzten Rest Selbstachtung bewahren?*«, empörte sich Min. »Gerade hat er Sex abgelehnt, der Mistkerl.«

»Nein, hat er nicht«, widersprach Bonnie und tätschelte ihr die Hand. »Er hat nur gesagt: nicht vor morgen.« Sie runzelte die Stirn. »Ich verstehe das nicht.«

»Er sagte, er würde morgen Abend um halb zehn herüberkommen und Abendessen mitbringen. Als wenn mir nach Essen zumute wäre.« Min schnüffelte. »Ich hasse es. Das ist doch dämlich.«

»Was ist denn so Besonderes an halb zehn Uhr morgen Abend?«, wunderte sich Liza. »Was ist morgen? Nur Mittwoch.«

»Morgen ist Rogers und mein Jubiläum«, stellte Bonnie fest. »Er bestellt Champagner, und dann spricht er mich an der Bar an, wie er es vor vier Wochen getan hat, und dann macht er mir einen Heiratsantrag.«

»Süß«, kommentierte Min.

»Das ist es«, stieß Liza hervor und richtete sich auf. »Morgen Abend sind genau vier Wochen vergangen, seit David die Wette vorgeschlagen hat.«

»Aber Cal hat sie nicht angenommen«, schnauzte Min sie an. »Ich habe diesen Quatsch satt. Er hat nicht ...«

»Aber alle haben davon gehört«, entgegnete Liza. »Wenn du also nachgibst, bevor die Zeit abgelaufen ist, gewinnt er. Und er gewinnt gern. Er gewinnt immer. Er lebt praktisch dafür, zu gewinnen.«

»Ich kapiere nicht, worauf du hinauswillst«, schimpfte Min.

»Er lässt die Wette absichtlich sausen«, erklärte Liza.

»Warum denn?« Min stand auf, und Elvis sprang zu Boden. »Warum in Gottes Namen ...«

»Das ist eine Sache der Ritterlichkeit«, fand Bonnie.

»Wenn du mich fragst, auch eine Frage der Kontrolle«, meinte Liza verächtlich. »Er traut sich selbst nicht. Was war damals um halb zehn Uhr?«

Min zuckte verwirrt die Schultern. »Wir waren kurz vor zehn Uhr bei Emilio's, also haben wir wahrscheinlich gegen halb zehn die Bar verlassen.«

Liza nickte. »Er geht auf Nummer sicher.« Sie runzelte die Stirn. »Allerdings mehr, als notwendig wäre, wenn er Abendessen mitbringt. Dann kommt noch das Vorspiel. Also dauert es noch etwas, bis er dich ins Bett …«

»Von mir aus kann er mich haben, sobald er zur Tür hereinkommt«, versetzte Min.

Diana nahm ihr Brot wieder auf. »Ich gehe morgen Abend ins Kino. Du brauchst die Wohnung ganz für dich, und ich werde nicht wieder nach Hause gehen. Mom ist noch immer wütend, weil ich hier bin. Sie hat den Verdacht, dass ich Kohlenhydrate esse.« Sie biss in das Brot; Min lachte wider Willen und begann dann, über die Situation nachzudenken.

Was war denn, wenn Cal die Wette verlor? Zehn Eier. Das tat ihm nicht weh. »Nein«, erklärte sie dann, »ich werde nicht der Grund dafür sein, dass er eine Wette verliert. Ich will nicht, dass es so mit uns anfängt. Er soll diese Wette morgen gewinnen, und er soll *glücklich* dabei sein.«

»Warum erst morgen?«, fragte Liza.

»Weil ich dazu ein wirklich heißes Nachthemd brauche«, erklärte Min. »Und viel mehr Mut, als ich im Moment habe. Und einen Plan.«

»Erzähle«, forderte Liza sie auf, und alle steckten die Köpfe zusammen.

»Was, zum Teufel, geht eigentlich vor?«, fragte David am nächsten Abend, als er Cynthie anrief. »Du hast doch gesagt, mit diesem Streit bei der Hochzeit sei alles aus und zu Ende.«

»Wir haben verloren«, erwiderte Cynthie, und ihre Stimme klang müde. »Er liebt sie so sehr, dass er ihr verziehen hat.«

»Ich habe gerade mit Min gesprochen«, berichtete David, der das Erlebnis noch in lebhafter Erinnerung hatte. »Sie hat mir gesagt, sie wollte dafür sorgen, dass er gewinnt, und ich sollte mein Scheckbuch schon mal bereithalten. Sie hörte sich an, als sei sie wütend auf *mich*.«

»David, es ist aus und vorbei«, entgegnete Cynthie. »Das Einzige, was wir noch tun können, ist warten und darauf hoffen, dass die Phase des Verliebtseins sich abschwächt, und dass sie wieder zur Besinnung kommen.«

»Sechs Monate bis drei Jahre? Ich warte nicht auf Calvin Morrisey.« David dachte fluchend an Cal. Er hatte Min so sehr eingewickelt, dass sie tatsächlich glaubte, er würde diese Wette sausen lassen. Wahrscheinlich hatte er ihr das vorgemacht, damit sie im Gegenteil wollte, dass er gewann. Wahrscheinlich hatte er ... David setzte sich auf. »Einen Augenblick mal. Was wäre, wenn Min herausfände, dass *er* nur mit *ihr* gespielt hat? Wenn das nur ein Trick von ihm wäre, damit sie mit ihm schläft und er die Wette gewinnt?«

»Das ist es nicht«, entgegnete Cynthie müde. »Es ist aus und vorbei, David.«

»Nein, ist es nicht«, widersprach David. »Nicht, wenn die Wette bis Mitternacht gilt. Und was wäre, wenn ihre Familie und ihre Freundinnen erfahren, dass er diese Wette abgeschlossen hat?«

»*Es ist aus und vorbei, David*«, sagte Cynthie nur.

»Aber mit mir ist es nicht aus und vorbei«, erklärte David. »Ich werde gewinnen.«

Um acht Uhr hatte Cal eine Flasche Wein und eine Schachtel Krispy Kremes besorgt, die er mit zu Min nehmen wollte, und hatte noch anderthalb Stunden quälender sexueller Frustration totzuschlagen, da klingelte das Telefon.

»*Cal*«, rief Diana, als er abhob. »Du musst sofort *herkommen*. Min steckt in *Schwierigkeiten*.«

»Was …«, begann Cal, hörte aber nur noch das Freizeichen. »Okay«, sagte er und eilte zu Mins Wohnung hinüber, von Misstrauen gepackt.

Als er an der Wohnungstür klopfte, öffnete Diana. »Gott sei Dank, dass du da bist«, rief sie und zog ihn hinein. Dann schlüpfte sie hinaus und knallte die Tür hinter sich zu.

»Was soll das?«, fragte Cal und wandte sich um. Da erblickte er Min, die in einem kurzen, schwarzen Trenchcoat an der Tür lehnte und dieses gewisse Glitzern in den Augen hatte. »Ah, das soll wohl ein Scherz sein«, blökte er und versuchte, wütend zu klingen. »Kennst du die Geschichte von der Statistikerin, die ›Wolf‹ schrie?«

»Ja«, erwiderte Min. »Der Wolf hat sie gefressen.« Sie grinste ihn an, und sein Puls beschleunigte sich. »Ich habe gute Nachrichten für dich, Charmebolzen. Du wirst diese Wette nicht sausen lassen.«

»Oh doch, das werde ich«, widersprach Cal und zog sich hinter ihre Couch zurück. Elvis sah ihnen vorwurfsvoll zu. »Wenn ich jetzt mit dir schlafe, dann wird irgendwann der Tag kommen, an dem wir uns über die Stromrechnung streiten, und du wirst dann sagen: ›Und überhaupt bist du nur wegen der Wette mit mir gegangen.‹ Ich habe nicht vor, mir das für den Rest meines Lebens anhören zu müssen, wenn ich jetzt nur noch anderthalb Stunden abwarten muss.« Er warf einen Blick auf die Uhr auf dem Kaminsims. »Achtzig Minuten.«

»Für den Rest deines Lebens, ja?«, wiederholte Min.

»Ja, Minerva, für den Rest meines Lebens. Glaubst du vielleicht, dass ich diesen höllischen Monat nur wegen Sex ausgehalten habe?«

Min zwinkerte. »Na klar.«

Cal dachte darüber nach. »Also gut, ich glaube, der Punkt geht an dich.«

»Habe ich schon erwähnt, dass ich keine Unterwäsche trage?« Min glitt um das Ende der Couch herum, und Cal wich zur anderen Seite aus.

»Willst du mich foltern, ja?«, fragte er.

»Nein, ich will dich ins Bett kriegen«, versetzte Min. »Die Folter ist gratis.«

»Min«, rief Cal beschwörend.

»Nein«, entgegnete Min fest. »Ich will nicht für den Rest meines Lebens als die Wette herumlaufen, die du verloren hast. Außerdem habe ich es satt, immer zu hören, ich würde kein Risiko eingehen. Also gehe ich jetzt mit dir ein Risiko ein.« Sie zog einen Zehndollarschein aus ihrer Manteltasche. »Ich wette zehn Eier, dass ich dich vor halb zehn Uhr nackt und in mir drinhabe.«

Cal wurde einen Augenblick schwindelig, und als er den Kopf geschüttelt hatte, um ihn wieder klar zu bekommen, klatschte sie den Schein auf den Tisch neben der Couch.

»Also bitte, Sportsfreund«, spöttelte sie. »Spielst du mit, oder machst du einen Rückzieher?«

Sie lächelte ihn mit Glut und Liebe in den Augen an, und er begann zu lachen. »Min, es sind nur achtzig Minuten, nicht ein ganzer Monat. Glaubst du wirklich, dass ich nicht so lange durchhalten kann?«

»Jawohl«, versetzte Min, die Hände in die Hüften gestemmt.

Er zog seine Geldbörse heraus, entnahm ihr einen Zehner, ging hinüber zu dem Tisch und klatschte ihn auf ihren Schein. »Also gut, topp«, sagte er und ging hinter dem Tisch in Deckung. »Dann lass mal deine Trümpfe sehen, Minnie.«

Sie löste den Gürtel des Trenchcoats, warf ihn auf die Couch und schlüpfte aus dem Mantel. Darunter trug sie ein trägerloses, schwarzseidenes Nachthemd, das, soweit Cal erkennen konnte, durch nichts gehalten wurde. »Ich weiß, es wäre besser gewesen, wenn ich nackt wäre«, erklärte sie und wiegte sich auf den Fersen, so dass alles an ihr hüpfte. »Aber dazu habe ich noch nicht genug Selbstvertrauen.«

»Tja«, meinte Cal und starrte sie an. »Dann werde ich wohl die nächsten achtzig Minuten damit zubringen müssen, dir das vom Leib zu reißen.« Er besah sich den Spitzenrand des Nachthemdes, der sich in ihr Fleisch drückte. »Scheint aber nicht so schwierig zu sein.«

Min schob einen Finger unter den Spitzenrand und ließ ihn zurückschnappen. »Elastisch. Nur einmal ziehen, und …«

»Das dauert keine achtzig Minuten.« Er blickte auf die Uhr. »Siebenundsiebzig Minuten. Aber eins möchte ich klarstellen: Wenn die Zeit rum ist, gehörst du mir.«

»Oh jaa«, rief Min nickend.

»Tja, also dann …« Er überlegte. »Hast du in letzter Zeit ein gutes Buch gelesen?«

»Nein«, antwortete Min und begann, sich um den Tisch herumzubewegen. »Ich kann nicht lesen, weil ich immerzu an dich denken muss.«

Cal wich vor ihr zurück zum anderen Ende der Couch. »Das muss aber langweilig sein.«

»Nein, du machst immer so umwerfende Sachen mit mir«, gurrte sie und näherte sich ihm.

Cal wich zur Vorderseite der Couch aus. »Weißt du, ich bin gar nicht so gut im Bett.«

Min huschte überraschend in die entgegengesetzte Richtung und packte ihn am Hemd. »Das macht nichts. Dafür bin ich umwerfend.« Sie gab ihm einen Stoß, der ihn auf die Couch warf, und drückte ihn dort mit ihrem weichen Körper nieder. Cal dachte: *Ich sollte etwas dagegen unternehmen*, aber schon während er das dachte, waren seine Hände auf ihr und er fühlte ihre Wärme durch die kratzige Spitze. »Man hat mir versichert, ich hätte einen unfassbar guten Mund«, flüsterte sie und beugte ihr Gesicht über ihn. Als sich ihre weichen Brüste gegen seine Brust pressten, schloss er die Augen.

Sie küsste ihn. Ihre Lippen waren heiß und süß, und er zog sie enger an sich. »Oh Gott, wie habe ich dich vermisst«, hauchte er an ihrem Mund.

»Ich habe dich auch vermisst«, erwiderte sie, nicht mehr spielerisch. »Ich möchte nie mehr ohne dich sein.«

»Das wirst du auch nicht«, versicherte er. »Ich gehe nie wieder von dir fort. Niemals.«

»Danke.« Min setzte sich auf und holte tief Atem. Cal betrachtete sie und fühlte Wärme in sich aufsteigen. »Hör mal, ich muss dir etwas sagen.«

Seine Hände umfassten ihren Hintern und zogen sie näher zu sich heran. »Sprich langsam.« Er beugte den Kopf, um ihren Hals zu küssen, und biss sie statt dessen zärtlich.

Min erschauerte. »Weißt du noch, ich habe dir gesagt: ›Brich mir nicht das Herz.‹ Na ja, ich habe meine Meinung geändert. Du kannst es mir brechen.«

»Hey«, protestierte Cal und packte sie fester. »Ich werde dir nicht …«

»Es macht keinen Unterschied, ich würde dich trotzdem lieben«, erwiderte Min. »Ich habe dich geliebt, obwohl ich dachte, du wärst auf die Wette eingegangen, ich habe dich auch geliebt, als ich dachte, du spielst nur mit mir, ich habe dich geliebt, als ich dich auf der Straße anschrie, ich habe dich sogar geliebt, als du die Hochzeit mit Cynthie zusammen verlassen hast, du Rattenbastard …«

»Ich habe sie nur nach Hause gebracht«, erwiderte Cal erschreckt. »Ich schwöre vor Gott …«

»Es ist egal«, unterbrach Min ihn. »Das versuche ich dir gerade zu erklären. Es ist egal, was du tust oder sagst. Ich werde dich immer lieben.«

Cal blickte sie überwältigt an.

»Ich weiß«, fuhr Min fort, »das hört sich uncool an. Aber ich will, dass du weißt, dass du das durch nichts kaputtmachen kannst.«

»Kann ich nicht?«, fragte Cal und wollte ihr glauben.

»Nein«, bekräftigte Min. »Das heißt nicht, dass ich dich nicht manchmal anschreie, wenn du mich wütend machst. Dann brülle ich und knalle mit Türen. Aber wenn ich eine Tür zuknalle, dann stehe ich trotzdem nicht auf der anderen Seite. Ich gehöre für immer zu dir.«

Ihm blieb schier die Luft weg, und so presste er sein Gesicht an ihre Schulter. »Oh Gott, ich liebe dich.«

Min seufzte. »Das ist gut, ich muss dir nämlich noch etwas sagen.«

Cal nickte, noch immer wie benebelt.

Min schluckte. »Die Sache ist die. Ich werde breit. Die Hüften, die Oberschenkel …«

»Nicht vor halb zehn Uhr«, rief Cal und versuchte, sich das verlockende Bild nicht vorzustellen.

»… die Taille«, fuhr Min fort und brach dann ab. »Was? Halb zehn Uhr? Wahrscheinlich nicht, bevor ich in den Vierzigern bin. So lange kann ich es hoffentlich noch verhindern, aber danach …«

»Was?«, fragte Cal.

»Später werde ich fett«, erklärte Min, und er blinzelte verwirrt. »Äh, werde ich dicker.« Sie blickte ihn stirnrunzelnd an. »Was dachtest du denn, was ich meine?«

»Also, weißt du«, begann er lachend. »Wenn du halb nackt auf meinem Schoß sitzt und mir sagst, dass du breit wirst …«

»*Nein*«, rief Min und versuchte, ihn fortzustoßen, aber er rollte sie beide herum, so dass sie üppig und erhitzt unter ihm zu liegen kam. »Das würde ich nie sagen«, verwahrte sie sich, blickte zu ihm auf und schlang die Arme um seinen Nacken. »Das wäre ja ordinär.«

»Mir hat es gefallen«, entgegnete Cal und küsste sie.

»Was ich dir sagen wollte«, japste Min, als sie nach einem leidenschaftlichen Kuss nach Luft rang, »ist, dass ich irgendwann eine von diesen molligen, alten Damen werde. Das steckt in meinen Genen. Wie bei Hefe. Ich werde aufgehen wie ein Kuchenteig.«

»Das passt mir ja ausgezeichnet«, erwiderte Cal. »Weil ich nämlich einer dieser knochigen, alten Männer werde, die mollige, alte Damen um die Couch jagen.«

»Ich meine es *ernst*«, protestierte Min, aber sie lächelte ihn zärtlich an.

»Ich auch«, versetzte Cal. »Glaubst du wirklich, dein Gewicht ist für mich wichtig? Teufel noch mal, Frau, du hast mich als Biest, als Wolf, als Teufel und als gemeiner Verführer bezeichnet. Deine beste Freundin hat mich drei Mal verprügelt …«

»Du hast mich ins Auge gestoßen«, unterbrach ihn Min.

»…und du hast mich in der Öffentlichkeit beschimpft. Aber ich bin immer noch hier. Wenn du meinst, dass du mich loswerden kannst, indem du weicher wirst …«

»Männer sind Augenmenschen«, stellte Min fest.

»Klar.« Cal ließ einen Finger unter den elastischen Rand ihres Nachthemdes gleiten. »Deswegen mag ich auch dieses Ding, das du da nicht trägst. Aber manchmal möchte ich dir auch einen Pullover vom Körper reißen können.« Er lächelte sie an, wollte ihr das schenken, was sie ihm geschenkt hatte. »Ich will einfach dich, Minnie. Sonst nichts. Ich möchte einfach nur den Rest meines Lebens mit dir verbringen.«

»Oh.« Min streckte die Arme nach ihm aus, und da fiel ihm die Wette wieder ein, und er setzte sich hastig auf. Er hasste es, sie loslassen zu müssen.

»Und zwar ab halb zehn Uhr.« Er blickte auf die Uhr. »Das ist in siebzig Minuten. Was möchtest du in den nächsten siebzig Minuten tun, Minnie? Hast du zufällig ein Scrabble-Spiel?«

»Ich würde nur unanständige Worte auflegen«, erklärte Min.

»Ja, wie ›breit‹«, lachte er.

Min verdrehte die Augen. »Siehst du, das gehört mit zu den Sachen, auf die's nicht ankommt. Ich liebe dich trotzdem.«

»Das gefällt mir sehr«, erklärte Cal. »Und was wäre neu für dich?«

»Wenn ich zu dir sagen würde: ›Ja, du kannst mich so haben, wie du willst.‹« Sie setzte sich auf und zog ihn wieder an sich, und er rückte etwas zur Seite, um ihr Platz zu machen. Da fühlte er, wie sich etwas in seinen Schenkel bohrte. Min küsste seinen Hals, und er erschauerte, während er hinter sich fasste und ihren Gürtel an der Schnalle unter seinem Schenkel hervorzog. Sie biss ihn, und er stöhnte »Autsch« und sah sie lächeln.

»Du wirst die Wette mit David gewinnen und die Wette mit mir verlieren, Hitzkopf«, stellte sie fest. »Stell's dir einfach als ausgleichende Gerechtigkeit vor.«

Er sah sie an und dachte, *sie hat Recht*, und dann fiel sein Blick auf den Gürtel in seiner Hand. »Und stimmt das wirklich, du wirst mich immer lieben, egal was ich tue?«

»Ja«, antwortete sie.

»Gut.« Er stupste sie wieder hinunter auf die Couch und reckte ihre Arme über ihren Kopf. »Ich habe gern alles unter Kontrolle, Minnie.«

»Ich weiß.« Min lächelte zu ihm auf. »Damit kann ich leben.«

Wieder küsste er sie, und während sie abgelenkt war, schlang er den Gürtel um ihre Handgelenke.

»Hey«, machte sie und unterbrach den Kuss, aber er hatte die Gürtelenden bereits um die Armlehne der Couch geschlungen.

Sie verdrehte ihren Hals, um ihre Handgelenke zu betrachten, während er den Knoten festzog. »Das ist ein bisschen pervers, Calvin.«

»Eigentlich nicht«, versetzte Cal und stand auf. »Weißt du, ich hatte ein Dutzend Donuts besorgt, aber dann habt ihr blinden Alarm geschlagen, und jetzt müssen wir ohne sie auskommen. Aber ich verzeihe dir, denn das ist wohl die Art Beziehung, die wir haben.« Er ging zur Küchennische hinüber. »Also, worüber möchtest du dich jetzt etwa …« – er streckte sich, um auf die Uhr zu blicken – »… siebenundsechzig Minuten lang unterhalten?«

»*Cal*«, wimmerte Min.

Auf der Küchenarbeitsfläche stand ein Beutel in vertrautem Grün und Weiß. »Krispy Kremes«, stieß er hervor. »Große Geister denken dasselbe.« Er kehrte mit dem Beutel ins Wohnzimmer zurück. »Weißt du, Minnie, du hast mich jetzt einen Monat lang gefoltert, weil du so gut ausgesehen hast, dass ich jedes Mal fast meinen Verstand verlor. Ich habe dich so sehr begehrt, dass es mich ganz verrückt gemacht hat.« Er blickte auf sie hinab, wie sie da an die Couch gefesselt lag. »Und eindeutig immer noch verrückt macht.«

»Okay, es tut mir Leid«, erklärte Min und zerrte am Gürtel.

»Und jetzt bin ich dran.« Er setzte sich neben sie hin. »Jetzt werde ich dich foltern.«

Min hörte auf zu zerren. »Das könnte gut werden. Was willst du denn tun?«

Er nahm ein Krispy Kreme aus dem Beutel.

»Ich werde das hier vor deinen Augen aufessen«, verkündete Cal und biss in den Donut.

David ging hinunter zur Telefonzelle an der Straßenecke, weil anscheinend schon fast jeder ein Telefon mit Anruferidentifizierung besaß. Er wählte die Nummer von Mins Eltern, und als es klickte, sagte er: »Sie sollten das erfahren«, doch da unterbrach ihn der Anrufbeantworter. Nun ja, das war nicht so schlimm, denn sie blieben selten länger aus als bis neun Uhr. Reichlich Zeit. Als er den Piepton vernahm, hinterließ er die Botschaft: »Sie sollten das erfahren. Calvin Morrisey verführt Ihre Tochter, um eine Wette zu gewinnen. Sie sind jetzt in ihrer Wohnung.« Dann legte er auf und überlegte sich, was er gerade getan hatte. Er fand nichts daran auszusetzen.

Hochzufrieden mit sich selbst suchte er im Telefonbuch nach der Nummer der Morriseys.

Min blickte Cal mit finsterem Stirnrunzeln an, aber der Mistkerl grinste sie einfach an und sah dabei teuflisch begehrenswert aus. Genüsslich verspeiste er den zweiten Donut.

»Und da fragst du dich noch, warum ich nicht mit dir schlafen wollte«, schimpfte Min. »Das war, weil ich gespürt habe, was für ein Sadist du insgeheim bist.« Sie rückte sich zurecht, um bequemer zu liegen, und sah, wie sich seine Kinnmuskeln anspannten. *Hallo*, dachte sie und rückte wieder hin und her.

»Ich habe Elvis schon eine ganze Weile nicht mehr gesehen«, bemerkte er und beobachtete sie. »Wahrscheinlich ist er wieder durchs Fenster verschwunden. Was sagen die Statistiken über streunende Katzen?«

»Weißt du«, begann Min wieder und versuchte eine neue Strategie. »Das macht mir Angst. Da ist ein fremder Mann in meiner Wohnung, und ich bin an die Couch gefesselt. Ich habe Todesangst.« Sie versuchte, Angst in ihre Stimme zu legen, aber das fiel ihr schwer, denn sie fühlte sich vielmehr lüstern.

»Lustig, du siehst richtig gelangweilt aus.« Cal hob die Fernbedienung auf. »Ein bisschen Fernsehen?«

Min knirschte mit den Zähnen. »Dafür kann man ins Gefängnis kommen.«

»Nur wenn man sich erwischen lässt. Ich schaue mir normalerweise um diese Zeit CNN an.« Cal blickte zu ihr hinunter. »Natürlich habe ich normalerweise auch nichts Besseres, das ich mir ansehen könnte. Du hast einen phantastischen Körper.«

»Also wirklich«, versetzte Min. »Ich weiß ja, dass du unbedingt flachgelegt werden willst, aber ...«

»Männer kaufen sich extra Männermagazine, um sich Brüste wie deine ansehen zu können«, fuhr Cal fort. »Und hier stehe ich vor einem Prachtpaar, das an die Couch gefesselt ist.« Er warf die Fernbedienung zurück auf den Kaffeetisch. »Was interessiert mich CNN?«

»Wenn ich von dieser Couch je loskomme«, sprach Min durch zusammengebissene Zähne, »dann siehst du diese Brüste nie wieder. Und jetzt binde mich los.«

»Das hast du dir nicht richtig überlegt«, meinte Cal. »Versuch's noch mal.«

»*Calvin ...*«

»Hast du eine Ahnung«, fragte er im Plauderton, »wie schwer es mir fällt, meine Hände von dir zu lassen?«

»Dann binde mich los, und hurra«, rief Min und fühlte sich bereits fröhlicher.

»Fünfundvierzig Minuten«, sagte Cal. »Worüber möchtest du jetzt reden?«

Okay, sagte Min sich selbst. *Du denkst nicht richtig nach. Du hast hier doch die Oberhand, mal abgesehen davon, dass du an die Couch gefesselt bist. Er will dich. Und er kann dich haben. Er braucht eine Starthilfe.* »Ich habe dich auch immer begehrt«, seufzte sie und räkelte sich in den Kissen.

»Genau«, erwiderte Cal und nahm sich noch einen Donut. »Deswegen hast du dich auch immer wieder zurückgezogen.«

»Das lag an der Wette«, erklärte Min. »Erinnerst du dich noch an das Picknick im Park? Ich hätte dich am liebsten zu Boden geworfen und dir das Hemd vom Leib gerissen und mich auf dich gestürzt.«

Cal hielt mit dem Donut auf halbem Weg inne.

»Ich habe oft meine Augen geschlossen und mir deinen Körper nackt an meinem vorgestellt, und was du alles mit mir anstellen würdest.« Er zuckte ein wenig zurück, und sie fuhr fort: »Besonders mit meinem Busen. Ich habe sehr sinnliche Brüste, habe ich das schon erwähnt? Ich könnte schon fast kommen, wenn ich mir nur vorstelle, wie dein Mund an meiner ...«

»Du spielst nicht fair«, protestierte Cal.

»Ach nein?« Min versuchte, sich aufzusetzen. »Und ich bin an die Couch gefesselt. Ist das vielleicht fair?«

»Nein«, versetzte Cal. »Das ist einer der vielen Gründe, warum mir das so gut gefällt.«

Frustriert stieß sie die Luft aus. Er betrachtete sie, erhob sich dann, umrundete den Tisch und setzte sich neben sie. Mit dem Finger löste er etwas von der Schokoladenglasur seines Donuts. »Weißt du, wie viele meiner Phantasievorstellungen sich um deinen Körper drehen?« Er fuhr mit dem Finger um die Rundung ihrer Brust herum und schmierte Schokolade bis unter die Spitze, Min hielt die Luft an. »Diese hier war keine davon«, fuhr er fort und markierte auch ihre andere Brust, »aber sie hätte dabei sein sollen.«

»Klebrig«, stammelte Min, die im Augenblick nicht zu ganzen Sätzen fähig war.

»Kein Problem«, meinte Cal und beugte sich über sie. »Das geht leicht wieder ab.«

»Perversling«, stöhnte Min und schloss die Augen, als sie seine Zunge auf sich fühlte.

»Jawohl«, gab er zu und schob das Spitzengewebe tiefer. »Aber es gefällt dir doch.«

»Ha«, machte Min.

Cal richtete sich so weit auf, dass er ihr in die Augen blicken konnte. »Willst du, dass ich aufhöre?«, fragte er, und Min fühlte seine Hand unter ihrer Brust, fühlte, wie sein Daumen über ihre Wärme bis zu dem Spitzenrand glitt.

»Ich will alles, was du hast«, antwortete Min und sah, wie sich seine Augen verdunkelten. Seine Hand packte fester zu. »Binde mich los.«

»Nein«, beharrte Cal.

Min wölbte sich ihm entgegen, und er drückte sie wieder hinab. Sein Atem ging schneller. Dann beugte er sich wieder zu ihr hinunter, und als er jetzt die Spitze herabzog und sie seinen Mund auf sich fühlte, bäumte sie sich auf, und jeder Nerv ihres Körpers schrie vor Erleichterung.

Er löste sich und sah schwer atmend auf sie hinunter, betrachtete ihre nackte Brust und schob dann das Nachthemd so weit hinunter, dass sie bis zur Taille nackt war. »Hey«, rief sie und versuchte instinktiv und erfolglos, sich zu bedecken.

»Mein Gott, wie schön du bist«, stieß er hervor und starrte noch immer ihre Brüste an.

Min zerrte an dem Gürtel, hin- und hergerissen zwischen Verlegenheit und Lustgefühlen. Da schob er seine Hände über ihre Brüste, und die Lust gewann. Sie schloss die Augen und fühlte wieder die Wärme seines Mundes auf sich, fühlte, wie sie sich anspannte und erschauerte, und sie presste sich an ihn und betete, dass er nicht aufhören würde.

Die Morriseys standen nicht im Telefonbuch, deswegen rief David bei Cynthie an. »Ich brauche die Nummer von Cals Eltern.«

»Wozu?«, fragte Cynthie ausdruckslos.

»Ist doch egal, wozu«, versetzte David. »Aber es wäre nicht egal, wenn Cal wütend würde, weil er erfährt, dass du es warst, die mir geraten hat, wie ich diesen Streit am Sonntag provozieren könnte. Gib mir die Nummer, oder ich sag's ihm.«

Lange herrschte Schweigen, dann legte Cynthie den Hörer zur Seite. Nach einer Weile gab sie ihm die Nummer durch.

»Danke.« David legte auf und wählte die Nummer. Als es klickte, sagte er: »Sie sollten das erfahren«, doch der Anrufbeantworter der Morriseys fiel ihm ins Wort. »Das ist doch lächerlich«, murmelte er. Als der Piepton kam, sprach er trotzdem: »Sie sollten das erfahren. Ihr Sohn verführt jetzt gerade eine Frau, um eine Wette zu gewinnen. Sie heißt Min Dobbs, und sie ist prozesswütig und rachsüchtig.« Er nannte außerdem ihre Adresse und legte dann auf.

»Nicht übel«, sagte er zu sich selbst und hob erneut den Hörer ab. Überhaupt war er sehr zufrieden mit sich.

Denn er würde gewinnen.

Fünfzehn Minuten später hob Cal den Rest des dritten Donuts auf, während Min versuchte, sich an ihren Namen zu erinnern.

»Was tust du da?«, fragte sie.

»Ich drossle mein Tempo«, erwiderte Cal. Es klang angespannt. Er biss in den Donut. »Wenigstens«, fuhr er fort, nachdem er hinuntergeschluckt hatte, »kann sich mein Mund, solange er mit dem hier beschäftigt ist, nicht mit dir befassen.« Er sah auf die Uhr. »Wir haben noch eine halbe Stunde. Ich fürchte, du hast nicht genügend Donuts gekauft.«

»Könntest du wenigstens mein Nachthemd wieder hochziehen?«, bat Min und fühlte, wie sie errötete, jetzt, da die Hitze schwand.

»M-m.« Cal kaute zu Ende. »Ich finde, du solltest immer obenrum nackt sein.«

»Na, das würde Stimmung ins Büro bringen«, versetzte Min.

»Doch nicht in der Öffentlichkeit, du Dummerchen«, wies Cal sie zurecht. »Nur zu Hause. Wir sollten es bei der Hochzeit mit in den Treueschwur aufnehmen. Du musst versprechen, mich immer zu lieben, zu ehren, mir treu zu sein und jeden Abend oben ohne zu sein.«

»Wir heiraten?«, fragte Min und versuchte wieder, sich aufzusetzen.

»Na ja, natürlich heiraten wir«, erwiderte Cal und verfolgte ihre Bemühungen mit Interesse. »Glaubst du, ich würde eine Frau fesseln, mit der ich es nicht ernst meine?«

»Du hast mich nicht *gefragt*«, entgegnete Min und zerrte an dem Gurt.

»Willst du mich heiraten?«, fragte Cal und betrachtete noch immer ihre Brüste.

»Nein«, stieß Min hervor, zwischen Liebe und Mordlust hin- und hergerissen.

»*Richtig*«, versetzte Cal. »Denn wenn Harry in ein paar Jahren fragt, wie ich dir den Antrag gemacht habe, möchtest du natürlich nicht antworten müssen: ›Na ja, er hat mich an die Couch gefesselt und mir das Nachthemd vom Leib gerissen, dann hat er Donuts von meinem Busen gegessen, und mich anschließend gefragt, ob ich ihn heiraten will.‹« Wieder biss er in den Donut.

»Ich will nur, dass wir jetzt miteinander schlafen, damit wir diese blöde Wette endlich vergessen und eine richtige Beziehung anfangen können. Na ja, nach dem hier vielleicht auch nicht.« Sie riss wieder an dem Gürtel. »Das könnte uns schon schwer zurückwerfen.«

»M-m«, machte Cal, unerträglich kaltblütig. »Wir waren uns doch einig, dass jetzt nichts mehr unserer Beziehung etwas anhaben kann. Sie ist vielleicht etwas verrückt, aber das gefällt mir an uns.«

»Du bist ein bisschen verrückt«, erklärte Min. »Ich aber bin vollkommen normal. Und jetzt binde mich los und vögle mich dumm und dämlich.«

Cal hielt ungefähr eine Minute lang die Luft an, während Min dachte: *Nimm mich*. Dann biss er wieder in seinen Donut, und sie atmete vor Frustration zischend durch die Zähne aus.

»Vielleicht habe ich den falschen Mund gefüttert«, meinte er da und riss ein Stück Donut ab. »Mach den Mund auf.«

»Nein, ich will nicht …«, begann Min, und Cal stopfte ihr die Süßigkeit in den Mund. Zucker überflutete ihr System. »Oh«, machte sie und ließ die Schokolade in ihrem Mund zergehen.

»Mein höchstes Ziel im Leben ist es, ohne Hilfe von Schokolade diesen Ausdruck auf dein Gesicht zu zaubern«, erklärte Cal.

Min schluckte. »Das tust du schon. Du siehst mich nur nie an, wenn er da ist.«

»Wirklich.« Cal umfasste mit seinen Händen ihre Brüste und begann, sie mit seinem Daumen zu streicheln, und Min fühlte, wie die Spannung in ihren Körper zurückkehrte. Als sie diesmal die Augen wieder öffnete, blickte er sie unverwandt an, beobachtete jede Regung, und sie errötete vor Verlegenheit und vor innerer Hitze und vor Verlangen nach ihm. »Verdammt, du hast Recht«, murmelte er und beugte sich über sie, um sie zu küssen. Da vergaß Min ihre Verlegenheit, und sie reckte sich, um seine Haut zu schmecken, während er sie streichelte, und seufzte an seinem Mund.

»Binde mich los«, flüsterte sie, und er warf einen Blick über ihren Kopf.

»Nein, noch eine knappe halbe Stunde.« Er fuhr mit einer Hand über ihren Schenkel hinab. »Ich glaube, ich fange diesmal bei den Zehen an. An die Zehen habe ich noch nie gedacht. Das ist etwas Neues für mich.«

»Du willst eine halbe Stunde lang an meinen Zehen saugen?«, fragte Min ungläubig.

»Ich fange bei deinen Zehen an«, erklärte Cal, »und arbeite mich nach oben vor.«

»Nach oben?«, hauchte Min.

»Und in ungefähr fünfzehn Minuten verlierst du dieses Nachthemd endgültig.«

»Und die ganzen Lampen bleiben an?«, fragte Min erschrocken, und er lachte nur und beugte sich über ihre Zehen.

David wählte Dianas Handynummer, denn seiner Theorie nach war sie nach allem, was an dem Hochzeitssonntag geschehen war, bereit, jeden Mann zu zermalmen, der ihr in die Quere kam, vor allem, wenn er ihrer Schwester wehtat. Als es klickte, sagte er: »Du solltest das erfahren«, doch da schnitt ihm Dianas Anrufbeantworterstimme das Wort ab. »Ist denn heute Abend überhaupt niemand zu Hause?«, schnauzte er in den Hörer. Aber als der Piepton kam, sagte er: »Du solltest das erfahren. Calvin Morrisey verführt in diesem Augenblick deine Schwester, um eine Wette zu gewinnen.« Dann legte er auf und dachte an den letzten Anruf, den er machen musste. Der heikle Anruf.

Es ist ja anonym, sagte er sich. *Sie wird es nie erraten*.

Trotzdem kehrte er vorher in seine Wohnung zurück, um sich mit einem Drink zu stärken.

Um Viertel nach neun Uhr, nachdem sie überall dort berührt worden war, wo sie es sich nur vorstellen konnte, und dazu an einigen Stellen, an die sie nie gedacht hätte, merkte Min, dass Cal den Gürtel löste. Sie setzte sich auf und boxte ihn gegen den Arm. »Tu das *nie, nie* wieder.«

»Autsch«, ächzte Cal, da drückte sie ihn hinunter, kletterte auf seinen Schoß und küsste ihn wild, wobei sie sich so eng um ihn schlang, wie sie vermochte.

Schließlich tauchte sie nach Luft schnappend auf und schlug ihn dann gegen die Schulter. »Ich meine es ernst: *Nie, nie* wieder«, keuchte sie und stürzte sich dann aufs Neue auf seinen Mund. Eine Minute später unterbrach sie den Kuss schwer atmend, versetzte ihm wieder einen Schlag und japste: »*Niemals, niemals* wieder.«

»Wirklich«, keuchte er ebenso atemlos. Sie blickte zur Armlehne der Couch, wo der Gürtel noch immer hing, und erschauerte.

»Na ja, nicht im Wohnzimmer«, grinste sie. »Und nicht so lange, und nicht mit all dem Licht ...«

Nun drückte er sie auf die Couch und in die Kissen. »Wir tun es wieder«, verkündete er und hielt sie fest im Griff, »wo ich will, wann ich will und mit allen Strahlern eingeschaltet, wenn ich es will.«

»Glaube ich nicht«, versetzte sie. Aber als er sie wieder

küsste, dachte sie: *Oh, zum Teufel, was immer du willst*, und erwiderte den Kuss.

»Was immer ich will«, flüsterte er in ihr Ohr.

»Okay«, flüsterte sie zurück. »Aber kommst du jetzt endlich zu mir?«

»Bald«, sprach Cal an ihrem Hals. »Noch fünfzehn …«

»Weißt du, was meine Lieblingsphantasie ist?«, hauchte sie ihm ins Ohr, und er stöhnte. »Das bist du, wie du ganz stark in mich hineingleitest.« Der Griff seiner Hand wurde fester, und sie fuhr fort: »Ich liebe diesen Teil ganz besonders, den ersten Teil, das fühlt sich so gut an, und mit dir wird es am allerschönsten, weil auch alles andere mit dir das Schönste war, was ich je erlebt habe, wie du mich berührst, wie du mich küsst, deswegen weiß ich, dass auch …«

Er küsste sie leidenschaftlich und drückte sie tief in die Kissen, nahm ihr die Stimme und den Atem. Dann hielt er inne, flüsterte: »Halte den Mund, es sind noch fünfzehn Minuten«, und begann, mit der Zunge ihren Körper hinabzuwandern.

Min stöhnte, als er erneut jeden Nerv in ihrem Körper in Brand setzte. »Was willst du denn fünfzehn Minuten lang tun?« Da biss er ihr zart in die Hüfte, während er ihre Schenkel mit der Hand auseinander schob.

»*Oh Gott*«, stöhnte Min, als er sie innen leckte. »*Ich verliere zehn Dollar*.«

In der Küche bei Emilio's klingelte Lizas Handy, Tony holte es aus ihrer Handtasche und reichte es ihr, ohne dabei die Gabel, die er in seine Spaghetti eingedreht hatte, loszulassen.

»Bist du sicher, dass das mit uns vorbei ist?«, fragte Liza, während sie das Handy nahm. »Du tauchst hier reichlich oft auf.«

»Ich esse hier«, erklärte Tony und wickelte noch mehr Spaghetti auf die Gabel. »Und mich gab's hier schon vor dir.«

»Stimmt«, gab Liza zu und drückte auf den Knopf. »Hallo?«

»Liza?«, sagte eine männliche Stimme. »Du solltest das erfahren. Calvin Morrisey trickst gerade Min aus, um diese Wette zu gewinnen.«

»Was?«, rief Liza. »Wer spricht da?«

»Die Wette ist erst um Mitternacht vorbei«, fuhr die Stimme fort und kam ihr irgendwie bekannt vor. »Und er will gewinnen.«

»David?«, fragte Liza.

Ein Klicken erklang, dann hörte Liza nur noch das Freizeichen.

»David?«, fragte Tony und blickte von seinen Spaghetti auf.

»Hey, Emilio?«, schrie Liza über den Küchenlärm hinweg. »Ich muss mal schnell weg.«

»Oh nein«, stöhnte Tony.

»Iss deine Pasta«, befahl Liza und wandte sich zur Tür.

»Ach, zum Teufel«, schimpfte Tony, ließ die Gabel fallen und folgte ihr.

16

Min zitterte und bebte am ganzen Leib, da vergrub Cal seine Finger in ihren Haaren und drehte ihren Kopf, so dass sie die Kaminuhr sehen konnte. »Es ist neun Uhr fünfunddreißig«, sagte er heiser. »Ich habe Davids Wette verloren. Es ist vorbei.«

»Schon seit fünf Minuten?«, rief Min wild.

»Du hast dich nicht beschwert«, erwiderte Cal und legte seinen Kopf auf ihren Bauch.

»Bringe mich ins Bett, oder nimm mich gleich hier auf der Couch«, flehte Min schwer atmend. »Ich will dich *jetzt sofort*.«

»Ja, ich werde dich definitiv heiraten«, erklärte Cal, zog sie von der Couch und zum Schlafzimmer hin.

Sie stolperte hinter ihm her und schnappte nach Luft, als er sie auf die Satindecke warf. Auf dem kühlen Gewebe fühlte sich ihr Körper heiß an. Er entledigte sich seiner Kleidung und zog ein Kondom hervor, dann war er neben ihr, drückte sich heiß an sie, und sie schloss die Augen, um den Genuss noch zu steigern, um seinen muskulösen Körper stark und fest an ihrem zu fühlen. »*Warte nicht mehr*«, bat sie und fühlte wieder seine Hände über ihren Körper gleiten, bis jeder Nerv in ihr aufschrie. Und als seine Finger in sie hineinglitten, öffnete sie sich ihm bebend, und dann fühlte sie seinen Körper zwischen ihren Schenkeln und wölbte sich ihm entgegen, um ihn endlich, endlich in sich zu fühlen. Er betrachtete sie mit glühenden Augen, und sie erwiderte seinen Blick, vollkommen gefangen, verrückt nach ihm, und dann küsste er sie, und seine Zunge schob sich in ihren Mund, während er feucht und heiß in sie hineinglitt, und sie keuchte auf und klammerte sich an ihn, als sich die Empfindung wie eine Stoßwelle in ihr ausbreitete.

Er zog sich ein wenig zurück und glitt dann tiefer, und sie biss sich auf die Lippe, schwach vor Lust, während die Wärme sich in ihr verdichtete, und dann begann sie, sich mit ihm zu bewegen, seinen Rhythmus aufzunehmen, schwindelig von der Empfindung, wie gut sie zusammenpassten. Er flüsterte ihr ins Ohr, während er sich in ihr bewegte, sagte ihr immer und immer wieder, dass er sie liebte, dass sie wunderschön war, dass sie sein war, bis sie ihn überall in sich fühlte, seine Stimme und seinen Atem und seine Hände und seinen Körper, mit denen er sie liebte und sie trunken machte vor Liebe und Lust. Sie fuhr mit der Zunge über seine Lippen und seine Haut, flüsterte ihm zu, dass auch sie ihn für immer, für immer und ewig liebte, und sie fühlte ihn überall, in ihrem Blut, bis in die Fingerspitzen und in ihren Augen, und auch tief unten, wo sie miteinander verschmolzen waren, wo sie sich in Hitze und Spannung aneinander pressten, verdrehten und ineinander schlangen, und wo Sterne funkelten und zu einer Helligkeit verschmolzen, die stärker war als alles, was sie bisher erlebt hatte. Er stieß stärker und härter in sie, und sie vergrub ihre Fingernägel in ihm und schrie seinen Namen, wieder und wieder, und dann wölbte sie sich unter seinen Händen, die sie hielten, in hilflosen, krampfhaften Zuckungen, während sein Körper sich gegen den ihren bäumte. Und während sie ihn noch umklammert hielt und in zitternder Ekstase keuchte, erschauerte auch er und ließ sich dann in ihre Arme fallen.

»Oh *Gott*«, hauchte Min, als sie wieder in der Lage war zu sprechen.

»Gut?«, fragte er, noch atemlos, und sie schüttelte überwältigt den Kopf.

»Sehr gut. Spitzenklasse. Phänomenal.« Sie holte tief Atem, um das Keuchen zu überwinden, und er ließ seine Hand hinauf bis zu ihrer Brust gleiten, wohin sie gehörte. Sie legte ihre Hand auf die seine, presste sie fester an sich und holte nochmals tief Atem. »Gott, wie ich dich liebe.«

»Gut«, erwiderte Cal und blickte sie erschöpft an. »Ich liebe dich auch. Tut mir Leid, dass wir uns nicht die Zeit genommen haben, um zu klären, was du gern gehabt hättest.«

»Ich wollte genau das«, brachte Min zwischen zwei Atemzügen hervor.

»Dann ist's gut.« Cal wälzte seinen Kopf zur Seite und erhaschte einen Blick auf ihren Wecker. »Oh, Jesus Christus.«

Min blickte zu ihrem verschnörkelten Messingkopfteil hinauf und atmete tief und zitternd ein. »Ich glaube, an dieses Kopfteil möchte ich irgendwann einmal gefesselt werden.«

»Nur zu deiner Information«, erklärte Cal. »Normalerweise halte ich länger durch als sieben Minuten.« Er ließ seinen Kopf wieder in das Kissen sinken. »Natürlich dauert das Vorspiel normalerweise auch nicht einen ganzen Monat.« Er holte tief Luft. »Na los, erzähle mir, was die Statistiken über die durchschnittliche Länge des Vorspiels sagen.«

»Dass es nicht lang genug dauert«, antwortete Min. »Du bist da eine Ausnahme. Vielleicht fessele ich *dich* mal an dieses Kopfteil. Und dann übernehme *ich* die Rolle mit der Schokoglasur.«

Cal schloss die Augen. »Ja. Das würde mir gefallen. Machen wir eine Liste. Wir müssen alles ausprobieren. Wahrscheinlich nicht heute Nacht, aber irgendwann sicher.«

Min kuschelte sich an ihn, als ihr Puls sich allmählich wieder beruhigte. »Ich bin so glücklich. Ich bin so verrückt nach dir, und ich bin so glücklich.«

Er rollte sich noch näher an sie heran und küsste sie, und sie machte es sich an ihm bequem, fühlte sich sicher und glücklich und zufrieden.

»Ich liebe dich«, murmelte er, und als sie gerade erwidern wollte, dass sie ihn auch liebte, klopfte es.

»Was zum Teufel ist denn das?«, fragte Cal.

»Meine Wohnungstür«, vermutete Min.

»Hat Diana ihren Schlüssel vergessen?« Cal stemmte sich in eine sitzende Stellung empor. »Autsch. Du bist eine sehr athletische Frau, Minerva.«

»Eigentlich nicht«, entgegnete Min, als das Telefon zu klingen begann. »Ich hatte in Sport immer schlechte Noten.«

»Sie haben die falschen Übungen von dir verlangt.« Cal tätschelte ihr die Hüfte und griff nach seiner Hose. »Du gehst ans Telefon. Ich gehe zur Tür. Aber wir treffen uns gleich wieder hier. Bleib bitte nackt.«

Cal knöpfte sein Hemd zu, während er Mins Wohnzimmer durchquerte und sich selbst ermahnte, dass er seine zukünftige Schwägerin lieber nicht anbrüllen sollte. Daher war er fast froh, als er die Tür aufriss und David davor stehen sah. Diesen Holzkopf konnte er beschimpfen, wie er wollte.

»Ist Min da?«, fragte David blasiert.

»Ja, hauen Sie ab.« Cal wollte schon die Tür schließen, da

fiel es ihm ein. »Sie haben gewonnen. Ich schicke Ihnen morgen den Scheck. Und jetzt hauen Sie ab.«

»Das glaube ich nicht.« David blockierte die Tür. »Ich muss Min sprechen.«

»David?«, erklang Mins Stimme hinter ihnen, und als sie sich zu ihr umwandten, blieb Cal der Atem stehen.

Sie hatte ihre blau-violette Satindecke um sich geschlungen, und Elvis strich ihr um die Knöchel. Ihre Schultern waren nackt, und sie wirkte zerzaust und unordentlich, die goldgesprenkelten Locken standen wild in alle Richtungen, ihre runden Wangen waren rosig und ihre vollen Lippen weich und tiefrot, und Cal dachte: *Das habe ich bewirkt*, und er begehrte sie so sehr, dass er unwillkürlich einen Schritt auf sie zu machte.

»Oh Gott«, stieß David hervor, und der Unterkiefer sackte ihm ab.

»Das ist meins«, versetzte Cal. »Hauen Sie ab.«

»Sie haben gewonnen«, erklärte David und hielt ihm den Scheck hin.

»Was?« Cal blickte ihn finster an. »Nein.«

»Die Wette gilt bis Mitternacht«, behauptete David und starrte noch immer Min an. »Sie haben noch zwei Stunden.« Er lächelte Min zu. »Ich schätze, Calvin der Große ist auch Calvin der Schnelle.«

»Ach um Himmels willen«, stieß Cal hervor, während Elvis David anfauchte und David einen Schritt rückwärts machte.

»*Sie gilt bis Mitternacht?*« Mins Stimme klang zu hoch, als sie näher kam und dabei über die schleifende Decke stolperte.

Minerva, was hast du vor?, fragte sich Cal und beobachtete sie interessiert und voll wiederkehrender Lust.

»Natürlich.« David lächelte Cal triumphierend an. »Alle Wetten enden um Mitternacht.«

Min zog die Decke höher. »Willst du damit sagen«, fragte

sie, und ihre Stimme brach, »*dass Cal diese Wette gewonnen hat?*«

»Aber ja«, antwortete David blasiert.

»Ach, na so was, vielen Dank«, sagte Min wieder mit ihrer normalen Stimme und nahm ihm den Scheck aus der Hand. »Zehn Eier kann ich immer gut gebrauchen.«

»Was?«, stieß David hervor, und die Blasiertheit fiel von ihm ab.

Min grinste David fröhlich an. »Ich weiß, dass Cal gewonnen hat«, erklärte sie. »Aber bei uns gilt das ungeschriebene Gesetz, dass ich all das Geld kriege, das er auf mich gewinnt. Das bringt mir einen ganz schönen Extrabatzen ein, deswegen …« Sie warf einen Blick auf den Scheck und ließ fast ihre Decke fallen. »*Oh mein Gott.*«

»Von wegen, zehn Eier«, grinste Cal und zog ihre Decke wieder höher, bevor sie sie verlor.

Min blickte wie erschlagen zu ihm auf. »Du hast *zehntausend Dollar* gewettet, dass du mich ins Bett kriegst?«

»Nein«, entgegnete Cal. »Ich werde mir ein T-Shirt drucken lassen, auf dem steht: ›Ich habe nicht darauf gewettet.‹«

»Zehntausend Dollar«, wiederholte Min und starrte den Scheck an. »Wenn du mir das an jenem Abend gleich gesagt hättest, wäre ich sofort mit dir ins Bett gegangen und wir hätten geteilt.«

»Wirklich?«, fragte Cal.

»Nein«, gab Min zu.

»Das hätte ich auch nicht angenommen.« Cal nahm ihr den Scheck aus der Hand und drängte David ihn zu nehmen. »Hier. Sie können jetzt verschwinden.«

»Was ist das?«, ächzte David und zeigte auf die Couch.

Cal wandte sich um und sah, dass Mins Gürtel noch immer über der Armlehne hing.

»Er hat mich an die Couch gefesselt«, erklärte Min hilfreich. »Dann hat er mir das Nachthemd vom Leib gerissen und mich mit Schokoglasur eingeschmiert und sie wieder abgeleckt. Es war der reinste *Albtraum.*« Sie grinste. »Wenn du verschwindest, können wir's noch einmal machen.« Sie blickte Cal an. »Wir haben doch noch Donuts, oder?«

»Wenn nicht, renne ich raus und hole welche«, erwiderte Cal. »Mit der Betonung auf ›rennen‹ wohlgemerkt.«

David wirkte wie erschlagen. »Das ist …«

Min wartete.

»…so gar nicht typisch für dich«, beendete er den Satz.

»Stimmt, war es nicht«, versetzte Min, »aber jetzt ist es das.«

»Aber …«, begann David von neuem, da wurde er von Nanette und George beiseite gestoßen.

»Na, großartig«, meinte Cal, und die Lust verging ihm bei Georges Anblick.

»Das wollte ich dir eigentlich gerade sagen«, sagte Min und zog ihre Decke enger an sich. »David hat Di angerufen, und sie war gerade am Telefon, um mich zu warnen, dass er wahrscheinlich auch noch andere angerufen hat.«

»Sie«, blökte George und stürzte sich auf Cal, da trat Min zwischen sie.

»Du übertreibst«, ermahnte Min ihren Vater.

»Deine Wohnung hat mir ja noch nie gefallen, mein Liebes«, stellte Nanette fest, die sich umsah. Dann entdeckte sie den grün-weißen Beutel auf dem Tisch. »*Donuts?*«

»Du hättest mich mit Kokain füttern sollen«, bemerkte Min zu Cal. »Soweit ich weiß, macht das schlank.«

George ließ sich nicht beirren. »Min, David behauptet, dieser Mann hier habe gewettet, er …«

»Nein«, widersprach Min. »*David* hat versucht, ihm diese Wette aufzudrängen, aber Cal hat abgelehnt. Geh und brülle David an.«

»Und was ist dann das hier?« George riss Cal den Scheck aus der Hand. »Das sind …«, er stockte, »… zehntausend

Dollar.« Er sah Cal an. »Sie sind nicht nur unmoralisch, sondern auch noch leichtsinnig mit Geld.«

»Ich bin diese Wette nicht eingegangen«, seufzte Cal. »Aber kein Mensch will mir das glauben.«

»Ich glaube dir«, erwiderte Min und lächelte zu ihm auf.

»Dann zur Hölle mit allen anderen«, erklärte Cal und zog sie an sich.

George plusterte sich auf. »Minerva, zieh dich an, du kommst mit uns nach Hause.«

»Dad, ich bin dreiunddreißig«, protestierte Min. »Und nein.« Sie streckte die Hand aus und nahm den Scheck aus seiner Hand. »Geh nach Hause. Und nimm Mutter mit ...«

»Calvin«, erklang es da von der Tür her in eisigem Ton.

Cal erblickte hinter George seine Mutter. »Na herrlich.« Er sah Min an. »Das war immer meine liebste Sexphantasie: Ich habe endlich die Frau meiner Träume im Bett, und da taucht beim Nachglühen meine Mutter auf.«

»Also«, versetzte Min und versuchte, ihre Decke höher zu ziehen, »schließlich ist die Party erst perfekt, wenn jemand die Eiswürfel bringt.«

»Entschuldigen Sie«, säuselte Nanette und versuchte, George beiseite zu stoßen. »Sind Sie nicht Lynne Morrisey?«

Lynne blickte Nanette an, als sei sie ein Mitglied der Arbeiterbewegung.

Nanette hielt ihr die Hand hin. »Ich bin Mins Mutter, Nanette. Ich freue mich sehr, Sie kennen zu lernen.«

»Angenehm«, sagte Lynne, ohne die Hand zu nehmen, und wandte sich wieder Cal zu. »Calvin.«

»Hallo, Mutter«, erwiderte Cal. »Dies ist die Frau, mit der ich für den Rest meines Lebens zusammen sein werde. Wenn dir das nicht gefällt, verbringen wir jeden dritten Sonntagabend im Monat im Diner und hören uns Elvis Presley an. Das liegt bei dir.«

Lynne blickte ihn einen langen Augenblick wie erstarrt an,

dann sah Cal hinter ihr in der Tür Cynthie erscheinen, weiß wie ein Laken. »Cynthie?«

»Ich habe sie angerufen«, erklärte Lynne. »Ich dachte …«

»Nein«, wies Cal sie beide zurück.

»Das kannst du nicht ernst meinen …«, begann Lynne.

»Drängen Sie ihn nicht«, bat Cynthie leise. »Um Ihnen das zu sagen, bin ich gekommen. Es ist die Phase der Verliebtheit. Und sie wird vorbeigehen. Lassen Sie ihm Zeit.«

Cal schüttelte den Kopf und zog Min zur Couch hin, weg von der ganzen Meute.

»Ich werde ihm Zeit lassen«, erklärte George grollend. »Ich werde diesem Bastard …«

»Ach, *du willst ihm Zeit lassen*«, keifte Nanette. »Als wenn du nicht noch schlimmer wärst als er.«

»Was?«, stieß George hervor.

Min rollte sich neben Cal auf der Couch zusammen und verschränkte ihre Finger in seinen. »Also schulde ich dir jetzt zehn Dollar, weil du mich bis nach halb zehn Uhr hast warten lassen.«

»Jawoll«, erwiderte Cal und fasste sie fester. »Allerdings habe ich sie mit einer Wette auf dich gewonnen, deswegen nimmst du sie mir wahrscheinlich gleich wieder weg.«

»Ich weiß, was du treibst«, erklärte Nanette George voller Zorn.

»Ich … brülle den Bastard an, der meine Tochter verführt hat«, antwortete George verdutzt.

»Ich weiß, was du in deiner Mittagspause treibst«, erklärte Nanette mordlustig.

»Ich esse«, antwortete George perplex.

»Ja, aber wen?«, schrie Nanette. Min zuckte zusammen und stieß hervor: *»Herrgott, Mutter«*, Lynne betrachtete Nanette verächtlich, Cynthie schloss die Augen, David schien frustriert und verwirrt und weiß glühend vor Wut, da marschierte Liza herein, Tony im Gefolge, und blickte finster in die Runde.

»Und was, in drei Teufels Namen, hat das hier zu bedeuten?«, fragte sie.

»Tony«, stieß Cal vorwurfsvoll hervor.

»Zu deiner Information«, erwiderte Tony, »ich habe versucht, sie zu stoppen.«

»Warum hast du deine Tür nicht verriegelt, damit all diese Leute nicht hereinkommen konnten?«, wandte Liza sich an Min.

»Hab ich ja«, entgegnete Min. »Cal hat sie aufgemacht. Schimpf doch mit ihm.«

»Schlag mich einfach«, schlug Cal vor. »Das erspart uns allen Zeit.«

»Was willst du damit sagen?«, wandte George sich mit hochrotem Gesicht an Nanette.

»Deine *Mittagspausen*«, versetzte Nanette schrill. *»Du gehst jeden verdammten Tag mit deiner Sekretärin zum Essen.«*

»Dieser Ton«, murmelte Min und dachte an ihre Nachbarn. »Nicht in diesem Ton.«

»Das sind *Arbeitsessen*«, grollte George. »Ich brauche eine Sekretärin *für die Arbeit.*«

»Mit mir gehst du nie zum Mittagessen«, schrie Nanette.

»Du ISST ja nichts«, brüllte George zurück.

Min reckte ihren Hals, um an ihnen vorbei Liza anzusehen. »Weißt du, dass es bei dieser Wette um zehntausend Dollar ging?«

»Du machst Witze.« Liza blickte Cal überrascht an. »Du hast zehntausend Dollar darauf gewettet …«

»Nein«, stöhnte Cal. »Verdammt noch mal, *seht her.*« Er nahm Min den Scheck aus der Hand und riss ihn entzwei. »Siehst du? *Keine Wette.*«

»Das hätten wir gut gebrauchen können«, bemerkte Min, aber sie klang nicht verärgert.

Da begannen alle gleichzeitig zu reden, und Cal blickte Min

an und dachte: *Alles, was ich mir wünsche, ist, mit ihr für den Rest meines Lebens allein zu sein.*

»Hey!« Alle blickten Cal an, und in ihren Gesichtern spiegelten sich die unterschiedlichsten Gefühle von Verachtung, Verzweiflung und Wut. Er hob einen Donut hoch und wandte sich Min zu. »Minerva Dobbs, ich liebe dich, und ich werde dich immer lieben. Willst du mich heiraten?«

»Das kommt so plötzlich«, erwiderte Min und grinste ihn an.

»Wir haben Zuhörer, Minnie«, ermahnte Cal sie. »Machst du mit, oder nicht?«

»Ich mach mit«, erklärte Min, und er nahm ihre linke Hand, spreizte ihre Finger und schob ihr den Donut auf den Ringfinger. Mit einer Sicherheit, die er nie zuvor empfunden hatte, wusste er, dass er das Richtige tat.

»Ich besorge dir später einen besseren Ring«, versprach er und blickte in ihre dunklen, dunklen Augen. »Und wir wiederholen das Ganze noch einmal richtig. Das hier ist nur, um uns all diese Leute vom Hals zu schaffen.«

»Na, wenn du das Ganze noch einmal besser wiederholen willst, dann sage ich wieder Ja«, versicherte ihm Min.

»Danke«, hauchte Cal und küsste sie und versank wieder mit Haut und Haar in ihrer Wärme. »Oh Gott, ich liebe dich so«, flüsterte er ihr ins Ohr. »Ich kann's gar nicht glauben, wie sehr ich dich liebe.«

»Okay«, erklärte Liza. »Die Show ist aus.« Sie blickte Lynne an. »Sie scheinen die Mutter zu sein. Lassen Sie gefälligst Min in Ruhe. Wenn Cal sich entscheiden muss …«

»Elvis«, stammelte Lynne tonlos. Sie wandte sich ab und ging durch die Tür.

»*Reizende* Dame«, kommentierte Liza und wandte sich Nanette zu. »Jetzt zu Ihnen. Ihr Gatte betrügt Sie nicht. Ich kenne die Männer, und er ist nicht der Typ dazu.« Sie blickte George an. »Hören Sie auf, auch in der Mittagspause zu arbeiten, und führen Sie stattdessen Ihre Frau zum Essen aus.« Sie wandte sich wieder Nanette zu. »Und Sie, essen Sie endlich etwas.«

Nanette verzog das Gesicht, und George legte seinen Arm um sie. »Ich betrüge dich nicht«, murmelte er. »Ich habe gar nicht die Zeit dazu.«

»*Dad*«, mahnte Min, aber Nanette schnüffelte und sagte: »Wirklich?«

»Ich hätte nicht gedacht, dass ich Sie hier finde«, sagte Liza nicht unfreundlich zu Cynthie. »Es ist wegen dieses Buchs, nicht wahr?«

»Nein«, erwiderte Cynthie und starrte trostlos auf den Donut, der zwischen Mins Fingern zerquetscht wurde. »Nein.«

»Hören Sie«, begann Liza. »Niemanden interessiert es, wenn eine unglaublich schöne Frau darüber schreibt, wie sie sich einen unglaublich schönen Mann geangelt hat. Das ist nichts als Kitsch. Schreiben Sie lieber ein Buch darüber, wie Sie die Liebe Ihres Lebens verloren haben und darüber hinwegkommen. *Das* brauchen die Leute.«

»Ich …«

»Es ist aus und vorbei, Cynthie«, fuhr Liza fort. »Er ist fort. Für immer.«

Cynthie wurde leichenblass, und Liza wandte sich David zu. »Und Sie sind nichts als ein wertloser Haufen Dreck«, fuhr sie ihn an. »Also seien Sie so gut, verschwinden Sie und bringen Sie Cynthie nach Hause.«

»Das ist ein Irrtum«, wandte David sich an Min. »Weißt du, was das für ein Kerl ist?«

»Jawoll«, erwiderte Min und löste ein Stück Schokoladenglasur von ihrem Verlobungsring. »Ich bin's zufrieden. Wir werden aneinander wachsen.«

»*Raus*«, fuhr Liza David an, und Cynthie ging. Liza starrte ihn weiter an. »Los, *begleiten* Sie sie, Sie schleimiger Wurm.

Machen Sie zur Abwechslung mal etwas Nettes, anstelle anonymer Anrufe.«

David plusterte sich auf. »Ich habe keine …«, begann er, aber Liza verschränkte demonstrativ die Arme, und so richtete er seine Aufmerksamkeit auf Min. »Er ist ein schrecklicher Schürzenjäger, Min.«

»Nein, ist er nicht«, widersprach Min. »Er ist ein Märchenprinz. Und du bist eine widerliche Kröte, die anonyme Anrufe tätigt.«

»Du hast mich nie verstanden«, erwiderte David und ging hinaus.

»Was für ein Holzkopf«, kommentierte Liza.

»Willst du wirklich diesen Mann heiraten?«, fragte George Min ungläubig.

»Ja«, erklärte Min. »Behandle ihn anständig, sonst verlierst du uns ebenfalls an Elvis.«

George warf Cal einen Blick zu, der besagte: *Ich behalte dich im Auge, Freundchen*, dann machte er auf den Hacken kehrt und marschierte hinaus.

»Na, ihr werdet wunderschöne Kinder bekommen«, meinte Nanette, schon fröhlicher.

»Wir werden keine Kinder kriegen«, entgegnete Min, und als ihre Mutter sie mit schmalen Augen anstarrte, fuhr sie fort: »Du weißt doch, dass ich die extra Pfunde hinterher nie mehr loswerden würde.«

»Das ist wahr«, stimmte Nanette zu. Da erschien George wieder und zerrte sie zur Tür hinaus.

»Na gut.« Liza blickte sich in der nun geleerten Wohnung um. »Ich habe meine Aufgabe hier erledigt.«

»Wer sind Sie eigentlich?«, fragte Cal sie. »Sie sehen nämlich aus wie diese Frau, die mich ständig verprügelt, aber Sie scheinen auf meiner Seite zu sein. Haben Sie zufällig eine böse Zwillingsschwester?«

»Ich bin Mins Märchenfee, Charmebolzen«, versetzte Liza

und blickte ihn stirnrunzelnd an. »Und wenn du ihr jetzt kein ›Und sie lebten glücklich und zufrieden bis an ihr Ende‹ bescherst, dann komme ich und prügle dich mit einer Schneekugel zu Tode.«

»Was ist denn mit Cinderellas Bibbity Bobbity Buu passiert«, fragte Cal, an Min gewandt.

»Das war die Disney-Version, Schatz«, erwiderte Min. »Und kein Dokumentarfilm.«

Liza wandte sich der Tür zu und erstarrte, als sie Tony dort mit verschränkten Armen stehen sah. »Na komm. Du kannst mich auf dem Rückweg zu Emilio's anschreien.«

»Von wegen«, entgegnete Tony. »Das war gut, was du da gemacht hast.« Er beugte sich vor. »Richtig geil.«

»Trotzdem schlafe ich nicht mit dir«, versetzte Liza und ging zur Tür hinaus.

»Na ja, einen Versuch war's wert.« Tony zuckte die Achsel, folgte ihr und zog beim Hinausgehen die Tür hinter sich ins Schloss. Stille senkte sich über die Wohnung.

»Mein erstes Mal mit dir werde ich niemals vergessen«, meinte Min träumerisch, während sie den Donut von ihrem Finger streifte. »Die Erde bebte, und dann fragte meine Mutter meinen Vater, wen er zum Mittagessen vernascht.«

»Ja«, stimmte Cal ihr zu, »es gab einige denkwürdige Momente.«

Min schüttelte den Kopf. »Diese Leute werden wir nie los werden.«

»Ich weiß«, seufzte Cal.

»Gott sei Dank, dass wir uns haben.« Min blickte zu ihm auf. »Ich liebe dich.«

»Danke«, hauchte Cal und küsste sie.

»Also, ich werde ein Haus kaufen«, eröffnete Min, nachdem sie wieder Luft geschöpft hatte. »Was hältst du von einem Blockhausbungalow wie der, in dem meine Großmutter wohnte?«

»Mit dir drinnen?«, fragte Cal.

Min nickte.

»Dann bin ich dafür«, erklärte Cal. »Können wir jetzt wieder ins Bett gehen?«

»Ja«, lächelte Min. »Nimm die Donuts mit.«

Anderthalb Stunden später lag Min zusammengerollt an Cals Seite, und am Fußende schlief Elvis, der wie rostiger Samt auf der lavendelblauen Satindecke wirkte. Cal atmete so laut, dass man es fast schon Schnarchen nennen konnte, und Min streichelte seine Schulter. *Vor einem Monat habe ich ihn noch nicht einmal gekannt*, dachte sie träumerisch. *Und jetzt ist er Teil meines ganzen restlichen Lebens.*

Dann versteifte sie sich ein wenig. Das klang lächerlich. Eigentlich vollkommen unvernünftig. *Vergiss die Vernunft*, dachte sie, aber der Gedanke ließ sie nicht los. Du musst ja verrückt sein, wenn du dich für den Rest deines Lebens an jemanden bindest, den du erst seit einem Monat kennst, vor allem an jemanden mit einer Vergangenheit wie Cal.

Sie schlüpfte unter seinem Arm hervor aus dem Bett und hob sein Hemd vom Boden auf. Als sie es sich überzog, gelang es ihr nicht, es vorn über ihrer Brust zu schließen. *In Filmen funktioniert das immer*, dachte sie angewidert und ließ es wieder zu Boden fallen. Stattdessen zog sie die Tagesdecke vom Bett, was Elvis aufschreckte, Cal jedoch unter der Bettdecke nicht im Schlaf störte. Es war Juni, er würde also nicht frieren.

Sie ging hinaus und setzte sich auf die Couch ihrer Großmutter, eingewickelt in die Tagesdecke, und versuchte, vernünftig über alles nachzudenken. Elvis kam auf weichen Pfoten herbei und rollte sich auf der Rückenlehne der Couch zusammen, und Min bewegte ihren Kopf ein wenig, um sich an ihm zu reiben und ihn zum Schnurren zu bringen.

Tja, dachte sie, *im Wesentlichen ist es doch so, dass du den Wettkönig der Stadt vor dir hast und glaubst, dass er die wah-*

re Liebe für immer und ewig ist. Was würdest du darauf wetten? Die Uhr auf dem Kaminsims gab ein Klicken von sich, als die Zeiger auf Mitternacht vorrückten.

»Hey«, erklang da Cals Stimme, und als sie aufblickte, sah sie ihn in der Tür stehen und ein Gähnen unterdrücken. »Was tust du da?«

»Es ist Mitternacht«, erwiderte sie und versuchte, fröhlich zu klingen. »Ich verwandle mich zurück in einen Kürbis.«

»Das erklärt die Couch«, nickte er, kam herüber und setzte sich neben sie. Er legte den Arm um Min, zog sie an sich und küsste sie auf die Stirn, und sie schloss die Augen und lehnte sich an ihn. Sie liebte ihn so sehr, dass ihr ganz schwach davon wurde. *Ich habe wirklich ein Problem*, dachte sie.

»Stimmt was nicht?«, fragte er. »Ich dachte eigentlich, alles wäre ziemlich vollkommen, nachdem sich das ganze Pack Idioten verdrückt hatte.«

»Ist es auch«, stimmte sie zu. »Ich versuche nur, mir vorzustellen, was als Nächstes passiert.«

»Als Nächstes.« Cal nickte. »Okay. Also gut.« Gähnend nahm er ihre Hand. »Morgen rufe ich meine Mutter an, damit sie uns nicht mit einem Fluch belegt, und wir werden zum Abendessen zu deinen Eltern gehen und dafür sorgen, dass sie nicht durchdrehen.«

»Nun ja, man soll nie die Hoffnung verlieren«, erwiderte Min. Die Decke rutschte ihr von der Schulter, und Cal legte seine Hand darauf und zog mit seinen Fingerspitzen müßig Kreise auf ihrer Haut, während er weitersprach.

»Und dann machen wir uns auf die Suche nach dem Haus, von dem du geredet hast, eines mit höchstens sechs Stufen von der Straße hoch.« Er rückte ein wenig herum, um einer kaputten Sprungfeder auszuweichen, und setzte hinzu: »Und wir besorgen uns eine neue Couch.«

Min fühlte, wie sie trotz aller Befürchtungen lächeln musste und das Glücksgefühl wieder in ihr aufstieg. Er drückte sie fester an sich. »Und dann heiraten wir und leben glücklich und zufrieden bis ans Ende.«

Min erstarrte, während er ihre Hand an seine Lippen hob und ihre Finger einzeln küsste. »Klar. Und das ist der Teil, der mir Sorgen macht.«

Cals Griff wurde fester. »Meinst du, dass wir Probleme kriegen?«

»Ich weiß nicht«, antwortete Min und blickte ihm in die Augen. »Ich glaube daran, dass wir uns lieben, so lange wir leben, aber ich weiß nicht, ob das reicht. Das Leben ist kein Märchen.«

»Aha«, erwiderte Cal. »Es ist Mitternacht, wir hatten einen ereignisreichen Abend, und ich bin gerade ein bisschen langsam beim Denken. Worum machst du dir Sorgen?«

»Um das ›Glücklich und zufrieden bis an ihr Ende‹«, erklärte Min und wusste, dass das idiotisch klang. »All das Zeug, das wir jetzt hinter uns haben, das mit dem Verlieben, das mit dem Märchen, da weiß ich, wie das funktioniert. Ich habe diese Geschichten gelesen.«

»Das mit dem Märchen?«

»Aber nirgends steht etwas über das ›Glücklich und zufrieden bis an ihr Ende‹. Und soweit ich es beurteilen kann, geht die Sache dann genau dort schief. Fünfzig Prozent der Ehen enden mit Scheidung, und na ja, ich weiß natürlich, dass diese Statistiken durch Wiederholungstäter verfälscht werden …«

»Es ist Mitternacht, und ich höre mir Statistiken an«, erzählte Cal dem Kater.

»… aber es macht mir trotzdem Sorgen. Es gibt keine einzige Geschichte über das ›Glücklich und zufrieden bis an ihr Ende‹. Damit hört es immer auf. Genau dort, wo der schwierige Teil anfängt.«

»Na gut«, versetzte Cal. »Und?«

»Und«, wiederholte Min und begegnete seinem Blick. »Was sollen wir tun?«

»Verlangst du, dass ich jetzt über unsere Zukunft philosophiere?«, fragte Cal. »Ich weiß nicht mal genau, wo ich meine Hose gelassen habe.«

Min betrachtete ihn einen Augenblick, fühlte, dass sie ihn liebte, obwohl ihm das Haar wüst zu Berge stand und er Witze machte und ihr nicht entgegenkam. *Trotz allem*, dachte sie und lächelte ihn an. »Nein.« Sie wickelte die Decke um sich. »Ich weiß nicht, was ich mir gedacht habe. Lass uns wieder ins Bett gehen.«

»Wir werden es so nehmen, wie es kommt, Tag für Tag«, schlug Cal vor und hielt sie fest. »Ich weiß genauso wenig wie du darüber, und ich habe so etwas nicht geplant, aber ich glaube, wir halten einfach zusammen. Kümmern uns umeinander. Machen uns gegenseitig Mut, wenn es Probleme gibt.« Als sie immer noch unsicher dreinblickte, lächelte er sie so liebevoll an, dass ihr schwindelig wurde, und sagte: »Ich wette zehn Eier darauf, dass wir es schaffen.«

Wie stehen die Chancen?, überlegte sie und erkannte dann mit plötzlicher überwältigender Klarheit, dass sie nicht dagegenwetten würde, dass nur ein Verlierer gegen sie wetten würde. *Das ist wirklich das Richtige*, dachte sie voll Staunen. *Das ist wirklich für immer. Ich glaube daran.*

»Min?«, fragte er, und sie küsste ihn mit einer Liebe, die ihr aus tiefstem Herzen kam.

»Keine Wette«, sprach sie an seinem Mund. »Deine Chancen stehen zu gut.«

»*Unsere* Chancen stehen zu gut«, verbesserte er und trug sie ins Bett.

17

Falls Sie sich fragen sollten …

David kam ziemlich schnell über Min hinweg, nur die Tatsache, dass Cal gewonnen hatte, ärgerte ihn noch jahrelang. Vier Monate später lernte er eine Frau kennen, die ihm bei allem, was er sagte, zustimmte und bei der dritten Verabredung mit ihm schlief. Sechs Monate später waren sie verheiratet. Sie kocht nie mit Butter.

Cynthie brauchte länger, um über Cal hinwegzukommen, denn sie liebte ihn wirklich. Sie verkroch sich in ihrer Wohnung und ernährte sich von Karotten und fettfreiem Farmer-Dressing, bis Liza sie wieder ans Tageslicht zerrte, sie dazu brachte, über das Scheitern ihrer Beziehung zu schreiben, und von einem ihrer ehemaligen Arbeitgeber den Gefallen einforderte, das Buch einem anderen Verleger vorzuschlagen. Dieser Verleger, ein leicht übergewichtiger Mann mit Brille, der fünf Zentimeter kleiner war als Cynthie, ließ sie das Buch viermal umschreiben und brachte es dann unter Aufbietung des größten Werbeaufwands, dessen sein Verlag fähig war, auf den Markt. Er heiratete Cynthie einen Tag, bevor das Buch landesweit die Nr. 1 der Bestsellerliste wurde. Sie besitzen ein Penthouse in New York und speisen nur in den allerbesten Restaurants.

Emilio ließ sich von Liza sagen, was er unternehmen sollte, und noch im selben Jahr wurde Emilio's das begehrteste Restaurant in der Stadt. Er bot ihr die Partnerschaft an, damit sie blieb, aber da alles wie am Schnürchen lief, begann sie sich zu langweilen. Daher stellte sie ihm eine Bekannte mit einem Abschluss in Betriebswirtschaft vor und verabschiedete sich, um jemand anderen zu retten.

George hörte auf, mit seiner überlasteten Sekretärin zum Mittagessen zu gehen, wofür sie ihm dankbar war, auch wenn sie die teuren Restaurants etwas vermisste. Er führt jetzt dreimal in der Woche Nanette mittags zum Essen aus, und sie isst tatsächlich etwas.

Reynolds verbringt mit Min, Cal und Bink so viel Zeit bei gesellschaftlichen Anlässen, dass er, aufgestört durch ihre Bereitschaft, ihm jederzeit ein »Reynolds, du bist ein Holzkopf« entgegenzuschleudern, in ihrem Beisein kein Holzkopf mehr ist. Ansonsten ist er weiterhin ein Holzkopf. Aber Bink liebt ihn trotzdem.

Shanna und Linda trennten sich nach einem Jahr im Guten. Kurz danach begann Shanna, bei Emilio zu arbeiten, wo sie die Betriebswirtschaftlerin kennen lernte, die, wie sich herausstellte, Elvis Costello verehrte. Vier Monate später bezogen sie gemeinsam ein superschickes Loft in der City, und ein Jahr später reisten sie nach China, wo sie ein kleines Mädchen adoptierten. Shanna ist jetzt Hausfrau und Mutter, außer wenn Emilio vor Gästen nicht mehr aus noch ein weiß und Hilfe braucht. Ihr Keksglas ist immer voller Zimtplätzchen.

Harry bekam mit vierzehn einen Wachstumsschub, schoss in die Höhe und in die Breite und wurde eine originalgetreue Kopie seines Vaters und seines Onkels, nur dass sein Haar ihm über der Stirn noch immer wirr in die Höhe steht und er weiterhin eine Brille trägt. Er wurde Ichthyologe, lernte beim Tauchen auf den Bahamas ein kräftig gebautes Mädchen kennen, verliebte sich in sie und heiratete sie einen Monat später. Sie hat braunes, goldgesprenkeltes Haar, einen sehr logisch arbeitenden Verstand und eine Schwäche für verrückte Schuhe. Harry kann immer noch nicht mehr als einen Donut auf einmal bei sich behalten.

Roger und Bonnie heirateten, zogen in ein nettes Vororthaus und bekamen vier Kinder. An Feiertagen kommen alle zu ihnen.

Diana verlobte sich noch zwei Mal, brach beide Verlobungen wieder und weinte sich jedes Mal an Tonys Schulter aus.

Er meinte, sie hätte einen lausigen Geschmack, was Männer betraf, und sie sollte sich das nächste Mal einen besseren aussuchen, woraufhin sie ihm einen Heiratsantrag machte. Er lehnte erschrocken ab. Sechs Wochen später brannten sie nach Kentucky durch, denn Tony hatte Karten für das Derby. Sie haben drei kräftige, wunderschöne Mädchen, die sich auf jedem Feld oder Platz, auf dem sie spielen, tapfer schlagen. Wahrscheinlich, weil sie genügend Kohlenhydrate bekommen.

Liza führt weiterhin ein aufregendes, abwechslungsreiches Leben, das viel zu kompliziert ist, um hier näher beschrieben zu werden.

Cal schenkte Min einen Verlobungsring mit sechs Diamanten, die einen Kreis bilden. Es sieht überhaupt nicht wie ein Krispy-Kreme-Donut aus, aber Min weiß Bescheid. Sie heirateten und erwarben einen Blockhausbungalow nur einen Block von Mins Wohnung entfernt. Es sind von der Straße aus siebenunddreißig Stufen bis zum Haus. Außerdem kauften sie eine Missionscouch wie die von Bonnie, und gelegentlich wird jemand daran festgebunden. Jeden Donnerstagabend treffen sie sich mit Roger und Bonnie, Tony und Diana, Liza und ihrem jeweiligen Begleiter der Woche bei Emilio's zum Wenn-Abendessen. Cals Mutter toleriert Min. Mins Mutter betet Cal an. Sie haben keine Kinder, holten sich aber einen schwarzen Labrador-Mischlingswelpen aus dem Tierheim, den sie ›Das Biest‹ tauften. Elvis arrangierte sich mit ihm.

Und sie lebten glücklich und zufrieden bis an ihr Ende.

Danksagung

Mein Dank gilt
Meg Ruley,
weil sie dieses Buch wider mein besseres Wissen
verkauft hat
und damit wieder einmal Recht gehabt hat,
Jen Enderlin,
weil sie dieses Buch wider mein besseres Wissen
eingekauft hat
und damit wieder einmal Recht gehabt hat,
dem Verlag St. Martin's Press,
und zwar speziell John Sargent, Sally Richardson,
Matthew Shear, Kim Cardascia, John Karle
und John Murphy
für ihre besondere Unterstützung
(und ein dicker Kuss für Sally,
weil sie die Verfilmungsoption eingefädelt hat),
Mollie Smith
dafür, dass sie meine Webseite verbessert, meine
Geschäftsunterlagen organisiert, mein Buch einer Kritik
unterzogen und Licht in mein Leben gebracht hat,
Val Taylor
dafür, dass sie wieder einmal mit mir
zusammengearbeitet hat,
den **Ladies von Xrom**
und ganz besonders Jo Beverly dafür,
dass sie die Kürbis-Couch anschleppte,

den **Cherries**
dafür, dass sie die erste Szene kritisierten,
Rezepte recherchierten, mein Jammern ertrugen
und einfach Cherries waren,
und
der **Nantucket Beach Patrol, dem Police Department,**
dem Fire Department und der Notaufnahme-Belegschaft
des Cottage Hospitals,
deren ärztlicher Kunst und Schnelligkeit es zu verdanken
ist, dass dies kein posthumes Buch wurde.
(Für Asthmaanfälle in der Meeresbrandung kann ich
Ihnen nur wärmstens Nantucket empfehlen.)